Faithful Place

Date: 8/15/19

SP FIC FRENCH
French, Tana.
Faithful Place /

D0920732

TANA FRENCH

FAITHFUL PLACE

Traducción de
EDUARDO IRIARTE

RBA BOLSILLO

Título original: *Faithful Place*

© Tana French, 2010.

Las citas de «The Rare Ould Times» y «The Ferryman»
se reproducen con la autorización de Pete St. John.

© de la traducción: Eduardo Iriarte, 2013.

© de esta edición: RBA Libros, S.A., 2018.

Avda. Diagonal, 189 – 08018 Barcelona.

rbalibros.com

Primera edición: enero de 2013.
Primera edición en RBA Bolsillo: abril de 2018.

REF.: OBOL350

ISBN: 978-84-9187-048-7

DEPÓSITO LEGAL: B.5031-2018

FOTOCOMPOSICIÓN: VÍCTOR IGUAL, S. L.

Impreso en España - *Printed in Spain*

PARA ALEX

PRÓLOGO

A lo largo de tu vida solo importan unos cuantos momentos. La mayoría de las veces no les prestas la atención que merecen, si no es en retrospectiva, mucho después de que hayan pasado rozándote: el momento en que te decidiste a hablar con aquella chica, cuando aminoraste la velocidad en una curva sin visibilidad o cuando te lo pensaste mejor y decidiste frenar para ponerte un condón. Supongo que podría decirse que yo fui afortunado. Tuve ocasión de mirar cara a cara uno de esos momentos y reconocerlo como lo que era. Pude sentir las aguas revueltas de mi vida girando alrededor una noche de invierno, mientras esperaba en la oscuridad al final de Faithful Place.

Tenía diecinueve años, lo bastante mayor para enfrentarme al mundo y lo bastante joven para comportarme como un estúpido de una decena de maneras distintas, y esa noche, en cuanto mis dos hermanos se pusieron a roncar, salí a hurtadillas de nuestra habitación, con la mochila a la espalda y las Doc Martens colgando de una mano. Crujió una tabla del suelo y en el cuarto de las chicas una de mis hermanas murmuró algo en sueños. Pero aquella noche era un ser mágico, eufórico a lomos de aquella marea viva, imparable. Mis padres ni siquiera se dieron media vuelta en la cama plegable cuando crucé el salón tan cerca que podía haberlos tocado. El fuego había menguado hasta no quedar más que un murmullo de rescoldos rojizos. En la mochila llevaba todas las pertenencias que realmente importaban: vaqueros, camisetas, una radio de segunda mano, cien libras y la partida de nacimiento. Eso era todo lo necesario para ir a Inglaterra por aquel entonces. Rosie tenía los billetes del ferry.

La esperaba al final de la calle, entre las sombras, al margen del brumoso círculo amarillo que rodeaba la farola. El aire era frío como el cristal, con el sabroso regusto tostado de los lúpulos allá en la fábrica de Guinness. Llevaba tres pares de calcetines debajo de las Doc, introduje las manos hasta lo más hondo de los bolsillos de mi parka militar alemana y presté atención por última vez a los sonidos de mi calle, que fluía llena de vida por las largas corrientes de la noche. Una mujer reía: «Vaya, ¿y quién dijo que podría?»; una ventana se cerró de golpe. El susurro de una rata al escurrirse por un agujero en la pared, un hombre que tosía, el intenso zumbido de una moto a la vuelta de la esquina, los gruñidos en tono grave y feroz de Johnny Malone *el Loco* en el sótano del número 14, hablando solo en sueños. Ruidos de pareja en alguna parte, gemidos sofocados, golpeteos rítmicos. Pensé en el olor del cuello de Rosie y levanté la vista al cielo con una sonrisa de oreja a oreja. Oí que las campanas de la ciudad señalaban la medianoche con sus tañidos, Christchurch, Saint Patrick, Saint Michan, enormes y perfectas notas que se precipitaban desde las alturas como una celebración, anunciando nuestro Año Nuevo secreto.

Al dar la una el miedo empezó a hacer mella en mí. Oí una estela de tenues susurros y pisadas por los jardines traseros y me incorporé ya preparado, pero Rosie no apareció trepando por el muro al fondo; probablemente alguien regresaba a casa furtivamente, con retraso y cargado de culpa, para entrar por una ventana. En el número 7 lloró el crío más pequeño de Sallie Hearne, un lamento fino y derrotado, hasta que ella se levantó para cantarle. «Se adónde voy... Qué bonitas son las habitaciones pintadas...».

Cuando dieron las dos, la confusión me sobrevino como una patada en el culo. Me catapultó por encima del muro hasta el jardín del número 16, abandonado desde antes de nacer yo, colonizado por los chavales que hacíamos caso omiso de las horrendas advertencias, sembrado de latas de cerveza, colillas y virginidades perdidas. Subí los peldaños medio podridos de cuatro en cuatro sin importarme quién lo oyera. Estaba tan seguro que ya podía verla, los furiosos rizos cobrizos y los puños en las caderas: «¿Dónde hostias estabas?».

Tablas del suelo astilladas, agujeros abiertos a golpes en el enlucido, escombros y corrientes de aire frías y oscuras y nadie a la vista. En la sala de estar del piso de arriba encontré la nota, una hoja arrancada de un cuaderno infantil. En el suelo sin moqueta, aleteando en el pálido rectángulo de luz que entraba por la ventana, daba la impresión de que llevara allí un centenar de años. Fue entonces cuando noté que cambiaba la marea, se encrespaba y se tornaba mortífera, tan fuerte que no podía plantarle cara ahora que se había vuelto en mi contra.

No me llevé la nota. Para cuando salí del número 16 me la sabía de memoria y tenía el resto de mi vida para intentar creérmela. La dejé donde estaba y volví al final de la calle. Esperé entre las sombras, observando los penachos de humo que lanzaba mi aliento hacia la luz de la farola, mientras las campanas daban las tres, las cuatro y las cinco. La noche se tornó de un gris triste y tenue, y a la vuelta de la esquina la camioneta del lechero pasó traqueteando por encima de los adoquines de camino a la lechería. Yo seguía esperando a Rosie Daly al final de Faithful Place.

1

Mi padre me dijo una vez que lo más importante que debe saber un hombre es por qué sería capaz de morir. «Si no sabes eso —me dijo—, ¿qué vales? No vales nada. No eres un hombre en absoluto». Yo tenía trece años y él se había ventilado ya tres cuartas partes de una botella de la mejor ginebra Gordon's, pero qué demonios, le apetecía charlar un rato. Hasta donde yo recuerdo, él estaba dispuesto a morir: a) por Irlanda; b) por su madre, que llevaba diez años muerta, y c) para cargarse a esa zorra de Maggie Thatcher.

De todas formas, en cualquier momento de mi vida a partir de aquel día podría haber dicho sin dudarlo exactamente por qué moriría. Al principio era fácil: mi familia, mi chica, mi casa. Luego, durante un tiempo, las cosas se complicaron. Hoy en día se mantienen estables, y eso me gusta. Tengo la sensación de que es algo de lo que un hombre puede sentirse orgulloso. Moriría, sin un orden concreto, por mi ciudad, mi trabajo y mi hija.

La cría se porta bastante bien hasta el momento, la ciudad es Dublín y el trabajo lo tengo en el Grupo de Operaciones Encubiertas, así que puede parecer evidente por cuál es más probable que acabe muriendo, a pesar de que hace ya tiempo que el reto más espeluznante que me plantea el trabajo sea algún truño administrativo. El tamaño de este país conlleva que un agente encubierto tenga una vida en activo muy corta: dos operaciones, tal vez cuatro, y el riesgo de perder la condición de «encubierto» empieza a ser muy alto. Yo hace ya tiempo que perdí mis siete vidas. Estoy entre bambalinas por el momento, y dirijo operaciones por mi cuenta.

El auténtico riesgo como policía de la secreta, tanto sobre el terreno como en los despachos, es que si creas ilusiones durante mucho tiempo empiezas a pensar que las controlas. Es fácil llegar a creer que eres el hipnotizador, el señor de los espejismos, el tío listo que sabe qué es real y cómo se hacen todos los trucos. Pero el caso es que no eres más que otro pardillo boquiabierto entre el público. Da igual lo bueno que seas, este mundo siempre te acaba superando en ese juego. Es más astuto que tú, más rápido y mucho más despiadado. Lo único que puedes hacer es intentar mantenerte a la altura, ser consciente de tus puntos débiles y no dejar nunca de estar atento a los golpes a traición.

La segunda vez que mi vida estaba a punto de recibir uno de esos golpes traicioneros era un viernes por la tarde a principios de diciembre. Había pasado el día dedicado a tareas de apoyo en uno de los espejismos que tenía en marcha: uno de mis chicos, que no recibiría ninguna galletita del tío Frank por Navidad, se había metido en una situación en la que, por razones complejas, le era indispensable una anciana a la que pudiera hacer pasar por su abuela ante varios traficantes de tres al cuarto, y yo iba camino de la casa de mi ex mujer a recoger a mi hija para que pasase el fin de semana conmigo. Olivia y Holly viven en un adosado muy elegante en una calle sin salida de Dalkey con céspedes impolutos. Fue el regalo de boda del padre de mi ex mujer. Cuando nos mudamos, tenía nombre en vez de número. Me deshice de él a toda prisa, pero aun así debería haber entendido en ese mismo instante que nuestro matrimonio no iba a funcionar. Si mis padres hubieran sabido que me casaba, mi madre se habría endeudado hasta las cejas, nos habría comprado un precioso tresillo floreado para el salón y se habría escandalizado si hubiéramos retirado el plástico a los cojines.

Olivia estaba plantada en mitad del umbral, por si se me pasaba por la cabeza la idea de entrar.

—Holly está casi lista —dijo.

Olivia, y lo digo con el corazón en la mano y el equilibrio adecuado entre engreimiento y arrepentimiento, es una mujer despampanante: alta, con un rostro alargado y refinado, abundante cabello suave y ceniciento, y esa clase de curvas discretas en las que no te fijas al principio, pero que luego no puedes dejar de mirar. Esa noche se había puesto un elegante vestido negro y unas medias delicadas, además del collar de diamantes de su abuela, el que solo saca para las grandes ocasiones. Hasta el mismísimo Papa se habría descubierto para enjugarse el sudor de la frente. Yo, que soy un tipo con menos clase que el Papa, lancé un silbido lupino.

—¿Tienes una cita importante?

—Vamos a cenar.

—¿El «vamos» incluye otra vez a Dermo?

Olivia es demasiado lista para dejar que le tome el pelo.

—Se llama Dermot, y sí, lo incluye.

Me impresionó de veras.

—Eso son cuatro fines de semana seguidos, ¿no? Dime una cosa: ¿hoy es la gran noche?

Olivia se dio la vuelta y llamó hacia lo alto de las escaleras:

—¡Holly! ¡Tu padre está aquí!

Mientras seguía de espaldas, pasé por su lado y entré en el vestíbulo. Llevaba Chanel Nº 5, el mismo que se pone desde que nos conocimos.

Arriba:

—¡Papá! Voy voy voy, solo tengo que... —y luego un raudal de parloteo para explicar lo que iba pasando por su complicada cabecita sin un destinatario en concreto.

—¡No hay prisa, cariño! —grité de camino a la cocina.

Olivia me siguió.

—Dermot va a llegar de un momento a otro —dijo. No estaba claro si era una amenaza o un ruego.

Abrí la nevera y eché un vistazo.

—Ese tipo me da mala espina. No tiene barbilla. Nunca confío en un hombre sin barbilla.

—Bueno, por suerte tus gustos en cuestión de hombres no tienen la menor importancia.

—Sí que la tienen, si el asunto va tan en serio como para que empiece a pasar más tiempo con Holly. ¿Cómo se apellidaba?

Una vez, cuando estábamos a punto de separarnos, Olivia cerró la puerta de la nevera y me dio en toda la cabeza. Vi en su rostro que se estaba planteando hacerlo de nuevo. Me quedé inclinado para darle la oportunidad, pero mantuvo la calma.

—¿Por qué quieres saberlo?

—Tendré que introducir sus datos en el ordenador. —Saqué un envase de zumo de naranja y lo agité—. ¿Qué es esta porquería? ¿Cuándo dejaste de comprar zumo del bueno?

La boca de Olivia —los labios apenas pintados con una leve y sutil tonalidad— empezó a tensarse.

—Ni se te ocurra introducir los datos de Dermot en un ordenador, Frank.

—No me queda otra opción —le dije en tono despreocupado—. Tengo que asegurarme de que no le va tontear con crías, ¿no es cierto?

—¡Por Dios, Frank! No es ningún...

—Puede que no —reconocí—. Probablemente no lo sea. Pero ¿cómo puedes estar segura, Liv? Más vale prevenir que curar, ¿no?

Abrí el envase de zumo y eché un trago.

—¡Holly! —gritó Olivia más fuerte—. ¡Date prisa!

—¡No encuentro mi poni!

Un revuelo de pisadas en el piso de arriba.

Yo proseguí con lo mío:

—Tienen como objetivo a madres solteras con niñitas preciosas. Y es asombroso cuántos carecen de barbilla. ¿No te has fijado nunca?

—No, Frank, no me he fijado. Y no pienso tolerar que utilices tu trabajo para intimidar...

—La próxima vez que salga por la tele un pedófilo, échale un vistazo. Furgoneta blanca y sin barbilla, ya verás. ¿Qué vehículo tiene Dermo?

—¡Holly!

Eché otro largo trago de zumo, limpié la boquilla del envase con la manga y volví a dejarlo en la nevera.

—Sabe a meados de gato. Si te subo la pensión alimenticia, ¿comprarás zumo decente?

—Si la triplicas, aunque dudo que pudieras —dijo Olivia en un tono a medio camino entre dulce y frío, a la vez que miraba el reloj—, igual hasta me llegaba para un envase a la semana.

Si le tiras de la cola lo suficiente, la gata enseña las uñas.

En ese momento Holly nos salvó de nosotros mismos al salir de su cuarto a la carrera gritando a pleno pulmón: «¡Papipapipapi!». Llegué al pie de las escaleras a tiempo para que me saltara encima como una pequeña girándula, toda ella una telaraña de cabello dorado y un montón de motitas rosas centelleantes, y me rodeara la cintura con las piernas al tiempo que me golpeaba la espalda con la mochila del cole y con Clara, un poni de terso pelaje que había visto tiempos mejores.

—Hola, monita araña —le dije, y le di un beso en la coronilla. Era ligera como un hada—. ¿Qué tal te ha ido la semana?

—He estado muy atareada y no soy una monita araña —me dijo en tono severo, su nariz contra la mía—. ¿Qué es una monita araña?

Holly tiene nueve años y con su refinada estructura ósea y su propensión a los cardenales es la viva imagen de la familia de su madre —los Mackey somos robustos, de piel recia y pelo tupido, hechos para el trabajo duro y el clima de Dublín—, en todo salvo en los ojos. La primera vez que la vi me miró con mis propios ojos, unos ojos grandes, amplios, de un azul intenso que me golpearon como una pistola eléctrica y siguen haciendo que me dé un vuelco el corazón cada vez que me miran. Olivia puede borrar mi apellido igual que una etiqueta con la dirección desfasada, llenar la nevera de zumo de naranja cutre e invitar a Dermo *el Pedófilo* a que ocupe mi lado de la cama, pero no puede hacer nada respecto a esos ojos.

—Es una monita mágica que vive en una selva encantada —le respondí.

Ella me devolvió una mirada en perfecto equilibrio entre «¡Vaya!» y «Buen intento».

—¿En qué has estado tan atareada? —le pregunté.

Se deslizó por mi cuerpo y cayó al suelo con un golpe seco.

—Chloe, Sarah y yo vamos a montar un grupo. Te hice un dibujo en el cole porque nos hemos inventado un baile y ¿puedo comprarme unas botas blancas? Y Sarah compuso una canción y...

Por un instante Olivia y yo estuvimos a punto de sonreírnos por encima de la cabeza de nuestra hija, antes de que ella se reprimiera y volviese a mirar el reloj.

En el sendero de entrada me crucé con mi amigo Dermo, que, como ya sé sin lugar dudas porque pillé su matrícula la primera vez que cenó con Olivia, es un ciudadano que cumple la ley de manera impecable, que ni siquiera ha aparcado su Audi en una zona reservada, y que no puede evitar tener ese aspecto de que vive la vida como si estuviera a punto de soltar un eructo gigantesco.

—Buenas tardes —dijo, y me dirigió un saludo con la cabeza como si acabara de sufrir una descarga eléctrica. Creo que Dermo me tiene miedo—. Holly.

—¿Cómo le llamas? —le pregunté a Holly, cuando ya la había sujetado a la silla de seguridad del coche y Olivia, perfecta como Grace Kelly, le daba un beso en la mejilla a Dermo en el umbral.

Holly le peinó la crin a Clara y se encogió de hombros.

—Mamá dice que le llame tío Dermot.

—¿Y le llamas así?

—No. En voz alta no le llamo de ninguna manera. En mi cabeza le llamo Caracalamar.

Miró por el retrovisor para ver si me iba a ir de la lengua. Estaba a punto de adoptar un gesto terco con la barbilla.

Me eché a reír.

—¡Qué maravilla! —le dije—. Así me gusta.

Y derrapé un poco al tomar la curva para darles un susto a Olivia y Caracalamar.

Desde que Olivia entró en razón y me echó de casa, vivo en la zona de los muelles, en un inmenso bloque de apartamentos construido en los noventa, posiblemente por David Lynch. Las moquetas son tan gruesas que no he oído nunca un solo paso, pero incluso a las cuatro de la madrugada se oye el runrún de quinientas mentes rumiando alrededor: gente que sueña, espera, se preocupa, planea, piensa. Crecí en una casa de vecinos, así que cabría pensar que se me daría bien lo de vivir en un sitio en plan granja avícola, pero esto es distinto. No conozco a esta gente, ni siquiera la veo. No tengo idea de cómo o cuándo entran y salen del edificio. Por lo que sé, igual no salen nunca y se limitan a quedarse parapetados en sus apartamentos, pensando. Incluso dormido tengo un oído atento a ese runrún, listo para saltar de la cama y defender mi territorio si es necesario.

La decoración en mi rincón personal de *Twin Peaks* es de estilo divorciado chic, con lo que quiero decir que cuatro años después sigue teniendo todo el aspecto de que no ha llegado el camión de la mudanza. La única excepción es el cuarto de Holly, lleno a rebosar de todos los objetos mullidos de color pastel habidos y por haber. El día que salimos juntos a comprar muebles, por fin me las había arreglado para sacarle un fin de semana al mes a Olivia, y quería comprarle a Holly todo lo que había en las tres plantas del centro comercial. Una parte de mí había creído que no volvería a verla nunca.

—¿Qué vamos a hacer mañana? —quiso saber, cuando enfilábamos el pasillo bordeado de puertas.

Llevaba a Clara a rastras por el suelo enmoquetado cogida de una pata. La última vez que la había visto, mi hija hubiera puesto el grito en el cielo con solo imaginar que el caballito pudiera rozar el suelo. Parpadeas y ya te has perdido algo.

—¿Te acuerdas de la cometa que te compré? Acaba todos los deberes esta tarde y, si no llueve, te llevaré a Phoenix Park y te enseñaré a hacerla volar.

—¿Puede venir Sarah?

—Llamamos a su madre después de cenar.

Los padres de los amigos de Holly me adoran. Que un detective lleve a su hijo al parque les hace sentirse sumamente responsables.

—¡La cena! ¿Podemos pedir pizza?

—Claro —dije. Olivia lleva una vida orgánica, sin aditivos y con alto contenido en fibra; si no me encargo de compensarlo un poco, crecerá el doble de sana que sus colegas y se sentirá excluida—. ¿Por qué no?

Entonces abrí la puerta y vi el primer indicio de que Holly y yo no íbamos a comer pizza esa noche.

La lucecita del contestador automático parpadeaba como loca. Cinco llamadas perdidas. Del trabajo me llaman al móvil, los agentes encubiertos y los confidentes me llaman al otro móvil, los colegas ya saben que me verán en el pub cuando sea, y Olivia me envía mensajes de texto cuando no le queda otro remedio. Solo podía ser la familia, o lo que era lo mismo, mi hermana pequeña, Jackie, la única con la que había hablado en las dos últimas décadas. Cinco llamadas probablemente querían decir que nuestra madre o nuestro padre se estaban muriendo.

Me dirigí a Holly:

—Toma —y le dejé el portátil—. Llévatelo a tu cuarto y dale la vara a tus amigas en algún chat. Estoy contigo en unos minutos.

La chica, que sabe perfectamente que no puede conectarse a internet en privado hasta que cumpla los veintiún años, me lanzó una mirada escéptica.

—Si quieres fumar, papá —me dijo en un tono de lo más maduro—, basta con que salgas a la galería. Ya sé que fumas.

La dirigí hacia su cuarto empujándola suavemente por la espalda.

—¿Ah, sí? ¿Qué te hace pensar eso?

En cualquier otro momento me habría picado mucho la curiosidad. No he fumado nunca delante de Holly, y Olivia no se lo habría dicho. Su mente la creamos entre los dos. La mera idea de que contenga cosas que no hemos metido ahí nosotros sigue dejándome pasmado.

—Lo sé y ya está —dijo Holly, que dejó a Clara y la mochila encima de la cama y mostró aires de superioridad. Esta cría aún conseguirá llegar a detective—. Y no deberías fumar. Sor Mary Therese dice que te pones todo negro por dentro.

—Sor Mary Therese tiene toda la razón. Es una mujer lista. —Encendí el portátil y conecté el acceso de banda ancha—. Aquí lo tienes. Tengo que hacer una llamada. No compres diamantes en eBay.

—¿Vas a llamar a tu novia? —me preguntó Holly.

Se la veía diminuta y mucho más avispada de la cuenta, allí plantada con ese abrigo blanco acolchado que la cubría hasta la mitad de las piernas delgaduchas, procurando que sus ojos abiertos de par en par no delataran su miedo.

—No —dije—. No, cariño, no tengo novia.

—¿Lo juras?

—Lo juro. Además, no tengo intención de echarme novia en breve. Dentro de unos años igual te dejo que me escojas una. ¿Qué te parece?

—Quiero que mamá sea tu novia.

—Sí —dije—, ya sé.

Le puse la mano en la frente un momento. Su cabello era tan

suave como pétalos de flor. Luego cerré la puerta a mi espalda y volví al salón para averiguar quién había muerto.

La del buzón de voz era Jackie, desde luego, y sonaba como un tren expreso. Mala señal: Jackie se refrena cuando se trata de buenas noticias («A que no adivinas qué ha pasado. Venga, adivínalo») y pisa el acelerador cuando son malas. Ahora estaba en plan Fórmula 1. «Ay, joder, Francis, cuándo vas a contestar al maldito teléfono, tengo que hablar contigo, no te llamo para echar unas risas, nunca te llamo para eso, ¿no? Bueno, antes de que te lleves un susto, no se trata de mamá, Dios no lo quiera, está de maravilla, un tanto conmocionada, igual que todos, al principio le han entrado palpitaciones, pero se ha sentado un poco, Carmel le ha puesto una copa de coñac y ahora está de maravilla, ¿verdad que sí, mamá? Gracias a Dios que estaba Carmel, viene de visita casi todos los viernes después de hacer la compra, nos ha llamado a Kevin y a mí para que viniéramos. Shay ha dicho que no te llamara, para qué, ha dicho, pero lo he mandado a tomar por saco, era lo más razonable, así que si estás en casa, ¿quieres hacer el favor de contestar al teléfono y hablar conmigo? ¡Francis! Te lo juro...». Un pitido indicó que se había terminado el tiempo destinado al mensaje.

Carmel, Kevin y Shay, vaya movida. Por lo visto toda la familia había acudido a la casa de mis padres. Mi padre, tenía que ser él.

—¡Papi! —gritó Holly desde su habitación—. ¿Cuántos cigarrillos fumas al día?

La señora del buzón de voz me indicó que fuera pulsando teclas; obedecí sus órdenes.

—¿Quién ha dicho que fumo?

—¡Tengo que saberlo! ¿Veinte?

No está mal para empezar.

—Quizás.

Jackie otra vez:

«¡Puñeteros contestadores, no había acabado! Vale, debería habértelo dicho de entrada, tampoco es papá, está igual que siempre,

no hay nadie muerto ni herido ni nada, estamos todos estupendamente. Kevin anda un poco alterado, pero creo que es porque le
preocupa cómo te lo vas a tomar, te tiene un cariño tremendo, ya
sabes, sigue teniéndotelo. Bueno, es posible que no sea nada, Francis, no quiero que se te vaya la pinza, ¿vale?, podría no ser más que
una broma, alguien que quiere liarla, eso hemos pensado al principio, aunque sería una broma de mierda, a mi juicio, perdona que
lo diga así...».

—¡Papi! ¿Cuánto ejercicio haces?

¿Qué demonios?

—Hago ballet en secreto.

—¡Nooo, venga, en serio! ¿Cuánto?

—No lo suficiente.

«... Y claro, nadie tiene ni la menor idea de qué hacer, así que
¿quieres llamarme de una vez en cuanto oigas el mensaje? Por favor, Francis. No voy a alejarme del móvil, venga».

Clic, bip, la tía del buzón de voz. Al volver la vista atrás, debería haber imaginado de qué se trataba a esas alturas, o al menos
debería haberme hecho una idea aproximada.

—¿Papi? ¿Cuánta fruta y verdura comes?

—A carretadas.

—¡No es verdad!

—Un poco.

Los tres mensajes siguientes eran más de lo mismo, a intervalos de media hora. Para el último, Jackie había alcanzado ese tono
de voz que solo pueden oír los perros pequeños.

—¿Papi?

—Un segundo, preciosa.

Me llevé el móvil a la galería con vistas al oscuro río, las mugrientas luces anaranjadas y la maraña itinerante de embotella-
mientos, y llamé a Jackie. Respondió al primer tono.

—¿Francis? ¡Jesús, María y José, me estaba volviendo loca!
¿Dónde estabas?

Había aminorado la velocidad a unos ciento veinte kilómetros por hora.

—He ido a recoger a Holly. ¿Qué demonios pasa, Jackie?

Ruido de fondo. Incluso después de tanto tiempo, reconocí el tono mordaz de Shay inmediatamente. Un lamento de mi madre se me quedó atravesado en la garganta.

—Ay, Dios, Francis... ¿Por qué no te sientas para que hablemos? ¿O te pones una copa de coñac, o algo por el estilo?

—Jackie, si no me dices qué está pasando, te juro que voy a ir y te voy a estrangular.

—Espera, echa el freno... —Una puerta al cerrarse—. Bueno —dijo Jackie, seguido de un repentino silencio—. Vale. ¿Recuerdas que te comenté hace tiempo que un tipo andaba detrás de comprar las tres casas al final de Faithful Place? ¿Para convertirlas en apartamentos?

—Sí.

—Pues no va a hacer los apartamentos después de todo, ahora que todo el mundo anda preocupado con los precios inmobiliarios. Va a dejar las casas tal cual una temporada a ver qué pasa. Así que encargó a los albañiles que retiraran las chimeneas, las molduras y demás, para venderlas... Hay gente que paga mucho dinero por cosas así, ¿sabías? Pirados... Y han empezado hoy, por la de la esquina. ¿Recuerdas, la que estaba abandonada?

—El número dieciséis.

—Esa misma. Estaban retirando las chimeneas y detrás de una han encontrado una maleta.

Pausa dramática. ¿Droga? ¿Armas? ¿Pasta? ¿Jimmy Hoffa?

—Hostia puta, Jackie. ¿Y qué más?

—Es la de Rosie Daly, Francis. Es su maleta.

Todas las capas de ruido de tráfico se desvanecieron como si las hubieran arrancado. El destello anaranjado que surcaba el cielo se tornó salvaje y feroz como un incendio en el bosque, cegador, descontrolado.

—No —dije—. No es la suya. No sé de dónde coño has sacado eso, pero es una chorrada.

—Venga, Francis...

Su voz destilaba preocupación y pena a raudales. De haber estado presente, creo que le habría soltado un puñetazo.

—De «Venga, Francis», nada. Tú y mamá habéis dejado que os arrastre la histeria por una puta tontería, y ahora quieres que os siga el juego...

—Escúchame, ya sé que estás...

—A menos que todo esto sea una treta para que vaya. ¿Es eso, Jackie? ¿Queréis montar una reconciliación familiar a lo grande? Porque te lo advierto desde ya, esto no es un puto canal de películas ñoñas y esa clase de tejemaneje no va a acabar bien.

—Eres un pedazo de gilipollas —me espetó Jackie—. Tranquilízate. ¿Qué te has creído que soy? En esa maleta hay una blusa morada de cachemira, Carmel la ha reconocido...

Se la había visto puesta a Rosie un centenar de veces, recordaba el tacto de los botones entre mis dedos.

—Sí, la llevaban todas y cada una de las chicas de esta ciudad en los años ochenta. Carmel sería capaz de reconocer al mismísimo Elvis paseando por Grafton Street si así pudiese chismorrear un poco. Creía que tenías dos dedos de frente, pero por lo visto...

—Y hay una partida de nacimiento envuelta en ella. Rose Bernadette Daly.

Lo que más o menos daba al traste con esa línea de conversación. Saqué el tabaco, apoyé los codos en la barandilla y di la calada más larga de mi vida.

—Perdona por echarte la bronca —dijo Jackie, en tono más suave—. ¿Francis?

—Sí.

—¿Estás bien?

—Sí. Escúchame, Jackie. ¿Lo saben los Daly?

—No están. Nora se mudó a Blanchardstown, me parece, hace

unos años. El señor y la señora Daly van a su casa los viernes por la tarde, para ver al nieto. A mamá le parece que tiene el número por alguna parte, pero...

—¿Habéis llamado a la policía?

—Solo a ti, claro.

—¿Quién más lo sabe?

—Los albañiles, nada más. Son un par de muchachos polacos. Al terminar la jornada han ido al número quince a preguntar si podían devolverle la maleta a alguien, pero en el quince viven ahora unos estudiantes, así que han enviado a los polacos a casa de mamá y papá.

—¿Y nuestra madre no se lo ha contado a toda la calle? ¿Estás segura?

—Faithful Place ya no es como la recuerdas. Ahora la mitad son estudiantes y yuppies. Ni siquiera sabemos cómo se llaman. Los Cullen siguen aquí, y los Nolan y alguno que otro de los Hearne, pero mamá no quería decirles nada hasta haber hablado con los Daly. No estaría bien.

—Vale. ¿Dónde está la maleta ahora?

—En el salón. ¿A lo mejor no deberían haberla movido los albañiles? Tenían que hacer su trabajo...

—Estupendo. No la volváis a tocar a menos que sea indispensable. Voy tan pronto como pueda.

Un segundo de silencio, y luego:

—Francis. No quiero ponerme en lo peor, Dios nos libre, ¿pero no significa eso que Rosie...?

—Todavía no podemos aventurar nada —dije—. Quedaos ahí, no habléis con nadie y esperadme.

Colgué y volví la vista un instante hacia el apartamento. La puerta de Holly seguía cerrada. Acabé el pitillo con otra calada maratoniana, tiré la colilla por el balcón, encendí otro y llamé a Olivia.

Ni siquiera saludó.

—No, Frank. Esta vez no. Ni pensarlo.

—No tengo otra opción, Liv.

—Suplicaste todos los fines de semana. Los suplicaste. Si no los querías...

—Los quiero. Es una emergencia.

—Siempre lo es. La brigada puede sobrevivir sin ti un par de días, Frank. Al margen de lo que prefieras pensar, no eres indispensable.

A cualquiera que estuviese a más de un palmo de ella, su voz debía de sonarle despreocupada y afectuosa, pero estaba muy furiosa. Se oía el tintineo de cubiertos, risotadas maliciosas y, por Dios bendito, algo que sonaba como una fuentecilla ornamental.

—Esta vez no se trata de trabajo —dije—. Es la familia.

—Sí, claro. ¿Y no tiene nada que ver con que haya salido por cuarta vez con Dermot?

—Liv, me encantaría hacer todo lo posible por fastidiarte esa cuarta cita con Dermot, pero no renunciaría por nada del mundo a pasar tiempo con Holly. Lo sabes de sobra.

Una pausa breve, recelosa.

—¿Qué clase de emergencia familiar?

—Aún no lo sé. Jackie me ha llamado histérica desde la casa de mis padres. No puedo explicarte los detalles. Tengo que ir lo antes posible.

Otra pausa, y entonces Olivia dijo, con un largo suspiro hastiado:

—De acuerdo. Estamos en el Coterie. Tráela.

El Coterie tiene un cocinero que sale en la tele y es objeto de esa adulación pajillera propia de los suplementos de fin de semana. Está pidiendo a gritos una bomba incendiaria.

—Gracias, Olivia. En serio. Esta misma noche paso a recogerla, si puedo, o mañana por la mañana. Ya te llamaré.

—Sí, llámame —rezongó Olivia—. Si puedes. —Y colgó.

Tiré el cigarrillo y volví dentro para acabar de cabrear a las mujeres de mi vida.

Holly estaba sentada en la cama con las piernas cruzadas, el ordenador sobre el regazo y el semblante preocupado.

—Cariño —le dije—, tenemos un problema.

Ella señaló el portátil.

—Papi, mira.

En la pantalla ponía, en grandes letras de color púrpura rodeadas por un montón de gráficos destellantes: MORIRÁS A LOS CINCUENTA Y DOS AÑOS. La niña parecía muy afectada. Me senté en la cama detrás de ella y me la puse en el regazo con el ordenador encima.

—¿Qué es todo esto?

—Sarah encontró este test en una página web y lo he hecho por ti y ha salido esto. Tú tienes cuarenta y un años.

Ay, Dios, ahora no.

—Preciosa, esto es internet. Cualquiera puede colgar ahí lo que le dé la gana. Eso no quiere decir que sea real.

—¡Lo pone ahí! ¡Lo han calculado!

Olivia estaría encantada si le llevaba a Holly llorando a moco tendido.

—Voy a enseñarte una cosa —dije. Alargué los brazos por sus costados, eliminé mi sentencia de muerte, abrí un documento Word y escribí: ERES UN ALIENÍGENA DEL ESPACIO. ESTÁS LEYENDO ESTO EN EL PLANETA BONGO—. A ver, ¿es esto cierto?

Holly se las arregló para lanzar una risilla lacrimosa.

—Claro que no.

Lo puse de color púrpura y elegí un tipo de letra llamativo.

—¿Y ahora?

Negó con la cabeza.

—¿Y si hiciera que el ordenador te planteara un montón de preguntas antes de que saliera esto? ¿Sería cierto entonces?

Por un instante pensé que me había hecho entender, pero entonces los hombros estrechos se le quedaron rígidos.

—Has dicho un problema.

—Sí. Vamos a tener que cambiar nuestros planes un poquito.

—Tengo que volver a casa de mamá —dijo Holly, en dirección al portátil—. ¿No?

—Sí, cariño. Lo siento muchísimo. Iré a buscarte en cuanto pueda.

—¿Te necesitan otra vez en el trabajo?

Ese «otra vez» me sentó peor que cualquier menosprecio por parte de Olivia.

—No —dije, ladeándome para alcanzar a verle la cara a Holly—. No tiene nada que ver con el trabajo. El trabajo puede irse a tomar viento, ¿verdad que sí? —Conseguí que sonriera un poco—. ¿Sabes la tía Jackie? Pues tiene un problema de los gordos y necesita que vaya a solucionárselo ahora mismo.

—¿Puedo ir contigo?

Tanto Jackie como Olivia han intentado insinuar, de tanto en tanto, que Holly debería conocer a la familia de su padre. Dejando a un lado las maletas siniestras, Holly solo metería el piececito en el caldero hirviente de locura que es el hogar de los Mackey en pleno apogeo por encima de mi cadáver.

—Esta vez no. Cuando lo haya solucionado todo llevaremos a la tía Jackie a tomar un buen helado en alguna parte, ¿vale? Para animarnos todos, ¿eh?

—Sí —dijo Holly en un suspiro hastiado calcado a los de Olivia—. Sería divertido. —Y se apartó de mi regazo para empezar a meter sus pertenencias en la mochila del cole.

En el coche Holly no paró de hablar con Clara con una vocecilla sofocada demasiado débil para que la oyera yo. En cada semáforo rojo la miraba por el espejo retrovisor y me juraba que se lo compensaría: averiguaría el número de teléfono de los Daly, dejaría la maldita maleta delante de su puerta y volvería con Holly a El Rancho Lyncho para la hora de acostarse. Pero yo ya sabía que las cosas no iban a ir por ahí. Ese camino y esa maleta llevaban mucho tiempo esperando mi regreso. Ahora que me habían clavado las garras, lo que me tenían preparado iba a llevarme mucho más de una noche.

La nota tenía todas las características esenciales de una reina del melodrama adolescente. A Rosie siempre se le había dado bien eso. «Ya sé que va a ser un golpe duro y lo siento, pero no quiero que pienses que me traigo ningún juego entre manos, esa nunca ha sido mi intención. Lo que pasa es que le he dado muchas vueltas y creo que es la única manera para tener una oportunidad en serio de llevar la vida que quiero. Ojalá pudiera hacerlo y no disgustar/hacer daño/decepcionar a nadie. ¡Sería estupendo que me desearan buena suerte para mi nueva vida en Inglaterra! Pero si no es así, lo entiendo. Juro que algún día volveré. Hasta entonces, un montonazo de cariño, Rosie».

Entre el momento que dejó esa nota en el suelo del número 16, en la sala de estar donde nos besamos por primera vez, y el momento en que se disponía a lanzar la maleta por encima de algún muro y largarse de Dodge como alma que lleva el diablo, ocurrió algo.

2

Seguro que no encuentras Faithful Place a menos que sepas dónde buscar. El distrito de Liberties creció por cuenta propia a lo largo de siglos, sin ayuda de ningún urbanista, y Faithful Place es una abigarrada calle sin salida oculta en medio de todo, igual que un falso giro en un laberinto. Está a diez minutos a pie del Trinity College y las tiendas con ínfulas de elegancia de Grafton Street, pero en mis tiempos no íbamos al Trinity y la peña del Trinity no se acercaba por aquí. La zona no era chunga exactamente —obreros, albañiles, panaderos, parados de toda la vida y algún que otro cabrón con suerte que trabajaba en la fábrica de Guinness y disfrutaba de asistencia sanitaria y clases nocturnas—, solo estaba retirada. Liberties recibió el nombre hace cientos de años porque allí la gente se lo montaba por su cuenta y establecía su propio reglamento. En mi calle, las reglas eran las siguientes: por muy pelado que estés, si vas al pub tienes que pagar tu ronda; si un colega tuyo se mete en una pelea, te quedas con él para apartarlo en cuanto veas sangre, de manera que nadie quede en mal lugar; la heroína se deja para los de las urbanizaciones; aunque este mes vayas de punki, el domingo no te saltas la misa, y pase lo que pase, nunca te chivas de nadie.

Aparqué el coche a unos minutos de allí y seguí a pie. No había razón para que mi familia supiera qué vehículo conduzco, ni que llevaba una sillita de niño en el asiento de atrás. El aire nocturno seguía exactamente igual, cálido e inquieto. Bolsas vacías de patatas fritas y billetes de autobús se arremolinaban empujados por ráfagas de viento y de los pubs brotaba un murmullo alborotado. Los yonquis plantados en las esquinas habían empezado a lucir quincalla a juego con el chándal, como para proclamar su elegancia en plan sutil. Dos tipos de esos me miraron de arriba abajo y empezaron a acercarse, pero los obsequié con una enorme sonrisa de tiburón y se lo pensaron mejor.

Faithful Place está formada por dos hileras de ocho casas, viejas edificaciones de ladrillo rojo con escaleras que suben hasta la puerta principal. En los años ochenta cada una albergaba tres o cuatro familias, o incluso más. Pero una familia era cualquier cosa, desde Johnny Malone *el Loco*, que había estado en la primera guerra mundial y te enseñaba el tatuaje de Ypres, a Sallie Hearne, que no era exactamente una prostituta pero de alguna manera tenía que mantener a todos esos críos. Si estabas en paro, te correspondía un piso en el sótano y carencia de vitamina D; si por una de esas casualidades de la vida tenías empleo, te correspondía al menos una parte de la primera planta, y si tu familia llevaba allí varias generaciones, por antigüedad te correspondía alojamiento en la planta superior, donde nadie caminaba por encima de tu cabeza.

Se supone que los lugares parecen más pequeños cuando regresas, pero mi calle parecía sencillamente esquizoide. Un par de casas estaban remozadas en plan elegante, lo que incluía cristales dobles y pintura al pastel que imitaba un acabado antiguo, pero la mayoría seguían igual. El número 16 tenía todo el aspecto de estar en las últimas: el tejado estaba hecho trizas, había un montón de ladrillos y una carretilla hecha polvo junto a las escaleras de entrada y en algún momento de los últimos veinte años alguien había prendido fuego a la puerta. En el número 8 se veía una ventana de la primera planta iluminada, dorada y acogedora y peligrosa a más no poder.

Carmel, Shay y yo llegamos justo después de que mis padres se casaran, uno cada año, tal como cabía esperar en la tierra de los condones de contrabando. Kevin vino cinco años después, cuando mis padres recuperaron el resuello, y Jackie, cinco años más tarde, es de suponer que en uno de los breves momentos en que no se odiaban a muerte. Teníamos la primera planta del número 8, con cuatro habitaciones: la de las chicas, la de los chicos, la cocina y el salón. El retrete era un cobertizo al fondo del jardín y nos aseábamos en una bañera de estaño en la cocina. Hoy en día mis padres tienen todo ese espacio para ellos solos.

Veo a Jackie cada varias semanas y me mantiene más o menos al tanto, dependiendo de lo que se entienda por eso. Mientras que ella tiene la necesidad de saber todos y cada uno de los detalles de la vida de todo el mundo, yo me conformo con enterarme si alguien se muere, de manera que nos llevó un tiempo encontrar un punto intermedio que nos conviniera a ambos. Cuando regresé a Faithful Place, sabía que Carmel tenía cuatro críos y el culo como un autobús, Shay vivía encima de nuestros padres y trabajaba en el mismo taller de bicis en el que entró cuando dejó los estudios, Kevin vendía teles de pantalla plana y tenía una novia distinta cada mes, mi padre se había fastidiado la espalda de una manera que no estaba del todo clara y mi madre seguía siendo mi madre. Jackie, para completar la imagen, es peluquera y vive con un tipo, Gavin, que según ella acabará por ser su marido. Si se había ceñido a mis órdenes, cosa que dudaba, los otros no debían de tener ni puta de idea de la vida que llevaba yo.

La puerta de entrada a la casa no estaba cerrada con llave, ni tampoco la del piso. Ya nadie deja la puerta abierta en Dublín. Jackie, con mucho tacto, lo había apañado todo para que yo pudiera entrar a mi manera. Se oían voces procedentes del salón; frases cortas, pausas largas.

—¿Qué tal? —dije, en el umbral.

Una oleada de tazas que bajaban y cabezas que se volvían. Los veloces ojos negros de mi madre y cinco pares de color azul intenso exactamente iguales a los míos, todos mirándome.

—Esconde la heroína —dijo Shay. Estaba apoyado en la ventana con las manos en los bolsillos. Me había visto venir calle arriba—. Es la pasma.

El propietario había puesto por fin moqueta, una tela floreada de tonos rosa y verde. La sala seguía oliendo a tostadas, cera para muebles y humedad, con un tenue trasfondo sucio que no alcanzaba a identificar. Había una bandeja llena de blondas y galletitas integrales encima de la mesa. Mi padre y Kevin estaban en los sillones; mi madre, en el sofá, flanqueada por Carmel y Jackie, como una líder guerrera alardeando de dos preciados prisioneros.

Mi madre responde al tipo clásico dublinés: metro y medio raspado con el pelo rizado, de figura fuerte y gruesa en plan no te metas conmigo, alimentada por un suministro inagotable de desaprobación. La bienvenida al hijo pródigo fue como sigue:

—Francis —dijo. Se retrepó en el sofá, cruzó los brazos encima de donde debería haber tenido la cintura y me miró de arriba abajo—. Al menos podrías haberte puesto una camisa decente, ¿no?

—¿Qué tal, mamá? —dije.

—Mamá no, mami. Hay que ver cómo vienes. Los vecinos van a pensarse que crié a un pordiosero.

En algún momento del pasado cambié la parka del ejército por una cazadora de cuero marrón, pero aparte de eso, sigo teniendo el mismo ojo para la moda que cuando me marché de casa. De haber llevado traje, se habría metido conmigo por darme aires. Con mi madre ya puedes olvidarte de salir ganando.

—Por lo que me ha dicho Jackie, parecía urgente —respondí—. ¿Qué tal, papá?

Mi padre tenía mejor aspecto de lo que esperaba. En otros tiempos, era yo el que más se parecía a él —el mismo tupido pelo castaño, los mismos rasgos toscos—, pero ese parecido se había ido desvaneciendo por el camino, lo que tampoco estaba tan mal. Empezaba a parecer un viejo —cabello blanco, los pantalones más arriba de los tobillos—, pero seguía siendo lo bastante musculoso como para que te lo pensaras dos veces antes de enfrentarte con él. Tenía pinta de estar completamente sobrio, pero con él nunca se sabía hasta que era demasiado tarde.

—Qué amable por tu parte hacernos el honor —dijo, su voz más grave y áspera; demasiados Camel—. Aún los tienes bien puestos.

—Eso dicen. Qué tal, Carmel. Kev. Shay.

Shay no se molestó en contestar.

—Francis —dijo Kevin. Me miraba fijamente como si fuera un fantasma. Se había convertido en un grandullón, rubio, sólido y atractivo; más grande que yo—. Virgen santa.

—A ver esa lengua —le espetó mi madre.

—Se te ve muy bien —informó Carmel, como era de suponer. Si el Señor resucitado de entre los muertos se le apareciera a Carmel una mañana, seguro que le diría que se le veía muy bien. Tenía un culo a prueba de choques, desde luego, pero había desarrollado un acento sinuoso y refinado que no me sorprendió lo más mínimo. Las cosas por allí no habían cambiado lo más mínimo.

—Muchas gracias —le dije—. A ti también.

—Ven aquí, hombre —me instó Jackie. Mi hermana luce un tono de pelo teñido bastante complicado y se viste como si acabara de salir de uno de esos restaurantes de carretera sobre los que canta Tom Waits. Ese día lucía pantalones piratas blancos y una camiseta de lunares rojos con volantes en lugares desconcertantes—. Ponte cómodo y tómate un té. Yo voy a ponerme otro.

Se levantó y se fue a la cocina, dirigiéndome por el camino un pequeño guiño acompañado de un pellizco.

—No te molestes —le dije, atajándola. Con solo pensar en sentarme al lado de mi madre se me erizó el vello de la nuca—. Vamos a echar un vistazo a la dichosa maleta.

—¿A qué viene tanta prisa? —preguntó mi madre en tono rotundo—. Siéntate ahí.

—La obligación antes que la devoción. ¿Dónde está la maleta?

35

Shay señaló con la cabeza el suelo a sus pies.

—Toda tuya —dijo.

Jackie volvió a sentarse con un topetazo. Me abrí paso entre la mesita de centro, el sofá y las sillas, bajo la atenta mirada de todos.

La maleta estaba junto a la ventana. Era un modelo azul pálido con las esquinas torneadas, cubierto por grandes manchas de moho negro, y estaba entreabierta. Alguien había forzado los patéticos cierres de hojalata. Lo que me descolocó fue lo pequeña que era. Olivia acostumbraba a meter en las maletas prácticamente todo lo que poseíamos, incluida la tetera eléctrica, cuando nos íbamos a pasar un fin de semana fuera. Rosie iba de camino a una vida nueva con algo que podía llevar en una sola mano.

—¿Quién la ha tocado? —pregunté.

Shay soltó una carcajada, un sonido brusco desde el fondo de la garganta.

—Virgen santa, chicos, es Colombo. ¿Vas a tomarnos las huellas dactilares?

Shay es moreno, enjuto e inquieto, y había olvidado lo que era tenerlo tan cerca. Es como estar al lado de una torre de conducción eléctrica, te crispa de la cabeza a los pies. Ahora tenía unos surcos marcados y feroces desde la nariz hasta la boca y entre las cejas.

—Solo si me lo pides con amabilidad —dije—. ¿La habéis tocado todos?

—Yo no he querido ni acercarme —se apresuró a decir Carmel, acompañando sus palabras de un estremecimiento—. Está asquerosa.

Crucé la mirada con Kevin. Por un instante fue como si no me hubiera marchado nunca.

—Tu padre y yo hemos intentado abrirla —dijo mi madre—, solo que estaba cerrada, así que he llamado a Shay y le he dicho que probara con un destornillador. No nos ha quedado otra, claro. Sin ver el interior no había manera de saber de quién era.

Me lanzó una mirada beligerante.

—Desde luego —dije.

—Cuando hemos visto lo que contenía... Te lo aseguro, me he llevado el mayor susto de mi vida. Se me salía el corazón por la boca. He pensado que me iba a dar un ataque al corazón. Le he dicho a Carmel: «Gracias a Dios que estás aquí con el coche, por si tienes que llevarme al hospital».

Por su mirada deduje que eso habría sido culpa mía, aunque aún no había decidido de qué manera.

—A Trevor no le importa dar de cenar a los niños, no en caso de emergencia. Para eso es estupendo —me dijo Carmel.

—Kevin y yo hemos echado un vistazo dentro cuando hemos llegado —reconoció Jackie—. Hemos tocado alguna que otra cosa, no recuerdo qué...

—¿Llevas polvillo de ese para las huellas dactilares? —prosiguió Shay.

Estaba recostado contra el marco de la ventana y me miraba con los ojos entornados.

—Otro día, si te portas bien.

Saqué de la cazadora unos guantes de cirujano y me los puse. Mi padre se echó reír en un tono grave y desdeñoso, pero no pudo evitar que la carcajada se convirtiera en un ataque de tos que sacudió el sillón en el que estaba sentado.

El destornillador de Shay estaba en el suelo al lado de la maleta. Me arrodillé y lo usé para levantar la tapa. Dos muchachos del Departamento Técnico me debían favores, y un par de encantadoras chicas que trabajaban allí estaban coladas por mí. Cualquiera de ellos podría llevar a cabo unos análisis extraoficialmente, pero seguro que agradecerían que no jodiera las pruebas más de lo estrictamente necesario.

La maleta estaba llena a rebosar de una gruesa maraña de tela, manchada de negro y medio hecha jirones por el moho y el tiempo. Despedía un olor fuerte y penetrante, como a tierra húmeda. Era el trasfondo que había percibido en el ambiente al entrar.

Fui sacando cosas lentamente, una por una, y las amontoné en la tapa de la maleta, donde no se contaminaran. Un par de vaqueros azules holgados, con parches a cuadros cosidos bajo los desgarrones en las rodillas. Un jersey verde de lana. Un par de vaqueros tan ajustados que tenían cremalleras en los tobillos, y Dios santo qué bien los recordaba: el vaivén de las caderas de Rosie en su interior me golpeó en todo el estómago. Seguí adelante sin parpadear siquiera. Una camisa de franela de hombre sin cuello, con finas rayas azules sobre lo que fuera un fondo de color crema. Seis pares de braguitas blancas de algodón. Una blusa de cachemira azul y morada de faldón largo que se caía a pedazos. Cuando la cogí se desprendió de ella la partida de nacimiento.

—Ahí está —señaló Jackie. Estaba asomada por encima del brazo del sofá, escudriñándome con gesto ansioso—. ¿Lo ves? Hasta ese momento, habíamos pensado que igual no era nada, no sé, unos chicos haciendo tonterías o alguien que había robado algo de droga y quería esconderla, o tal vez una pobre mujer cuyo marido la maltrataba y guardaba el equipaje preparado para cuando tuviera ánimo suficiente para abandonarlo, ya sabes, como te aconsejan que hagas en las revistas. —Empezaba a acelerarse otra vez.

Rose Bernadette Daly, nacida el 30 de julio de 1966. El papel estaba a punto de desintegrarse.

—Sí —dije—. Si se trata de unos chicos haciendo tonterías, se lo han tomado pero que muy en serio.

Una camiseta de U2, que probablemente valdría cientos de libras de no ser por las manchas de podredumbre. Una camiseta a rayas blancas y azules. Un chaleco negro de hombre; estaba de moda el estilo Annie Hall por aquel entonces. Un jersey de lana morado. Un rosario de plástico azul pálido. Dos sujetadores blancos de algodón. Un walkman de pacotilla para el que yo había estado ahorrando durante meses; reuní las dos últimas libras una semana antes de que ella cumpliera dieciocho años, ayudando a Beaker Murray a vender vídeos pirata en el mercadillo de Iveagh. Un bote de desodorante Sure. Una decena de casetes grabados en casa. Aun se podía leer su letra redonda en las carátulas: REM, *Murmur*; U2, *Boy*; Thin Lizzy, los Boomtown Rats, los Stranglers, Nick Cave and the Bad Seeds. Rosie era capaz de dejarlo todo atrás, pero su música tenía que acompañarla.

En el fondo de la maleta había un sobre marrón. Los restos de papel en su interior se habían convertido en un pedazo sólido tras veinte años de humedad constante. Cuando tiré delicadamente del borde, se desprendió como un puñado de piedrecillas húmedas. Otro favor que le hacía al departamento. Aún se apreciaban por la ventanilla plastificada del sobre unas cuantas palabras de escritura emborronada.

... LAOGHAIRE-HOLYHEAD... SALIDA... 30 AM... Fuera donde fuese, Rosie había llegado sin nuestros billetes de ferry.

Todos me miraban fijamente. Kevin parecía afectado de veras.

—Bueno —dije—. Parece que es la maleta de Rosie Daly, desde luego.

Empecé a transferir el contenido de la tapa al interior de la maleta de nuevo, dejando los documentos para el final, de manera que no quedaran aplastados.

—¿Vamos a llamar a la policía? —preguntó Carmel.

Mi padre profirió un carraspeo espectacular, como si fuera a escupir. Mi madre le lanzó una mirada feroz.

—¿Y qué vamos a decir? —pregunté.

Saltaba a la vista que nadie había pensado en ello.

—Alguien escondió una maleta detrás de una chimenea hace unos veinte años —resumí—. No es precisamente el crimen del siglo. Los Daly pueden llamar a la policía si quieren, pero os lo advierto, no creo que vayan a venir armados hasta los dientes para el Caso de la Chimenea Obstruida.

—Pero está claro que Rosie... —dijo Jackie. Se tiraba de un mechón de pelo y me miraba de hito en hito, con sus dientes de conejillo y sus grandes ojos azules y preocupados—. Sigue desaparecida. Y eso de ahí es una pista, o una prueba, o comoquiera que lo llaméis. ¿No deberíamos...?

—¿Denunciaron su desaparición?

Todos intercambiaron miradas. Nadie lo sabía. Yo lo dudaba mucho. En Liberties, los polis son como los fantasmas en el videojuego del Comecocos: forman parte del juego, aprendes a esquivarlos y desde luego no vas en su busca.

—Si no lo denunciaron —dije, al tiempo que cerraba la maleta con las yemas de los dedos—, ahora ya es un poco tarde.

—Pero —repuso Jackie—, un momento. ¿No te parece que...? Ya sabes. Que no se fue a Inglaterra después de todo. ¿No te parece que igual alguien pudo...?

—Lo que intenta decir Jackie es que parece que alguien se cargó a Rosie —terció Shay—, la metió en un cubo de la basura, la llevó hasta las granjas porcinas, se deshizo de ella y luego metió esa maleta en una chimenea para ocultarla.

—¡Seamus Mackey! ¡Bendito sea Dios! —le increpó mi madre. Carmel se persignó.

Ya se me había pasado por la cabeza esa posibilidad.

—Podría ser, por supuesto —dije—. O tal vez la abdujeron unos alienígenas y la dejaron en Kentucky por error. A título personal, yo me decantaría por la explicación más sencilla, que consiste en que ella misma metió la maleta en la chimenea, no tuvo ocasión de volver a recogerla y se largó a Inglaterra sin ropa de muda. Pero si os hace falta dar un toque de dramatismo a vuestra vida, vosotros mismos.

—Claro —comentó Shay. Mi hermano tiene un montón de defectos, pero la estupidez no se cuenta entre ellos—. Y por eso te hace falta esa chorrada. —Se refería a los guantes, que ahora volvía a guardarme en la cazadora—. Porque no crees que se trate de ningún crimen.

—Es un acto reflejo —aduje, con una sonrisa torcida—. Un madero lo es veinticuatro horas al día los siete días de la semana.

Shay lanzó un chasquido de repugnancia.

Mi madre dijo con una simpática mezcla de pavor, envidia y sed de sangre:

—A Theresa Daly le va a dar un ataque. Un ataque.

Por una amplia variedad de razones, tenía que llegar a casa de los Daly antes que nadie.

—Voy a hablar con ella y con su marido, a ver qué pueden hacer. ¿A qué hora regresan a casa los sábados?

Shay se encogió de hombros.

—Depende. A veces no llegan hasta después de comer, otras a primera hora de la mañana. Cuando Nora puede traerlos.

Vaya putada. Era evidente por el gesto de mi madre que ya estaba planeando salirles al paso antes de que hubieran metido la llave en la cerradura. Me planteé dormir en el coche y adelantarme para impedírselo, pero no había ningún sitio donde pudiera tener su casa vigilada desde el vehículo. Shay me miraba y se lo estaba pasando en grande.

Entonces mi madre sacó pecho y dijo:

—Puedes quedarte a dormir aquí, Francis, si quieres. Eso sigue siendo un sofá cama.

No di por sentado que se tratara de un arrebato de ternura en plan reunión familiar. A mi madre le gusta que los demás estén en deuda con ella, lo que nunca es una buena idea, pero no se me ocurría nada mejor.

—Siempre que no te hayas vuelto demasiado elegante —añadió, para que no pensara que se había ablandado.

—Nada de eso —dije, y le lancé a Shay una amplia sonrisa enseñándole los dientes—. Estoy de maravilla. Gracias, mamá.

—Mamá no, mami. Y supongo que querrás desayunar y todo.

—¿Puedo quedarme yo también? —preguntó Kevin, sin que viniera a cuento.

Mi madre le dirigió una mirada recelosa. Parecía tan asombrada como yo.

—No te lo puedo impedir —contestó finalmente—. No vayáis a estropearme las sábanas buenas. —Y se levantó del sofá, no sin esfuerzo, para ponerse a recoger las tazas de té.

Shay se echó a reír en un tono muy poco agradable.

—Paz en la montaña de los Walton, como en la serie de televisión —se mofó, a la vez que empujaba la maleta con la puntera de la bota—. Justo a tiempo para la Navidad.

A mi madre no le gusta que se fume en casa. Shay, Jackie y yo salimos a dar rienda suelta al vicio. Kevin y Carmel nos siguieron. Nos sentamos en las escaleras de la entrada, tal como hacíamos cuando éramos niños, comiendo polos después de cenar mientras esperábamos a que pasara algo interesante. Me llevó un rato caer en la cuenta de que seguía esperando que ocurriera algo —chicos con un balón de fútbol, una pareja enzarzada en una discusión a grito pelado, una mujer que cruzara la calle para canjear cotilleo por bolsitas de té, cualquier cosa— y que no iba a ocurrir nada. En el número 11 un par de estudiantes melenudos preparaban algo de comer y escuchaban a Keane, ni siquiera a un volumen muy alto, y en el número 7 Sallie Hearne planchaba y alguien veía la tele. Por lo visto esa era toda la acción que cabía esperar en Faithful Place hoy en día.

Habíamos gravitado directamente hacia nuestros lugares de antaño: Shay y Carmel en extremos opuestos del escalón superior, Kevin y yo más abajo, Jackie en el peldaño inferior, entre nosotros. Habíamos dejado la huella de nuestros traseros impresa en las escaleras.

—Dios santo, qué calor hace —comentó Carmel—. No parece diciembre en absoluto, ¿a que no? Está todo patas arriba.

—El calentamiento global —sugirió Kevin—. ¿Me da alguien un cigarro?

Jackie le alcanzó su paquete.

—No te enganches. Es un vicio asqueroso.

—Solo en ocasiones especiales.

Encendí el mechero y se inclinó hacia mí. La llama proyectó las sombras de sus pestañas por sus mejillas de tal manera que durante un instante pareció un niño dormido, sonrosado e inocente. Kevin me tenía en un pedestal en otros tiempos. Me seguía a todas partes. Zippy Hearne acabó con la nariz sangrando de un puñetazo porque le quitó unas gominolas. Ahora olía a loción para después del afeitado.

—Sallie —dije, al tiempo que hacía un gesto en dirección a su casa—. ¿Cuántos hijos tuvo al final?

Jackie pasó una mano por encima del hombro para cogerle el paquete de tabaco a Kevin.

—Catorce. Me duele el chocho solo de pensarlo.

Lancé una risita, crucé la mirada con Kevin y conseguí arrancarle una sonrisa.

Poco después Carmel me dijo:

—Yo tengo cuatro. Darren, Louise, Donna y Ashley.

—Me lo contó Jackie. Me alegro por ti. ¿Qué aspecto tienen?

—Louise es como yo, Dios la asista. Darren se parece a su padre.

—Donna es igualita a Jackie —aseguró Kevin—. Con los dientes salidos y todo.

Jackie le dio un golpe.

—Cierra la boca.

—Ya deben de ser mayores —comenté.

—Ay, sí, lo son. Darren va a hacer las pruebas de acceso a la universidad este año. Quiere estudiar ingeniería en la UCD, fíjate tú.

Nadie preguntó por Holly. Tal vez había infravalorado a Jackie. Tal vez sí sabía mantener la boca cerrada.

—Mira —dijo Carmel, que se puso a hurgar en el bolso. Sacó el móvil, apretó unas cuantas teclas y me lo pasó—. ¿Quieres verlos?

Fui pasando las fotos. Cuatro críos pecosos y poco agraciados. Trevor, igual que siempre, salvo por las entradas. Una casa de mediados de los setenta con pared medianera y sendero de gravilla en no recordaba qué barrio deprimente. Carmel era exactamente lo que siempre había soñado ser. Muy poca gente puede decir eso. Me alegraba por ella, aunque su sueño hacía que me entraran ganas de rebanarme el pescuezo.

—Parecen unos niños estupendos —dije, y le devolví el móvil—. Enhorabuena, Melly.

Oí por encima de mi cabeza cómo se le cortaba fugazmente la respiración.

—Melly. Dios... Hacía años que no lo oía.

Bajo esa luz parecían ellos mismos otra vez. Difuminaba las arrugas y las canas, atenuaba la pesadez bajo el mentón de Kevin y borraba el maquillaje de Jackie. Allí estábamos los cinco, flamantes, con ojos de gato y azogados en la penumbra, devanando cada cual sus sueños. Si Sallie Hearne se asomara a la ventana nos vería: los hijos de los Mackey, sentados en las escaleras. En un ataque de enajenación momentánea, me alegré de estar allí.

—Ay —dijo Carmel, removiéndose. Nunca se le ha dado bien el silencio—. El culo me está matando. ¿Estás seguro de que es lo que ocurrió, Francis, lo que has dicho ahí dentro, lo de que Rosie tenía intención de volver a por la maleta?

Un siseo quedo que tal vez fuera risa, al expulsar Shay el humo entre los dientes.

—Eso es una puta chorrada. Él lo sabe tan bien como yo.

Carmel le dio una palmada en la rodilla.

—A ver si hablas bien.

Shay no se movió.

—¿A ti qué te pasa? —le preguntó Carmel—. ¿Por qué iba a ser una puta chorrada?

Él se encogió de hombros.

—No estoy seguro de nada —reconocí—. Pero sí, creo que hay muchas probabilidades de que esté en Inglaterra, viviendo feliz para siempre jamás.

—¿Sin billete ni carné de identidad? —insistió Shay.

—Había ahorrado dinero. Si no pudo recuperar el billete, seguro que compró otro. Y en aquel entonces no necesitabas carné de identidad para ir a Inglaterra.

Cosa que era cierta. Llevábamos las partidas de nacimiento porque sabíamos que tal vez tuviéramos que apuntarnos al paro mientras buscábamos empleo, y porque íbamos a casarnos.

Jackie preguntó en voz queda:

—De todas maneras, he hecho bien en llamarte, ¿verdad? ¿O igual debería...?

Se tensó el ambiente.

—Haberlo dejado correr —apuntó Shay.

—No —dije—. Has hecho lo que debías, cariño. Tienes un instinto que es oro puro, ¿lo sabías?

Jackie estiró las piernas y se miró los zapatos de tacón alto. Yo solo alcanzaba a verle la nuca.

—Es posible —dijo.

Nos quedamos allí sentados, fumando un rato. El olor a malta y lúpulo tostado había desaparecido; Guinness había optado por la corrección ecológica en la década de los noventa, así que ahora Liberties olía a humo de escape, lo que por lo visto es un avance. Las mariposas nocturnas revoloteaban en torno a la farola al final de la calle. Alguien había retirado la cuerda que había atada a lo más alto para que los niños se columpiaran.

Había una cosa que me intrigaba.

—Papá tiene buen aspecto —dije.

Silencio. Kevin se encogió de hombros.

—Tiene la espalda fastidiada —señaló Carmel—. ¿Jackie te ha...?

—Me dijo que tiene problemas. Está mejor de lo que esperaba.

Lanzó un suspiro.

—Tiene días buenos y días malos, claro. Hoy lo tiene bueno, está estupendo. Los días malos...

Shay le dio una calada al cigarrillo. Seguía cogiéndolo entre el pulgar y el índice, como un gánster de película antigua.

—Los días malos tengo que ayudarle hasta para ir al retrete —dijo en tono terminante.

—¿Sabéis qué le ocurre? —pregunté.

—No. Puede que algo relacionado con su trabajo, tal vez... No consiguen averiguarlo. En cualquier caso, está empeorando.

—¿Ha dejado de beber?

—¿Qué tiene eso que ver contigo? —preguntó Shay.

—¿Ha dejado de beber? —insistí.

Carmel cambió de postura.

—Bueno, está bien.

Shay se rió con un ladrido brusco.

—¿Trata bien a mamá?

—¿A ti qué hostias te importa? —me increpó Shay.

Los otros tres contuvieron la respiración, expectantes ante una posible pelea. Cuando yo tenía doce años Shay me abrió la cabeza en esos mismos escalones; aún tengo la cicatriz. No mucho después de aquello, crecí hasta hacerme más grande que él. También él tiene cicatrices.

Me volví, sin prisas, para mirarlo a la cara.

—Te he hecho una pregunta amable —dije.

—Que llevabas veinte años sin hacer.

—Me lo ha preguntado a mí muchas veces —intercedió Jackie, en voz baja.

—¿Y qué? Tú tampoco vives aquí, ya no. Tienes tan poca idea de lo que ocurre como él.

—Por eso te lo pregunto ahora —dije—. ¿Trata bien a mamá?

Nos sostuvimos la mirada en la penumbra. Me preparé para tirar la colilla tan rápido como hiciera falta.

—Si digo que no —contestó Shay—, ¿vas a dejar tu elegante apartamento de soltero para cuidar de ella?

—¿Debajo de donde vives tú? Ay, Shay. ¿Tanto me echas de menos?

Se abrió de golpe una ventana encima de nuestras cabezas y mi madre gritó:

—¡Francis! ¡Kevin! ¿Vais a entrar o no?

—¡En un momento! —gritamos todos.

Jackie se echó reír profiriendo un ruidito agudo y frenético:

—Cualquiera que nos oiga...

Mi madre volvió a cerrar la ventana de golpe. Un segundo después Shay relajó la postura y escupió por entre las barras de la verja. En cuanto apartó de mí la mirada, todo el mundo se tranquilizó.

—Tengo que irme de todas maneras —dijo Carmel—. A Ashley le gusta que esté su mami cuando se va a dormir. No deja que la acueste Trevor, le monta unos berrinches tremendos. A ella le parece gracioso.

—¿Cómo vas a volver a casa? —preguntó Kevin.

—Tengo el Kia aparcado a la vuelta de la esquina. El Kia es mío —me explicó—. Trevor tiene un Range Rover.

Trevor siempre me pareció un capullo deprimente. Me alegraba comprobar que había resultado tal como lo había imaginado.

—Estupendo —dije.

—¿Me llevas? —preguntó Jackie—. He venido directa del trabajo y hoy le toca el coche a Gav.

Carmel hundió la barbilla e hizo un chasquido de desaprobación con la lengua.

—¿No va a venir a recogerte?

—No, qué va. A estas horas el coche ya debe estar en casa, y él en el pub con los colegas.

Carmel se levantó apoyándose en la verja y se alisó la falda.

—Entonces te llevo a casa. Dile a Gavin que si deja que trabajes, lo menos que puede hacer es comprarte un coche para que vayas al trabajo. ¿De qué os reís vosotros?

—El movimiento de liberación de la mujer va viento en popa —dije yo.

—A mí no me ha ido nunca ese asunto. Me gusta llevar un sujetador bien resistente. Y tú, guapa, deja de reírte y ven, si no quieres que te deje con esta pandilla de inútiles.

—Ahora voy, espera un momento. —Jackie volvió a guardarse el paquete de tabaco y se echó la correa del bolso al hombro—. Me pasaré por aquí mañana. ¿Nos vemos entonces, Francis?

—Nunca se sabe. Si no, ya hablaremos.

Alargó una mano y cogió la mía para apretármela con fuerza.

—Me alegra haberte llamado después de todo —dijo, en un tono de voz bajo y semiíntimo pero desafiante—. Me alegra que hayas venido. Eres un sol, de verdad. Cuídate, ¿de acuerdo?

—Tú sí que eres un encanto. Nos vemos, Jackie.

Desde lo alto de las escaleras, Carmel dijo:

—Francis, ¿vamos a...? ¿Volverás a venir por aquí? Ahora que...

—Vamos a ocuparnos primero de este asunto —contesté, sonriéndole—. Luego ya veremos cómo va la cosa, ¿de acuerdo?

Carmel bajó las escaleras y los tres las vimos alejarse por Faithful Place: los tacones de aguja de Jackie resonaban en las fachadas de las casas y Carmel la seguía a paso decidido, intentando no quedar rezagada. Sin contar el pelo y los tacones, Jackie es mucho más alta que Carmel, pero esta la supera con creces en lo que a circunferencia se refiere. La falta de armonía las hacía parecer una absurda pareja de caricatura, dispuestas a sufrir accidentes tan dolorosos como cómicos hasta atrapar por fin al malo y solucionar el caso.

—Son un par de mujeres estupendas —dije en voz queda.

—Sí —coincidió Kevin—. Lo son.

—Si quieres hacerles un favor a esas dos —dijo Shay—, no vuelvas a venir por aquí.

Supuse que probablemente tenía razón, pero no le hice ningún caso. Mi madre montó otra vez el numerito de la ventana:

48

—¡Francis! ¡Kevin! Tengo que cerrar esta puerta. O subís ahora o dormís donde estáis.

—Venga —dijo Shay—. Va a despertar a toda la calle.

Kevin se levantó, al tiempo que se estiraba y hacía crujir el cuello.

—¿Vas a entrar?

—No —respondió Shay—. Voy a fumarme otro.

Cuando cerré la puerta de la entrada, seguía sentado en los escalones de espaldas a nosotros, haciendo chasquear el mechero y contemplando la llama.

Mi madre había dejado un edredón, dos almohadas y un montón de sábanas en el sofá, y se había ido a la cama para dejar bien claro que habíamos pasado mucho rato fuera. Ella y papá se habían trasladado a nuestra antigua habitación; el cuarto de las chicas había pasado a ser un cuarto de baño hacia los ochenta, a juzgar por los acabados de color verde aguacate. Mientras Kevin se aseaba, salí al pasillo —mi madre tiene el oído de un murciélago— y llamé a Olivia.

Eran bastante más de las once.

—Está dormida —me advirtió Olivia—. Y muy decepcionada.

—Lo sé. Solo quería darte las gracias otra vez, y volver a decirte que lo siento. ¿Te he estropeado la cita del todo?

—Sí. ¿Qué pensabas que iba a pasar? ¿Que iban a poner otra silla en el Coterie para que Holly charlara con nosotros sobre el premio Booker mientras degustábamos el salmón *en croute*?

—Mañana tengo que ocuparme de unos asuntos por aquí, pero intentaré recogerla antes de cenar. Igual tú y Dermot podéis volver a quedar.

Lanzó un suspiro.

—¿Qué ocurre? ¿Están todos bien?

—Aún no lo sé —reconocí—. Sigo intentando descifrarlo. Mañana me habré hecho una idea más acertada.

Un silencio. Me pareció que Liv estaba cabreada conmigo por mostrarme tan reservado, pero entonces dijo:

—Y tú qué, Frank, ¿estás bien?

Su voz se había suavizado. Lo último que necesitaba esa noche era que Olivia se mostrara comprensiva conmigo. Su amabilidad hizo que los huesos se me estremecieran como si les hubiesen aplicado un agua balsámica y traicionera.

—De maravilla —dije—. Tengo que colgar. Dale a Holly un beso de mi parte cuando despierte. Te llamaré mañana.

Kevin y yo preparamos el sofá cama y nos acomodamos cada cual en una dirección para poder sentirnos como un par de juerguistas durmiendo la mona en vez de dos niños pequeños compartiendo un colchón. Nos quedamos allí tendidos, bajo los tenues haces de luz que dejaban pasar las cortinas de encaje, escuchando la respiración del otro. En el rincón, la estatuilla del Sagrado Corazón de mi madre relucía de un color rojo morboso. Imaginé la cara de Olivia si alguna vez llegara a ver esa estatuilla.

—Me alegro de verte —dijo Kevin en voz baja, un rato después—. Lo sabes, ¿verdad?

Tenía la cara entre sombras. Lo único que alcanzaba a ver eran sus manos sobre el edredón, un pulgar que frotaba un nudillo distraídamente.

—Yo también —aseguré—. Tienes buen aspecto. Es increíble que seas más alto que yo.

Una risita como si hubiera aspirado por la nariz.

—Aun así, no me gustaría vérmelas contigo.

Yo también reí.

—Tienes toda la razón. Ahora soy un experto en combate sin armas.

—¿En serio?

—No. Soy un experto en papeleo y en librarme de líos.

Kevin se volvió de lado para verme y pasó un brazo por debajo de la cabeza.

50

—¿Puedo preguntarte una cosa? ¿Por qué la Policía?

Los polis como yo son la razón de que nunca te destinen a tu lugar de origen. Si quieres ponerte en plan estricto, todas las personas con las que crecí eran probablemente delincuentes menores de una manera u otra, no por maldad sino porque así es como se las apaña la gente. La mitad de Faithful Place estaba en el paro y todos hacían trabajillos por su cuenta, sobre todo cuando se acercaba el principio de curso y los críos necesitan libros y uniformes. Cuando Kevin y Jackie tuvieron bronquitis un invierno, Carmel traía carne del supermercado Dunnes en el que trabajaba para que se pusieran fuertes. Nadie le preguntó cómo la pagaba. Cuando cumplí los siete años ya sabía manipular el contador del gas para que mi madre hiciese la cena. Ningún orientador profesional me habría tomado por un agente de policía en ciernes.

—Me pareció emocionante —respondí—. Así de sencillo. Que te paguen por tener la oportunidad de entrar en acción. ¿Qué tiene de malo?

—¿Y lo es? ¿Es emocionante?

—A veces.

Kevin me miró, expectante.

—Se pusieron como motos —dijo, finalmente—. Cuando Jackie nos lo contó.

Mi padre empezó trabajando de enlucidor, pero cuando llegué yo ya era bebedor a jornada completa y dedicaba las horas extra a ocuparse de artículos que caían del remolque de algún camión. Creo que hubiera preferido que yo acabara haciendo de chapero.

—Sí, bueno —comenté—. Es la guinda que corona la tarta. Ahora dime una cosa. ¿Qué ocurrió el día después de irme yo?

Kevin volvió a ponerse boca arriba y entrelazó las manos detrás de la cabeza.

—¿No se lo has preguntado nunca a Jackie?

—Ella tenía nueve años. No está segura de si lo que recuerda es real o imaginaciones. Dice que un médico con bata blanca se llevó a la señora Daly, cosas así.

—No hubo ningún médico —dijo Kevin—. Al menos que yo sepa.

Tenía la mirada fija en el techo. La luz de la farola del otro lado de la ventana hacía que le rielaran los ojos como agua oscura.

—Recuerdo a Rosie —dijo—. Ya sé que solo era un crío, pero... La recuerdo de una manera muy intensa, ¿sabes? Aquel pelo y aquella risa, y su manera de caminar... Era preciosa.

—Sí que lo era —convine.

Dublín era pardo y gris y beige por todas partes en aquel entonces, y Rosie era de una decena de colores distintos: una explosión de rizos cobrizos hasta la cintura, los ojos como astillas de vidrio verde bajo la luz, la boca roja y la piel blanca con pecas doradas. La mitad de Liberties estaba colada por Rosie Daly, y lo que la hacía más atractiva aún era que a ella le traía sin cuidado, nada de eso la hacía creerse especial en absoluto. Tenía curvas como para que te entrara vértigo y las lucía con la misma despreocupación que los vaqueros con remiendos.

Solo una breve pincelada sobre Rosie, en esos tiempos en que las monjas habían convencido a chicas la mitad de guapas que ella de que sus cuerpos eran una especie de cruce entre pozos negros y cámaras acorazadas, y los chicos eran ladronzuelos asquerosos. Una tarde de verano, cuando teníamos unos doce años, antes de darnos cuenta siquiera de que estábamos enamorados, los dos estábamos jugando a eso de yo te lo enseño si tú me lo enseñas. Lo más cerca que había estado de ver a una mujer desnuda era algún escote en blanco y negro, y entonces Rosie lanzó la ropa a un rincón como si le molestara y se volvió bajo la luz tenue del número 16, con las palmas hacia arriba, luminosa, risueña, casi lo bastante cerca para tocarla. Con solo pensar en ello se me sigue cortando la respiración. Era demasiado pequeño aún para saber qué hacer con ella, pero de lo que no me cupo ninguna duda era de que nada en el mundo entero, ni la mismísima Mona Lisa atravesando el Gran Cañón con el Santo Grial en una mano y un billete de lotería premiado en la otra, podría llegar a ser más hermoso.

Kevin dijo en voz queda, mirando al techo:

—Al principio nadie pensó que había ocurrido algo. Shay y yo nos dimos cuenta de que no estabas cuando despertamos, evidentemente, pero pensamos que te habías largado a alguna parte. Pero luego, cuando desayunábamos, vino la señora Daly hecha una fiera preguntando por ti. Cuando le dijimos que no estabas, prácticamente tuvo un infarto allí mismo: habían desaparecido las cosas de Rosie, y la señora Daly berreaba que te habías escapado con ella, o que la habías secuestrado, no sé qué demonios decía. Papá empezó a responderle a gritos y mamá intentaba que los dos se calmaran antes de que los vecinos les oyeran...

—Pues menuda papeleta —dije.

La señora Daly se pone como loca de una manera distinta a mi madre, pero igual de estruendosa.

—Sí, ya lo sé, ¿verdad? Y oímos que alguien gritaba al otro lado de la calle, así que Jackie y yo salimos a ver. El señor Daly estaba tirando a tomar viento por la ventana el resto de las cosas de Rosie, y la calle entera había salido a ver qué ocurría... Si he de serte sincero, me pareció la hostia de gracioso.

Sonreía de oreja a oreja. No pude por menos de sonreír también.

—Habría pagado lo que fuera por verlo.

—Sí, desde luego. Casi se tiran de los pelos. La señora Daly dijo que eras un desgraciado y mamá dijo que Rosie era una putilla, igual que su madre. La señora Daly se subía por las paredes.

—Bueno, yo habría apostado por mamá. Por la ventaja del peso, y todo eso.

—Como te oiga verás.

—Habría podido sentarse encima de la señora Daly hasta que se rindiera.

Nos reímos entre dientes en la oscuridad, igual que dos críos.

—Pero la señora Daly iba armada —señaló Kevin—. Esas uñas...

—Joder. ¿Aún las lleva tan largas?

—Más. Es un... ¿cómo se dice?

—Un rastrillo humano.

—¡No! Me refería a eso de los ninjas, las estrellas que lanzan.

—Bueno, ¿quién ganó?

—Nuestra madre, más o menos. La sacó a empujones al vestíbulo y le cerró la puerta en las narices. La señora Daly gritó y pateó la puerta, pero al final se dio por vencida. Volvió a su casa y se embroncó con el señor Daly por lo de las cosas de Rosie. La gente prácticamente vendía entradas. Era mejor que *Dallas*.

En nuestro antiguo dormitorio, mi padre sufrió un ataque de tos que hizo traquetear la cama contra la pared. Nos quedamos inmóviles y escuchamos. Fue recuperando el resuello con largas inspiraciones sibilantes.

—Sea como fuere —continuó Kevin, en voz más baja—, aquello puso fin al asunto. Fue el principal tema de cotilleo durante un par de semanas y luego todo el mundo se olvidó de ello, más o menos. Mamá y la señora Daly no se dirigieron la palabra durante años. Papá y el señor Daly nunca se habían hablado, así que no supuso una gran diferencia. Mamá despotricaba todas las navidades cuando no mandabas una felicitación, pero...

Pero eran los años ochenta y la emigración era una de las tres principales salidas profesionales, junto con la empresa de papá y el paro. Seguro que mi madre ya se temía que al menos uno de nosotros acabaría con un billete de ferry solo de ida.

—¿No pensó que podía estar muerto en una zanja?

Kevin lanzó un bufido.

—No. Dijo que si alguien había salido mal parado, seguro que no era nuestro Francis. No llamamos a la pasma ni denunciamos tu desaparición ni nada por el estilo, pero no fue por... No fue que no nos importara, ni mucho menos. Sencillamente supusimos que...

El colchón se movió al encogerse Kevin de hombros.

—Que Rosie y yo nos habíamos fugado juntos.

—Sí. Bueno, todo el mundo sabía que estabais locos el uno por el otro, ¿no? Y todo el mundo estaba al tanto de lo que pensaba el señor Daly al respecto. Entonces, ¿por qué no? Ya sabes a lo que me refiero.

—Sí —dije—. Por qué no.

—Además, estaba la nota. Creo que fue eso lo que sacó de sus casillas a la señora Daly: alguien andaba trasteando en el número 16 y encontró la nota. De Rosie. No sé si Jackie te lo contó...

—La leí —dije.

Kevin volvió la cabeza hacia mí.

—¿Ah, sí? ¿La viste?

—Sí.

Esperó; no le di más detalles.

—¿Cuándo...? ¿Te refieres a antes de que la dejara allí? ¿Te la enseñó?

—Después. Aquella misma madrugada.

—Y ¿qué? ¿Te la dejó a ti? ¿No a su familia?

—Eso pensé yo. Teníamos que habernos reunido aquella noche, no se presentó y encontré la nota. Supuse que tenía que ser para mí.

Cuando por fin entendí que lo decía en serio, que no iba a venir porque ya se había marchado, me eché la mochila al hombro y empecé a andar. Era lunes, de madrugada, casi había amanecido ya. La ciudad estaba cubierta de escarcha y vacía, salvo por mí, un barrendero y algún que otro trabajador del turno de noche que regresaba a casa en la penumbra gélida. El reloj del Trinity indicó que el primer ferry zarpaba de Dun Laoghaire.

Fui a parar a una casa ocupada, en una callejuela que desembocaba en Baggot Street, donde un montón de rockeros apestosos vivían con un imbécil estrábico que se llamaba Keith Moon y una cantidad impresionante de hachís. Yo los conocía más o menos de haberlos visto en conciertos. Todos supusieron que algún otro me había invitado a quedarme allí una temporada. Uno tenía una hermana, en absoluto apestosa, que vivía en un piso en Ranelagh y resultó que yo le gustaba mucho. Cuando puse su dirección en mi solicitud a la escuela de polis, prácticamente era cierta. Se me quitó un peso de encima cuando me admitieron y tuve que trasladarme a Templemore para prepararme. Ella había empezado a dar la vara con el asunto del matrimonio.

Esa zorra de Rosie... La creí, hasta la última palabra. Rosie nunca se andaba con juegos, sencillamente abría la boca y te decía lo que había, sin rodeos, aunque te sentara mal. Esa era una de las razones por las que la quería. Después de vivir con una familia como la mía, alguien que no se andaba con intrigas era lo más intrigante del mundo. Así que cuando dijo: «Juro que algún día volveré», la creí durante veintidós años. En todo momento, mientras me acostaba con la hermana del rockero apestoso, mientras salía con chicas animadas, bonitas y temporales que se merecían algo mejor, cuando ya estaba casado con Olivia y fingía que mi lugar era Dalkey, estaba esperando a que Rosie Daly entrara por la puerta.

—¿Y ahora? —preguntó Kevin—. Después de lo de hoy. ¿Qué piensas ahora?

—No preguntes —respondí—. Ahora mismo te aseguro que no tengo la menor idea de lo que le rondaba la cabeza a Rosie.

—Shay cree que está muerta, ¿sabes? —dijo en voz baja—. Jackie también.

—Sí. Por lo visto eso creen.

Oí que Kevin tomaba aire, como si se dispusiera a decir algo. Un momento después volvió a expulsarlo.

—¿Qué? —dije.

Negó con la cabeza.

—¿Qué pasa, Kev?

—Nada.

Esperé.

—Es solo que... Ay, no sé. —Cambió de postura, incómodo, en la cama—. Shay se lo tomó mal cuando te fuiste.

—¿Porque estábamos tan unidos?

—Ya sé que os peleabais sin parar. Pero en el fondo, bueno, seguís siendo hermanos, ¿no?

No solo era una chorrada evidente —mi primer recuerdo es despertar en el momento en que Shay intentaba clavarme un lapicero en el oído—, sino que además Kevin se la había sacado de la manga para distraerme de lo que había estado a punto de decir. Estuve a punto de apretarle para que lo soltara. Sigo preguntándome qué habría ocurrido de haberlo hecho así. Antes de que tuviera oportunidad de hacerlo, la puerta de la calle se cerró con un chasquido, un sonido tenue y cauto: era Shay, que entraba en casa.

Kevin y yo nos quedamos quietos y escuchamos. Pasos tenues que se detuvieron un instante en el rellano y luego siguieron hacia el siguiente tramo de escaleras; el chasquido de otra puerta; el crujir de las tablas del suelo encima de nuestras cabezas.

—Kev —dije.

Kevin fingió dormir. Poco después se le abrió la boca y empezó a roncar muy suavemente.

Pasó un buen rato antes de que Shay dejara de moverse sin hacer apenas ruido por su piso. Cuando la casa quedó en silencio, esperé quince minutos, me incorporé con cuidado —Jesucristo, con su tenue resplandor en el rincón, me lanzó una mirada acusadora, como para decir que ya conocía a los de mi calaña— y miré por la ventana. Todas las luces de Faithful Place estaban apagadas salvo una, que proyectaba franjas amarillas sobre los adoquines desde el piso de arriba.

3

Yo me tomo lo del sueño en plan camello: hago acopio cuando se presenta la ocasión, pero puedo pasar sin dormir mucho tiempo si tengo necesidad de hacer algo. Esa noche la pasé mirando fijamente el bulto oscuro de la maleta debajo de la ventana, escuchando los ronquidos de mi padre e intentando aclararme las ideas de cara al día siguiente.

Las posibilidades se enmarañaban igual que un plato de espaguetis, pero entre ellas destacaban dos. Una era la línea que ya había apuntado a mi familia, una variación menor del tema de siempre. Rosie había decidido marcharse sola, así que ocultó la maleta antes para poder largarse rápidamente, corriendo menos peligro de que la cazáramos su familia o yo. Cuando regresó para recogerla y dejar la nota, tuvo que hacerlo por los jardines traseros, porque yo tenía vigilada la calle. Al pasar la maleta por encima de los muros habría hecho mucho ruido, así que la dejó donde la había escondido y se marchó —los susurros y golpeteos que había oído yo, avanzando por los jardines— de camino a su rutilante y nueva vida.

Casi encajaba. Lo explicaba todo salvo una cosa: los billetes del ferry. Por mucho que hubiera planeado saltarse el ferry del amanecer y permanecer oculta un par de días, por si yo me presentaba en el puerto al estilo Stanley Kowalski, habría intentado hacer algo con el billete: cambiarlo, venderlo. Aquello nos había costado a los dos buena parte del sueldo de una semana. Era impensable que lo hubiera dejado pudrirse detrás de una chimenea, a menos que no hubiese tenido otra opción.

La otra posibilidad destacada era la que Shay y Jackie, cada cual con su propio nivel de encanto, habían aventurado. Alguien había interceptado a Rosie, ya fuera de camino a la Teoría Uno o cuando iba a reunirse conmigo.

Yo había acordado una tregua con la Teoría Uno. Durante más de media vida había ocupado un rincón acogedor de mi mente, igual que una bala alojada tan profundamente que era imposible extraerla. No notaba las aristas afiladas prácticamente, siempre y cuando no hurgara. La Teoría Dos me dejó alucinado por completo.

Fue el sábado por la tarde, algo más de un día antes de la Hora Cero, la última vez que vi a Rosie Daly. Yo iba de camino al trabajo. Tenía un colega llamado Wiggy que era vigilante nocturno en un aparcamiento, y él tenía un colega llamado Stevo que era gorila en una discoteca; cuando Stevo quería tener la noche libre, Wiggy ocupaba su puesto, yo el de Wiggy, y todos cobrábamos en efectivo y nos íbamos tan contentos.

Rosie estaba apoyada en la verja del número 4 con Imelda Tierney y Mandy Cullen, envueltas en una dulce y risueña burbuja de perfume de flores, cabello ahuecado y reluciente brillo de labios, esperando a que bajara Julie Nolan. Era una tarde fría, la niebla empañaba el aire. Rosie tenía las manos recogidas dentro de las mangas y se las calentaba con el aliento e Imelda daba saltitos para entrar en calor. Tres críos pequeños se columpiaban de la farola al final de la calle, *Tainted Love* sonaba a todo volumen por la ventana de Julie y el ambiente llevaba esa carga propia de una noche de sábado, un burbujeo almizcleño parecido al de la sidra, incitante.

—Ahí va Francis Mackey —comentó Mandy sin dirigirse a nadie en concreto, al tiempo que les daba a las otras dos un codazo en el costado—. Hay que ver qué pelos lleva. Está convencido de que es un guaperas, ¿a que sí?

—Hola, chicas —dije, y les sonreí.

Mandy era bajita y morena, casi sin flequillo y con un montón de tela vaquera lavada a la piedra encima. No me hizo el menor caso.

—Si ese fuera un helado, se lamería hasta morir —les dijo a las otras.

—Preferiría que eso me lo hiciera alguna de vosotras —respondí, a la vez que me insinuaba meneando las cejas.

Chillaron las tres.

—Ven aquí, Frankie —me gritó Imelda, volviendo la permanente con gesto brusco—. Mandy quiere saber...

Mandy lanzó un chillido y se apresuró a taparle la boca a Imelda con la mano. Esta se zafó de ella.

—Mandy me ha dicho que te pregunte...

—¡Cállate!

Rosie estaba riéndose. Imelda le cogió las manos a Mandy y se las apartó.

—Me ha dicho que te pregunte si a tu hermano le apetecería ir al cine y no ver la peli.

Ella y Rosie se partieron de risa. Mandy se llevó las manos a la cara.

—¡Imelda, pedazo de bruja! ¡Me he puesto como un tomate!

—No me extraña —le dije—. Asaltacunas. Ese acaba de empezar a afeitarse, ¿lo sabías?

Rosie se dobló por la cintura.

—¡Él no! ¡Kevin no!

—¡Se refiere a Shay! —aclaró Imelda con un grito ahogado—. Que si Shay quiere ir al cine... —Se reía tanto que no pudo acabar.

Mandy chilló otra vez y se ocultó tras las manos.

—Lo dudo —dije, moviendo la cabeza con ademán triste. Los hombres de la familia Mackey nunca han tenido problemas en lo que a mujeres se refiere, pero Shay estaba en una categoría superior. Cuando empecé a ser lo bastante mayor para entrar en acción daba por sentado, de tanto verlo a él, que si querías una chica ella

vendría corriendo. Rosie me comentó una vez que a Shay le bastaba con mirar a una chavala para que se le desabrochara el sostén—.
Me parece que a Shay le van más los tíos, ¿sabéis a qué me refiero?

Las tres volvieron a gritar. Dios, cómo me gustan las pandillas
de chicas cuando se disponen a salir, de color arcoíris y perfectas,
como regalos envueltos, lo único que quieres hacer es palparlos y
ver si alguno es para ti. Saber a ciencia cierta que la mejor de todas
era mía hacía que me sintiera como Steve McQueen, como si, de
haber tenido una moto, pudiera sentar a Rosie detrás de mí y salir
zumbando por encima de los tejados.

—Voy a decirle a Shay que vas diciendo eso por ahí —me
amenazó Mandy.

Rosie cruzó la mirada conmigo, apenas un fugaz vistazo secreto: para cuando Mandy le dijera algo a Shay, nosotros estaríamos
mar adentro donde no podrían darnos alcance.

—Como quieras —repuse—. Pero no se lo digas a mi madre.
A ella tendremos que contárselo con tacto.

—Mandy le hará cambiar de opinión, ¿verdad que sí?

—Te lo juro, Imelda...

Se abrió la puerta del número 3 y el señor Daly salió. Se subió los pantalones por la cintura, cruzó los brazos y se apoyó en
el marco.

—Buenas noches, señor Daly —saludé.

No me hizo el menor caso.

Mandy e Imelda irguieron los hombros y miraron a Rosie de
soslayo.

—Estamos esperando a Julie —dijo Rosie.

—Estupendo —contestó el señor Daly—. Pues voy a esperar
con vosotros.

Sacó un cigarro aplastado del bolsillo de la camisa y empezó a
alisarlo con cuidado para devolverle la forma.

Mandy se quitó una pelusilla del jersey y la examinó. Imelda se
colocó bien la falda.

Esa noche hasta el señor Daly hacía que me sintiera feliz, y no solo al imaginar la cara que pondría al despertar por la mañana.

—Va usted muy elegante esta noche, señor Daly. ¿También va a darse un garbeo por las discotecas?

Le vibró un músculo en la mandíbula, pero siguió mirando a las chicas.

—Jodido Hitler —dijo Rosie entre dientes, a la vez que metía las manos en los bolsillos de la cazadora vaquera.

—Vamos a ver por qué tarda tanto Julie, ¿eh? —dijo Imelda.

Rosie se encogió de hombros.

—Sí, más vale que vayamos.

—Adiós, Frankie —se despidió Mandy. Al ofrecerme una sonrisa descarada se le marcaron los hoyuelos en las mejillas—. Saluda de mi parte a Shay, ¿vale?

Cuando Rosie se dio la vuelta para marcharse, dejó caer levemente un párpado y frunció los labios un poquito: un guiño y un beso. Luego subió corriendo las escaleras del número 4 y entró en el vestíbulo oscuro, desapareciendo de mi vida.

Pasé cientos de noches despierto en un saco de dormir, rodeado de rockeros apestosos y Keith Moon, desbrozando esos últimos cinco minutos en busca de una pista. Pensé que se me estaba yendo la puta cabeza: tenía que haber algo, seguro, pero habría jurado sobre todos y cada uno de los santos del calendario que no había pasado nada por alto. Y ahora, de pronto, parecía que tal vez no se me había ido la olla del todo, que quizá no había sido el mamón más crédulo sobre la faz de la tierra, que igual había estado en lo cierto. Hay una línea finísima.

No había nada en aquella nota, nada en absoluto, que indicara que iba dirigida a mí. Lo había dado por supuesto. Era a mí a quien Rosie dejaba en la estacada, después de todo. Pero nuestro plan original había implicado dejar en la estacada a mucha gente aquella noche. La nota podía haber sido para su familia, para sus amigas, para Faithful Place al completo.

En nuestra antigua habitación mi padre hizo un ruido parecido al de un búfalo de agua estrangulado. Kevin masculló algo en sueños y al darse media vuelta lanzó un brazo y me golpeó en los tobillos. La lluvia se había vuelto densa y constante, se había instalado para quedarse.

Como decía, hago todo lo posible por ir un paso por delante de esos golpes a traición. Durante el resto del fin de semana, por lo menos, tendría que trabajar partiendo del supuesto de que Rosie no había salido viva de Faithful Place.

Por la mañana, en cuanto hubiera convencido a los Daly de que lo mejor era dejar la maleta en manos tan competentes como las mías y no llamar a la policía, tendría que hablar con Imelda, Mandy y Julie.

Mi madre se levantó hacia las siete. Oí el chirrido de los muelles de la cama entre la lluvia cuando se incorporó. De camino a la cocina, se detuvo en el umbral de la sala de estar durante un largo instante, mirándonos a Kevin y a mí mientras pensaba vete a saber qué. Mantuve los ojos cerrados. Al final sorbió por la nariz haciendo un ruidito irónico y siguió adelante.

El desayuno fue para ponerse las botas: huevos, beicon, salchichas, morcilla, pan frito y tomates fritos. A todas luces era alguna clase de declaración, aunque no me quedó claro de si era «Fíjate, nos va de maravilla sin ti», o «Sigo partiéndome el espinazo como una esclava por ti aunque no te lo mereces», o puede que «Cuando todo esto te provoque un infarto quedaremos en paz». Nadie mencionó la maleta. Por lo visto, estábamos jugando al desayuno de la familia feliz, cosa que a mí ya me iba bien. Kevin engullía todo lo que tenía a su alcance y me lanzaba miradas de soslayo desde el otro extremo de la mesa. Mi padre comía en silencio, salvo por algún gruñido de tanto en tanto cuando quería más café. Yo no perdía de vista la ventana y empecé a apretarle las tuercas a mi madre.

Con preguntas directas solo lograría que me hiciera sentir culpable: «De repente quieres saberlo todo sobre los Nolan, cuando hace veintidós años no te importó lo que nos ocurría a nadie», o comentarios similares que iría repitiendo mientras fregaba los platos. La mejor manera de acceder al banco de información de mi madre es por la ruta de la desaprobación. Me había fijado la víspera en que el número 5 estaba pintado de un tono especialmente mono de rosa infantil, que sin duda debía de haber provocado un par de pataletas.

—Qué bonito han dejado el número cinco —dije, para que tuviera algo que contradecir.

Kevin me lanzó una mirada en plan tú estás tarado.

—Es como si hubiera vomitado encima un Teletubby —rezongó mientras masticaba un pedazo de pan frito.

Los labios de mi madre desaparecieron.

—Yuppies —dijo, como si fuera una enfermedad—. Son informáticos, los dos, aunque a saber qué hacen. Seguro que te parece increíble: tienen una niñera. ¿Dónde se ha visto cosa semejante? Una jovencita de Rusia o un país de esos. Me llevaría el resto de mi vida aprender a pronunciar su nombre. El niño solo tiene un año, Dios lo asista, y no ve a su padre y su madre más que los fines de semana. No sé para qué habrán querido tenerlo.

Proferí sonidos de estupefacción en los momentos adecuados.

—¿Qué fue de los Halley, y de la señora Mulligan?

—Los Halley se mudaron a Tallaght cuando el propietario vendió la casa. Yo os crié a los cinco en este mismo piso y nunca me hizo falta niñera. Apostaría el cuello a que esa de ahí pidió que le pusieran la epidural cuando tuvo al crío.

Mi madre lanzó otro huevo contra la sartén.

Mi padre levantó la vista de las salchichas.

—¿En qué año te parece que estamos? —me preguntó—. La señora Mulligan se murió hace quince años. Había cumplido los ochenta y nueve, maldita sea.

El comentario distrajo a mi madre de los yuppies y de la epidural. A mi madre le encantan las muertes.

—A ver, adivina quién más murió.

Kevin puso los ojos en blanco.

—¿Quién? —pregunté atentamente.

—El señor Nolan. No había estado enfermo ni un solo día en toda su vida y se cayó muerto en mitad de una misa, cuando volvía de comulgar. Un infarto masivo. ¿Qué te parece?

Estupendo, el señor Nolan: ahí tenía mi oportunidad.

—Qué horror —exclamé—. Dios lo tenga en su gloria. Yo era amigo de Julie Nolan en otros tiempos. ¿Qué fue de ella?

—Se fue a Sligo —dijo mi madre, con sombría satisfacción, como si fuera Siberia. Se sirvió en el plato los restos de la fritanga para hacerse la mártir y se sentó con nosotros a la mesa. Se le empezaba a notar ese contoneo propio de los problemas de cadera—. Cuando trasladaron la fábrica. Vino para el funeral. Tiene la cara como el culo de un elefante, de tanto tomar rayos uva. ¿Dónde vas a misa ahora, Francis?

Mi padre lanzó un bufido.

—Aquí y allá —contesté—. ¿Y qué hay de Mandy Cullen, sigue por aquí? ¿La morena pequeñita que estaba loca por Shay?

—Todas estaban locas por Shay —dijo Kevin, con una sonrisa torcida—. Cuando era un chaval, fui cogiendo práctica con todas las chicas que no podían montárselo con Shay.

—Vaya pandilla de puteros —comentó mi padre, y creo que lo decía como un elogio.

—Y fíjate cómo está ahora —continuó mi madre—. Mandy se casó con un chico encantador de New Street y ahora se llama Mandy Brophy. Tienen dos pequeños y un coche. Podría haber sido nuestro Shay, si él se hubiera molestado en mover el culo. Y tú, jovencito —dirigió el tenedor hacia Kevin—, tú vas a acabar igual si no te andas con ojo.

Kevin se concentró en el plato.

—Estoy de maravilla.

—Tendrás que sentar la cabeza tarde o temprano. No vas a ser feliz eternamente. ¿Qué edad tienes ya?

Quedar excluido de esa andanada en particular me resultó un tanto preocupante. No es que sintiera que me dejaban de lado, pero empezaba a plantearme si Jackie no se habría ido de la lengua.

—¿Sigue viviendo por aquí Mandy? —indagué—. Tendría que ir a verla, ya que he venido.

—Sigue en el número nueve —se apresuró a contestar mi madre—. El señor y la señora Cullen tienen el piso de abajo, Mandy y la familia los otros dos. Para poder cuidar de sus padres. Mandy es una chica maravillosa. Lleva a su madre a la revisión en la clínica todos los miércoles, por lo de los huesos, y a la de los viernes por...

Al principio lo único que oí fue un leve chasqueo en el ritmo uniforme de la lluvia, en algún lugar calle arriba. Dejé de escuchar a mi madre. Un chapoteo de pasos que se acercaba, de más de una persona, voces. Dejé el cuchillo y el tenedor y me dirigí a la ventana, a toda prisa («Francis Mackey, ¿qué haces, por el amor de Dios?»), y después de tanto tiempo Nora Daly seguía caminando igual que su hermana.

—Me hace falta una bolsa de basura —dije.

—No te has comido lo que te he preparado —me espetó mi madre, a la vez que señalaba mi plato con el cuchillo—. Siéntate ahí y acábatelo.

—Ya me lo comeré luego. ¿Dónde guardáis las bolsas de basura?

Mi madre había fruncido el ceño, dispuesta a pelear.

—No sé qué vida llevas ahora, pero bajo mi techo no vas a desperdiciar una buena comida. Come y luego me lo preguntas otra vez.

—Mamá, no tengo tiempo para esto. Son los Daly.

Abrí el cajón donde acostumbraban a estar las bolsas de basura, pero estaba lleno de tapetes de encaje doblados o algo por el estilo.

—¡Cierra ese cajón! Te comportas como si vivieras aquí.

Kevin, como el chico listo que es, se mantuvo al margen.

—¿Qué te hace pensar que los Daly quieren verte el careto? —preguntó mi padre—. Probablemente creen que todo es culpa tuya.

—Vas dándote esos aires...

—Probablemente —coincidí, mientras iba abriendo más cajones—, pero aun así voy a enseñarles la maleta, y no quiero que se moje con la lluvia. ¿Dónde hostias...?

Lo único que encontré fue cantidades industriales de cera para muebles.

—¡A ver esa lengua! Si te has creído que estás por encima de comer embutido frito...

—Espérame, que cojo los zapatos y te acompaño —dijo mi padre—. Me encantaría ver la cara que pone Matt Daly.

Y Olivia quería que Holly conociera a esta peña.

—No, gracias —contesté.

—¿Qué desayunas en casa? ¿Caviar?

—Frank —dijo Kevin, que había llegado al límite—. Debajo del fregadero.

Abrí el armario y, gracias a Dios, allí estaba el Santo Grial: un rollo de bolsas de basura. Arranqué una y me dirigí hacia la sala. Por el camino le pregunté a Kevin:

—¿Quieres venir conmigo?

Mi padre tenía razón, no era probable que los Daly me tuvieran mucho apego, pero, a menos que hubieran cambiado mucho las cosas, nadie detestaba a mi hermanito.

Kevin retiró la silla de golpe.

—Joder, gracias —accedió.

En la sala cubrí la maleta con la bolsa de basura con la mayor delicadeza posible.

—La hostia —dije. Mi madre seguía dale que te pego («¡Kevin Vincent Mackey! Mueve el culo y ven aquí ahora mismo o...»)—. Esto se parece más aún a un manicomio de lo que recordaba.

Kevin se encogió de hombros y se puso la chaqueta.

—Se tranquilizarán en cuanto nos hayamos ido.

—¿He dicho que podéis levantaros de la mesa? ¡Francis! ¡Kevin! ¿Me estáis escuchando?

—Cállate de una puta vez —le advirtió mi padre a mi madre—. Estoy intentando comer.

No había levantado la voz, al menos no por el momento, pero su tono me hizo apretar los dientes automáticamente, y vi que Kevin cerraba los ojos un momento.

—Vámonos de aquí —dije—. Quiero hablar con Nora antes de que se vaya.

Bajé la maleta en equilibrio sobre los antebrazos, con suavidad, procurando no estropear ninguna prueba. Kevin me sostuvo las puertas. La calle estaba vacía. Los Daly habían entrado en el número 3. El viento vino a la carga calle abajo y me golpeó en el pecho igual que una mano gigantesca, retándome a que siguiera adelante.

Hasta donde alcanzo a recordar, mis padres y los Daly siempre se habían odiado a muerte por una amplia variedad de razones, tan peregrinas que si un desconocido se esforzara en entenderlas solo conseguiría que le estallase algún vaso sanguíneo. Cuando Rosie y yo empezamos a salir, pregunté por ahí para averiguar por qué la mera idea de que fuera así sacaba de quicio al señor Daly, pero estoy casi seguro de que solo llegué a arañar la superficie. Parte del asunto tenía que ver con que los hombres de la familia Daly trabajaban en la fábrica de Guinness, lo que les hacía estar un peldaño por encima de todos los demás: un empleo sólido, buenas condiciones laborales, la oportunidad de prosperar. El padre de Rosie estudiaba por las noches, hablaba de ascender puestos en la cadena de producción. Yo sabía por Jackie que ahora ocupaba un puesto de supervisor, y que habían comprado el número 3 a su anterior propietario. A mis padres no les caía bien la gente que se daba aires. A los Daly no les caían bien los gandules alcohólicos en paro. Según mi madre, también tenía algo que ver con la envidia —mientras que ella nos había parido a sus cinco hijos sin despeinarse, Theresa Daly solo le había dado a su hombre dos chicas y ningún varón— pero si le seguías la corriente, no tardaba en empezar a hablarte de los abortos naturales que había tenido la señora Daly.

Mi madre y la señora Daly generalmente se dirigían la palabra; las mujeres prefieren odiarse de cerca, donde pueden sacar más carnaza por el mismo precio. Nunca vi a mi padre y al señor Daly cruzar dos palabras. Lo más cerca de comunicarse que llegaban —y no sé muy bien qué tenía eso que ver con los problemas laborales o la envidia obstétrica— era una o dos veces al año, cuando mi padre volvía a casa un poquito más ciego de lo habitual y pasaba de largo nuestro portal dando tumbos para plantarse delante del número 3. Tambaleándose en la calle, se liaba a patadas con la verja y le gritaba a Matt Daly que saliera a pelear como un hombre, hasta que finalmente salían mi madre y Shay —o, si mi madre estaba limpiando oficinas esa noche, Carmel, Shay y yo— y lo convencían para que volviera a casa. Se notaba que la calle entera estaba escuchando, susurraba y lo disfrutaba, pero los Daly no abrían nunca la ventana, nunca encendían la luz. Lo más difícil era hacer que mi padre diera el brazo a torcer en las escaleras.

—Cuando entremos ahí —le dije a Kevin, después de correr bajo la lluvia para llamar a la puerta del número 3—, encárgate tú de hablar.

Se quedó de una pieza.

—¿Yo? ¿Por qué yo?

—Hazme caso. Tú diles cómo ha aparecido esto. A partir de ahí me encargo yo.

No pareció que le hiciera mucha gracia, pero a nuestro Kev siempre le ha ido eso de complacer a la gente, y antes de que se le hubiera ocurrido una manera amable de decirme que me ocupara de hacer mi trabajo sucio yo mismo, se abrió la puerta y la señora Daly nos escudriñó.

—Kevin —dijo—. ¿Qué tal...?

Y entonces me reconoció. Se le abrieron los ojos de par en par y emitió un ruido similar a un hipido.

—Señora Daly, lamento molestarla —dije con tacto—. ¿Podemos pasar un momento?

Se había llevado una mano al pecho. Kev tenía razón con respecto a sus uñas.

—No sé...

Todos los polis sabemos cómo conseguir que nos franquee el paso alguien que no las tiene todas consigo.

—Si me permite voy a poner esto donde no se moje con la lluvia —propuse, al tiempo que pasaba con la maleta por su lado—. Creo que es importante que el señor Daly y usted le echen un vistazo.

Kevin me siguió con aire de estar incómodo. La señora Daly chilló «¡Matt!» hacia lo alto de las escaleras sin quitarnos ojo.

—¿Mamá? —Nora salió de la sala de estar, adulta y con un vestido que no dejaba dudas al respecto—. ¿Quién...? Válgame Dios, ¿Francis?

—En persona. ¿Qué tal, Nora?

—Dios santo —dijo ella. Luego desvió la mirada por encima de mi hombro, hacia las escaleras.

Yo recordaba al señor Daly como Schwarzenegger con chaqueta de punto, pero estaba casi por debajo de la talla mediana, un tipo enjuto con la espalda erguida, el pelo al rape y la mandíbula obstinada. El semblante se le tensó más aún mientras me observaba, tomándose su tiempo. Luego me dijo:

—No tenemos nada que hablar contigo.

Miré de reojo a Kevin.

—Señor Daly —se apresuró a decir—, tenemos que enseñarles una cosa, de verdad.

—Tú puedes enseñarnos lo que quieras. Tu hermano tiene que largarse de mi casa.

—No, ya lo sé, y no habría venido, pero no nos ha quedado otra opción, se lo juro. Esto es importante. De veras. ¿Les importa si...? ¿Por favor...?

Kevin estuvo perfecto, arrastró los pies y se apartó de los ojos el flequillo de trapo, avergonzado, torpe y urgente; echarlo de allí habría sido como ahuyentar a patadas a un perro pastor de pelaje mullido. No me extraña que se dedique a la venta.

—No les habríamos molestado —añadió humildemente, por si acaso—, pero no sabíamos qué otra cosa hacer. ¿Solo cinco minutos?

Tras vacilar un momento, el señor Daly asintió a regañadientes con gesto rígido. Yo habría pagado una fortuna por un muñeco hinchable de Kevin que pudiera guardarse en el maletero del coche para sacarlo en caso de emergencia.

Nos llevaron al salón, menos amueblado que el de mi madre y por eso más luminoso: una sencilla moqueta beige, pintura de color crema en vez de papel pintado, una fotografía de Juan Pablo II y un viejo cartel sindicalista enmarcado en la pared, sin tapetitos de adorno ni patos de cerámica por ninguna parte. Ni siquiera cuando éramos niños y todos entrábamos y salíamos de las casas ajenas a placer había estado yo en esa habitación. Durante mucho tiempo quise que me invitaran, de esa manera candente y morbosa como se desea algo cuando te han dicho que no estás a la altura. No era así como me había imaginado las circunstancias. En mi versión, yo rodeaba a Rosie con un brazo y ella llevaba una alianza en el dedo, un abrigo caro sobre los hombros, una criatura en el vientre y una sonrisa inmensa en la cara.

Nora nos invitó a sentarnos en torno a la mesita de centro. La vi plantearse si ofrecernos té y galletas, y luego pensárselo mejor. Dejé la maleta sobre la mesa, me puse los guantes con gesto ostentoso —el señor Daly era probablemente la única persona en todo el barrio que prefería tener a un poli en su salón antes que a un Mackey— y retiré la bolsa de basura.

—¿Habían visto esta maleta alguna vez? —pregunté.

Silencio por un instante. Entonces la señora Daly profirió un sonido a medio camino entre grito ahogado y gemido, y tendió el brazo hacia la maleta. Yo alargué la mano a tiempo.

—Tengo que pedirles que no la toquen.

El señor Daly dijo, con voz áspera:

—¿De dónde...? —Tomó aire entre dientes—. ¿De dónde habéis sacado eso?

—¿La reconoce? —pregunté.

—Es mía —asintió la señora Daly, con los nudillos contra la boca—. La compré en nuestra luna de miel.

—¿De dónde habéis sacado eso? —insistió el señor Daly, más alto.

La cara se le estaba poniendo de un rojo muy poco saludable.

Arqueé una ceja en dirección a Kevin. Contó la historia bastante bien, teniendo en cuenta la situación: albañiles, partida de nacimiento, llamadas de teléfono. Yo levanté varios objetos para ilustrar sus palabras, igual que una azafata demostrando cómo usar un chaleco salvavidas, y observé a los Daly.

Cuando me fui, Nora debía de tener trece o catorce años. Era una chica fondona de hombros torneados con una buena mata de rizos ensortijados, y que se estaba desarrollando muy pronto, lo cual parecía no hacerle mucha gracia. Le había ido bien después de todo: tenía el mismo tipazo de muerte que Rosie, un poco mullido ya en algunos puntos pero todavía despampanante, la clase de figura que ya no se ve ahora que las chicas se matan de hambre para alcanzar una talla cero y un estado de cabreo permanente. Era tres o cuatro centímetros más baja que Rosie y su coloración era mucho menos llamativa —pelo castaño oscuro, ojos grises—, pero el parecido era evidente, no cuando la mirabas de frente, sino cuando la veías fugazmente por el rabillo del ojo. Era algo intangible, en alguna parte en el ángulo de los hombros y el arco del cuello, y en su manera de escuchar: totalmente inmóvil, sosteniendo con una mano el codo contrario, los ojos fijos en Kevin. Muy poca gente es capaz de permanecer quieta y escuchar. A Rosie se le daba mejor que a nadie.

La señora Daly también había cambiado, aunque no para mejor. La recordaba como una mujer animada, fumando en los escalones de entrada, con una cadera apoyada en la reja mientras nos lanzaba frases ambiguas a los chicos, que nos sonrojábamos y nos escabullíamos a toda prisa de sus risotadas guturales. La marcha de Rosie, o sencillamente veintidós años de aguantar la vida y al señor Daly, la habían dejado para el arrastre: la espalda se le había arqueado, el rostro se le había hundido en torno a los ojos y tenía como un aura de estar necesitada de un batido de ansiolíticos. Lo que me llegó más hondo, lo que había pasado por alto totalmente cuando éramos adolescentes y ella ya era una vieja, era que, debajo de la sombra de ojos azul y el peinado explosivo y la demencia incipiente, era la viva imagen de Rosie. En cuanto detecté el parecido, ya no pude dejar de verlo, aferrado al rabillo del ojo como un holograma que hubiera surgido de pronto para luego desaparecer. La posibilidad de que Rosie se hubiera convertido en su madre, con el paso de los años, hizo que se me pusiera la piel de gallina.

Cuanto más miraba al señor Daly, por el contrario, más semejante seguía siendo por lo que respecta a pasar de los convencionalismos. Habían vuelto a coserle un par de botones en aquel jersey sin mangas que era un delito contra la moda, llevaba pulcramente recortado el vello de las orejas y su afeitado era muy reciente: debía de haberse llevado la maquinilla a casa de Nora la víspera y seguro que se había afeitado antes de que su hija los trajera de regreso a casa. La señora Daly se mostró azogada, gimoteó y se mordió el dorso de la mano mientras me veía revisar el contenido de la maleta, y Nora respiró hondo un par de veces, echó la cabeza atrás y parpadeó con fuerza. El señor Daly no se inmutó. Se fue poniendo cada vez más pálido, y se le disparó un músculo en la mejilla cuando levanté el certificado de nacimiento, pero nada más.

Kevin fue concluyendo el relato, mirándome de reojo para ver si lo había hecho bien. Volví a doblar la blusa de cachemira de Rosie para guardarla en la maleta y cerré la tapa. Por un segundo reinó un silencio absoluto.

Entonces la señora Daly dijo, casi sin resuello:

—¿Pero cómo podía estar en el número dieciséis? Rosie se la llevó a Inglaterra.

La certeza de su entonación hizo que el corazón me diera un vuelco.

—¿Cómo lo sabe? —le pregunté.

Me miró fijamente.

—Desapareció cuando se fue.

—¿Cómo sabe a ciencia cierta que fue a Inglaterra?

—Nos dejó una nota, claro. Para despedirse. Los pequeños de la familia Shaughnessy y uno de los chicos de Sallie Hearne nos la trajeron al día siguiente; la encontraron en el número dieciséis. Decía en ella que se iba a Inglaterra. Al principio pensamos que vosotros dos...

El señor Daly cambió de postura con una pequeña sacudida rígida y furiosa. La señora Daly parpadeó rápidamente y guardó silencio.

Fingí no darme cuenta.

—Creo que eso pensó todo el mundo —reconocí con naturalidad—. ¿Cuándo averiguaron que no nos habíamos ido juntos?

Al no responder nadie más, Nora dijo:

—Hace una eternidad. Quince años, tal vez. Fue antes de que me casara yo. Me topé con Jackie en la tienda un día y me contó que estaba intentando ponerse en contacto contigo, y que estabas aquí en Dublín. Me dijo que Rosie se había marchado sin ti. —Desvió la mirada hacia la maleta y luego volvió a mirarme con los ojos cada vez más dilatados—. ¿Crees que...? ¿Dónde crees que está?

—Aún no creo nada —respondí con mi entonación oficial más grata, como si se tratara de una chica desaparecida cualquiera—. No hasta que sepamos algo más. ¿Han tenido alguna noticia suya desde que se marchó? ¿Una llamada de teléfono, una carta, un mensaje de alguien que tropezó con ella en alguna parte?

La señora Daly dijo, en un arranque impresionante:

—Pero si no teníamos teléfono cuando se fue, ¿cómo iba a llamarnos? Cuando pusimos teléfono, anoté el número, fui a ver a tu madre, a Jackie y a Carmel y les dije «Si alguna vez tenéis noticias de Francis, le dais este número y le decís que le diga a Rosie que nos llame, aunque solo sea un momento en Navidad o...». Pero claro, en cuanto me enteré de que no estaba contigo supe que no llamaría. No tiene el número, después de todo, ¿verdad? Podría escribir, claro, pero Rosie hacía las cosas a su manera. Pero este febrero me caerán los sesenta y cinco y enviará una tarjeta para felicitarme, seguro que eso no se le pasa...

Su voz sonaba cada vez más aguda y rápida, con un deje quebradizo. El señor Daly alargó una mano y agarró la de su mujer con fuerza un momento, y ella se mordió los labios. Kevin tenía todo el aspecto de querer escurrirse entre los cojines del sofá y desaparecer.

Nora dijo en voz queda:

—No. Ni una palabra. Al principio pensamos que... —Miró a su padre de reojo: ella había creído que Rosie daba por sentado que la familia le había dado la espalda totalmente por huir conmigo—. Incluso después de oír que no estabas con ella. Siempre creímos que estaba en Inglaterra.

La señora Daly echó la cabeza atrás y se enjugó una lágrima.

Así que no había más que hacer: ninguna salida rápida, nada de despedirme de mi familia, borrar de mi memoria la víspera por la noche y volver a mi aproximación personal a la normalidad, ni tampoco la menor oportunidad de emborrachar a Nora y sonsacarle el número de teléfono de Rosie.

El señor Daly dijo con voz densa, sin mirar a nadie:

—Vamos a tener que llamar a la policía.

Casi disimulé una mirada de recelo.

—Claro. Podrían hacerlo, sí. Eso fue lo primero que pensó mi familia también, pero yo creí que debían ser ustedes los que decidan si de verdad quieren ir por ahí.

Me miró fijamente con desconfianza.

—¿Por qué no íbamos a querer?

Suspiré y me pasé la mano por el pelo.

—Mire —le dije—, me encantaría decirle que la poli tratará esto con la atención que merece, pero no puedo. Lo ideal sería que revisaran la maleta en busca de huellas dactilares y sangre, eso para empezar.

La señora Daly ahogó un chillido entre las manos.

—Pero antes de que eso ocurra —continué—, sería necesario que asignaran un número al caso, el caso se le tendría que encargar a un detective, que tendría que cursar una solicitud para los análisis. Puedo decirles ahora mismo que no va a pasar nada de eso. Nadie va a destinar recursos valiosos a algo que podría no ser siquiera un delito. Personas Desparecidas, Casos Antiguos y la Unidad General se lo pasarán de aquí para allá durante unos meses, hasta que se aburran, se den por vencidos y lo archiven en un sótano en alguna parte. Tienen que estar preparados para eso.

—¿Y tú? ¿No podrías presentar esa solicitud? —preguntó Nora.

Negué con la cabeza, tristemente.

—Oficialmente, no. Por mucho empeño que pongamos, está sin duda muy lejos del tipo de casos que investigaría mi unidad. Una vez entre en el sistema, no puedo hacer nada al respecto.

—Pero... —repuso Nora. Se había sentado con la espalda más recta, alerta, observándome— si no entrara en el sistema, si fuera solo cosa tuya, ¿podrías...? ¿No habría manera de que...?

—¿Pidiera que me devolviesen algún favor con disimulo? —Arqueé las cejas y me lo pensé—. Bueno, supongo que podría. Pero para eso tienen que estar seguros de que es eso lo que desean.

—Yo sí —dijo Nora, directamente. Tomaba las decisiones con rapidez, igual que Rosie—. Si fueras tan amable de ayudarnos, Francis, si pudieras. Por favor.

La señora Daly asintió, se hurgó la manga en busca de un pañuelo de papel y se sonó la nariz.

—Podría no estar en Inglaterra, después de todo, ¿verdad?

Era una súplica. Había una nota dolorosa en su voz. Kevin se estremeció.

—Podría ser —respondí con delicadeza—, sí. Si quieren dejar la maleta en mis manos, supongo que podría intentar comprobarlo también.

—Ay, Dios —se lamentó la señora Daly entre dientes—. Ay, Dios...

—¿Señor Daly? —pregunté.

Hubo un largo silencio. El hombre permaneció sentado con las manos cogidas entre las rodillas, mirando fijamente la maleta, como si no me hubiera oído.

Al cabo, dijo:

—No te tengo ningún aprecio. Ni a tu familia tampoco. No tiene sentido fingir.

—Sí —reconocí—, ya me había dado cuenta de ello. Pero ahora no estoy aquí como un Mackey. Estoy aquí como un agente de policía que podría ayudarle a encontrar a su hija.

—Con disimulo, bajo cuerda, por la puerta de atrás. La gente no cambia.

—Por lo visto no —comenté, y le ofrecí una sonrisa insulsa—. Pero las circunstancias sí. Ahora estamos del mismo lado.

—¿Ah, sí?

—Más le vale que así sea —le advertí—, porque soy lo mejor que tiene. Lo toma o lo deja.

Fijó sus ojos en los míos para sondearme con una larga mirada. Mantuve la espalda recta y puse la misma cara respetable que en las reuniones con los profesores de mi hija. Al final asintió con una brusca sacudida, y dijo, sin excesiva cortesía:

—Hazlo. Haz todo lo que esté en tu mano. Por favor.

—De acuerdo —asentí, y saqué la libreta—. Necesito que me hablen de cuando se fue Rosie, empezando por la víspera, tan detalladamente como puedan, por favor.

Se lo sabían de corrido, igual que cualquier familia que haya perdido un hijo: una vez una madre me enseñó el vaso del que había bebido su hijo la mañana antes de morir de sobredosis. Un domingo de Adviento por la mañana, frío, con el cielo blanco grisáceo y el aliento que tomaba forma de neblina delante de la boca. Rosie había vuelto temprano la noche anterior, así que fue a misa de nueve con el resto de la familia, en vez de quedarse durmiendo e ir a mediodía, tal como solía hacer cuando trasnochaba los sábados. Habían vuelto a casa y preparado huevos fritos con embutido para desayunar. Por aquel entonces, si comías antes de la Santa Comunión te caía una ristra de avemarías cuando te confesabas de nuevo. Rosie había planchado mientras su madre lavaba, y las dos hablaron de cuándo comprar el jamón para la comida de Navidad. Me quedé sin respiración un momento al imaginarla charlando tranquilamente de una comida a la que no tenía previsto asistir mientras soñaba con una Navidad en la que solo estaríamos ella y yo. Poco antes de mediodía las chicas se habían pasado por New Street a recoger a la abuela Daly para la comida del domingo. Después habían estado viendo la tele un rato. Ese era otro de los detalles que situaban a los Daly por encima del vulgo: eran dueños de su propio televisor. El esnobismo en retrospectiva siempre tiene gracia. Estaba volviendo a descubrir minucias cuya existencia casi había olvidado.

El resto del día fue más de lo mismo: nada. Las chicas acompañaron a la abuela a su casa, Nora salió con un par de amigas y Rosie se fue a su habitación a leer, o quizás a hacer el equipaje, escribir aquella nota o simplemente sentarse en el borde de la cama y respirar hondo. Cena, más quehaceres domésticos, más tele, ayudar a Nora con los deberes de matemáticas. No había habido un solo indicio, en ningún momento del día, de que Rosie se trajera algo entre manos.

—Un ángel —dijo el señor Daly con gravedad—. Toda aquella semana se portó como un ángel. Debería haberme dado cuenta.

Nora se había acostado hacia las diez y media, el resto de la familia poco después de las once: Rosie y su padre tenían que levantarse para ir a trabajar por la mañana. Las dos chicas compartían uno de los dormitorios al fondo y sus padres el otro: los Daly no tenían necesidad de sofás cama, muchas gracias. Nora recordaba el susurro de Rosie al ponerse el pijama y cómo le dijo «Buenas noches» quedamente cuando se acostó, y luego nada. No la había oído levantarse de nuevo, ni vestirse, ni salir de la habitación, ni tampoco de la casa.

—Dormía como un muerto, por aquel entonces —dijo, a la defensiva, como si la hubieran criticado mucho por ello a lo largo de los años—. Era una adolescente, ya sabes cómo es...

Por la mañana, cuando la señora Daly fue a despertar a las chicas, Rosie ya no estaba.

Al principio no se preocuparon, como tampoco se preocupó mi familia al otro lado de la calle: me dio la impresión de que el señor Daly se había puesto a despotricar contra la juventud moderna, tan desconsiderada, pero nada más. Era Dublín en los años ochenta, una ciudad segura a más no poder. Supusieron que se había marchado temprano a hacer algo, quizás a reunirse con sus amigas por alguna misteriosa razón de chicas. Luego, más o menos cuando Rosie debería haber estado desayunando, los hijos de los Shaughnessy y Barry Hearne se presentaron con la nota.

No estaba claro qué andaban haciendo esos tres en el número 16 a esas horas de una mañana de domingo tan fría, pero yo apostaría a que se trataba de hachís o porno: había un par de preciadas revistas pasando de mano en mano, traídas de tapadillo por el primo de alguien que había ido a Inglaterra el año anterior. En cualquier caso, fue entonces cuando se armó la gorda. El relato de los Daly fue un poco menos intenso que el de Kevin —me miró de reojo disimuladamente un par de veces mientras ellos daban su versión— pero a grandes rasgos coincidía.

Señalé la maleta con un gesto de la cabeza.

—¿Dónde la guardaban?

—En el cuarto de las chicas —dijo la señora Daly, entre los nudillos de la mano—. La tenía Rosie para guardar la ropa de muda y los juguetes viejos y... No teníamos armarios por aquel entonces, claro, nadie los tenía...

—Hagan memoria. ¿Alguno recuerda la última vez que la vio? No la recordaba nadie.

—Es posible que fuera meses antes —dijo Nora—. La guardaba debajo de la cama. Yo solo la veía cuando ella la sacaba para coger algo.

—¿Y qué me dicen de lo que hay dentro? ¿Recuerdan la última vez que vieron a Rosie usar algo de eso? ¿Escuchar esas cintas, vestir alguna de esas prendas?

Silencio. Entonces Nora irguió de pronto la espalda y dijo, su voz un tono más agudo:

—El walkman. Vi que lo usaba el jueves, tres días antes de marcharse. Yo solía cogérselo del armarito de la mesilla de noche, cuando volvía a casa del colegio, para escuchar sus cintas hasta que regresaba de trabajar. Si me pillaba, me soltaba un sopapo en la oreja, pero merecía la pena: tenía música muy buena...

—¿Por qué estás tan segura de que lo viste el jueves?

—Era entonces cuando se lo tomaba prestado. Los jueves y los viernes, Rosie iba y volvía del trabajo con Imelda Tierney, ¿te acuerdas de Imelda?, cosía con Rosie, en la fábrica, así que no se llevaba el walkman. El resto de la semana, Imelda tenía otro turno y Rosie iba sola, por eso se llevaba el walkman, para escuchar música.

—Entonces pudiste verlo el jueves o el viernes.

Nora negó con la cabeza.

—Los viernes iba al cine después de clase, con la pandilla. Aquel viernes fui. Lo recuerdo porque...

Se sonrojó, guardó silencio y miró a su padre de reojo.

El señor Daly dijo terminantemente:

—Lo recuerda porque, después de que Rosie se fugara, pasó mucho tiempo antes de que dejara a Nora callejear otra vez. Habíamos perdido a una hija por falta de disciplina. No pensaba arriesgarme con la otra.

—Muy bien —dije, a la vez que asentía como si me pareciera perfectamente juicioso—. ¿Y recuerdan haber visto alguno de esos objetos después del jueves por la tarde?

Todos negaron con la cabeza. Si Rosie no tenía hecho el equipaje el jueves por la tarde, se había expuesto peligrosamente a no tener oportunidad de esconder la maleta ella misma, sobre todo teniendo en cuenta la tendencia de su padre a comportarse como un dóberman. Las probabilidades empezaban a apuntar, aunque fuera muy levemente, a que alguien más se había encargado de esconderla.

—¿Habían visto que la rondara alguien, que la fastidiara? ¿Alguien que les preocupara?

La mirada del señor Daly dio a entender: «Cómo, ¿aparte de ti?», pero se las apañó para no comentarlo en voz alta. Se limitó a decir con voz serena:

—Si hubiera visto que alguien la molestaba, le habría puesto remedio.

—¿Alguna discusión, problemas con alguien?

—Nada que nos hubiese contado. Probablemente tú debías de estar más al tanto de esas cosas que nosotros. Todos sabemos lo poco que les cuentan las chicas a sus padres a esa edad.

—Una última pregunta —dije, y hurgué en la cazadora, saqué unos cuantos sobres del tamaño de una instantánea, y les alargué tres—. ¿Alguno reconoce a esta mujer?

Los Daly lo hicieron lo mejor que pudieron, pero no se encendió ninguna bombilla, supongo que debido a que Fifi *Huellas dactilares* es una maestra de álgebra en una escuela de Nebraska cuya foto descargué de internet. A cualquier sitio donde voy, Fifi viene conmigo. La foto tiene un amplio margen blanco para que no te sientas obligado a cogerla delicadamente por los bordes, y puesto que tal vez sea el ser humano más corriente sobre la faz de la tierra, te hace falta mirarla de cerca —lo que probablemente conlleve tocarla con ambos pulgares e índices— para asegurarte de que no la conoces. Le debo a mi querida Fifi numerosas identificaciones sutiles. Hoy iba a ayudarme a averiguar si los Daly habían dejado sus huellas en la maleta.

Lo que me había llevado a dirigir las antenas hacia la familia era la remota posibilidad de que Rosie, después de todo, hubiera ido a mi encuentro. Si se estaba ciñendo a nuestro plan, si no necesitaba darme esquinazo, habría tomado el mismo camino que yo: por la puerta del piso, escaleras abajo, directamente a Faithful Place. Pero yo había controlado hasta el último palmo de la calle toda la noche, y aquella puerta principal no se había abierto.

Por aquel entonces, los Daly tenían la primera planta del número 3. En el piso de arriba estaban las hermanas Harrison, tres solteronas viejísimas propensas al nerviosismo que te daban pan con azúcar si les hacías los recados. El sótano lo ocupaba la pequeña Veronica Crotty, triste y enferma, que aseguraba que su marido era viajante, y su hijito, triste y enfermo. En otras palabras, si alguien había interceptado a Rosie de camino a nuestra cita, ese alguien estaba sentado delante de Kevin y de mí al otro lado de la mesita de centro.

Los tres Daly parecían conmocionados y disgustados de veras, pero eso puede deberse a muchas razones. Nora era entonces una chica mayor en una edad difícil, la señora Daly encajaba en algún punto del espectro de la demencia y el señor Daly tenía un genio de cinco estrellas, un problema de cinco estrellas conmigo, y además músculos. Rosie no tenía constitución de peso ligero, y tal vez su padre no fuera Arnie después de todo, pero era el único en aquella casa con la fuerza suficiente para deshacerse de su cadáver.

La señora Daly preguntó, escudriñando la foto con inquietud:

—¿Quién es? No la he visto nunca por aquí. ¿Crees que quizá le hizo daño a nuestra Rosie? Parece muy pequeñita para hacer algo semejante, ¿no? Rosie era una chica fuerte, no habría...

—Yo diría que no tiene nada que ver con el asunto —le respondí con toda sinceridad, a la vez que recogía los sobres con las fotos y me los volvía a guardar en el bolsillo, ordenadamente—. Me limito a explorar todas las posibilidades.

—Pero crees que alguien le hizo daño —apuntó Nora.

—Es muy pronto para dar por sentado algo así —contesté—. Llevaré a cabo algunas pesquisas y les mantendré al tanto. Creo que ya tengo suficiente para empezar. Gracias por atendernos.

Kevin se levantó del sofá como si llevara muelles incorporados.

Me quité los guantes y les estreché la mano para despedirme. No les pedí los teléfonos —no tenía sentido abusar de su confianza— y no les pregunté si conservaban la nota. Con solo pensar en verla otra vez se me tensaba la mandíbula.

El señor Daly nos acompañó a la salida. Ya en la puerta dijo, bruscamente y dirigiéndose a mí:

—Al ver que no escribía pensamos que era porque tú no le dejabas.

Bien pudo haber sido una especie de disculpa, o una última pulla.

—Rosie no dejaba que nadie le impidiera hacer lo que quería —dije—. Me pondré en contacto con ustedes en cuanto tenga alguna información.

Cuando se cerraba la puerta a nuestra espalda, oí que una de las mujeres se echaba a llorar.

4

La lluvia había amainado hasta quedarse en una tenue bruma húmeda, pero las nubes eran cada vez más densas y oscuras. Venía más lluvia en camino. Mi madre estaba pegada a la ventana de la sala, emitiendo rayos de curiosidad que casi me quemaron las cejas. Al ver que miraba en dirección a ella, sacó rápidamente un paño y se puso a limpiar el vidrio.

—Bien hecho —le dije a Kevin—. Te lo agradezco.

Me lanzó una rápida mirada de soslayo.

—Ha sido raro.

Su hermano mayor, el mismo que robaba bolsas de patatas en la tienda para él, hecho un policía a carta cabal.

—No ha dado esa impresión —le dije en tono de aprobación—. Te has portado como un profesional. Se te da bien esto, ¿lo sabías?

Se encogió de hombros.

—Y ahora ¿qué?

—Voy a dejar esto en mi coche antes de que Matt Daly cambie de parecer —dije, manteniendo en equilibrio la maleta sobre un brazo a la vez que le dirigía a mi madre un saludo con la mano y una sonrisa de oreja a oreja— y luego voy a charlar un poco con una antigua amiga. Mientras, tú vas a ocuparte de nuestros padres.

A Kevin se le dilataron los ojos de terror.

—Ay, joder, no. Ni pensarlo. Seguro que mamá aún está dando la vara con el desayuno.

—Venga, Kev. Apriétate los machos y encaja el golpe por el bien del equipo.

—El equipo, y una mierda. Es contigo con quien está cabreada, eso para empezar, ¿y ahora quieres que entre ahí y me lleve yo la bronca?

Se había despeinado por la indignación.

—Has acertado —dije—. No quiero que fastidie a los Daly, y no quiero que haga correr la noticia, al menos por el momento. Solo me hace falta una hora o así antes de que empiece a causar perjuicios. ¿Puedes encargarte?

—¿Qué se supone que tengo que hacer si decide salir? ¿Placarla como en un partido de rugby?

—¿Cuál es tu número de teléfono? —Saqué el móvil, el que utilizan mis muchachos y los confidentes, y le envié a Kevin un mensaje de texto en el que ponía «HOLA»—. Ahí tienes —le dije—. Si mamá huye, contesta el mensaje y vendré a placarla yo mismo. ¿Te parece?

—Hostia puta —masculló Kevin, levantando la vista hacia la ventana.

—Estupendo —lo felicité, y le di una palmada en la espalda—. Te estás portando como un valiente. Nos vemos aquí dentro de una hora y esta noche te invito a unas cervezas, ¿qué tal?

—Van a hacerme falta unas cuantas —respondió Kevin en tono lúgubre, y luego irguió los hombros y se dispuso a enfrentarse al pelotón de fusilamiento.

Dejé la maleta a buen recaudo en el maletero de mi coche, listo para llevársela a un encanto de señora en el Departamento Técnico cuyo domicilio casualmente conocía. Un puñado de críos de diez años con cortes de pelo propios de los desfavorecidos y sin cejas estaban apoyados contra un muro, mirando los coches mientras pensaban en perchas de alambre con las que forzar las puertas. No me faltaba más que volver y encontrarme con que había desaparecido la maleta. Apoyé el trasero en el capó, etiqueté los sobrecitos de Fifi *Huellas dactilares*, me fumé un pitillo y contemplé el futuro de nuestro país hasta que les quedó perfectamente claro que más les valía robar a alguien que no estuviera dispuesto a ir en su busca.

El piso de los Daly había sido el reflejo exacto del nuestro. No había lugar donde esconder un cadáver, al menos a largo plazo. Caso de que Rosie hubiese muerto en esa casa, los Daly solo tenían dos opciones. Suponiendo que el señor Daly los tuviera muy bien puestos, cosa que no descartaba, pudo envolverla en algo y sacarla por la puerta principal para llevársela de allí: al río, a algún solar abandonado, o a las pocilgas, tal como había tenido la delicadeza de sugerir Shay. Pero, dado que Liberties era como era, había muchas probabilidades de que alguien lo hubiera visto, recordado y dado a conocer. El señor Daly no me parecía de los que corren riesgos.

La opción menos arriesgada era el jardín trasero. Probablemente ahora la mitad de los jardines estaban emperifollados con arbustos, tarimas y chismes diversos de hierro forjado, pero por aquel entonces estaban todos descuidados y cochambrosos: hierba raquítica, tierra, tablones y muebles rotos y alguna que otra bici hecha polvo. Nadie salía al patio salvo para ir al retrete o, en verano, a tender la colada. Todo ocurría en la parte delantera, en la calle. Aquella noche hacía frío, pero no lo bastante para que la tierra estuviera helada. Una hora la primera noche para empezar a cavar la tumba, posiblemente otra hora la noche siguiente para acabarla y otra la tercera noche para llenarla. Nadie lo habría visto. Los jardines carecían de iluminación y en noches oscuras hacía falta linterna para orientarse hasta el retrete. Pasaría totalmente inadvertido. Las hermanas Harrison estaban sordas como tapias, las ventanas traseras de Veronica Crotty estaban entablonadas para conservar el calor y las ventanas de todos los demás debían de estar cerradas a cal y canto para mantener a raya el frío de diciembre. Bastaba con cubrir la tumba durante el día, y también después de haber terminado, con una plancha de hierro o una mesa vieja o lo que hubiera a mano. Nadie se molestaría en mirar dos veces.

No podía meterme en ese jardín sin una orden de registro, y no podía conseguir una sin algo que se acercara remotamente a una causa probable. Tiré la colilla y regresé a Faithful Place para hablar con Mandy Brophy.

Mandy era la primera persona que se alegraba rotunda e inequívocamente de verme. Pegó tal grito que a punto estuvo de hacer saltar el tejado. No me cupo duda de que mi madre habría ido a todo correr a la ventana otra vez.

—¡Francis Mackey! ¡Jesús, María y José! —Se me abalanzó y me dio un abrazo de esos que dejan cardenales—. Casi me da un ataque al corazón. Estaba convencida de que no volvería a verte por estos andurriales. ¿Qué haces aquí?

Su cuerpo se había transformado con la maternidad, con el pelo a juego, pero los hoyuelos seguían siendo los mismos.

—Esto y lo de más allá —respondí, devolviéndole la sonrisa—. Me ha parecido buen momento para ver qué tal le va a todo el mundo.

—Ya era hora, coño, y no digo más. Venga, fuera de ahí. Eh, vosotras... —En el suelo de la sala de estar había tendidas dos niñas morenas de ojos redondos—. Subid a jugar a vuestro cuarto y dejadme un rato en paz mientras hablo con este señor. ¡Venga!

Ahuyentó a las niñas haciendo un gesto con las manos.

—Son tu vivo retrato —le dije, a la vez que las señalaba con la cabeza.

—Son un par de brujillas, eso son. Me agotan, y no lo digo en broma. Mi madre dice que me lo tengo merecido, por haberle dado tantos disgustos cuando era joven. —Retiró del sofá muñecas a medio vestir, envoltorios de golosinas y lápices de colores rotos—. Ven aquí conmigo, tengo entendido que ahora estás en la Policía. Qué respetable, sabes muy bien lo que te haces.

Sostenía los juguetes entre los brazos y me sonreía, pero los ojos negros se le veían perspicaces y atentos: me estaba sondeando.

—Eso te parecerá a ti... —bromeé, al tiempo que ladeaba la cabeza y le ofrecía mi mejor sonrisa traviesa—. He crecido, nada más. Igual que tú.

Se encogió de hombros.

—Yo soy la misma de siempre. Mira a tu alrededor.

—Yo también. Puedes sacar a un chico de Faithful Place...

—Pero no puedes sacar Faithful Place del chico. —Sus ojos siguieron recelosos unos instantes. Luego asintió, un golpecito rápido, y señaló el pie de una muñeca Bratz en el sofá—. Siéntate ahí. Vas a tomar un té, ¿verdad?

Y ya había conseguido entrar. No hay contraseña de acceso más poderosa que el propio pasado.

—Ay, Dios santo, no. Acabo de desayunar.

Mandy guardó los juguetes de cualquier manera en una caja de plástico rosa y cerró la tapa de golpe.

—¿Seguro? Entonces, no te importa si doblo la ropa limpia mientras charlamos, ¿verdad? Antes de que vuelvan esas dos señoritas y lo pongan otra vez todo patas arriba. —Se dejó caer en el sofá a mi lado y acercó el cesto de la colada—. ¿Te has enterado de que me casé con Ger Brophy? Ahora es chef. A Ger siempre le ha gustado la comida.

—Vaya, igual que Gordon Ramsey, ¿eh? —bromeé, y le lancé una sonrisa maliciosa—. Dime una cosa, ¿se trae la espátula a casa, por si te entran ganas de hacer algo atrevido?

Mandy lanzó un chillido y me dio una palmada en la muñeca.

—Qué retorcido. Eres el mismo de siempre, ¿verdad? Bueno, no es ningún Gordon Ramsey, trabaja en uno de los hoteles nuevos cerca del aeropuerto. Dice que sobre todo van familias que han perdido el vuelo y hombres de negocios que quieren llevar a sus amantes a algún sitio donde no los pillen, la comida no le importa a nadie. Una mañana, te lo juro, estaba tan aburrido que frió unos plátanos con el embutido para desayunar, solo para ver si decían algo. Nadie dijo una puñetera palabra.

—Seguro que pensaron que era *nouvelle cuisine*. Bien por Ger.

—No sé qué pensaron que era, pero se lo comieron todos. Huevos, salchichas y plátanos.

—Es un buen hombre, como es debido. Os ha ido bien aquí.

Sacudió una sudadera pequeña de color rosa con un chasquido.

—Ah, sí, claro, es un buen tipo. Me hace reír. Estaba cantado, de todas maneras. Cuando le dijimos a mi madre que nos habíamos prometido, dijo que se lo había visto venir desde que llevábamos pañales. Igual que... —Levantó la mirada fugazmente—. Igual que la mayoría de las bodas de por aquí.

A estas alturas, Mandy ya estaba al tanto del asunto de la maleta, así como de las especulaciones al respecto con pelos y señales. Gracias a la decadencia de la red de cotilleo, así como del magnífico trabajo que había hecho Kevin con mi madre, no estaba tensa ni se estaba andando con cuidado. Solo se mostraba discreta para no herir mis sentimientos ya maltrechos. Me relajé en el sofá y lo disfruté mientras duró. Me encantan las casas desordenadas, los hogares en los que una mujer y sus hijos han dejado su huella en todos los rincones: marcas mugrientas de dedos en las paredes, chucherías y cuencos con chismes para el pelo de colores pastel en la repisa de la chimenea, ese aroma como a flores y ropa planchada.

Estuvimos de palique un rato: sus padres, mis padres, vecinos diversos que se habían casado o habían tenido hijos, se habían mudado a las afueras o habían desarrollado misteriosos problemas de salud. Imelda seguía por allí, a un par de minutos andando, en Hallows Lane, pero algo en las comisuras de la boca de Mandy me dijo que ya no se veían muy a menudo, y no pregunté el motivo. Pero lo que sí hice fue que se riera: si consigues que una mujer se ría, ya tienes la mitad del camino hecho para hacerla hablar. Seguía teniendo la misma risilla sinuosa y burbujeante que salía de su interior como un estallido y hacía que te entraran ganas de reír también.

A Mandy le llevó unos diez minutos preguntar, como quien no quiere la cosa:

—Bueno, cuéntame, ¿has tenido noticias de Rosie?

—Ni una palabra —respondí, con la misma soltura—. ¿Y tú?

—Nada. Pensaba... —Otra vez esa mirada—. Pensaba que igual tú sí, eso es todo.

—¿Lo sabías? —le pregunté.

Tenía la mirada fija en los calcetines que estaba enrollando, pero parpadeó ligeramente.

—¿A qué te refieres?

—Tú y Rosie erais íntimas. Pensé que igual te lo había contado.

—¿Que ibais a fugaros, o algo así? ¿O que ella...?

—Cualquiera de las dos cosas.

Se encogió de hombros.

—Por Dios bendito, Mandy —dije, insuflándole un deje gracioso—. Han pasado veintitantos años. Te prometo que no voy a tener una pataleta porque unas chicas se hicieran confidencias. Me lo preguntaba, nada más.

—No tenía ni la menor idea de que se estaba planteando romper lo vuestro. Te lo juro, ni idea. Te aseguro, Francis, que cuando me enteré de que no estabais juntos, me quedé alucinada. Estaba convencida de que os habíais casado, y que te había dado media docena de niños para tenerte bien atado.

—Así que sabías que teníamos intención de fugarnos juntos.

—Os marchasteis la misma noche, claro. Todo el mundo lo supuso.

Le ofrecí una amplia sonrisa y negué con la cabeza.

—«Romper lo nuestro», has dicho. Sabías que seguíamos saliendo. Llevábamos casi dos años manteniéndolo en secreto, o al menos eso creíamos.

Transcurrido un momento Mandy torció el gesto y echó los calcetines al cesto de la ropa.

—Listillo. No es que Rosie nos contara su vida ni nada parecido. No dijo ni una palabra, hasta el mismo momento de... ¿No quedasteis tú y Rosie para tomar unas copas, más o menos una semana antes de iros? En algún pub del centro me parece que fue.

O'Neill's, en Pearse Street, y me pareció ver cómo todos los universitarios volvían la cabeza cuando Rosie regresaba a nuestra mesa con una pinta de cerveza en cada mano. Era la única chica que conocía que bebiera pintas, y siempre pagaba la suya.

—Sí —dije—. Así es.

—Eso fue el detonante. El caso es que le dijo a su padre que iba a salir conmigo y con Imelda, pero no nos lo contó para que la encubriéramos, ¿sabes qué quiero decir? Pues bien, había mantenido lo tuyo en secreto, no teníamos ni idea. Pero esa noche las dos volvimos a casa temprano y el señor Daly estaba mirando por la ventana y nos vio llegar sin Rosie. No volvió hasta tarde. —Mandy me sonrió con sus hoyuelos—. Debíais de tener cantidad de cosas de las que hablar, ¿verdad?

—Sí —reconocí. Un beso de buenas noches contra el muro del Trinity, mis manos en sus caderas, acercándola a mi cuerpo.

—El señor Daly la esperó levantado. Rosie vino a buscarme al día siguiente, el sábado, y dijo que su padre se había puesto como una fiera.

Y eso nos conducía de nuevo al feroz señor Daly.

—Apuesto a que sí.

—Imelda y yo le preguntamos dónde había estado, pero no nos lo contó. Lo único que dijo fue que su padre estaba furibundo. Así que supusimos que debía de haber estado contigo.

—Siempre me lo pregunté —dije—. ¿Qué demonios tenía contra mí Matt Daly?

Mandy parpadeó.

—Dios, no tengo la menor idea. Él y tu viejo no se llevan bien.

Yo diría que es por eso. Pero ¿qué importa? Ya no vives aquí, no le ves nunca...

—Rosie me dejó, Mandy. Me dejó tirado como un trapo, sin más ni más, y nunca he sabido por qué. Si existe una explicación, en alguna parte, me gustaría saber cuál es. Me gustaría saber si hubo algo, lo que fuera, que pudiera haber hecho para que las cosas salieran de otra manera.

Me esforcé en adoptar una actitud de tipo duro pero dolido, y a Mandy se le ablandó la boca en un gesto de compasión.

—Ay, Francis... A Rosie le traía sin cuidado lo que pensara de ti su padre. Eso ya lo sabes.

—Es posible. Pero si le preocupaba algo, o me ocultaba algo, o si le asustaba alguien... ¿Hasta qué punto se ponía furibundo con ella, exactamente?

Mandy se mostró desconcertada o recelosa, no sé si lo uno o lo otro.

—¿A qué te refieres?

—El señor Daly tenía genio —dije—. Cuando se enteró de que Rosie salía conmigo, toda Faithful Place lo oyó rugir. Siempre me pregunté si la cosa no pasaba de ahí o si..., bueno. Si acostumbraba a pegarle.

Se llevó la mano a la boca.

—¡Dios santo, Francis! ¿Te contó algo?

—A mí no, pero no habría hecho tal cosa, a menos que quisiera que fuera a partirle la cara a su padre. Pero pensaba que igual habló contigo e Imelda.

—Ah, no. Dios, no. Nunca dijo ni palabra acerca de nada parecido. Creo que lo hubiera hecho, aunque... nunca se sabe con toda seguridad, ¿verdad que no? —Mandy lo pensó mientras alisaba un uniforme de colegio de niña de color azul—. Yo diría que nunca le puso un dedo encima —aseguró, al cabo—. Y no lo digo solo porque es lo que quieres oír. La mitad del problema del señor Daly tenía que ver con que no se había enterado de que Rosie se había hecho mayor, ¿sabes lo que quiero decir? Aquel sábado, cuando vino a verme, después de que él la pillara llegando a casa tarde, las tres habíamos quedado en ir al Apartments a bailar esa noche, y Rosie no pudo ir porque, y no te tomo el pelo, su padre le había quitado las llaves. Como si fuera una cría en vez de una mujer hecha y derecha que llevaba a casa su sueldo todas las semanas. Le dijo que iba a cerrar la puerta a las once en punto, y que si no había vuelto para entonces, podía dormir en la calle, y como tú bien sabes, para las once la marcha en el Apartments no había hecho más que empezar. ¿Ves a qué me refiero? Cuando se enfadaba con ella no se liaba a bofetadas; la mandaba a sentarse en el rincón, tal como haría yo con una de mis pequeñas si se pasa de la raya.

Y así, sin más, el señor Daly dejó de ser el centro de atención. Obtener una orden de registro de su jardín ya no era una prioridad y acurrucarse en el rinconcito de felicidad doméstica de Mandy ya no resultaba tan divertido. Si Rosie no había salido por la puerta principal de su casa no tenía que ser necesariamente porque me estaba eludiendo o porque su papaíto la había pillado con las manos en la masa y le había dado un arrebato melodramático con algún objeto contundente a mano. Bueno, podía haber sido porque su padre no le dejó otra opción. Las puertas que daban a la calle se cerraban por la noche. Las traseras tenían un pestillo interior, para que se pudiera ir al retrete sin necesidad de llave ni peligro de quedarse fuera con la puerta cerrada. Sin las llaves, daba igual que Rosie huyera de mí o fuera a echarse en mis brazos: había tenido que salir por la puerta de atrás, saltar los muros e ir por los jardines. Las probabilidades empezaban a multiplicarse, al tiempo que se alejaban del número 3.

Y las posibilidades de obtener huellas dactilares de aquella maleta se reducían. Si Rosie había sabido que iba a tener que ir saltando los muros de los jardines, habría escondido la maleta con antelación, a fin de poder recogerla cuando se fuera de la ciudad. Si alguien le había puesto la mano encima cuando se marchaba, es muy posible que no estuviera al tanto de la existencia de la maleta.

Mandy me estaba mirando, un poco preocupada, intentando dilucidar si entendía a qué se refería.

—Tiene sentido —reconocí—. Aunque no imagino a Rosie tomándose bien que la castigaran en el rincón. ¿Tenía planeado intentar algo? ¿Birlarle las llaves a su padre tal vez?

—Nada de nada. Eso es lo que nos puso sobre aviso de que tramaba alguna otra más gorda. Imelda y yo le dijimos: «Que le den a tu padre, ven con nosotras de todas maneras, si te cierra la puerta, puedes dormir aquí». Pero ella dijo que no, que prefería que estuviese de buen humor. «¿Para qué te molestas?», le preguntamos. Como tú mismo has dicho, no era típico de ella. Y ella respondió: «Bueno, no voy a tener que aguantarlo mucho más tiempo». Eso nos llamó la atención, desde luego. Las dos empezamos a atosigarla para que nos dijera de qué iba todo aquello, pero no nos contó ni mu. Se comportó como si solo hubiera querido dar a entender que su padre no tardaría en devolverle las llaves, pero las dos sabíamos que había algo más. No sabíamos qué exactamente, solo que estaba a punto de ocurrir algo gordo.

—¿No intentasteis sonsacarle más detalles? ¿Qué había planeado, cuándo, si era conmigo?

—Dios bendito, sí. Le dimos la vara durante una eternidad, yo le pellizcaba el brazo y todo, e Imelda la golpeaba con un cojín, intentando que nos contara algo, pero sencillamente pasó de nosotras hasta que nos dimos por vencidas y seguimos preparándonos para salir. Rosie estaba..., Virgen santa. —Mandy rió, un bufido leve y espantado, entre dientes. El brío de sus manos con la ropa había decaído hasta detenerse—. Estábamos ahí mismo, en ese comedor, que antes era mi cuarto. Era la única de nosotras que tenía su propia habitación. Siempre quedábamos aquí. Imelda y yo nos estábamos arreglando el pelo, venga a cardarlo. Dios, qué pinta llevábamos, y la sombra de ojos turquesa, ¿te acuerdas? Nos creíamos las Bangles, Cindy Lauper y Bananarama, todas al mismo tiempo.

—Erais preciosas —dije, de corazón—. Las tres. Nunca he visto chicas más bonitas.

Arrugó la naricilla.

—Con halagos no vas a llegar a ninguna parte. —Pero sus ojos seguían en algún otro lugar—. Empezamos a meternos con Rosie, le preguntamos si pensaba hacerse monja, le dijimos que estaría monísima con hábito y que si lo hacía porque estaba loca por el padre McGrath... Rosie estaba tumbada en mi cama, mirando el techo mientras se mordía la uña, ¿recuerdas cómo lo hacía? Solo una uña.

La uña del índice derecho. Se la mordisqueaba cuando estaba absorta en sus pensamientos. Aquellos dos últimos meses, mientras hacíamos nuestros planes, se había hecho sangre más de una vez.

—Lo recuerdo —dije.

—La estaba observando, reflejada en el espejo de mi tocador. Era Rosie, la conocía desde que éramos unas crías, y de repente parecía una persona nueva por completo. Como si fuera mayor que nosotras, como si parte de ella ya se hubiera ido a algún otro lugar. Tuve la sensación de que teníamos que darle algo: una tarjeta de despedida, o una medalla de san Cristóbal, tal vez. Algo para que hiciera un buen viaje.

—¿Se lo mencionaste a alguien?

—Ni pensarlo —se apresuró a decir Mandy con un deje ofendido—. Habría sido incapaz de chivarme. Eso ya lo sabes.

Tenía la espalda más erguida y empezaba a estar molesta.

—Claro que lo sé, guapa —le dije, con una sonrisa—. Solo quería asegurarme. Lo hago por costumbre. No le des más vueltas.

—Hablé con Imelda, claro. Las dos supusimos que ibais a fugaros. Nos pareció de un romántico que te mueres, adolescentes, ya sabes... Pero no le dije una palabra a nadie más, ni siquiera después. Estábamos de vuestra parte, Francis. Queríamos que fuerais felices.

Por una fracción de segundo tuve la sensación de que si me daba media vuelta las vería en la habitación de al lado: tres chicas, alborotadas en ese momento en que todo está a punto de ocurrir, de un chispeante azul turquesa, rebosantes de electricidad y posibilidades.

—Gracias, cielo —dije—. Te lo agradezco.

—No tengo ni idea de por qué cambió de parecer. Te lo contaría si lo supiera. Estabais hechos el uno para el otro. Yo estaba convencida de que... —Su voz se apagó.

—Sí —convine—. Yo también.

Mandy dijo en voz baja:

—Dios, Francis... —Seguía con el mismo uniforme escolar entre las manos, inmóvil, y por debajo de su voz se percibía una corriente prolongada e invencible de tristeza—. Dios, hace muchísimo tiempo de aquello, ¿verdad?

La calle quedó en silencio, salvo por el murmullo cantarín de una de las niñas que le explicaba algo a la otra, arriba, y la acometida del viento que empujaba una ráfaga de llovizna por delante de las ventanas.

—Sí —reconocí—. Parece imposible que pueda hacer tanto tiempo.

No se lo dije. Dejé que lo hiciera mi madre; disfrutaría hasta el último segundo. Nos dimos un abrazo de despedida en la puerta, le di un beso en la mejilla a Mandy y le prometí que volvería a pasar pronto por allí. Olía a cosas dulces y seguras que yo llevaba años sin oler, a jabón Pears, galletas de crema y perfume barato.

5

Kevin estaba apoyado en la verja de casa, con el mismo aire que cuando éramos niños y lo dejábamos de lado porque era demasiado pequeño, solo que ahora tenía un móvil entre las manos y escribía un mensaje a toda velocidad.

—¿La novia? —dije, y señalé el teléfono con un gesto de la cabeza.

Se encogió de hombros.

—Algo así, supongo. La verdad es que no. No me va lo de sentar la cabeza todavía.

—Así que tienes unas cuantas por ahí, Kev, cacho perro.

Sonrió.

—¿Y? Todas saben lo que hay. Tampoco quieren sentar la cabeza, nos lo pasamos bien. Eso no tiene nada de malo.

—Nada en absoluto —asentí—, solo que pensaba que me estabas haciendo el favor de mantener a raya a mamá, no tonteando por teléfono con tu novia de turno. ¿Qué ha ocurrido?

—La mantengo a raya desde aquí. Me estaba poniendo de los nervios. Si hubiera intentado cruzar a la casa de los Daly, se lo habría impedido.

—No quiero que llame a todo Cristo.

—No va a llamar a nadie, no hasta que haya ido hablar con la señora Daly y haya averiguado todos los detalles del escándalo. Está fregando los platos y despotricando. He intentado echarle una mano y se ha cabreado conmigo porque he dejado un tenedor del revés en el escurridor. Alguien puede tropezar y clavárselo en el ojo, así que me he largado. ¿Dónde estabas? ¿Has ido a ver a Mandy Brophy?

—Supongamos que quisieras ir del número tres hasta el final de Faithful Place, pero no pudieras salir por el portal. ¿Qué harías?

—Salir por la puerta de atrás —respondió Kevin sin pensarlo, y volvió a centrarse en el mensaje de texto—. Saltando los muros de los jardines. Lo he hecho miles de veces.

—Yo también. —Fui señalando con un dedo la hilera de casas, desde el número 3 hasta el 15 al final de la calle—. Seis jardines. Siete, contando el de los Daly. Rosie podría estar esperándome en cualquiera de ellos.

—Espera. —Kevin levantó la vista del móvil—. ¿Te refieres a ahora, o por aquel entonces?

—¿Qué diferencia hay?

—El puñetero perro de los Halley, esa es la diferencia. Rambo, ¿te acuerdas? El cabroncete que me arrancó el fondillo de los pantalones de un mordisco aquella vez.

—Joder —dije—. Me había olvidado de ese capullo. Una vez lo mandé por los aires de una patada.

Rambo, naturalmente, era un chucho de raza mixta tirando a terrier que pesaba menos de tres kilos cuando estaba empapado. El nombre le había provocado un complejo de Napoleón, con problemas territoriales incluidos.

—Ahora que el número cinco lo ocupan esos idiotas y su pintura de Teletubby, iría por donde has dicho tú. —Kevin señaló con el dedo la misma línea que había trazado yo—. Pero en aquel entonces, con Rambo esperando para abrirme otro ojete, ni pensarlo. Iría por ahí.

Se volvió, y seguí con la mirada la trayectoria de su dedo: dejó atrás el número 1, fue en paralelo al muro alto al fondo de la calle, subió por los jardines de las casas pares y luego saltó el muro del número 16 para llegar a la farola.

—¿Por qué no limitarte a saltar el muro del fondo y venir por la calle? ¿Por qué tomarte la molestia de ir por los jardines de nuestro lado? —pregunté.

Kevin me ofreció una amplia sonrisa.

—Es increíble que no sepas estas cosas. ¿Es que nunca fuiste a tirar guijarros a la ventana de Rosie?

—¿Con el señor Daly en la habitación de al lado? No. Le tengo aprecio a mis testículos.

—Estuve tonteando con Linda Dwyer una temporada, cuando teníamos unos dieciséis años. ¿Recuerdas a los Dwyer, en el número uno? Quedábamos en su jardín trasero por la noche, para que ella pudiera pararme los pies cuando intentaba meterle mano. Ese muro —señaló hacia el final de la calle—, por el otro lado, es liso. No hay dónde apoyar los pies. Solo se puede saltar por las esquinas, donde tienes el otro muro para auparte. Así vas a parar a los jardines traseros.

—Eres toda una fuente de sabiduría —lo felicité—. ¿Alguna vez conseguiste quitarle el sujetador a Linda Dwyer?

Kevin puso los ojos en blanco y empezó a explicar la compleja relación de Linda con la Legión de María, pero yo estaba pensando en otras cosas. Me costaba trabajo imaginar a un asesino psicópata o un agresor sexual al azar merodeando por los jardines traseros un domingo por la noche, triste y solo, a la espera de que pasara por allí una víctima. Si alguien había pillado a Rosie, estaba al tanto de que iba a ir por allí, y había tenido por lo menos el esbozo de un plan.

Al otro lado del muro, al fondo de la calle, estaba Cooper Lane: muy parecida a Faithful Place, solo que más grande y transitada. De haber querido concertar cualquier clase de cita clandestina o emboscada o lo que fuera por la ruta que había descrito Kevin, sobre todo un encuentro clandestino que implicara un forcejeo o el traslado de un cadáver, habría optado por el número 16.

Los ruidos que había oído mientras esperaba bajo la farola

cambiando el peso del cuerpo de un pie al otro para no helarme. Los gruñidos de un hombre, los chillidos sofocados de una chica, sonidos parecidos a golpeteos. Un adolescente enamorado es un par de huevos andante con cristales de color rosa en las gafas: había dado por supuesto que el amor estaba en todas partes. Creo que estaba convencido de que Rosie y yo estábamos tan locos el uno por el otro que nuestra relación impregnaba el aire como una droga reluciente, esa noche en que todo estaba tomando forma, y se propagaba por Liberties provocando el delirio en todo aquel que la respirara: obreros de fábrica deslomados que buscaban a su pareja en sueños, adolescentes en las esquinas que se besaban de pronto como si su vida dependiera de ello, parejas de ancianos que escupían la dentadura postiza y se arrancaban mutuamente el pijama de franela. Di por sentado que lo que oía era una pareja dándole al asunto. Es posible que estuviera equivocado.

Me costó un esfuerzo increíble suponer, solo por un instante, que Rosie había salido a mi encuentro después de todo. En ese caso, la nota indicaba que probablemente había llegado por la ruta de Kevin hasta el número 16. La maleta indicaba que nunca había salido de allí.

—Venga —dije, interrumpiendo a Kevin, que seguía dale que te pego («... no me habría tomado la molestia, pero es que tenía los melones más grandes que...»)—. Vamos a jugar donde mamá dijo que no nos metiéramos.

El número 16 estaba en peores condiciones de lo que había imaginado. Había grandes hendiduras en los escalones de entrada abiertas por los albañiles al llevarse a rastras las chimeneas, y alguien había mangado las verjas de hierro forjado a ambos lados, o a lo mejor las había vendido el Rey de la Propiedad. El enorme cartel de «Construcciones P. J. Lavery» había caído al hueco delante de las ventanas del sótano. Nadie se había molestado en rescatarlo.

—¿Qué estamos haciendo? —preguntó Kevin.

—Aún no estamos seguros —dije, cosa que era cierta en buena medida. Lo único que sabía era que estábamos siguiendo a Rosie, avanzando a tientas paso a paso para ver adónde nos conducía—. Lo averiguaremos sobre la marcha, ¿de acuerdo?

El vestíbulo era un entramado de sombras cruzadas, superpuestas hasta media decena en fondo allí donde una tenue luz se filtraba proveniente de todos los ángulos: desde las habitaciones vacías con las puertas medio desgoznadas, a través del vidrio mugriento de la ventana del rellano, por la caja de escalera alta y estrecha junto con el viento frío. Saqué la linterna. Es posible que ya no trabaje sobre el terreno oficialmente, pero sigo estando listo para lo inesperado. Escogí la cazadora de cuero porque es tan cómoda que no me la quito casi nunca, y tiene bolsillos suficientes para guardar todo lo esencial: Fifi *Huellas dactilares*, tres bolsitas de plástico para pruebas, libreta y bolígrafo, navaja suiza, esposas, guantes y una linterna Maglite potente y ligera. El colt Detective Special lo llevo en una funda hecha a medida que me permite acomodarlo entre los riñones debajo de la cintura de los vaqueros, donde nadie pueda verlo.

—Te lo digo en serio —aseguró Kevin, entornando los ojos para mirar escaleras arriba—. Esto no me gusta. Como estornudemos, la casa entera se nos va a venir encima.

—La brigada me ha implantado en el cuello un chip de localización por GPS. Vendrán a rescatarnos.

—¿En serio?

—Claro que no. Échale huevos, Kev. No nos va a pasar nada.

Encendí la linterna y entramos en el número 16. Percibí décadas de motas de polvo suspendidas en el aire, las noté desplazarse y cobrar vida, alzarse en pequeños remolinos a nuestro alrededor.

Las escaleras crujieron y se combaron amenazadoramente bajo nuestro peso, pero aguantaron. Empecé por el salón del piso de arriba, donde había encontrado la nota de Rosie y donde, según mis padres, los muchachos polacos habían encontrado la maleta. Había un enorme hueco de bordes irregulares donde habían arrancado la chimenea. La pared contigua estaba cubierta de pintadas descoloridas que explicaban quién quería a quién, quién era gay y quién debería irse a tomar por el culo. En alguna parte de esa chimenea, de camino a la mansión de alguien en Ballsbridge, estaban mis iniciales y las de Rosie.

El suelo estaba sembrado de la misma porquería vieja y predecible, latas, colillas y envoltorios, pero sobre todo estaba cubierto de una gruesa capa de polvo —los chicos disponían de sitios mejores para pasar el rato en la actualidad, y de dinero suficiente para entrar en ellos— y, para colmo del buen gusto, habían añadido a la mezcla condones usados. En mis tiempos eran ilegales. Si eras lo bastante afortunado para verte en una situación que requiriese usar preservativo, te arriesgabas y pasabas las semanas siguientes acojonado. Todos los rincones del techo estaban cubiertos de telarañas, y un viento fino y frío silbaba a través de los boquetes alrededor de las ventanas de guillotina. Cualquier día esas ventanas también desaparecerían, vendidas a algún comerciante gilipollas cuya esposa quería una adorable pincelada de autenticidad.

—Perdí la virginidad en esta habitación —dije.

La casa me obligaba a hablar en voz queda.

Noté que Kevin me miraba, con ganas de preguntar, pero se contuvo.

—Se me ocurren un montón de sitios más cómodos para echar un polvo —dijo.

—Teníamos una manta. Y la comodidad no lo es todo. No hubiera cambiado este antro por el ático del Shelburne.

Poco después Kevin se estremeció.

—Dios, qué deprimente es este sitio.

—Tómatelo en plan evocador. Un viaje al mundo de los recuerdos.

—Y una mierda. Yo me quedo tan lejos del mundo de los recuerdos como sea posible. ¿Has oído a los Daly? ¿Lo tristes que eran los puñeteros domingos en los ochenta? La misa, y luego la jodida comida dominical. ¿Qué te apuestas a que era beicon cocido, patatas asadas y repollo?

—No te olvides del pudin. —Barrí con el haz de la linterna las tablas del suelo: algún que otro agujero menor, unos cuantos bordes astillados, ninguna reparación, y eso que allí cualquier cosa reparada habría cantado como una almeja—. De la marca Angel Delight, siempre el mismo. Sabía a tiza con gusto a fresa, pero si no te lo comías, eras culpable de que los negritos se murieran de hambre.

—Ostras, sí. Y luego no había nada que hacer en todo el día salvo quedarse en la esquina helado de frío, a no ser que pudieras escaquearte al cine o que quisieras aguantar a tus padres. No ponían nada en la tele salvo el sermón del Padre Quiensea acerca de que los anticonceptivos hacían que te quedaras ciego, e incluso para ver eso tenías que pasarte horas enredando con aquellas puñeteras antenas de orejas de conejo intentando sintonizar la cadena... Al final de algunos domingos te juro que estaba tan aburrido que tenía ganas de ir al colegio.

No había nada en el sitio que había ocupado el hogar, ni en el conducto de la chimenea, solo un nido de pájaro en lo más alto y años de excrementos blancuzcos impregnando los laterales. La chimenea era apenas lo bastante ancha para que cupiera la maleta. No veía la manera de que alguien pudiera haber metido allí el cadáver de una mujer adulta, ni siquiera provisionalmente.

—Te lo aseguro, colega —dije—. Tendrías que haber venido por aquí. Era donde estaba toda la marcha. Sexo, droga y rock and roll.

—Cuando era lo bastante mayor para esa clase de marcha, ya nadie venía por aquí. Había ratas.

—Siempre las hubo. Le daban ambientillo. Venga.

Pasé a la siguiente habitación.

Kevin me siguió los pasos.

—Lo que hacían era traer gérmenes. Tú ya no lo viste, pero alguien echó veneno o algo. Creo que fue Johnny *el Loco*, ya sabes que odiaba a muerte las ratas, porque estuvo en las trincheras o algo así, ¿no? Sea como fuere, un montón de ratas se metieron en las paredes y murieron, y joder, cómo apestaban. En serio, peor que las pocilgas. Nos habríamos muerto de fiebre tifoidea.

—A mí me parece que huele bien.

Hice otra vez la inspección de rutina con la linterna. Empezaba a preguntarme si no me había embarcado en la búsqueda inútil más absurda del mundo. Una noche con mi familia y ya se me empezaba a pegar su locura.

—Bueno, sí, está claro que desapareció pasado un tiempo. Pero para entonces todos habíamos empezado a quedar en ese solar vacío en la esquina de Cooper Lane, ¿sabes dónde te digo? También era una mierda, en invierno te helabas las pelotas, y había ortigas y alambre de espino por todas partes, pero también iban allí los chicos de Cooper Lane y Smith's Road, así que había más posibilidades de pillar algo de priva o darte el lote o lo que anduvieras buscando. De manera que en realidad nunca volvimos aquí.

—Vosotros os lo perdisteis.

—Sí. —Kevin miró en torno sin mucho convencimiento. Llevaba las manos en los bolsillos y mantenía la chaqueta pegada al cuerpo para que no rozase nada—. Lo superaré. Por estas cosas es por lo que no aguanto que la gente se ponga en plan nostálgico con los ochenta. Chavales muertos de aburrimiento, o jugando entre alambre de espino o follando en putos nidos de ratas... ¿Eso es lo que echan de menos?

Lo miré allí plantado con sus logos de Ralph Lauren, su reloj llamativo y su corte de pelo de primera categoría, rebosante de justa indignación, con todo el aspecto de estar miles de kilómetros fuera de lugar. Lo imaginé cuando era un crío escuálido con un mechón rebelde en la frente, vestido con prendas remendadas heredadas de mí, entrando y saliendo como loco de aquella casa sin darse cuenta en ningún momento de que no era lo bastante buena.

—Tiene que ver con muchas otras cosas —dije.

—¿Como qué? ¿Qué tiene de bueno perder la virginidad en un antro de mierda?

—No digo que si estuviera en mi mano volvería a la década de los ochenta, pero no hace falta que tires al crío por el desagüe a la vez que el agua del baño. Y no sé tú, pero yo no me aburría nunca. Nunca. Igual deberías pensar en ello.

Kevin se encogió de hombros y masculló algo parecido a:

—No tengo ni idea de qué hablas.

—Piensa. Ya caerás en la cuenta.

Fui hacia las habitaciones del fondo sin molestarme en esperarlo: si se le hundía el pie en una tabla podrida del suelo, era problema suyo. Poco después me siguió con aire enfurruñado.

No había nada interesante al fondo, ni nada interesante en las habitaciones de la primera planta, salvo un montón de botellas de vodka vacías que por lo visto alguien había preferido no sacar con la basura.

En lo alto de las escaleras del sótano, Kevin se plantó:

—Ni pensarlo. No voy a bajar ahí. En serio, Frank.

—Cada vez que le dices que no a tu hermano mayor, Dios mata un gatito. Venga.

—Shay nos encerró ahí una vez —dijo—. A ti y a mí. Yo no era más que un crío. ¿Te acuerdas?

—No. ¿Por eso te da canguelo este sitio?

—No me da ningún canguelo. Lo que pasa es que no veo por qué coño estamos intentando quedar sepultados vivos sin motivo alguno.

—Entonces, espérame fuera.

Unos instantes después meneó la cabeza. Me siguió por la misma razón que a mí me había empujado a pedirle que me acompañara: las viejas costumbres se perpetúan.

Yo había bajado a ese sótano unas tres veces en total. La leyenda urbana local aseguraba que un tal Higgins *el Tajos* le había rebanado el gaznate a su hermano sordomudo allí abajo. Si invadías el territorio de Higgins *el Cojito*, vendría a por ti, agitando las manos medio podridas y lanzando terribles gañidos, con una puesta en escena horripilante. Los hermanos Higgins probablemente habían sido inventados por padres preocupados y ninguno creíamos en ellos, pero aun así nos manteníamos alejados del sótano. A veces Shay y sus colegas pasaban el rato allí para dejar claro que eran tipos duros, e igual bajaba alguna pareja si se morían de ganas de echar un polvo y todas las demás habitaciones estaban ocupadas, pero lo bueno pasaba arriba: los paquetes de Marlboro de diez cigarrillos y las botellas baratas de sidra de dos litros, los petas finos como cerillas y las partidas de strip poker que siempre se quedaban a medio camino. Una vez, cuando Zippy Hearne y yo teníamos nueve años, nos retamos a tocar la pared del fondo del sótano, y tenía el vago recuerdo de haber llevado allí a Michelle Nugent unos años después, con la esperanza de asustarla lo suficiente para que se aferrara a mí y tal vez nos diéramos el lote. No hubo suerte, incluso a esa edad me iban las chicas que no se asustaban fácilmente.

La otra vez fue cuando Shay nos encerró a los dos. Nos dejó allí probablemente una hora, pero nos pareció que transcurrían varios días. Kevin tenía dos o tres años, y estaba tan aterrado que era incapaz de gritar siquiera. Incluso se meó en los pantalones. Le dije que no iba a pasar nada, intenté derribar la puerta a patadas, probé a arrancar las tablas de las ventanas con los dedos y juré que algún día mataría a hostias a Shay.

Hice un lento barrido con la linterna. El sótano era muy parecido a como lo recordaba, solo que ahora veía exactamente por qué a nuestros padres no les hacía gracia que pasáramos el rato allí. Las ventanas seguían entabladas, de cualquier manera, con finas franjas de luz pálida abriéndose paso entre los listones. El techo estaba pandeado de una manera preocupante, y habían caído grandes pedazos de enlucido dejando a la vista las vigas, arqueadas y a medio astillar. Las paredes medianeras habían cedido y se habían venido abajo hasta dejar prácticamente un único espacio inmenso, y en algunos lugares el suelo estaba medio hundido, combado sobre los cimientos: subsidencia, tal vez, debida a la carencia del apuntalamiento necesario para la edificación por el lado donde terminaba la hilera de casas adosadas. Hacía muchísimo tiempo que alguien había acometido sin mucho éxito, antes de renunciar a la casa por completo, la tarea de arreglar unos cuantos agujeros grandes colocando encima losas de mármol con la esperanza de que diera resultado. El sótano olía tal como recordaba, a orines, moho y mugre, solo que mucho más.

—Joder, tío —murmuró Kevin, asqueado, rondando a los pies de las escaleras—. Joder, tío...

Su voz resonó en los rincones más alejados y al rebotar contra las paredes en ángulos extraños sonó como si alguien mascullase entre las sombras. Se estremeció y guardó silencio.

Habían colocado dos losas de mármol del tamaño de un hombre afianzando los bordes con cemento grumoso, supongo que para quedarse con la satisfacción del trabajo bien hecho. Con la tercera lo habían hecho peor incluso: un pedazo de mármol ladeado, de un metro por uno y pico tal vez, y esta vez sin cemento.

—Bueno —dijo Kevin, en voz más alta de lo necesario, a mi espalda—. Pues ya ves. La choza sigue aquí y sigue siendo un antro. ¿Podemos irnos ya?

Avancé con cautela hasta el centro del suelo e hice presión sobre una esquina de la losa con la puntera de la bota. Años de suciedad la mantenían en su sitio, pero cuando apoyé todo mi peso noté un desplazamiento muy leve: se tambaleaba. Si hubiera algo con lo que hacer palanca, una barra de hierro o un trozo de metal en alguno de los montones de escombros en los rincones, hubiera podido levantarla.

—Kev —dije—. Haz un esfuerzo de memoria. Aquellas ratas que se murieron dentro de las paredes, ¿fue el mismo invierno que me marché?

Se le dilataron los ojos lentamente. Las pálidas franjas de luz gris le daban un aspecto translúcido, como una proyección parpadeante sobre una pantalla.

—Te he hecho una pregunta. Justo después de irme, las ratas en las paredes, ¿sí o no?

—Frank...

—Sí o no.

—No eran más que ratas, Frank. Estaban por todas partes. Las vimos, un montón de veces.

Claro, por eso cuando empezó a hacer calor ya no debía de haber ninguna cosa que apestara a base de bien e hiciera que la gente se quejara al propietario o al ayuntamiento.

—Y las olisteis. Pudriéndose.

Kevin tardó un momento en responder por fin:

—Sí.

—Venga —dije.

Lo cogí por el brazo —con excesiva fuerza, pero no quería que se me fuera de las manos— y lo llevé escaleras arriba delante de mí, aprisa, notando cómo las tablas se arqueaban y se astillaban bajo nuestros pies. Para cuando salimos a los escalones de la entrada, bajo el azote del viento frío y húmedo y la llovizna, ya tenía el móvil en la otra mano y estaba marcando el número del Departamento Técnico.

El técnico que localicé no era la alegría de la huerta, ya fuese porque le había tocado el turno de fin de semana o porque lo había sacado de su acogedor redil para cretinos empollones. Le dije que tenía información de que habían dejado un cadáver bajo una losa de hormigón en el sótano del número 16 de Faithful Place —no entré en detalles, como fechas y esas cosas—, que me hacía falta un equipo del departamento y un par de agentes de uniforme, y que no sabía si estaría presente en el escenario cuando llegaran. El técnico intentó escabullirse apelando a órdenes de registro, hasta que le informé de que cualquier posible sospechoso habría invadido la propiedad sin derecho y por tanto no cabía esperar que rigiese la ley del derecho a la intimidad, y —cuando siguió lloriqueando— que en cualquier caso el edificio llevaba treinta años siendo de uso público y en consecuencia contaba como un lugar público de facto por derecho de posesión inmobiliaria, y no hacía falta ninguna orden. No estaba seguro de que ninguno de esos dos argumentos resultara convincente ante un tribunal, pero ese problema ya lo abordaría en su momento, y me sirvieron para hacer callar al técnico. Lo archivé en mi base de datos mental bajo el epígrafe «Gilipollas inútil», por si me hacía falta consultarlo en el futuro.

Kevin y yo esperamos al técnico y sus colegas en las escaleras de entrada a la casa de estudiantes, en el número 11, lo bastante cerca para verlos bien, pero suficientemente lejos para que con un poco de suerte nadie me asociara con lo que estaba a punto de ocurrir. Si aquello iba por donde intuía yo, necesitaba que Faithful Place me viera como el chico del barrio que regresaba a su hogar, no como un madero.

Encendí un pitillo y le tendí el paquete a Kevin, que negó con la cabeza.

—¿Qué estamos haciendo? —preguntó.

—Mantenernos al margen.

—¿No tendrías que estar presente?

—Los técnicos ya son mayorcitos —dije—. Y mayorcitas. Pueden hacer su trabajo sin que los coja de la mano.

Kevin seguía sin estar convencido.

—¿No deberíamos...? Ya sabes, comprobar si hay algo ahí debajo antes de hacer venir a los polis.

Esa misma opción ya se me había pasado a mí por la cabeza. Estaba costándome hasta el último ápice de fuerza de voluntad que poseía no arrancar aquella losa, con las uñas si fuera necesario. Me las arreglé para que mi tono fuera lo más didáctico posible.

—Las pruebas —dije—. Los técnicos disponen de las herramientas adecuadas para recogerlas como es debido, y nosotros no. Lo último que nos hace falta es joderla con esto también. Suponiendo que haya algo ahí debajo.

Kevin volcó el peso del cuerpo hacia un lado para mirarse los fondillos de los pantalones. Los escalones estaban húmedos y seguía vistiendo su ropa de trabajo buena de la víspera.

—Por teléfono sonabas muy convencido —dijo.

—Quería que viniesen. Hoy mismo, no algún día de la semana que viene cuando estén de ánimo para salir a dar un paseo a media tarde.

Por el rabillo del ojo vi que Kev me miraba de soslayo, desconcertado y un tanto receloso. Luego guardó silencio mientras se limpiaba los pantalones de polvo y telarañas, con la cabeza gacha, lo que ya me iba bien. Tener paciencia es necesario en este oficio y por lo general dicen que tengo un don en ese sentido, pero después de esperar un buen rato, que se me hizo eterno, empecé a plantearme ir al departamento y arrancar al técnico de su partida de *World of Warcraft* cogiéndolo por sus gónadas diminutas y atrofiadas.

Shay salió a los escalones de la entrada, hurgándose los dientes, y se acercó a nosotros.

—¿Qué se sabe? —preguntó.

Kevin empezó a decir algo, pero lo atajé:

—No mucho.

—Te he visto entrar en casa de los Cullen.

—Es probable.

Shay miró hacia un lado y otro de la calle. Vi que le llamaba la atención la puerta del número 16, que aún oscilaba medio abierta.

—¿Estáis esperando algo?

—Quédate —dije, a la vez que le sonreía y palmeaba el escalón a mi lado—. Es posible que lo averigües.

Shay dejó escapar un bufido, pero poco después subió las escaleras y se sentó en el peldaño superior, con los pies delante de mi cara.

—Mamá te está buscando —le dijo a Kevin.

Kevin rezongó. Shay se echó a reír y se levantó el cuello para protegerse del frío.

Fue entonces cuando oí neumáticos sobre el adoquinado a la vuelta de la esquina. Encendí otro cigarrillo y me repantigué en los escalones, adoptando una pose anónima y vagamente desaliñada. Shay tuvo la delicadeza de apoyarme en ese sentido con su mera presencia. Resultó que no había necesidad de ello: llegaron dos agentes de uniforme en un coche patrulla y tres chicos del departamento en su furgoneta, y no conocía a ninguno.

—Joder —dijo Kevin en tono suave e incómodo—. Vienen un montón. ¿Siempre son tantos...?

—Es el equipo mínimo. Es posible que luego envíen más, depende.

Shay dejó escapar un largo silbido simulando estar impresionado.

Hacía tiempo que no veía un escenario del crimen desde el otro lado de la cinta, ya fuera como agente infiltrado o como civil. Había olvidado cómo funciona la maquinaria una vez en marcha. Ver a los chicos del departamento vestidos de blanco de la cabeza a los pies, pertrechados con sus pesadas cajas de trucos siniestros, colocándose las máscaras mientras subían las escaleras y se desvanecían en el interior del número 16, hizo que se me erizara el vello de la nuca igual que el pelaje del lomo de un perro.

Shay empezó a tararear entre dientes:

—Tres polis llamaron a la puerta, *wila, wila, waile*; dos policías y un agente de Seguridad, a orillas del río Saile...

Para cuando los agentes uniformados habían delimitado el perímetro del escenario del crimen rodeando las verjas con cinta, antes incluso de que hubieran cerrado el paso a la finca, la gente olió a sangre en el aire y salió a saborearla. Aparecieron en los portales ancianas con rulos y pañuelos en la cabeza y se arracimaron para cruzar comentarios y especulaciones jugosas («Una chica que tuvo un bebé y lo abandonó ahí»; «¡Dios se apiade de nosotros, qué horror!»; «Bueno, Fiona Molloy engordó muchísimo, ¿igual resulta que...?»). De pronto los hombres decidieron que les apetecía fumar en los escalones de la entrada y ver qué tiempo hacía. Chavales con acné y chicas con aspecto de madres adolescentes se apalancaron en el muro del fondo, fingiendo que aquello les traía sin cuidado. Un puñado de críos con el pelo cortado al rape pasaban arriba y abajo con sus *skates*, mirando boquiabiertos el número 16, hasta que uno chocó con Sallie Hearne, que le dio una zurra en el trasero. Los Daly habían salido a la puerta. El padre rodeaba con un brazo a la madre, reteniéndola. Toda aquella escena me crispaba. No me hacía gracia no poder llevar la cuenta de cuánta gente hay a mi alrededor.

Los vecinos de Liberties siempre han tenido una voracidad de piraña para el chismorreo. Allá en Dalkey, si un equipo de la policía científica hubiera tenido el descaro de presentarse sin permiso de obra, no habrían pillado a nadie cometiendo la vulgaridad de mostrar curiosidad. Quizás algún alma intrépida hubiera tenido la súbita necesidad de podar las flores en el jardín delantero, y se lo hubiera contado todo a sus amigas mientras tomaban una infusión de hierbas, pero en general se habrían enterado de lo ocurrido cuando trajeran la prensa al día siguiente. Faithful Place, en cambio, se lanzaba directa a la yugular de la información. La anciana señora Nolan tenía cogido por la manga a uno de los agentes de uniforme y por lo visto le estaba pidiendo explicaciones detalladas. El policía tenía todo el aspecto de que en el entrenamiento básico no lo habían preparado para algo así.

—Francis —dijo Kevin—. Lo más probable es que ahí no haya nada.

—Es posible que no.

—En serio. Probablemente lo imaginé. Ahora es demasiado tarde para...

—Te imaginaste ¿qué? —preguntó Shay.

—Nada —dije.

—Kev.

—Nada. Eso es lo que estoy diciendo. Probablemente me imaginé...

—¿Qué buscan?

—Mis cojones —le espeté.

—Espero que hayan traído el microscopio.

—Hostia puta —se lamentó Kevin, frotándose una ceja mientras observaba a los policías—. Esto ya no me hace ninguna gracia, tíos. Ojalá hubiera...

—Al loro —dijo Shay de pronto—. Mamá.

Nos deslizamos escaleras abajo, aprisa y perfectamente sincronizados, para que nuestras cabezas quedaran por debajo del horizonte del gentío. Vi a mi madre fugazmente, entre otros cuerpos: plantada en los escalones de la entrada a nuestra casa, con los brazos cruzados debajo del pecho, escudriñando la calle con mirada penetrante, como si supiera que aquel desaguisado era cosa mía y pensara hacerme pagar por ello. Mi padre estaba a su espalda, sacaba un pitillo y observaba el ajetreo sin mostrar la menor emoción.

Ruidos en el interior de la casa. Uno de los técnicos salió señalando por encima del hombro con el pulgar y soltó algún comentario en plan sabelotodo que hizo reír con disimulo a los de uniforme. Abrió la puerta trasera de la furgoneta, hurgó dentro y volvió a subir las escaleras con una palanca en la mano.

—Como use eso ahí dentro —comentó Shay— se le va a caer encima toda la casa.

Kevin seguía cambiando de postura con incomodidad, como si el escalón hiciera que le doliese el trasero.

—Y si no encuentran nada, ¿qué?

—Entonces van a poner a Francis en la lista negra —contestó Shay—. Por hacer que todo el mundo pierda el tiempo. Sería una pena, ¿verdad?

—Gracias por tu interés —dije—. Ya me las apañaré.

—Claro que sí. Siempre te las apañas de maravilla. ¿Qué están buscando?

—¿Por qué no se lo preguntas?

Un estudiante melenudo con una camiseta de Limp Bizkit salió del número 11 frotándose la cabeza con aspecto de tener una resaca espectacular.

—¿Qué pasa ahí?

—Vuelve dentro —dije.

—Esta es nuestra entrada.

Le enseñé mi identificación.

—Ah, tío —dijo, y volvió a meterse en casa, abrumado por lo inmensamente injusto que era todo.

—Eso es —me felicitó Shay—, aprovéchate de la placa para intimidarlo.

Pero no era más que un gesto reflejo. Tenía los ojos, amusgados bajo la luz menguante, fijos en el número 16.

Un estruendo enorme y profundo resonó por la calle y en las fachadas de las casas, recorriendo Liberties de punta a punta. La losa de mármol, al caer. Nora se estremeció y lanzó un quejido menudo y violento. Sallie Hearne se ciñó el cuello de la chaqueta de punto y se persignó.

Entonces percibí el horror en el aire, la carga eléctrica que nacía en lo más profundo de las entrañas del número 16 y se propagaba hacia fuera en oleadas: las voces de los técnicos se alzaron y luego mermaron, los agentes de uniforme se volvieron a mirar, el gentío osciló hacia delante, las nubes se cerraron sobre los tejados.

Detrás de mí Kevin dijo algo que incluía mi nombre. Caí en la cuenta de que nos habíamos puesto de pie y él me cogía por el brazo.

—Quita —le dije.

—Frank...

Dentro de la casa alguien gritó una orden, un ladrido brusco y rápido. Había dejado de importarme quién se diera cuenta de que yo era poli.

—Quedaos aquí —dije.

El agente a cargo de defender las verjas de la casa era rechoncho, con una cara remilgada como la de la tía de alguien.

—Circula, hijo —me instó. Tenía un marcado acento de paleto, como si hablase hundido en aguas pantanosas—. Aquí no hay nada que ver.

Le enseñé la identificación, que leyó moviendo los labios. Pasos en las escaleras dentro de la casa, el destello de una cara tras la ventana del rellano. En alguna parte el señor Daly gritó algo, pero su voz sonó lejana y ralentizada, como si llegase a través de una larga tubería metálica.

—Esto es de Operaciones Encubiertas —me dijo el agente, al tiempo que me devolvía la identificación—. No me han informado de que hubiera nadie de esa brigada en el escenario.

—Se te está informando ahora.

—Tendrás que hablar con el agente a cargo de la investigación. Es posible que sea mi sargento o uno de los de la brigada de Homicidios, dependiendo de qué...

—Aparta de en medio —le dije.

Frunció los labios.

—No hay necesidad de usar ese tono. Puedes esperar ahí, donde estabas, hasta que te dé permiso para entrar el...

—Aparta de en medio o te parto la boca.

Me miró con ojos saltones, pero se dio cuenta de que lo decía en serio y se apartó. Seguía amenazándome con que iba a informar de mi comportamiento cuando subí los escalones de tres en tres y pasé junto a su sorprendido colega para cruzar la puerta.

A ver si no es para reírse bien a gusto: en el fondo, no había pensado ni por un instante que encontrarían nada. Yo, el cínico curtido en la calle que siempre les soltaba a los novatos el rollo ese en plan listillo de que el mundo siempre va dos pasos por delante de lo que tenías planeado por lo que a depravación se refiere, no había creído que fuera a verme en esta situación, ni cuando abrí la maleta, ni cuando noté que oscilaba la losa de mármol en el sótano en penumbra, ni cuando percibí esa carga eléctrica que magnetizaba el aire nocturno. En lo más hondo, más profundamente que cualquier cosa que hubiera aprendido antes o después, aún creía a Rosie. La creía bajando por las escaleras medio derruidas hasta el sótano y la creía cuando vi el círculo de caras con máscara que se volvían hacia mí bajo la resplandeciente luz blanca de sus focos, con la losa desarraigada y torcida, formando un ángulo furioso en el suelo entre cables y palancas, cuando percibí el intenso hedor subterráneo a algo terriblemente espantoso. La creí hasta el instante mismo en que me abrí paso por la fuerza entre los técnicos y vi en torno a qué estaban acuclillados: el agujero de bordes desiguales, la mata oscura de pelo enmarañado, los jirones que tal vez fueran tela vaquera y los huesos pardos y lisos con diminutas muescas de dientes. Vi la delicada espiral de la mano de un esqueleto y supe que cuando encontrasen las uñas, en algún lugar entre las capas de mugre e insectos muertos y fango podrido, la del índice derecho estaría mordisqueada como un muñón.

Tenía la mandíbula tan apretada que estaba convencido de que se me iban a romper los dientes. Me traía sin cuidado, quería notar cómo se partían. Aquello que había en el agujero estaba acurrucado igual que un niño dormido, con la cara oculta entre los brazos. Igual fue eso lo que impidió que perdiera la cordura. Oí la voz de Rosie decir «Francis», nítida y asombrada junto a mi oído, nuestra primera vez.

Alguien hizo un comentario de mal talante sobre contaminación de pruebas y una mano me plantó una máscara delante de las narices. Me aparté y me pasé la muñeca por la cara, bien fuerte. Las grietas del techo se deslizaban, parpadeantes como la pantalla de un televisor estropeado. Creo que me oí decir, muy suavemente:

—Mierda.

Uno de los técnicos preguntó:

—¿Te encuentras bien?

Estaba en pie, muy cerca de mí, y sonaba como si ya me lo hubiera preguntado un par de veces.

—Sí —respondí.

—Al principio te afecta, ¿verdad? —comentó uno de su equipo en tono engreído—. Hemos visto cosas mucho peores.

—¿Eres tú el que ha informado? —me preguntó el técnico.

—Sí. Soy el detective Frank Mackey.

—¿Estás en Homicidios?

Me llevó un segundo caer en la cuenta de qué hablaba. Mi cerebro había reducido la marcha hasta paralizarse.

—No —contesté.

El técnico me miró raro. Era un tipo con pinta de cretino que tenía la mitad de años y medía la mitad que yo, probablemente el gilipollas inútil de antes.

—Hemos llamado a Homicidios —me informó—. Y al patólogo.

—Estaba cantado —dijo alegremente su compinche—. Esa no llegó aquí por sí sola.

Tenía una bolsa para pruebas en la mano. Si alguno de ellos la tocaba delante de mí estaba seguro de que iba a matarlo a hostias.

—Bien hecho —dije—. Seguro que llegan en cualquier momento. Voy a echar una mano a los de uniforme.

Cuando subía las escaleras oí que el cretino comentaba algo acerca de que los indígenas se estaban poniendo nerviosos, y un coro de risillas por parte del equipo. Parecían una pandilla de adolescentes, y durante una fracción de segundo hubiera jurado que se trataba de Shay y sus colegas en el sótano fumando un canuto y haciendo bromas macabras, que la puerta del vestíbulo daba a la vida en la que yo había nacido, que nada de aquello estaba ocurriendo.

En la calle, el corro de gente se había hecho más numeroso y se había cerrado, los cuellos alargados, hasta quedar a unos pasos de mi amigo el perro guardián. Su compañero había bajado del portal para ponerse a su lado delante de las verjas. Las nubes habían descendido aún más sobre los tejados y la luz había cambiado hasta volverse de un tono cárdeno blanquecino poco halagüeño.

Algo se movió hacia el fondo del gentío. El señor Daly se acercaba, apartando a la gente con los brazos tendidos como si apenas la viera, con los ojos fijos en mí.

—Mackey... —Intentó gritar, pero se le quebró la voz y le salió ronca y hueca—. ¿Qué hay ahí?

El monstruo del pantano le espetó:

—Estoy a cargo de este escenario. Atrás.

Lo único que quería era que alguno de ellos, me traía sin cuidado cuál, intentara pegarme.

—No podrías hacerte cargo ni de tu propia polla con las dos manos —le espeté al agente de uniforme, a escasos centímetros de su blanduzca cara de pudin, y cuando apartó sus ojos de los míos lo quité de en medio de un empujón y salí al encuentro del señor Daly.

En cuanto crucé la cancela me cogió por el cuello de la cazadora y tiró con fuerza hasta que quedamos barbilla con barbilla. Noté un destello rojizo de algo parecido a alegría. Ese tenía más huevos que el policía o no estaba dispuesto a echarse atrás ante un Mackey, y cualquiera de las dos opciones me venía bien.

—¿Qué hay ahí? ¿Qué habéis encontrado?

Una anciana profirió un grito extático y los chavales con capucha lanzaron abucheos simiescos.

—Más vale que me quites las manos de encima, colega —dije, lo bastante alto para que me oyera tanta gente como fuera posible.

—Ni se te ocurra, cabrón, ni se te ocurra decirme que... ¿Es mi Rosie la que está ahí? ¿Es ella?

—Mi Rosie, amigo. Mi chica. Mía. Te lo voy a decir una vez más: quítame las manos de encima.

—Todo esto es culpa tuya, maldito matarife. Si Rosie está ahí es por tu culpa.

Había apoyado su frente contra la mía y me tenía cogido con tanta fuerza que la camisa se me estaba clavando en la nuca. Los chavales con capucha habían empezado a gritar: «¡Pelea! ¡Pelea! ¡Pelea!».

Lo agarré con fuerza por la muñeca y estaba a punto de rompérsela cuando lo olí, su sudor, su aliento: un olor caliente, apestoso y animal que conocía muy bien. Ese hombre estaba aterrado hasta el punto de perder la cabeza. En ese instante vi a Holly.

Toda la ira abandonó mis músculos. Tuve la sensación de que algo se quebraba, muy adentro, entre mis costillas.

—Señor Daly —dije, tan suavemente como fui capaz—, en cuanto sepan algo, iré a decírselo. Hasta entonces, tiene que irse a su casa.

Los agentes de uniforme intentaban apartarlo de mí, lanzando sonoras advertencias con aquel acento de palurdos. No nos importaba a ninguno de los dos. Había furiosos cercos blancos en torno a los ojos del señor Daly.

—¿Es mi Rosie?

Hundí el pulgar en el nervio de su muñeca y apreté. Profirió un grito ahogado y retiró las manos del cuello de mi cazadora, pero justo antes de que el compinche uniformado se lo llevara hincó el mentón contra mi mandíbula y me siseó al oído, tan cerca como una amante:

—Es culpa tuya.

La señora Daly salió de alguna parte, lanzando gemidos imprecisos, y se abalanzó sobre su marido y el agente. El señor Daly se vino abajo y entre los dos se lo llevaron de regreso hacia el gentío que no dejaba de farfullar y gritar.

Por alguna razón, el monstruo de los pantanos seguía pegado a la espalda de mi cazadora. Lo aparté de un fuerte codazo. Luego me recosté en las rejas, me remetí la camisa y me masajeé el cuello. Estaba casi sin resuello.

—Esto no va a quedar aquí, hijo —me informó el monstruo de los pantanos en tono siniestro. Se había puesto de un tono morado muy poco saludable—. Te lo advierto, voy a presentar una denuncia.

—Frank Mackey. Terminado en «ey». Diles que la pongan en el montón.

El agente lanzó un bufido indignado igual que una solterona y se fue haciendo aspavientos para desquitarse con el pelotón de curiosos, gritándoles que retrocedieran al tiempo que barría el aire con los brazos. Vi fugazmente a Mandy con una niña apoyada en la cadera y otra cogida de la mano, tres pares de ojos redondos y pasmados. Los Daly subieron dando tumbos las escaleras del número 3, aferrados el uno al otro, y desaparecieron en el interior. Nora estaba apoyada en la pared junto a la puerta y se cubría la boca con una mano.

Regresé al número 11, un lugar tan bueno como cualquier otro. Shay encendía otro pitillo. Kevin parecía enfermo.

—Han encontrado algo, ¿verdad? —dijo.

El patólogo y la furgoneta del depósito de cadáveres llegarían en cualquier momento.

—Sí —asentí—, así es.

—¿Es...? —Un largo silencio—. ¿Qué es?

Busqué el paquete de tabaco. Shay, en lo que tal vez fuera un gesto compasivo, alargó el mechero. Un rato después Kevin preguntó:

—¿Estás bien?

—Estoy de maravilla —dije.

Nadie dijo nada en un buen rato. Kevin cogió un pitillo de mi paquete. La muchedumbre se apaciguó poco a poco, y empezaron a cruzar historias de brutalidad policial y a discutir si el señor Daly podía presentar una demanda. Había quienes conversaban entre susurros, y pillé alguna que otra mirada por encima del hombro en dirección a mí. Les devolví la mirada sin pestañear, hasta que empezaron a ser demasiados para mantenerme a su nivel.

—Cuidado —comentó Shay en voz queda, dirigiéndose al cielo encapotado—. El viejo Mackey ha regresado a la ciudad.

6

Cooper, el patólogo, un capullo encabronado con complejo de Dios, fue el primero en llegar. Aparcó su enorme Mercedes negro, miró con gesto severo por encima de las cabezas de la muchedumbre hasta que se abrieron las aguas para dejarle paso y echó a andar con zancada decidida hacia la casa, poniéndose los guantes y dejando que los murmullos fueran cobrando fuerza a su espalda. Un par de chavales con capucha se acercaron a su coche, pero el monstruo de los pantanos les gritó algo ininteligible y se escabulleron sin cambiar de expresión. Faithful Place parecía demasiado llena y centrada, con un intenso rumor de fondo, como si estuviera a punto de estallar una revuelta.

Luego llegaron los del depósito de cadáveres. Se apearon de su mugrienta furgoneta blanca y se dirigieron a la casa llevando la camilla de lona azul entre los dos con aire despreocupado, y así sin más, la muchedumbre se transformó. Se había encendido la bombilla colectiva: aquello no solo era más entretenido que el programa de pseudorrealidad de turno en la tele, aquello era un auténtico drama, y tarde o temprano iba a salir alguien en esa camilla. Dejaron de cambiar de postura y un susurro grave recorrió la calle como una brisa tenue y fue menguando hasta que se hizo el silencio. Fue entonces cuando aparecieron los de Homicidios, con su impecable don para elegir el momento oportuno.

Una de las muchas diferencias entre Homicidios y Operaciones Encubiertas estriba en nuestras actitudes respecto a la sutileza.

A los de Operaciones Encubiertas se nos da mejor de lo que cabría pensar, y cuando tenemos ganas de echar unas risas nos dedicamos a ver cómo disfrutan los de Homicidios al hacer una de sus entradas en escena. Los dos agentes doblaron la esquina en uno de esos BMW plateados que no requieren distintivos, dieron un frenazo, aparcaron el coche en un ángulo dramático, dieron sendos portazos al unísono —probablemente lo tenían ensayado— y fueron pavoneándose hacia el número 16 con la música de la serie *Hawaii 5-0* resonando en su cabeza con efecto *surround*.

Uno era un tipo rubio con cara de hurón que aún estaba perfilando su manera de andar y haciendo esfuerzos por mantenerse a la altura. El otro tenía mi edad, llevaba un brillante maletín de cuero colgando de una mano y lucía su pavoneo como si formara parte de su vistoso traje. Había llegado la caballería: Scorcher Kennedy.

Scorcher y yo nos conocimos en la escuela de polis. Fue con el que mejor congenié durante el período de instrucción, lo que no quiere decir necesariamente que nos cayéramos bien. La mayoría de los tipos venían de lugares de los que no había oído hablar, y así quería que siguiese siendo. Sus principales objetivos profesionales consistían en tener un uniforme que no incluyera botas de goma y la oportunidad de conocer chicas que no fueran primas suyas. Scorcher y yo éramos los dos de Dublín y teníamos planes a largo plazo que no incluían uniformes en absoluto. Nos reconocimos mutuamente el primer día, y pasamos los tres años siguientes intentando darnos palizas el uno al otro en todo, desde las pruebas físicas hasta el billar.

Scorcher* se llama en realidad Mick. El apodo fue cosa mía, y creo que fui muy indulgente con él. A Mick le encantaba ganar; a mí también me gusta bastante, pero sé hacerlo de manera más su-

---

* *Scorcher* tiene varias acepciones en inglés: así se designa un gol excepcional, pero también hace referencia a alguien que «arrasa», que es corrosivo o que resulta extraordinario en cualquier sentido. *(N. del T.)*

til. Kennedy tenía la desagradable costumbre, cuando se alzaba con la victoria en cualquier cosa, de levantar el puño y murmurar «¡Gol!» casi entre dientes, aunque no del todo. Se lo toleré unas semanas y luego empecé a reírme de él: «Ya te has hecho la cama, Mickey, ¿te has anotado un tanto? ¿Ha sido uno de los buenos? ¿Has arrasado con un golazo de campeonato? ¿Has metido el balón hasta el fondo de la red? ¿Has llegado desde atrás en el tiempo de descuento?». Yo me llevaba con los palurdos de los pantanos mejor que él; poco después todo el mundo lo llamaba Scorcher, y no siempre en tono cariñoso. No le hacía gracia, pero lo disimulaba bien. Como he dicho, podría haber tenido mucha más mala leche, y él lo sabía. Me había planteado apodarlo Michelle.

No nos esforzamos mucho por mantener el contacto cuando regresamos al mundo hostil, pero si nos topábamos íbamos a tomar unas copas, sobre todo para calcular quién de los dos iba ganando. Aunque llegó a detective cinco meses antes, yo salí de la reserva de agentes que podían ser destinados a cualquier caso de manera eventual y pasé a formar parte de una brigada un año y medio antes que él. Se casó primero, pero luego también se divorció antes. El chico rubio no me sorprendió. Mientras que la mayoría de los detectives de Homicidios tienen un compañero, Scorch, naturalmente, prefería un secuaz.

Scorcher mide uno ochenta, un par de centímetros o así más que yo, pero va erguido como un tipo pequeño: el pecho fuera, los hombros echados hacia atrás, el cuello muy recto. Tiene el pelo tirando a moreno, es enjuto y posee una musculatura considerable en la mandíbula y el don de atraer a esa clase de mujeres que aspiran a ser símbolo de estatus cuando sean mayores pero no tienen las piernas lo bastante atractivas para cazar a un jugador de rugby. Sé, sin que nadie me lo haya dicho, que sus padres usan servilletas de tela en vez de papel y preferirían pasar sin comida antes que sin cortinas de encaje. El acento de Scorch es meticulosamente de clase media alta, pero algo en su manera de llevar el traje lo delata.

En los escalones de entrada del número 16 se volvió y echó otro vistazo por Faithful Place para calibrar la temperatura de la situación con la que iba a tener que vérselas. Me vio, desde luego, pero sus ojos pasaron de largo como si no me conociera de nada. Una de las muchas ventajas de trabajar en Operaciones Encubiertas es que los de las demás brigadas nunca pueden saber con seguridad cuándo estás de servicio y cuando, pongamos por caso, has salido de verdad con los colegas, así que tienden a dejarte en paz, por si acaso. Si alguien metiera la pata y te delatase, la bronca en el curro no sería nada comparada con toda una vida siendo el hazmerreír en el pub.

Cuando Scorch y su noviete desaparecieron en el portal en penumbra, dije:

—Esperad aquí.

—¿Te has creído que soy tu zorra? —preguntó Shay.

—Pues por la boquita que tienes te pareces a ella. Luego vuelvo.

—Déjalo en paz —le advirtió Kevin a Shay—. Está trabajando.

—Habla como un puto madero.

—Pues vaya cosa —respondió Kevin, a quien por fin se le estaba agotando la paciencia. Había sido un día largo para él, en lo que a hermanos se refiere—. Qué olfato tienes, hostia puta.

Dio media vuelta y se abrió paso con los hombros entre un puñado de muchachos de la familia Hearne y se fue hacia el final de la calle.

Shay se encogió de hombros. Lo dejé y fui a recoger la maleta.

Kevin no estaba por ninguna parte, mi coche seguía intacto, y cuando volví Shay se había largado. Mi madre estaba de puntillas en el portal, agitaba una mano en dirección a mí y gritaba algo que parecía urgente, aunque también es cierto que eso es lo que hace siempre. Fingí no verla.

Scorcher estaba en las escaleras del número 16, manteniendo lo que parecía ser una conversación profundamente improductiva con mi agente palurdo preferido. Me coloqué la maleta debajo del brazo y fui tranquilamente hacia ellos.

—Scorch —lo saludé, al tiempo que le palmeaba la espalda—. Me alegro de verte.

—¡Frank! —Me atrapó en un apretón a dos manos en plan machote—. Vaya, vaya, vaya. Cuánto tiempo sin vernos. He oído que te me has adelantado, ¿eh?

—Mea culpa —dije, y le ofrecí al agente de uniforme una sonrisa de oreja a oreja—. Quería echar un vistazo rápido. Es posible que tenga algún dato confidencial sobre el asunto.

—Venga, no me tomes el pelo. Este parece un caso de esos perdidos en el tiempo. Si tienes alguna pista que nos lleve por el buen camino, te debería un favor de los gordos.

—Así me gusta —dije, a la vez que lo apartaba del monstruo de los pantanos, que estaba pegando la oreja con la boca abierta—. Es posible que tenga una identificación. Según la información que poseo, podría tratarse de una chica llamada Rosie Daly, que desapareció del número tres hace unos cuantos años.

Scorcher lanzó un silbido y arqueó las cejas.

—Estupendo. ¿Tienes una descripción?

—Diecinueve años, uno sesenta y ocho, curvilínea, unos sesenta y cuatro kilos, cabello pelirrojo largo y rizado, ojos verdes. No puedo decirte con seguridad qué llevaba cuando fue vista por última vez, pero probablemente incluía una cazadora vaquera y unas botas Doc Martens de catorce agujeros de color granate. —Rosie no se separaba de esas botas—. ¿Coincide con lo que habéis encontrado?

—No excluye lo que hemos encontrado —dijo Scorch, con cautela.

—Venga, Scorch. Puedes hacerlo mejor.

Scorcher lanzó un suspiro, se pasó la mano por el pelo y luego se lo alisó con unas palmaditas.

—Según Cooper, es una mujer joven que ha estado ahí entre cinco y cincuenta años. Eso es lo único que está dispuesto a decir hasta que la tenga sobre la mesa. Los técnicos han encontrado un montón de porquería sin identificar, el botón de unos vaqueros y un puñado de aritos de metal que podrían ser los ojetes de esas botas Doc Martens que dices. El pelo podría haber sido pelirrojo, es difícil saberlo.

Aquel amasijo oscuro empapado en Dios sabe qué.

—¿Alguna idea sobre la causa de la muerte? —pregunté.

—Ojalá. Ese puñetero Cooper... Ya lo conoces, ¿verdad? Se porta como un capullo si no le caes bien, y por alguna razón nunca le he caído bien. No quiere confirmar nada salvo que, no me jodas, Sherlock, está muerta. A mí me parece que alguien le machacó la cabeza unas cuantas veces con un ladrillo. Tiene el cráneo aplastado, pero qué sé yo, no soy más que un detective. Cooper estaba tirándose el rollo sobre daños post mórtem y fracturas de presión... —De pronto Scorcher dejó de pasear la mirada por la calle y la clavó en mí—. ¿A qué viene tanto interés? No se tratará de alguna confidente que se metió en un lío de cojones por tu culpa, ¿verdad?

Siempre me sorprende que Scorcher no se lleve más hostias.

—A mis confidentes no les machacan la cabeza con ladrillos, Scorcher. Nunca. Viven una vida plena, larga y feliz y mueren de viejos.

—Bueno, vale —dijo Scorch, a la vez que levantaba las manos—. Perdona que esté vivo. Si no es de los tuyos, ¿qué te importa lo que le pasó? Y no es por mirarle el dentado a un caballo regalado, pero ¿cómo es que te has topado casualmente con esto?

Le conté todo lo que averiguaría en alguna otra parte de todas formas: amor de juventud, cita a medianoche, héroe despechado que se marcha al mundo cruel, maleta, serie de deducciones brillantes. Cuando terminé, me miraba con los ojos abiertos de par en par y tiznados de algo parecido a lástima que no me hizo la menor gracia.

—La hostia —exclamó, lo que de hecho resumía bastante bien el asunto.

—Respira, Scorch. Han pasado veintidós años. Esa antorcha

se consumió hace mucho tiempo. Solo estoy aquí porque parecía que a mi hermana preferida iba a darle un ataque al corazón, y eso me habría jodido todo el fin de semana.

—Aun así. No me gustaría estar en tu pellejo, colega.

—Ya te llamaré si me hace falta un hombro sobre el que llorar.

Se encogió de hombros.

—Solo era un comentario. No sé cómo funcionan las cosas donde estás tú, pero no me gustaría tener que explicarle algo así a mi jefe.

—El mío es un tipo muy comprensivo. Pórtate bien conmigo, Scorch. Tengo unos regalitos navideños para ti.

Le entregué la maleta y los sobres de Fifi *Huellas dactilares*: él conseguiría más rápido que yo que hicieran el trabajo y con menos revuelo, y de todas maneras ya no veía al señor Daly como una prioridad personal. Scorcher los inspeccionó como si tuvieran piojos.

—¿Qué tenías pensado hacer con esto? —indagó—. Si no te importa que lo pregunte.

—Hacérselo llegar a unos amigos en puestos estratégicos. Para hacerme una idea de lo que podemos tener entre manos.

Scorcher arqueó una ceja pero no hizo ningún comentario. Repasó los sobres para leer las etiquetas: Matthew Daly, Theresa Daly, Nora Daly.

—¿Estás pensando en la familia?

Me encogí de hombros.

—Los más queridos e íntimos. Es un punto de partida tan bueno como cualquier otro.

Scorcher levantó la vista hacia el cielo. El aire había adquirido un aspecto nocturno y los primeros goterones de lluvia empezaban a caer en serio. El gentío comenzó a dispersarse, la gente regresó a aquello que se suponía que debían estar haciendo y solo se quedó atrás la terca pandilla de chavales con capuchas y pañuelos en la cabeza.

—Tengo que rematar un par de cosas por aquí —dijo—, y me gustaría mantener una breve charla preliminar con la familia de esa chica. Luego podemos ir a tomar una cerveza, tú y yo, ¿vale? Para ponernos al día. El chico puede vigilar el escenario un rato, le vendrá bien coger práctica.

Cambiaron los sonidos a su espalda, en las entrañas de la casa: un roce largo y chirriante, un gruñido, botas pesadas sobre los tablones huecos. Se movieron formas blancas indefinidas, mezcladas con los gruesos estratos de sombras y el resplandor infernal que brotaba del sótano. Los chicos del depósito de cadáveres sacaban a su presa.

Las ancianas profirieron gritos ahogados y se persignaron, saboreando hasta el último segundo. Los del depósito pasaron junto a nosotros con la cabeza gacha para protegerse de la lluvia, cada vez más intensa; uno ya estaba quejándose del tráfico por encima del hombro. Pasaron tan cerca que con solo alargar la mano habría tocado la bolsa de restos humanos. No era más que un amasijo informe en la camilla, tan prácticamente plano que la bolsa podría haber estado vacía, tan liviano que lo llevaban como si nada.

Scorch observó cómo la dejaban en la parte trasera de la furgoneta.

—Solo tardaré unos minutos —dijo—. Quédate por aquí.

Fuimos al Blackbird, a unas cuantas manzanas, lo bastante alejado y exclusivamente masculino como para que la noticia no hubiera llegado hasta allí. El Blackbird era el primer pub en el que me sirvieron, cuando tenía quince años y acababa de terminar mi primera jornada de trabajo ocasional acarreando ladrillos en una obra. Por lo que concernía a Joe, el camarero, si hacías el trabajo de un hombre hecho y derecho, te habías ganado una pinta al terminar. Joe había sido sustituido por un tipo con un tupé, y la neblina de humo de tabaco se había transformado en un aura de priva rancia y olor corporal tan denso que se apreciaba a simple vista, pero aparte de eso no había cambiado gran cosa: las mismas fotografías agrietadas en blanco y negro de equipos deportivos anónimos en las paredes, los mismos espejos salpicados de moscas detrás de la barra, los mismos asientos de cuero de imitación con el relleno asomando, un puñado de viejos en sus taburetes de siempre y un grupo de tipos con botas de trabajo, la mitad polacos y varios a todas luces menores de edad.

Ubiqué a Scorcher, que es incapaz de disimular a qué se dedica, en una discreta mesa en el rincón y fui a la barra yo mismo. Cuando traje las pintas, Scorcher había sacado la libreta y estaba tomando anotaciones con un elegante bolígrafo de diseño. Por lo visto a los de Homicidios no les iban los bolis baratos.

—Bueno —dijo, al tiempo que cerraba la libreta de golpe con una mano y aceptaba el vaso con la otra—, así que estamos en tu barrio. Quién iba a decirlo.

Le ofrecí una sonrisa con una veladísima advertencia.

—Creías que me había criado en una mansión en Foxrock, ¿verdad?

Scorch se echó a reír.

—No precisamente. Siempre has dejado claro que eres, bueno, la sal de la tierra. Pero te mostrabas tan reservado con respecto a los detalles que di por sentado que habías salido de alguna de esas torres de pisos cutres de protección oficial. No me había imaginado nada tan, ¿cómo decirlo?, pintoresco.

—Es una manera de describirlo.

—Según Matthew y Theresa Daly no se te había visto por aquí desde la noche que os largasteis Rose y tú.

Me encogí de hombros.

—Todos tenemos nuestro límite cuando se trata de lugares pintorescos.

Scorch dibujó una pulcra carita sonriente en la espuma de su pinta.

—Bueno. Debe de ser agradable estar de vuelta en casa, ¿verdad? Aunque no sea así como lo habías imaginado, ¿no?

—Si hay algún motivo de esperanza en todo esto, cosa que dudo, no es ese.

Me ofreció una mirada afligida, como si me hubiera tirado un pedo en la iglesia.

—Lo que tienes que hacer —me explicó— es verlo como algo positivo.

Lo miré de hito en hito.

—Lo digo en serio. Coge lo negativo, dale la vuelta y conviértelo en algo positivo.

Tomó un posavasos y lo volvió del revés para ilustrar el concepto de darle la vuelta a algo.

En circunstancias normales le habría dicho exactamente lo que me parecía ese consejo de capullo chiflado, pero quería algo de él, así que me contuve.

—Acláramelo un poco —dije.

Scorcher arrasó la carita sonriente de un largo trago y me señaló con un dedo.

—La percepción lo es todo —dijo, tras tomar aire—. Si crees que esto puede funcionar a tu favor, entonces lo hará. ¿Me sigues?

—No, la verdad es que no.

A Scorcher la adrenalina lo pone en plan profundo, igual que a otros la ginebra los pone llorones. No me hubiera venido mal un trago de algo más fuerte.

—Todo tiene que ver con la confianza. El éxito de nuestro país entero se basa en eso. ¿De verdad vale Dublín uno de los grandes por cada treinta centímetros cuadrados? Y una polla. Pero ese es el valor que se le adjudica, porque la gente confía en que así es. Tú y yo, Frank, les llevamos la delantera. En los ochenta, todo este país estaba hecho una mierda, no tenía la menor esperanza, pero nosotros teníamos confianza en nosotros mismos, tú y yo. Así llegamos donde estamos hoy.

—Llegué donde estoy haciendo bien mi trabajo —observé—. Y espero de veras que tú también, colega, porque quiero que este caso se resuelva.

Scorcher me lanzó una mirada que más parecía un pulso.

—Yo hago mi trabajo de puta madre —me dijo—. Pero que de puta madre. ¿Estás al tanto del índice de casos resueltos en la brigada de Homicidios? Setenta y dos por ciento. ¿Y sabes cuál es mi índice personal?

Me concedió un momento para que negara con la cabeza.

—Ochenta y seis por ciento, chaval. Ochenta y seis: léelo y échate a llorar. Has tenido suerte de que me tocara a mí.

Puse cara de estar impresionado a mi pesar y asentí, dejándole ganar.

—Es probable, sí.

—Pues claro que sí, maldita sea.

Una vez zanjado el asunto, Scorch se retrepó en el banco, hizo una mueca de dolor y lanzó una mirada irritada a un muelle roto.

—Tal vez —dije, a la vez que levantaba la pinta a la luz y la miraba pensativo con los ojos entornados—, tal vez ha sido un día de suerte para los dos.

—¿Y eso por qué? —preguntó Scorcher, receloso.

Me conoce lo suficiente como para tener recelo ya de entrada.

—Piénsalo bien —dije—. Cuando empiezas a trabajar en un caso, ¿qué es lo que más deseas?

—Una confesión sin rodeos respaldada por testigos presenciales y pruebas forenses.

—No, no, no. Sígueme el rollo, Scorcher. Estás pensando en términos específicos. Quiero que pienses globalmente. En una palabra, ¿cuál es tu principal ventaja como detective? ¿Qué es lo que más aprecias en el mundo entero?

—La estupidez. Déjame cinco minutos con un idiota...

—La información. De cualquier tipo, de cualquier clase, en cualquier cantidad, siempre viene bien. La información es munición, Scorch. Es combustible. Sin estupidez, siempre podemos abrirnos paso; sin información, no llegamos a ninguna parte.

Scorcher sopesó mis palabras.

—¿Y bien? —preguntó con cautela.

Abrí los brazos y le ofrecí una sonrisa.

—La respuesta a tus plegarias, tío.

—¿Kylie Minogue en tanga?

—Tus plegarias profesionales. Toda la información que puedas desear, toda la que no conseguirás por cuenta propia porque nadie de aquí va a dártela, envuelta con un lacito por tu observador experto preferido. Yo mismo.

—Hazme un favor y baja a mi nivel un momento, Frank. Concreta. ¿Qué quieres?

Negué con la cabeza.

—No se trata de mí. Estoy hablando de una situación en la que todos salimos ganando. La mejor manera de convertir esto en algo positivo es hacerlo juntos.

—Quieres entrar en el caso.

—Olvídate de lo que quiero. Piensa en lo que nos conviene a ti y a mí, por no hablar de lo que le conviene al caso. Los dos queremos resolverlo, ¿no es verdad? ¿No es esa la prioridad de todo el mundo?

Scorcher fingió pensarlo durante un minuto. Luego negó con la cabeza, lentamente y con pesar.

—No es viable. Lo siento, colega.

¿Quién demonios dice «No es viable»? Le lancé una sonrisa como un desafío.

—¿Te preocupa? Seguirás siendo el detective al mando, Scorch. Seguirá figurando tu nombre cuando se resuelva. No calculamos índices de resolución en Operaciones Encubiertas.

—Me alegro por vosotros —dijo Scorch con desparpajo, sin morder el anzuelo. Con los años había aprendido a controlar el ego—. Ya sabes que me encantaría tenerte a bordo, Frank, pero mi superior no lo toleraría.

El jefe de la brigada de Homicidios, de hecho, no me tiene mucho cariño precisamente, pero dudaba que Scorcher lo supiera. Arqueé una ceja y dije en tono divertido:

—¿Tu superior no confía en ti lo suficiente para dejarte escoger tu propio equipo?

—No, a menos que sea capaz de justificar mis opciones. Dame algo sólido que presentarle, Frank. Comparte algo de esa famosa información. ¿Tenía Rose Daly algún enemigo?

Los dos sabíamos que yo no estaba en situación de señalar que ya le había facilitado mucha información.

—No que yo sepa. Por eso nunca se me pasó por la cabeza que pudiera estar muerta.

Me miró con incredulidad.

—Pues qué, ¿era idiota?

—Era mucho más lista de lo que tú llegarás a ser nunca —le dije, con una entonación simpática para que tuviera que dilucidar por sí mismo si bromeaba o no.

—¿Aburrida?

—Ni mucho menos.

—¿Un cardo?

—El pivón del barrio. ¿Qué gusto te has creído que tengo, joder?

—Entonces te garantizo que tenía enemigos. Un coñazo de tía o un callo no le toca las narices a nadie, pero si una chica tiene sesera y es guapa y además tiene personalidad, seguro que cabrea a alguien en algún momento. —Me miró con curiosidad por encima de la cerveza—. A ti no te va ver las cosas de color de rosa, Frank. Debías de estar loco por ella, ¿verdad?

Aguas peligrosas.

—Mi primer amor —dije, y me encogí de hombros—. Hace mucho tiempo. Probablemente la idealicé, desde luego, pero era una chica maja de verdad. No sé de nadie que tuviera problemas con ella.

—¿Algún ex rencoroso? ¿Alguna rencilla con otra chica?

—Rosie y yo llevábamos años saliendo, Scorch. Desde los dieciséis. Creo que tuvo un par de novios antes que yo, pero estamos hablando de cosas de críos: cogerse de la mano en el cine, escribir el nombre del otro en la mesa del aula, romper a las tres semanas porque el nivel de compromiso resulta excesivo.

—¿Nombres?

Ya había sacado su lustroso bolígrafo de detective. Algún pobre cabrón iba a recibir una visita muy poco agradable.

—Martin Hearne, conocido como Zippy por aquel entonces, aunque es posible que no responda a ese apodo en la actualidad. Vivía en el número siete y se jactó de ser novio de Rosie brevemente cuando teníamos unos quince años. Antes salió con otro chico, un tal Colm, que fue al instituto con nosotros hasta que sus padres volvieron a mudarse al campo, y cuando teníamos unos ocho años besó a Larry Sweeney de Smith's Road para ganar una apuesta. Dudo mucho que ninguno de ellos siguiera enamorado de ella.

—¿Alguna chavalita celosa?

—¿Celosa de qué? Rosie no iba en plan *femme fatal*; no flirteaba con los novios de otras chicas. Y es posible que yo esté como un queso, pero por mucho que alguien supiera que salíamos juntos, cosa que no ocurrió, pues nadie lo sabía, dudo que una chica se hubiese cargado a Rosie para echar mano a este cuerpazo que tengo.

Scorcher resopló.

—Ahí te doy la razón. Pero hombre, Frank, échame un cable. No me estás dando nada que no pueda sacarle a cualquier vieja chismosa en un kilómetro a la redonda. Si tengo que conseguir que mi superior te dé el visto bueno, necesito algo especial. Dame un par de motivos, o los secretos picantes de la víctima, o... Eso es, ya lo sé. —Chasqueó los dedos y me señaló—. Háblame con detalle de la noche que tenías que haberte encontrado con ella. En plan testigo ocular. Entonces veré qué podemos hacer.

En otras palabras, dónde estabas la noche del 15, hijo mío. No estaba claro si de veras pensaba que yo era tan estúpido como para no darme cuenta.

—Muy bien —dije—. La noche del domingo al lunes, del 15 al 16 de diciembre de 1985. Aproximadamente a las once y media salí de mi casa en Faithful Place y me fui hasta el final de la calle, donde había quedado con Rose Daly en torno a medianoche, dependiendo de cuándo se acostaran nuestras familias y tuviéramos oportunidad de salir de casa sin que nos vieran. Me quedé allí hasta las cinco o las seis de la madrugada, no podría precisar la hora exacta. Solo me alejé una vez, durante cinco minutos o así poco después de las dos, cuando entré en el número dieciséis para asegurarme de que no me había liado con el punto de encuentro y Rose me estaba esperando allí.

—¿Había alguna razón para que el número dieciséis pudiera haber sido un punto de encuentro alternativo?

Scorch estaba tomando notas en una suerte de taquigrafía personal.

—Hablamos de ello antes de decidirnos por el final de la calle. Era el lugar donde acostumbrábamos a pasar el rato, los chicos quedaban allí constantemente. Cuando querías beber o fumar, darte el lote o hacer cualquier cosa que tus padres te tuvieran prohibida, y no eras lo bastante mayor para hacerla en ninguna otra parte, el número dieciséis era el sitio adecuado.

Scorch asintió.

—Así que fuiste a ver si Rose estaba allí. ¿En qué habitaciones entraste?

—Inspeccioné todas las habitaciones del primer piso. No quería hacer ruido, así que no podía llamarla. No había nadie, no vi la maleta y no vi ni oí nada fuera de lo normal. Luego fui al piso de arriba, donde encontré una nota firmada por Rose Daly en el suelo de la pieza de la derecha que da a la calle. La nota daba a entender que había decidido irse a Inglaterra por su cuenta. La dejé allí.

—La he visto. No va dirigida a nadie. ¿Por qué supusiste que era para ti?

Imaginar a Scorcher babeando con esa nota e introduciéndola con delicadeza en una bolsa para pruebas hizo que me entraran ganas de darle de hostias otra vez, y eso fue antes de que abordara la insinuación en absoluto sutil de que Rosie había albergado dudas. Me pregunté qué habrían optado por contarle los Daly sobre mí exactamente.

—Me pareció lo más lógico —dije—. Era conmigo con quien supuestamente debía encontrarse. Si dejó una nota, pensé que lo más lógico es que fuera para mí.

—¿No había insinuado de alguna manera que albergaba dudas?

—Ni por asomo —respondí, y le ofrecí una amplia sonrisa—. Y no tenemos la seguridad de que así fuera, ¿verdad, Scorch?

—Es posible que no —reconoció Scorcher. Garabateó algo en la libreta y la miró con los ojos entornados—. ¿No bajaste al sótano?

—No. No bajaba nadie: estaba oscuro y desvencijado, había ratas y humedad y una peste de mil demonios, así que nos manteníamos alejados. No tenía motivos para pensar que Rosie estuviera allí.

Scorcher se propinó unos golpecitos en los dientes con el bolígrafo y revisó las notas. Me tomé un tercio de la pinta y pensé, tan fugazmente como fui capaz, en la posibilidad de que Rosie hubiera estado en aquel sótano mientras yo estaba ocupado sufriendo de mal de amores en el piso de arriba, a escasos metros de ella.

—Así que en lugar de eso —continuó Scorcher—, pese a que te habías tomado la nota de Rose como una carta de despedida, volviste al final de la calle y seguiste esperando. ¿Por qué?

Su voz sonó afable, despreocupada, pero percibí la intensidad que denotaban sus ojos. El cabronazo se lo estaba pasando en grande.

—La esperanza es lo último que se pierde —dije, y me encogí de hombros—. Y las mujeres cambian de parecer. Supuse que podía darle la oportunidad de cambiar de opinión.

Scorch profirió un leve bufido viril.

—Mujeres, ¿eh? Así que le diste tres o cuatro horas y luego cortaste por lo sano. ¿Adónde fuiste?

Le hice un resumen de lo de la casa ocupada, los rockeros apestosos y la hermana generosa, olvidándome de los apellidos, por si decidía ir a molestar a alguien. Scorcher tomó notas. Cuando terminé me preguntó:

—¿Por qué no te limitaste a volver a casa?

—Por ímpetu y orgullo. Quería irme de casa de todas maneras, la decisión de Rosie no cambiaba nada en ese sentido. Inglaterra no me parecía tan divertida solo, pero tampoco me lo pareció volver a casa como un pringado de mierda con el rabo entre las piernas. Estaba listo para marcharme, así que seguí adelante.

—Mmm —dijo Scorcher—. Volvamos a las aproximadamente seis horas, eso sí que es amor, sobre todo en diciembre, las seis horas que pasaste esperando al final de la calle. ¿Recuerdas que pasara alguien, que entraran o salieran de alguna casa, algo así?

—Me suenan un par de cosas. En algún momento hacia medianoche, no puedo decirte la hora exacta, oí lo que me pareció una pareja dándole al asunto cerca de allí. Aunque si lo pienso ahora, esos ruidos podrían haber sido tanto de un polvo como de un forcejeo. Y luego, tal vez entre la una y cuarto y la una y media, alguien pasó por los jardines traseros de los números pares. No sé de qué puede servirte, después de tanto tiempo, pero te lo cuento por si acaso.

—Todo puede ser útil —dijo Scorcher en tono neutral, sin dejar de garabatear—. Ya sabes cómo va esto. ¿Y no tuviste más contacto con nadie? ¿En toda la noche? ¿En un vecindario como este? Seamos realistas, no es precisamente un barrio residencial.

Empezaba a cabrearme de veras, cosa que, es de suponer, era

precisamente lo que Scorcher buscaba, así que mantuve los hombros relajados y me tomé mi tiempo para beberme la cerveza.

—Era domingo por la noche. Cuando salí a la calle estaba todo cerrado y prácticamente todo el mundo se había acostado. Si no lo habría dejado para más tarde. No había actividad en absoluto en Faithful Place, algunos seguían despiertos y charlando, pero no pasó nadie por la calle, ni salieron o entraron de ninguno de los portales. Oí gente que pasaba a la vuelta de la esquina, en dirección a New Street, y un par de veces alguien se acercó tanto que me aparté de la luz para que no me vieran, aunque no reconocí a nadie.

Scorch hizo girar el bolígrafo con aire meditabundo, observando cómo se deslizaba la luz sobre la superficie.

—Para que no te vieran —repitió—. Porque nadie sabía que erais pareja. ¿No es eso lo que has dicho?

—Así es.

—Y todo ese rollo clandestino... ¿Había algún motivo?

—Yo no le caía bien al padre de Rosie. Se subió por las paredes cuando se enteró de que salíamos juntos, por eso habíamos mantenido nuestra relación en secreto desde entonces. Si le hubiéramos dicho que quería llevarme a su pequeña a Londres, habría lanzado una guerra santa. Supuse que sería más fácil obtener su perdón que su permiso.

—Hay cosas que no cambian —comentó Scorch, no sin cierta amargura—. ¿Por qué no le caías bien?

—Porque no tiene buen gusto —dije, con una mueca—. ¿Cómo es posible que a alguien no le guste mi cara?

No me devolvió la mueca.

—En serio.

—Se lo tendrías que preguntar a él. No me puso al tanto de su proceso mental.

—Ya se lo preguntaré. ¿Alguien más estaba al tanto de lo que planeabais?

—Yo no se lo conté a nadie. Y por lo que sé, Rosie tampoco.

Mandy era toda mía. Que Scorcher se las arreglara con ella si quería, y buena suerte. Me habría gustado verlo.

Scorcher revisó sus notas sin prisas mientras tomaba cerveza a sorbos.

—Bien —dijo finalmente, al tiempo que cerraba su elegante bolígrafo con un chasquido—. Con eso ya tenemos suficiente por ahora.

—A ver qué le parece a tu jefe —dije.

No había la menor posibilidad de que hablara con su jefe, pero si me echaba atrás sin poner mucho empeño empezaría a preguntarse qué clase de plan B tenía guardado en la manga.

—Es posible que lo que te he contado le haga ver con buenos ojos mi colaboración.

Scorch me miró a los ojos, y durante medio segundo más de la cuenta no parpadeó. Estaba pensando en lo que había comprendido yo en cuanto oí hablar de la maleta. El sospechoso más evidente era el tipo que estaba en el lugar del crimen con móvil y oportunidad y sin un resquicio de coartada, el tipo que esperaba a Rosie Daly, el tipo al que probablemente ella tenía intención de dejar esa noche, el tipo que aseguraba «se lo juro por Dios, agente, ella no apareció».

Ninguno de los dos estaba dispuesto a ponerlo sobre la mesa.

—Haré todo lo que esté en mi mano —aseguró Scorcher, que se guardó la libreta en el bolsillo de la chaqueta. No me miraba—. Gracias por contarme todo eso, Frank. Es posible que tengamos que revisarlo en algún momento.

—Cómo no —dije—. Ya sabes dónde encontrarme.

Se acabó la pinta de un largo trago.

—Y recuerda lo que te he dicho. Piensa en positivo. Dale la vuelta.

—Scorch. El guiñapo que acaban de sacar tus colegas era mi chica. Creía que estaba al otro lado del charco, pasándoselo en grande, feliz a más no poder. Perdona si me cuesta trabajo ver el lado positivo.

Lanzó un suspiro.

—De acuerdo —dijo—. Muy bien. ¿Quieres que te diga lo que hay?

—Es lo que más deseo en estos momentos.

—Tienes buena reputación en tu trabajo, Frank, una reputación estupenda, salvo por un pequeño detalle: se rumorea que tienes tendencia a funcionar por tu cuenta. A..., ¿cómo te lo diría?, a dar a las reglas un poquito menos prioridad de lo que deberías. La maleta es exactamente la clase de situación a la que me estoy refiriendo. Y a los jefazos les gustan mucho más los que juegan en equipo que los que se lo montan por su cuenta. Los que van de malditos solo resultan entrañables cuando son Mel Gibson. Si te portas como es debido durante una investigación como esta, cuando es evidente que estás bajo mucha presión, si demuestras a todo el mundo que puedes quedarte en el banquillo por el bien del equipo, tus acciones podrían revalorizarse un montón. Plantéatelo a largo plazo. ¿Me sigues?

Le ofrecí una sonrisa de oreja a oreja para no soltarle un puñetazo.

—Vaya ensalada de clichés que me has soltado, Scorcher. Vas a tener que dejarme un buen rato para que la digiera toda.

Me observó un momento. Al no poder desentrañar mi semblante, se encogió de hombros.

—Lo que tú digas. A buen entendedor... —Se puso en pie y se alisó las solapas de la chaqueta—. Estamos en contacto —dijo, insuflándole una levísima insinuación de advertencia, y luego cogió su cursi maletín y se marchó a largas zancadas.

No tenía intención de irme de allí en un buen rato. Ya tenía claro que iba a tomarme libre el resto del fin de semana. Una razón era Scorcher. Él y sus colegas de Homicidios iban a pasar los dos días siguientes merodeando por Faithful Place como una jauría de perros de caza ciegos de *speed*, husmeando en los rincones, hundiendo el hocico en las zonas delicadas de la gente y cabreando a todo el mundo. Yo debía dejar claro ante la calle entera que no tenía nada que ver con ellos.

La segunda razón también estaba relacionada con Scorch, aunque desde una perspectiva diferente. Mostraba una pizca de recelo en lo tocante a mí, y dejarlo en paz durante veinticuatro horas me haría ganar muchos puntos de cara a que él me dejase en paz a mí. Cuando miras a alguien que conociste de joven, siempre ves a la persona que viste por primera vez, y Scorch seguía viendo a un chico explosivo que hacía las cosas de inmediato o no las hacía en absoluto. No se le pasaría por la cabeza que, mientras él había aprendido a refrenar su ego, yo podía haber aprendido a tener paciencia. Si quieres cazar como un buen chucho jadeante, siguiendo el rastro a toda velocidad en cuanto te dejan suelto, lo tuyo es Homicidios. Si quieres entrar en Operaciones Encubiertas, y yo siempre lo quise, aprendes a cazar tal como lo hacen los grandes felinos: preparas la emboscada, te agazapas en el suelo y te acercas a hurtadillas centímetro a centímetro, durante tanto tiempo como sea necesario.

La tercera razón era de suponer que estaba enfurruñada en Dalkey, hecha una furia conmigo. En algún momento no muy lejano iba a tener que vérmelas con ella y, Dios nos pille confesados, con Olivia, pero uno tiene sus límites. No me suelo emborrachar, pero con el día que había tenido, me parecía que estaba en mi derecho de dedicar la noche a comprobar hasta qué punto podía quedarme paralítico sin caerme de morros. Llamé la atención del camarero y dije:

—Otra.

El pub había empezado a quedar vacío, probablemente como reacción a Scorcher. El camarero, que secaba vasos con el trapo, me miró desde detrás de la barra, tomándose su tiempo. Un rato después asintió en dirección a la puerta.

—¿Es amigo tuyo?

—Yo no lo diría así —respondí.

—No te había visto por aquí.

—Es probable.

—¿Eres pariente de los Mackey de Faithful Place? Los ojos.

—Es una larga historia —dije.

—Ya —respondió el camarero, como si supiera todo lo que había que saber sobre mí—, todos tenemos alguna. —Y colocó el vaso bajo el grifo de la cerveza con un ademán pulcro.

La última vez que Rosie Daly y yo nos tocamos fue un viernes, nueve días antes de la Hora Cero. Hacía una tarde fría y despejada, y el centro estaba lleno a rebosar, con todas las luces navideñas encendidas, los compradores que se apresuraban de aquí para allá y los vendedores ambulantes que ofrecían cinco envoltorios de regalo por una libra. A mí no me iban mucho las navidades en general —la locura de mi madre siempre tocaba su impresionante techo anual en la comida de Navidad, igual que la tendencia de mi padre a beber, algo siempre acababa hecho pedazos y alguien siempre terminaba llorando— pero ese año todo me parecía luminoso e irreal, justo en el límite entre encantador y siniestro: las chicas de colegios privados con el pelo brillante que cantaban villancicos para fines benéficos resultaban un poquito demasiado limpias con su mirada vacía, y los niños que pegaban la nariz a los escaparates de Switzer's para ver las escenas de cuento de hadas parecían excesivamente narcotizados con tanto color y ritmo. Llevaba una mano metida en el bolsillo de la parka militar mientras me abría paso entre el gentío; aquel día precisamente lo último que quería era que me robasen.

Rosie y yo siempre quedábamos en O'Neill's, en Pearse Street. Era un pub frecuentado por alumnos del Trinity, lo que quería decir que el porcentaje de gilipollas era bastante elevado, pero no llamábamos la atención y no había peligro de que nos encontráramos con nadie conocido. Los Daly creían que Rosie estaba con sus amigas. A mi familia le traía sin cuidado dónde estuviera yo. O'Neill's es grande, se estaba llenando a buen ritmo y corrían en su interior oleadas de calor, humo y risas, pero vi a Rosie de inmediato gracias aquel estallido de pelo cobrizo: apoyada en la barra, diciéndole algo al camarero que le hizo sonreír. Para cuando pagó nuestras cervezas yo había ocupado una mesa en un rinconcito íntimo.

—Ese mamón —dijo, al tiempo que dejaba las pintas sobre la mesa y señalaba con un gesto de cabeza hacia un puñado de estudiantes que se reían con disimulo junto a la barra—. Me ha mirado el escote al inclinarme.

—¿Cuál?

Ya me estaba levantando, pero Rosie me obligó a sentarme y me acercó la cerveza.

—Siéntate, venga, y bébetela. Ya me las apañaré yo con él. —Se sentó en el banco a mi lado, lo bastante cerca para que su muslo tocara el mío—. Ese tipo de ahí, mira.

Camiseta de rugby, sin cuello, volviendo de la barra con una ración doble de pintas en precario equilibrio entre las manos. Rosie le saludó con la mano para volver a llamar su atención, luego le puso ojitos, se inclinó hacia delante y empezó a describir círculos con la punta de la lengua sobre la espuma de la cerveza. Al jugador de rugby se le pusieron los ojos como platos, se quedó boquiabierto, tropezó con la pata de un taburete y derramó la mitad de las pintas sobre la espalda de alguien.

—Bueno —dijo Rosie, que lo mandó a tomar por saco enseñándole el dedo y se olvidó de él—. ¿Los has conseguido?

Metí una mano en la parka, colgada del brazo del asiento donde estuviera bien a la vista, y saqué el sobre:

—Aquí están —anuncié—. Ya los tenemos.

Y agité los dos billetes para luego dejarlos en la mesa de madera estropeada entre nosotros. DUN LAOGHAIRE-HOLYHEAD, SALIDA 06:30 AM, LUNES 16 DE DICIEMBRE. ES NECESARIO PRESENTARSE CON 30 MINUTOS DE ANTELACIÓN.

Con solo verlos se me volvió disparar la adrenalina. Rosie dejó escapar todo el aire en una risilla de asombro.

—Me ha parecido mejor el primer ferry por la mañana —dije—. Podríamos haber sacado billetes para el nocturno, pero sería más difícil coger el equipaje y salir a última hora de la tarde. Así podemos ir al puerto el domingo por la noche, cuando tengamos oportunidad, y esperar allí a que zarpe. ¿A que sí?

—Dios —dijo Rosie un momento después, todavía sin resuello—. Dios mío. Tengo la sensación de que deberíamos estar... —Curvó el brazo en torno a los billetes para protegerlos de la gente en las mesas cercanas—. ¿Sabes?

Entrelacé mis dedos con los suyos.

—Aquí estamos bien. Nunca hemos visto a nadie conocido, ¿verdad que no?

—Esto sigue siendo Dublín. No me sentiré a salvo hasta que el ferry haya zarpado de Dun Laoghaire. Guárdalos, ¿quieres?

—¿Los guardas tú? Mi madre nos registra las habitaciones.

Rosie sonrió.

—No me sorprende. Tampoco me sorprendería que mi padre registre las nuestras, pero no se atrevería a tocar el cajón de la ropa interior. Dámelos.

Cogió los billetes como si fueran de encaje fino, los introdujo cuidadosamente en el sobre y se lo guardó en el bolsillo de arriba de la cazadora vaquera. Dejó los dedos allí un momento, sobre el pecho.

—Vaya. Nueve días, y luego...

—Y luego... —repetí, al tiempo que levantaba la pinta—, por ti y por mí y nuestra nueva vida.

Brindamos y echamos un trago, y la besé. La cerveza era de

primera, el calor del pub empezaba a descongelarme los pies tras el paseo por el centro, había espumillón sobre los marcos de fotografías en las paredes, y el grupo de estudiantes en la mesa de al lado estalló en risotadas beodas. Tendría que haber sido el tipo más feliz de todo el establecimiento, pero la velada seguía teniendo un aire precario, como un sueño fantástico y chispeante que pudiera tornarse pesadilla en cualquier momento. Solté a Rosie porque temí que iba a besarle la mano con tanta fuerza que le haría daño.

—Tendremos que quedar tarde —señaló, a la vez que enlazaba su rodilla con la mía—. A medianoche, o más tarde incluso. Mi padre se acuesta sobre las once, y tendré que esperar un rato hasta que se duerma.

—Los míos los domingos están dormidos como un tronco a las diez y media. A veces Shay se queda despierto hasta más tarde, pero si no me topo con él volviendo de la calle, no hay problema. Y aunque me lo encuentre, no nos pondrá impedimentos, estará encantado de verme desaparecer.

Rosie arqueó levemente una ceja y echó otro trago de cerveza.

—Yo saldré hacia medianoche. Si tú tardas un poco más, no te preocupes.

Asintió.

—No creo que tarde mucho. Pero ya habrá pasado el último autobús. ¿Te ves con ánimo de ir andando hasta Dun Laoghaire?

—Con todo el equipaje a cuestas no. Estaríamos hechos polvo cuando llegáramos al ferry. Tendremos que ir en taxi.

Hizo un gesto de estar impresionada que solo fingió a medias.

—¡Vaya lujo!

Sonreí y enrollé en torno a mi dedo uno de sus rizos.

—Esta semana tengo un par de trabajillos pendientes, sacaré pasta. Mi chica se merece lo mejor. Alquilaría una limusina si pudiera, pero eso tendrá que esperar. Igual para tu cumpleaños, ¿vale?

Me devolvió la sonrisa, pero lo hizo de una manera ausente. No estaba para bromas.

—¿Quedamos en el número dieciséis?

Negué con la cabeza.

—Los Shaughnessy llevan una temporada pasando muy a menudo por allí. No quiero que nos los encontremos.

Los hermanos Shaughnessy eran inofensivos, pero también eran ruidosos e idiotas, y andaban colocados buena parte del tiempo, y nos llevaría muchísimo rato hacerles entender por qué tenían que mantener la boca cerrada y fingir que no nos habían visto.

—¿Al final de la calle?

—Nos verán.

—Un domingo después de medianoche no. ¿Quién va a andar por ahí, aparte de nosotros y los imbéciles de los Shaughnessy?

—Bastaría con que nos vea una persona. Y además, ¿qué pasa si llueve?

Esa crispación no era típica de Rosie, por lo general no sabía lo que eran los nervios.

—No tenemos que tomar una decisión ahora. Ya veremos qué tal tiempo hace la semana que viene y entonces lo decidiremos.

Rosie negó con la cabeza.

—Es mejor que no nos volvamos a ver hasta el momento de irnos. No quiero que mi padre sospeche nada.

—Si no ha tenido sospechas hasta ahora...

—Lo sé. Lo sé. Es solo que..., Dios, Francis, esos billetes... —Volvió a llevarse la mano al bolsillo—. Está a punto de hacerse real. No quiero que bajemos la guardia, ni un solo segundo, por si algo se tuerce.

—¿Como qué?

—No lo sé. Que alguien nos lo impida.

—Nadie nos lo va a impedir.

—Sí —dijo Rosie. Se mordisqueó la uña, y por un segundo apartó la mirada—. Lo sé. Nos va a ir de maravilla.

—¿Qué ocurre?

—Nada. Vamos a quedar al final de la calle, como has dicho, a no ser que llueva a cántaros. En ese caso nos veremos en el número dieciséis. Seguro que los chicos no salen si hace un tiempo de mil demonios. ¿Vale?

—Sí —dije—. Rosie. Mírame. ¿Esto te hace sentir culpable?

Torció una comisura de la boca en un gesto irónico.

—Y un cuerno me hace sentir culpable. No vamos a hacerlo para echar unas risas. Si mi padre no se hubiera tomado lo nuestro como un puñetero idiota no se nos habría ocurrido tomar esta decisión. ¿Por qué? ¿Te sientes tú culpable?

—Ni pensarlo. Kevin y Jackie son los únicos que me echarán de menos. Les enviaré algo bonito cuando empiece a cobrar un sueldo y estarán encantados. ¿Vas a echar en falta a tu familia, es eso? ¿O a las amigas?

Se lo pensó un momento.

—A las amigas sí, las echaré en falta. Y a mi familia, un poco. Pero bueno, hace una eternidad que sé que acabaría por irme. Antes de acabar los estudios Imelda y yo ya hablábamos de largarnos a Londres las dos, hasta que... —Una fugaz sonrisa de soslayo en dirección a mí—. Hasta que a ti y a mí se nos ocurrió un plan mejor. En cualquier caso, yo diría que tarde o temprano me hubiera ido. ¿Tú no?

Rosie no iba a cometer el error de preguntarme si echaría de menos a mi familia.

—Sí —dije. No estaba seguro de que fuera cierto, pero era lo que necesitábamos oír los dos—. Me hubiera dado el piro de aquí, de una manera u otra. Aunque lo que tenemos planeado me hace más ilusión.

Aquel destello de sonrisa otra vez, apenas esbozada.

—A mí también.

—Entonces, ¿qué ocurre? —le pregunté—. Desde que has llegado te comportas como si te picara el culo por culpa del asiento.

Eso hizo que Rosie me prestara toda su atención.

—Mira quién habla. Pues tú estás de lo más gracioso esta noche, es como salir con Óscar *el Gruñón* del puñetero Barrio Sésamo...

—Estoy de los nervios porque tú estás de los nervios. Creía que te pondrías loca de contenta con los billetes, pero en cambio...

—Y una leche. Ya has llegado así. Te estabas muriendo de ganas de partirle la boca a ese idiota patético...

—Igual que tú. ¿Te están entrando dudas? ¿Se trata de eso?

—Si intentas romper conmigo, Francis Mackey, pórtate como un hombre y hazlo tú mismo. No me líes para que haga yo el trabajo sucio.

Nos miramos ferozmente un segundo, justo al borde de una trifulca en toda regla. Entonces Rosie dejó escapar el aire entre los dientes, se retrepó en el asiento y se pasó las manos por el pelo.

—Voy a decirte de qué se trata, Francis. Los dos estamos nerviosos porque estamos a punto de embarcarnos en algo que supuestamente está por encima de nuestras posibilidades.

—Habla por ti —le espeté.

—Eso hago. Queremos ir a Londres y entrar en la industria de la música, nada menos. Ya nos hemos hartado de las fábricas, muchas gracias, eso no nos va: vamos a trabajar para grupos de rock. ¿Qué te diría tu madre si lo supiera?

—Me preguntaría quién demonios me he creído que soy. Luego me soltaría una bofetada y me diría que soy un puñetero bobo y que tengo que entrar en razón. Me echaría una buena bronca.

—Y por eso —dijo Rosie, a la vez que alzaba la pinta de cerveza hacia mí—, por eso estamos de los nervios, Francis. Prácticamente todas las personas que hemos conocido en nuestra vida dirían lo mismo: que somos unos engreídos. Si nos tragamos esa mierda, acabaremos fallándonos el uno al otro y dejándonos hechos polvo. Así que tenemos que ponernos las pilas, y rápido. ¿De acuerdo?

En secreto aún me enorgullece cómo nos queríamos Rosie y yo. No teníamos a nadie de quien aprender —nuestros padres no eran ejemplos rutilantes de éxito en las relaciones de pareja—, así que lo aprendimos el uno del otro: cuando alguien a quien amas te necesita, consigues dominar ese temperamento tempestuoso, sobreponerte a los miedos imprecisos que te aterran, comportarte como un adulto en vez del adolescente cromañón que eres; puedes hacer un millón de cosas que no te esperabas.

—Ven aquí —le dije. Subí las manos por los brazos de Rosie y la tomé por las mejillas, y ella se inclinó hacia delante y apoyó su frente en la mía de tal manera que el resto del mundo se desvaneció tras la densa y brillante maraña de su pelo—. Tienes toda la razón. Perdona que haya sido tan gilipollas.

—Es posible que la caguemos con esto, pero no hay razón para que no pongamos toda la carne en el asador.

—Eres una mujer muy lista, ¿lo sabías?

Rosie me miró, tan de cerca que alcancé a ver las motas doradas en el verde de sus ojos, los diminutos pliegues en los rabillos donde empezaba a sonreír.

—Mi chico se merece lo mejor —dijo.

Esa vez la besé como es debido. Noté los billetes del ferry aprisionados entre los furiosos latidos de mi corazón y los del suyo, y tuve la sensación de que centelleaban y crepitaban, listos para estallar en cualquier segundo en una lluvia de chispas doradas que alcanzaría el techo. Fue entonces cuando la velada volvió a su cauce y dejé de olerme el peligro. Fue en ese momento cuando aquella marea viva empezó a crecer en mi interior, como un estremecimiento en lo más hondo de los huesos. A partir de ese segundo, lo único que pude hacer fue dejarme arrastrar por su fuerza y confiar en que nos llevara por buen camino, que guiase nuestros pies entre las corrientes traicioneras y nos ayudase a superar las caídas difíciles hasta los lugares de paso más seguros.

Cuando nos separamos, poco después, Rosie dijo:

—No eres el único que ha estado ocupado. Fui a Eason's y estuve mirando todos los anuncios en los periódicos ingleses.

—¿Alguna oferta?

—Alguna que otra. Sobre todo cosas que no sabemos hacer, operadores de carretillas elevadoras y profesores suplentes, pero también solicitan camareras y personal de barra: podemos decir que tenemos experiencia, seguro que no lo comprueban. Nadie pide gente que se ocupe de la iluminación de conciertos, ni encargados de transporte y montaje, pero eso ya lo sabíamos, tendremos que ponernos a buscar cuando lleguemos. Y hay montones de pisos, Francis. Cientos.

—¿Nos podemos permitir alguno?

—Sí que podemos. Da igual que no encontremos trabajo a las primeras de cambio. Lo que tenemos ahorrado sería suficiente para la fianza, y podemos costearnos un piso cutre solo con el dinero del paro. Será bastante cutre, eso sí, una sola habitación, y es posible que tengamos que compartir el cuarto de baño con otras personas, pero al menos no derrocharemos el dinero en un albergue más tiempo de lo necesario.

—No tengo problema en compartir el retrete, la cocina y todo lo demás. Lo único que quiero es que nos larguemos del albergue lo antes posible. Es una estupidez vivir en puñeteros dormitorios separados cuando...

Rosie me sonrió, y el resplandor de sus ojos casi hizo que se me parase el corazón.

—Cuando podemos tener un piso propio —dijo.

—Sí. Un piso propio.

Eso era lo que yo quería: una cama donde Rosie y yo pudiéramos dormir toda la noche uno en brazos del otro y despertar por la mañana entrelazados. Habría dado lo que fuera, todo lo que poseía, solo por eso. Todo lo demás que me podía ofrecer el mundo era calderilla. Cuando oigo lo que la gente espera del amor hoy en día me quedo alucinado. Voy al pub con los chicos de la brigada y atiendo mientras explican, con precisión milimétrica, exactamente la figura que debería tener una mujer, las zonas que debería depilarse y cómo, los actos que debería llevar a cabo en qué fecha determinada y lo que siempre o nunca debería hacer, decir o querer; escucho con disimulo a mujeres en las cafeterías mientras recitan listas de los empleos que puede tener un hombre, qué coches, qué marcas, qué flores, restaurantes y piedras preciosas tienen su sello de aprobación, y me entran ganas de gritar: «¿Habéis perdido la poca sesera que teníais?». Yo no le compré flores a Rosie ni una sola vez —le habría resultado muy difícil explicarlo en su casa— y nunca me planteé si tenía los tobillos exactamente como debía tenerlos. La quería toda para mí, y estaba convencido de que ella me quería. Hasta el día en que nació Holly, nada había sido tan sencillo en toda mi vida.

—En algunos pisos no quieren irlandeses —me advirtió Rosie.

—Que les den —dije. La marea estaba subiendo, iba cobrando fuerza. Sabía con seguridad que el primer piso en el que entrásemos sería perfecto, que esa atracción magnética nos llevaría directos a nuestra casa—. Les diremos que somos de Mongolia Exterior. ¿Qué tal se te da el acento mongol?

Sonrió burlona.

—¿Para qué nos hace falta un acento? Hablaremos irlandés y les diremos que es mongol. ¿Crees que sabrán diferenciarlo?

Hice una elegante reverencia y dije:

—*Póg mo thóin* —bésame el culo: más o menos el noventa por ciento del irlandés que sabía—. Un saludo de Mongolia Exterior.

—Bueno, en serio —dijo Rosie—. Solo lo digo porque ya sé que no vas sobrado de paciencia. Si no encontramos piso el primer día, no tiene importancia, ¿vale? Tenemos tiempo de sobra.

—Ya lo sé. En algunos sitios no nos querrán porque se pensarán que somos borrachos o terroristas. Y en otros... —Le aparté las manos del vaso de cerveza y le acaricié los dedos con los pulgares: fuertes, con callos de tanto coser y anillos plateados de mercadillo barato en forma de símbolos celtas y cabezas de gato—. En otros no nos querrán porque viviremos en pecado.

Rosie se encogió de hombros.

—Pues que les den también.

—Si quieres —propuse—, podemos fingirlo. Comprarnos anillos que parezcan de oro y llamarnos señor y señora. Solo hasta que...

Negó con la cabeza, al instante y con decisión.

—No. Ni pensarlo.

—Solo sería una temporada, hasta que tengamos dinero para hacerlo de verdad. Nos haría la vida mucho más fácil.

—Da igual. No pienso fingir algo así. O estás casado o no lo estás, no se trata de lo que crea la gente.

—Rosie —dije, y le cogí las manos con más fuerza—. Sabes que lo haremos, ¿verdad? Sabes que quiero casarme contigo. No hay nada que desee más.

Así conseguí sacarle un amago de sonrisa.

—Más te vale. Cuando empezamos a salir tú y yo, era una buena chica, tal como me enseñaron las monjas, y ahora, fíjate, estoy dispuesta a ser tu querida...

—Lo digo en serio. Escúchame. Hay mucha gente que, si lo supiera, diría que estamos locos. Dirían que los Mackey son una pandilla de cabronazos, y que conseguiré de ti lo que quiero y luego te dejaré colgada con un crío en los brazos y la vida tirada por el retrete.

—No hay peligro. Aquello es Inglaterra, hay condones.

—Solo quiero que sepas que no lo lamentarás. No si está en mi mano. Te lo juro por Dios.

—Eso ya lo sé, Francis —dijo Rosie con dulzura.

—No soy mi padre.

—Si creyera que lo eres, no estaría aquí. Ahora levanta y vete a por una bolsa de patatas fritas. Me muero de hambre.

Esa noche nos quedamos en O'Neill's hasta que todos los universitarios se fueron a casa y el camarero empezó a pasar el aspirador entre nuestros pies. Alargamos cada pinta tanto como pudimos, hablamos de cosas cotidianas que no encerraran el menor peligro, nos hicimos reír. Antes de regresar a casa —por separado, no fuera a ser que alguien nos viera, yo velando por Rosie a una distancia prudencial detrás de ella— nos besamos durante un buen rato apoyados en el muro trasero del Trinity. Luego nos quedamos inmóviles, abrazados con fuerza, pegados el uno al otro desde las mejillas hasta los dedos de los pies. El aire estaba tan frío que, en algún lugar a kilómetros por encima de nuestras cabezas, producía un agudo zumbido como de cristales rotos. Notaba su aliento ronco y cálido en mi garganta, el pelo le olía a caramelos de limón y sentía el rápido latir de su corazón trémulo contra mis costillas. Luego la solté y la vi marcharse, por última vez.

Obviamente la busqué. La primera vez que me quedé a solas delante de un ordenador de la policía, la rastreé por su nombre y fecha de nacimiento: no había sido detenida nunca en la República de Irlanda. Aquello no fue precisamente una revelación —no había esperado que se convirtiera en una criminal del estilo de Ma Baker— pero pasé el resto del día preso de una euforia crispada, solo por haber dado aquel primer paso tras su pista. A medida que mis contactos fueron mejorando, también lo hicieron mis búsquedas: no había sido detenida en el Norte, no había sido detenida en Inglaterra, Escocia, Gales ni Estados Unidos, no había cobrado el subsidio de desempleo en ninguna parte, no había solicitado un pasaporte, no había muerto, no se había casado. Repetía todas las indagaciones cada dos años, ciñéndome a contactos que me debían algún favor. Nunca me hacían preguntas.

De un tiempo a esta parte —la llegada de Holly me suavizó el carácter— esperaba que el radar detectara a Rosie en alguna parte, llevando una vida de esas honradas y satisfechas que nunca entran en el sistema, recordándome de tanto en tanto con una pequeña punzada que podría haber sido conmigo. A veces imaginaba que ella me encontraba: sonaba el teléfono en mitad de la noche, llamaban a la puerta de mi despacho. Nos imaginaba sentados uno junto a otro en un banco en algún parque frondoso, mirando en un silencio agridulce cómo Holly jugaba en los columpios con dos niños pelirrojos. Imaginaba una velada interminable en algún pub en penumbra, nuestras cabezas cada vez más juntas por efecto de la charla y la risa conforme se iba haciendo más tarde, nuestros dedos deslizándose hacia los del otro sobre la madera rayada de la mesa. Imaginaba hasta el último centímetro el aspecto que tendría ahora: las patas de gallo de resultas de sonrisas que no yo había visto, los cambios en su vientre a causa de niños que no eran míos, toda la vida que me había perdido escrita en Braille en su cuerpo para que la leyeran mis manos. Me la imaginaba ofreciéndome respuestas que nunca se me habían ocurrido, que harían que todo cobrara sentido, que harían encajar limpiamente hasta la última arista mellada. Imaginaba, aunque cueste trabajo creerlo, una segunda oportunidad.

Otras noches, incluso después de tanto tiempo, seguía deseando lo que deseaba a los veinte años: verla aparecer como cliente habitual de la brigada de Violencia Doméstica, en el archivo de prostitutas de alguien con la advertencia de que era VIH positivo, como víctima de una sobredosis en el depósito de cadáveres de alguna zona despiadada de Londres. Había leído las descripciones de cientos de mujeres sin identificar a lo largo de los años.

Todas mis referencias se habían esfumado en una explosión cegadora y vertiginosa: mis segundas oportunidades, mi venganza, mi firme y acogedora línea Maginot contra la familia. El que Rosie Daly me dejase en la estacada había sido el hito más importante de mi vida, enorme y sólido como una montaña. Ahora vacilaba igual que un espejismo y el paisaje cambiaba a su alrededor, volviéndose del revés y quedando patas arriba. Ya nada me resultaba familiar.

Pedí otra pinta, con un Jameson's doble para acompañarla. Tal como estaba el asunto, era mi única oportunidad de llegar a la mañana siguiente. No se me ocurría absolutamente nada más que pudiera borrar de mi mente esa imagen, la pesadilla de huesos pardos y viscosos agazapados en su madriguera, con reguerillos de tierra cayéndole encima con un sonido como de diminutos pies en fuga.

7

Me dejaron un par de horas en paz antes de venir a buscarme, con una suerte de delicadeza que no había esperado. Kevin fue el primero en llegar: asomó la cabeza por la puerta como un crío que jugara al escondite, envió un mensaje de texto rápido a hurtadillas mientras el camarero le servía una pinta y rondó mi mesa arrastrando los pies hasta que decidí poner fin a la incertidumbre y le indiqué que se acercase. No hablamos. A las chicas les llevó tres minutos unirse a nosotros, sacudiéndose la lluvia de los abrigos mientras dejaban escapar risillas y lanzaban miradas de soslayo por el pub.

—Dios santo —comentó Jackie en lo que ella creía que era un susurro, al tiempo que se quitaba la bufanda—, recuerdo cuando nos moríamos de ganas de venir aquí solo porque no dejaban entrar a las chicas. Qué suerte teníamos, ¿eh?

Carmel miró el asiento con recelo y lo limpió rápidamente con un pañuelo de papel antes de sentarse.

—Gracias a Dios que al final mamá no ha venido. Este sitio habría hecho que se le cayera el alma a los pies.

—Joder —dijo Kevin, que levantó la cabeza de golpe—. ¿Iba a venir mamá?

—Le preocupa Francis.

—Se muere de ganas de exprimirle el tarro, más bien. No le dará por seguirte ni nada parecido, ¿verdad?

—No me extrañaría —bromeó Jackie—. Mamá de agente secreto.

—No lo hará. Le he dicho que te habías ido a casa —me explicó Carmel, que se llevó los dedos a la boca en un gesto entre culpable y travieso—. Dios me perdone.

—Eres un genio —la felicitó Kevin de corazón antes de retreparse en el asiento.

—Tiene razón. No habría hecho más que ponernos de los nervios. —Jackie alargó el cuello para intentar llamar la atención del camarero—. Ahora sí que sirven a las chicas, ¿no?

—Ya voy yo —se ofreció Kevin—. ¿Qué vais a tomar?

—Pídeme un gin tonic.

Carmel acercó su taburete a la mesa.

—¿Crees que tendrán sidra de pera?

—Anda, venga ya, Carmel.

—No puedo tomar nada fuerte. Ya lo sabes.

—No voy a ir a la barra a pedir una puñetera sidra de pera. Se descojonarían de mí.

—No te van a decir nada —tercié—. De todas maneras, aquí es 1980: probablemente tienen una caja entera de botellines de sidra de pera detrás de la barra.

—Y un bate de béisbol esperando al tipo que vaya a pedir una.

—Ya voy yo.

—Ahí llega Shay. —Jackie se levantó un poco y agitó la mano para llamar su atención—. Que vaya él; ya está de pie.

—¿Quién lo ha invitado? —preguntó Kevin.

—Yo —le dijo Carmel—. Y vosotros dos podéis comportaros como los adultos que sois y ser amables el uno con el otro por una vez. Esta noche el protagonista es Francis, no vosotros.

—Brindo por ello —dije.

Estaba placenteramente borracho, camino de esa fase en la que todo parecía animado y borroso y nada, ni siquiera ver a Shay, podía fastidiarme. Por lo general cuando intuyo esa sensación me paso al café en seguida. Esa noche, en cambio, tenía intención de disfrutarla hasta el último segundo.

Shay se llegó hasta nuestro rincón, al tiempo que se pasaba una mano por el pelo para librarse de las gotas de lluvia.

—Quién iba a decir que este antro estaba a la altura de tus aspiraciones —se mofó—. ¿Has traído aquí a tu colega madero?

—Ha sido conmovedor. Todo el mundo lo ha recibido igual que a un hermano.

—Habría pagado por verlo. ¿Qué tomas?

—¿Invitas?

—¿Por qué no?

—Estupendo —dije—. Guinness para Kevin y para mí, Jackie va a tomar un gin tonic y Carmel quiere una sidra de pera.

—Lo que queremos es ver cómo vas a pedirla —comentó Jackie.

—No me supone ninguna molestia. Fijaos.

Shay fue a la barra, llamó al camarero con una soltura que daba a entender que se encontraba como en casa y nos enseñó un botellín de sidra de pera con gesto triunfal.

—Vaya fantasmón —dijo Jackie.

Shay volvió trayendo todos los vasos al mismo tiempo con una precisión que solo se alcanza a base de práctica.

—Bueno —dijo, a la vez que los dejaba en la mesa—. Cuenta, Francis, todo el barullo que se ha armado, ¿era por tu chica? —Y, al ver que todos se quedaban de piedra—: Venga ya. Todos os morís por preguntarle lo mismo. ¿Era por ella, Francis?

Carmel dijo, con su entonación maternal más lograda:

—Deja en paz a Francis. Se lo he dicho a Kevin y te lo repito a ti: esta noche os tenéis que portar como es debido.

Shay se rió y acercó un taburete a la mesa. Yo había tenido tiempo de sobra durante las dos últimas horas, mientras mi cerebro seguía relativamente sobrio, para pensar en cuánta información exactamente quería compartir con Faithful Place, o al menos con mi familia, lo que venía a ser lo mismo.

—No pasa nada, Melly —la tranquilicé—. Aún no hay nada seguro, pero sí, todo parece indicar que probablemente era Rosie.

Jackie tomó aire para ahogar un grito, y luego se quedó en silencio. Shay dejó escapar un silbido largo y grave.

—Descanse en paz —dijo Carmel en voz queda.

Ella y Jackie se persignaron.

—Eso es lo que tu compañero les ha dicho a los Daly —apuntó Jackie—. El tipo con el que estabas hablando. Pero, claro, nadie sabía si creerle o no... Con los polis, ya se sabe. Son capaces de decir cualquier cosa. Tú no, claro, pero el resto sí. Igual solo quería hacernos creer que era ella.

—¿Cómo lo saben? —preguntó Kevin. Parecía a punto de tener náuseas.

—No lo saben aún. Tendrán que hacer análisis.

—¿De ADN y todo eso?

—No lo sé, Kev. No es mi especialidad.

—Tu especialidad —dijo Shay, a la vez que le daba vueltas al vaso entre las manos—. Me preguntaba cuál es tu especialidad exactamente.

—Esto y lo de más allá —dije.

Por razones evidentes, los de Operaciones Encubiertas tendemos a decirles a los civiles que nos dedicamos a los derechos de propiedad intelectual, o algo que suene lo bastante aburrido para atajar la conversación de raíz. Jackie cree que me dedico al desarrollo de soluciones estratégicas para el aprovechamiento del personal.

—Pueden averiguar..., ya sabes. ¿Qué le ocurrió?

Abrí la boca, la cerré de nuevo, me encogí de hombros y eché un trago largo de cerveza.

—¿No ha hablado Kennedy de eso con los Daly?

Carmel dijo, frunciendo los labios:

—Ni una palabra. Le han suplicado que les contara lo que le pasó, te lo aseguro, y no ha querido decirles ni una palabra. Se ha largado y los ha dejado devanándose los sesos.

Jackie estaba sentada con el espinazo erguido por efecto de la rabia. Hasta su pelo parecía más ahuecado.

—Su propia hija, y les ha dicho que no era asunto suyo si la asesinaron o no. Me trae sin cuidado que sea colega tuyo, Francis, eso es indecente, de verdad.

Scorcher estaba causando una mejor primera impresión de lo que yo esperaba.

—Kennedy no es colega mío —la corregí—. No es más que un capullo con el que tengo que trabajar de vez en cuando.

—Seguro que sois lo bastante colegas como para que te contara lo que le ocurrió a Rosie —dijo Shay.

Paseé la mirada por el pub. Las conversaciones habían arreciado un poco. No eran en voz más alta, pero si más rápidas y centradas: por fin había llegado la noticia. Nadie nos miraba, en parte por cortesía hacia a Shay y en parte porque era la clase de pub donde la mayoría de la gente había tenido líos y entendía lo importante que es la intimidad.

Apoyé los codos en la mesa y dije, sin subir el tono de voz:

—De acuerdo. Podrían despedirme por esto, pero los Daly merecen saber todo lo que sabemos. Tenéis que prometerme que Kennedy no se enterará.

Shay lucía una mirada escéptica de mil vatios, pero los otros tres se pusieron de mi parte y asintieron con decisión, orgullosos a más no poder: nuestro Francis, después de tantos años sigue siendo un chico de Liberties antes que policía, qué alegres estamos de ser una pandilla tan bien avenida. Eso es lo que contarían las chicas al resto del barrio, como la salsa de acompañamiento a mis pepitas de sabrosa información: Francis está de nuestra parte.

—Todo apunta a que alguien la mató —dije.

Carmel lanzó un grito ahogado y se persignó de nuevo.

—Dios nos tenga en su gloria —exclamó Jackie.

Kevin seguía pálido.

—¿Cómo? —preguntó.

—Eso no se sabe aún.

—Pero lo averiguarán, ¿verdad?

—Es probable. Después de tanto tiempo, es posible que resulte difícil, pero los del laboratorio saben lo que se hacen.

—¿Como los de CSI?

Carmel tenía los ojos abiertos de par en par.

—Sí —dije, lo que le habría provocado un aneurisma a aquel técnico inútil, porque todos los del departamento detestan CSI hasta el punto de farfullar incoherencias, pero dejaría encantadas a las ancianas—. Igualitos.

—Solo que no hacen magia —apuntó Shay en tono irónico, como si le hablara a la cerveza.

—Te sorprendería. Esos son capaces de encontrar prácticamente todo lo que se propongan: salpicaduras de sangre antiguas, diminutos rastros de ADN, un centenar de clases diferentes de heridas, cualquier cosa que se te ocurra. Y mientras desentrañan qué le ocurrió, Kennedy y su equipo averiguarán quién lo hizo. Hablarán con todos los que vivían aquí por aquel entonces. Indagarán quiénes eran sus amistades más íntimas, con quién discutía, a quién caía bien y a quién no, lo que hizo en todo momento durante los últimos días de su vida, si alguien vio algo extraño la noche de su desaparición, si se fijó en que algún otro se comportaba de una manera extraña entonces o poco después... Van a ser concienzudos hasta la saciedad y van a tomarse todo el tiempo que necesiten. Cualquier cosa, cualquier detalle minúsculo, podría resultar crucial.

—Virgen santa —exclamó Carmel entre dientes—. Es igual que en la tele, ¿verdad? Qué locura.

En pubs, cocinas y salas de estar a todo a nuestro alrededor la gente ya estaba hablando: rememoraban, sacaban a la luz antiguos recuerdos, comparaban y contrastaban, los combinaban para elaborar un millón de teorías. En mi barrio, el cotilleo es un deporte de competición que ha alcanzado la categoría olímpica, y yo nunca menosprecio el cotilleo, lo venero con toda mi alma. Como le dije a Scorch, la información es munición, e íbamos a disponer de munición cargada en abundancia circulando por ahí, junto con la pólvora mojada. Quería que todo ese cotilleo tan útil se centrara en recuperar la munición cargada, y quería estar totalmente seguro de que acabaría llegando a mis oídos, de una manera u otra. Si Scorcher había dado la espalda a los Daly, le iba a costar mucho trabajo sacarle cualquier clase de información a nadie en un radio de un kilómetro. Y yo quería tener la seguridad de que si alguien por ahí tenía algo de lo que preocuparse, estuviera pero que muy preocupado.

—Si me entero de algo que los Daly deberían saber —aseguré—, no permitiré que los dejen al margen.

Jackie alargó una mano y me tocó la muñeca.

—Lo siento mucho, Francis —dijo—. Esperaba que resultara alguna otra cosa, una especie de malentendido. No sé, cualquier cosa...

—Pobre chica —se lamentó Carmel en voz baja—. ¿Qué edad tenía? ¿Dieciocho?

—Algo más de diecinueve —le recordé.

—Ay, Dios, apenas mayor que mi Darren. Y la dejaron sola en esa casa horrible todos estos años. Sus padres locos de preocupación preguntándose dónde estaba, y mientras tanto...

—Nunca pensé que fuera a decir algo así, pero no sabes hasta qué punto me alegro de que vinieran los de Construcciones P. J. Lavery —dijo Jackie.

—Esperemos que así sea —dijo Kevin, que se terminó la pinta de un trago—. ¿Quién quiere otra?

—Si insistes... —se apuntó Jackie—. ¿A qué te refieres con que eso de que esperemos que así sea?

Kevin se encogió de hombros.

—Yo solo digo que esperemos que todo salga bien.

—Por el amor de Dios, Kevin, ¿cómo va a salir bien? ¡Esa pobre chica está muerta! Perdona, Francis.

—Se refiere a que esperemos que los maderos no encuentren algo que nos haga desear a todos que los albañiles de Lavery hubieran tirado esa maleta a un vertedero y dejado las cosas tal como estaban —añadió Shay.

—¿Como qué? —indagó Jackie con voz autoritaria—. ¿Kev?

Kevin apartó el taburete hacia atrás y dijo en un súbito arrebato autoritario:

—Estoy de esta conversación hasta los cojones, y Frank probablemente también. Voy a la barra. Si seguís hablando de estas gilipolleces cuando vuelva, os dejo las copas y me largo a casa.

—Fíjate —dijo Shay, curvando una comisura de la boca—. El ratoncito se pone a rugir. Bien por ti, Kev, has dado en la diana. Podemos hablar de *Supervivientes*. Anda, tráeme una pinta.

Nos tomamos otra ronda, y luego otra. La lluvia torrencial caía racheada contra los ventanales, pero el camarero tenía la calefacción bien alta y el único efecto del tiempo que alcanzábamos a notar era una corriente fría cuando alguien abría la puerta. Carmel se armó del valor suficiente para ir a la barra y pedir media decena de sándwiches calientes, y caí en la cuenta de que lo último que había comido era la mitad del desayuno con embutido frito de mi madre y que estaba muerto de hambre, aquejado de un apetito tan feroz que podría haber cazado algo a lanzazos para comérmelo aún caliente. Shay y yo nos turnamos contando chistes que hicieron que a Jackie se le metiera el gin tonic por la nariz y Carmel lanzara chillidos y nos diera golpecitos en la mano una vez los había pillado. Kevin hizo una imitación cruelmente fiel de nuestra madre en la comida de Navidad que nos provocó a todos fuertes carcajadas convulsas y dolorosas.

—Ya basta —le gritó Jackie casi sin aliento, a la vez que agitaba una mano—. Te lo juro, tengo la vejiga a punto de reventar. Si no paras voy a mearme encima.

—Es muy capaz —dije yo, que intentaba recuperar el resuello—. Y serás tú el que vaya a pedir un trapo para limpiarlo.

—No sé de qué te ríes —me espetó Shay—. Esta Navidad vas a sufrirlo con todos nosotros.

—Y una mierda. Me quedaré en casita, bebiendo whisky de malta y riéndome cada vez que me acuerde de vosotros, pobres pardillos.

—Ya veremos, colega. Ahora que mamá ha vuelto a poner las garras sobre ti, ¿crees que va a soltarte con la Navidad a la vuelta de la esquina? ¿Que renunciará a la oportunidad de amargarnos a todos a la vez? Eso ya se verá.

—¿Te juegas algo?

Shay alargó una mano.

—Cincuenta libras. En la comida de Navidad estarás sentado justo enfrente de mí.

—Te tomo la palabra —dije.

Nos estrechamos la mano. La tenía seca, fuerte y callosa, y el apretón hizo que saltara una chispa de corriente estática entre nosotros. Ninguno de los dos se inmutó.

—El caso, Francis —dijo Carmel—, es que hemos dicho que no te lo preguntaríamos, pero no puedo evitarlo... ¡Jackie, vale ya, no me pellizques!

Jackie volvía a tener la vejiga controlada y fulminaba a Carmel con una mirada funesta.

Carmel dijo, con dignidad:

—Si no quiere hablar del asunto, puede decírmelo él mismo, ¿verdad? Francis, ¿cómo es que no habías vuelto antes?

—Me daba miedo que mamá cogiera el cucharón de madera y me moliera a palos —dije—. ¿Me lo echas en cara?

Shay lanzó un bufido.

—Anda, en serio, Francis —insistió Carmel—. ¿Por qué?

Ella, Kevin e incluso Jackie —que me había hecho esa misma pregunta un montón de veces y nunca había obtenido respuesta— me miraban fijamente, achispados, perplejos y hasta un poco dolidos. Shay estaba ocupado retirando una mota de algo de su vaso de cerveza.

—Dejadme que os haga una pregunta —dije—. ¿Por qué causa seríais capaces de morir?

—Joder —exclamó Kevin—. Estás en plan gracioso, ¿eh?

—Anda, déjalo en paz —dijo Jackie—. Con el día que lleva...

—Papá me dijo una vez que él moriría por Irlanda —continué—. ¿Moriríais vosotros por Irlanda?

Kevin puso los ojos en blanco.

—Papá sigue en los años setenta. Ya nadie piensa así.

—No, en serio, inténtalo durante más de un segundo. Aunque solo para echarnos unas risas. ¿Quieres?

Me lanzó una mirada aturdida.

—¿En qué situación?

—Pongamos por caso que Inglaterra volviera a invadirnos.

—Ya no les importa una mierda.

—Es una hipótesis, Kev. Sígueme la corriente.

—No sé. Nunca me lo había planteado.

—Eso mismo —dijo Shay, en un tono no excesivamente agresivo, a la vez que señalaba a Kevin con el vaso—, esa es la razón por la que este país se ha ido al carajo.

—¿Yo? ¿Qué he hecho yo?

—Tú y todos los que son como tú. Toda tu puñetera generación. ¿Qué os importa a vosotros? Solo los Rolex y los Hugo Boss. ¿Qué otra cosa tenéis en la cabeza? Francis tiene razón, por una vez en su vida. Deberías plantearte algún objetivo por el que estés dispuesto a morir, colega.

—Hostia puta —dijo Kevin—. ¿Por qué estarías dispuesto a morir tú? ¿Por una Guinness? ¿Un buen polvazo?

Shay se encogió de hombros.

—La familia.

—¿De qué vas? —le preguntó Jackie—. Odias a muerte a mamá y papá.

Nos echamos a reír los cinco; Carmel tuvo que echar la cabeza atrás y enjugarse las lágrimas con los nudillos.

—Pues sí —reconoció Shay—, es verdad. Pero eso no tiene nada que ver.

—¿Tú morirías por Irlanda? —me preguntó Kevin, que aún sonaba un tanto ofendido.

—Y una mierda moriría por Irlanda —dije, lo que hizo que todos estallaran en carcajadas de nuevo—. Me destinaron a Mayo una temporada. No habéis estado nunca en Mayo, ¿verdad? Allí solo hay palurdos, ovejas y paisajes. No pienso morir por eso.

—Entonces, ¿qué?

—Como dice el amigo Shay —le aclaré a Kev, blandiendo el vaso de cerveza en dirección a Shay—, no se trata de eso. Lo importante es que yo lo sé.

—Yo moriría por mis hijos —dijo Carmel—. Dios no lo quiera.

—Yo creo que moriría por Gav —aseguró Jackie—. Aunque solo si él lo necesitara de veras. ¿No es esto terriblemente morboso, Francis? ¿No preferirías hablar de alguna otra cosa?

—En otros tiempos hubiera muerto por Rosie Daly. Eso es lo que intento deciros.

Se hizo el silencio. Entonces Shay levantó el vaso.

—Por todo aquello por lo que estaríamos dispuestos a morir —dijo—. Salud.

Brindamos con los vasos, tomamos largos tragos y nos retrepamos en los asientos. Era consciente de que podía deberse a que estaba casi completamente ciego, pero me alegraba un huevo de que hubieran venido, incluido Shay. Más aún: les estaba agradecido. Tal vez fueran una pandilla de tarados y no tuviera ni idea de los sentimientos que albergaban respecto a mí, pero los cuatro habían aparcado lo que fuera que tenían entre manos esa noche, habían dejado de lado sus vidas sin aviso previo y habían venido a hacerme compañía. Encajábamos como las piezas de un puzle, y eso me hacía sentir una suerte de cálida aura dorada a mi alrededor, como si por algún accidente perfecto hubiera ido a parar allí donde debía. Por fortuna, aún me quedaba un ápice de sobriedad para no intentar explicárselo con palabras.

Carmel se inclinó hacia mí y dijo, casi con timidez:

—Cuando Donna era una cría, le pasaba algo en los riñones. Creían que podía hacerle falta un transplante. Les dije de inmediato que no era problema, que podían quitarme los dos a mí. No me lo pensé dos veces. Al final se puso bien, claro, y de todas maneras solo les habría hecho falta uno, pero no lo he olvidado. ¿Sabes a qué me refiero?

—Sí —le dije, con una sonrisa—. Lo sé.

—Ah, Donna es un encanto. Está hecha una monada, siempre riéndose. Tienes que conocerla, Francis —dijo Jackie.

—Darren se parece a ti —me dijo Carmel—. ¿Lo sabías? Siempre se ha parecido, desde que era un crío.

—Pobrecillo —nos lamentamos Jackie yo al mismo tiempo.

—Venga ya, lo digo en el buen sentido. Como lo de ir a la universidad. Eso no lo ha sacado de mí ni de Trevor. Nosotros hubiéramos estado encantados de que se dedicase a la fontanería, como su padre. No, a Darren se le ocurrió por su cuenta, no nos dijo ni una palabra: se informó sobre las carreras, decidió cuál quería hacer y trabajó a brazo partido para cursar las asignaturas preparatorias más convenientes. Fue a por ello con todo su empeño, y lo hizo todo él solo. Igual que tú. A mí también me hubiera gustado ser así.

Por un instante me pareció ver que se adueñaba de su semblante una cierta tristeza.

—Recuerdo que cuando querías algo no te iba del todo mal —señalé—. ¿Qué me dices de Trevor?

La tristeza se desvaneció y recibí como respuesta una risilla rápida y traviesa que la hizo parecer una niña de nuevo.

—Sí, no me iba tan mal, ¿no? Aquel baile, la primera vez que lo vi: lo miré y le dije a Louise Lacey: «Ese de ahí es mío». Llevaba pantalones de campana, aquellos que estaban tan de moda...

Jackie se echó a reír.

—Ni se te ocurra reírte —le advirtió Carmel—. Gavin siempre lleva los mismos vaqueros andrajosos. A mí me gusta que los hombres se esfuercen un poquito más. Trevor tenía un culito precioso con aquellos pantalones de campana, desde luego. Y olía delicioso. ¿De qué os reís vosotros dos?

—Qué desvergonzada —le dije.

Carmel tomó un sorbito de sidra.

—Nada de eso. Las cosas eran distintas entonces. Si estabas colada por un chico, antes muerta que contárselo. Tenías que conseguir que fuera él quien te persiguiera.

—Virgen santa —dijo Jackie—, esto ya parece *Orgullo y prejuicio*, maldita sea. Yo le pedí a Gavin que saliera conmigo.

—Pues os aseguro que funcionó mejor que todas las porquerías que hacen hoy en día: las chicas van a los clubes sin bragas. Yo conseguí al chico que quería, ¿no? Nos prometimos el día que cumplí veintiún años. ¿Aún estabas por aquí, Francis?

—Por los pelos —contesté—. Me fui unas tres semanas después.

Recordaba la fiesta de compromiso: las dos familias apretadas en nuestro salón, las madres mirándose con recelo como un par de pitbulls con sobrepeso, Shay haciendo el papel de hermano mayor y poniendo a Trevor en un compromiso con comentarios obscenos, Trevor todo nuez y ojos dilatados de terror, Carmel eufórica y embutida en un horrendo vestido plisado rosa que la hacía parecer un pez vuelto del revés. En aquel entonces yo era un gilipollas arrogante, más incluso que ahora. Me senté en el alféizar al lado del hermanito mofletudo de Trevor, pasé de él y estuve felicitándome fervientemente por que iba a largarme de allí y nunca tendría una fiesta de compromiso con sándwiches de huevo. Hay que tener cuidado con lo que se desea. Al verlos a los cuatro en torno a la mesa del pub, tuve la sensación de que aquella noche me había perdido algo, de que una fiesta de compromiso podría haber sido, al menos a la larga, algo digno de celebrarse.

—Llevaba mi vestido rosa —recordó Carmel, en tono satisfecho—. Todo el mundo me dijo que estaba preciosa.

—Sí que estabas preciosa —le dije, y le guiñé el ojo—. De no ser porque eres mi hermana, a mí también me habrías gustado.

Jackie y ella lanzaron un chillido.

—¡Puaj, ya te vale!

Pero ya no les prestaba atención. En su lado de la mesa, Shay y Kevin habían empezado a hablar por su cuenta, y el deje defensivo en la entonación de Kevin había alcanzado el nivel suficiente para que yo aguzara el oído.

—Es un trabajo. ¿Qué tiene de malo?

—Un trabajo en el que te partes el espinazo lamiéndoles el culo a los yuppies, sí señor, no señor, tres bolsas bien llenas señor, y todo por el bien de alguna corporación indecente que pasará de ti como de la mierda en cuanto las cosas se pongan chungas. Ganas miles de libras a la semana para ellos, ¿y qué recibes a cambio?

—Me pagan. El verano que viene voy a ir a Australia, voy a hacer submarinismo en la Gran Barrera de Coral, a comer hamburguesas de canguro y a ponerme como una cuba en las barbacoas de la playa de Bondi con australianas preciosas gracias a ese trabajo. ¿Dónde está el inconveniente?

Shay lanzó una risotada breve y áspera.

—Más vale que ahorres el dinero.

Kevin se encogió de hombros.

—Hay mucho más en camino.

—Y una mierda hay mucho más. Eso es lo que quieren hacerte creer.

—¿Quién? ¿De qué hablas?

—Los tiempos están cambiando, colega. ¿Por qué crees que P. J. Lavery...?

—Puto palurdo —dijimos todos al unísono, salvo Carmel, que ahora que es madre dijo—: Puñetero palurdo.

—¿Por qué crees que está destripando esas casas?

—¿Qué coño me importa? —Kev se estaba enfadando.

—Pues debería importarte, joder. Es un listillo de mucho cuidado ese Lavery, sabe por dónde van los tiros. El año pasado compró esas tres casas por una pasta, envió un montón de folletos preciosos sobre pintorescos apartamentos de lujo, ¿y ahora de repente se olvida de todo el asunto y los destroza para venderlos a pedazos?

—¿Y qué? Igual se está divorciando o tiene problemas fiscales o algo así. ¿Qué tiene que ver eso conmigo?

De nuevo, Shay miró fijamente a Kevin durante un momento, se inclinó hacia delante y apoyó los codos en la mesa. Luego volvió a reír y negó con la cabeza.

—No lo pillas, ¿verdad? —dijo, y cogió el vaso—. No tienes ni puta idea. Te tragas hasta el último trocito de mierda que te echan en la boca. Crees que todo seguirá yendo a las mil maravillas eternamente. Qué ganas tengo de ver la cara que se te quedará.

—Estás borracho —dijo Jackie.

Kevin y Shay nunca se habían caído muy bien, pero ahí había implicaciones que no acababa de pillar. Era como escuchar la radio con interferencias: alcanzaba a oír lo suficiente para captar el tono, pero no para entender lo que ocurría. No sabía si el cruce de líneas se debía a los veintidós años transcurridos o a las ocho pintas. Mantuve la boca cerrada y los ojos abiertos.

Shay estampó el vaso contra la mesa.

—Voy a decirte por qué Lavery no quiere derrochar el dinero en apartamentos de lujo. Cuando los haya construido, nadie tendrá dinero para comprárselos. Este país está a punto de irse al garete. Está en lo alto del acantilado y va a precipitarse al vacío en caída libre.

—Pues no construirán apartamentos —dijo Kev, que se encogió de hombros—. Vaya una cosa. No habrían hecho más que atraer a más yuppies y que mamá no dejara de quejarse de ellos.

—Los yuppies son quienes te permiten ganarte el pan, colega. Cuando se extingan, también te extinguirás tú. ¿Quién va a comprar esas teles de la hostia cuando estén todos en el paro? ¿Cómo se gana la vida un chapero si los clientes están sin blanca?

Jackie le pegó a Shay en el brazo.

—Ya está bien. Eso es asqueroso.

Carmel levantó una mano para cubrirse la boca y me dijo, moviendo los labios sin emitir ningún sonido: «Está borracho», en un extravagante gesto de disculpa, pero ella ya se había tomado tres sidras y se sirvió de la mano contraria.

Shay no les hizo ningún caso.

—Los cimientos de este país no son más que chorradas y buenas relaciones públicas. Basta con una patada para que todo se venga abajo. Y están a punto de dar esa patada.

—No sé por qué te hace tanta gracia —dijo Kevin, enfurruñado. Él también estaba un poco perjudicado, pero en vez de volverse agresivo, se había encerrado en sí mismo; estaba encorvado sobre la mesa, mirando el vaso con aire malhumorado—. Si esto quiebra, tú vas a caer con todos los demás.

Shay negó con la cabeza a la vez que sonreía de oreja a oreja.

—Ah, no, no, no. Lo siento, tío, no caerá esa breva. Tengo un plan.

—Tú siempre tienes planes. ¿Y adónde te han permitido llegar?

Jackie profirió un sonoro suspiro.

—Qué tiempo tan magnífico hace —me dijo.

—Esta vez es distinto —le aseguró Shay a Kevin.

—Seguro que sí.

—Ya verás, colega. Ya verás.

—Eso parece interesante —dijo Carmel con firmeza, igual que una anfitriona decidida a tomar las riendas de su velada. Había acercado el taburete a la mesa y estaba sentada muy recta, con el meñique levantado del vaso en plan fino—. ¿Por qué no nos lo cuentas?

Transcurrido un momento Shay desplazó la mirada hacia ella, y luego se repantigó en el asiento y rompió a reír.

—Ay, Melly —dijo—. Siempre has sido la única capaz de hacerme entrar en vereda. ¿Sabíais que cuando ya era un pedazo de adolescente Carmel me zurró en las pantorrillas hasta hacerme huir porque dije que Tracy Long era una zorra?

—Te lo merecías —aseguró Carmel con remilgo—. No es manera de hablar de una chica.

—Pues sí, me lo merecía. Estos no saben apreciarte, Melly, pero yo sí. Quédate a mi lado, guapa. Llegaremos lejos.

—¿Hasta dónde? —replicó Kevin—. ¿Hasta la oficina de desempleo?

Shay desvió la mirada de nuevo hacia Kevin, no sin esfuerzo.

—Lo que no te cuentan es lo siguiente —dijo—. En tiempos de bonanza, las grandes oportunidades son para los peces gordos. El obrero puede ganarse la vida, pero solo los ricos se hacen más ricos.

—¿Y no podría el obrero disfrutar de su cerveza y charlar un rato a gusto con sus hermanos? —le soltó Jackie.

—Cuando las cosas empiezan a venirse abajo, es entonces cuando cualquiera con cerebro y un plan puede recoger un buen puñado de pasta. Y yo los tengo.

«Hoy salgo con una tía preciosa», decía Shay, a la vez que se inclinaba para alisarse el pelo hacia atrás en el espejo, pero nunca nos contaba con quién salía; o «He sacado un poco de calderilla extra, Melly, podéis ir tú y Jackie a compraros un helado», pero nunca se sabía de dónde había salido el dinero.

—No haces más que decírnoslo. ¿Vas a demostrarlo, o vas a seguir en plan calientabraguetas toda la noche?

Shay me fulminó con la mirada. Yo le devolví una amplia sonrisa inocente.

—Francis —dijo—. Nuestro hombre infiltrado. Nuestro hombre dentro del sistema. ¿Qué te importa a ti lo que haga un renegado como yo?

—Amor fraterno.

—Es más bien que estás convencido de que será una gilipollez y quieres tener esa agradable sensación de que has vuelto a vencerme. Pues a ver qué te parece. Voy a comprar el taller de bicis.

Solo con decirlo se le sonrojaron levemente las mejillas. Kevin lanzó un bufido, las cejas altas de Jackie se arquearon más incluso.

—Bien por ti —le dijo—. Nuestro querido Shay, el empresario, ¿eh?

—Esa es buena —comenté—. Cuando seas el Donald Trump de la industria de la bicicleta, iré a comprarte una bici de montaña.

—Conaghy se jubila el año que viene, y su hijo no quiere saber nada del negocio. Vende coches de lujo, las bicis no son lo bastante buenas para él. Así que Conaghy me ha ofrecido prioridad en la compra.

Kevin había emergido lo suficiente de su enfurruñamiento como para levantar la mirada del vaso.

—¿De dónde vas a sacar la pasta? —preguntó.

El destello candente en los ojos de Shay me permitió ver lo mismo que veían en él las chicas.

—Ya tengo la mitad. Hace mucho que vengo ahorrando para esto. El banco va a darme el resto. Están poniéndose más estrictos con los préstamos, porque saben que se avecinan malos tiempos, igual que Lavery, pero lo he solicitado justo a tiempo. El año que viene por estas fechas, colegas, tendré mi propio negocio.

—Bien hecho —dijo Carmel, pero detecté en su voz un matiz que me llamó la atención, algo así como reserva—. Es un plan magnífico. Bien hecho.

Shay tomó un trago de cerveza e intentó hacer como si nada, pero le asomaba una sonrisa a las comisuras de la boca.

—Como le decía a Kev, no tiene sentido pasarte la vida trabajando para llenarle los bolsillos a otro. La única manera de llegar a alguna parte es ser tu propio jefe. Voy a invertir el dinero en lo que me da de comer.

—¿Y qué? —preguntó Kevin—. Si resulta que tienes razón y el país está yéndose al garete o lo que sea, tú te irás al carajo igualmente.

—Ahí es donde te equivocas, colega. Cuando los mamones que se han forrado esta semana se enteren de que están jodidos, entonces aprovecharé yo la oportunidad. En los años ochenta, cuando ninguno de nuestros conocidos tenía dinero para un coche, ¿cómo nos movíamos? En bici. En cuanto estalle la burbuja, papi no podrá comprar a sus pequeñines un BMW para que vayan a clase a un kilómetro de su casa. Entonces vendrán a llamar a mi puerta. Me muero de ganas de ver la cara que ponen esos gilipollas.

—Lo que tú digas —se mofó Kevin—. Me parece estupendo, de veras.

Volvió a quedarse mirando fijamente la cerveza.

—¿No tendrás que vivir encima del taller? —preguntó Carmel.

Shay le clavó la mirada y pasó entre ellos algo complicado.

—Pues sí.

—Y trabajar a jornada completa. Ya no tendrás flexibilidad de horarios.

—Melly —dijo Shay, en un tono mucho más amable—, todo irá bien. Conaghy aún tardará unos meses en jubilarse. Para entonces...

Carmel tomó aire muy brevemente y asintió, como si fortaleciera el ánimo para algo.

—Claro —dijo, casi para sí misma, y se llevó el vaso a los labios.

—En serio, no te preocupes.

—Ah, no, claro. Dios sabe que mereces tener una oportunidad. Tal como has estado en los últimos tiempos, desde luego, ya imaginaba que te guardabas algo en la manga; es solo que no sabía... Me alegro mucho por ti. Enhorabuena.

—Carmel —dijo Shay—. Mírame. ¿Te haría yo eso?

—A ver —terció Jackie—. ¿Qué pasa aquí?

Shay llevó un dedo al vaso de Carmel y lo desplazó hacia abajo para verle la cara. Nunca le había visto adoptar una actitud tan tierna, y me resultó menos tranquilizadora incluso que a Carmel.

—Escúchame. Todos los médicos dicen que es cuestión de meses. Seis como máximo. Para cuando compre el taller, estará en un asilo o en silla de ruedas, o como mínimo demasiado débil para hacerle daño a nadie.

—Dios nos asista —susurró Carmel—. Estamos esperando que...

—¿Qué ocurre aquí? —dije.

Se volvieron para mirarme fijamente, dos pares idénticos de ojos azules carentes de expresión. Era la primera vez que les notaba cierto parecido.

—¿Estáis diciendo que papá sigue pegando a mamá? —indagué.

Una suerte de contracción nerviosa recorrió la mesa, un diminuto siseo de aliento contenido.

—Ocúpate de tus asuntos y nosotros nos ocuparemos de los nuestros —me advirtió Shay.

—¿Quién coño te ha elegido portavoz?

—Lo que ocurre es que nos gustaría que haya alguien en casa, nada más —me explicó Carmel—. Por si papá tiene una recaída.

—Jackie me dijo que había dejado de hacerlo —le espeté—. Hace años.

—Como te he dicho, Jackie no tiene ni idea —saltó Shay—. Ninguno habéis tenido nunca ni idea. Así que ya podéis iros a tomar por culo.

—¿Sabes qué? —respondí—. Empiezo a estar harto de que te comportes como si fueras el único que ha tenido que soportar las putadas de nuestro padre.

No respiraba nadie. Shay lanzó una risotada grave y violenta.

—¿Tú crees que tuviste que soportar sus putadas? —me preguntó.

—Tengo cicatrices que lo demuestran. Tú y yo vivíamos en la misma casa, colega, ¿te acuerdas? La única diferencia es que yo me he hecho mayor y soy capaz de mantener una conversación entera sin ponerme a lloriquear.

—Tú soportaste una mierda, tío. Una puta mierda. Y no vivimos en la misma casa, ni un solo día. Tú vivías a cuerpo de rey; tú, Jackie y Kevin, en comparación con lo que nos tocó pasar a Carmel y a mí.

—No se te ocurra decirme que lo tuve fácil —le advertí.

Carmel intentaba fulminar con la mirada a Shay, pero él no se daba cuenta, tenía los ojos fijos en mí.

—Os mimaron a más no poder, maldita sea, a los tres. ¿Te parece que lo pasaste mal? Eso es porque nos aseguramos de que no tuvieras que descubrir qué era pasarlo mal.

—Si quieres pedirle al camarero un metro —le dije—, podemos comparar la longitud de nuestras cicatrices, o la longitud de nuestras pollas, o lo que sea que te tiene tan cabreado. Si no, lo pasaremos mucho mejor esta noche si mantienes a raya ese complejo tuyo de mártir y procuras no decirme cómo ha sido mi vida.

—Qué encanto. Siempre has pensado que eres más listo que el resto de nosotros, ¿verdad?

—Solo más listo que tú, guaperas. A las pruebas me remito.

—¿Por qué te crees más listo? ¿Solo porque Carmel y yo dejamos los estudios en cuanto cumplimos los dieciséis? ¿Crees que lo hicimos porque éramos tan cortos que no podíamos seguir? —Shay estaba inclinado hacia delante, con las manos aferradas al borde de la mesa y había asomado a sus pómulos una especie de rubor febril—. Era para llevar el sueldo a casa cuando nuestro padre no lo llevaba. Para que pudierais comer. Para que vosotros tres os comprarais los libros de texto y esos uniformes tan monos y terminarais la secundaria.

—Joder —masculló Kevin, como si le hablara al vaso de cerveza—. Allá va.

—Si no llega a ser por mí, hoy no serías poli. No serías nada. ¿Creías que fanfarroneaba al decir que moriría por mi familia? Pues estuve a punto de morir, maldita sea. Me quedé sin estudios. Renuncié a todas mis oportunidades.

Arqueé una ceja.

—¿Porque si no habrías llegado a profesor universitario? No me hagas reír. Te quedaste sin una mierda.

—Nunca sabré lo que perdí. ¿A qué renunciaste tú? ¿Qué te arrebató esta familia? Dime solo una cosa. Una.

—Esta puta familia me arrebató a Rosie Daly.

Un silencio absoluto, gélido. Los demás me miraban de hito en hito; Jackie estaba con el vaso en alto y la boca entreabierta, inmóvil a mitad de trago. Caí en la cuenta, poco a poco, de que estaba en pie, un poco tambaleante, y de que mi voz había sonado cercana al rugido.

—Dejar los estudios no es nada. Unos cuantos tortazos no son nada. Habría encajado todo eso, habría suplicado por ello, antes que perder a Rosie. Y ya no está.

Carmel dijo, en un tono de voz apagado y perplejo:

—¿Crees que te dejó por nosotros?

Era consciente de que había algo retorcido en lo que acababa de decir, algo que había cambiado las tornas, pero no sabía exactamente lo que era. Nada más ponerme en pie, el alcohol me había golpeado en las corvas.

—¿Qué hostias crees que pasó, Carmel? Un día estábamos locos el uno por el otro, en plan amor verdadero para siempre jamás, amén. Íbamos a casarnos. Habíamos comprado los billetes. Te juro por Dios que habría hecho cualquier cosa, Melly, lo que fuera, cualquier cosa sobre la faz de la tierra para que estuviéramos juntos. Al día siguiente, al puñetero día siguiente, me dejó plantado.

Los clientes habituales empezaban a mirarnos de reojo, las conversaciones decaían, pero no era capaz de moderar el tono de voz. Siempre soy el que tiene la cabeza más despejada en cualquier pelea y el nivel más bajo de alcohol en sangre en cualquier pub. Esa noche me había pasado de la raya y ya era muy tarde para arreglar la situación.

—¿Qué fue lo único que cambió entre tanto? Papá se fue de borrachera e intentó colarse en casa de los Daly a las dos de la madrugada, y luego todos vosotros, como la pandilla tan elegante que sois, montasteis una bronca de mil demonios con agarrones y estirones en mitad de la calle. Recuerdas esa noche, ¿verdad, Melly? Faithful Place al completo recuerda esa noche. ¿Cómo no iba a echarse Rosie atrás después de eso? ¿Quién quiere tener una familia política así? ¿Quién quiere que sus hijos lleven esa sangre?

Carmel dijo, en voz muy baja y sin el menor rastro de expresión en su semblante:

—¿Por eso no volvías a casa? ¿Porque era eso lo que pensabas?

—Si papá hubiera sido un tipo decente —dije—. Si no hubiera sido un borracho, o incluso si se hubiera molestado en hacerlo con discreción. Si mamá no hubiera sido mamá. Si Shay no hubiera estado metiéndose en líos a diario. Si hubiéramos sido distintos.

—Pero si Rosie no se fue a ninguna parte... —apuntó Kevin, desconcertado.

Yo no le encontraba ni pies ni cabeza a lo que me estaba diciendo. El día entero se me había venido encima de súbito y estaba tan rendido que tenía la sensación de que las piernas se me estaban deshaciendo sobre la moqueta andrajosa.

—Rosie me dejó plantado porque los de mi familia eran un montón de animales. Y con toda la razón.

Jackie me reconvino, y alcancé a oír que estaba dolida en su tono de voz:

—Venga, no digas eso, Francis. No es justo.

—Rosie Daly no tenía ningún problema conmigo, colega —dijo Shay—. Eso te lo aseguro.

Había recobrado la calma. Se había repantigado en el asiento y el tono rojizo se había esfumado de sus pómulos. Fue su manera de decirlo: aquella chispa arrogante en sus ojos, la sonrisilla perezosa que le hizo combar las comisuras de la boca.

—¿De qué hablas? —le pregunté.

—Rosie era una chica encantadora. Muy amigable. Muy sociable, ¿es esa la palabra adecuada?

Ya no me sentía cansado.

—Si vas a decir guarradas de una chica que no está presente para defenderse, al menos hazlo de frente, como un hombre. Si no tienes cojones para hacerlo, cállate la boca.

El camarero descargó un golpe sobre la barra con un vaso.

—¡Eh! ¡Vosotros! Ya está bien. Como no os lo toméis con calma, no volvéis a entrar aquí.

—Solo elogio tu buen gusto —dijo Shay—. Unas tetas estupendas, un culo estupendo y una actitud estupenda. Era una chica muy lanzada, ¿verdad? De cero a cien en un abrir y cerrar de ojos.

Una voz cortante en algún rincón de mi cerebro me estaba advirtiendo que me largara de allí, pero me llegaba distorsionada e imprecisa a través de las grandes cantidades de alcohol que había ingerido.

—Rosie no te habría tocado ni con un palo —dije.

—No creas, tío. Hizo mucho más que tocarme. ¿Nunca llegaste a olérselo, cuando la desnudabas?

Lo levanté del asiento por la pechera de la camisa y ya había echado atrás el puño para golpearlo cuando los otros entraron en acción, con esa eficacia instantánea y unánime que solo tienen los hijos de los alcohólicos. Carmel se interpuso entre nosotros, Kevin me cogió por el brazo con el que iba a dar el puñetazo y Jackie apartó los vasos para que no se rompieran. Shay me arrancó la otra mano de su camisa —oí que se rasgaba algo— y los dos nos fuimos dando tumbos hacia atrás. Carmel cogió a Shay por los hombros, lo sentó pulcramente y lo retuvo en su sitio, impidiéndole verme al tiempo que intentaba calmarlo susurrándole comentarios insulsos. Kevin y Jackie me agarraron por las axilas y ya me habían hecho dar media vuelta y dirigirme hacia la puerta antes de que recuperara el equilibrio y me diera cuenta de lo que pasaba.

—Dejadme. Dejadme en paz —dije.

Pero seguían empujándome. Intenté zafarme, pero Jackie se había asegurado de pegarse a mí tan fuerte que no pudiera librarme de ella sin hacerle daño, y tendría que haber estado mucho más borracho para eso. Shay gritó algo atroz por encima del hombro de Carmel, lo que hizo que aumentara el volumen de sus susurros para hacerlo callar, y poco después Kevin y Jackie me habían conducido con ademán experto por entre las mesas, los taburetes y los clientes de mirada vacía y estábamos fuera, el aire frío y cortante nos azotaba en la esquina de la calle y la puerta se cerraba de golpe a nuestra espalda.

—¿Qué hostias...? —dije.

Jackie me comentó en tono conciliador, como si le hablara a un niño:

—Ay, Francis. Ya sabes que ahí dentro no os podéis pelear.

—Ese gilipollas estaba pidiendo a gritos que le partiera la cara, Jackie. Me lo estaba implorando. Ya lo has oído. Dime que no se merece todas las hostias que le pueda dar.

—Se las merece, desde luego, pero no podéis poner el pub patas arriba. ¿Vamos a dar una vuelta?

—Entonces, ¿por qué me sacáis a mí? Es Shay el que...

Me cogieron por los brazos y echaron a andar.

—Te sentirás mejor aquí fuera al aire fresco —me dijo Jackie en tono tranquilizador.

—No. No. Estaba tomándome una cerveza tranquilamente sin hacer daño a nadie, hasta que ese gilipollas ha entrado y ha empezado a montar bronca. ¿Habéis oído lo que ha dicho?

—Está ciego, y se estaba portando como un capullo de tomo y lomo. Qué, ¿te sorprende?

—Entonces, ¿por qué me sacáis a mí tirándome de las orejas?

Era consciente de que parecía un crío quejica: «Ha empezado él», pero no podía evitarlo.

—Es el pub habitual de Shay. Va casi todas las noches.

—No es el dueño de este puñetero barrio. Tengo tanto derecho como él...

Intenté soltarme y regresar al pub, pero el esfuerzo casi me hizo perder el equilibrio. El aire frío no me estaba despejando, sino que me abofeteaba desde todos los ángulos, me desconcertaba, me provocaba un zumbido en los oídos.

—Desde luego que sí —convino Jackie, que me mantenía firmemente dirigido hacia el otro lado—. Pero si te quedas ahí, no hará más que sacarte de quicio. No tiene sentido que te quedes para eso, ¿no crees? Vamos a otra parte, ¿te parece?

Fue entonces cuando una fría aguja de sentido común se las apañó para atravesar la bruma de Guinness. Me detuve en seco y meneé la cabeza hasta que el zumbido perdió algo de intensidad.

—No —dije—. No, Jackie, me parece que no vamos a ir a ninguna parte.

Jackie volvió la cabeza para mirarme con gesto ansioso.

—¿Te encuentras bien? No irás a vomitar, ¿verdad?

—No, no voy a vomitar, maldita sea. Pero pasará mucho tiempo antes de que vaya a ninguna parte solo porque tú lo digas.

—Venga, Francis, no seas...

—¿Recuerdas cómo ha empezado todo este embrollo, Jackie, lo recuerdas? Me llamaste y me convenciste de que me convenía volver a este vertedero olvidado de Dios. Te juro que debo de haberme dado un golpe en la cabeza con la puerta de un coche en algún momento, o si no te habría dicho dónde podías meterte esa idea genial. Porque mira cómo ha salido, Jackie. Fíjate bien. ¿Estás satisfecha? ¿Notas esa agradable sensación del trabajo bien hecho? ¿Estás contenta?

Me estaba tambaleando. Kevin intentó sostenerme colocando el hombro en mi axila, pero los aparté a los dos, me dejé caer de espaldas contra la pared con todo mi peso y me cubrí la cara con las manos. Un millón de diminutas briznas de luz pululaban detrás de mis párpados.

—Como si no lo hubiera sabido —dije—. Como si no lo hubiera sabido, joder.

Nadie dijo nada durante un rato. Notaba que Kevin y Jackie se lanzaban miradas de soslayo, intentando comunicarse sus planes por medio de gestos con las cejas. Al cabo, Jackie dijo:

—Bueno, no sé vosotros, pero yo me estoy helando las tetas. Si vuelvo a entrar y recojo el abrigo, ¿me esperáis aquí?

—Coge el mío también —le encargó Kevin.

—Estupendo. No os vayáis a ninguna parte, ¿vale? ¿Francis?

Me dio un leve apretón en el codo para ver cómo respondía. No le hice ningún caso. Poco después oí que suspiraba, y luego el animado repiqueteo de sus tacones regresando por donde habíamos venido.

—Vaya puto día de mierda —dije.

Kevin se apoyó en la pared a mi lado. Lo oía respirar, jadear levemente contra el aire frío.

—Tampoco es que Jackie tenga la culpa, precisamente —señaló.

—Y debería importarme, Kev. Debería importarme mucho. Pero ahora mismo me vas a tener que perdonar, porque me trae sin cuidado.

La callejuela olía a mugre y orina. A una o dos calles de allí un par de tipos habían empezado a gritarse, no palabras, sino ruidos roncos y sin sentido. Kevin desplazó el peso de su cuerpo contra la pared.

—Por si te sirve de algo —dijo—, me alegro de que hayas vuelto. Ha estado bien pasar un rato juntos. Bueno, no me refiero al asunto de Rosie y..., ya sabes. Pero me alegro mucho de que nos hayamos visto de nuevo.

—Como te decía. Debería importarme, pero las cosas no salen siempre como esperamos.

—Porque, bueno, para mí la familia es importante —continuó Kevin—. Siempre lo ha sido. No he dicho que no moriría por la familia, ya sabes, con todo ese rollo que se estaba tirando Shay. Lo que pasa es que no me hacía ninguna gracia que me dijera lo que debía pensar.

—¿Y a quién le haría gracia? —dije.

Retiré las manos de la cara y aparté la cabeza unos centímetros de la pared para ver si el mundo se había estabilizado un poco. Nada se balanceó demasiado.

—Antes era más sencillo —continuó Kevin—. Cuando éramos unos chavales.

—Te aseguro que yo no lo recuerdo así.

—Bueno, Dios santo, no era sencillo, pero..., ¿sabes? Al menos sabíamos lo que se suponía que teníamos que hacer, por mucho que hacerlo fuera una mierda a veces. Al menos lo sabíamos. Creo que echo eso en falta. ¿Sabes a qué me refiero?

—Kevin, amigo mío, he de reconocer que no tengo la menor idea.

Él volvió la cabeza contra la pared para mirarme. El aire frío y la priva habían conferido un tono rosado a sus mejillas que le daba un aire soñador. Un poco tembloroso, con el elegante corte de pelo todo enmarañado, parecía un muchacho en una tarjeta de Navidad anticuada.

—Sí —dijo, en un suspiro—. Vale. Probablemente no. Da igual.

Me aparté con cuidado de la pared, apoyándome con una mano por si acaso, pero las rodillas me sostuvieron.

—Jackie no debería ir sola por ahí —dije—. Ve a buscarla.

Me miró parpadeante.

—¿Vas a...? Bueno, nos esperas aquí, ¿verdad? Vuelvo en un momento.

—No.

—Ah. —Se mostró indeciso—. Y mañana, ¿qué?

—Mañana ¿qué?

—¿Estarás por aquí?

—Lo dudo.

—Bueno..., vale. Pero ¿vendrás alguna vez?

Se veía tan joven y desvalido que me dejó hecho polvo de la hostia.

—Vete a buscar a Jackie —le dije.

Conseguí mantener el equilibrio y eché a andar. Unos segundos después oí que arrancaban los pasos de Kevin a mi espalda, lentamente, en dirección opuesta.

8

Dormí unas horas en el coche: estaba en muy mal estado para que me recogiera ningún taxista, pero ni remotamente tanto como para plantearme que llamar a la puerta de mi madre fuera una buena idea. Desperté con un sabor como si algo hubiera muerto violentamente dentro de mi boca, en una de esas mañanas frías y densas en las que la humedad te empapa hasta los tuétanos. Me llevó unos veinte minutos aliviar la contractura que tenía en el cuello.

Las calles brillaban por la humedad y estaban vacías, las campanas llamaban al primer servicio religioso de la mañana y nadie prestaba mucha atención. Encontré un café deprimente lleno de deprimidos europeos del Este y tomé un desayuno nutritivo: magdalenas revenidas, un puñado de analgésicos y un café. Cuando calculé que probablemente estaba por debajo de la tasa de alcoholemia, conduje hasta mi domicilio, eché a la lavadora la ropa que llevaba desde el viernes por la mañana, me metí en la ducha bajo el agua bien caliente y me planteé el siguiente paso.

El caso, en lo que a mí se refería, se había terminado con un «o» del tamaño de la estatua de O'Connell. Scorcher podía quedárselo para él solito. Tal vez fuera un gilipollas insoportable en el mejor de los casos, pero por una vez su obsesión por ganar jugaba a mi favor: tarde o temprano lograría que hicieran justicia a Rosie, si es que había algún modo de lograrlo. Incluso me mantendría al corriente de cualquier novedad importante, no necesariamente por razones altruistas, aunque eso me traía sin cuidado. En menos de día y medio había tenido suficiente contacto con mi familia para otros veintidós años. Esa mañana en la ducha me habría jugado el alma con Satanás a que no había nada en el mundo capaz de hacerme regresar a Faithful Place.

Había algún que otro cabo suelto que atar antes de que pudiera mandar todo aquel asunto de vuelta al círculo del infierno del que había salido. Estoy convencido de que la expresión «poner punto final» es una puta patraña de clase media inventada para que les paguemos a los loqueros sus Jaguar, pero aun así: tenía que saber con seguridad si era Rosie la que estaba en aquel sótano, tenía que saber cómo había muerto y tenía que saber si Scorcher y sus muchachos habían encontrado alguna pista acerca de lo que iba a hacer aquella noche antes de que alguien se lo impidiera. Había pasado toda mi vida de adulto madurando en torno a una cicatriz que tenía la forma de la ausencia de Rosie Daly. Pensar en que ese pedazo de tejido cicatrizado se desvaneciera me había dejado tan delirante y descolocado que había acabado haciendo gilipolleces propias de un imbécil, como emborracharme con mis hermanos, un concepto que apenas dos días antes me habría impulsado a huir hacia las colinas gritando a pleno pulmón. Tenía la sensación de que sería una estupenda idea orientarme antes de hacer algo lo bastante estúpido para que acabase en una amputación.

Cogí ropa limpia, salí a la galería, encendí un cigarrillo y llamé a Scorcher.

—Frank —respondió, con un nivel de amabilidad minuciosamente calibrado para darme a entender que no se alegraba de tener noticias mías—. ¿En qué puedo ayudarte?

Insuflé a mi voz un cierto tono avergonzado:

—Ya sé que estás muy ocupado, Scorcher, pero espero que puedas hacerme un favor.

—Me encantaría, amigo mío, pero ando un poco...

¿Amigo mío?

—Pues voy al grano —dije—. Mi encantador compañero de brigada, Yeates, ¿lo conoces?

—Hemos coincidido alguna vez.

—Un tipo divertido, ¿eh? Anoche nos tomamos unas cuantas, le conté todo el asunto y empezó a darme la vara con que mi novia me dejó plantado. Para no alargarme, y dejando a un lado lo mucho que me duele que mi propio colega dudara de mi magnetismo sexual, resulta que he apostado cien libras a que Rosie no me dejó tirado como a un pringadillo después de todo. Si tienes algún dato que lo confirme, podemos dividirnos las ganancias.

Yeates tiene aspecto de que podría zamparse unos gatitos para merendar, y no es precisamente un tipo amigable; Scorch no contrastaría mi historia.

—Toda la información relativa a la investigación es confidencial —me recordó Scorch.

—No tenía planeado vendérsela al *Daily Star*. La última vez que lo comprobé, Yeates era poli, igual que tú y yo, solo que más grande y más feo.

—Un poli que no forma parte de mi equipo. Igual que tú.

—Venga, Scorch. Al menos dime si era Rosie la que estaba en el sótano. Si se trataba de un depósito de cadáveres victoriano, puedo pagarle la apuesta a Yeates y olvidarme del asunto.

—Frank, Frank, Frank —dijo Scorcher, cada vez en tono más compasivo—. Ya sé que esto no te resulta fácil, ¿vale, colega? Pero ¿recuerdas lo que hablamos?

—Con todo detalle. En resumidas cuentas era que querías que te dejara en paz. Así que te hago esta oferta única, Scorchie. Responde a una preguntilla de nada y la próxima vez que tengas noticias mías será cuando te invite a un montón de cervezas para felicitarte por haber resuelto el caso.

Scorcher dejó mis palabras en suspenso un instante.

—Frank —dijo, cuando tuvo la sensación de que yo había entendido hasta qué punto desaprobaba mi actitud—, esto no es el mercadillo de Iveagh. No pienso hacer tratos contigo ni dirimir las apuestas de la brigada. Esto es un caso de homicidio y es necesario que mi equipo y yo lo abordemos sin interferencias. Yo creía que eso era suficiente para que me dejaras a mi aire. Lo cierto es que me decepcionas un poco.

De pronto me vino a la cabeza la imagen de una noche, allá en Templemore, en que Scorch se cogió una borrachera de aúpa y me retó a ver quién conseguía mear más alto en una pared de regreso a casa. Me pregunté cuándo se habría convertido en un gilipollas pomposo de mediana edad, o si en el fondo siempre lo había sido y el subidón de testosterona adolescente no había hecho sino disimularlo durante una temporada.

—Tienes razón —dije, todo compungido—. Es que no soporto que ese pedazo de idiota de Yeates crea que me tiene pillado, ¿sabes a qué me refiero?

—Mmm —respondió Scorcher—. ¿Sabes, Frank?, el impulso de ganar es algo valioso, justo hasta que permites que haga de ti un perdedor.

Estaba casi convencido de que sus palabras no tenían ningún sentido, pero su tono daba a entender que me hacía partícipe de una noción profunda.

—Me parece que no acabo de entenderlo, colega —dije—, pero le daré unas vueltas. Nos vemos. —Colgué.

Fumé otro cigarrillo y contemplé a la brigada de compradores dominicales abriéndose paso a empujones por los muelles. Me encanta la inmigración. La variedad femenina en la actualidad es varios continentes más amplia que hace veinte años, y mientras que las mujeres irlandesas están decididas a convertirse en horrendas piruletas anaranjadas, las preciosas mujeres del resto del mundo se empeñan en compensarlo. Vi a una o dos que me hicieron sentir deseos de casarme con ellas allí mismo y darle a Holly una docena de hermanitos a los que mi madre tacharía de mestizos.

El técnico del departamento no me servía de nada: después de haberle fastidiado su maravillosa velada de ciberporno, no se dignaría darme ni el vapor de sus orines. A Cooper, en cambio, le caigo bien. Trabaja los fines de semana y a menos que tuviera una cantidad inmensa de trabajo acumulado ya habría hecho el análisis post mórtem. Había muchas probabilidades de que aquellos huesos le hubieran revelado al menos parte de lo que yo necesitaba averiguar.

Otra hora no iba a cabrear a Holly y Olivia más de lo que ya estaban. Tiré el cigarrillo y me puse en marcha.

Cooper detesta a la mayoría de la gente, y la mayoría de la gente cree que los detesta al azar. Lo que no entienden es lo siguiente: a Cooper no le gusta que lo aburran, y tiene un umbral muy bajo de aburrimiento. Abúrrelo una vez —y está claro que Scorch se las ha arreglado para hacerlo en algún momento— y estás descartado. Si lo mantienes interesado, es todo tuyo. A mí me han llamado muchas cosas, pero nunca han dicho que sea aburrido.

El Depósito de Cadáveres Municipal está a un trecho por los muelles desde mi casa, detrás de la estación de autobuses, en un hermoso edificio de ladrillo rojo con más de cien años de antigüedad. No tengo ocasión de ir a menudo, pero por lo general pensar en ese lugar me alegra, de la misma manera que me alegra que la sede de Homicidios esté en el castillo de Dublín: lo que todos hacemos corre por el corazón de esta ciudad como un río, nos merecemos lo más granado de su historia y su arquitectura. Ese día, sin embargo, no me ponía de tan buen humor. En alguna de sus dependencias, con Cooper ocupado en pesar, medir y examinar hasta el último ápice de ella, había una chica que bien podía ser Rosie.

Cooper salió al mostrador de recepción cuando pregunté por él, pero, como la mayoría de la gente ese fin de semana, no estaba loco de contento de verme.

—El detective Kennedy —me informó, pronunciando el

nombre con remilgo, como si le dejara mal sabor de boca— me ha informado específicamente de que no formas parte de su equipo de investigación y no tienes necesidad de que se te ponga al tanto sobre el caso.

Y eso después de haberle invitado a una pinta. Qué cabronazo tan desagradecido.

—El detective Kennedy debería tomarse un poco menos en serio —dije—. No me hace falta formar parte de su equipo de tres al cuarto para estar interesado. Es un caso interesante. Y..., bueno, preferiría que quede entre nosotros, pero si la víctima es quien creo, crecí con ella.

Eso prendió una chispa en el ojillo brillante de Cooper, tal como había imaginado.

—¿Ah, sí?

Bajé la mirada y me mostré reacio, solo para que le picara la curiosidad.

—De hecho —continué, mirándome la uña del pulgar—, durante una temporada, cuando éramos adolescentes, salí con ella.

Con eso lo enganché del todo: arqueó las cejas hasta el nacimiento del pelo y la chispa cobró intensidad. De no ser tan evidente que había encontrado el trabajo más adecuado para él, me hubiera preocupado a qué podía dedicarse ese tipo en el tiempo libre.

—Bueno —dije—, pues ya ves por qué me interesa tanto saber qué le ocurrió, si no estás muy ocupado para explicarme los detalles. Lo que Kennedy no sepa, no le hará ningún daño.

Cooper estiró ligeramente los labios, que es lo que más se acerca a una sonrisa en su caso.

—Adelante —me indicó.

Largos pasillos, elegantes escaleras, antiguas acuarelas de bastante buen gusto en las paredes; alguien había colgado guirnaldas de agujas de pino de imitación entre ellas, en busca de un equilibrio discreto entre lo festivo y lo sombrío. Incluso el depósito de cadáveres en sí, una larga estancia con molduras en el techo y ventanas altas, habría sido hermoso de no ser por los pequeños detalles: el aire frío y cargado, el olor, las baldosas sin adornos en el suelo, las hileras de cajones de acero que ocupaban por completo una de las paredes. Una placa entre los cajones decía, en pulcras letras grabadas: LOS PIES POR DELANTE. LA ETIQUETA DEL NOMBRE EN LA CABEZA.

Cooper frunció los labios con aire meditabundo en dirección a los cajones y recorrió con un dedo la hilera, con un ojo medio cerrado.

—Nuestra desconocida recién llegada —comentó—. Ah, sí.

Se adelantó para abrir un cajón con un ademán largo y ostentoso.

Hay un interruptor que uno aprende a pulsar nada más entrar en Operaciones Encubiertas. Resulta más fácil, tal vez demasiado fácil, con el tiempo: un clic en algún rincón del cerebro, y la escena entera se despliega a cierta distancia en una bonita pantalla, en colores reales, mientras tú la miras y planeas tus estrategias y azuzas a los personajes de tanto en tanto, alerta, absorto y a salvo como un general. Los que no consiguen encontrar ese interruptor pronto acaban en otras brigadas, o la palman. Pulsé el interruptor y miré.

Los huesos estaban perfectamente ordenados sobre la camilla de metal, casi de una manera artística, como el puzle definitivo. De alguna manera, Cooper y su equipo los habían conseguido limpiar, pero seguían teniendo un aspecto pardusco y grasiento, salvo por las dos pulcras hileras de dientes, de un blanco Colgate. Aquello era un millón de veces demasiado pequeño y frágil para tratarse de Rosie. Por una fracción de segundo, una parte de mí llegó a albergar esperanzas.

En la calle, en alguna parte, una pandilla de chicas reía, chillidos aflautados e incontrolables, tenues a través del cristal grueso. La sala parecía demasiado iluminada. Cooper estaba un par de dedos más cerca de lo conveniente, observándome con excesiva atención.

—Los restos corresponden a una joven adulta de raza blanca, de entre uno sesenta y cinco y uno setenta y siete, de constitución entre normal y fuerte. El desarrollo de las muelas del juicio y la fusión incompleta de la epífisis sitúan su edad entre los dieciocho y los veintidós.

Se interrumpió y aguardó hasta obligarme a preguntar:

—¿Puedes saber con seguridad si se trata de Rosie Daly?

—No disponemos de radiografías dentales, pero los informes indican que a Rose Daly le hicieron un empaste, en el molar inferior posterior derecho. La fallecida tiene un empaste en esa misma pieza.

Tomó la mandíbula entre el pulgar y el índice, la inclinó hacia abajo y señaló el interior de la boca.

—Igual que mucha gente —dije.

Cooper se encogió de hombros.

—Como bien sabemos, a veces se dan coincidencias improbables. Por fortuna, no dependemos totalmente de los empastes para la identificación.

Hojeó rápidamente un pulcro montón de informes en una mesa larga y sacó dos placas, que estampó contra una pantalla luminosa, una encima de otra.

—Mira —señaló, y encendió la luz.

Y ahí estaba Rosie, iluminada y risueña en contraste con el ladrillo rojo y el cielo gris, con la barbilla en alto y el cabello revuelto por el aire. Por un instante ella fue todo lo que alcancé a ver. Luego vi las diminutas equis blancas que punteaban su rostro, y después el cráneo hueco que me miraba desde atrás.

—Como puedes ver por los puntos que he señalado —explicó Cooper—, los puntos de referencia anatómicos del cráneo encontrado, el tamaño, los ángulos y la distancia entre las cuencas de los ojos, la nariz, los dientes, la mandíbula y demás se corresponden al detalle con los rasgos de Rose Daly. Aunque eso no constituye una identificación concluyente, sí nos aporta un grado razonable de certeza, sobre todo en combinación con el empaste y las circunstancias. He informado al detective Kennedy de que está autorizado para comunicárselo a la familia: yo no tendría inconveniente en declarar bajo juramento que estoy convencido de que se trata de Rose Daly.

—¿Cómo murió?

—Lo que está a la vista, detective Mackey es lo que tengo —dijo Cooper, señalando con un gesto los huesos—. Cuando se trata de restos esqueletizados, la causa del fallecimiento rara vez puede determinarse con seguridad. Está claro que la agredieron, pero no tengo manera de descartar sin lugar a dudas, por ejemplo, la posibilidad de que sufriera un infarto fatal en el transcurso de la agresión.

—El detective Kennedy mencionó algo sobre fracturas en el cráneo —apunté.

Cooper me lanzó una mirada presuntuosa de las gordas.

—Podría ser que me equivocase de medio a medio —dijo—, pero diría que el detective Kennedy no es patólogo titulado.

Me las arreglé para sonreír.

—Tampoco es un coñazo titulado, pero se le da de maravilla portarse como tal.

A Cooper se le contrajo la comisura de la boca.

—Desde luego —convino—. Aunque por pura casualidad, el detective Kennedy tiene razón en que el cráneo está fracturado.

Alargó un dedo y giró el cráneo de Rosie hacia un lado.

—Ahí —señaló.

El fino guante blanco hacía que su mano pareciera húmeda e inerte, como si estuviese mudando la piel por capas. La parte posterior del cráneo de Rosie parecía un parabrisas golpeado más de una vez con un palo de golf: estaba surcado por absurdas telarañas de grietas que se propagaban en todas direcciones, se entrecruzaban y resurgían. La mayor parte del pelo se había desprendido, había quedado a un lado en un montoncillo apelmazado, pero aún perduraban unos cuantos mechones de rizos pegados al hueso destrozado.

—Si miras de cerca —dijo Cooper, que acarició las grietas delicadamente con la yema de un dedo—, verás que los bordes de las fracturas están astillados, en vez de haberse partido limpiamente. Eso implica que, en el momento de las lesiones, el hueso estaba esponjoso y flexible, en vez de seco y quebradizo. En otras palabras, las fracturas no se produjeron post mórtem, se las infligieron en torno al momento de la muerte. Fueron causadas por varios golpes contundentes, yo diría que por lo menos tres, con una superficie plana, de diez centímetros de anchura como mínimo, sin ángulos ni cantos afilados.

Refrené el impulso de tragar saliva; se daría cuenta si lo hacía.

—Bueno —comenté—. Yo tampoco soy patólogo, pero a mí me parece que eso es suficiente para matar a alguien.

—Ah —dijo Cooper, con una sonrisa de satisfacción—. Podría ser, pero en este caso, no podemos asegurar sin lugar a dudas que así fuera. Fíjate.

Hurgó en la garganta de Rosie y sacó dos frágiles esquirlas de hueso.

—Esto —explicó, encajándolas limpiamente para formar una herradura— es el hueso hioides. Está en la parte superior de la garganta, justo debajo de la mandíbula, donde sostiene la lengua y protege las vías respiratorias. Como verás, una de las astas ha quedado completamente partida. Un hioides fracturado se asocia, de una manera tan exclusiva que es suficiente para emitir un diagnóstico, con accidentes de automóvil o con la estrangulación manual.

—Así que, a menos que la atropellara un coche invisible que de alguna manera se coló en el sótano, alguien la estranguló hasta cargársela.

—Este —me informó Cooper, al tiempo que hacía oscilar el hioides de Rosie en dirección a mí—. Como ya hemos señalado, parece ser que nuestra víctima tenía diecinueve años. Cuando se trata de adolescentes, es raro encontrarse el hioides roto, debido a la flexibilidad del hueso, y aun así esta fractura, igual que las demás, es a todas luces peri mortem. La única explicación posible es que la estrangulara con fuerza extrema un agresor con una fortaleza física considerable.

—Un hombre —resumí.

—Un hombre es el candidato más probable, aunque no se puede descartar una mujer fuerte en un estado de intensa agitación. Hay una teoría que resulta más coherente con toda esta constelación de lesiones: el agresor la agarró por la garganta y le golpeó la cabeza repetidamente contra la pared. Las dos fuerzas opuestas, el impacto contra la pared y el impulso del agresor, se combinaron para fracturar el hioides y comprimir las vías respiratorias.

—Y se ahogó.

—Se asfixió —dijo Cooper, lanzándome una mirada—. Eso creo. El detective Kennedy no anda descaminado al decir que las lesiones en la cabeza le habrían ocasionado la muerte en cualquier caso, de resultas de la hemorragia intracraneal y los daños en el cerebro, pero el proceso podría haberse prolongado varias horas. Antes de que ocurriera eso, con toda probabilidad ya había muerto debido a la hipoxia causada por la propia estrangulación manual, por inhibición vagal debida a la estrangulación manual o por la obstrucción de las vías respiratorias provocada por la fractura del hueso hioides.

Yo no hacía más que pulsar el interruptor mental, bien fuerte. Por un instante vi el contorno de la garganta de Rosie cuando reía.

Cooper me dijo, solo para tener la seguridad de dejarme tan hecho polvo como fuera humanamente posible:

—El esqueleto no muestra ninguna otra lesión peri mortem, pero el nivel de descomposición hace que sea imposible determinar si los tejidos blandos sufrieron lesiones. Si, por ejemplo, agredieron sexualmente a la víctima.

—Yo creía que el detective Kennedy había dado a entender que la víctima seguía con la ropa puesta —dije—. Si es que eso demuestra algo.

Frunció los labios.

—Queda muy poca tela. El Departamento Técnico descubrió una serie de objetos relacionados con la ropa sobre el esqueleto o cerca del mismo, una cremallera, botones de metal, corchetes que concuerdan con los que suelen llevar los sostenes, y demás, lo que implica que la enterraron con un atuendo completo o casi completo. Eso, no obstante, no nos confirma que estuviera vestida con esa ropa en el momento de ser enterrada. El proceso natural de descomposición y la considerable actividad de los roedores han desplazado estas prendas lo suficiente como para que resulte imposible determinar si la enterraron vestida con ellas o meramente junto a ellas.

—La cremallera ¿estaba subida o bajada? —indagué.

—Estaba subida. Y los corchetes del sostén cerrados. No son indicios concluyentes, podrían haberla vuelto a vestir después de la agresión, pero supongo que resultan orientativos hasta cierto punto.

—Las uñas —dije—. ¿Estaban rotas?

Seguro que Rosie habría forcejeado como una fiera.

Cooper lanzó un suspiro. Estaba empezando a aburrirlo con todas esas preguntas estándar que Scorcher ya le había planteado. Tenía que ponerme interesante o largarme de allí.

—Las uñas se descomponen —respondió, a la vez que señalaba con un desdeñoso golpe de cabeza unas pocas virutas parduscas al lado de los huesos de la mano de Rosie—. En este caso, al igual que el cabello, se han conservado parcialmente gracias a la alcalinidad del entorno, aunque gravemente deterioradas. Y, puesto que no soy mago, soy incapaz de adivinar en qué condiciones estaban antes de ese deterioro.

—Solo un par de cosillas más, si tienes tiempo, y luego te dejo en paz. ¿Sabes si los del departamento han encontrado algo con el cadáver, aparte de la ropa? ¿Unas llaves, quizás?

—Lo más probable es que el Departamento disponga de más información en ese sentido que yo —dijo Cooper en tono austero.

Tenía la mano en la puerta de la camilla corredera, listo para volver a introducirla en el cajón. Si Rosie tenía las llaves, ya fuera porque su padre se las había devuelto o porque las había mangado, entonces había tenido la opción de salir por el portal aquella noche, y no la había aprovechado. Solo se me ocurría una razón para eso. Había intentado eludirme, después de todo.

—Naturalmente que sí —dije—, no es precisamente el trabajo de un médico, pero la mitad de los que trabajan ahí son poco más que monos amaestrados. Me extrañaría que supieran de qué caso les hablo, y más aún que me facilitaran la información correcta. Ya puedes imaginar por qué no quiero jugármela con esos monos esta vez.

Cooper arqueó las cejas una fracción con gesto irónico, como si ya supiera lo que me traía entre manos y le resultara indiferente.

—En su informe preliminar figuran dos anillos de plata y tres pendientes de plata con cierre de tornillo, todos los cuales, según los Daly, encajan con los que poseía su hija, y una llave pequeña, compatible con una cerradura fabricada en serie de baja calidad, que por lo visto se corresponde con los cierres de una maleta encontrada previamente en el escenario. En el informe no se citan más llaves, accesorios ni posesiones.

Y allí estaba, otra vez en el mismo punto que cuando eché ojo a esa maleta por primera vez: desorientado, catapultado hacia una negrura con gravedad nula sin nada sólido a lo que aferrarme. Caí en la cuenta, por primera vez, de que tal vez no lo supiera nunca, de que eso podía ocurrir.

—¿Eso es todo? —inquirió Cooper.

El depósito estaba en silencio salvo por el dispositivo de control de la temperatura, que emitía una zumbido en alguna parte. Abandonarme a los remordimientos me va tan poco como abandonarme al alcohol, pero ese fin de semana era especial. Bajé la mirada hacia los huesos pardos desnudos bajo los fluorescentes de Cooper y lamenté con toda mi alma no haberme echado atrás y dejado que aquella chica descansase en paz. No por mi bien, sino por el suyo. Ahora pertenecía a todo el mundo: Cooper, Scorcher, Faithful Place, que podían hurgarla, toquetearla y utilizarla para sus propios fines. Faithful Place ya habría puesto en marcha sin prisas el ameno proceso de convertirla en uno de los relatos sangrientos locales, mitad historia de fantasmas y mitad cuento con moraleja, mitad leyenda urbana y mitad así es la vida. Eso devoraría toda su memoria, de la misma manera que la tierra se había comido su cuerpo. Estaba mejor en aquel sótano. Al menos los únicos que manoseaban su recuerdo habían sido los que la querían.

—Sí —dije—, eso es todo.

Cooper deslizó la camilla para cerrar el cajón, un largo susurro de acero contra acero, y los huesos desaparecieron, guardados como en una colmena junto con todos los demás cadáveres marcados por los interrogantes. Lo último que vi antes de salir del depósito fue la cara de Rosie todavía reluciente en la pantalla, luminosa y transparente, aquellos ojos brillantes y aquella sonrisa sin par superpuesta como una finísima lámina de papel al hueso medio descompuesto.

Cooper me acompañó a la salida. Le di las gracias con todo el encanto de un lameculos, le prometí una botella de su vino preferido para Navidad, se despidió de mí con un gesto de mano en la puerta y volvió a los perturbadores quehaceres de los que se ocupa en el depósito cuando está solo. Yo doblé la esquina y empecé a descargar puñetazos contra la pared. Me dejé los nudillos igual que una hamburguesa, pero el dolor fue lo bastante fuerte como para que durante unos segundos, mientras estaba doblado por la mitad sujetándome la mano, se me quedara la mente vacía y en blanco.

9

Fui hasta el coche, que despedía un atractivo olor a borracho sudoroso que había dormido con la ropa puesta, y me dirigí hacia Dalkey. Cuando llamé al timbre de Olivia oí voces sofocadas, una silla retirada hacia atrás con fuerza, chirriando contra el suelo, sonoras pisadas en las escaleras —Holly pesa unos cien kilos cuando está de mala leche— y luego un portazo de nivel nuclear.

Olivia salió a la puerta con el semblante encapotado.

—Espero sinceramente que tengas una buena explicación. Está disgustada, enfadada y muy decepcionada, y creo que tiene todo el derecho a estarlo. Y por si quieres saberlo, yo tampoco estoy encantada precisamente con el desastre que ha sido mi fin de semana.

Hay días en los que no se me pasa por la cabeza entrar tranquilamente en casa de Olivia y asaltar la nevera. Me quedé donde estaba y dejé que la lluvia resbalara por los aleros de mi pelo.

—Lo siento —me disculpé—. De verdad, Liv. Esto no ha sido cosa mía, créeme. Ha sido una emergencia.

Un rápido y diminuto parpadeo cínico.

—¿De veras? Pues dime: ¿quién ha muerto?

—Alguien que conocía, de hace mucho tiempo. Antes de marcharme de casa.

No se lo esperaba, pero solo le llevó una fracción de segundo recuperarse.

—En otras palabras, alguien con quien no te habías molestado en ponerte en contacto durante veintitantos años, y que, sin embargo, de pronto era más importante que tu propia hija. ¿Merece la pena que vuelva a quedar con Dermot, o existe la posibilidad de que le pase algo en alguna parte a alguien que conociste una vez?

—No es eso. Esa chica y yo éramos íntimos. La asesinaron la noche que me marché de casa. Han encontrado su cadáver este fin de semana.

Eso hizo que Olivia me prestara toda su atención.

—Esa chica... —dijo, después de mirarme fijamente un rato—. Cuando dices «íntimos», te refieres a que erais novios, ¿no? Tu primer amor.

—Sí. Algo por el estilo.

Liv fue asimilándolo. No le cambió el semblante, pero vi que se replegaba, hacia algún lugar detrás de los ojos, para sopesarlo.

—Lo siento —dijo—. Creo que deberías explicárselo a Holly, al menos lo esencial. Está en su cuarto.

Cuando llamé a la puerta de Holly, gritó:

—¡Vete de aquí!

El cuarto de mi hija es el único sitio de la casa donde aún se nota que existo: entre los adornos y los objetos de color rosa hay muñecos de peluche que le compré, caricaturas horribles que dibujé para ella, postales graciosas que le envié sin motivo. Estaba boca abajo en la cama, con una almohada encima de la cabeza.

—Hola, cariño —saludé.

Un meneo furioso, y se cubrió las orejas con la almohada, pero nada más.

—Te debo una disculpa —dije.

—Tres disculpas —respondió poco después una voz amortiguada.

—¿Y eso?

—Me trajiste de vuelta a casa de mamá, y dijiste que volverías a buscarme pero no volviste, y luego dijiste que volverías a por mí ayer pero no lo hiciste.

Directa a la yugular.

—Tienes razón, desde luego —reconocí—. Y si sales a hablar conmigo, me disculparé tres veces cara a cara. Pero no pienso pedirle perdón a una almohada.

Noté que intentaba decidir si debía seguir castigándome, pero a Holly no le va eso de quedarse enfurruñada; aguanta cinco minutos como mucho.

—También te debo una explicación —añadí, por si acaso.

Le venció la curiosidad. Un segundo después la almohada se desplazó unos centímetros y asomó una carita recelosa.

—Lo siento —dije—. Lo siento el doble. Y lo siento el triple, de corazón y con una guinda encima.

Holly suspiró y se sentó en la cama, apartándose mechones de la cara. Seguía sin mirarme.

—¿Qué ha pasado?

—¿Recuerdas que te dije que la tía Jackie tenía un problema?

—Sí.

—Una persona ha muerto, cielo. Alguien que yo conocía, de hace mucho tiempo.

—¿Quién?

—Una chica que se llamaba Rosie.

—¿Por qué murió?

—No lo sabemos. Murió mucho antes de que nacieras tú, pero nos enteramos el viernes por la noche. Todo el mundo estaba muy disgustado. ¿Entiendes por qué tenía que ir a ver a la tía Jackie?

Encogió un hombro ligeramente.

—Supongo.

—¿Significa eso que podemos ir a pasarlo bien lo que queda del fin de semana?

—Pensaba ir a casa de Sarah —contestó Holly.

—Preciosa, te estoy pidiendo un favor. Sería muy importante para mí que pudiéramos empezar este fin de semana de cero. Volver a donde lo dejamos el viernes por la tarde y hacer tantas cosas divitidas como podamos antes de que tenga que traerte a casa esta noche. Fingir que no ha ocurrido nada.

Vi que parpadeaba fugazmente al mirarme de reojo, pero no dijo nada.

—Sé que es mucho pedir, y sé que es posible que no lo merezca, pero de vez en cuando hay que tener manga ancha. Es la única manera de que podamos seguir adelante. ¿Me harás ese favor?

Se lo pensó.

—¿Vas a tener que regresar si ocurre alguna otra cosa?

—No, cariño. Ahora hay un par de detectives más encargándose de todo eso. Pase lo que pase, les llamarán a ellos para que se ocupen. Ya no es problema mío, ¿de acuerdo?

Un momento después Holly se restregó la cabeza rápidamente contra mi brazo, igual que un gatito.

—Papi —dijo—. Siento que muriera tu amiga.

Le pasé una mano por el pelo.

—Gracias, cielo. No te voy a mentir: ha sido un fin de semana muy malo. Pero empieza a mejorar.

Abajo sonó el timbre.

—¿Esperáis a alguien? —pregunté.

Holly se encogió de hombros y yo adopté un semblante distinto por completo, listo para meterle un buen susto a Dermo, pero era una voz de mujer. Jackie: «Hola, Olivia, qué tal. Hace un frío terrible, ¿verdad?». Una interrupción apresurada en voz baja por parte de Liv, una pausa, y luego la puerta de la cocina se cerró en silencio, y después una cascada de frases en voz queda mientras se ponían al tanto de todas las novedades.

—¡La tía Jackie! ¿Puede venir con nosotros?

—Claro —dije.

Hice ademán de levantar de la cama a Holly, pero se zafó por debajo de mi codo y se abalanzó hacia el armario, donde empezó a hurgar entre montones de prendas de tonos pastel en busca de la chaqueta de punto que tenía en mente.

Jackie y Holly se llevan de maravilla. Sorprendentemente, y aunque resulte un tanto inquietante, Jackie y Liv también: ningún hombre quiere que las mujeres de su vida sean demasiado íntimas, no vaya a ser que empiecen a comparar notas. Después de conocer a Liv tardé mucho tiempo en presentarlas; no sé muy bien de cuál me avergonzaba, o a cuál temía, pero se me pasó por la cabeza que estaría mucho más seguro si Jackie se ponía en contra de mis nuevas relaciones de clase media y volvía a desaparecer de mi vida. Jackie es una de mis personas preferidas, pero siempre se me ha dado bien detectar talones de Aquiles, y eso incluye el mío.

Durante ocho años después de marcharme de casa me mantuve alejado de la zona de peligro. Pensaba en mi familia tal vez una vez al año, cuando alguna señora por la calle guardaba un parecido razonable con mi madre, lo que me empujaba a buscar cobijo de inmediato, y de alguna manera me las apañé para sobrevivir sin problemas. Pero en una ciudad del tamaño de esta, era demasiado bonito para durar. Debo mi reencuentro con Jackie a un exhibicionista muy poco cualificado que escogió a la chica menos conveniente para compartir con ella un momento íntimo. Cuando Willy *Pichafloja* salió del callejón, se sacó la polla y empezó a machacársela, Jackie hundió la autoestima del tipo y también la de su aparato al romper a reír a carcajadas y propinarle después una patada donde más duele. Ella tenía diecisiete años y acababa de marcharse de casa, yo estaba currándomelo en la brigada de Delitos Sexuales con la intención de llegar a Operaciones Encubiertas, y puesto que había habido un par de violaciones en la zona, mi jefe se empeñó en que le tomara declaración a Jackie.

No hacía falta que fuera yo. De hecho, no debería haberlo sido: hay que mantenerse al margen de los casos en los que hay familiares implicados, y lo supe en cuanto leí JACINTA MACKEY en el formulario de la denuncia. La mitad de Dublín se llama lo uno o lo otro, pero dudo que nadie salvo mis padres tuviera la elegancia de llamar a una niña Jackie Mackey. Se lo podría haber dicho a mi superior y haber dejado que algún otro transcribiera su descripción del complejo de inferioridad de Willy *Pichafloja*, y así podría haber pasado el resto de mi vida sin tener que volver a pensar en mi familia, ni en Faithful Place ni en el Misterioso Caso de la Maleta Misteriosa. Pero me picó la curiosidad. Jackie tenía nueve años cuando me fui de casa, ella no había tenido ninguna culpa y además era una buena chica por aquel entonces. Quería ver qué tal le había ido. En esencia, lo primero que pensé en aquel momento fue: bueno, ¿qué puede haber de malo en ello? Donde me equivoqué fue al planteármelo como una pregunta retórica.

—Venga —le dije a Holly, a la vez que cogía su otro zapato y se lo acercaba—. Vamos a llevar a tu tía Jackie a dar un paseo y luego podemos ir a comer la pizza que te prometí el viernes.

Una de las muchas ventajas del divorcio es que ya no tengo que ir a dar vigorizantes paseos dominicales por Dalkey, cruzando saludos de cortesía con parejas de color beige que están convencidas de que mi acento hace bajar el valor inmobiliario de la zona. A Holly le gustan los columpios de Herbert Park —por lo que alcanzo a entender de su intenso monólogo en voz baja una vez coge impulso, hacen las veces de caballos y tienen algo que ver con Robin Hood— así que la llevamos allí. El día se había tornado frío y luminoso, sin cruzar el umbral de la escarcha, y muchos padres divorciados habían tenido la misma idea. Algunos se habían traído a sus atractivas novias para exhibirlas. Con Jackie y su cazadora de leopardo de imitación, yo encajaba a la perfección.

Holly se puso a jugar en los columpios y Jackie y yo buscamos un banco desde donde poder vigilarla. Ver columpiarse a Holly es una de las mejores terapias que conozco. Es una niña fuerte para ser tan pequeñita, puede seguir dale que te pego durante horas sin cansarse, y yo puedo seguir contemplándola felizmente hipnotizado por su cadencia rítmica. Cuando noté que se me empezaban a relajar los hombros, caí en la cuenta de lo tensos que los tenía. Respiré hondo y me pregunté cómo me las arreglaría para mantener controlada la presión sanguínea cuando Holly fuera mayor y dejara atrás el parque para frecuentar otros sitios.

—Dios, ha crecido un palmo desde que la última vez que la vi, ¿verdad? —comentó Jackie—. Dentro de poco será más alta que yo.

—Cualquier día de estos voy a encerrarla en su cuarto hasta que cumpla los dieciocho. Solo estoy esperando a que mencione por primera vez el nombre de un niño sin poner cara de asco.

Estiré las piernas hacia delante, entrelacé las manos en la nuca, levanté la cara hacia el sol tenue y me planteé pasar el resto de la tarde exactamente así. Los hombros se me relajaron un grado más.

—Ya te puedes preparar. Hoy en día empiezan muy pronto.

—Holly no. Le he dicho que los niños no aprenden a usar el orinal hasta los veinte.

Jackie se echó a reír.

—Así solo conseguirás que le gusten mayores.

—Lo bastante mayores para darse cuenta de que papá tiene un revólver.

—Dime una cosa, Francis —indagó Jackie—. ¿Estás bien?

—Lo estaré en cuanto se me pase la resaca. ¿Tienes una aspirina?

Rebuscó en el bolso.

—No tengo nada. Un poco de dolor de cabeza te sentará bien: así tal vez tengas cuidado con lo que bebes la próxima vez. Pero no me refería a eso. Lo que quería decir es..., ya sabes. ¿Estás bien, después de lo de ayer? ¿Y lo de anoche?

—Soy un hombre ocioso en el parque con dos mujeres encantadoras. ¿Cómo no iba a ser feliz?

—Tenías razón: Shay se estaba portando como un gilipollas. No debería haber dicho eso de Rosie.

—Ahora ya no le puede perjudicar mucho.

—Yo creo que no llegó a acercarse a ella. No de esa manera. Solo intentaba fastidiarte.

—No jodas, Sherlock. Es imposible evitar que un hombre haga aquello que más le gusta.

—Normalmente Shay no es así. No digo que se haya convertido en un santo, pero se ha calmado un montón desde los tiempos en que estabas tú en casa. Lo que pasa es que..., no sabe cómo interpretar tu regreso, ¿sabes qué quiero decir?

—No te preocupes, guapa —dije—. En serio. Hazme un favor: déjalo correr, disfruta del sol y fíjate en lo preciosa que está mi hija. ¿Vale?

Jackie se echó a reír.

—Estupendo —dijo—. Eso es lo que vamos a hacer.

Holly puso de su parte mostrándose lo más encantadora posible: se le habían soltado unas hebras de cabello de las trenzas y el sol las hacía relucir, y cantaba para sí en una vocecilla queda y alegre. Su elegante manera de arquear la espalda y de recoger y estirar las piernas sin esfuerzo se fueron filtrando poco a poco en mis músculos, distendiéndolos con la misma dulzura que un porro del mejor material.

—Ya ha hecho todos los deberes —dije, transcurrido un rato—. ¿Quieres que vayamos al cine después de cenar?

—Tengo que volver a casa.

Los otros cuatro seguían sometiéndose a la habitual pesadilla semanal: domingo por la tarde con mamá y papá, rosbif y helado de tres sabores y buen rollo hasta que se le iba del todo la pinza a alguien.

—Pues llega tarde —dije—. Rebélate.

—He quedado primero con Gav en el centro para tomar una cerveza antes de que se vaya con sus amigos. Si no le dedico un poco de tiempo se pensará que me he buscado un amante. Solo he venido para ver si estás bien.

—Dile que venga con nosotros.

—¿A una de esas pelis de dibujos animados?

—Justo a su altura intelectual.

—Cállate —replicó Jackie, que no buscaba pelea—. No aprecias lo suficiente a Gavin.

—Obviamente no lo aprecio como tú. Pero dudo mucho que le hiciera gracia que lo aprecie como tú.

—Qué guarro eres. Por cierto, ¿qué te ha pasado en la mano?

—Estaba salvando a una virgen afligida de las garras de un culto satánico de moteros nazis.

—Venga, no, en serio. No te caerías, ¿verdad? ¿Después de despedirnos? Estabas un poco..., bueno, no digo que estuvieras como una cuba, pero...

Entonces sonó el móvil, el que utilizan los chicos y las chicas que tengo infiltrados.

—Vigila a Holly —dije, al tiempo que lo sacaba del bolsillo: no había nombre y el número no me sonaba—. Tengo que contestar. ¿Sí?

Me estaba levantando del banco cuando Kevin dijo en un tono envarado:

—Esto..., ¿Frank?

—Perdona, Kev. No es buen momento —dije.

Colgué, me guardé el teléfono y volví a sentarme.

—¿Era Kevin? —preguntó Jackie.

—Sí.

—¿No estás de ánimo para hablar con él?

—No, no lo estoy.

Me lanzó una mirada compasiva con sus grandes ojos.

—Irá a mejor, Francis. Ya verás.

Lo dejé pasar.

—A ver qué te parece —dijo Jackie, en un arrebato de inspiración—. Ven conmigo a casa de papá y mamá, después de dejar a Holly. Shay ya estará sobrio, y seguro que quiere disculparse, y Carmel va a llevar a los niños...

—Me parece que paso —dije.

—Venga, Francis, ¿por qué no?

—¡Papipapipapi! —Holly siempre ha tenido el don de la oportunidad: se dejó caer del columpio y vino al galope hacia nosotros, levantando bien alto las rodillas como si fuera un caballo. Tenía las mejillas sonrosadas y estaba sin resuello—. Me acabo de acordar, por si se me vuelve a olvidar, ¿puedes comprarme unas botas blancas? ¿De esas que tienen piel en el borde y dos cremalleras y son blanditas y llegan hasta aquí?

—Ya tienes zapatos. La última vez que los conté, tenías tres mil doce pares de zapatos.

—¡No, esos no! Son para algo especial.

—Depende —dije—. ¿Para qué?

Si Holly quiere algo que no tiene que ver con la necesidad o una celebración importante, la obligo a que me explique sus razones. Quiero que aprenda la diferencia entre necesitar, querer y apetecer un poco. Me alegra que, pese a ello, casi siempre me pida las cosas a mí en vez de a Liv.

—Celia Bailey tiene unas así.

—¿Quién es Celia? ¿Va a clases de danza contigo?

Holly me miró como si fuera bobo.

—Celia Bailey. Es famosa.

—Me alegro por ella. ¿Qué hace?

Me miró con incredulidad.

—Es una celebridad.

—Seguro que sí. ¿Es actriz?

—No.

—¿Cantante?

—¡No!

Estaba claro que cada vez le parecía más tonto. Jackie observaba el desarrollo de la conversación con una leve sonrisilla asomada a sus labios.

—¿Astronauta? ¿Saltadora de pértiga? ¿Heroína de la Revolución francesa?

—¡Ya vale, papá! ¡Sale en la tele!

—Igual que los astronautas y los cantantes y la gente que es capaz de hacer ruidos de animales con las axilas. ¿Por qué sale esa señora?

Holly tenía los brazos en jarras y al parecer iba camino de enfurecerse.

—Celia Bailey es modelo —me apuntó Jackie, decidida a deshacer el malentendido—. Seguro que la conoces. Una rubita que estuvo saliendo hace un par de años con el tipo ese que tiene un montón de clubes, y luego cuando la engañó ella encontró los correos que le enviaba a la otra y se los vendió al *Star*. Ahora es famosa.

—Ah. Esa —dije.

Jackie tenía razón, la conocía: una descerebrada de nuestra ciudad cuyos mayores logros en la vida eran beneficiarse a un mocoso que había heredado una fortuna y salir habitualmente en programas de televisión diurna para explicar, con una sinceridad desgarradora y las pupilas del tamaño de cabezas de alfiler, cómo había ganado su batalla contra la cocaína. Eso es lo que se considera una celebridad en Irlanda hoy en día.

—Holly, cariño, esa no es famosa. No es más que una cabeza de chorlito con un vestido demasiado ajustado. ¿Qué ha hecho en su vida que merezca la pena?

Se encogió de hombros.

—¿Qué se le da bien?

Se encogió de hombros con un extravagante gesto de mosqueo.

—Entonces, ¿para qué demonios sirve? ¿Por qué quieres parecerte a ella?

Puso los ojos en blanco.

—Es guapa.

—Dios bendito —exclamé, consternado de veras—. Esa chica no tiene ni un trocito de su cuerpo del mismo color que antes, por no hablar de la misma forma. Es que ni siquiera parece un ser humano.

A Holly prácticamente le salía humo por las orejas de tan frustrada y atónita como estaba.

—¡Es modelo! ¡Lo ha dicho la tía Jackie!

—Ni siquiera es modelo. Sale en el puñetero póster de un batido de yogur. No es lo mismo.

—¡Es una estrella!

—No, no lo es. Katharine Hepburn era una estrella. Bruce Springsteen también lo es. Esa tal Celia es un enorme cero a la izquierda. Solo porque haya estado diciendo que es una estrella hasta encontrar a un puñado de pueblerinos idiotas que la crean, no tiene por qué serlo. Y no quiero decir que tú seas uno de esos idiotas.

Holly se había puesto roja y tenía la barbilla levantada, lista para la pelea, pero logró contener su temperamento.

—Me da igual. Yo solo quiero las botas blancas. ¿Puedo?

Yo era consciente de que me estaba cabreando más de lo que la situación requería, pero no podía evitarlo.

—No. Empieza a admirar a alguien que sea famoso por haber hecho algo de verdad y te juro que te compraré todas y cada una de las prendas de su vestuario. Pero ni por encima de mi cadáver estoy dispuesto a desperdiciar tiempo y dinero para convertirte en el clon de una pelandusca descerebrada que está convencida de que la cúspide de su éxito es vender su reportaje de boda a una revista.

—Te odio —gritó Holly—. ¡Eres estúpido y no entiendes nada y te odio!

Propinó al banco una fortísima patada justo a mi lado y luego echó a correr hacia los columpios, demasiado furiosa para reparar en si le dolía o no el pie. Otro niño había ocupado su columpio, así que se dejó caer en el suelo con las piernas cruzadas, hecha una furia.

Poco después Jackie dijo:

—Dios santo, Francis. No voy a decirte cómo educar a tu hija, está claro que no tengo ni la menor idea, pero ¿había necesidad de eso?

—Pues es evidente que sí, la había. A no ser que creas que me dedico a fastidiarle las tardes a mi hija para echar unas risas.

—Solo quería un par de botas. ¿Qué más da dónde las haya visto? Esa Celia Bailey es bastante idiota, la pobre, pero es inofensiva.

—No, no lo es. Celia Bailey es la encarnación de todo lo que va mal en el mundo. Es tan inofensiva como un sándwich de cianuro.

—Anda, tranquilízate, venga. ¿Por qué le das tanta importancia? Dentro de un mes Holly se habrá olvidado por completo de ella y estará loca por algún grupo de chicas...

—No se trata de una chorrada trivial, Jackie. Quiero que Holly sea consciente de que hay diferencia entre la verdad y las sandeces absurdas. Está rodeada por completo, desde todos los flancos, de gente que le dice que la realidad es subjetiva al cien por cien: si crees de verdad que eres una estrella entonces te mereces un contrato discográfico aunque cantes con el culo, y si de verdad crees en las armas de destrucción masiva entonces en el fondo no importa si existen o no, y la fama es el no va más porque no existes a menos que te preste atención un número suficiente de personas. Quiero que mi hija aprenda que en este mundo no todo viene determinado por las veces que lo oiga o por lo mucho que desee que sea cierto o por cuánta gente esté mirando. En el fondo, para que algo cuente como real, tiene que haber un mínimo de puñetera realidad. Dios sabe que eso no va a aprenderlo en ninguna otra parte. Así que voy a tener que enseñárselo yo. Si en ese proceso se pone un poco borde de vez en cuando, pues que se ponga.

Jackie arqueó las cejas e hizo un gesto remilgado con los labios.

—Seguro que tienes razón —cedió—. Me limitaré a tener la boca cerrada, ¿vale?

Estuvimos así durante un rato. Holly se había subido a otro columpio y estaba dando vueltas sobre sí misma laboriosamente para enrollar las cadenas.

—Shay tenía razón en una cosa —dije—. Cualquier país que idolatra a Celia Bailey está prácticamente listo para irse al garete.

Jackie chasqueó la lengua.

—No llames al mal tiempo.

—No lo estoy llamando. En mi opinión, es posible que una crisis no sea tan mala.

—¡Anda ya, Francis!

—Intento educar a una hija, Jackie. Solo eso ya es suficiente para acojonar a cualquier persona con dos dedos de frente. Si a eso le sumas que intento educarla en un entorno en el que se le dice constantemente que no piense en nada más que la moda, la fama y la grasa corporal, que no haga caso de quién mueve los hilos tras el telón y vaya a comprarse algo bonito..., estoy petrificado, todo el rato. Cuando era pequeña más o menos podía controlarlo, pero conforme se hace mayor estoy cada vez más asustado. Te parecerá que estoy chiflado, pero me resulta atractiva la idea de que crezca en un país en el que de tanto en tanto la gente no tiene más remedio que centrarse en algo más crucial que coches que no son sino sustitutos de pollas y en Paris Hilton.

—¿Sabes a quién me recuerdas? —dijo Jackie, con una sonrisilla malvada asomándole a los labios—. A Shay.

—Virgen santísima. Si creyera que es cierto me volaría la tapa de los sesos.

Me lanzó una mirada sufrida.

—Ya sé lo que te pasa —aseguró—. Anoche te sentó mal alguna cerveza y tienes las entrañas hechas polvo. Eso siempre hace que los hombres estéis de mal talante, ¿no es verdad?

Volvió a sonar mi móvil: Kevin.

—La hostia —exclamé, con más saña de lo que era mi intención. Darle el número me había parecido adecuado en su momento, pero a mi familia si les das la mano son capaces de mudarse a tu casa y empezar a redecorarla. Ni siquiera podía apagar el maldito cacharro, con agentes de servicio que podían necesitarme en cualquier momento—. Si a Kev se le da tan mal pillar las puñeteras indirectas, no me extraña que no tenga novia.

Jackie me dio una palmadita en la espalda para tranquilizarme.

—No le des más vueltas. Deja que suene. Esta noche le preguntaré si se trata de algo importante.

—No, gracias.

—Yo diría que quiere saber cuándo podéis volver a veros.

—No sé cómo conseguir metértelo en la cabeza, Jackie: me importa un carajo lo que quiera Kevin. Aunque si resulta que tienes razón y quiere saber cuándo vamos a vernos, puedes decirle lo siguiente de mi parte, con todo mi cariño: nunca. ¿De acuerdo?

—Ay, Francis, ya vale. Sabes perfectamente que no lo dices en serio.

—Desde luego que sí. Hazme caso, Jackie, lo digo en serio.

—Es tu hermano.

—Y hasta donde yo sé, es un tipo muy majo al que seguro que adora todo su círculo de amigos y conocidos. Pero yo no me cuento entre ellos. El único vínculo que tengo con Kevin es un accidente de la naturaleza que nos retuvo en la misma casa durante unos cuantos años. Ahora que ya no vivimos allí, tiene tanto que ver conmigo como ese tío que está sentado en el banco de ahí. Lo mismo digo de Carmel, lo mismo digo de Shay y lo mismo digo sin lugar a dudas de nuestros padres. No nos conocemos, no tenemos una mierda en común y no veo ninguna razón en este mundo para que nos apetezca quedar a tomar té y galletitas.

—Tómatelo con calma, ¿quieres? —dijo Jackie—. Sabes muy bien que no es tan sencillo.

Volvió a sonar el teléfono.

—Sí —repuse—. Lo es.

Hurgó con la puntera unas hojas desperdigadas y esperó a que el móvil guardara silencio. Entonces me recordó:

—Ayer dijiste que tenemos la culpa de que Rosie te dejara tirado.

Respiré hondo y adopté un tono más liviano:

—A ti no puedo echarte la culpa de nada, cielo. Casi ibas en pañales por aquel entonces.

—¿Por eso no te importa quedar conmigo?

—No creía que te acordaras siquiera de aquella noche.

—Ayer le pregunté a Carmel al respecto, después de... Solo recuerdo detalles. Se mezclan ocasiones distintas, ya sabes cómo va eso.

—En esa ocasión no. Esa la tengo perfectamente clara.

Ya eran casi las tres de la madrugada cuando mi colega Wiggy acabó de currar como pluriempleado en el club nocturno y apareció en el aparcamiento para darme el puñado de libras que me tocaba y ocuparse del resto de su turno. De regreso a casa me crucé con la escoria tambaleante y chillona del sábado por la noche, silbando suavemente entre dientes mientras soñaba con el día siguiente y me compadecía de todos los hombres que no eran yo. Cuando doblé la esquina y enfilé Faithful Place no cabía en mí de alegría.

Noté de inmediato en las axilas que había ocurrido algo. La mitad de las ventanas de la calle, incluidas las nuestras, estaban iluminadas. Aguzando el oído desde el final de la calle se alcanzaba a oír el rumor de las voces tras ellas, inquietas y atolondradas de tanta emoción.

La puerta de nuestro piso estaba decorada con rozaduras y muescas recientes. En la sala de estar había una silla de cocina del revés contra la pared, las patas torcidas y astilladas. Carmel estaba de rodillas en el suelo, con el abrigo encima de un camisón de flores descolorido, recogiendo loza rota con cepillo y pala; le temblaban tanto las manos que se le caían trozos una y otra vez. Mamá estaba plantada en un lado del sofá, le costaba respirar y se estaba limpiando el labio partido con un paño húmedo. Jackie estaba hecha un ovillo en el otro extremo, envuelta en su mantita y con el pulgar en la boca. Kevin se había sentado en la butaca, se mordía las uñas y tenía la mirada perdida. Shay estaba apoyado en la pared, desplazando el peso del cuerpo de un pie al otro con las manos hundidas en los bolsillos; en sus ojos ardían feroces cercos blancos, igual que en los de un animal acorralado, y cada vez que respiraba se le ensanchaban las ventanas de la nariz. Empezaba a notársele un ojo intensamente amoratado. Oí que mi padre vomitaba en el fregadero de la cocina acompañando las arcadas de gritos guturales.

—¿Qué ha pasado? —pregunté.

Todos dieron un brinco. Cinco pares de ojos se volvieron hacia mí, enormes e impertérritos, sin asomo de expresión. Carmel había estado llorando.

—Qué oportuno —me espetó Shay.

Nadie más dijo una palabra. Transcurrido un momento le cogí de las manos a Carmel el cepillo y la pala y la llevé con cuidado hasta el sofá para que se sentara entre mi madre y Jackie, y luego me puse a recoger. Un buen rato después, los ruidos que llegaban de la cocina se convirtieron en ronquidos. Shay entró a hurtadillas y salió con los cuchillos de cocina. Aquella noche no nos acostamos ninguno.

Alguien le había pasado a mi padre un trabajillo aquella semana: cuatro días como enlucidor, sin necesidad de que se enterasen en la oficina de desempleo. Se había llevado el dinero extra al pub y se había permitido toda la ginebra que era capaz de meterse entre pecho y espalda. La ginebra hace que le dé por compadecerse y eso hace que mi padre se vuelva cruel. Había vuelto dando tumbos a Faithful Place y montado su numerito delante de la casa de los Daly, retando a gritos a Matt Daly a que saliera y le plantase cara, solo que esta vez había ido más lejos. Había empezado a arremeter contra la puerta. Al no conseguir otra cosa que quedarse hecho un guiñapo en los escalones de entrada, se quitó un zapato y comenzó a tirarlo contra una de las ventanas. Fue entonces cuando mi madre y Shay acudieron e intentaron llevarlo a rastras de vuelta a casa.

Por lo general mi padre encajaba bastante bien la noticia de que la juerga había terminado, pero esa noche tenía combustible de sobra en el depósito. El resto de la calle, incluidos Kevin y Jackie, habían visto desde la ventana cómo llamaba a mi madre vieja bruja reseca, a Shay maricón despreciable y a Carmel, cuando salió a ayudar, sucia puta. Mi madre le llamó gandul y animal y rogó a Dios que tuviera una muerte dolorosa y se pudriera en el infierno. Mi padre les contestó que le quitasen las manos de encima o cuando se durmieran esa noche iba a cortarles el cuello. Mientras tanto, había hecho todo lo que estaba en su mano para meterles una buena somanta de hostias.

De hecho, nada nuevo. La diferencia estribaba en que antes siempre lo había hecho de puertas adentro. Superar ese límite fue como quedarse sin frenos yendo a ciento veinte por hora. Carmel dijo, con una vocecilla apagada y definitiva: «Está empeorando». No la miró nadie.

Desde la ventana, Kevin y Jackie le habían gritado a nuestro padre que parase, Shay les había gritado que volvieran dentro, mi madre les había gritado que todo era culpa suya por hacer que su padre se diera a la bebida, y mi padre les había gritado que cuando subiera iban a ver lo que era bueno. Al cabo, alguien —y las hermanas Harrison eran las únicas que tenían teléfono en toda la calle— llamó a la policía. Era una de esas leyes no escritas que no había que saltarse bajo ningún concepto, como dar heroína a los niños o maldecir delante de un cura. Mi familia se las había arreglado para conseguir que las hermanas Harrison se saltaran ese tabú.

Mi madre y Carmel suplicaron a los agentes que no se llevaran a mi padre —qué bochorno— y ellos fueron lo bastante amables para complacerlas. En aquel entonces, para muchos polis la violencia doméstica era algo así como causar destrozos en tu propiedad: una estupidez, pero probablemente no un delito. Se llevaron a rastras a mi padre escaleras arriba, lo dejaron tirado en el suelo de la cocina y se marcharon.

—Fue una de las malas, desde luego —comentó Jackie.

—Supongo que fue la gota que colmó el vaso para Rosie —dije—. Durante toda su vida, su padre le había estado advirtiendo que los Mackey eran una pandilla de salvajes asquerosos. Ella no le hizo caso, se enamoró de mí, se dijo que yo era distinto. Y entonces, justo cuando faltan unas horas para que deje toda su vida en mis manos, justo cuando hasta la última duda minúscula debe de haberse multiplicado por mil, vienen los Mackey a demostrar de manera patente que su papi tiene toda la razón: montan un espectáculo de padre y muy señor mío delante de todo el barrio, aúllan y se pelean, se muerden y se lanzan zurullos igual que un montón de babuinos colocados hasta las cejas. Seguro que no pudo por menos de preguntarse si, en el fondo, yo era uno de ellos. Tuvo que plantearse cuánto tardaría en aflorar.

—Así que te largaste. Incluso sin ella.

—Supuse que me había ganado a pulso irme de allí.

—Me lo he preguntado muchas veces. ¿Por qué no volviste a casa sin más?

—De haber tenido dinero suficiente, me hubiera montado en un avión a Australia. Cuanto más lejos, mejor.

—¿Sigues considerándolos responsables? —preguntó Jackie—. ¿O lo de anoche no fue más que el alcohol?

—Sí —dije—. Creo que tienen la culpa. Todos ellos. Probablemente es injusto, pero a veces la vida nos trata de puta pena.

Mi móvil emitió un pitido: un mensaje de texto. «Hola, frank, soy kev, no kiero darte la vara pq sé q estás ocupado pero cuando puedas dame 1 toke, ¿vale? Tenemos q hablar. Gracias». Lo borré.

—Pero ¿y si no iba a dejarte después de todo? ¿Y si eso no ocurrió? —dijo Jackie.

No tenía respuesta a esa pregunta —buena parte de mi cabeza ni siquiera la entendía— y me sobrevino la sensación de que llegaba con décadas de retraso para afrontarla. Hice caso omiso de Jackie hasta que se encogió de hombros y empezó a retocarse los labios. Vi a Holly girar describiendo grandes círculos disparatados a medida que se desenrollaban las cadenas y procuré no pensar concienzudamente en nada que no fuera si tenía que ponerse la bufanda, cuánto rato pasaría antes de que se hubiera calmado lo suficiente para que le entrara hambre y qué ingredientes quería yo en la pizza.

10

Comimos pizza, Jackie se fue a hacerle unas carantoñas a Gavin y Holly me suplicó que la llevara a la pista de patinaje que abrían en Ballsbridge durante las fiestas de Navidad. Mi hija patina como un hada y yo como un gorila con problemas neurológicos, cosa que es un aliciente para ella porque puede reírse de mí cuando me estampo contra los laterales de la pista. Cuando volví a dejarla en casa de Olivia, los dos estábamos felizmente agotados y un poco ebrios de tanto villancico enlatado, y también de mucho mejor ánimo. Al vernos en el umbral, sudorosos, desaliñados y sonrientes, incluso a Liv se le escapó una sonrisa a regañadientes. Me fui al centro y me tomé un par de cervezas con los chicos, volví a casa —Twin Peaks nunca me había parecido tan bonito—, me cargué unas cuantas hordas de zombis en la Xbox y luego me fui a dormir tan encantado con la idea de una jornada de trabajo normal y corriente que me planteé empezar el día siguiente morreando la puerta de mi despacho.

Hacía bien en disfrutar de la normalidad mientras la tenía a mi alcance. En el fondo, incluso mientras agitaba el puño hacia el cielo y juraba que nunca volvería a pisar los adoquines de aquel infierno, debía de saber que Faithful Place se tomaría mis palabras como un desafío. No me había dado permiso para ausentarme e iba a venir en mi busca.

Era casi la hora de comer del lunes y acababa de presentar a mi subordinado con el problemilla de los traficantes de droga a su flamante abuela cuando sonó el teléfono de mi despacho.

—Mackey —contesté.

Brian, el encargado de administración de nuestra brigada, dijo:

—Tienes una llamada personal. ¿Quieres contestar? No te habría molestado, pero es que parece..., bueno. Urgente. Y me quedo corto.

Era Kevin otra vez, tenía que ser él. Después de tanto tiempo seguía siendo un cabroncete de lo más pegajoso: se había pasado un día siguiéndome los pasos y ya se creía que era mi mejor amigo, o mi secuaz, o Dios sabe qué. Cuanto antes cortara sus ilusiones por lo sano, mejor.

—Qué demonios —dije, frotándome el punto entre las cejas que de pronto había empezado a dolerme—. Pásamelo.

—Es una mujer —me advirtió Brian—. Y no está muy contenta que digamos. Más vale que te prepares.

Era Jackie y estaba llorando a moco tendido.

—Francis, gracias a Dios, por favor, tienes que venir. No lo entiendo, no sé qué ha ocurrido, por favor...

Su voz se disolvió en un gemido, un sonido fino y aflautado que estaba más allá de algo parecido a la vergüenza o el control. Noté una especie de nudo frío en la nuca.

—¡Jackie! —le espeté—. Háblame. ¿Qué pasa?

Apenas entendí la respuesta: algo acerca de los Hearne, y la policía y un jardín.

—Jackie, ya sé que estás disgustada, pero tienes que hacer de tripas corazón solo un segundo. Respira hondo y dime qué ha pasado.

Boqueó para tomar aire.

—Kevin. Francis... Francis... Dios... es Kevin.

Otra vez esa sensación gélida, más intensa.

—¿Le ha ocurrido algo? —dije.

—Ha..., Francis, ay Dios..., ha muerto. Ha...

—¿Dónde estás?

—En casa de mamá. Delante del portal.

—¿Está ahí Kevin?

—Sí..., no..., no está aquí, atrás, en el jardín, él...

Su voz volvió a desintegrarse. Sollozaba y respiraba aceleradamente al mismo tiempo.

—Jackie, escúchame. Tienes que sentarte, bebe algo y asegúrate de que se quede alguien contigo. Voy para allá.

Ya tenía la cazadora medio puesta. En Operaciones Encubiertas nadie te pregunta dónde estás ni qué haces. Colgué y eché a correr.

Y allí estaba de nuevo, otra vez en Faithful Place, como si no me hubiera marchado nunca. La primera vez que puse tierra de por medio me había permitido seguir huyendo durante veintidós años antes de volver a atarme bien corto. La segunda vez me había dado treinta y seis horas.

Todo el vecindario estaba otra vez en la calle, igual que el sábado por la tarde, pero esta vez era distinto. Los chavales estaban en el colegio y los adultos trabajando, así que eran sobre todo ancianos, amas de casa y parados de larga duración, abrigados para protegerse del frío cortante, y no había nadie pululando como si lo estuviera pasando en grande. Todos los escalones de entrada y las ventanas estaban llenos a rebosar de rostros con la mirada imprecisa y alerta, pero la calle estaba vacía salvo por mi viejo amigo el monstruo de los pantanos, que caminaba arriba y abajo como si montara guardia ante el Vaticano. Los agentes de uniforme habían ido un paso por delante esta vez y habían ahuyentado a todo el mundo antes de que empezara a cobrar fuerza aquel rumor tan peligroso. En algún sitio lloraba un bebé, pero aparte de eso había un silencio mortal, no se oía nada más que el zumbido lejano del tráfico y el tableteo de las alzas de los zapatos del monstruo de los pantanos, así como el lento goteo de la lluvia de esa mañana, que descendía por los canalones.

Esta vez no se veía la furgoneta del departamento, ni a Cooper, pero entre el coche patrulla de los agentes y la camioneta del depósito de cadáveres estaba aparcado el bonito Beemer plateado de Scorcher. Habían vuelto a acordonar con cinta el número 16, y un tipo grande con ropa de paisano —uno de los chicos de Scorch, a juzgar por el traje— estaba de vigilancia. Fuera lo que fuese lo que le había ocurrido a Kevin, no se trataba de un infarto.

El monstruo de los pantanos tuvo el buen juicio de no hacerme ningún caso. En la entrada al número 8 estaban Jackie y mis padres. Mi madre y mi hermana estaban abrazadas; daba la impresión de que si cualquiera de las dos llegara moverse se vendrían abajo. Mi padre estaba ferozmente encorvado sobre un cigarrillo.

Poco a poco, a medida que me acercaba, fijaron la vista en mí, pero sin la menor señal de reconocerme. Era como si no me hubieran visto nunca.

—Jackie, ¿qué ha pasado? —pregunté.

—Que has vuelto —contestó mi padre—. Eso es lo que ha pasado.

Jackie me agarró la pechera de la cazadora con la fuerza de un torno y apretó la cara contra mi brazo. Reprimí el impulso de apartarla de un empujón.

—Jackie, preciosa —le dije con dulzura—. Es necesario que mantengas el tipo un poco más. Habla conmigo.

Se había echado a temblar.

—Ay, Francis —masculló, con una vocecilla pasmada—. Ay, Francis. ¿Cómo...?

—Ya lo sé, cariño. ¿Dónde está?

—Está en la parte de atrás del número dieciséis —respondió mi madre en tono grave—. En el jardín. Bajo la lluvia, toda la mañana.

Estaba apoyada en la verja y su voz sonaba cargada de emoción y apurada, como si hubiera estado sollozando durante horas, pero tenía los ojos despejados y secos.

—¿Se tiene alguna idea de lo que ha ocurrido?

Nadie dijo nada. Mi madre torció el gesto.

—Vale —insistí—. Pero ¿estamos seguros al cien por cien de que se trata de Kevin?

—Sí, estamos seguros, maldito memo —me soltó mi madre. Parecía a punto de cruzarme la cara de un bofetón—. ¿Crees que soy incapaz de reconocer a mi propio hijo? ¿Eres bobo o qué?

Se me pasó por la cabeza empujarla escaleras abajo.

—De acuerdo —dije—. Bien hecho. ¿Viene Carmel de camino?

—Sí, viene hacia aquí —respondió Jackie—. Y Shay también. Pero tiene que, tiene que, tiene que...

Se quedó sin palabras.

—Está esperando a que el jefe vaya a ocuparse del taller —dijo mi padre, que tiró la colilla por encima de la verja y se quedó mirando cómo emitía un levísimo siseo junto a la ventana del sótano.

—Bien —asentí. No tenía ninguna intención de dejar a Jackie con esos dos, pero ella y Carmel podrían cuidarse mutuamente—. No hay razón para que estéis aquí fuera con el frío que hace. Entrad, tomaos algo caliente y yo voy a ver qué consigo averiguar.

No se movió ninguno. Arranqué los dedos de Jackie de mi cazadora con la mayor delicadeza posible y los dejé allí a los tres. Decenas de pares de ojos imperturbables me siguieron calle adelante hasta el número 16.

El tiarrón que estaba donde la cinta echó un vistazo a mi identificación y dijo:

—El detective Kennedy está en la parte de atrás. Baje las escaleras y salga por la puerta.

Le habían advertido de mi llegada.

La puerta trasera estaba entreabierta y dejaba entrar un inquietante haz de luz hacia el sótano y escaleras arriba. Los cuatro hombres en el jardín parecían un cuadro vivo sacado de una pintura o un sueño inducido por la morfina: los fornidos muchachos del depósito de cadáveres, con su inmaculado uniforme blanco, inclinados pacientemente sobre la camilla entre las malas hierbas crecidas, las botellas rotas y las ortigas del grosor de cables; Scorcher, afilado e hiperreal con el pelo alisado, la cabeza inclinada y el abrigo negro aleteando contra el ladrillo desgastado del muro, en cuclillas para alargar una mano enguantada; y Kevin. Estaba boca arriba, con la cabeza hacia la casa y las piernas dobladas en ángulos extraños. Un brazo le caía sobre el pecho, el otro estaba doblado debajo de su cuerpo, como si alguien lo hubiera inmovilizado con una llave. Tenía la cabeza furiosamente echada atrás y vuelta hacia el otro lado, y había grandes coágulos irregulares de algo negro entremezclado con la tierra a su alrededor. Los dedos blancos de Scorcher hurgaban delicadamente en sus bolsillos. El viento ululaba, emitiendo un sonido agudo y extraño por encima del muro.

Scorcher fue el primero que me oyó, o percibió mi llegada: levantó la vista, retiró bruscamente la mano de Kevin y se irguió.

—Frank —dijo, al tiempo que venía hacia mí—. Te acompaño en el sentimiento.

Se estaba quitando el guante, listo para darme la mano. Me arrodillé entre la tierra y las malas hierbas, junto al cadáver de Kevin.

Al morir, el rostro se le había derrumbado, debajo de los pómulos y en torno a la boca. Parecía cuarenta años mayor de lo que nunca llegaría a ser. El lado de la cara que tenía vuelto hacia arriba estaba blanco como el hielo. En el lado inferior, donde la sangre ya se había asentado, se apreciaban manchas de color morado. Había un reguero de sangre endurecida que brotaba de la nariz, y por la mandíbula entreabierta se veían los incisivos rotos. Tenía el pelo lacio y oscurecido por la lluvia. Un párpado le caía levemente sobre un ojo empañado en una especie de guiño estúpido y travieso.

Era como si me hubieran lanzado a los pies de unas enormes cataratas, como si la fuerza del agua me desgarrara y me impidiera respirar.

—Cooper. Necesitamos a Cooper.

—Ya ha pasado por aquí.

—¿Y?

Silencio. Vi que los del depósito de cadáveres cruzaban una mirada. Entonces Scorcher dijo:

—Según él, tu hermano ha muerto por causa de una fractura de cráneo o con el cuello roto.

—¿Cómo?

—Frank —dijo Scorcher, con tacto—, ahora tienen que llevárselo. Vamos adentro y hablamos ahí. Cuidarán bien de él.

Alargó una mano hacia mi codo, pero tuvo el buen juicio de no tocarme. Eché un último vistazo al rostro de Kevin, aquel guiño vacío y el fino reguerillo negro de sangre, y la leve curva de la ceja, que era lo primero que veía todas las mañanas a mi lado en la almohada cuando tenía seis años. Luego dije: «De acuerdo». Cuando me volvía para irme, oí el intenso ruido como de desgarradura que hicieron los del depósito al abrir la bolsa para restos humanos.

No recuerdo entrar en la casa, ni a Scorcher llevándome escaleras arriba para alejarme de los chicos del depósito. Las chorradas pueriles como liarse a puñetazos con las paredes no tienen ni comparación con aquello, estaba tan furioso que por un instante me pareció que me había quedado ciego. Cuando volví a ver con claridad estábamos en el piso de arriba, en uno de los cuartos del fondo que habíamos registrado Kevin y yo el sábado. La habitación estaba más fría y luminosa de lo que recordaba: alguien había levantado la parte inferior de la ventana de guillotina, permitiendo la entrada de un caudal de luz gélida.

—¿Estás bien? —me preguntó Scorcher.

Igual que alguien que se está ahogando necesita aire, me urgía oírle hablar de poli a poli, que me expusiera aquel desastre horrible en los términos claros y rotundos de un informe preliminar.

—¿Qué tenemos? —pregunté, y la voz me salió extraña, diminuta y lejana.

Pese a todos sus defectos, Scorcher es uno de los nuestros. Vi que lo entendía. Asintió y se apoyó en la pared, preparándose.

—Vieron a tu hermano por última vez anoche hacia las once y veinte. Él, tu hermana Jacinta, tu hermano Seamus, tu hermana Carmel y su familia habían cenado en casa de tus padres, como tenían por costumbre. Si te estoy contando algo que ya sabes, dímelo.

Negué con la cabeza.

—Adelante.

—Carmel y su marido llevaron a sus hijos a casa en torno a las ocho. Los otros se quedaron un rato más, viendo la tele y charlando. Todos salvo tu madre se habían tomado unas cervezas en el transcurso de la tarde. El consenso general es que los hombres estaban un poco borrachos pero en absoluto como una cuba, y Jacinta solo se había tomado dos. Kevin, Seamus y Jacinta salieron de casa de tus padres juntos, poco después de las once. Seamus subió a su piso y Kevin acompañó a Jacinta por Smith's Road hasta la esquina con New Street, donde tenía aparcado el coche. Ella se ofreció a llevar a Kevin, pero él dijo que quería ir andando para despejarse. Jacinta supuso que tenía pensado volver por donde habían ido, siguiendo Smith's Road por delante de la entrada a Faithful Place, y luego cruzar Liberties y continuar por el canal hasta su piso en Portobello, pero evidentemente no lo puede verificar. Esperó a que ella se montara en el coche, se despidió con la mano, y Jacinta se marchó. Hasta el momento fue la última vez que alguien lo vio con vida.

Para las siete se había dado por vencido y había dejado de llamarme. Había pasado de él tan descaradamente que no había creído que mereciera la pena intentarlo de nuevo antes de enfrentarse a aquello, fuera lo que fuese, por sí mismo, el muy bobo.

—Solo que no se fue a casa —señalé.

—Por lo visto no. Los albañiles están hoy en el edificio de al lado, así que no ha venido nadie hasta media mañana. Dos chicos llamados Jason y Logan Hearne se han pasado por aquí para echar un vistazo al sótano, han mirado por la ventana del rellano y han visto mucho más de lo que querían. Tienen trece y doce años, y no estaban en clase...

—Por lo que a mí respecta —dije—, me alegro mucho de que hicieran novillos.

Con el número 14 y el 12 vacíos, nadie había visto a Kevin desde alguna de las ventanas traseras. Podría haberse quedado allí durante semanas. He visto cadáveres después de tanto tiempo.

Scorch me lanzó una rápida mirada de soslayo a guisa de disculpa. Se había dejado llevar.

—Sí —asintió—. Es verdad. Sea como fuere, han salido por piernas de aquí y se lo han contado a su madre, que nos ha llamado a nosotros y por lo visto a medio barrio. La señora Hearne también ha reconocido como tu hermano al fallecido, así que se lo ha dicho a tu madre, que ha hecho una identificación definitiva. Lamento que haya tenido que verlo así.

—Mi madre es fuerte —aseguré.

A mi espalda, en el primer piso, se oyó un topetazo, un gruñido y un ruido como de roce mientras los del depósito maniobraban con la camilla para sortear los pasillos estrechos. No me volví.

—Cooper calcula que murió en torno a medianoche, con un margen de dos horas. Si a eso sumamos las declaraciones de tu familia y el hecho de que tu hermano llevaba la misma ropa que según las descripciones vestía anoche, creo que podemos dar por sentado que después de acompañar a Jacinta a su coche volvió directamente a Faithful Place.

—Y luego ¿qué? ¿Cómo hostias acabó con el cuello roto?

Scorch tomó aire.

—Por la razón que fuera —dijo—, tu hermano entró en esta casa y subió a esta habitación. Luego, de una u otra manera, cayó por la ventana. Si te sirve de consuelo, Cooper dice que la muerte fue probablemente casi instantánea.

Me estallaban estrellas delante de los ojos, como si acabara de recibir un golpe en la cabeza. Me pasé la mano por el pelo.

—No. Eso no tiene sentido. Igual se cayó del muro del jardín, uno de los muros... —Durante un instante de confusión vi a Kev, ágil y con dieciséis años, saltando uno tras otro los muros de los jardines traseros para dar alcance a los conejitos de la blusa de Linda Dwyer—. No tiene sentido que cayera desde aquí.

Scorcher negó con la cabeza.

—Los muros a ambos lados miden... cuánto, ¿metro y medio, dos metros como mucho? Según Cooper, las lesiones indican que ha caído de una altura de unos siete metros. Y la trayectoria ha sido directa. Ha caído por esta ventana.

—No. A Kevin no le gustaba este lugar. El sábado prácticamente tuve que traerlo a rastras por el cogote, estuvo todo el rato quejándose de las ratas y el canguelo y los techos a punto de caerse, y eso a plena luz del día, los dos juntos. ¿Qué demonios iba a hacer aquí solo en mitad de la noche?

—Eso nos gustaría saber a nosotros. Me he planteado si no tendría que echar una meada antes de volver a casa y entró en busca de un sitio discreto, pero en ese caso ¿por qué iba a subir hasta aquí? Podría haber sacado igualmente el rabo por la ventana de la primera planta, si lo que quería era regar el jardín. No sé tú, pero yo cuando voy un poco entonado, no me pongo a subir escaleras sin motivo.

Fue entonces cuando caí en la cuenta de que las manchas en el marco de la ventana no eran mugre, sino polvo para detectar huellas dactilares, y fue entonces cuando entendí por qué ver a Scorcher me había dado tan mala espina.

—¿Qué estáis haciendo aquí? —dije.

Scorch pestañeó. Escogiendo bien sus palabras, dijo:

—Al principio hemos pensado que se trataba de un accidente. Tu hermano sube aquí por la razón que sea y luego algo le lleva a asomar la cabeza por la ventana: tal vez oyó un ruido en el jardín trasero, igual la priva no le había sentado bien y creyó que iba a vomitar. Se asomó, perdió el equilibrio y no consiguió frenarse a tiempo...

Noté algo frío en el fondo de la garganta. Apreté los dientes para impedir que saliera.

—Pero he estado haciendo algunos experimentos para verlo con mis propios ojos. Hamill, el que está abajo, donde la cinta, ¿sabes? Se acerca mucho a la altura y la constitución de tu hermano. He pasado buena parte de la mañana haciéndole asomarse por la ventana. No encaja, Frank.

—¿De qué estás hablando?

—A Hamill esa ventana de guillotina le llega por aquí. —Scorch se llevó el dorso de la mano a las costillas—. Para meter la cabeza por debajo, tiene que doblar las rodillas, lo que le hace bajar el trasero y mantiene su centro de gravedad bien asentado en el interior de la habitación. Lo hemos intentado de una decena de maneras distintas con el mismo resultado. Sería casi imposible que alguien del tamaño de Kevin cayese por esa ventana de forma accidental.

Noté helado el interior de la boca.

—Alguien le empujó —dije.

Scorch retiró el abrigo para hundir las manos en los bolsillos, y dijo en tono cauto:

—No hemos encontrado indicios de pelea, Frank.

—¿Qué estás insinuando?

—Si lo hubieran tirado por esa ventana, sería de esperar que hubiese huellas de forcejeo en el suelo, la ventana estaría rota por donde la atravesó, habría restos en sus uñas de haberse aferrado al agresor o al marco, tal vez cortes y moretones de resultas de la trifulca. No hemos encontrado nada de nada.

—¿Intentas decirme que Kevin se quitó la vida? —indagué.

La pregunta hizo apartar la mirada a Scorcher.

—Intento decirte que no fue un accidente —aclaró—, y que no hay ningún indicio de que lo empujaran. Según Cooper, todas y cada una de sus lesiones concuerdan con la caída. Era bastante corpulento, y por lo que me han dicho, es posible que anoche es-

tuviera borracho, pero no iba como una cuba. No hubiera dejado
que lo empujaran sin ofrecer resistencia.

Respiré hondo.

—Vale —dije—. Muy bien. No te falta razón. Pero ven aquí
un momento. Me parece que deberías ver esto.

Lo llevé hacia la ventana. Me lanzó una mirada de recelo.

—¿Qué tienes?

—Observa el jardín con atención desde esta perspectiva. Donde
confluye con la base de la casa concretamente. Verás a qué me refiero.

Se inclinó sobre el alféizar y estiró el cuello por debajo de la
ventana de guillotina.

—¿Dónde?

Le empujé más fuerte de lo que era mi intención. Por una fracción de segundo creía que no iba a poder retenerlo. En el fondo,
parte de mí se llevó una alegría de la hostia.

—¡Joder! —Scorch se apartó de la ventana de un brinco y me
miró con los ojos abiertos de par en par—. ¿Has perdido el puto
juicio?

—No hay marcas de refriega, Scorch. La ventana no se ha estropeado, ni hay uñas rotas, cortes o moretones. Eres un tipo fornido, estás sobrio a más no poder y habrías caído sin decir ni pío.
Adiós, gracias por participar, Scorcher ha estirado la pata.

—Hostia puta... —Se alisó el abrigo y se propinó fuertes palmadas para quitarse el polvo—. No tiene ninguna gracia, Frank.
Vaya susto me has dado, joder.

—Me alegro. Kevin no era de los que se suicidan, Scorch. Vas
a tener que confiar en mí. No hay ninguna posibilidad de que se
quitara de en medio.

—Bien. Entonces, dime: ¿quién quería cargárselo?

—Nadie que yo sepa, pero eso no quiere decir nada. Quizás
iba tras él la mafia siciliana al completo, no tengo ni idea.

Scorcher mantuvo la boca cerrada y dejó que su silencio hablara por él.

—Bueno, no éramos amigos del alma —reconocí—. No hacía falta que fuéramos uña y carne para saber que era un chaval sano, sin enfermedades mentales, sin problemas afectivos, sin apuros económicos, feliz como el que más. ¿Y una noche, sin venir a cuento, decide meterse en una casa abandonada y tirarse por la ventana?

—A veces pasa.

—Enséñame un solo indicio de que fue eso lo que ocurrió. Uno solo.

Scorch se pasó la mano por el pelo y lanzó un suspiro:

—De acuerdo —dijo—. Pero comparto esta información contigo como compañero de trabajo. No como familiar de la víctima. No se te ocurra decir una sola palabra fuera de esta habitación. ¿Te supone algún problema?

—Me parece genial —dije. Ya sabía que iba a ser algo malo.

Scorcher se inclinó sobre su maletín relamido, hurgó un poco dentro y se incorporó con una bolsa para pruebas de plástico transparente.

—No la abras —me advirtió.

Era una hoja pequeña de papel pautado, amarillenta y cuarteada por profundas marcas allí donde había estado doblada durante mucho tiempo. Parecía en blanco hasta que le di la vuelta y vi la tinta de bolígrafo desvaída, y entonces, antes de que mi cerebro entendiera lo que ocurría, la letra manuscrita se me abalanzó clamorosamente desde todos los rincones oscuros y me arrolló como un tren fuera de control.

Queridos mamá, papá y Nora:

Cuando leáis esto ya estaré camino de Inglaterra con Francis. Vamos a casarnos y vamos a conseguir empleos buenos que no sean en fábricas y vamos a vivir de maravilla los dos juntos. Ojalá no hubiera tenido que mentiros. Todos los días deseaba miraros a los ojos y decir: voy a casarme con él, pero papá, no sabía qué otra cosa hacer. Sabía que te pondrías como una furia pero Frank NO es un vago y NO va a hacerme daño. Me hace feliz. Este es el día más feliz de mi vida.

—Los de la sección de Documentos tendrán que analizarlo —señaló Scorcher—, pero yo diría que los dos hemos visto ya la otra mitad de esto.

Del otro lado de la ventana el cielo estaba de un blanco grisáceo, tornándose gélido por momentos. Una fría ráfaga de aire se coló por la ventana y un diminuto remolino de motas de polvo se alzó de las tablas del suelo, brilló un instante bajo la luz tenue y luego cayó y se desvaneció. En alguna parte oí el estertor sibilante del enlucido al desintegrarse poco a poco. Scorcher me miraba con una expresión que, por el bien de su salud, esperaba no fuese de compasión.

—¿De dónde lo has sacado? —le pregunté.

—Estaba en el bolsillo interior de la chaqueta de tu hermano.

Un magnífico colofón para la tanda de golpes que había recibido esa mañana. Cuando conseguí que me entrara un poco de aire en los pulmones, dije:

—Eso no nos dice de dónde la sacó. Ni siquiera demuestra que fuera él quien se la metió ahí.

—No —convino Scorcher, con una excesiva suavidad—. No lo demuestra.

Guardamos silencio. Scorch esperó discretamente un rato antes de alargar la mano para que le devolviera la bolsa con la prueba.

—¿Crees que esto significa que Kevin mató a Rosie? —pregunté.

—Yo no creo nada. Por ahora me limito a recoger pruebas.

Hizo ademán de coger la bolsa y se la retiré de golpe.

—Pues sigue recogiéndolas. ¿Me oyes?

—Tienes que devolvérmela.

—Inocente hasta que se demuestre lo contrario, Kennedy. Esto dista mucho de ser una prueba. No lo olvides.

—Mmm —respondió Scorch, en tono neutro—. Te dije que no te cruzaras en mi camino, Frank. Lo digo muy en serio.

—Qué coincidencia. Yo también.

—Antes ya era bastante grave. Pero ahora... No se puede estar más involucrado desde el punto de vista emocional. Entiendo que estés disgustado, pero cualquier interferencia por tu parte podría poner en peligro toda la investigación, y no pienso tolerarlo.

—Kevin no mató a nadie —dije—. No se quitó la vida, ni mató a Rosie ni a ninguna otra persona. Tú sigue recogiendo pruebas.

Scorcher apartó la mirada fugazmente de mis ojos. Transcurrido un momento le devolví su preciosa bolsita con autocierre y me marché.

Cuando cruzaba la puerta, Scorcher alcanzó a decir:

—Oye, Frank, al menos sabemos a ciencia cierta que Rosie no tenía intención de dejarte.

No me volví. Aún notaba la intensidad de su letra manuscrita atravesando la remilgada bolsita etiquetada de Scorcher para ceñirme la mano y abrasarme hasta los huesos. «Este es el día más feliz de mi vida».

Rosie había ido a mi encuentro y casi había llegado. Entre nosotros y nuestro punto de partida hacia un mundo feliz cogidos de la mano habían distado diez metros escasos. Tuve la sensación de que caía al vacío, como si me hubieran tirado de un avión, el suelo se abalanzara hacia mí a toda velocidad y no tuviera ninguna anilla de la que tirar para que el paracaídas se abriera.

11

Entreabrí la puerta y la cerré de golpe para que Scorcher lo oyera bien. Luego bajé por las escaleras de atrás, salí al jardín y salté el muro. No tenía tiempo para vérmelas con mi familia. Los rumores se propagan deprisa en este trabajo, sobre todo cuando el cotilleo es tan sabroso. Apagué los móviles y me dirigí a la sala de la brigada a toda velocidad para decirle a mi jefe que tenía intención de tomarme un tiempo de descanso antes de que él tuviera la oportunidad de decírmelo a mí.

George es un tipo grande, cerca ya de la jubilación, con la cara mustia y agotada igual que la de un perro basset de juguete. Lo adoramos y los sospechosos cometen el error de pensar que ellos también pueden adorarlo.

—Ah, Frank —dijo, al tiempo que se levantaba de la silla, no sin esfuerzo, cuando me vio entrar por la puerta. Me tendió la mano por encima de la mesa—. Te acompaño en el sentimiento.

—No estábamos muy unidos —respondí, dándole un apretón bien firme—, pero es un duro golpe, desde luego.

—Dicen que por lo visto pudo quitarse la vida.

—Sí —convine, y vi el destello calculador de sus ojos mientras se retrepaba en la silla—. Eso dicen. Es un auténtico galimatías. Jefe, tengo un montón de días libres acumulados. Si le parece bien, me gustaría tomármelos a partir de este mismo momento.

George se llevó una mano a la calva que tenía en la coronilla y la palpó con tristeza, fingiendo que meditaba mi petición.

—¿Se lo pueden permitir los casos que tienes entre manos?

—No hay problema —dije. Cosa que él ya sabía: leer del revés es una de las aptitudes más útiles que se pueden tener en esta vida, y el informe que tenía delante era uno de los míos—. Ninguno está en un momento crucial. Sencillamente hay que supervisarlos. Un par de horas para poner en orden el papeleo y estaré listo para delegar.

—De acuerdo —accedió George, con un suspiro—. Por qué no. Pásale el trabajo a Yeates. Se ha visto obligado a aflojar una temporada en el asunto de la coca en la zona sur, tiene tiempo.

Yeates es bueno. En Operaciones Encubiertas no hay ningún inútil.

—Lo pondré al día —dije—. Gracias, jefe.

—Tómate unas semanas. Aclárate las ideas. ¿Qué harás? ¿Pasar tiempo con la familia?

En otras palabras, ¿tienes previsto merodear por el escenario del crimen planteando preguntas incómodas?

—Pensaba irme de la ciudad —dije—. A Wexford, tal vez. Según me han dicho, el litoral es una maravilla en esta época del año.

George se masajeó los pliegues de la frente como si le dolieran.

—Un capullo de Homicidios ha venido a tocarme las narices a primera hora de la mañana y ha estado hablándome de ti. Kennedy, Kenny, como se llame. Dice que estás interfiriendo en su investigación.

Qué asquerosa rata chivata.

—Está a punto de venirle la regla —dije—. Le llevaré unas flores bonitas y se quedará contento.

—Llévale lo que te dé la gana. Pero no le des más excusas para que venga a llamar a mi puerta. No me gusta que ningún gilipollas venga a darme la vara antes de haberme tomado el té, me altera los intestinos.

—Me voy a Wexford, jefe, ¿lo recuerda? No tendré ocasión de importunar a la señorita Homicidios, por mucho que quiera. Voy a ordenar unas cosillas —señalé en dirección a la puerta con un golpe de pulgar— y me largo de aquí para dejar en paz a todo el mundo.

George me miró de arriba abajo con los párpados pesados. Al cabo, sacudió una manaza con gesto hastiado y dijo:

—Ordena lo que tengas que ordenar. No hay prisa.

—Gracias, jefe —contesté. Por eso adoramos a George. Una de las mayores virtudes de un buen superior es saber cuándo le conviene no saber—. Nos vemos dentro de unas semanas.

Ya salía por la puerta cuando me llamó:

—Frank.

—¿Sí?

—¿Hay algún lugar donde la brigada pueda hacer una donación en nombre de tu hermano? ¿Alguna organización benéfica? ¿Un club deportivo?

Y volvió a sobrevenirme, igual que un puñetazo a traición directo al esófago. Por un segundo no me vino nada a la boca. Ni siquiera sabía si Kevin era de algún club deportivo, aunque lo dudaba. Pensé que debería haber alguna organización benéfica creada especialmente para situaciones jodidas como esta, un fondo para enviar a jóvenes a hacer submarinismo en la Gran Barrera de Coral o a lanzarse en parapente en el Gran Cañón, por si ese día resultaba ser su última oportunidad.

—Déselo a los de Víctimas de Homicidios —sugerí—. Y gracias, jefe. Agradézcaselo a los chicos de mi parte.

En lo más profundo de su corazón, todo agente de Operaciones Encubiertas está convencido de que, en general, los de Homicidios son una pandilla de nenazas. Hay excepciones, pero el hecho es que los de Homicidios son nuestros púgiles profesionales: aunque pelean duro, a la hora de la verdad llevan guantes y protectores bucales y hay un árbitro que hace sonar la campana cuando todos necesitan un respiro para limpiarse la sangre. Los de Operaciones Encubiertas peleamos sin guantes, al estilo de los callejones, luchamos hasta que alguien se desploma. Si Scorch quiere entrar en la casa de un sospechoso, cumplimenta un kilómetro cuadrado de papeleo, espera a que se lo sellen debidamente y reúne un equipo de asalto como es debido para que nadie salga herido; yo, por el contrario, pestañeo con mis ojitos azules, suelto alguna patraña elaborada y entro por la patilla, y si el sospechoso decide que quiere darme de hostias, me las tengo que apañar solito.

Aquello estaba a punto de jugar a mi favor. Scorch tenía por costumbre ceñirse a las normas. Daba por sentado que, salvo por alguna travesura propia de un rebelde, yo peleaba de la misma manera que él. Le llevaría un tiempo caer en la cuenta de que mis normas no tenían nada que ver con las suyas.

Desparramé unos cuantos informes sobre mi mesa, por si alguien pasaba por allí y tenía necesidad de verme ocupado en la transferencia de mis casos. Luego llamé a mi colega de Archivos y le pedí que me enviara por correo electrónico el expediente de todos los agentes eventuales que trabajaban en la investigación del asesinato de Rose Daly. Puso ciertos reparos por cuestiones de confidencialidad, pero un par de años atrás su hija se había librado de un cargo de posesión cuando alguien cometió el descuido de archivar incorrectamente tres papelinas de coca y la declaración de la chica, así que supuse que me debía al menos entre dos y cuatro favores menores. Pese a sus reparos, él lo veía de la misma manera. A juzgar por su voz daba la impresión de que la úlcera se le estaba agravando por momentos, pero recibí los expedientes casi antes de que colgáramos.

Scorcher contaba con cinco agentes eventuales, más de lo que habría imaginado, tratándose de un caso tan antiguo. Por lo visto, él y su ochenta y tantos por ciento de casos resueltos tenían predicamento entre los chicos de Homicidios. El cuarto agente eventual era lo que estaba buscando. Stephen Moran, de veintiséis años, con domicilio en North Wall, buenas calificaciones en los exámenes de acceso a la universidad, directo del centro de estudios al centro de entrenamiento en Templemore, toda una serie de evaluaciones entusiastas y hacía solo tres meses que había dejado de trabajar como agente de uniforme. En la foto se veía a un chico delgaducho con el cabello pelirrojo y desaliñado y ojos espabilados de color gris. Un chaval de Dublín de clase obrera, listo, decidido y bien encaminado, y —gracias a Dios por los novatos— demasiado verde e ilusionado para poner en tela de juicio nada que le dijera un detective de alguna brigada. El joven Stephen y yo íbamos a llevarnos a las mil maravillas.

Me guardé el expediente de Stephen en el bolsillo, borré el correo con sumo cuidado y dediqué un par de horas a dejar mis casos preparados para pasárselos a Yeates. Lo último que quería era que me llamase en el momento menos oportuno para que le aclarase algo. Llevamos a cabo el traspaso de poderes de manera rápida y limpia: Yeates tenía el sentido común suficiente para no ponerse en plan compasivo, más allá de darme una palmada en la espalda y prometerme que se ocuparía de todo. Luego recogí mis pertenencias, cerré la puerta del despacho y me fui al castillo de Dublín, donde está la sede de la brigada de Homicidios, con la intención de ganarme a Stephen Moran.

Si la investigación hubiera estado a cargo de algún otro, tal vez me habría costado más localizar a Stephen; podría haber acabado sobre las seis, las siete o incluso las ocho, y si estaba trabajando sobre el terreno, quizá ni se hubiera molestado en volver a la brigada para entregar el papeleo antes de irse a casa. Pero conozco a Scorcher. Las horas extra provocan palpitaciones a los jefazos y el papeleo les lleva al orgasmo, así que seguro que los chicos y las chicas de Scorchie fichaban a las cinco en punto y cumplimentaban todos los formularios antes de marcharse. Me senté en un banco en los jardines del castillo con una buena visión de la puerta y una bonita pantalla de arbustos para protegerme de Scorch, encendí un cigarrillo y aguardé. Ni siquiera llovía. Estaba teniendo otro día de suerte.

No podía quitarme de la cabeza un detalle en particular: Kevin no llevaba linterna. De haberla llevado, Scorcher lo habría mencionado a fin de confirmar su pequeña teoría del suicidio. Y Kevin no hacía nunca nada peligroso a menos que tuviera una buena razón. Lo de hacer las cosas sencillamente porque sí nos lo dejaba a Shay y a mí. No había suficientes latas de Guinness en todo Dublín para hacerle creer que sería divertido entrar a curiosear en el número 16 por su cuenta y riesgo, en plena noche, solo para echarse unas risas. O bien cuando pasaba por allí había visto u oído algo que le llevó a pensar que no tenía otro remedio que entrar a investigar —algo demasiado urgente para pedir ayuda a nadie, pero lo bastante discreto para que nadie más en la calle se hubiera percatado— o bien alguien lo había llamado, alguien que, por arte de magia, había sabido que pasaría por aquel extremo de Faithful Place más o menos entonces. Bueno, o a lo mejor le había mentido a Jackie. Su intención en todo momento había sido ir a esa casa, para encontrarse con alguien que iría preparado.

Estaba oscuro y había acumulado un buen montón de colillas a mis pies antes de que, como era de esperar, a las cinco en punto Scorcher y su secuaz salieron por la puerta y se dirigieron al aparcamiento. Scorcher llevaba la cabeza erguida y caminaba con brío, y hacía oscilar el maletín al tiempo que contaba una historia que hacía reír sumisamente a aquel chico con cara de hurón. Casi antes de que desaparecieran salió Stephen, el tipo que yo estaba buscando, haciendo juegos malabares con un móvil, una mochila, un casco de bicicleta y una larga bufanda. Era más alto de lo que esperaba y tenía la voz más grave, con un deje áspero que le hacía parecer más joven de lo que era. Llevaba un abrigo gris de muy buena calidad y muy nuevo: se había pulido los ahorros para tener la seguridad de estar a la altura de los de Homicidios.

Lo bueno del asunto es que ahora yo no estaba sujeto a ninguna regla. Tal vez Stephen tuviera dudas acerca de si era conveniente entablar conversación con el hermano de una víctima, pero hubiera apostado cualquier cosa a que no le habían advertido contra mí. Cooper era una cosa, pero a Scorch no se le habría pasado por la cabeza ni por asomo que un simple agente eventual del montón pudiera ser molestado por alguien como yo. De hecho, el sentido excesivamente arraigado de la jerarquía que tenía Scorcher podría estar a punto de resultarme provechoso. En su fuero interno, los agentes de uniforme son el último mono, los eventuales son androides a su servicio y solo los detectives de brigada y los cargos superiores merecen respeto. Tener semejante actitud es siempre una pésima idea, no solo por lo mucho que te arriesgas a desaprovechar, sino porque te estás creando un montón de puntos débiles. Como ya he dicho, siempre he tenido un ojo estupendo para los puntos débiles.

Stephen colgó y se guardó el móvil en el bolsillo. Yo tiré el cigarrillo y salí de los jardines para cruzarme en su camino.

—Stephen.

—Sí.

—Frank Mackey —dije, y le tendí la mano—. De Operaciones Encubiertas.

Vi que se le dilataban los ojos, solo un poco, debido a lo que podía ser asombro o miedo, o puede que una mezcla de ambos. Con el paso de los años he sembrado y regado una serie de leyendas interesantes sobre mí, unas ciertas, otras no tanto, pero todas útiles, así que eso me ocurre a menudo. Stephen hizo un intento decoroso de disimularlo, cosa que me pareció digna de elogio.

—Stephen Moran, Unidad General —se presentó, a la vez que me estrechaba la mano con un poco más de firmeza de lo debido y me sostenía la mirada un poquito más de la cuenta. El chaval se esforzaba por impresionarme—. Me alegro de conocerle, señor.

—Tutéame. En Operaciones Encubiertas no nos andamos con tonterías de esas. Hace ya una temporada que vengo siguiéndote, Stephen. Hemos oído comentarios muy elogiosos sobre ti.

Se las apañó para no sonrojarse y contener la curiosidad.

—Me alegra saberlo.

El chaval empezaba a caerme bien.

—Ven conmigo —dije, y me dirigí de regreso a los jardines: pronto saldrían del edificio más agentes eventuales y más miembros de la brigada de Homicidios—. Dime una cosa, Stephen. Llegaste a detective hace tres meses, ¿estoy en lo cierto?

Caminaba como un adolescente, con esa zancada larga y briosa de cuando se tiene tanta energía que no cabe en el cuerpo.

—Así es.

—Bien hecho. Corrígeme si me equivoco, pero no te veo como uno de esos que se pasan el resto de su carrera en la Unidad General, siguiéndole los pasos al detective de brigada de turno. Tienes demasiado potencial para eso. Seguro que quieres encargarte de investigaciones propias a la larga. ¿Me equivoco?

—Eso tengo planeado.

—¿A qué brigada aspiras?

Esta vez asomó a su rostro cierto sonrojo.

—Homicidios u Operaciones Encubiertas.

—Buen criterio —lo felicité, con una sonrisa torcida—. Trabajar en un caso de asesinato tiene que ser un sueño hecho realidad, ¿no? ¿Te lo estás pasando bien?

—Estoy aprendiendo mucho —contestó Stephen, cauteloso.

Reí en voz alta.

—Y una mierda estás aprendiendo. Eso significa que Scorcher Kennedy te trata como un chimpancé adiestrado. ¿Qué te pide, que le hagas café? ¿Que le recojas la ropa de la tintorería? ¿Que le zurzas los calcetines?

A Stephen se le contrajo la comisura de la boca, a su pesar.

—Que pase a máquina las declaraciones de los testigos.

—Ah, qué bonito. ¿Cuántas palabras por minuto eres capaz de mecanografiar?

—No me importa. Bueno, soy el más nuevo, ¿sabes? Los demás ya llevan en esto varios años. Y alguien tiene que ocuparse de...

Se estaba esforzando como un jabato por acertar.

—Stephen —le dije—. Respira. Esto no es una prueba. Están desperdiciando tu talento encargándote tareas de secretario. Tú lo sabes, yo lo sé, y si Scorcher se hubiera tomado diez minutos para leer tu expediente, también lo sabría. —Señalé un banco debajo de una farola para poder verle la cara a la vez que nos manteníamos apartados de todas las salidas principales—. Siéntate.

Stephen dejó la mochila y el casco en el suelo y tomó asiento. Pese a todos los halagos, seguía mirándome con recelo, lo que estaba bien.

—Los dos estamos ocupados —dije, sentándome a su lado en el banco—, así que voy a ir al grano. Estoy interesado en que me tengas al tanto de qué tal te va en esta investigación. Desde tu perspectiva, no desde la del detective Kennedy, porque ya sabemos que eso no nos serviría de nada. No hace falta andarse con diplomacia: esto es estrictamente confidencial, solo entre tú y yo.

Vi que tenía la mente desbocada, pero seguía manteniendo una cara de póquer aceptable y yo no alcanzaba a ver hacia dónde lo estaba llevando.

—Tenerte al tanto de qué tal me va. ¿A qué te refieres exactamente?

—Nos vemos de vez en cuando, te invito a un par de cervezas, me cuentas lo que has hecho los últimos días, lo que piensas al respecto, de qué manera llevarías el caso si estuvieras al mando. Así me hago una idea de cómo funcionas. ¿Qué te parece?

Stephen cogió una hoja seca que había caído en el banco y empezó a doblarla con cuidado por las venas.

—¿Puedo hablarte con franqueza? Como si no estuviéramos de servicio. De hombre a hombre.

Abrí las manos.

—Estamos fuera de servicio, Stephen. ¿No te has dado cuenta?

—Bueno...

—Ya sé a qué te refieres. Tranquilo, colega. Di lo que te venga a la cabeza. No tendrá repercusiones.

Levantó la mirada de la hoja para mirarme con ojos penetrantes, grises e inteligentes.

—Se rumorea que tienes interés personal en este caso. Y ahora un interés doble.

—No es precisamente un secreto de Estado. ¿Y bien?

—Lo que a mí me parece es que quieres que haga de espía en esta investigación de asesinato y te ponga al corriente —dijo Stephen.

—Si prefieres verlo así... —comenté con despreocupación.

—No me hace mucha gracia cómo suena.

—Interesante. —Busqué el tabaco—. ¿Fumas?

—No, gracias.

No estaba tan verde como me había parecido sobre el papel. Por mucho que el chaval quisiera caerme en gracia, no estaba dispuesto a dejarse acogotar. Por lo general habría aprobado esa actitud, pero en ese preciso instante no estaba de humor para andarme con rodeos y recurrir a un laborioso juego de piernas para imponerme a su lado más terco. Encendí un pitillo y lancé aros de humo a la luz amarilla y difuminada de la farola.

—Stephen —dije—. Tienes que pensártelo bien. Supongo que te preocupan tres aspectos de este asunto: el nivel de compromiso que implica, la ética y las posibles consecuencias, no necesariamente en ese orden. ¿Estoy en lo cierto?

—Más o menos.

—Vamos a empezar por lo del compromiso. No voy a pedirte informes exhaustivos a diario sobre todo lo que ocurra en la sede de la brigada. Te haré preguntas muy específicas que podrás contestar empleando un mínimo de tiempo y esfuerzo. Estamos hablando de dos o tres reuniones a la semana, ninguna de las cuales tiene por qué durar más de un cuarto de hora si tienes algo mejor que hacer, además de en torno a media hora de investigación antes de cada encuentro. ¿Te parece que puedes encargarte de algo así, hablando hipotéticamente?

Stephen aguardó un momento y asintió.

—No se trata de que no tenga nada mejor que hacer...

—Así me gusta. Siguiente punto: las posibles consecuencias. Sí, es muy probable que el detective Kennedy se ponga histérico si se entera de que tú y yo estamos en contacto, pero no hay razón para que lo averigüe. Supongo que te resulta obvio que se me da bien, realmente muy bien, mantener la boca cerrada. ¿Y a ti?

—No soy ningún chivato.

—Ya me parecía a mí que no. En otras palabras, el riesgo de que el detective Kennedy te pille y te mande al rincón por mal comportamiento es mínimo. Y además, Stephen, ten en cuenta que esa no es la única consecuencia posible. De aquí podrían derivarse muchas cosas más.

Esperé hasta que preguntó:

—¿Como qué?

—Al decir que tienes potencial, no te estaba dando coba. Recuerda que este caso no será eterno, y en cuanto termine, volverás a la reserva de agentes eventuales. ¿Te hace ilusión?

Se encogió de hombros.

—Es la única manera de entrar en una brigada. Hay que pasar por el aro.

—Investigar coches robados y ventanas rotas y esperar a que alguien como Scorcher Kennedy te llame con un silbido para tener la oportunidad de llevarle sándwiches durante unas semanas. Claro, hay que pasar por el aro, pero hay quien lo hace durante un año y quien se pega veinte años así. Si pudieras elegir, ¿cuándo querrías dejar la reserva de una vez por todas?

—Cuanto antes, mejor. Claro.

—Ya me lo parecía. Te garantizo que, de hecho, estaré viendo exactamente cómo te desenvuelves, tal como he dicho. Y cada vez que queda una vacante en mi brigada, me acuerdo de la gente que ha hecho un buen trabajo para mí. No puedo garantizarte lo mismo por lo que a mi amigo Scorcher respecta. Dime una cosa, entre nosotros: ¿sabe siquiera tu nombre de pila?

Stephen no respondió.

—Bueno —dije—, me parece que eso zanja lo de las posibles consecuencias, ¿no crees? Lo que nos deja con la ética de la situación. ¿Te pido que hagas algo que comprometa tu trabajo en la investigación del asesinato?

—De momento no.

—Y no tengo intención de hacerlo. Si en cualquier instante tienes la impresión de que nuestro acuerdo pone en peligro tu capacidad para centrarte plenamente en tu misión oficial, házmelo saber y no volverás a tener noticias mías. Te doy mi palabra. —Siempre, siempre hay que ofrecerles una salida que no llegarán a tener la oportunidad de aprovechar—. ¿Te parece justo?

No parecía más tranquilo.

—Sí.

—¿Te pido que desobedezcas las órdenes de algún otro?

—Eso es hilar muy fino. De acuerdo, el detective Kennedy no me ha dicho que no hable contigo, pero eso solo es porque no se le ha pasado por la cabeza que pudiera hacerlo.

—Bueno, pues debería habérsele pasado. Si no ha pensado en ello, es problema suyo, no tuyo ni mío. No estás en deuda con él.

Stephen se pasó la mano por el pelo.

—Sí que lo estoy —dijo—. Es él quien me ha metido en este caso. Ahora mismo es mi jefe. Según las reglas, las órdenes me las da él. Nadie más.

Me quedé boquiabierto.

—¿Las reglas? ¿Qué...? Creía que tenías la mira puesta en Operaciones Encubiertas. ¿Me estabas tocando los huevos? Porque no me gusta que me los toque ningún tío, Stephen. No me gusta nada.

Irguió el espinazo.

—¡No! Claro que... ¿Qué estás...? ¡Sí qué quiero entrar en Operaciones Encubiertas!

—¿Y crees que puedes permitirte estar todo el día sentado leyendo el reglamento? ¿Crees que conseguí pasar tres años infiltrado hasta el cuello en una organización de traficantes ciñéndome a las reglas? Dime que te estás quedando conmigo, chaval. Venga. Dime que no he estado perdiendo el tiempo miserablemente cuando revisaba tu expediente.

—Yo no te pedí que revisaras mi expediente. Igual no lo habías visto hasta esta misma semana, por lo que yo sé, hasta que has pensado que te hacía falta alguien con acceso al caso.

El chico tenía madera.

—Stephen, te brindo una oportunidad por la que todos los agentes eventuales del cuerpo de policía, todos los tipos con los que te preparaste, todos los tipos que verás mañana cuando vayas a trabajar, venderían a su abuela. ¿Vas a desperdiciarla porque no puedo demostrar que he estado prestándote suficiente atención?

Había enrojecido hasta las pecas, pero se mantuvo firme.

—No. Solo intento hacer lo debido.

Virgen santa, sí que era joven.

—Si no te has enterado de esto hasta ahora, colega, más vale que tomes nota y te lo aprendas de memoria: lo debido no es siempre lo que pone en tu precioso reglamento. En efecto, lo que te estoy proponiendo es una operación encubierta. Una cierta ambigüedad moral es uno de los gajes del oficio. Si no puedes apechugar, ahora es el momento perfecto para planteártelo.

—Esto es distinto. Es una operación encubierta contra miembros de nuestro propio cuerpo.

—Colega, te sorprendería lo habitual que es eso. De verdad que te sorprendería. Como he dicho, si no eres capaz de apechugar, no solo tú tienes que saberlo tú, también yo tengo que hacerlo. Posiblemente los dos deberíamos replantearnos tus aspiraciones profesionales.

A Stephen se le tensaron las comisuras de la boca.

—Si no accedo a esto —dijo—, ya puedo olvidarme de tener un puesto en Operaciones Encubiertas.

—No por rencor, chaval. No te engañes. Un tipo podría cepillarse a mis dos hermanas al mismo tiempo y colgar el vídeo en YouTube, que yo estaría encantado de trabajar con él, siempre y cuando cumpla con su cometido. Pero si me dejas claro que no eres apto para trabajar como infiltrado, entonces, obviamente, no pienso recomendarte. Ya puedes pensar que estoy chiflado.

—¿Me das unas horas para pensármelo?

—No —respondí, y tiré la colilla de un capirotazo—. Si no puedes tomar esta decisión de inmediato, no me hace falta que la tomes en absoluto. Tengo que ir a otros sitios y ver a otras personas, y seguro que tú también. El asunto se resume así, Stephen. Durante las próximas semanas puedes ser el mecanógrafo de Scorcher o puedes ser mi detective. ¿Qué se parece más a lo que tenías en la cabeza cuando te metiste a policía?

Stephen se mordió el labio y se enrolló el extremo de la bufanda en torno a una mano.

—Si seguimos adelante con esto —dijo—, ¿qué clase de información te interesa? Por poner un ejemplo.

—Solo por poner un ejemplo, cuando lleguen los resultados de las huellas dactilares, me fascinaría averiguar a quién corresponden, si las hubiera, las huellas en la maleta, en el contenido de la maleta, en las dos mitades de la nota y en la ventana por la que se precipitó Kevin. También estaría interesado en una descripción completa de sus lesiones, preferiblemente con los esquemas y el informe de la autopsia. Con esa información tendría suficiente para seguir adelante una temporada. Quién sabe, incluso podría ser todo lo que necesito. Y debería llegar dentro de un par de días como mucho, ¿no?

Transcurrido un momento, Stephen expulsó el aliento entre los dientes, un reguero blanco en el aire frío, y levantó la cabeza.

—Sin ánimo de ofender —dijo—, antes de pasarle información confidencial sobre un caso de asesinato a un desconocido, me gustaría ver tu identificación.

Rompí a reír a carcajadas.

—Stephen —repuse, a la vez que sacaba la identificación—, tú eres de los míos. De esto vamos a salir beneficiados los dos.

—Sí —convino Stephen, en tono más bien seco—. Eso espero.

Vi cómo su cabeza pelirroja y despeinada se inclinaba sobre la identificación, y solo por un instante, bajo la intensa emoción del triunfo —jódete, Scorchie, ahora el chaval es mío— noté una punzada de afecto por el chico. Era agradable tener a alguien de mi parte.

12

Y ya no pude posponer más el regreso a casa. Intenté cobrar ánimos en Burdock's para lo que me esperaba —el recuerdo de Burdock's era lo único que me había tentado en toda mi vida para regresar a Liberties—, pero incluso el mejor bacalao ahumado con patatas fritas tiene sus límites. Como la mayoría de los agentes que trabajan infiltrados, no soy muy propenso al miedo. He acudido a encuentros con hombres que tenían toda la intención de cortarme en trocitos y disponerme artísticamente bajo el pedazo de hormigón más cercano y nunca me he puesto a sudar siquiera. Esto, por el contrario, me tenía cagado de miedo. Me repetí lo que le había dicho a Stephen: plantéatelo como una operación encubierta, Frankie el detective intrépido en su misión más osada hasta la fecha, directo a las fauces del destino.

El piso era un lugar distinto. La casa no estaba cerrada con llave y en cuanto entré en el portal la oleada se precipitó escaleras abajo y me golpeó: calor, voces y el aroma a whisky caliente y clavo, todo ello brotando de nuestra puerta abierta. La calefacción estaba a plena potencia y la sala de estar se encontraba llena a rebosar de gente que lloraba, se abrazaba, se arracimaba para juntar las cabezas y disfrutar de todo aquel horror, provistos de packs de seis cervezas, o niños o platos de sándwiches envueltos en celofán. Estaban presentes incluso los Daly. El señor Daly parecía tenso a más no poder y su mujer daba la impresión de haber recurrido a pastillas de las fuertes para animarse, pero la muerte se impone a todo lo demás. Vi a mi padre al instante de manera automática, pero él y Shay y algunos otros habían delimitado una zona para hombres en la cocina, con tabaco, latas de cerveza y conversaciones monosilábicas, y de momento tenía buen aspecto. En la mesa debajo del Sagrado Corazón, entre flores, tarjetas de pésame y velas eléctricas, había fotos de Kevin: de cuando era un bebé colorado y rollizo como una salchicha, con un traje blanco de lo más guay al estilo de *Miami Vice* en su confirmación, en una playa con una pandilla de chicos alborotados y bronceados que blandían cócteles de colores chillones.

—Vaya, por fin —me espetó mi madre, a la vez que apartaba a alguien de un codazo para abrirse paso. Se había puesto un estridente traje azul lavanda que a todas luces era lo más elegante que tenía, y había llorado a base de bien desde esa tarde—. Has tardado lo tuyo, ¿eh?

—He vuelto tan pronto como he podido. ¿Qué tal lo lleváis?

Me cogió por la parte blanda del brazo con aquel pellizco de langosta que tan bien recordaba.

—Ven aquí. Ese de tu trabajo, el que tiene una barbilla de aquí te espero, va diciendo que Kevin se cayó por la ventana.

Por lo visto había decidido tomárselo como una ofensa personal. Con mi madre nunca sabes cuáles son los requisitos para que se lo tome así.

—Eso parece, sí —reconocí.

—No he oído una tontería mayor en mi vida. Tu amigo no dice más que sandeces. Ve a verlo y dile que a nuestro Kevin no le daban teleles y que no se cayó por una ventana ni una sola vez en su vida.

Y Scorcher se había creído que le hacía un favor a un compañero al hacer pasar por accidente un suicidio.

—No te preocupes, se lo diré.

—No quiero que la gente se quede con la idea de que crié a un idiota que no sabía poner un pie delante del otro. Llámalo y díselo. ¿Dónde tienes el móvil?

—Mamá, no son horas de oficina. Si lo molesto ahora, no haré más que mosquearlo. Lo llamaré por la mañana, ¿te parece?

—Nada de eso. Solo lo dices para que te deje en paz. Ya te conozco, Francis Mackey: siempre has sido un mentiroso y siempre te has creído más listo que el resto del mundo. Bueno, pues te lo digo bien clarito, soy tu madre y no eres más listo que yo. Llama a ese tipo ahora mismo para que yo te vea.

Intenté soltarme el brazo, pero solo conseguí que me agarrara más fuerte.

—¿Te da miedo? ¿Es eso? Dame el teléfono y se lo digo yo misma, si tú no tienes agallas. Venga, dámelo.

—¿Qué le vas a decir? —le pregunté, cosa que fue un error: el nivel de demencia ya estaba subiendo bastante rápido sin que yo hiciera nada para fomentarlo—. Por simple curiosidad, si Kevin no se cayó por esa ventana, ¿qué demonios crees que ocurrió?

—No maldigas —me soltó mi madre—. Lo atropelló un coche, claro. Algún tipo volvía a casa borracho de su fiesta de Navidad y pilló a nuestro Kevin, y luego..., ¿me estás escuchando?, en vez de afrontar las consecuencias como un hombre, dejó al pobrecillo en ese jardín con la esperanza de que no lo encontrara nadie.

Sesenta segundos después seguía dándome vueltas la cabeza. No me ayudó precisamente el hecho de que, en lo esencial, más o menos estaba de acuerdo con ella.

—Mamá. Eso no pudo pasar así. Ninguna de sus lesiones concuerda con un accidente de tráfico.

—¡Entonces mueve el culo y averigua lo que le ocurrió! Es tu trabajo, tuyo y de ese amigo tuyo tan peripuesto, no mío. ¿Cómo voy a saber yo lo que le pasó? ¿Te has creído que soy detective?

Vi que Jackie salía de la cocina con una bandeja de sándwiches y al cruzar la mirada con ella le envié esa señal superurgente de peligro convenida entre hermanos. Dejó la bandeja en manos de la primera adolescente que encontró y se nos acercó a paso ligero. Mi madre seguía dale que te pego («No concuerda, hay que ver,

¿quién te has creído que eres?»), pero Jackie me tomó por el brazo y nos dijo a los dos, en un susurro apresurado:

—Ven, le he dicho a la tía Concepta que le llevaría a Francis en cuanto entrara por la puerta. Se pondrá como una furia si la hacemos esperar. Más vale que vayamos.

Lo que fue una jugada inteligente: la tía Concepta es en realidad la tía de mi madre, y la única persona en el mundo entero capaz de derrotarla en una contienda psicológica. Mi madre lanzó un bufido y aflojó el pellizco de langosta a la vez que me fulminaba con la mirada para darme a entender que no habíamos terminado, y Jackie y yo respiramos hondo y nos zambullimos entre el gentío.

Fue, de lejos, la velada más extraña de mi vida. Jackie me paseó por el piso presentándome a mis sobrinos y sobrinas, a las antiguas novias de Kevin —Linda Dwyer me agasajó con un abrazo pechugón y se echó a llorar a lágrima viva—, a las nuevas familias de mis viejos amigos, a los cuatro estudiantes chinos, extraordinariamente desconcertados, que vivían en el piso del sótano y estaban apelotonados contra una pared sosteniendo por cortesía latas de Guinness que no habían probado y procurando enfocar la situación como una experiencia de aprendizaje cultural. Un tal Waxer me estrechó la mano durante cinco minutos seguidos mientras rememoraba con cariño aquella ocasión en que a Kevin y a él los pillaron robando cómics. Gavin, la pareja de Jackie, me propinó un torpe puñetazo en el brazo y masculló algo en tono sentido. Los hijos de Carmel me lanzaron una cuádruple mirada de ojos azules, hasta que la penúltima —Donna, la que a decir de todos era sumamente divertida— se echó a llorar entre fuertes hipidos.

Ellos fueron la parte más fácil. Prácticamente todos los rostros de antaño estaban en esa sala: críos con los que me había peleado e ido al colegio, mujeres que me habían zurrado cuando les ensuciaba el suelo recién fregado, hombres que me habían dado dinero para que fuera de una carrera a la tienda y les comprara dos cigarrillos, gente que me miraba y veía a Francis Mackey de joven, aquel que hacía lo que le daba la gana en la calle y era expulsado temporalmente del colegio por pasarse de listillo —ya verás como acaba igual que su padre—. No parecían ellos mismos. Era como si los hubiera retocado un maquillador que aspirase a ganar un Oscar, con papadas, barrigas y entradas en el pelo obscenamente superpuestas a las caras reales que conocía. Jackie me plantaba delante de ellos y me murmuraba nombres al oído. Yo le dejé creer que no los recordaba.

Zippy Hearne me dio una palmada en la espalda y le dije que le debía cinco libras: por fin había conseguido llevarse al catre a Maura Kelly, aunque hubiera tenido que casarse con ella para conseguirlo. La madre de Linda Dwyer se aseguró de que probara sus sándwiches de huevo especiales. Capté alguna que otra mirada rara desde el otro extremo de la sala, pero en general, Faithful Place había decidido recibirme con los brazos abiertos. Por lo visto había jugado bastante bien mis cartas durante el fin de semana, y una buena dosis de duelo por un familiar siempre viene bien, sobre todo cuando está sazonada de escándalo. Una de las hermanas Harrison —encogida al tamaño de Holly, pero milagrosamente viva todavía— me agarró de la mano y se puso de puntillas para decirme tan alto como se lo permitían sus frágiles pulmones que había crecido mucho y estaba muy guapo.

Cuando me las apañé para desembarazarme de todo el mundo y buscar una lata de cerveza fría y un rincón discreto, tenía la sensación de haber pasado por una especie de prueba surrealista minuciosamente diseñada por Operaciones Psicológicas para desorientarme sin la más mínima posibilidad de volver atrás. Apoyé la espalda en la pared, sostuve la lata con firmeza a la altura del cuello y procuré no llamar la atención de nadie.

El ambiente de la sala se había animado tal como suele ocurrir en los velatorios: la gente se había despojado del dolor y tenía que recuperar el resuello antes de abandonarse a él de nuevo. El volumen era más alto, entraba más gente en tropel al piso y oí las risotadas de un grupo de chicos cerca de mí: «Y justo cuando el autobús arranca, Kev se asoma por la ventanilla de arriba con el cono de tráfico como si fuera un altavoz y les grita a los polis: ¡ARRODILLAOS ANTE ZOD!». Alguien había retirado la mesita de centro para dejar espacio libre delante de la chimenea y algún otro instaba a Sallie Hearne a que empezara con las canciones. Ella puso los reparos de rigor, pero como era de esperar, en cuanto alguien le dio una gota de whisky para humedecerse la garganta, se dejó ir: «Había tres preciosas zagalas de Kimmage» y la mitad de la sala coreó el estribillo como un eco: «De Kimmage...». En todas las fiestas de mi niñez las canciones habían empezado de la misma manera, desde los tiempos en que Rosie, Mandy, Ger y yo nos escondíamos debajo de las mesas para que no nos mandaran a la cama redonda de los niños en el dormitorio del fondo de la casa que fuera. Ahora Ger estaba tan calvo que hubiera podido comprobar qué tal me había afeitado en el reflejo de su cabeza.

Paseé la mirada por la habitación y pensé: «Es alguien que está aquí». Ese no se lo habría perdido. Algo así llama la atención, y al tipo que yo buscaba se le daba muy bien, pero que muy bien, mantener la sangre fría y pasar desapercibido. Alguien en la sala, que se bebía nuestra cerveza, se recreaba en los recuerdos sensibleros y cantaba a coro con Sallie.

Los colegas de Kev seguían desternillándose, hasta el punto de que un par de ellos apenas podían respirar. «... Solo que pasan diez minutos antes de que dejemos de partirnos el culo de risa, y entonces nos acordamos de que íbamos corriendo tan deprisa que nos habíamos montado en el primer autobús que vimos y no tenemos ni puta idea de adónde vamos...».

«Y cuando había alguna escaramuza, yo era el más duro de todos...». Hasta mi madre, emparedada en el sofá entre las presencias protectoras de la tía Concepta y su amiga de pesadilla Assumpta, cantaba a coro: con los ojos enrojecidos, llevándose el pañuelo a la nariz, pero levantando el vaso y sacando toda la papada como una luchadora. Había una manada de niños pequeños que correteaba por ahí a la altura de las rodillas, vestidos con la ropa buena, aferrados a galletas de chocolate y alerta ante cualquiera que pudiera decidir que ya les había llegado la hora de acostarse. En cualquier momento se esconderían debajo de la mesa.

«Así que nos bajamos del autobús y nos damos cuenta de que estamos en Rathmines, y la fiesta es en Crumlin, de manera que no llegamos ni de coña. Y Kevin dice: "Chicos, es viernes por la noche y esto está lleno de estudiantes, así que tiene que haber una fiesta en alguna parte"...».

La sala se estaba caldeando. Había un olor intenso, temerario y familiar: whisky caliente, humo, perfume para las ocasiones especiales y sudor. Sallie se remangó la falda y entre una estrofa y la siguiente acometió un breve paso de baile delante del hogar. Aún sabía moverse. «Cuando se ha tomado unas cuantas jarras pierde los estribos...», continuaba la canción. Los chicos habían llegado al remate de la historia: «... ¡Y al final de la noche, Kev se había largado a casa con la tía más buena!». Se doblaron por la cintura de risa, lanzando carcajadas a voz en grito a la vez que brindaban con las latas por esa vez, tanto tiempo atrás, que Kevin había pillado cacho.

Todo agente encubierto sabe que la mayor idiotez que puedes cometer es empezar a creer que estás integrado, pero yo había asimilado esta fiesta mucho antes que esa lección. Me sumé al estribillo: «Pierde los estribos...», y cuando Sallie me miró le lancé un guiño de aprobación y levanté un poco la lata a modo de brindis.

Ella parpadeó. Luego apartó su mirada de la mía y siguió cantando, medio compás más rápido. «Pero es alto y moreno y romántico, y lo quiero a pesar de todo...».

Yo siempre me había llevado bien con los Hearne. Antes de que pudiera encontrarle sentido a aquella reacción, Carmel apareció a mi lado como por arte de magia.

—¿Sabes una cosa? —dijo—. Todo esto es precioso. Cuando muera, me encantaría que se celebrara una despedida así.

Tenía en la mano un vaso de licor con sabor a fruta o algo igual de asqueroso, y su semblante denotaba esa mezcla de talante soñador y decidido que se alcanza con la cantidad adecuada de alcohol.

—Toda esta gente —dijo, y señaló con el vaso—, toda esta gente le tenía cariño a Kev. Y voy a decirte una cosa más: no se lo echo en cara. Era un encanto nuestro Kevin. Un auténtico encanto.

—Siempre fue un buen chaval —dije.

—Y se convirtió en un hombre estupendo, Francis. Ojalá hubieras tenido oportunidad de conocerlo como es debido. Mis hijos estaban locos por él.

Me lanzó una fugaz mirada de soslayo y por un instante pensé que iba a decir algo más, pero se contuvo.

—No me sorprende —comenté.

—Darren se escapó una vez, solo una, cuando tenía catorce años, y, claro, ni siquiera me preocupé; supe de inmediato que había ido a casa de Kevin. Darren está destrozado. Dice que Kevin era el único de nosotros que no estaba como una cabra, y que ahora no tiene sentido formar parte de esta familia.

Darren andaba arrastrando los pies pegado a las paredes, se tiraba de las mangas de su jersey negro enorme y había adoptado una pose enfurruñada profesional en plan *emo*. Parecía lo bastante abatido como para que hubiera dejado de abochornarlo estar allí.

—Tiene dieciocho años y está hecho un lío. Ahora mismo no sabe muy bien lo que se dice. No dejes que eso te afecte.

—Sí, ya sé, solo está disgustado, pero... —lanzó un suspiro—. ¿Sabes una cosa? En cierta manera creo que tiene razón.

—¿Y bien? Estar chiflado es una tradición familiar, guapa. Sabrá apreciarlo cuando sea mayor.

Intentaba hacerla sonreír, pero ella se frotaba la nariz y miraba a Darren con gesto de preocupación.

—¿Crees que soy mala persona, Francis?

Reí en voz alta.

—¿Tú? Dios santo, Melly, no. Hace una temporada que te he perdido la pista, pero a menos que estés regentando un burdel en esa preciosa casita tuya, yo creo que no tienes nada de malo. He conocido a unos cuantos indeseables a lo largo de mi vida, y hazme caso: tú no encajas en el perfil.

—Te va a parecer horrible —dijo Carmel. Entrecerró los ojos para mirar con desconfianza el vaso que tenía en la mano, como si no supiera muy bien cómo había llegado hasta allí—. No debería decirlo, ya sé que no debería. Pero eres mi hermano, ¿verdad? ¿Y no están para eso los hermanos?

—Claro que sí. ¿Qué has hecho? ¿Voy a tener que detenerte?

—Anda, vete por ahí. No he hecho nada. Se trata de lo que estaba pensando, nada más. No te rías de mí, ¿vale?

—Ni soñarlo. Te lo juro.

Carmel me lanzó una mirada recelosa por si le estaba tomando el pelo, pero luego suspiró y tomó un sorbito prudente de su copa, que olía algo así como a melocotón.

—Lo envidiaba —confesó—. A Kevin. Siempre.

No lo había visto venir. Aguardé.

—También envidiaba a Jackie. Antes te envidiaba a ti incluso.

—Yo tenía la impresión de que eras bastante feliz, hoy en día. ¿Me equivoco?

—No; ay, Dios, no. Soy feliz, desde luego. Llevo una vida estupenda.

—Entonces, ¿de qué tenías envidia?

—No es eso. Es... ¿Te acuerdas de Lenny Walker, Francis? Salí con él cuando no era más que una cría, antes de Trevor.

—Vagamente. ¿Uno que tenía la cara como un cráter?

—Anda, ya te vale, el pobre tenía acné. Luego se le pasó. Pero a mí no me importaba lo de su piel, estaba encantada de tener mi primer novio. Me moría de ganas de llevarlo a casa y presumir de él delante de todos vosotros, pero, claro, ya sabes cómo era.

—Sí, lo sé —asentí.

Ninguno habíamos llevado a nadie a casa, ni siquiera en aquellas ocasiones especiales cuando se suponía que nuestro padre estaba trabajando. Habíamos aprendido a no dar nada por sentado.

Carmel miró a su alrededor fugazmente para asegurarse de que no escuchaba nadie.

—Pero resulta que una noche Lenny y yo estábamos besándonos y achuchándonos un poco en Smith's Road y, mira tú por dónde, papá pasó por allí de regreso del pub y nos pilló. Se puso furioso. Le metió una leche a Lenny y le dijo que ya estaba bien, y luego me cogió por el brazo y empezó a soltarme bofetadas. Me insultó, las cosas que me dijo, sería incapaz de repetirlas... Me llevó a rastras hasta casa en ese plan. Luego me dijo que si volvía a portarme como una zorra me iba a mandar a un centro para chicas descarriadas. Dios bendito, Francis, Lenny y yo nunca habíamos pasado de besarnos. Yo no hubiera sabido qué hacer.

A pesar de todo el tiempo transcurrido, el recuerdo hizo que se le pusiera el rostro de un rojo encendido y moteado.

—Aquello supuso que rompiéramos. Después, cuando nos veíamos por ahí, Lenny ni siquiera me miraba. Estaba abochornado. No me extraña, claro.

La actitud de mi padre hacia las novias de Shay y las mías había sido mucho más comprensiva, aunque no nos había servido de gran cosa. Cuando Rosie y yo empezamos a salir sin ocultarnos, antes de que Matt Daly se enterase y le echara una bronca descomunal: «La hija de los Daly, ¿eh? Enhorabuena, hijo. Es una monada». Una palmada más fuerte de lo necesario en la espalda y una sonrisa burlona al ver que yo apretaba los dientes. «Hay que ver que domingas tiene, joder. Cuéntame, ¿ya se las has sobado?».

—Qué putada, Melly —la compadecí—. Es una auténtica putada, de verdad.

Carmel respiró hondo y se abanicó la cara con una mano, y el rubor empezó a apagarse.

—Dios, fíjate cómo estoy, la gente se va a pensar que tengo sofocos... No es que estuviera perdidamente enamorada de Lenny. Probablemente habría roto con él poco después de todas maneras, porque besar se le daba fatal. El caso es que después ya no me sentía igual. Seguro que no te acuerdas, pero yo era una chavalita descarada antes de aquello, no me cortaba nada a la hora de contestarles a nuestros padres. Después, en cambio, me daba miedo hasta mi propia sombra. Trevor y yo estuvimos un año dándole vueltas a lo de prometernos antes de hacerlo formalmente. Él tenía el dinero ahorrado para el anillo y todo, pero yo no quería dar el paso porque sabía que tendríamos que celebrar una fiesta de compromiso. Las dos familias en la misma habitación. Me aterraba.

—No me extraña —reconocí.

Por un instante pensé que ojalá hubiera sido más amable con el hermanito mofletudo de Trevor.

—Y a Shay le pasó algo parecido. No es que le entrara miedo, ni que papá se metiera en sus asuntos con las chicas, pero... —Volvió la mirada hacia Shay, apoyado en el marco de la puerta de la cocina con una lata en la mano y la cabeza ladeada hacia la de Linda Dwyer—. ¿Recuerdas aquella vez, debías de tener unos trece años, cuando perdió el conocimiento?

—Procuro con todas mis fuerzas no tener que recordarla —le aseguré.

Había sido una de las gordas. Mi padre lo había amenazado con darle un puñetazo a mi madre, por razones que ahora no recuerdo, y Shay lo había agarrado por la muñeca. Mi padre no llevaba bien que pusieran en tela de juicio su autoridad y expresó ese concepto cogiendo a Shay por el cuello para golpearle la cabeza contra la pared. Shay perdió el conocimiento durante lo que debió de ser un minuto pero se nos hizo una hora, y pasó el resto de la noche medio bizco. Mi madre no nos dejó llevarlo al hospital. No quedó claro si le preocupaban los médicos, los vecinos o ambas cosas, pero la mera idea hizo que se pusiera histérica. Pasé aquella noche viendo dormir a Shay, asegurándole a Kevin que no iba a morirse y preguntándome qué hostias haría yo si se moría.

—Después de eso ya no fue el mismo —señaló Carmel—. Se volvió duro.

—Antes no era un merengue precisamente.

—Ya sé que no os lleváis bien, pero te lo juro, Shay era un buen chico. Él y yo teníamos conversaciones estupendas a veces, y le iba de maravilla en los estudios... Fue después de eso cuando empezó a encerrarse en sí mismo.

Sallie llegó al gran final de su canción: «¡Mientras tanto viviremos con mi madre!».

Y todos prorrumpieron en aclamaciones y aplausos. Carmel y yo aplaudimos automáticamente. Shay levantó la cabeza y recorrió la sala de estar con la mirada. Por un momento me pareció un paciente de un pabellón para enfermos de cáncer: gris y agotado, con profundas ojeras. Luego volvió a escuchar sonriente la historia que le estaba contando Linda Dwyer.

—¿Qué tiene eso que ver con Kevin? —indagué.

Carmel profirió un hondo suspiro y tomó otro sorbito de su licor de melocotón. A juzgar por sus hombros caídos se estaba precipitando hacia la fase melancólica.

—Pues que por eso tenía celos de él —dijo—. Kevin y Jackie... lo pasaron mal, ya sé que sí. Pero a ellos no les ocurrió nada parecido, nada que los marcara hasta el punto de cambiarlos para siempre. Shay y yo nos aseguramos de que así fuera.

—Y yo.

—Sí. —Sopesó mi respuesta y asintió—: Y tú. Pero también intentamos cuidar de ti, desde luego que lo intentamos, Francis. Estaba convencida de que lo llevabas bien. Tuviste agallas para marcharte, en cualquier caso. Y luego Jackie siempre nos contaba que te iba estupendamente... Pensaba que eso quería decir que te habías largado antes de que todo esto te dejara para el arrastre.

—Estuve cerca. Pero no llegó a tanto.

—No lo sabía hasta la otra noche, en el pub, cuando lo dijiste. Hicimos todo lo que estaba en nuestra mano, Francis.

Le sonreí desde mi altura. Su frente era un entramado de pequeños surcos de ansiedad, de resultas de toda una vida preocupándose por si todo lo que estaba a su alrededor iba bien.

—Ya sé que sí, cielo. Nadie lo habría hecho mejor.

—Entonces ya entiendes por qué tenía celos de Kevin, ¿no? A él y a Jackie se les daba bien eso de ser felices. Igual que a mí cuando era muy joven. Tampoco es que deseara que le ocurriese nada malo, Dios me libre. Pero es que lo miraba y sentía deseos de ser así también.

—No creo que por eso seas mala persona, Melly —dije—. Tampoco es que te desquitaras con Kevin. No hiciste nada en tu vida para perjudicarlo. Siempre hiciste todo lo posible para asegurarte de que le fuera bien. Fuiste una buena hermana para él.

—Sigue siendo pecado —insistió Carmel. Paseaba la mirada por la habitación con aire afligido y se mecía, muy levemente, sobre sus tacones buenos—. La envidia. Basta con pensarlo para que sea pecado, seguro que eso ya lo sabes. «Bendígame, padre, porque he pecado, de pensamiento y palabra, por lo que he hecho y he dejado de hacer...». ¿Cómo voy a confesar algo semejante, ahora que ha muerto? Me moriría de vergüenza.

Le pasé un brazo por los hombros y le di un leve apretón. La noté blanda y reconfortante.

—Escúchame bien, guapa. Te garantizo sin lugar a dudas que no vas a ir al infierno por haberles tenido un poco de envidia a tus hermanos. Si acaso, será al contrario: Dios te dará puntos extra por esforzarte tanto para superarla. ¿No crees?

—Seguro que tienes razón —contestó Carmel, automáticamente. Llevaba años acostumbrada a seguirle la corriente a Trevor, pero no me pareció que estuviera convencida. Por un segundo tuve la sensación de que, de alguna manera imprecisa, la había dejado en la estacada. Entonces se irguió de súbito y se olvidó de mí por completo—: Dios bendito, ¿es una lata eso que tiene Louise? ¡Louise! ¡Ven aquí ahora mismo!

Con la cara de haber sido pillada in fraganti, Louise se desvaneció entre la gente a la velocidad del rayo. Carmel fue tras ella.

Me recosté en mi rincón y me mantuve a la espera. El ambiente del salón estaba cambiando de nuevo. Holy Tommy Murphy estaba acometiendo *Los buenos tiempos de antaño* con una voz que antes estaba sazonada con humo de turba y miel. El paso del tiempo había dado cierta aspereza a su tersa entonación, pero aún era capaz de interrumpir las conversaciones a media frase. Las mujeres levantaron la cabeza y empezaron a mecerse hombro con hombro, los niños se apoyaron en las piernas de sus padres y se metieron el pulgar en la boca para escuchar; hasta los amigos de Kevin bajaron el tono de voz hasta dejarlo en un murmullo. Holy Tommy tenía los ojos cerrados y la cabeza alzada hacia el techo. «Criado con canciones y relatos, héroes de renombre, las historias y las glorias del Dublín de antaño...». Nora, que escuchaba apoyada en el alféizar de la ventana, casi hizo que dejara de latirme el corazón: tenía todo el aspecto de la sombra de Rosie, melancólica, inmóvil y con los ojos tristes, demasiado lejos para alcanzarla.

Aparté la mirada de inmediato y fue entonces cuando vi a la señora Cullen, la madre de Mandy, junto al santuario dedicado a Jesucristo y Kevin, manteniendo una conversación en profundidad con Veronica Crotty, que aún tenía aspecto de padecer un resfriado perenne. La señora Cullen y yo nos llevábamos bien cuando era un chaval. Le gustaba reír y yo siempre conseguía que se desternillara. Esta vez, en cambio, cuando se cruzaron nuestras miradas y sonreí, se sobresaltó como si algo le hubiera picado, cogió a Veronica por el codo y empezó a susurrarle al oído el doble de rápido, lanzando miradas furtivas en dirección a mí de vez en cuando. A los Cullen nunca se les había dado bien lo de ser sutiles. Entonces empecé a preguntarme por qué Jackie no me había llevado a saludarlos a mi llegada.

Fui en busca de Des Nolan, el hermano de Julie, que también había sido colega mío y al que de alguna manera nos las habíamos arreglado para eludir en la ronda rápida que había hecho cogido de la mano de Jackie. El semblante de Des cuando me vio habría sido para partirse, si hubiera estado de humor para reírme. Masculló algo incoherente, señaló una lata que a mí no me pareció vacía y se escabulló a la cocina.

Encontré a Jackie acorralada en un rincón, donde nuestro tío Bertie le estaba dando la tabarra. Le hice un gesto abatido a más no poder, la rescaté de sus garras sudorosas, la llevé al dormitorio y cerré la puerta a nuestra espalda. Ahora el cuarto era de color melocotón y todas las superficies estaban cubiertas de chismes de porcelana, lo que denotaba cierta falta de previsión por parte de mi madre. Olía a jarabe para la tos y algo más, medicinal y más fuerte.

Jackie se derrumbó sobre la cama.

—Válgame Dios —dijo, a la vez que se abanicaba y resoplaba—. Cómo te lo agradezco. Dios santo, ya sé que es de mala educación hacer comentarios así, pero la última vez que se bañó debió de ser cuando la comadrona lo trajo al mundo.

—Jackie —dije—. ¿Qué ocurre aquí?

—¿A qué te refieres?

—La mitad de la gente no me dirige la palabra, ni siquiera me miran a los ojos, pero se les suelta la lengua en cuanto creen que no estoy mirando. ¿A qué se debe?

Jackie se las apañó para parecer inocente y furtiva al mismo tiempo, igual que una niña hundida hasta las cejas en excusas y chocolate.

—Has estado ausente, seguro que es eso. Hace veinte años que no te ven. Les resulta un poco violento.

—Y un cuerno. ¿Es porque ahora soy poli?

—Ah, no. Puede que un poco, claro, pero... ¿Por qué no lo dejas correr, Francis? ¿No te parece que igual estás un poco paranoico?

—Tengo que averiguar qué ocurre, Jackie. Lo digo en serio. No me jodas.

—Santo Dios, tómatelo con calma, no soy uno de tus sospechosos. —Miró la lata de sidra que tenía en la mano—. ¿Sabes si queda alguna más de estas?

Le planté delante mi Guinness. Apenas la había probado.

—Venga —insistí.

Jackie suspiró y empezó a dar vueltas a la lata entre las manos.

—Ya sabes cómo es Faithful Place. Si se huele un escándalo...

—Se abalanzan igual que carroñeros. ¿Cómo es que me he convertido en el menú de hoy?

Se encogió de hombros, incómoda.

—Rosie murió la noche que te fuiste. Kevin murió dos noches después de tu regreso. Y aconsejaste a los Daly que no acudieran a la policía. Hay quien piensa... —Dejó que se apagara su voz.

—Dime que me estás tomando el pelo, Jackie. Dime que no se rumorea en Faithful Place que yo maté a Rosie y a Kevin.

—No en toda Faithful Place. Se trata solo de unos cuantos. A mí no me parece..., escúchame bien, Francis, a mí no me parece que se lo crean ni ellos mismos. Lo cuentan porque es una historia más sabrosa: has estado ausente, eres poli y tal. No les hagas caso. Lo único que quieren es más dramatismo.

Me di cuenta de que aún tenía la lata vacía de Jackie en la mano, y que la había aplastado hasta deformarla. Me había esperado algo así de Scorcher, del resto de los tíos mazas de Homicidios, igual de algún que otro agente de Operaciones Encubiertas. Pero jamás me lo habría esperado de mi propia calle.

Jackie me observaba con inquietud.

—¿Sabes a qué me refiero? Y, además, cualquiera que haya agredido a Rosie es de por aquí. La gente no quiere plantearse...

—Y yo soy de por aquí —exclamé.

Guardamos silencio. Jackie tendió una mano tímidamente e

intentó tocarme el brazo. Lo aparté de golpe. La habitación me parecía poco iluminada y amenazante, las sombras se amontonaban con excesiva densidad en los rincones. En la sala de estar la gente empezaba a cantar a coro, desordenadamente, con Holy Tommy: «Los años me han amargado, el alcohol me nubla el juicio y Dublín sigue cambiando; nada parece igual...».

—¿Me estás diciendo que hay gente que me ha acusado de algo semejante delante de tus narices, y les has dejado entrar en esta casa? —dije.

—No seas tan memo —me espetó Jackie—. A mí nadie me ha dicho ni palabra. ¿Crees que se atreverían? Les partiría la cara, maldita sea. Son solo insinuaciones. La señora Nolan le dijo a Carmel que siempre andas cerca cuando ocurre algo, Sallie Hearne le comentó a mamá que siempre has tenido un genio de mucho cuidado y que no se le olvida aquella vez que le machacaste la nariz a Zippy...

—Porque se estaba metiendo con Kevin. Por eso le pegué a Zippy, hostia puta. Cuando teníamos unos diez años.

—Ya lo sé. Pasa de ellos, Francis. No les des esa satisfacción. No son más que unos idiotas. Cualquiera diría que ya tienen suficientes dramones que llevarse a la boca, pero esa peña siempre quiere un poco más. Así es Faithful Place, desde luego.

—Sí —dije—, Faithful Place.

Afuera el volumen de la canción iba subiendo, arreciando conforme se sumaba más gente y alguien empezó con armonía: «Ring-a-ring-alegre cuando mengua la luz, recuerdo Dublín en los buenos tiempos de antaño...».

Me recosté en la pared y me pasé las manos por la cara. Jackie me miraba de soslayo y se bebía mi Guinness. Al cabo, preguntó, vacilante:

—Volvamos ahí fuera, ¿vale?

—¿Llegaste a preguntarle a Kevin de qué quería hablar conmigo?

Se le demudó el gesto.

—Ay, Francis, lo siento... Se lo hubiera preguntado, solo que tú dijiste...

—Ya sé lo que dije.

—¿No te localizó al final?

—No. No me localizó.

Otro breve silencio. Jackie dijo, una vez más:

—Lo siento, Francis.

—No es culpa tuya.

—Deben de estar buscándonos.

—Lo sé. Déjame un momento más y ahora salimos.

Jackie me devolvió la lata.

—Que le den —dije—. Necesito algo más fuerte.

Debajo del alféizar había una tabla del suelo floja donde Shay y yo escondíamos el tabaco para que no lo encontrase Kevin, y como era de esperar, mi padre también la había encontrado. Saqué media botella de vodka, eché un trago y se la ofrecí a Jackie.

—Joder —dijo. Parecía asombrada de veras—. Por qué no. Ya que estamos...

Me cogió la botella, tomó un sorbo en plan fino y se retocó los labios pintados.

—Bueno. —Tomé otro lingotazo y guardé la botella en su escondrijo—. Ahora vamos a enfrentarnos a la muchedumbre dispuesta a lincharnos.

Fue entonces cuando cambiaron los sonidos del otro lado de la puerta. La canción perdió intensidad aprisa. Un instante después decayó el rumor de las conversaciones. Un hombre espetó algo en tono grave y furioso, una silla se estrelló contra la pared y entonces mi madre empezó a gritar con una voz a medio camino entre una *banshee** y la alarma de un coche.

---

* En el folclore irlandés, las *banshees* son espíritus femeninos que con sus gritos anuncian la muerte inminente de un ser querido. *(N. del T.)*

Mi padre y Matt Daly estaban plantados uno delante del otro, barbilla con barbilla, en mitad de la sala de estar. Mi madre tenía el vestido azul lavanda salpicado de arriba abajo de algo húmedo, y seguía gritando a pleno pulmón: «Ya lo sabía, so idiota, lo sabía, solo esta noche, no te había pedido más que eso...». Todos habían reculado para no entrometerse en la escena. Como atraído por un imán, crucé la mirada con Shay, que estaba al otro lado de la sala, y empezamos a abrirnos paso a codazos entre los espectadores.

—Siéntate —le aconsejó Matt Daly.

—Papá —dije, y le di un toque en el hombro.

Ni siquiera se había apercibido de mi presencia. Le dijo a Matt Daly:

—No me des órdenes en mi propia casa.

Shay, al otro lado, dijo:

—Papá.

—Siéntate —repitió Matt Daly, con voz queda y fría—. Estás dando un espectáculo.

Mi padre arremetió contra él. Las aptitudes que resultan útiles de veras no se pierden nunca: me abalancé sobre mi padre tan rápido como Shay, mis manos aún recordaban cómo agarrarlo y tenía la espalda preparada para sostenerlo cuando dejó de ofrecer resistencia y se le doblaron las rodillas. Me había puesto rojo hasta el nacimiento del pelo de puro bochorno.

—Lleváoslo de aquí —nos espetó mi madre.

Un montón de mujeres se habían congregado a su alrededor cual gallinas y alguien le limpiaba la parte superior del vestido con un pañuelo de papel, pero estaba tan furiosa que ni se daba cuenta.

—Venga, fuera de aquí, vuelve a la cloaca donde tienes que estar, no debería haberte sacado de allí... En el velatorio de tu propio hijo, pedazo de cabrón, no tienes el más mínimo respeto...

—¡Zorra! —bramó mi padre por encima del hombro, cuando lo sacábamos limpiamente por la puerta como si de una coreografía se tratara—. ¡Maldita hija de puta!

—Por detrás —indicó Shay bruscamente—. Que los Daly salgan por la puerta principal.

—Que le den por el culo a Matt Daly —nos dijo mi padre, mientras bajábamos las escaleras— y que le den también a Tessi Daly. Y que os den a vosotros dos. Kevin era el único de los tres que valía una mierda.

Shay dejó escapar un golpe de risa áspero y entrecortado. Parecía peligrosamente exhausto.

—En eso probablemente tienes razón.

—El mejor de todos —insistió mi padre—. Pobrecillo mío.

Se echó a llorar.

—¿No querías saber cómo lo lleva? —me preguntó Shay, que me miró por detrás de la nuca de nuestro padre con unos ojos que parecían las llamas de un mechero Bunsen—. Ahora tienes la oportunidad de enterarte. Que lo pases bien.

Abrió la puerta maniobrando diestramente con un pie, dejamos caer a nuestro padre en el escalón de la puerta y se volvió arriba.

Nuestro padre se quedó donde lo habíamos dejado, sollozando a base de bien, lanzando algún comentario que otro sobre la crueldad de la vida y disfrutando de lo lindo. Me apoyé en la pared y encendí un cigarrillo. La tenue luz anaranjada sin origen definido le daba al jardín un aspecto erizado, al estilo de Tim Burton. El cobertizo donde antes estaba el retrete seguía allí, aunque le faltaba algún que otro tablón y estaba inclinado formando un ángulo imposible. A mi espalda, la puerta del portal se cerró de golpe: los Daly se marchaban a casa.

Un rato después el lapso de atención de mi padre se agotó, o se le enfrió el culo. Echó el freno al aria que había estado interpretando, se limpió la nariz con la manga y adoptó una postura más cómoda en el escalón, con una mueca de dolor.

—Dame un cigarro.

—Pídelo por favor.

—Soy tu padre y te he dicho que me des un cigarro.

—Qué diablos —dije, a la vez que le alargaba uno—. Yo siempre apoyo las buenas causas. Que pilles un cáncer de pulmón desde luego lo es.

—Siempre has sido un capullo arrogante —me increpó mi padre, que cogió el cigarrillo—. Debería haber tirado a tu madre por las escaleras de una patada cuando me dijo que estaba preñada.

—Y probablemente lo hiciste.

—Y una mierda. Nunca os he puesto la mano encima a ninguno a no ser que os lo merecierais.

Temblaba tanto que no podía encender el cigarrillo. Me senté a su lado en los escalones, cogí el mechero y le di fuego. Apestaba a nicotina y Guinness rancia, con una provocativa nota de ginebra como remate. Todos y cada uno de los nervios de mi espina dorsal seguían mortalmente aterrados por él. El discurrir de la conversación que salía por la ventana encima de nuestras cabezas empezaba a remontar, apuradamente, a trompicones.

—¿Qué te pasa en la espalda? —le pregunté.

Mi padre expulsó una enorme bocanada de humo de los pulmones.

—No es asunto tuyo.

—Era solo por charlar.

—A ti nunca te ha ido eso de charlar. No soy idiota. No me trates como si lo fuera.

—Nunca he pensado que lo seas —dije de corazón.

Si hubiera pasado más tiempo estudiando y un poco menos alcoholizándose, mi padre podría haber hecho algo con su vida. Cuando tenía unos doce años estudiamos la segunda guerra mundial en la escuela. El maestro era un palurdo cabreado y reprimido que estaba convencido de que aquellos chavales de los barrios desfavorecidos del centro eran demasiado estúpidos para entender algo tan complejo, así que ni siquiera lo intentó. Fue mi padre, que casualmente estaba sobrio aquella semana, quien se sentó conmigo, trazó mapas a lápiz sobre el mantel de la cocina, sacó los soldaditos de plomo de Kevin para señalizar los ejércitos y me explicó toda la contienda de una manera tan clara y gráfica que aún recuerdo los detalles como si hubiera visto una película. Una de las tragedias de mi padre siempre fue que era lo bastante espabilado para entender hasta qué punto la había cagado por completo en la vida. Le habría ido mucho mejor si hubiera sido más bruto que un arado.

—¿Qué te importa a ti mi espalda?

—Es por curiosidad. Y si alguien va a venir a buscarme para que apoquine parte de lo que cuesta una plaza en una residencia de ancianos, me gustaría saberlo de antemano.

—Yo no te he pedido nada. Y no pienso ir a ninguna residencia de ancianos. Antes me pego un tiro en la cabeza.

—Bien por ti. No lo pospongas demasiado.

—No pienso daros esa satisfacción.

Le dio otra calada profunda al cigarrillo y siguió con la mirada los jirones de humo que salían ensortijados de su boca.

—¿De qué iba todo eso ahí arriba?

—Esto y lo de más allá. Cosas de hombres.

—¿Y eso qué significa? ¿Matt Daly te robó el ganado?

—No debería haber venido a mi casa. Y menos esta noche.

El viento husmeaba por los jardines y arremetía contra las paredes del cobertizo. Durante una fracción de segundo vi a Kevin, apenas la noche anterior, tendido, con la piel morada y blanca, magullado en la oscuridad, cuatro jardines más allá. En vez de enfurecerme, me produjo la sensación de que pesaba ciento veinte kilos, de que iba a tener que quedarme allí sentado el resto de la noche porque no tenía la más mínima oportunidad de llegar a levantarme de ese escalón.

Un rato después mi padre dijo:

—¿Recuerdas aquella tormenta? Debías de tener, no sé, cinco, seis años. Os saqué afuera a ti y a tu hermano. Tu madre se puso furiosa.

—Sí, me acuerdo —dije.

Había sido una noche de verano en plan olla a presión de esas en las que nadie puede respirar y estallan peleas brutales sin motivo aparente. Cuando retumbó el primer trueno, mi padre profirió una fuerte risotada de alivio. Nos cogió a Shay con un brazo y a mí con el otro y salió disparado escaleras abajo, seguido por mi madre gritando a voz en cuello. Nos sostuvo en alto para que viéramos destellar los relámpagos por encima de los cañones de las chimeneas y nos dijo que no nos asustáramos de los truenos, porque no eran más que los relámpagos que calentaban el aire con la rapidez de una explosión, y que no tuviéramos miedo de mamá, que estaba asomada a la ventana y lanzaba gritos cada vez más estridentes. Cuando por fin nos azotó una cortina de lluvia, echó la cabeza atrás para mirar el cielo de color gris púrpura y empezó a girar con nosotros en brazos en la calle vacía, Shay y yo aullábamos de risa como fierecillas mientras enormes goterones cálidos nos salpicaban la cara, notábamos crepitar la electricidad en el pelo y los truenos sacudían la tierra y se propagaban a través de los huesos de nuestro padre hasta los nuestros.

—Fue una tormenta de las buenas —recordó mi padre—. Una noche de las buenas.

—Recuerdo el olor —dije—. El sabor.

—Sí. —Le dio una última calada minúscula al cigarrillo y tiró la colilla a un charco—. Voy a decirte lo que querría haber hecho aquella noche. Me hubiera encantado cogeros a los dos y marcharme. A las montañas, a vivir allí. Robar una tienda de campaña y una escopeta en alguna parte, vivir de lo que consiguiera cazar. Sin mujeres que nos dieran la lata, sin nadie que nos dijera que no estábamos a la altura, sin nadie que humillara al obrero. Erais unos críos estupendos Kevin y tú, unos chicos buenos y fuertes, capaces de cualquier cosa. Yo creo que nos habría ido de maravilla.

—Aquella noche éramos Shay y yo —señalé.

—Kevin y tú.

—No. Yo era aún lo bastante pequeño para que pudieras cogerme en brazos. Eso significa que Kevin debía de ser todavía una criatura, si es que había nacido.

Mi padre se lo pensó un rato.

—Anda, vete a tomar por saco —me dijo—. ¿Sabes qué era eso? Era uno de los mejores recuerdos que tengo de mi hijo muerto. ¿Por qué tienes que ser tan capullo e intentar arrebatármelo?

—La razón de que no tengas recuerdos como es debido de Kevin es porque, para cuando llegó, tenías el cerebro hecho puré de patata. Si quieres explicarme por qué es eso culpa mía, soy todo oídos.

Tomó aliento, dispuesto a descargarme un golpe con todas sus fuerzas, pero lo único que consiguió fue provocarse un acceso de tos que le hizo levantarse de un brinco del escalón. De pronto sentí asco de los dos. Había pasado los últimos diez minutos buscándome un puñetazo en toda la cara; todo ese rato había tardado en darme cuenta de que no me estaba metiendo con alguien de mi tamaño. Comprendí que no iba a poder pasar más de tres minutos en esa casa sin perder la cordura.

—Toma —dije, y le ofrecí otro cigarrillo. Mi padre seguía sin poder hablar, pero lo cogió con una mano trémula—. Que lo disfrutes —le deseé, y lo dejé allí.

Arriba, Holy Tommy había empezado a cantar de nuevo. La noche había llegado a la fase en que la gente había pasado de la Guinness a las bebidas fuertes y les estábamos plantando cara a los ingleses. «No sonó ninguna gaita ni tambor alguno tocó retreta, pero las campanadas del ángelus sobre el Liffey tañeron entre el rocío brumoso...».

Shay había desaparecido, y también Linda Dwyer. Carmel estaba apoyada en un lado del sofá, tarareando, con un brazo por detrás de Donna, medio dormida, y la otra mano en el hombro de mi madre. Le dije suavemente al oído:

—Papá está atrás. Alguien debería ir a echarle un vistazo antes o después. Tengo que marcharme. —Carmel volvió la cabeza de súbito, sorprendida, pero le puse un dedo en los labios y señalé a mi madre con un gesto de cabeza—. Shh. Nos vemos pronto. Te lo prometo.

Me fui antes de que nadie tuviera oportunidad de decirme nada. La calle estaba oscura, solo había una luz en casa de los Daly y otra en el piso de los estudiantes melenudos. Todos los demás estaban durmiendo o en nuestra casa. La voz de Holy Tommy se oía por la ventana iluminada de nuestra sala de estar, tenue y eterna a través del vidrio: «Cuando volví a cruzar la cañada, con el corazón roto de pena, pues me despedía entonces de hombres valientes a los que nunca más veré...». Me siguió hasta el final de Faithful Place. Incluso cuando doblé por Smith's Road me pareció que alcanzaba a oírlo, tras el rumor del tráfico, dejándose el alma en la canción.

13

Cogí el coche y fui a Dalkey. Era lo bastante tarde como para que la calle estuviera oscura y reinara un silencio escalofriante, con todo el mundo esmeradamente arropado en sus sábanas de tejido suave y fino. Aparqué bajo un árbol de aspecto decoroso y permanecí allí sentado un rato, mirando la ventana del cuarto de Holly y pensando en noches en que llegaba tarde a casa después de trabajar, aparcaba en el sendero de entrada que me correspondía por derecho propio e introducía la llave en la cerradura sin hacer el menor ruido. Olivia me dejaba algo de comer en la encimera: sándwiches imaginativos y notitas, y lo que Holly hubiera dibujado ese día. Me comía los sándwiches sentado allí mismo, miraba los dibujos a la luz que entraba por la ventana de la cocina y escuchaba los sonidos de la casa bajo el denso manto de silencio: el rumor de la nevera, el viento en los aleros, el suave ir y venir de la respiración de mis chicas. Luego le escribía una nota a Holly para ayudarla con la lectura («¡HOLA, HOLLY, QUÉ TIGRE TAN BONITO! ¿ME DIBUJARÁS UN OSO HOY? TE QUIERO MUCHO, PAPÁ») y le daba un beso de buenas noches antes de acostarme. Holly duerme boca arriba en una postura desgarbada, ocupando el mayor espacio posible. Por aquel entonces, Liv dormía hecha un ovillo y me dejaba preparado el otro lado de la cama. Cuando me acostaba, ella murmuraba algo y se apretaba contra mí buscando a tientas mi mano para que la rodeara con el brazo.

Empecé por llamar al móvil de Olivia, para no despertar a Holly. Cuando dejó que saltara el buzón de voz tres veces seguidas, probé con el teléfono fijo.

Olivia contestó al primer timbrazo.

—Qué, Frank.

—Ha muerto mi hermano —dije.

Silencio.

—Mi hermano Kevin. Lo han encontrado muerto esta mañana.

Poco después se encendió la luz de su mesilla.

—Dios mío, Frank. Lo siento mucho. ¿Qué demonios...? ¿Cómo ha...?

—Estoy afuera —dije—. ¿Me dejas pasar?

Más silencio.

—No sé adónde ir, Liv.

Espiró sin llegar a suspirar.

—Espera un momento.

Colgó. Su sombra se movió tras las cortinas del dormitorio, introduciendo los brazos en las mangas y pasándose las manos por el pelo.

Salió a la puerta con un albornoz blanco gastado, bajo el que asomaba un camisón azul, lo que supongo que era indicio de que al menos no la había apartado de los apasionados brazos de Dermo. Se llevó un dedo a los labios y se las arregló para conducirme hasta la cocina sin llegar a tocarme.

—¿Qué ha pasado?

—Hay una casa en ruinas al final de nuestra calle. La misma casa donde encontramos a Rosie.

Olivia acercó un taburete y entrelazó las manos sobre la encimera, lista para escuchar, pero yo no podía sentarme. No paraba de moverme arriba y abajo por la cocina. No sabía cómo parar.

—Han encontrado allí a Kevin esta mañana —continué—, en el jardín trasero. Cayó por una de las ventanas de arriba. Tenía el cuello roto.

Vi que Olivia movía la garganta al tragar saliva. Hacía cuatro años que no le veía el pelo suelto —solo se lo suelta para acostarse— y sentí como si me hubieran propinado un pisotón brusco y doloroso en los nudillos de la mano con la que procuraba mantenerme aferrado a la realidad.

—Tenía treinta y siete años, Liv. Tenía media docena de chicas en danza porque aún no estaba preparado para sentar cabeza. Quería ver la Gran Barrera de Coral.

—Dios bendito, Frank. ¿Ha sido..., cómo...?

—Se cayó, saltó, alguien le empujó, elige tú misma. De entrada, no sé qué coño hacía en esa casa, y no tengo ni idea de cómo se precipitó por la ventana. No sé qué hacer, Liv. No sé qué hacer.

—¿Es necesario que hagas algo? ¿Acaso no hay una investigación?

Me eché a reír.

—Sí, claro. Siempre la hay, ¿no? Los de Homicidios se ocupan del asunto, aunque no hay ningún indicio de que se trate de un homicidio, salvo por el vínculo con Rosie: el mismo lugar, el margen de tiempo. Ahora está en manos de Scorcher Kennedy.

A Olivia se le nubló el semblante un poco más. Conoce a Scorcher y no le cae especialmente bien, o no le caigo especialmente bien yo cuando estoy cerca de Scorcher. Me preguntó con tacto:

—¿No te parece bien?

—No. No lo sé. Al principio pensé, bueno, vale, podría habernos ido mucho peor. Ya sé que Scorch es un auténtico coñazo, Liv, pero tiene tesón, y eso es lo que nos hace falta aquí. Todo el asunto de Rosie estaba olvidado por completo. Nueve de cada diez agentes de Homicidios lo habrían enterrado en el sótano en un abrir y cerrar de ojos para poder ocuparse de algo que tuvieran al menos una posibilidad remota de resolver. Scorch no tenía intención de hacerlo. Me pareció que era buena señal.

—Pero ahora...

—Ahora... Ese tipo es un puñetero pitbull, Liv. No es ni remotamente tan listo como cree, y una vez agarra algo no lo suelta por nada del mundo, aunque esté equivocado de medio a medio. Y ahora...

Había dejado de moverme. Me recosté contra el fregadero, me llevé las manos a la cara y respiré hondo con la boca abierta por entre los dedos. Las bombillas de ahorro energético empezaban a cobrar intensidad, tornando el ambiente de la cocina blanquecino y peligroso con su fino zumbido de fondo.

—Van a decir que Kevin mató a Rosie, Liv. Se lo vi a Scorcher en la cara. No lo dijo, pero sé que estaba pensándolo. Van a decir que Kev mató a Rosie y luego se quitó de en medio al pensar que lo íbamos a descubrir.

Olivia se había llevado las yemas de los dedos a los labios.

—Dios mío. ¿Por qué? ¿Creen...? ¿Qué les hace pensar...? ¿Por qué?

—Rosie dejó una nota. Media nota. La otra media la encontraron en el cadáver de Kevin. Cualquiera que lo empujase por esa ventana pudo dejarla allí, pero Scorcher no piensa así. Cree que tiene una explicación evidente y que puede despejar dos incógnitas de una tacada, caso resuelto, sin necesidad de interrogatorios, órdenes de registro, juicios ni nada en plan sofisticado. ¿Por qué complicarse la vida? —Tomé impulso para apartarme del fregadero y empecé a caminar arriba y abajo de nuevo—. Es de Homicidios. Los de ese cuerpo son una pandilla de putos cretinos. Solo ven lo que se les pone en línea recta delante de las narices. Si les pides que se aparten un centímetro de esa línea, aunque solo sea por una vez en su maldita vida, se pierden. Si pasaran media jornada en Operaciones Encubiertas acabarían muertos.

Olivia se alisó un largo mechón de cabello rubio ceniciento y observó cómo se tensaba.

—Supongo que en la mayoría de las ocasiones la explicación más sencilla es la acertada —señaló.

—Sí. Claro. Estupendo. Seguro que sí. Pero esta vez, Liv, esta vez no van por ahí los tiros. Esta vez la explicación más sencilla es una puta patraña.

Olivia guardó silencio un momento, y me pregunté si habría deducido a quién señalaba la explicación más sencilla, hasta el momento en que Kevin hizo el salto del ángel. Entonces dijo, con suma cautela:

—Hace mucho tiempo que viste a Kevin por última vez. ¿Estás completamente seguro de que...?

—Sí. Sí. Sí. Estoy seguro. Pasé los últimos días con él. Era el mismo que conocía de cuando éramos unos chavales. Llevaba el pelo mejor cortado, había crecido unos centímetros, pero era el mismo. Uno no se equivoca en esas cosas. Sé todo lo que hay que saber sobre él que tenga relevancia, y no era un asesino, ni se suicidó.

—¿Has intentado planteárselo a Scorcher?

—Claro que sí. Es como hablar con la pared. No era lo que quería oír, así que no lo oyó.

—¿Y si hablas con su superior? ¿Te escucharía?

—No. Joder, no. Es lo peor que podría hacer. Scorcher ya me advirtió que no me metiera en sus asuntos, y seguro que anda atento para asegurarse de que me mantenga bien alejado. Si lo puenteo para intentar meter las narices, sobre todo de alguna manera que pueda poner en peligro su maravilloso índice de resolución de casos, no haría más que empecinarse en su actitud. Entonces, ¿qué puedo hacer, Liv? ¿Qué? ¿Qué hago?

Olivia me observó con sus pensativos ojos grises llenos de rincones ocultos, y dijo suavemente:

—Tal vez lo mejor es dejarlo correr, Frank. Solo una temporada. Digan lo que digan, ya no puede hacerle daño a Kevin. Cuando pase el revuelo...

—No. Joder, ni pensarlo. No pienso quedarme de brazos cruzados y ver cómo lo convierten en chivo expiatorio solo porque ha muerto. Él no puede plantarles cara, pero yo sí puedo hacerlo por él, maldita sea.

Una vocecilla dijo:

—¿Papá?

Los dos dimos un brinco de dos metros. Holly estaba en el umbral, con un camisón de Hannah Montana que le venía grande, una mano en el pomo de la puerta y los dedos de los pies recogidos sobre las baldosas frías. Olivia se apresuró a decir:

—Vuelve a la cama, cariño. Mamá y papá están hablando.

—Has dicho que alguien ha muerto. ¿Quién ha sido?

Ay, Dios.

—No pasa nada, bonita —dije—. No es más que uno que conocía.

Olivia se le acercó.

—Es muy tarde. Vuelve a dormir. Ya hablaremos por la mañana.

Intentó dirigir a Holly hacia las escaleras, pero la niña se aferró al pomo de la puerta y se mantuvo en sus trece.

—¡No! Papá, ¿quién ha muerto?

—A la cama. Ahora. Mañana ya...

—¡No! ¡Quiero saberlo!

Tarde o temprano se lo tendría que contar. Gracias a Dios ya estaba al tanto de lo que era la muerte: peces de colores, un hámster, el abuelo de Sarah. Habría sido incapaz de tener esa conversación, para colmo de males.

—Tu tía Jackie y yo tenemos un hermano —dije: había que abordar los parientes que no conocía uno por uno—. Teníamos. Ha muerto esta mañana.

Holly se me quedó mirando fijamente.

—¿Tu hermano? —dijo, con una nota aguda y trémula en la voz—. Cómo, ¿mi tío?

—Sí, cariño. Tu tío.

—¿Cuál?

—Ninguno de los que conoces. Esos son los hermanos de mamá. Este era tu tío Kevin. No lo conociste, pero creo que os habríais llevado bien.

Por un instante sus ojos de color butano se volvieron enormes, luego se le arrugó la cara, echó atrás la cabeza y profirió un furioso chillido de angustia pura.

—¡Noooo! No, mami, no, mami, no...

El grito se deshizo en atroces sollozos, y Holly enterró la cara en el estómago de Olivia, que se arrodilló y la rodeó con los brazos mientras le murmuraba palabras tranquilizadoras.

—¿Por qué llora? —pregunté.

Estaba perplejo de veras. Tras los últimos días, el cerebro había dejado de funcionarme a velocidad normal. Fue al ver que Olivia me lanzaba una fugaz mirada, furtiva y culpable, cuando caí en la cuenta de que ocurría algo.

—Liv —dije—. ¿Por qué llora?

—Ahora no. Calla, cariño, calla, no pasa nada...

—¡Sí! ¡Sí que pasa!

La pequeña tenía razón.

—Sí, ahora. ¿Por qué hostias llora?

Holly levantó la carita húmeda y enrojecida del hombro de Olivia.

—¡Tío Kevin! —gritó—. ¡Me enseñó a jugar a Super Mario Brothers e iba a llevarnos a mí y a la tía Jackie al teatro!

Intentó seguir hablando, pero sus palabras quedaron engullidas por otro tsunami de llanto. Me senté violentamente en un taburete. Olivia mantenía la mirada apartada de la mía y mecía a Holly adelante y atrás, acariciándole la cabeza. Me hubiese venido muy bien que alguien me dispensara el mismo trato, a ser posible alguien con pechos muy grandes y una inmensa nube de cabello que me envolviera.

Al cabo, Holly se agotó y pasó a la fase de los hipidos convulsos, y Liv la llevó con delicadeza de regreso a su habitación. Ya se le cerraban los ojos. Mientras estaban arriba encontré una botella de Chianti en el botellero —Olivia no guarda cerveza, ahora que ya no estoy— y la descorché. Me senté en el taburete con los ojos cerrados, apoyé la nuca en la pared de la cocina y mientras escuchaba a Olivia consolando a Holly en el piso de arriba intenté calcular si alguna vez en mi vida había estado tan furioso.

—Bueno —dije en tono agradable cuando Olivia volvió a bajar. Había aprovechado la oportunidad para ponerse su armadura de madre despampanante, vaqueros ceñidos, un jersey de cachemir color caramelo y una expresión de superioridad moral—. Creo que me debes una explicación, ¿no?

Miró mi vaso y arqueó delicadamente las cejas.

—Y una copa, por lo visto.

—Ah, no, no. Varias copas. No he hecho más que empezar.

—Imagino que no creerás que puedes quedarte a dormir si te emborrachas demasiado para conducir.

—Liv —dije—, en otras circunstancias estaría más que encantado de discutir contigo tantas cuestiones menores como te parezca, pero esta noche, creo que debo advertirte que voy a ceñirme hasta donde me sea posible al tema. ¿Cómo hostias conoce Holly a Kevin?

Olivia empezó a retirarse el pelo para sujetárselo con una goma elástica a base de movimientos diestros y tajantes. Saltaba a la vista que había optado por hacer como si nada y mostrarse tranquila.

—Decidí que Jackie se lo podía presentar.

—Voy a tener una charla con Jackie, de eso puedes estar segura. Entiendo que tú pudieras ser lo bastante ingenua como para creer que era una idea encantadora, pero Jackie no tiene excusa. ¿Solo Kevin, o la puñetera familia Addams al completo? Dime que fue solo Kevin, Liv, por favor.

Olivia se cruzó de brazos y apoyó la espalda en la pared de la cocina. Su postura de batalla: la había visto infinidad de veces.

—Sus abuelos, sus tíos y su tía, y sus primos.

Shay. Mi madre. Mi padre. No le he pegado a una mujer en mi vida. No me di cuenta de que estaba pensando en hacerlo hasta que noté que mi mano apretaba con fuerza el borde del taburete.

—Jackie la ha llevado a merendar alguna tarde, después del colegio. Ha conocido a su familia, Frank. No es el fin del mundo.

—A mi familia no se la conoce, se inician las hostilidades con ella. Hay que ir con un lanzallamas y una armadura que te proteja de la cabeza a los pies. ¿Cuántas tardes, exactamente, ha pasado Holly conociendo a mi familia?

Se encogió levemente de hombros.

—No he llevado la cuenta. ¿Doce, quince? ¿Tal vez veinte?

—¿Durante cuánto tiempo?

Mi pregunta le provocó un parpadeo de culpabilidad.

—Un año, más o menos.

—Has hecho que mi hija me mienta durante un año.

—Le dijimos...

—Un año. Todos los fines de semana durante un año le he preguntado a Holly qué había hecho esa semana y ella me ha soltado un montón de chorradas.

—Le dijimos que tendría que mantenerlo en secreto una temporada porque te habías peleado con tu familia. Eso es todo. Íbamos a...

—Puedes llamarlo secreto, mentira o como te dé la puta gana. Es lo que mejor se le da a mi familia. Es un talento innato, un don de Dios. Yo tenía planeado mantener a Holly tan alejada de eso como fuera posible, confiar en que de alguna manera se impusiera a las probabilidades genéticas y llegara a ser una mujer cabal, cuerda y en absoluto retorcida. ¿Te parece excesivo, Olivia? ¿De verdad te parece mucho pedir?

—Frank, vas a volver a despertarla si...

—Y en vez de eso, tú vas y la metes en todo el fregado. Y toma, vaya sorpresa, resulta que antes de que te des cuenta, empieza a comportarse exactamente como un puto Mackey. Ha empezado a mentir con toda naturalidad. Y tú la estás incitando en todo momento. Qué cutre, Liv. De verdad. Es lo más cutre, sucio y repugnante que he oído en mi vida.

Al menos tuvo el detalle de sonrojarse.

—Íbamos a contártelo, Frank. Pensamos que, una vez vieras que todo iba por buen camino...

Me reí tan fuerte que Olivia se estremeció.

—¡Santa madre de Dios, Liv! ¿Tú crees que esto es ir por buen camino? Corrígeme si me he perdido algo, pero yo diría que todo este puto embrollo de mierda anda muy, pero que muy lejos de ir por buen camino.

—Por el amor de Dios, Frank, no es que supiéramos que Kevin iba a...

—Sabías que yo no quería que se acercara a ellos. Con eso debería haber bastado. ¿Qué más te hacía falta saber, maldita sea?

Olivia tenía la cabeza gacha y la mandíbula rígida en un gesto que era clavado al que hacía Holly. Cogí la botella de nuevo y vi que le destellaban los ojos, pero se las arregló para no decir nada, así que me volví a llenar el vaso hasta arriba y dejé que se derramara sobre la preciosa encimera de color pizarra.

—¿O fue eso lo que te llevó a hacerlo: saber que yo me oponía totalmente? ¿Tan cabreada estás conmigo? Venga, Liv. Puedo encajarlo. Vamos a dejarnos de tonterías. ¿Disfrutabas dejándome como un payaso? ¿Te partías el pecho de risa? ¿De verdad dejaste a Holly en medio de una pandilla de lunáticos solo para joderme?

Eso hizo que irguiera la espalda de golpe.

—No te atrevas. Yo nunca haría nada que perjudique a Holly, ya lo sabes. Nunca.

—Entonces ¿por qué, Liv? ¿Por qué? ¿Cómo demonios se te ocurrió que podía ser una buena idea?

Olivia tomó aire brevemente por la nariz y recuperó la compostura. Ya tiene práctica. Dijo en tono sereno:

—También son familia suya, Frank. Holly me preguntaba una y otra vez. Por qué no tiene dos abuelas como todos sus amigos, si Jackie y tú tenéis más hermanos, por qué no podía ir a verlos...

—Y una mierda. Creo que a mí me ha preguntado por mis parientes una vez en toda su vida.

—Sí, y tu reacción le dejó bien claro que no debía volver a preguntarte. En cambio me preguntó a mí, Frank. Le preguntó a Jackie. Quería saber.

—¿A quién hostias le importa lo que quiera ella? Tiene nueve años. También quiere un cachorro de león y seguir una dieta de pizza y M&M rojos. ¿Vas a ceder también en eso? Somos sus padres, Liv. Se supone que tenemos que darle lo que es bueno para ella, no lo que le venga en gana.

—Frank, baja la voz. ¿Por qué diablos tenía que ser perjudicial para ella? Lo único que has dicho sobre tu familia es que no querías volver a tener nada que ver con ellos. No me comentaste precisamente que eran una cuadrilla de asesinos psicópatas. Jackie es un encanto, siempre se ha portado de maravilla con Holly y me aseguró que el resto de la familia era buena gente...

—¿Y la creíste? Jackie vive en su propio mundo, Liv. Está convencida de que a un pirado como el carnicero de Milwaukee solo le haría falta conocer a una buena chica. ¿Desde cuándo decide ella cómo debemos educar a nuestra hija?

Liv empezó a decir algo, pero yo levanté el tono de voz hasta que se dio por vencida y cerró la boca.

—Estoy asqueado, Liv, físicamente. Si en algo creía poder contar con que me respaldases era precisamente en esto. Siempre pensaste que mi familia no era lo bastante buena para ti. ¿Por qué coño iban a serlo para Holly?

Olivia perdió por fin los estribos.

—¿Cuándo he dicho yo eso, Frank? ¿Cuándo?

Me quedé mirándola fijamente. Estaba lívida de ira, con las manos apoyadas en la puerta detrás de la espalda y sin apenas resuello.

—Si tú crees que tu familia no es lo bastante buena, si te avergüenzas de ellos, es problema tuyo, no mío. No me lo endoses a mí. Yo nunca he dicho tal cosa. Ni siquiera lo he pensado. Nunca.

Se volvió de súbito y abrió la puerta de un tirón. Luego la cerró tras ella con un chasquido que, de no ser por Holly, habría sido un portazo lo bastante fuerte para que temblara toda la casa.

Me quedé allí sentado un rato, mirando la puerta boquiabierto como un cretino y notando cómo mis neuronas entrechocaban cual autos de choque. Luego cogí la botella de vino, busqué otro vaso y me fui tras Olivia.

Estaba en el invernadero, en el sofá de mimbre, con las piernas recogidas debajo del cuerpo y las manos metidas en las mangas. No levantó la mirada, pero cuando le ofrecí un vaso sacó una mano y lo aceptó. Llené las copas hasta arriba y me senté a su lado.

Seguía lloviendo, gotas pacientes e incesantes repiqueteaban contra los cristales y una corriente fría se filtraba por alguna grieta y se dispersaba igual que humo por la estancia. Me sorprendí tomando nota mental, incluso después de tanto tiempo, de localizar la grieta y obturarla. Olivia bebía el vino a sorbos y yo observaba su reflejo en el vidrio, los ojos sombríos, concentrados en algo que solo ella alcanzaba a ver. Un rato después pregunté:

—¿Por qué nunca me dijiste nada?

No volvió la cabeza.

—¿De qué?

—De todo. Pero vamos a empezar por lo de que nunca me dijiste que mi familia no te molestaba.

Se encogió de hombros.

—Nunca te mostraste especialmente interesado en hablar de ellos. Y no creí que fuera necesario decirlo. ¿Por qué iba a tener algún problema con gente a la que no conocía?

—Liv —dije—. Hazme un favor: no te hagas la tonta. Estoy muy cansado para esto. Hemos entrado en territorio de *Mujeres desesperadas*: aquí, en un invernadero, hay que joderse. Yo me crié muy lejos de cualquier invernadero. Mi familia va más del rollo de *Las cenizas de Ángela*. Mientras los tuyos están en el invernadero tomando Chianti a sorbos, los míos están en su piso decidiendo en qué galgo van a pulirse el dinero del paro.

El comentario logró que contrajera levemente las comisuras de la boca.

—Frank, era consciente de que provenías de clase obrera desde la primera vez que abriste la boca. Nunca lo mantuviste en secreto. Aun así salí contigo.

—Sí. A lady Chatterley le gustan los tipos rudos.

El deje dolido nos pilló a los dos por sorpresa. Olivia se volvió para mirarme. A la tenue luz que se filtraba desde la cocina la cara se le veía larga, triste y hermosa, como sacada de una estampa religiosa.

—Nunca has pensado nada parecido —señaló.

—No —reconocí, transcurrido un momento—. Es posible que no.

—Te quería. Así de sencillo.

—Era sencillo siempre y cuando mi familia no entrara en escena. Es posible que me quisieras, pero seguro que no hubieras querido conocer a mi tío Bertie, que monta concursos a ver quién se tira pedos más fuerte, ni a mi tía abuela Concepta, que es capaz de contarte que iba sentada detrás de un montón de negratas en el autobús y hay que ver qué pelos llevaban, ni a mi prima Natalie que llevó a su hija de siete años a tomar rayos uva para hacer la primera comunión. Ya veo que, personalmente, yo no provocaría infartos fulminantes a los vecinos, tal vez solo unas palpitaciones, pero los dos sabemos cómo contrastaría el resto del clan con los amigos que juegan al golf con papá o las señoras que asisten al *brunch* del club con mamá. Se convertiría al instante en un clásico de YouTube.

—No voy a fingir que no es cierto —dijo Olivia—. Ni que no se me pasó nunca por la cabeza. —Permaneció un momento en silencio, haciendo girar el vaso entre las manos—. Al principio, me pareció que tu falta de contacto con ellos probablemente hacía que todo fuera más sencillo. No pensé que no estuvieran a la altura, sencillamente..., era más sencillo. Pero cuando llegó Holly... Cambió la forma en que lo veía todo, Frank, todo. Quería que disfrutara de ellos. Son su familia. Eso es más importante que las costumbres que tengan a la hora de tomar rayos uva.

Me retrepé en el sofá, me serví más vino e intenté ordenar mis pensamientos de manera que dejaran sitio a esa nueva información. No debería haberme dejado perplejo, o al menos no hasta ese punto. Olivia siempre ha sido un inmenso misterio para mí, en todos y cada uno de los momentos de nuestra relación y sobre todo en los momentos en que mejor creía entenderla.

Cuando nos conocimos trabajaba como fiscal del Ministerio Público. Quería encausar a un traficante de caballo de tres al cuarto llamado Pippy que había sido detenido en una redada de la brigada de Narcóticos y yo quería que lo dejaran irse de rositas aduciendo que había dedicado las seis semanas anteriores a hacerme amigo íntimo de Pippy y no creía que hubiera agotado sus muchas e interesantes posibilidades. Me pasé por el despacho de Olivia para tratar de convencerla en persona. Discutimos durante una hora, me senté en su mesa, le hice perder el tiempo y conseguí que se riera, y cuando se hizo tarde la llevé a cenar para que siguiéramos discutiendo cómodamente. Pippy obtuvo unos meses más de libertad y yo logré una segunda cita.

Olivia era diferente: trajes elegantes, sombra de ojos sutil y modales impecables, el ingenio afilado como una cuchilla, unas piernas interminables, una columna de acero y un aura de profesional con futuro tan intensa que casi se apreciaba su sabor. El matrimonio y los hijos eran lo último que se le pasaba por la cabeza, cosa que, según mi opinión, eran fundamentales para cualquier buena relación. Estaba desligándome de otra, la séptima, o quizá la octava, no lo sé, que había empezado alegremente y luego había caído en el estancamiento y el reproche después de un año aproximadamente, cuando mi falta de intenciones empezó a quedarnos clara a los dos. Si la píldora hubiera sido infalible, Liv y yo habríamos acabado igual. En cambio, nos casamos por la iglesia con todos los aditamentos, celebramos una recepción en un hotel en el campo, compramos una casa en Dalkey y llegó Holly.

—Nunca lo he lamentado ni por un segundo —dije—. ¿Tú sí?

Tardó un momento, ya fuera en decidir a qué me refería o en pensar una respuesta. Luego dijo:

—No. Yo tampoco.

Alargué una mano y cubrí la suya, que reposaba en su regazo. El jersey de cachemir estaba terso y gastado, y yo aún conocía la forma de su mano como la mía propia. Un rato después volví a la sala de estar, cogí el cubresofá y se lo eché sobre los hombros.

Olivia dijo sin mirarme:

—No sabes las ganas que tenía Holly de saber algo sobre ellos. Son su familia, Frank. La familia es importante. Estaba en su derecho.

—Y yo estaba en mi derecho de opinar al respecto. Sigo siendo su padre.

—Lo sé. Tendría que habértelo dicho. O haber respetado tus deseos. Pero... —Meneó la cabeza contra el respaldo del sofá. Tenía los ojos cerrados y la penumbra le pintaba sombras debajo, como enormes moretones—. Sabía que si sacaba el tema acabaríamos teniendo una bronca enorme. Y no me quedaban fuerzas para eso. Así que...

—Mi familia está irremediablemente tarada, Liv —dije—. En demasiados aspectos como para entrar en detalles. No quiero que Holly acabe siendo igual que ellos.

—Holly es una niña feliz, sana y equilibrada. Eso ya lo sabes. No le estaba haciendo ningún mal, le encantaba verlos. Esto es... Nadie podría haberlo predicho.

Hastiado, me pregunté si de veras era cierto. A título personal, hubiera apostado a que al menos uno de los miembros de mi familia acabaría sus días de una manera complicada y sospechosa, aunque nunca hubiera apostado por Kevin.

—No puedo pensar en todas las veces que le preguntaba qué había estado haciendo y ella me decía que había ido a patinar con Sarah o había estado construyendo un volcán para la clase de ciencias. Más alegre que unas pascuas, sin la menor preocupación. Nunca he sospechado que me ocultase nada. Me deja hecho polvo, Liv. Sencillamente, hecho polvo.

Olivia volvió la cabeza lentamente hacia mí.

—No era tan malo como parece, Frank. De verdad. Ella no creía que te estuviera mintiendo. Le dije que teníamos que esperar una temporada antes de hablarte del asunto, porque habías tenido una discusión muy grande con tu familia, y ella dijo: «Como aquella vez que yo me peleé con Chloe, y pasé una semana que no quería ni pensar en ella porque me echaba a llorar». Entiende más de lo que crees.

—No quiero que me proteja. Nunca. Pretendo que sea al revés.

Algo afloró fugazmente al rostro de Olivia, algo un tanto irónico y triste.

—Se está haciendo mayor, ya lo sabes —me recordó—. Dentro de unos años será una adolescente. Las cosas cambian.

—Lo sé —dije—. Lo sé.

Pensé en Holly tendida en su cama arriba, soñando, con restos de lágrimas en las mejillas, y en la noche que fue concebida: la risa grave y triunfal en la garganta de Liv, su pelo enredado entre mis dedos, el sabor a sudor limpio de verano en su hombro.

Unos minutos después, Olivia dijo:

—A Holly le hará falta hablar de todo esto por la mañana. Convendría que estemos los dos. Si quieres quedarte en la habitación de invitados...

—Gracias —acepté—. Estaría bien.

Se levantó, se desprendió del cubresofá y lo dobló sobre el antebrazo.

—La cama está hecha.

Ladeé el vaso.

—Voy a terminarme esto. Gracias por la copa.

—Las copas.

En su voz se apreciaba el espectro de una sonrisa.

—Por esas también.

Detrás del sofá se detuvo y posó las yemas de los dedos sobre mi hombro, tan tímidamente que apenas las noté.

—Siento mucho lo de Kevin —dijo.

—Era mi hermano pequeño —respondí, y oí el deje áspero de mi voz—. Da igual cómo se precipitara por esa ventana, yo tendría que haberlo impedido.

Liv contuvo el aliento como si estuviera a punto de decir algo urgente, pero un momento después lo dejó escapar con un suspiro. Dijo muy suavemente, quizá para sí misma:

—Ay, Frank.

Apartó los dedos de mi hombro, dejando pequeños puntos fríos allí donde había notado su calor, y oí que la puerta se cerraba con un leve chasquido a su espalda.

14

Cuando Olivia llamó con unos golpecitos a la puerta de la habitación de invitados, pasé de profundamente dormido a despierto y deprimido en menos de un segundo, antes incluso de que me viniera a la cabeza el contexto. Había pasado muchas más noches de la cuenta en esa habitación de invitados, cuando Liv y yo estábamos en el proceso de descubrir que ella ya no quería seguir casada conmigo. Incluso el olor a vacío con un delicado toque de jazmín me hace sentir dolorido y cansado como si tuviera cien años y las articulaciones totalmente desgastadas.

—Frank, son las siete y media —dijo Liv en voz queda, sin abrir la puerta—. He pensado que querrías hablar con Holly antes de que se vaya al cole.

Apoyé los pies en el suelo y me froté la cara.

—Gracias, Liv. Ahora mismo voy.

Quería preguntarle si tenía alguna sugerencia al respecto, pero antes de que consiguiera dar con las palabras adecuadas oí que sus tacones se alejaban escaleras abajo. De todas maneras no habría entrado en la habitación de invitados, por si me encontraba desnudo y se me ocurría intentar camelarla para echar uno rápido.

Siempre me han gustado las mujeres fuertes, cosa que es una suerte para mí, porque después de cumplir los veinticinco ya no las hay de otra clase. Las mujeres me alucinan. Las cosas que se ven obligadas a soportar rutinariamente harían que la mayoría de los hombres se acurrucaran y se dejaran morir, pero ellas se vuelven duras como el acero y siguen en la brecha. Cualquier hombre que diga que no le van las mujeres fuertes se engaña: le van las mujeres fuertes que saben poner morritos y fingir voces infantiles, y que acabarán por guardarse sus huevos en el neceser del maquillaje.

Quiero que Holly sea una entre unos cuantos millones. Quiero que sea todo aquello que me vuelve loco en una mujer, tersa como los dientes de león y frágil como la lana de vidrio. Nadie va a hacer que mi pequeña se vuelva dura como el acero. Cuando nació sentí ganas de echarme a la calle y matar a alguien por ella, para que tuviera la seguridad, durante el resto de su vida, de que estaba listo para hacerlo si era necesario. En cambio, conseguí que acabara en el regazo de una familia que, menos de un año después de verla por primera vez, ya le había enseñado a mentir y le había partido el corazón.

Holly estaba con las piernas cruzadas en el suelo de su cuarto delante de la casita de muñecas, de espaldas a mí.

—Hola, preciosa —saludé—. ¿Qué tal estás?

Se encogió de hombros. Llevaba puesto el uniforme del colegio. Con el jersey azul marino los hombros se le veían tan pequeños que podría haberlos abarcado con una sola mano.

—¿Puedo entrar un momento?

Volvió a encogerse de hombros. Cerré la puerta a mi espalda y me senté en el suelo a su lado. La casa de muñecas de Holly es una obra de arte, una réplica perfecta de una mansión victoriana, con su diminuto mobiliario complicado, diminutas escenas de caza en las paredes y diminutos criados socialmente oprimidos. Fue un regalo de los padres de Olivia. Holly había cogido la mesa del salón y le estaba sacando brillo furiosamente con un trozo de papel de cocina que parecía masticado.

—Cariño —dije—, es normal que estés muy disgustada por lo de tu tío Kevin. Yo también lo estoy.

Agachó la cabeza aún más. Se había hecho ella misma las trenzas, de las que brotaban hebras de cabello pálido formando ángulos extraños.

—¿Quieres hacerme alguna pregunta?

Siguió sacando brillo, aunque un poquito menos fuerte.

—Mamá dijo que se cayó por una ventana.

Tenía la nariz congestionada de tanto llorar.

—Así es.

Vi que se lo estaba imaginando. Sentí deseos de cubrirle la cabeza con las manos y bloquear esa imagen.

—¿Le dolió?

—No, bonita. Todo fue muy rápido. No se enteró de lo que pasaba.

—¿Por qué se cayó?

Olivia probablemente le había dicho que fue un accidente, pero Holly tiene esa pasión propia de los niños con dos hogares de contrastar la información. No tengo escrúpulos a la hora de mentir a la mayoría de la gente, pero poseo una conciencia totalmente distinta cuando se trata de Holly.

—Aún no se sabe seguro, cariño.

Por fin levantó la vista para mirarme con los ojos hinchados y enrojecidos, e intensos como un puñetazo.

—Pero lo vas a descubrir, ¿verdad?

—Sí —dije—. Lo voy a descubrir.

Me miró fijamente otro segundo, luego asintió y volvió a agachar la cabeza sobre la mesita.

—¿Está en el cielo?

—Sí —respondí. Incluso mi conciencia especial para Holly tiene sus límites. En privado considero que la religión es un montón de patrañas, pero cuando tienes a una cría de cinco años deshecha en lágrimas que quiere saber lo que le ha pasado a su hámster, desarrollas una fe instantánea en cualquier cosa que alivie un poco el sufrimiento de su carita—. Desde luego. Está allí arriba ahora mismo, sentado en un banco de un millón de kilómetros de largo, bebiendo una Guinness del tamaño de una bañera y flirteando con una chica preciosa.

Hizo un ruidito a medio camino entre la risilla sofocada y el sollozo al tiempo que sorbía por la nariz.

—¡No, papá, no estoy de broma!

—Yo tampoco. Y apuesto a que ahora mismo te está saludando con la mano y diciéndote que no llores.

Su voz sonó más vacilante:

—No quiero que esté muerto.

—Lo sé, pequeña. Yo tampoco.

—Conor Mulvey siempre me quitaba las tijeras en el cole antes, y el tío Kevin me dijo lo que tenía que decirle la próxima vez que lo hiciera: «Solo me las quitas porque te gusto», y que se pondría rojo y dejaría de molestarme, así que lo hice y dio resultado.

—Bien por tu tío Kevin. ¿Se lo contaste?

—Sí. Se rió. Papá, no es justo.

Estaba a punto de romper a llorar de nuevo con la fuerza de un embalse de lágrimas desbordado.

—Es terriblemente injusto, cariño. Ojalá pudiera decirte algo para que te sintieras mejor, pero no puedo. A veces pasan cosas que sencillamente son muy malas y nadie puede hacer nada al respecto.

—Mamá dice que si espero un poco seré capaz de pensar en él y ya no me sentiré triste.

—Tu madre suele tener razón —reconocí—. Esperemos que así sea esta vez también.

—Una vez el tío Kevin me dijo que era su sobrina preferida porque tú antes eras su hermano preferido.

Ay, Dios. Alargué el brazo para pasárselo por los hombros, pero se zafó y siguió frotando la mesita con fuerza, introduciendo el papel en las diminutas florituras de la madera con una uña.

—¿Estás enfadado porque fui a casa de la yaya y el abuelito?

—No, cielo. Contigo no.

—¿Con mamá?

—Un poquito. Ya lo arreglaremos.

Holly me miró de soslayo, apenas un instante.

—¿Vais a empezar a gritaros otra vez?

Crecí con una madre que era cinturón negro a la hora de hacerte sentir culpable, pero sus mejores obras no son nada en comparación con lo que Holly es capaz de hacer sin intentarlo siquiera.

—Nada de gritos —le aseguré—. Lo que pasa es que me molesta que nadie me dijera lo que pasaba.

Silencio.

—¿Recuerdas que hablamos de los secretos?

—Sí.

—¿Recuerdas que dijimos que está bien que tus amigos y tú compartáis secretos buenos, pero que si algo te preocupa, entonces es que se trata de un secreto malo? ¿Uno de esos de los que tienes que hablar conmigo y con mamá?

—No era malo. Son mis abuelos.

—Lo sé, preciosa. Lo que intento decirte es que también hay otra clase de secretos. Secretos que, aunque no tengan nada de malo, alguien más tiene derecho a conocer.

Seguía con la cabeza gacha y su barbilla empezaba a adoptar esa actitud testaruda.

—Supón que tu madre y yo decidimos mudarnos a Australia. ¿Deberíamos decírtelo? ¿O deberíamos subirte a un avión en mitad de la noche?

Se encogió de hombros.

—Decírmelo.

—Porque también sería asunto tuyo. Tendrías derecho a saberlo.

—Sí.

—Cuando empezaste a ir a casa de mi familia, era asunto mío. Mantenerlo en secreto fue un error.

No parecía convencida.

—Si te lo hubiera dicho, te habrías enfadado mucho.

—Estoy mucho más disgustado ahora de lo que hubiera estado si alguien me lo hubiese dicho entonces. Holly, cariño, siempre es mejor decirme las cosas al principio. Siempre. ¿De acuerdo? Aunque sean cosas que no me gustan. Mantenerlas en secreto no hace sino empeorar la situación.

Holly dejó con cuidado la mesita en el interior de la casa de muñecas y la recolocó ayudándose de un dedo.

—Intento decirte la verdad, incluso si te hace un poco de daño. Eso ya lo sabes. Tienes que hacer lo mismo conmigo. ¿Te parece bien?

Holly le dijo a la casa de muñecas, en una vocecilla apagada:

—Lo siento, papá.

—Ya sé que lo sientes, amor mío. Todo irá bien. Tú recuerda lo que te digo la próxima vez que se te pase por la cabeza ocultarme algo, ¿de acuerdo?

Asintió.

—Pues ya está —dije—. Ahora puedes contarme qué tal te fue con nuestra familia. ¿Te preparó la yaya dulce de bizcocho para merendar?

Profirió un leve suspiro trémulo de alivio.

—Sí. Y dice que tengo el pelo muy bonito.

La hostia: un elogio. Estaba preparado para contradecir las críticas a todo, desde el acento de Holly hasta el color de sus calcetines pasando por su actitud, pero por lo visto mi madre empezaba a ablandarse con la vejez.

—Y es verdad. ¿Cómo son tus primos?

Holly se encogió de hombros y sacó un diminuto piano de cola del salón de la casa de muñecas.

—Simpáticos.

—¿Simpáticos, cómo?

—Darren y Louise no hablan mucho conmigo porque son muy mayores, pero Donna y yo imitamos a nuestros profes. Una vez nos reímos hasta que la yaya nos hizo callar para que no viniera la policía a por nosotras.

Un comentario mucho más propio de la madre que yo conocía y evitaba.

—¿Y qué me dices de la tía Carmel y el tío Shay?

—Son majos. La tía Carmel es un poco aburrida, pero cuando el tío Shay está en casa me ayuda con los deberes de mates, porque le dije que la señora O'Donnell nos grita si nos equivocamos.

Y yo que estaba encantado al ver que por fin parecía estar cogiendo el tranquillo a las divisiones...

—Qué amable por su parte —comenté.

—¿Por qué no vas a verlos?

—Es una larga historia, cielo. Demasiado larga para una mañana.

—¿Puedo seguir yendo aunque no vayas tú?

—Ya veremos —dije.

Todo sonaba perfectamente idílico, pero Holly seguía sin mirarme. Algo la molestaba, más allá de lo evidente. Si había visto a mi padre en su estado de ánimo preferido, iba a haber una bronca de las gordas y posiblemente un nueva audiencia para revisar los términos de la custodia de Holly.

—¿Qué te ronda la cabeza? —le pregunté—. ¿Te fastidió alguien?

Holly pasaba la uña de un extremo al otro del teclado del piano. Poco después dijo:

—La yaya y el abuelo no tienen coche.

No era lo que estaba esperando.

—No.

—¿Por qué?

—No lo necesitan.

Mirada vacía. Me llamó la atención que Holly no hubiera conocido a nadie que no tenía coche, tanto si lo necesitaba como si no.

—¿Cómo van a los sitios?

—Andando, o en autobús. La mayoría de sus amigos vive a un paso de ellos, y los comercios están a la vuelta de la esquina. ¿Para qué quieren coche?

Se lo pensó un minuto.

—¿Por qué no viven en una casa entera?

—Siempre han vivido en el mismo sitio. Tu yaya nació en esa casa. Pobre del que intente sacarla de allí.

—¿Cómo es que no tienen ordenador, ni siquiera lavavajillas?

—No todo el mundo los tiene.

—Todo el mundo tiene un ordenador.

Detestaba reconocerlo, pero en algún rincón de mi cerebro empezaba a hacerme poco a poco una idea de por qué Olivia y Jackie habían querido que Holly viera cuáles eran mis orígenes.

—No —insistí—. La mayoría de la gente del mundo no tiene dinero para esas cosas. Incluso mucha gente aquí en Dublín.

—Papá. ¿Son la yaya y el abuelo pobres?

Apareció en sus mejillas un leve rubor rosa, como si hubiera dicho una palabrota.

—Bueno —dije—. Depende de a quién se lo preguntes. Ellos te dirían que no. Viven mucho más desahogados que cuando yo era pequeño.

—Entonces ¿eran pobres?

—Sí, cielo. No pasábamos hambre ni nada, pero éramos bastante pobres.

—¿Cómo de pobres?

—Pues no íbamos de vacaciones, y teníamos que ahorrar si queríamos ir al cine. Yo llevaba la ropa vieja de tu tío Shay y el tío Kevin llevaba la mía, en vez de comprar ropa nueva. La yaya y el abuelo tenían que dormir en la sala de estar porque no teníamos suficientes habitaciones.

Me miraba con los ojos abiertos de par en par, como si fuera un cuento de hadas.

—¿En serio?

—Sí. Así vivía mucha gente. No era el fin del mundo.

—Pero —dijo Holly. El rubor rosa había pasado a ser un intenso sonrojo— Chloe dice que los pobres son unos macarras.

No me extrañó en absoluto. Chloe es una cría afectada, maliciosa y arisca con una madre anoréxica, maliciosa y arisca que me habla en voz alta y poco a poco, sirviéndose de palabras cortas, porque su familia salió arrastrándose del arroyo una generación antes que la mía y porque el gordo, malicioso y arisco de su marido conduce un Tahoe. Siempre pensé que debíamos prohibir la entrada en casa a esa pandilla infame, pero Liv dijo que Holly se olvidaría de Chloe con el tiempo. Este maravilloso momento, en lo que a mí se refiere, zanjaba la discusión de una vez por todas.

—Ya —dije—. ¿Y qué quiere decir Chloe con eso exactamente?

Mantuve un tono de voz neutro, pero Holly sabe interpretarme y me miró de soslayo fugazmente, para ver qué cara ponía.

—No es un taco.

—Desde luego no es una palabra bonita. ¿Qué crees tú que significa?

Se encogió de hombros con ademán sinuoso.

—Ya sabes.

—Si vas a utilizar una palabra, cariño, debes tener una idea aproximada de lo que quiere decir. Venga.

—Pues gente estúpida. Gente que lleva chándal y no tiene trabajo porque son vagos, y ni siquiera hablan como es debido. Pobres.

—Y yo ¿qué? —dije—. ¿Te parece que soy estúpido y vago?

—¡Tú no!

—Aunque mi familia era más pobre que las ratas.

Se estaba poniendo nerviosa.

—Eso es distinto.

—Exacto. Puedes ser un indeseable rico igual que puedes ser un indeseable pobre, o puedes ser un ser una buena persona de una manera u otra. El dinero no tiene nada que ver con eso. Está bien tenerlo, pero no es lo que te hace ser quien eres.

—Chloe dice que su madre dice que es superimportante asegurarse de que la gente sepa en seguida que tienes mucho dinero. Si no, no te respetan en este mundo.

—Chloe y su familia son tan vulgares que harían sonrojarse a cualquier macarra cargado de quincalla —dije, con la paciencia por fin colmada.

—¿Qué quiere decir vulgar?

Holly había dejado de juguetear con el piano y me miraba con auténtica perplejidad, las cejas fruncidas, a la espera de que le explicara todo y le diera perfecto sentido. Quizá por primera vez en mi vida no tenía idea de qué iba a decirle. No sabía cómo explicarle la diferencia entre un pobre trabajador y un pobre indeseable a una niña que creía que todo el mundo tiene un ordenador, ni cómo explicarle qué es vulgar a una niña que crece con Britney Spears como modelo, ni cómo explicarle a nadie cómo esta situación había llegado a salirse de madre hasta tal punto. Sentí deseos de llamar a Olivia y decirle que me enseñara cómo hacerlo, pero esa tarea ya no le correspondía a Liv; mi relación con Holly era un problema exclusivamente mío. Al final le cogí el piano en miniatura de la mano, volví a dejarlo en la casa de muñecas y la senté en mi regazo.

Holly dijo, recostándose para verme la cara:

—Chloe es estúpida, ¿verdad?

—Dios mío, sí —respondí—. Si hubiera escasez mundial de estupidez, Chloe y su familia podrían arreglarla en un abrir y cerrar de ojos.

Asintió y se hizo un ovillo contra mi pecho, y yo acomodé su cabeza debajo de mi barbilla. Un rato después dijo:

—¿Me llevarás algún día a ver la ventana de la que se cayó el tío Kevin?

—Si crees que necesitas echarle un vistazo, claro que te llevaré —dije.

—Pero hoy no.

—No. Vamos a pasar el día de hoy sin sobresaltos.

Nos quedamos sentados en el suelo en silencio, yo meciendo a Holly adelante y atrás mientras ella se chupaba pensativamente la punta de una trenza, hasta que entró Olivia a decirnos que era hora de ir a la escuela.

Compré un café extragrande y una magdalena de aspecto orgánico en Dalkey —tengo la sensación de que Olivia cree que si me alimenta podría tomármelo como una invitación a volver a vivir con ellas— y desayuné sentado en un murete, viendo cómo tipos obesos de traje al volante de tanques se escandalizaban cuando las oleadas de tráfico no se abrían expresamente a su paso. Luego marqué el número de mi buzón de voz.

«Sí, esto, Frank... Hola. Soy Kev. Escucha, ya sé que has dicho que no era buen momento, pero... Bueno, ahora no, claro, pero cuando tengas tiempo, ¿puedes darme un toque? Esta noche o así, por muy tarde que sea, no importa. Esto... Gracias. Adiós».

La segunda vez colgaba sin dejar mensaje. Lo mismo la tercera vez, mientras Holly, Jackie y yo nos poníamos las botas de pizza. La cuarta llamada la había hecho poco antes de las siete, es de suponer que de camino a casa de mis padres. «Frank, soy yo otra vez. Escucha... Tengo que hablar contigo. Sé que probablemente no quieres pensar en estas chorradas, y no me extraña, pero te juro que no quiero comerte la cabeza, solo... ¿Puedes llamarme? Vale, esto, supongo... adiós».

Algo había cambiado entre el sábado por la noche cuando lo mandé de vuelta al pub y el domingo por la tarde cuando lanzó la campaña de llamadas de teléfono. Podía ser algo que había ocurrido sobre la marcha, tal vez en el pub —uno cuantos clientes habituales del Blackbird si aún no han matado a nadie es por pura chiripa—, pero lo dudaba. Kevin había empezado a crisparse mucho antes de que llegáramos al establecimiento. Todo lo que sabía de él —y seguía convencido de que merecía la pena tenerlo en cuenta— me decía que era un tío tranquilo, pero había estado nervioso más o menos desde que habíamos ido al número 16. Lo había achacado a que a los civiles les intimida un poco la idea de toparse con muertos: yo estaba pensando en otras cosas. Era mucho más que eso.

Lo que le preocupaba a Kevin, fuera lo que fuese, no había ocurrido ese mismo fin de semana. Ya estaba arraigado en lo más hondo de su mente, tal vez desde hacía veintidós años, hasta que ese sábado algo hizo que cobrara vida. Poco a poco, a lo largo del resto del día —Kevin no era el velocista más rápido en la pista— había ido aflorando y empezado a importunarle, cada vez con más intensidad. Se había pasado veinticuatro horas intentando dejarlo de lado o descifrarlo o afrontar las implicaciones por su cuenta, y luego había ido a pedir ayuda a su hermano mayor Francis. Cuando le dije que se fuera con viento fresco, acudió a la peor persona posible.

Tenía una voz agradable por teléfono. Incluso confuso y preocupado resultaba grato escucharlo. Parecía un tipo majo, alguien que te apetecería conocer.

Para el siguiente paso las opciones eran limitadas. La idea de charlar amigablemente con los vecinos había perdido buena parte de su encanto ahora que sabía que la mitad de ellos creía que era un desalmado Ninja asesino de hermanos, y de todas maneras tenía que mantenerme lo más lejos posible de la vista de Scorcher, aunque solo fuera por el bien de los intestinos de George. Por otra parte, la perspectiva de quedarme de brazos cruzados mirando la pantalla del móvil a la espera de que apareciese el número de Stephen, igual que una adolescente después de besuquearse con un chico, tampoco me parecía especialmente atractiva. Cuando no hago nada, me gusta que sea por una razón concreta.

Algo me estaba aguijoneando la nuca, como si me arrancaran

pelillos uno a uno. Siempre presto atención a ese aguijoneo, ha habido muchas ocasiones en las que habría acabado muerto si no le hubiera hecho caso. Estaba pasando algo por alto, algo que había visto u oído y había dejado escapar.

Los agentes infiltrados no tienen oportunidad de grabar en vídeo las mejores jugadas, tal como hacen los de Homicidios, así que hacemos gala de una memoria de elefante. Me puse cómodo en el murete, encendí un pitillo y revisé todos y cada uno de los datos que había averiguado durante los últimos días.

Algo me llamaba la atención por encima de todo lo demás: seguía sin estar claro cómo había ido a parar la maleta al interior de la chimenea. Según Nora, la habían dejado allí en algún momento entre el jueves por la tarde, cuando le cogió prestado el walkman a Rosie, y el sábado por la noche. Pero según Mandy, Rosie estaba sin llaves esos dos días, lo que más o menos descartaba la posibilidad de que hubiera sacado la maleta a hurtadillas por la noche —había un montón de muros de jardín sumamente inoportunos entre su casa y el número 16— y Matt Daly la había estado vigilando como un águila, por lo que le habría resultado difícil sacar algo de ese tamaño a escondidas durante el día. También según Nora, los jueves y los viernes Rosie iba y volvía de trabajar con Imelda Tierney.

El viernes por la tarde, Nora había ido al cine con sus amigas. Rosie e Imelda podían haber dispuesto del dormitorio para hacer el equipaje y planearlo todo. Nadie prestaba atención a los movimientos de Imelda. Podía haber salido tranquilamente de su casa prácticamente con lo que le hubiera venido en gana.

En la actualidad Imelda vivía en Hallows Lane, lo bastante lejos de Faithful Place para quedar fuera del perímetro de Scorch. Y a juzgar por la expresión de Mandy, había muchas posibilidades de que Imelda estuviera en casa en mitad de un día laborable, y de que su relación con el vecindario fuera lo bastante ambigua como para que se compadeciera de un hijo pródigo que caminaba por la cuerda floja entre pertenecer a un lugar y sentirse desterrado. Apuré el café que me quedaba y fui a por el coche.

Mi colega en la compañía eléctrica estatal me localizó una factura de una tal Imelda Tierney, con domicilio en el 10 de Hallows Lane, puerta 3. La casa estaba manga por hombro: faltaban tejas de pizarra en el tejado, la pintura de la puerta estaba desconchada y detrás de las ventanas mugrientas colgaban cortinas de encaje lánguidas. Saltaba a la vista que los inquilinos rogaban a Dios que el propietario vendiera la casa a uno o dos yuppies majos y respetables, o al menos que quemara el antro hasta los cimientos para cobrar el dinero del seguro.

Había dado en el clavo: Imelda estaba en casa.

—Francis —dijo, en algún punto entre sorprendida, encantada y aterrada, cuando abrió la puerta del piso—. Dios santo.

Ni uno solo de los veintidós años transcurridos se había apiadado de Imelda. Nunca había sido una belleza, pero era alta, tenía buenas piernas y sabía andar con garbo, y esas tres cosas pueden llevarte muy lejos. Ahora era lo que los muchachos de la brigada llaman una CVPCCR: cuerpo de *Vigilantes de la playa*, cara de *Crímenes sin resolver*. Conservaba la figura pero tenía profundas ojeras y la cara cubierta de arrugas cual cicatrices de cuchilladas. Lucía un chándal blanco con una mancha de café en la pechera y el pelo tan mal teñido que le asomaban unos seis centímetros de raíces. Al verme se llevó la mano a la cabeza para intentar ahuecárselo un poco, como si fuera todo lo que hacía falta para devolverla como por arte de magia a aquellas adolescentes radiantes y cargadas de la energía de un sábado por la noche. Fue aquel pequeño gesto lo que me llegó directo al corazón.

—Hola, Melda, qué tal —saludé, y le ofrecí mi mejor sonrisa para recordarle que habíamos sido buenos amigos en otros tiempos.

Siempre me había caído bien. Era una chica lista, inquieta, con una vena temperamental y un carácter duro que había adquirido por las malas: en vez de un padre permanente había tenido muchos temporales, algunos casados con mujeres que no eran su madre, y por aquel entonces eso tenía importancia. La mayoría teníamos secretos que ocultar, de una manera u otra, pero un padre alcohólico en el paro no era ni remotamente tan bochornoso como una madre que mantenía relaciones sexuales.

—Me he enterado de lo de Kevin, descanse en paz —dijo Imelda—. Lo siento muchísimo.

—Descanse en paz —convine—. Ya que estaba por aquí, he pensado que podía visitar a unos cuantos viejos amigos.

Me quedé allí, en el umbral, esperando. Imelda volvió la mirada fugazmente por encima del hombro, pero yo no pensaba moverme de allí y no le quedó otra opción.

—Está todo patas arriba...

—¿Crees que me importa? Deberías ver mi choza. Me alegro de verte, eso es todo.

Cuando terminé de hablar, había pasado por su lado y cruzado la puerta. El piso no era un antro de mierda, pero vi a qué se refería. Me había bastado con echar un vistazo a la casa de Mandy para saber que era una mujer satisfecha; tal vez no estuviera permanentemente eufórica, pero su vida había resultado ser agradable. El caso de Imelda era distinto. La sala de estar parecía más pequeña de lo que era porque había cosas por todas partes: tazas usadas y recipientes de comida china a domicilio en el suelo en torno al sofá, prendas de mujer —de distintas tallas— puestas a secar en los radiadores, pilas polvorientas de cajas de cedés piratas a medio derrumbarse en los rincones. La calefacción estaba muy fuerte y hacía tiempo que no había abierto las ventanas; reinaba un denso olor a ceniceros, comida y mujeres. Le hubiera venido bien renovar todo salvo la enorme pantalla de televisión.

—Es un pisito estupendo —dije.

Imelda se limitó a responder:

—Es una mierda.

—Yo crecí en un sitio mucho peor.

Se encogió de hombros.

—Bueno, eso no quiere decir que el piso no sea una mierda. ¿Quieres un té?

—Desde luego. ¿Qué tal te ha ido?

Se fue hacia la cocina.

—Ya lo ves. Siéntate ahí.

Busqué un trozo del sofá que no estuviera recubierto de mugre y me senté.

—He oído que tienes hijas, ¿verdad?

Por la puerta entreabierta de la cocina vi que Imelda se quedaba inmóvil con una mano sobre la tetera.

—Y yo he oído que eres policía.

Me estaba acostumbrando al ilógico arrebato de ira cuando alguien me recordaba que me había convertido en el chapero del Poder, incluso empezaba a serme útil.

—¡Imelda! —dije, indignado y herido en lo más hondo, tras un instante de silencio consternado—. ¿Lo dices en serio? ¿Crees que he venido a husmear en los asuntos de tus hijas?

Se encogió de hombros.

—¿Qué sé yo? De todas maneras, no han hecho nada.

—Ni siquiera sé cómo se llaman. Solo era una pregunta, joder. Me importa una mierda si has criado a tres malditas Soprano. Solo quería saludarte, por los viejos tiempos. Si me vas a soltar los perros por lo que hago para ganarme la vida, dímelo y te dejo en paz. Te lo aseguro.

Un momento después vi que Imelda fruncía la comisura de la boca como a regañadientes y encendía la tetera.

—El mismo Francis de siempre, hay que ver qué temperamento. Sí, tengo tres. Isabelle, Shania y Genevieve. Son unos demonios de la hostia, adolescentes, ya sabes. ¿Y tú?

No hizo mención del padre, o los padres.

—Una —dije—. Tiene nueve años.

—Aún te queda todo por hacer. Dios te asista. Dicen que los chicos te destrozan la casa y las chicas te destrozan la cabeza, y es verdad.

Metió bolsitas de té en las tazas. Solo ver su manera de moverse me hacía sentir viejo.

—¿Sigues cosiendo?

Aspiró por la nariz como si riera.

—Dios, de eso hace ya tiempo. Dejé la fábrica hace veinte años. Ahora hago lo que sale. Limpiar casas sobre todo. —Me miró de reojo, beligerante, para ver si me suponía algún problema—. Las de Europa del Este lo hacen más barato, pero aún hay sitios donde quieren alguien que hable inglés. Me va bien, sí.

La tetera empezó a hervir.

—Te enteraste de lo de Rosie, ¿verdad?

—Sí, me enteré. Qué horror. Durante todo este tiempo... —Imelda sirvió el té y meneó la cabeza con un ademán rápido, como si quisiera desprenderse de algo—. Todo este tiempo yo creía que estaba en Inglaterra. Cuando lo oí, no me lo podía creer. No podía. Te lo juro, me pasé el resto del día dando tumbos como una zombi.

—Lo mismo me pasó a mí. No ha sido una semana estupenda, precisamente.

Imelda sacó un envase de leche y una bolsa de azúcar y les hizo sitio en la mesita de centro.

—Kevin era un chico encantador. Me dio pena cuando me enteré, mucha pena, de verdad. Pensé en ir a casa de tu familia, la noche que pasó, pero...

Se encogió de hombros y dejó la frase en suspenso. Chloe y la madre de Chloe probablemente no llegarían a entender nunca la sutil y marcada diferencia de clases que hacía pensar a Imelda, probablemente de manera acertada, que tal vez no sería bienvenida en casa de mi madre.

—Esperaba verte —dije—. Pero bueno, así podemos charlar como es debido, ¿no crees?

Otra media sonrisa, ahora un poco menos a regañadientes.

—El mismo Francis de siempre. Siempre has tenido labia.

—Ahora voy mejor peinado.

—Joder, sí. Vaya pelo de pincho llevabas.

—Podría haber sido peor. Corto por delante y melenilla por detrás, como Zippy.

—Puaj, ya te vale. Qué pinta llevaba.

Volvió a la cocina a por las tazas. Aunque hubiera dispuesto de todo el tiempo del mundo, seguir allí sentado dándole a la lengua no me iba a servir de nada: Imelda era mucho más dura de pelar que Mandy y ya se olía que me traía algo entre manos, aunque no supiera qué era con exactitud. Cuando salió le dije:

—¿Te puedo preguntar una cosa? Soy un capullo entrometido, pero te juro que tengo una buena razón para ello.

Imelda me dejó una taza sucia en la mano y se sentó en una butaca, pero no se retrepó y siguió mirándome con recelo.

—Adelante.

—Cuando dejaste la maleta de Rosie en el número dieciséis, ¿dónde la pusiste exactamente?

La expresión vaga que adoptó al instante, medio terca, medio idiota, me dio a entender sin asomo de duda cuál era mi situación en ese instante. Nada en el mundo podía anular el hecho de que Imelda, en contra de todos los instintos de su cuerpo, estaba hablando con un poli.

—¿Qué maleta? —dijo, inevitablemente.

—Anda, venga, Imelda —le contesté, despreocupado y sonriente: una nota fuera de lugar y toda mi visita sería una pérdida de tiempo—. Rosie y yo llevábamos meses planeándolo. ¿Crees que no me contó cómo pensaba hacer las cosas?

Poco a poco la expresión vaga fue abandonando el rostro de Imelda. No del todo, pero sí lo suficiente.

—No voy a meterme en ningún lío por esto. Si cualquier otro me pregunta, yo no vi ninguna maleta.

—No hay problema, guapa. No tengo intención de buscarte malos rollos. Nos estabas haciendo un favor, y te lo agradezco. Lo único que quiero saber es si alguien manipuló la maleta después de que tú la dejaras. ¿Recuerdas dónde la pusiste? ¿Y cuándo?

Me lanzó una mirada penetrante bajo sus finas pestañas, intentando desentrañar por dónde iban los tiros. Al cabo, metió la mano en el bolsillo para coger el paquete de tabaco, y dijo:

—Rosie me lo contó tres días antes de que os fuerais. Nunca me había comentado nada hasta ese momento. Mandy y yo intuíamos que se cocía algo, pero no sabíamos nada seguro. Has visto a Mandy, ¿verdad?

—Sí. Tiene un aspecto estupendo.

—Menuda pija está hecha —dijo Imelda, a la vez que hacía chasquear el mechero—. ¿Fumas?

—Sí, gracias. Creía que Mandy y tú erais amigas.

Un fuerte bufido de risa, al tiempo que me tendía el encendedor.

—Ya no. Se cree por encima de las que son como yo. No sé si llegamos a ser amigas de verdad en ningún momento. Las dos salíamos por ahí con Rosie, y después de que se fuera...

—Tú siempre fuiste su amiga más íntima —dije.

Imelda me lanzó una mirada como dándome a entender que otros mejores que yo habían intentado darle jabón y habían fracasado.

—Si hubiéramos sido tan íntimas, me habría contado desde el principio lo que habíais planeado, ¿no? Solo me lo dijo porque su padre la tenía vigilada y no podía sacar el equipaje por su cuenta. Las dos íbamos y volvíamos de la fábrica juntas algunos días, hablando de lo que quiera que hablen las chicas, ya no lo recuerdo. Un día me dijo que tenía que hacerle un favor.

—¿Cómo sacasteis la maleta de su casa? —pregunté.

—Fácil. Después de trabajar al día siguiente, el viernes, fui a casa de los Daly, les dijimos a sus padres que íbamos al cuarto de Rosie a escuchar su disco nuevo de Eurythmics y lo único que nos dijeron fue que no lo pusiéramos muy alto. Lo pusimos a un volumen suficiente para que no oyeran a Rosie haciendo el equipaje.

—Un minúsculo atisbo de sonrisa le curvó una comisura de la boca a Imelda. Solo por un segundo, inclinada hacia delante con los codos en las rodillas, sonriendo entre el humo del cigarrillo, cobró el aspecto de la chica de gestos inquietos y lengua afilada que yo conocía—. Tendrías que haberla visto, Francis. Iba bailando por el cuarto, cantaba con el cepillo como micrófono, tenía unas bragas nuevas que se había comprado para que no le vieras las viejas y feas y las hacía girar por encima de la cabeza... Hasta me hizo bailar con ella. Debíamos de parecer un par de idiotas de mucho cuidado, partiéndonos el culo de risa e intentando no meter ruido para que su madre no subiera a ver lo que hacíamos. Creo que fue por poder contárselo a alguien, después de mantenerlo en secreto tanto tiempo. Estaba loca de contenta.

Me apresuré a cerrar de un portazo aquella imagen. Me la guardaría para más adelante.

—Bien —dije—. Me alegra oírlo. Así que cuando terminó de hacer el equipaje...

La sonrisa se propagó a ambas comisuras de la boca de Imelda.

—Sencillamente cogí la maleta y me fui. Te lo juro. Eché la chaqueta por encima, pero así no habría engañado a nadie, no si hubieran prestado la menor atención. Salí del cuarto y Rosie me dijo adiós, bien fuerte, y yo me despedí en voz alta del señor y la señora Daly, que estaban en el salón viendo la tele. Él se volvió cuando yo pasaba por la puerta, pero solo quería asegurarse de que Rosie no iba conmigo, ni siquiera se fijó en la maleta. Me fui sin más.

—Lo hicisteis muy bien —la felicité, devolviéndole la sonrisa—. ¿Y la llevaste directamente al número dieciséis?

—Sí. Era invierno: ya estaba oscuro y hacía frío, así que todo el mundo estaba en casa. No me vio nadie. —Tenía los ojos amusgados frente al humo, recordando—. Te lo aseguro, Francis, estaba muerta de miedo cuando entré en aquella casa. No había estado allí nunca de noche, al menos no sola. Lo peor fueron las escaleras. En las habitaciones entraba algo de luz por las ventanas, pero las escaleras estaban a oscuras. Tuve que subir a tientas. Había telarañas por todas partes y la mitad de los peldaños temblaban como si el edificio entero estuviera a punto de derrumbarse encima de mí, y se oían ruidillos por todos lados... Te juro que pensé que había alguien más, o igual un fantasma mirándome. Estaba lista para gritar si alguien me agarraba. Salí corriendo de allí como si tuviera el trasero en llamas.

—¿Recuerdas dónde dejaste la maleta?

—Sí, lo recuerdo. Rosie y yo ya lo habíamos planeado. Tenía que meterla detrás de la chimenea en la sala de estar de arriba, la habitación más grande, ya sabes. Si no hubiera cabido allí, iba a dejarla debajo de aquel montón de maderas, metal y porquería en el rincón del sótano, pero no me apetecía nada bajar a menos que no hubiera otro remedio. Finalmente encajó de maravilla en el interior de la chimenea.

—Gracias por echarme una mano, Imelda —dije—. Debería habértelas dado hace mucho tiempo, pero más vale tarde que nunca.

—Ahora ¿puedo preguntarte algo o esto solo funciona en un sentido? —inquirió.

—¿Cómo la Gestapo, nosodtros hasemos las pregundtas? No, guapa, lo que es justo es justo: funciona en los dos sentidos. Pregunta lo que quieras.

—La gente dice que Rosie y Kevin fueron asesinados. Los mataron. A los dos. ¿Lo dicen para dar que hablar o es cierto?

—A Rosie la mataron, sí. Sobre Kevin aún no se sabe nada seguro.

—¿Cómo la mataron?

Negué con la cabeza.

—No me lo han dicho.

—Sí, claro.

—Imelda —dije—. Puedes seguir pensando que no soy más que un poli si quieres, pero te aseguro que ahora mismo no hay ni una sola persona en todo el cuerpo que piense así. No trabajo en este caso, ni siquiera debería estar cerca del caso. He arriesgado mi empleo solo por venir aquí. Esta semana no soy poli. Soy el coñazo de tío que no acaba de largarse porque quería a Rosie Daly.

Imelda se mordió un lado del labio con fuerza.

—Yo también la quería —dijo—. Quería a esa chica con toda mi alma.

—Ya lo sé. Por eso estoy aquí. No tengo ni idea de lo que le pasó y no creo que la poli vaya a deslomarse intentando averiguarlo. Tienes que echarme una mano, Melda.

—No deberían haberla matado. Qué asco. Rosie no le hizo daño a nadie. Solo quería... —Imelda guardó silencio y se quedó fumando y mirando cómo sus dedos entraban por un agujero en el cubresofá raído, pero vi que estaba pensando y no la interrumpí. Un rato después dijo—: Creía que ella era la que se había librado.

Arqueé una ceja a guisa de interrogante. Asomó a las mejillas rendidas de Imelda un leve rubor, como si hubiera dicho algo que podía resultar estúpido, pero siguió adelante.

—Fíjate en Mandy, ¿vale? La viva imagen de su madre. Se casó en cuanto pudo, dejó el trabajo para cuidar de su familia, una mujercita cariñosa, una buena madre, vive en la misma casa, te juro que incluso lleva la misma ropa que su madre. Todos los que conocimos de niños han seguido el mismo camino: la viva imagen de sus padres, por mucho empeño que pusieran en decirse que eran distintos. —Aplastó la colilla en un cenicero rebosante—. Y fíjate en mí. Adónde he ido a parar. —Movió la barbilla para señalar el piso alrededor—. Tres hijas, tres padres. Mandy probablemente te puso al tanto, ¿no? Tenía veinte años cuando llegó Isabelle. Fui directa al paro. Nunca he tenido un empleo decente desde entonces, nunca me he casado, nunca he estado con un hombre más de un año. La mitad ya estaban casados, claro. Tenía un millón de planes cuando era joven y se han ido a la mierda. Y ya ves, me he convertido en mi madre sin poner reparos. Sencillamente me levanté una mañana y aquí estoy.

Saqué dos cigarrillos de mi paquete y le encendí uno a Imelda.

—Gracias. —Volvió la cabeza para expulsar el humo hacia otra parte—. Rosie era la única que no se había convertido en su madre. Me gustaba pensar en ella. Cuando las cosas iban de capa caída, me consolaba saber que estaba por ahí, en Londres o Nueva York o Los Ángeles, trabajando en alguna cosa rara de la que yo ni siquiera habría oído hablar. Era la que se libró.

—Yo no me he convertido en mi madre —dije—. Ni en mi padre, si a eso vamos.

Imelda no rió. Me lanzó una mirada fugaz que no alcancé a entender, tal vez algo relacionado con si meterme a madero suponía haber ido a mejor en la vida. Un momento después dijo:

—Shania está embarazada. A los diecisiete. No sabe seguro quién es el padre.

Ni siquiera Scorcher habría sido capaz de verle el lado positivo a eso.

—Al menos tiene una madre buena que está a su lado —dije.

—Sí —asintió Imelda, y se le hundieron los hombros un poquito más, como si parte de ella hubiera albergado la esperanza de que yo estaría al tanto del secreto para solucionarlo—. Claro.

En uno de los otros pisos alguien había puesto a 50 Cent a toda caña y algún otro le gritaba que bajase el volumen. Imelda no pareció darse cuenta.

—Tengo que preguntarte otra cosa —dije.

Imelda tenía buenas antenas, y algo en mi tono de voz le hizo aguzarlas: volvió a adoptar aquella expresión vaga.

—¿A quién le contaste que Rosie y yo íbamos a marcharnos?

—No se lo conté a nadie. No soy una puñetera chivata.

Se había sentado más recta, lista para la pelea.

—Nunca pensé que lo fueras —dije—. Pero hay toda clase de maneras de sacarle información a alguien, sea o no un chivato. Tú solo tenías, qué, ¿dieciocho, diecinueve años? Es fácil emborrachar a una chica de esa edad lo suficiente para sonsacarle algo, tal vez para hacerle soltar un par de insinuaciones.

—Y tampoco soy estúpida.

—Tampoco he dicho que lo fueras. Oye, Imelda. Alguien esperó a Rosie en el número dieciséis aquella noche. Alguien se encontró allí con ella, la mató y se deshizo del cadáver. Solo tres personas en el mundo sabían que Rosie iba a pasar por allí para recoger la maleta: Rosie, tú y yo. Por mí no lo supo nadie. Y como tú misma has dicho, Rosie tuvo la boca cerrada durante meses. Tú eras su mejor amiga y ni siquiera te lo hubiera dicho a ti de no ser porque no tenía otro remedio. ¿Quieres que crea que fue y se lo soltó también a algún otro, solo para echar unas risas? Ni pensarlo. Solo quedas tú.

Antes de que acabara la frase, Imelda se levantó de la butaca y me arrebató la taza de la mano.

—Hace falta tener un morro de la hostia para llamarme chivata en mi propia casa. No tendría que haberte dejado entrar. Me sueltas eso de que vienes a ver a una vieja amiga... Amiga, y una mierda, solo querías averiguar lo que sé...

Se fue a la cocina y dejó las tazas en el fregadero de golpe. Solo la culpa provoca esa clase de arranque colérico. Fui tras ella.

—Y tú me sueltas todo eso de que adorabas a Rosie. Que te consolaba pensar que se había librado de todo esto. ¿Eso también era un montón de chorradas, Imelda? ¿Eh?

—No tienes ni idea de lo que dices. Para ti es fácil, apareces como si nada después de tanto tiempo, don Cojonazos, puedes largarte cuando quieras: yo tengo que vivir aquí. Mis hijas tienen que vivir aquí.

—¿Te parece a ti que me estoy largando, joder? Estoy aquí mismo, Imelda, tanto si te gusta como si no. No me he ido a ninguna parte.

—Sí, sí que te vas. Te largas de mi casa. Coge tus preguntas, métetelas por el culo y lárgate de aquí.

—Dime con quién hablaste y me voy.

Estaba demasiado cerca de ella. Imelda tenía la espalda pegada a la cocina. Movió los ojos rápidamente por la habitación en busca de vías de escape. Cuando volvió a posarlos en mí, vi el destello mecánico de miedo.

—Imelda —dije, todo lo amablemente que me fue posible—. No voy a pegarte. Solo te estoy haciendo una pregunta.

—Fuera de aquí.

Tenía una mano detrás de la espalda, aferrada a algo. Fue entonces cuando me di cuenta de que el miedo no era un reflejo, no era una reliquia de algún gilipollas que le zurraba. Imelda estaba asustada de mí.

—¿Qué hostias crees que te voy a hacer? —dije.

—Ya me han advertido sobre ti —respondió.

Antes de darme cuenta, yo había dado un paso adelante. Cuando vi que Imelda levantaba el cuchillo del pan y abría la boca para gritar, me fui. Ya había bajado las escaleras cuando se repuso lo suficiente para asomarse por la barandilla y gritarme, de manera que lo oyeran los vecinos:

—¡Y no se te ocurra volver por aquí, joder!

Luego cerró la puerta del piso de golpe.

15

Me adentré en Liberties, alejándome del centro de la ciudad, lleno a rebosar de lemmings volcados en las compras navideñas que se abrían paso propinándose codazos mutuamente en su delirio por adquirir a golpe de tarjeta de crédito todo aquello que veían, cuanto más caro mejor. Tarde o temprano alguno iba a darme una excusa para pelearme. Conozco a un buen tipo llamado Danny *el Cerillas* que una vez se ofreció a pegarle fuego a cualquier cosa que quisiera quemar. Pensé en Faithful Place, en la expresión ávida en el rostro de la señora Cullen, la de duda en el de Des Nolan y la de miedo en el de Imelda, y me planteé darle un toque a Danny.

Seguí caminando hasta casi dejar atrás el impulso de golpear a cualquiera que se me acercara más de la cuenta. Calles y callejuelas tenían el mismo aspecto que la gente en el velatorio de Kevin, versiones retorcidas de algo familiar, como una broma de la que yo quedaba excluido: BMW apelotonados delante de lo que antes eran casas de vecinos, madres adolescentes hablando a gritos con cochecitos de niño de diseño, polvorientas tiendecitas de barrio convertidas en lustrosas franquicias. Cuando por fin fui capaz de parar, estaba en la catedral de Saint Patrick. Me senté en los jardines un rato, descansando la vista en esas paredes que llevaban unos ochocientos años allí plantadas y oyendo cómo los conductores se abandonaban a la agresividad a medida que la hora punta se acercaba y el tráfico quedaba embotellado.

Seguía allí sentado, fumando mucho más de lo que Holly hubiera aprobado, cuando mi móvil emitió un pitido. El mensaje de texto era de mi amigo Stephen, y habría apostado a que lo había redactado cuatro o cinco veces hasta acertar de pleno. «Hola, detective Mackey. Solo quería decirle que tengo la información que solicitó. Saludos, Stephen Moran (Det.)».

Qué maravilla. Ya casi eran las cinco. Le contesté: «Bien hecho. Nos vemos en Cosmo's lo antes posible».

Cosmo's es un bar de bocadillos de lo más cutre medio oculto en el laberinto de callejuelas que salen de Grafton Street. Allí no encontrarían ni muerto a ninguno de los de Homicidios, una ventaja a tener muy en cuenta. La otra era que Cosmo's es uno de los pocos locales de la ciudad donde siguen contratando personal irlandés, lo que significa que ninguno se rebajará a mirarte a la cara. Hay ocasiones en que eso es bueno. A veces me reúno allí con mis confidentes.

Cuando llegué el chico ya estaba sentado a una mesa, velando una taza de café mientras trazaba dibujos con el dedo en un montoncillo de azúcar derramada. No levantó la vista cuando me senté.

—Me alegra verle de nuevo, detective —dije—. Gracias por ponerse en contacto conmigo.

Stephen se encogió de hombros.

—Sí. Bueno. Ya te dije que lo haría.

—Ah. ¿Tenemos algún problema?

—Esto resulta sórdido.

—Te prometo que te respetaré por la mañana.

—Cuando estábamos en Templemore —continuó—, nos dijeron que ahora el cuerpo de policía es nuestra familia. Les hice caso, ¿sabes? Me lo tomé en serio.

—Hiciste bien. Es tu familia. Esto es lo que se hacen entre sí los miembros de las familias, colega. ¿No te habías dado cuenta?

—No, no me había dado cuenta.

—Vaya, qué suerte tienes. Una infancia feliz es una maravilla. Así es como vive la otra mitad. ¿Qué tienes para mí?

Stephen se mordió la cara interna de la mejilla. Lo observé con interés y le dejé que lidiara solo con el asunto de su conciencia, y al final, claro, en vez de coger la mochila y largarse de Cosmo's, se inclinó y sacó una fina carpeta verde.

—El post mórtem —dijo, y me lo entregó.

Hojeé las páginas ayudándome del pulgar. Ante mí pasaron esquemas de las heridas de Kev, pesos de los órganos, contusiones cerebrales: no era la mejor lectura para un bar.

—Buen trabajo —lo felicité—. Y te lo agradezco mucho. Resúmemelo en treinta segundos como mucho.

Eso lo sobresaltó. Probablemente ya había llevado a cabo alguna notificación a familiares de una víctima, pero sin entrar a fondo en detalles técnicos.

Al ver que yo no parpadeaba, dijo:

—Esto..., vale. El difunto, es decir, tu hermano, cayó por una ventana, de cabeza. No hay heridas defensivas ni de forcejeo, nada que indique la implicación de otra persona. La caída fue de aproximadamente siete metros, contra tierra dura. Golpeó el suelo con un lado de la coronilla, más o menos aquí. De resultas de la caída se fracturó el cráneo, lo que le causó lesiones en el cerebro, y se rompió el cuello, lo que le paralizó la respiración. Murió por una de esas dos causas. Muy rápido.

Era exactamente lo que le había pedido, pero aun así casi me enamoré de la camarera, más acicalada de la cuenta, por acercarse justo en ese instante. Pedí café y un sándwich de alguna clase. Tomó nota mal dos veces para demostrar que estaba por encima de ese trabajo, puso los ojos en blanco indignada por mi estupidez y estuvo a punto de derramarle la taza a Stephen en el regazo al retirar mi carta, pero cuando se fue contoneando las caderas, me las había arreglado para dejar de apretar los dientes, al menos un poco.

—Eso no encierra ninguna sorpresa —observé—. ¿Tienes los informes de las huellas dactilares?

Stephen asintió y sacó otra carpeta, más gruesa. Scorcher debía de haber metido una presión considerable al departamento para obtener resultados tan pronto. Quería dar carpetazo al caso.

—Cuéntame lo más interesante —le dije.

—El exterior de la maleta era un desastre: con tanto tiempo metida en la chimenea casi todo se había borrado, y luego están los albañiles y la familia que..., tu familia. —Agachó la cabeza, avergonzado—. Aún hay alguna que otra huella que coincide con Rose Daly, así como una que corresponde a su hermana Nora, además de tres huellas sin identificar, probablemente de la misma mano y dejadas en el mismo momento, a juzgar por la posición. Dentro nos encontramos más o menos con lo mismo: muchas de Rose en todo lo que conserva huellas, muchas de Nora en el walkman, un par de Theresa Daly en el interior de la maleta en sí, cosa que tiene sentido, teniendo en cuenta que era suya, y un montón de toda la familia Mackey, sobre todo de Josephine Mackey. Es tu madre, ¿no?

—Sí —reconocí. Seguro que había sido mi madre la que había sacado el contenido de la maleta. Ya podía oírla: «Jim Mackey, aparta tus sucias manos de ahí, eso son unas bragas, ¿es que eres un pervertido?»—. ¿Alguna sin identificar?

—Dentro no. También tenemos, esto..., varias huellas tuyas en el sobre que contenía los billetes.

Incluso después de los últimos días, aún tenía espacio suficiente en mi interior para que eso me afectara: mis huellas de aquella noche tan pasmosamente inocente en O'Neill's, tan nítida aún como la víspera después de veinte años oculta en la oscuridad, listas para que los técnicos del departamento las manipularan.

—Claro que las tenéis —dije—. No se me ocurrió ponerme guantes cuando los compré. ¿Algo más?

—Eso es todo por lo que respecta a la maleta. Y parece que

limpiaron las huellas de la nota. En la segunda hoja, la que se encontró en 1985, tenemos las de Matthew, Theresa y Nora Daly, los tres chicos que la encontraron y se la llevaron, y las tuyas. Ni una sola huella de Rose. En la primera hoja, la que estaba en el bolsillo de Kevin, no hay nada. Quiero decir que no hay ni una sola huella. Limpia como una patena.

—¿Y la ventana por la que cayó?

—El problema opuesto: hay demasiadas huellas. En el departamento están casi seguros de que tenemos las de Kevin en los bastidores superior e inferior, donde cabría esperar si abrió la ventana, y las huellas de la palma de la mano en el alféizar por el que se asomó, pero no se atreven a jurarlo. Hay demasiados estratos de huellas debajo, se pierden los detalles.

—¿Alguna otra cosa que pueda interesarme?

Negó con la cabeza.

—Nada que llame la atención. Las huellas de Kevin aparecen en un par de lugares más, la puerta de la entrada, la puerta de la habitación desde la que cayó, pero en ningún sitio que no sea de esperar. La casa entera está llena de huellas sin identificar. En el departamento siguen contrastándolas. Hasta el momento han aparecido las de algún que otro tipo con antecedentes por delitos menores, pero son todas de gente de la zona que podía estar sencillamente merodeando. Quizás hace años, no se sabe.

—Bien hecho —dije. Alineé los bordes de los informes y los guardé en mi maletín—. No lo olvidaré. Ahora vamos a ver cómo resumes la teoría del detective Kennedy acerca de lo que ocurrió.

Stephen siguió mis manos con la mirada.

—Aclárame otra vez por qué es todo esto correcto desde el punto de vista ético.

—Es correcto desde el punto de vista ético porque ya está hecho, chaval. Tú resume.

Un instante después levantó la vista para mirarme a los ojos.

—No sé muy bien cómo hablarte de este caso —confesó.

La camarera dejó de golpe en la mesa mi café y nuestros sándwiches y se largó haciendo aspavientos como una actriz lista para un primer plano. No le hicimos ningún caso.

—¿Porque tengo relación prácticamente con todos y con todo lo que está implicado en el caso? —dije.

—Sí. Seguro que no es fácil. No quiero empeorar las cosas.

Y además tenía tacto con las víctimas. Dentro de cinco años ese chaval estará dirigiendo el cuerpo de policía.

—Agradezco la preocupación, Stephen, pero lo que necesito de ti no es sensibilidad, sino objetividad. Debes fingir que el caso no tiene nada que ver conmigo. No soy más que una persona ajena al asunto que ha llegado como por casualidad y necesita que lo pongan al día ¿Puedes hacerlo?

Asintió.

—Sí, vale.

Me acomodé en el asiento y me acerqué el plato.

—Estupendo. Vamos allá.

Stephen se tomó su tiempo, cosa que ya me iba bien: anegó el sándwich en ketchup y mayonesa, redistribuyó las patatas fritas y se aseguró de tener en orden las ideas. Luego empezó:

—De acuerdo. La teoría del detective Kennedy es la siguiente. La noche del 15 de diciembre de 1985, Francis Mackey y Rose Daly tienen planeado encontrarse al final de Faithful Place para huir juntos. El hermano de Mackey, Kevin, se entera...

—¿Cómo?

No imaginaba a Imelda abriéndole su corazón a un chaval de quince años.

—Eso no está claro, pero es evidente que alguien se enteró, y Kevin encaja mejor que cualquier otra persona. Ese es uno de los factores que respaldan la teoría del detective Kennedy. Según todos con los que hemos hablado, Francis y Rose habían mantenido sus planes de fuga totalmente en secreto, nadie tenía el menor indicio de lo que tramaban. Kevin, sin embargo, estaba en una situación privilegiada. Compartía cuarto con Francis. Es posible que viera algo.

Mi amiga Mandy había tenido la boca cerrada.

—Eso queda descartado. En esa habitación no había nada que ver.

Stephen se encogió de hombros.

—Yo soy de North Wall. Diría que Liberties funciona de una manera muy parecida, o al menos funcionaba en aquel entonces: la gente vive pendiente del prójimo, hablan, no existe nada semejante a un secreto. Si he de ser sincero, me asombraría que nadie supiera lo de esa fuga. Me asombraría mucho.

—Muy bien. Esa parte podemos dejarla en suspenso. ¿Qué ocurre luego? —continué.

Concentrarse en presentar el informe le estaba permitiendo relajarse un poco. Estábamos otra vez en un terreno donde se sentía seguro.

—Kevin decide interceptar a Rose antes de que se reúna con Francis. Tal vez queda con ella o igual sabe que tendrá que recoger la maleta, pero de una manera u otra se encuentran, con toda probabilidad en el número dieciséis de Faithful Place. Se pelean, a él se le va la pinza, la agarra por el cuello y le golpea la cabeza contra la pared. Según dice Cooper, eso debió de ocurrir en un abrir y cerrar de ojos, unos segundos, tal vez. Cuando Kevin recobra la calma ya es tarde.

—¿Móvil? Para empezar, ¿por qué iba a interceptarla? Por no hablar de discutir con ella.

—No se sabe. Todo el mundo dice que Kevin estaba muy unido a Francis, así que igual no quería que Rose se lo llevara. O es posible que fuera envidia sexual. Estaba justo en esa edad en que uno puede llevar ese asunto muy mal. Era preciosa, a decir de todos. Igual había rechazado a Kevin, o igual habían tenido algo de tapadillo... —De pronto Stephen recordó con quién estaba hablando. Se sonrojó, guardó silencio y me lanzó una mirada aprensiva.

«Recuerdo a Rosie», había dicho Kevin. «Aquel pelo y aquella risa, y su manera de andar...».

—Había mucha diferencia de edad para algo así: hablamos de quince y diecinueve años, ¿recuerdas? Aunque es posible que a él le gustara. Continúa.

—Bueno. El móvil no tiene por qué ser algo importante. Me refiero a que, por lo que sabemos, no es probable que tuviera intención de matarla. Todo indica que sencillamente ocurrió. Cuando se da cuenta de que está muerta, arrastra el cadáver hasta el sótano, a menos que ya estuviera allí abajo, y lo mete debajo del hormigón. Era fuerte para su edad. Había trabajado a media jornada en una obra ese verano, transportando herramientas y materiales. Habría podido hacerlo.

Otra mirada rápida de soslayo.

Me saqué un trocito de jamón de una muela y lo observé con gesto insulso.

—En algún momento de los hechos, Kevin encuentra la nota que Rose iba a dejar a su familia y se percata de que puede utilizarla en beneficio propio. Se guarda la primera página y deja la segunda donde está. Su idea es que si Francis se marcha de todas maneras, todo el mundo creerá que ocurrió lo que estaba planeado en un principio: los dos se fueron juntos y la nota es para sus padres. Si Francis acaba volviendo a casa al ver que Rose no aparece, o si se pone en contacto con su familia en algún momento, todos pensarán que la nota era para él y que Rose se ha ido por su cuenta.

—Y durante veintidós años eso es exactamente lo que ocurre —señalé.

—Sí. Luego aparece el cadáver de Rose, empezamos a investigar y a Kevin le entra el pánico. Según todas las personas con las que hemos hablado, estuvo muy estresado los dos últimos días, e iba a peor. Al final no puede soportar la tensión. Recupera la primera página de la nota de donde la tuviera escondida durante todo ese tiempo, pasa la última noche con su familia y luego vuelve al lugar donde mató a Rose y... Bueno.

—Reza una oración y se tira de cabeza por la ventana del último piso. Y así se hace justicia.

—Más o menos, supongo. Sí.

Stephen me observó con disimulo, por encima de la taza de café, para ver si me había cabreado.

—Buen trabajo, detective —dije—. Claro, conciso y objetivo.

Stephen dejó escapar un leve suspiro de alivio, como si acabara de pasar un examen oral, y se lanzó a por su sándwich.

—¿De cuánto tiempo crees que disponemos antes de que eso se convierta en el Evangelio oficial según Kennedy y se cierren los dos casos?

Meneó la cabeza.

—Unos días tal vez. Todavía no ha enviado el informe a los jefazos; seguimos recogiendo pruebas. El detective Kennedy es muy concienzudo. Bueno, ya sé que tiene su teoría, pero no se ha limitado a endosársela al caso y desentenderse de todo lo demás. Por lo que dice tengo la impresión de que tanto yo como los demás agentes eventuales vamos a seguir en Homicidios el resto de la semana.

Lo que quería decir que, en resumidas cuentas, disponía de unos tres días. A nadie le gusta dar marcha atrás. Una vez estuviera oficialmente cerrado el caso, tendría que presentar un vídeo autenticado mediante acta notarial de alguien cometiendo ambos asesinatos para que se reabriera.

—Seguro que lo pasaréis en grande —comenté—. ¿Qué piensas a título personal de la teoría del detective Kennedy?

Eso lo cogió desprevenido. Le llevó un segundo recuperar el control del bocado que le había dado al sándwich.

—¿Yo?

—Tú, amiguete. Yo ya sé cómo trabaja Scorcher. Como te he dicho, me interesa ver qué puedes ofrecerme. Aparte de tus magníficas dotes para la mecanografía.

Se encogió de hombros.

—No me corresponde a mí...

—Sí que te corresponde. Te lo estoy preguntando, así que te corresponde. ¿Te parece que su teoría tiene fundamento?

Stephen le pegó otro buen bocado al sándwich a fin de tener tiempo para pensar. Tenía la mirada fija en el plato, manteniendo los ojos invisibles.

—Sí, Stevie, desde luego debes tener en cuenta que yo podría ser parcial a más no poder, o estar enloquecido de dolor, o sencillamente loco ya de entrada, y que cualquiera de esas circunstancias o todas ellas podrían hacer de mí una persona muy poco indicada para compartir tus pensamientos más íntimos. Pero aun así, apuesto que no es la primera vez que se te pasa por la cabeza que el detective Kennedy podría estar equivocado.

—Se me ha pasado por la cabeza —reconoció.

—Claro que sí. En caso contrario, serías idiota. ¿Se le ha pasado por la cabeza a algún otro miembro del equipo?

—Nadie lo ha mencionado.

—Ni lo harán. Todos lo han pensado, porque tampoco son idiotas, pero mantienen la boca cerrada porque les aterra ponerse a malas con Scorchie. —Me incliné sobre la mesa, lo bastante cerca de él para que tuviera que levantar la vista—. De manera que solo quedas tú, detective Moran. Tú y yo. Si el tipo que mató a Rose Daly sigue suelto, nadie va a ir a por él salvo nosotros dos. ¿Empiezas a entender por qué nuestro jueguecito es correcto desde el punto de vista ético?

Un momento después Stephen dijo:

—Supongo.

—Desde el punto de vista ético es una maravilla porque tu principal responsabilidad no es con el detective Kennedy, ni conmigo. Es con Rose Daly y Kevin Mackey. Somos todo lo que les queda. Así que deja de poner reparos igual que una virgen aferrada a sus bragas y dime qué te parece la teoría del detective Kennedy.

Stephen se limitó a decir:

—No me vuelve loco.

—¿Por qué no?

—No me importa que tenga puntos débiles: no se conoce el móvil, no se sabe con seguridad cómo se enteró Kevin de lo de la fuga, todo eso. Esa clase de lagunas están dentro de lo que cabría esperar. Lo que me preocupa son los resultados de las huellas dactilares.

—¿Qué tienen de malo?

Había estado preguntándome si lo detectaría.

Se lamió la mayonesa que tenía en el pulgar y lo levantó.

—En primer lugar, las huellas sin identificar en el exterior de la maleta. Podrían no tener mayor importancia, pero si se tratara de una investigación mía, procuraría identificarlas antes de cerrar el caso.

Estaba casi seguro de quién había dejado esas huellas, pero no me apetecía contárselo.

—Lo mismo digo. ¿Algo más?

—Sí. Tampoco está claro lo de que, bueno —levantó otro dedo—, ¿cómo es que no hay huellas en la primera hoja de la nota? Limpiar la segunda página tiene sentido: si alguien empieza a sospechar y denuncia la desaparición de Rose, lo último que quiere Kevin es que encuentren sus huellas en la nota de despedida. Pero ¿la primera hoja? La saca de donde la ha tenido escondida todo este tiempo, tiene previsto utilizarla como nota de suicidio y confesión, ¿pero la limpia y usa guantes para metérsela en el bolsillo? ¿Por si alguien la relaciona con él?

—¿Y qué dice al respecto el detective Kennedy?

—Dice que es una anomalía menor, que no tiene mayor importancia, se dan en todos los casos. Kevin limpia las dos hojas aquella primera noche, esconde la primera y cuando vuelve a sacarla no deja huellas; la gente no siempre las deja. Cosa que es cierta, salvo que... Estamos hablando de alguien que está a punto de quitarse la vida. Alguien que, en esencia, está confesando un asesinato. Me trae sin cuidado lo frío que seas, seguro que estás sudando como un cabr..., a mares. Y al sudar, se dejan huellas. —Stephen negó con la cabeza—. En esa hoja debería haber huellas —insistió—, y punto.

Volvió a la tarea de zamparse el sándwich.

—Solo como diversión, vamos a probar una cosa. Supongamos por un momento que mi viejo amigo el detective Kennedy anda errado por una vez y Kevin Mackey no mató a Rose Daly. Entonces ¿qué tenemos?

Stephen se quedó mirándome.

—¿Estamos suponiendo que Kevin también fue asesinado?

—Dímelo tú.

—Si no limpió esa nota y se la metió en el bolsillo, alguien lo hizo por él. Yo apuesto por el asesinato.

Noté que me sobrevenía de nuevo ese arrebato súbito y traicionero de afecto. Estuve a punto de hacerle al chaval una llave de cabeza y revolverle el pelo.

—Me parece coherente —dije—. ¿Y qué sabemos del asesino?

—¿Creemos que es una sola persona?

—Sinceramente, eso espero. Es posible que mi barrio sea un poco tirando a raro, pero desde luego espero que no sea lo bastante raro para que haya dos asesinos distintos campando a sus anchas.

En algún momento de los últimos sesenta segundos, desde que había empezado a manifestar opiniones, Stephen había empezado a perderme miedo. Estaba inclinado hacia delante, los codos encima de la mesa, tan centrado que se había olvidado del resto del sándwich. Había un brillo nuevo y duro en sus ojos, más tenaz de lo que hubiera esperado de un novato tan dulce y candoroso.

—Entonces, según lo que dice Cooper, probablemente se trata de un hombre. De entre, digamos, treinta y tantos y cincuenta años, de manera que estuviera entre los quince y los treinta cuando murió Rose, y bastante fornido, tanto entonces como ahora. Eso tuvo que hacerlo un tipo con buenos músculos.

—En el caso de Rose, sí —apunté—. En el de Kevin, no. Una vez consigues que se asome por la ventana, y Kevin no era una persona recelosa, con un empujoncito basta. Sin emplear los músculos.

—Entonces, si nuestro sospechoso tenía entre quince y cincuenta cuando agredió a Rose, ahora debe de estar entre los treinta y tantos y los setenta.

—Por desgracia. ¿Algo más que podamos decir para acotar la búsqueda?

—Creció en algún lugar muy cerca de Faithful Place —dijo Stephen—. Conoce el número dieciséis como la palma de su mano: cuando se dio cuenta de que Rose estaba muerta, debió de llevarse un susto tremendo, pero aun así se acordó de las losas de hormigón en el sótano. Y por lo que nos dice todo el mundo, los que conocen el número dieciséis son los que vivían en Faithful Place o sus inmediaciones cuando eran adolescentes. Es posible que ya no viva allí, pudo enterarse del hallazgo del cadáver de Rose de muchas maneras, pero sin duda ha vivido por la zona en algún momento.

Por primera vez en toda mi carrera empezaba a hacerme una idea de por qué a los de Homicidios les gusta tanto su trabajo. Cuando los de Operaciones Encubiertas salimos de caza, tendemos trampas para atrapar todo lo que se mueve; buena parte de la tarea consiste en saber qué utilizar como cebo, qué volver a dejar donde lo encontramos y qué derribar de un golpe en la cabeza y llevárnoslo a casa. Esto era totalmente distinto. Estos hombres eran especialistas requeridos para rastrear a un depredador solitario, y se centraban en él como en una amante. Cualquier otra cosa que se cruzara en su punto de mira mientras escudriñaban la oscuridad en busca de esa presa les importaba una mierda. Esto era específico y era íntimo, y resultaba muy intenso: ese hombre y yo, por ahí en algún lugar, aguzando el oído para detectar si el otro daba un paso en falso. Esa tarde en el Tristísimo Café, me dio la impresión de que era el vínculo más íntimo que tenía.

—La gran incógnita no es cómo se enteró de que Rose había aparecido —señalé—. Como tú dices, probablemente a todos los que alguna vez vivieron en Liberties les llamó alguien para contárselo. La gran incógnita es cómo se enteró de que Kevin le suponía una amenaza después de tanto tiempo. En mi opinión solo hay una persona que pudo hacérselo ver, y es el propio Kevin. O los dos seguían en contacto, o se toparon durante el alboroto del fin de semana o Kevin se tomó la molestia de localizarlo. Cuando tengas ocasión me gustaría saber a quién telefoneó Kevin durante las últimas cuarenta y ocho horas, teléfono móvil y fijo, si lo tenía, a quién envió mensajes de texto y quién lo llamó o le envió mensajes a él. Haz el favor de decirme que el detective Kennedy ha solicitado los registros de llamadas.

—Aún no han llegado, pero sí, los ha pedido.

—Si averiguamos con quién habló Kevin ese fin de semana, ya tenemos a nuestro sospechoso.

Recordé que Kevin había perdido los estribos y se había largado el sábado por la tarde, mientras yo iba a por la maleta para Scorcher. Después no volví a verlo hasta que entró en el pub. Entre lo uno y lo otro podía haber ido en busca prácticamente de cualquiera.

—Hay otra cosa —dijo Stephen—: creo que probablemente ese individuo ha sido violento. Bueno, es evidente que ha sido violento, pero me refiero a que no solo lo ha sido en esas dos ocasiones. Creo que hay muchas probabilidades de que tenga antecedentes, o al menos una reputación.

—Una teoría interesante. ¿Qué te hace pensarlo?

—Hay una diferencia entre los dos asesinatos, ¿verdad? El segundo tuvo que haberlo planeado, aunque solo fuera con unos minutos de antelación, pero el primero casi seguro que no lo planeó.

—¿Y bien? Ahora es mayor, se controla más, piensa las cosas de antemano. La primera vez sencillamente perdió la cabeza.

—Sí, pero a eso voy. Es así como se le va la cabeza. Eso no cambia, por muy mayor que sea.

Arqueé una ceja: sabía a qué se refería, pero quería oírle explicarlo. Stephen se frotó torpemente una oreja, intentando dar con las palabras adecuadas.

—Tengo un par de hermanas —dijo—. Una tiene dieciocho años, y si la fastidias se pone a gritar tan alto que la oyen por toda la calle. La otra tiene veinte, y cuando se le va la pinza tira cosas contra la pared de su cuarto, nada que se vaya a romper, solo bolis y tal. Así ha sido siempre, desde que éramos pequeños. Si la menor tirase algo alguna vez o la mayor empezara a gritar, o si cualquiera de las dos se pusiera violenta, me sorprendería mucho. La gente pierde la cabeza como la pierde.

Me digné ofrecerle una sonrisa de aprobación —el chaval se había ganado unas palmaditas en la cabeza— e iba a preguntarle cómo perdía la cabeza nuestro sospechoso cuando de pronto caí en la cuenta. El crujido sordo y repugnante de la cabeza de Shay contra la pared, su boca medio abierta al quedar colgando por el cuello de las manazas de mi padre. Mi madre que gritaba: «Fíjate en lo que has hecho, so cabrón, vas a matarlo», y la voz áspera y ronca de mi padre: «Se lo tiene merecido». Y Cooper: «El agresor la cogió por el cuello y le golpeó la cabeza repetidamente contra la pared».

Algo en mi semblante inquietó a Stephen. Tal vez lo estaba mirando fijamente.

—¿Qué pasa? —dijo.

—Nada —respondí, al tiempo que me ponía la cazadora. Matt Daly, clara y rotundamente: «La gente no cambia»—. Estás haciendo un buen trabajo, detective. Lo digo en serio. Ponte en contacto conmigo en cuanto tengas los listados de llamadas.

—Eso haré. ¿Va todo...?

Saqué veinte libras y se las lancé por encima de la mesa.

—Ocúpate de la cuenta. Ponme al tanto si el departamento

consigue identificar las huellas restantes de la maleta, o si el detective Kennedy te dice cuándo tiene previsto cerrar la investigación. Recuerda, detective: solo les quedamos tú y yo. No hay más.

Me fui. Lo último que vi fue el rostro de Stephen, desvaído tras el vidrio del ventanal del bar. Tenía el billete de veinte en la mano y me seguía con la mirada, boquiabierto.

16

Seguí andando durante horas. De camino atajé por Smith's Road hasta la confluencia con Faithful Place, el trayecto que supuestamente tendría que haber hecho Kevin después de acompañar a Jackie hasta su coche el domingo por la noche. Durante un buen trecho alcancé a ver con claridad las ventanas traseras del último piso del número 16, desde donde Kevin se había precipitado, y atisbé brevemente por encima del muro las de la primera planta; después de dejar atrás la casa, si me daba la vuelta veía la fachada sin estorbos al pasar por delante del final de Faithful Place. Las farolas permitían que cualquiera que esperase en el interior me viera llegar perfectamente, y además daban a las ventanas un tono anaranjado y ahumado: si hubiera habido una linterna encendida dentro, o hubiera estado ocurriendo algo, no habría llegado a verlo. Y si alguien hubiera querido asomarse para llamarme, habría tenido que hacerlo lo bastante fuerte para arriesgarse a que lo oyera el resto de Faithful Place. Kevin no había entrado en esa casa porque le llamó la atención algo brillante. Había quedado con alguien.

Cuando llegué a Portobello busqué un banco a orillas del canal y repasé el informe de la autopsia. El joven Stephen tenía talento para la síntesis: no me encontré ninguna sorpresa, aparte de un par de fotografías para las que, a decir verdad, debería haber estado preparado. Kevin tenía una salud excelente; de hecho, en opinión de Cooper podría haber vivido eternamente, si se las hubiera apañado para mantenerse alejado de los edificios altos. La causa de la muerte aparecía como «indeterminada». Puedes estar seguro de que estás en un aprieto de cojones cuando incluso Cooper adopta un tono discreto contigo.

Volví hacia Liberties y pasé por Cooper Lane un par de veces para ubicar sitios fáciles de escalar en el muro. Cuando dieron las ocho y media y todo el mundo estaba cenando, viendo la tele o acostando a los niños, salté el muro, crucé el jardín trasero de los Dwyer y entré en el de los Daly.

Tenía que averiguar qué había ocurrido exactamente entre mi padre y Matt Daly. La idea de empezar a llamar a puertas de vecinos al azar no me atraía especialmente; además, siempre es mejor acudir a la fuente. Estaba casi seguro de que Nora siempre había tenido debilidad por mí. Jackie había dicho que vivía en Blanchardstown o los alrededores, pero las familias normales, a diferencia de la mía, hacen piña cuando ocurre alguna desgracia. Después de lo del sábado habría apostado cualquier cosa a que Nora había dejado que su marido y su hijo se hicieran mutuamente de canguro y estaba pasando unos días bajo el techo de mamá y papá Daly.

La grava crujió bajo mis pies cuando aterricé. Me quedé inmóvil entre las sombras con la espalda pegada al muro, pero nadie salió a mirar.

Poco a poco mis ojos se acostumbraron a la oscuridad. No había estado nunca en ese jardín. Tal como le había dicho a Kevin, me daba mucho miedo que me pillaran. Era lo que cabía esperar de Matt Daly: una amplia tarima, arbustos pulcramente podados, varas con su etiqueta clavadas en los arriates de flores listas para la primavera, el retrete convertido en un robusto cobertizo para el jardín. Vi un bonito banco de hierro forjado en un rincón oportunamente resguardado, lo sequé como mejor pude con la mano y me senté a esperar.

Había una luz encendida en una ventana de la primera planta, y vi una ordenada hilera de armarios de madera de pino en la pared: la cocina. Y como era de esperar, una media hora después entró Nora con un jersey negro demasiado grande y el pelo recogido en un moño desaliñado. Incluso a esa distancia se veía cansada y pálida. Se puso un vaso de agua del grifo y se apoyó en el fregadero para bebérsela, mirando por la ventana con gesto vacío al tiempo que se llevaba la mano libre a la nuca para darse un masaje. Un momento después levantó la cabeza de súbito, dijo algo por encima del hombro, enjuagó rápidamente el vaso y lo dejó en el escurridero, cogió algo de un armario y se fue.

Así que allí estaba yo, matando el tiempo hasta que Nora Daly decidiese que era hora de acostarse. Ni siquiera podía fumar, porque alguien podría haber visto la brasa del cigarrillo: Matt era de esos capaces de salir detrás de un merodeador con un bate de béisbol, por el bien de la comunidad. Por primera vez en lo que tenía la sensación de que eran meses, lo único que podía hacer era quedarme de brazos cruzados y esperar.

Faithful Place estaba bajando las persianas de cara a la noche. Una tele proyectaba destellos parpadeantes sobre el muro de los Dwyer. Desde algún lugar se filtraba tenuemente una canción, una voz de mujer dulce y melancólica que suspiraba por los jardines. En el número 7 luces navideñas multicolor y Santa Claus gordinflones relucían en las ventanas. Uno de los chicos ahora adolescentes de Sallie Hearne gritó: «¡No! ¡Te odio!» y dio un portazo. En el piso de arriba del número 5, los yuppies epidurales estaban acostando a su niño: papá lo llevaba a su cuarto recién salido de la bañera con un pequeño albornoz blanco, lo columpiaba en al aire y le hacía pedorretas en la barriguita, y mamá se inclinaba entre risas para retirar las mantas de la camita. Al otro lado de la calle, mis padres debían de estar viendo la tele catatónicamente, absortos cada cual en pensamientos inimaginables, intentando que llegara la hora de acostarse sin haber tenido que dirigirse la palabra.

El mundo provocaba una sensación letal esa noche. Por lo general me gusta el peligro, no hay nada igual para centrar la mente, pero eso era distinto. Notaba la tierra estremecerse y tensarse bajo mis pies como un enorme músculo, dispuesta a hacernos saltar a todos por los aires y a demostrarme de nuevo quién estaba al mando y quién se había metido en un asunto que lo superaba de largo. El frío estremecedor era una advertencia: todo aquello en lo que crees es incierto, todas las reglas básicas pueden cambiar a su antojo en cualquier momento, y la casa siempre gana, siempre. No me hubiera extrañado que el número 7 se derrumbara encima de los Hearne y sus Santa Claus, o que el número 5 se consumiera en una inmensa explosión de llamas y polvo yuppie de tonos pastel. Pensé en Holly, en lo que había estado convencido de que era su torre de marfil, intentando averiguar cómo podía seguir existiendo el mundo sin el tío Kevin; en el candoroso Stephen, con su abrigo nuevo, esforzándose por no creer lo que le estaba enseñando yo sobre su trabajo; en mi madre, que había tomado la mano de mi padre en el altar y había llevado en el vientre a sus hijos convencida de que era una buena idea. Pensé en mí, en Mandy, en Imelda y en los Daly, sentados en silencio en nuestros respectivos rincones, intentando ver dónde habían ido a parar estos últimos veintidós años sin Rosie, barridos por las mareas.

La primera vez que Rosie me mencionó «Inglaterra» teníamos dieciocho años y estábamos en Galligan's, entrada ya la noche de un sábado de primavera. Toda mi generación tiene alguna historia en Galligan's, y los que no las tienen toman prestadas las de otros. Cualquier ejecutivo de mediana edad estará encantado de contarte cómo salió de allí por piernas cuando hicieron una redada, o invitó a una copa a los de U2 antes de que se hicieran famosos, o conoció a su mujer, o se dejó un diente en la pista bailando música punk, o se colocó hasta tal punto que se durmió en los servicios y no lo encontraron hasta que terminó el fin de semana. El local era un antro sin las medidas antiincendios más esenciales: pintura negra descascarillada, sin ventanas, murales estarcidos con spray de Bob Marley, el Che Guevara y quienquiera que admirase el personal de turno. Pero tenían el bar abierto hasta altas horas —más o menos: no disponían de licencia para vender cerveza, así que se podía escoger entre dos clases de pringoso vino alemán; ambas te dejaban con la sensación de ser un tanto cursi y haber permitido que te timaran— y tenían una especie de lotería de conciertos, de manera que nunca se sabía quién iba a tocar esa noche. Los jóvenes de hoy en día no se acercarían allí ni que los llevasen a rastras. A nosotros nos encantaba.

Rosie y yo habíamos ido a ver un nuevo grupo de glam-rock llamado Lipstick On Mars del que ella tenía buenas referencias, además de cualquier otra banda que saliera al escenario. Estábamos bebiendo un magnífico vino blanco alemán y bailando hasta marearnos. Me encantaba verla bailar, su manera de mover las caderas, los latigazos que descargaba con el pelo y la risa que le curvaba la boca: nunca tenía la mirada vacía al bailar como otras chicas, siempre adoptaba una expresión. Todo apuntaba a que iba a ser una noche estupenda. El grupo no era Led Zeppelin precisamente, pero tenía letras ingeniosas, un batería fenomenal y aquel brillo temerario que despedían los grupos por aquel entonces, cuando nadie tenía nada que perder y el que no hubiera ni la más remota oportunidad de triunfar carecía totalmente de importancia, porque dedicarte al grupo con toda tu alma era lo único que impedía que fueras otro parado de larga duración sin futuro lloriqueando en su cuarto de alquiler: una pizca de magia.

El bajista rompió una cuerda para demostrar que iba en serio, y mientras la cambiaba, Rosie y yo fuimos a la barra a por más vino.

—Este mejunje es asqueroso —le dijo Rosie al camarero, al tiempo que se abanicaba con la camiseta.

—Sí, ya sé. Creo que lo hacen con jarabe para la tos. Lo dejan airear unas semanas y listo.

Le caíamos bien al camarero.

—Más asqueroso de lo normal, incluso. Os han traído una remesa chunga. ¿Es que no tenéis nada pasable?

—Esto surte efecto, ¿verdad? Si no, deja a tu novio, espera a que cerremos y te llevo a algún sitio mejor.

—¿Quieres que te dé un par de hostias yo mismo o se lo dejo a tu pava? —dije yo.

La novia del camarero llevaba cresta y tatuajes en los brazos. Con ella también nos llevábamos bien.

—Mejor tú, ella es mucho más dura.

Nos lanzó un guiño y se fue a por el cambio.

—Tengo que contarte una cosa —dijo Rosie.

Se había puesto seria. Me olvidé por completo del camarero y empecé a calcular fechas mentalmente.

—¿Sí? ¿Qué?

—El mes que viene se jubila uno en la fábrica de Guinness. Mi padre dice que ha estado recomendándome cada vez que ha tenido ocasión, y que si quiero el puesto, es mío.

Recuperé el resuello.

—Bien, cojonudo —dije. Me habría costado mucho alegrarme por algún otro, sobre todo teniendo en cuenta que estaba implicado el señor Daly, pero Rosie era mi chica—. Genial. Enhorabuena.

—No voy a aceptarlo.

El camarero lanzó el cambio deslizándolo por encima de la barra. Lo atrapé.

—¿Qué? ¿Por qué no?

Se encogió de hombros.

—No quiero que mi padre me enchufe en ningún sitio, quiero conseguir algo por mis propios méritos. Y de todas maneras...

El grupo empezó otra vez con una alegre salva de batería a todo trapo, y no alcancé a oír el resto de la frase. Se echó a reír y señaló hacia el fondo del local, donde por lo general uno podía oír sus propios pensamientos.

Le cogí la mano libre y fui abriendo paso entre una cuadrilla de chicas saltarinas con mitones y los ojos pintados cual mapaches, orbitadas por chicos incapaces de articular palabra y convencidos de que, si conseguían mantenerse lo bastante cerca, de alguna manera acabarían enrollándose con ellas.

—Aquí —dijo Rosie, que se encaramó al alféizar de una ventana tapiada—. No están mal estos tíos, ¿verdad?

—Son fabulosos —asentí.

Me había pasado la semana entera entrando en lugares al azar por toda la ciudad para preguntar si tenían trabajo y lo único que había conseguido era que se rieran de mí en todos y cada uno de ellos. En el restaurante más cutre del mundo tenían una vacante de ayudante de cocina, y había empezado a hacerme ilusiones, sobre todo porque era un puesto que no querría nadie en su sano juicio, pero el gerente me había rechazado nada más ver mi dirección, con una indirecta muy poco sutil acerca de la desaparición de existencias. Hacía meses que Shay no dejaba pasar un solo día sin soltar algún comentario acerca de que don Educación Secundaria, a pesar de todos sus estudios, no era capaz de aportar un sueldo. El camarero acababa de destriparme el último billete de diez libras que me quedaba. Cualquier grupo que tocara lo bastante alto y rápido para dejarme el cerebro vacío tenía mi visto bueno.

—Ah, no, no son fabulosos. Están bien, pero es por eso.

Rosie señaló el techo con el vaso de vino. En Galligan's había un puñado de focos, la mayoría sujetos a las vigas con lo que parecía alambre. Un tipo llamado Shane estaba a cargo de la iluminación. Si te acercabas demasiado a la mesa de control con una copa en la mano, amenazaba con golpearte.

—¿Qué? ¿Los focos?

Shane se las había arreglado para provocar un efecto plateado a cámara rápida que insuflaba a la banda una especie de glamour sórdido y crispado. Seguro que al menos uno de los músicos pillaba cacho después del concierto.

—Sí. Es cosa de Shane, se le da bien. Es él quien hace que parezcan algo. Esa pandilla no tiene más que planta, si quitas la iluminación y las pintas, no son más que cuatro chavales haciendo el idiota.

Me eché a reír.

—Igual que cualquier otro grupo, claro.

—Sí, bueno. Es probable. —Rosie me miró de reojo, casi con timidez, por encima del borde del vaso—. ¿Quieres que te cuente una cosa, Francis?

—Adelante.

Me encantaba cómo le funcionaba la cabeza a Rosie. Si hubiera sido capaz de introducirme allí, habría sido feliz deambulando el resto de mi vida, simplemente curioseando.

—Me encantaría dedicarme a eso.

—¿Iluminación? ¿En conciertos?

—Sí. Ya sabes cómo me gusta la música. Siempre he querido formar parte de eso, desde que era una cría.

Sí, lo sabía. Todos sabían que Rosie era la única niña de Faithful Place que se había gastado el dinero de la confirmación en discos, pero era la primera vez que mencionaba lo de la iluminación.

—Pero cantar se me da fatal, y creo que el rollo artístico no me va: componer canciones o tocar la guitarra, nada de eso. Lo que me gusta es eso.

Levantó la mandíbula hacia los haces de luz entrecruzados.

—¿Sí? ¿Por qué?

—Porque sí. Ese tío consigue que el grupo parezca mejor. Y punto. Da igual si tienen una buena noche o no, o si solo viene a verlos media docena de personas, o si nadie más se da cuenta de lo que está haciendo: pase lo que pase, seguro que mete baza y consigue que sean mejores de lo que son. Y si es brillante de verdad en lo que hace, puede conseguir que sean mucho mejores, una y otra vez. Eso me gusta.

El destello de sus ojos me hizo feliz. Tenía el pelo alborotado de bailar. Se lo alisé.

—No está nada mal, desde luego.

—Me gusta eso de que si eres bueno en tu trabajo cambies las cosas. Yo nunca he hecho nada parecido. A nadie le importa un carajo si se me da bien coser; siempre y cuando no la joda, da igual. Y en la Guinness sería exactamente lo mismo. Me encantaría ser buena en algo, buena de veras, y que eso marcara la diferencia.

—Tendré que colarte entre bastidores en el teatro Gaiety para que enredes con los interruptores —comenté, pero Rosie no se rió.

—Ostras, sí. Imagínatelo. Esto no es más que un local cutre, pero imagina lo que se podría hacer en uno de verdad, como una sala de conciertos grande. Si trabajara para un grupo de los buenos que van de gira, cada dos días tendría entre manos un local nuevo...

—No pienso dejarte que vayas de gira con una pandilla de estrellas de rock —dije—. No sé qué más tendrías entre manos.

—Tú también vendrías. Serías encargado de montaje.

—Eso me gusta. Acabaría teniendo tanto músculo que ni siquiera los Rolling Stones se atreverían a tirarle los tejos a mi chica.

Saqué bíceps.

—¿Te gustaría?

—¿Podría catar a las grupis?

—Guarro —me reprendió Rosie en tono alegre—. Claro que no. A menos que yo pudiera enrollarme con los rockeros. Pero no, en serio: ¿te gustaría? ¿Encargado de montaje o algo por el estilo?

Me lo estaba preguntando en serio, quería saberlo.

—Sí, claro que me gustaría. Lo haría sin pensármelo dos veces. Me parece un curro estupendo: viajar, oír buena música, no aburrirte nunca. Aunque no creo que me surja esa oportunidad, claro.

—¿Por qué no?

—Anda, venga. ¿Cuántos grupos de Dublín pueden pagarse un encargado de montaje? ¿Tú crees que esos tíos pueden? —Señalé con la cabeza a Lipstick On Mars, que a juzgar por su aspecto no podían pagarse ni el billete de autobús para volver a casa, y mucho menos ningún técnico—. Seguro que su encargado de montaje es el hermano pequeño de alguno de ellos, que carga la batería en la furgoneta del padre de algún otro.

Rosie asintió.

—Yo diría que lo de la iluminación está igual: solo hay algún que otro puesto, y lo ocupa gente que ya tiene experiencia. No se puede hacer ningún curso de aprendizaje ni nada parecido. He estado informándome.

—No me sorprende.

—Bueno, pues supón que quieres abrirte camino de alguna manera, ¿vale? Cueste lo que cueste. ¿Dónde empezarías?

Me encogí de hombros.

—Por aquí desde luego no. En Londres, quizás en Liverpool. En Inglaterra, en cualquier caso. Buscaría algún grupo que pudiera pagarme la comida mientras aprendo el oficio, y luego ya me buscaría la vida para encontrar algo mejor.

—Eso creo yo también. —Rosie tomó un sorbo de vino y se recostó en el hueco de la ventana, mirando al grupo. Luego dijo, con convicción—: Pues vámonos a Inglaterra.

Por un segundo me pareció que no la había entendido. Me quedé mirándola fijamente. Al ver que no parpadeaba, le pregunté:

—¿Lo dices en serio?

—Claro que sí.

—Joder —respondí—. ¿En serio? ¿No me estás tomando el pelo?

—Completamente en serio. ¿Por qué no?

Tuve la sensación de que Rosie había prendido la mecha de un almacén lleno de fuegos artificiales en mi interior. La acometida del batería para rematar el tema me recorrió los huesos como una maravillosa cadena de explosiones, con tanta intensidad que casi se me nubló la vista. Lo único que me vino a los labios fue:

—Tu padre se subirá por las paredes.

—Sí, seguro. Pero ¿qué más da? Se subirá por las paredes de todas maneras cuando se entere de que seguimos juntos. Al menos así no estaríamos aquí para oírlo. Otra buena razón para ir a Inglaterra: cuanto más lejos, mejor.

—Por supuesto —dije—. Claro. Joder. ¿Cómo lo haríamos para...? No tenemos dinero. Necesitaríamos pasta para los billetes, y un piso, y... Joder.

Rosie balanceaba una pierna y me miraba de hito en hito, pero mis palabras le provocaron una sonrisa burlona.

—Eso ya lo sé, pedazo de bobo. No estoy hablando de que nos vayamos esta misma noche. Tendríamos que ahorrar.

—Tardaríamos meses.

—¿Tienes alguna otra cosa que hacer?

Tal vez fuera el vino; tenía la sensación de que la sala se resquebrajaba a mi alrededor, en las paredes florecían colores que no había visto nunca y el suelo latía al ritmo de mi corazón. El grupo terminó con un ademán ostentoso, el cantante golpeó el micro con la frente para tirarlo y el gentío se volvió loco de entusiasmo. Yo aplaudí automáticamente. Cuando el ambiente se calmó y todos, incluido el grupo, se fueron a la barra, insistí:

—Lo dices en serio, ¿verdad?

—Eso es lo que intento decirte.

—Rosie. —Dejé el vaso y me acerqué a ella, cara a cara, con sus rodillas en mis costados—. ¿Lo has pensado bien? ¿Te lo has planteado con todas sus consecuencias?

Tomó otro trago de vino y asintió.

—Claro. Llevo meses pensando en ello.

—No tenía ni idea. No me habías comentado nada.

—No hasta estar segura. Ahora lo estoy.

—¿Cómo?

—El puesto en la Guinness. Eso es lo que me ha hecho decidirme. Mientras siga aquí, mi padre seguirá intentando colocarme en esa fábrica, y tarde o temprano daré el brazo a torcer y aceptaré el trabajo, porque tiene razón, Francis, es una oportunidad magnífica, hay gente que mataría por algo así. Una vez entre allí, no saldré nunca.

—Y si nos vamos, no volveremos. No vuelve nadie —señalé.

—Ya lo sé. A eso voy. ¿Cómo si no vamos a estar juntos, como es debido, quiero decir? No sé tú, pero yo no quiero tener a mi padre encima tocándome las narices durante los próximos diez años cada vez que se le presente la ocasión, hasta que por fin entienda que somos felices. Quiero que tú y yo empecemos con buen pie: haciendo lo que queremos hacer, juntos, sin que nuestras familias nos dicten la vida. Los dos solos.

Las luces habían menguado convirtiendo la atmósfera en una profunda bruma submarina y detrás de mí empezó a cantar una chica con voz grave, áspera y recia. Bajo los haces de luz verdes y dorados que giraban lentamente Rosie parecía una sirena, un espejismo hecho de color y luz. Por un instante sentí deseos de abrazarla y estrujarla contra mi cuerpo, antes de que se me escapara entre las manos. Me dejaba sin respiración. Seguíamos en esa edad en que las chicas son más adultas que los chicos, y ellos maduran a base de esforzarse al máximo cuando ellas lo necesitan. Había sabido desde que era un mocoso que quería algo más que lo que los profesores decían que nos correspondía, fábricas y colas del paro, pero nunca había creído de veras que fuera capaz de marcharme y construirlo con mis propias manos. Había sabido durante años que mi familia estaba tarada sin remedio, y que cada vez que apretaba los dientes hasta hacerlos rechinar y entraba en ese piso, otro pedacito de mí quedaba hecho añicos, pero nunca se me había pasado por la cabeza, por muy lejos que llegara la locura en mi casa, que pudiera largarme. Solo llegué a verlo cuando Rosie necesitó que estuviera a su altura.

—Vamos a hacerlo —dije.

—¡Dios santo, Francis, para el carro! No quiero que te decidas esta misma noche. Solo que te lo pienses.

—Ya lo he pensado.

—Pero —dijo Rosie, un momento después—, tu familia. ¿Podrías marcharte?

No habíamos hablado nunca de mi familia. Debía de haberse

hecho una idea —toda Faithful Place se la había hecho— pero no los había mencionado ni una sola vez, y yo se lo agradecía. Tenía sus ojos clavados en los míos.

Esa noche había salido haciendo un trueque con Shay, que sabía regatear, por el fin de semana siguiente entero. Cuando salí por la puerta, mi madre estaba recriminándole a Jackie a gritos que era tan descarada que su padre había tenido que irse al pub porque no soportaba tenerla cerca.

—Ahora mi familia eres tú —dije.

La sonrisa empezó en algún lugar recóndito, oculto tras los ojos de Rosie.

—Eso lo seré en cualquier parte, te lo aseguro. Aquí también si no puedes marcharte.

—No. Tienes toda la razón: tenemos que largarnos.

Aquella sonrisa lenta, amplia y hermosa se propagó por todo el rostro de Rosie.

—¿Qué piensas hacer durante el resto de mi vida? —preguntó.

Deslicé las manos por sus muslos hasta sus tersas caderas y la acerqué a mí sobre el alféizar. Me rodeó la cintura con las piernas y me besó. Tenía un sabor dulce por el vino y salado de tanto bailar, y noté que seguía sonriendo, su boca pegada a la mía, hasta que la música cobró intensidad a nuestro alrededor y el beso se tornó más apasionado y la sonrisa desapareció.

«La única que no se convirtió en su madre», resonó la voz de Imelda en la oscuridad junto a mi oído, áspera por causa de un millón de cigarrillos y un caudal infinito de tristeza. «La que se libró». Imelda y yo éramos un par de embusteros de pura cepa, pero ella no mentía al decir que adoraba a Rosie, y yo no mentía al decir que ella era su amiga más íntima. Imelda, Dios la asista, lo había entendido.

El bebé yuppie se había dormido, protegido por el brillo difuso de su lucecita nocturna. Su madre se levantó, muy poco a poco, y salió con sigilo del cuarto. Una tras otra, las luces habían empezado a apagarse en Faithful Place: los Santa Claus de Sallie Hearne, la tele de los Dwyer, el letrero de Budweiser que colgaba torcido en el piso de los estudiantes melenudos. El número 9 estaba en penumbra, Mandy y Ger se habían acostado temprano. Probablemente él tenía que ir a trabajar al amanecer para prepararles plátano frito a los hombres de negocios. Empezaba a tener los pies helados. La luna pendía baja sobre los tejados, desdibujada y sucia por las nubes.

A las once en punto Matt Daly asomó la cabeza a la cocina, echó un vistazo por todas partes, comprobó que la nevera estuviese cerrada y apagó la luz. Un minuto después se encendió una lámpara en una habitación trasera del piso de arriba y apareció Nora, que se quitó la goma del pelo con una mano mientras cubría un bostezo con la otra. Sacudió los rizos para que le cayeran sobre los hombros y levantó los brazos para correr las cortinas.

Antes de que empezara a ponerse el camisón, lo que la habría hecho sentirse tan vulnerable que habría llamado a su padre para que se encargara del intruso, tiré un guijarro contra su ventana. Oí que la alcanzaba con un chasquido leve y seco, pero no ocurrió nada. Debía de haberlo achacado a los pájaros, el viento o los cimientos de la casa. Tiré otro, más fuerte.

Su luz se apagó. La cortina se replegó, apenas un par de cautos centímetros. Encendí la linterna, la enfoqué directa a mi cara y saludé con la mano. Cuando hubo tenido tiempo suficiente para reconocerme, me llevé un dedo a los labios y la llamé con una seña.

Un momento después Nora volvió a encender la luz. Retiró la cortina y agitó una mano en dirección a mí, lo que podía significar cualquier cosa, desde «Lárgate» hasta «Un momento». Volví a hacerle señas, con más urgencia, sonriendo para tranquilizarla con la esperanza de que la linterna no convirtiera mi expresión en una mueca lasciva al estilo de Jack Nicholson. Se retiró el pelo, cada vez más frustrada. Luego —ingeniosa, igual que su hermana— se inclinó sobre el alféizar, empañó de aliento el cristal y escribió con

344

un dedo: ESPERA. Incluso lo hizo del revés, cosa digna de elogio, para que me resultara más fácil leerlo. Le hice una señal de aprobación con el pulgar, apagué la linterna y aguardé.

No sé qué debía de implicar la rutina de los Daly a la hora de acostarse, pero ya era casi medianoche cuando se abrió la puerta y Nora salió, trotando de puntillas por el jardín. Se había echado una chaqueta larga de lana encima de la falda y el jersey y estaba sin aliento, con una mano sobre el pecho.

—Dios, esa puerta... He tenido que empujar con todas mis fuerzas para abrirla y luego se me ha cerrado de golpe. Ha sonado como un accidente de tráfico, ¿no lo has oído? Casi me desmayo...

Sonreí y le dejé sitio en el banco.

—No he oído nada. Estás hecha una auténtica ladrona. Siéntate.

Se quedó donde estaba, intentando recuperar el resuello mientras me miraba con ojos recelosos que no dejaban de moverse.

—No puedo quedarme más que un momento. Solo he salido para ver... No sé, qué tal te va, si estás bien.

—Estoy mejor ahora que te veo. Aunque me da la impresión de que has estado a punto de sufrir un infarto.

Sonrió un poco, como a regañadientes.

—Pues sí, casi me da un ataque. Estaba convencida de que mi padre iba a aparecer en cualquier momento... Me siento como si tuviera dieciséis años y acabara de descolgarme por una tubería.

En la penumbra azulada del jardín invernal, con su rostro desmaquillado para acostarse y el pelo suelto, no parecía mucho mayor.

—¿Así pasaste tu juventud salvaje? Vaya rebelde.

—¿Yo? Dios mío, no, ni soñarlo. Con mi padre no. Era una buena chica. Me perdí todo eso. Solo sé lo que me contaban mis amigas.

—En ese caso, tienes derecho a recuperar tanto tiempo perdido como te sea posible —dije—. Prueba con esto, ya que estás. —Saqué el tabaco, abrí el paquete y le ofrecí un cigarrillo con gesto ostentoso—. ¿Un pitillo?

Nora lo miró con desconfianza.

—No fumo.

—Y no hay razón para que empieces. Esta noche no cuenta. Esta noche tienes dieciséis años y eres una pequeña rebelde descarada. Ojalá hubiera traído una botella de sidra barata.

Poco después vi que curvaba lentamente la comisura de la boca otra vez.

—Por qué no —accedió, y se dejó caer a mi lado en el banco y aceptó un cigarrillo.

—Claro que sí, mujer.

Me incliné hacia ella y se lo encendí, sonriéndole a los ojos.

Inhaló demasiado fuerte y le dio un acceso de tos. Yo me puse a abanicarle la cara con la mano mientras los dos procurábamos sofocar la risa tonta que nos había entrado y señalábamos la casa, intentábamos hacernos callar mutuamente y se nos escapaban risotadas más fuertes.

—Ay, Dios —dijo Nora, enjugándose los ojos, cuando por fin recuperó el aliento—. Esto no es lo mío.

—Caladas pequeñas —le aconsejé—. Y no te molestes en tragar el humo. Recuerda que eres una adolescente, así que no se trata de la nicotina, se trata de parecer guay. Fíjate en el experto. —Me repantigué en el banco en plan James Dean, me puse un cigarrillo en la comisura de la boca, lo encendí y saqué la mandíbula para expulsar el humo en un largo chorro—. Así, ¿ves?

Le había entrado otra vez la risilla tonta.

—Pareces un gánster.

—De eso se trata. Si te va más el estilo de sofisticada aspirante a estrella de cine, también podemos probar. Siéntate más recta.

Lo hizo.

—Cruza las piernas. Ahora, la barbilla metida, mírame de reojo, pon morritos y...

Dio una calada, hizo un extravagante ademán con la muñeca y lanzó el humo hacia el cielo.

—De maravilla —la felicité—. Eres oficialmente la chica más molona del barrio. Enhorabuena.

Nora se rió y repitió el gesto.

—Sí que lo soy, ¿verdad?

—Sí. Tienes un don innato. Ya sabía yo que llevabas dentro una chica traviesa.

Un momento después, preguntó:

—Rosie y tú, ¿solíais quedar aquí fuera?

—No. Tu padre me daba mucho miedo.

Asintió, observando la brasa candente del cigarrillo.

—Esta noche estaba pensando en ti.

—¿Ah, sí? ¿Por qué?

—Rosie. Y Kevin. ¿No has venido por eso tú también?

—Sí —reconocí, con cautela—. Más o menos. He pensado que si alguien sabe por lo que he pasado estos últimos días...

—La echo de menos, Francis. Mucho.

—Ya lo sé, cielo. Lo sé. Yo también.

—No hubiera imaginado... Antes, solo la echaba en falta muy de tanto en tanto: cuando tuve el niño y ella no estaba para verlo, o cuando mis padres me ponían de los nervios y me hubiera encantado llamar a Rosie y ponerlos a caldo. Por lo demás, apenas pensaba en ella, ya no. Tenía otras cosas en las que pensar. Pero cuando nos enteramos de que había muerto, no podía parar de llorar.

—Yo no soy de los que lloran —dije—, pero ya sé a qué te refieres.

Nora tiró la ceniza con cuidado de que cayera entre la gravilla donde su padre no la detectase por la mañana. Sin poder ocultar el tono dolido, dijo:

—Mi marido no. Es incapaz de entender por qué estoy disgustada. Hace veinte años que no la veía y estoy hecha polvo... Me ha pedido que me tranquilice, si no voy a poner nervioso al bebé. Mi madre toma Valium y mi padre cree que debería estar cuidándola, es ella la que ha perdido a una hija... Yo me acordaba de ti una y otra vez. Pensaba que eres la única persona que igual no cree que soy estúpida.

—En los últimos veintidós años solo vi a Kevin unas cuantas horas, y aun así lo estoy pasando fatal. No creo que seas estúpida en absoluto.

—Tengo la sensación de que ya no soy la misma persona. ¿Sabes a qué me refiero? A lo largo de toda mi vida, cuando la gente me preguntaba si tenía hermanos, decía: «Sí, sí, tengo una hermana mayor». Ahora diré: «No, solo yo». Como si fuera hija única.

—No tienes por qué ocultar a la gente lo de tu hermana.

Nora negó con tanta fuerza que el pelo le fustigó la cara.

—No. No voy a mentir al respecto. Eso es lo peor: durante todo este tiempo estaba mintiendo, y ni siquiera lo sabía. Cada vez que le decía a alguien que tenía una hermana, mentía. Ya era hija única, desde hace mucho tiempo.

Me acordé de Rosie, en O'Neill's, plantándose ante la mera idea de fingir que estábamos casados: «Ni pensarlo, no pienso fingirlo, no se trata de lo que piense la gente...».

—No digo que mientas. Me refiero a que no tiene por qué desvanecerse sin más ni más. «Tuve una hermana mayor», puedes decir. «Se llamaba Rosie. Murió».

Nora se estremeció, súbita y violentamente.

—¿Tienes frío? —le pregunté.

Negó con la cabeza y apagó el cigarrillo contra una piedra.

—Estoy bien. Gracias.

—Trae, dame eso —dije, a la vez que le cogía la colilla y la introducía en el paquete de tabaco—. Ninguna rebelde que se precie deja pruebas de sus travesuras para que las encuentre su padre.

—Da igual. No sé por qué me preocupaba tanto. Ya no puede castigarme sin salir. Soy una mujer hecha y derecha. Si quiero salir de casa, puedo hacerlo.

Ya no me miraba. La estaba perdiendo. Otro minuto y recordaría que en realidad era una respetable mujer de treinta y tantos años, con marido e hijo y bastante sentido común, y que nada de ello era compatible con fumar en el jardín trasero a medianoche con un desconocido.

—Es vudú paterno —dije, acompañando el comentario de una sonrisa torcida—. Dos minutos con ellos y te conviertes de nuevo en un crío. Mi madre sigue aterrándome, aunque, claro, ella podría darme una buena zurra si quisiera, por mucho que sea un hombre hecho y derecho. No se le caerían los anillos.

Un segundo después Nora dejó escapar una leve risilla a regañadientes.

—No me extrañaría que mi padre intentara castigarme sin salir.

—Y tú le gritarías que dejara de tratarte como a una niña, igual que se lo gritabas cuando tenías dieciséis años. Como decía, es vudú paterno.

Esta vez rió como es debido y se retrepó en el banco un poco más relajada.

—Y algún día se lo haremos nosotros a nuestros hijos.

No quería que pensase en su hijo.

—Hablando de tu padre —dije—. Quería disculparme por el comportamiento de mi padre la otra noche.

Nora se encogió de hombros.

—Fue cosa de ambos.

—¿Viste quién empezó? Yo estaba charlando con Jackie y me perdí lo más interesante. Todo iba de maravilla y de repente los dos estaban enzarzados en la secuencia del combate de *Rocky*.

Nora se ciñó la chaqueta, protegiéndose la garganta con el grueso cuello de la prenda.

—Yo tampoco lo vi —dijo.

—Pero sabes de qué iba el asunto, ¿no?

—Hombres con unas copas de más encima, ya sabes lo que es eso, y los dos habían pasado unos días pésimos... La chispa pudo saltar por cualquier cosa.

—Nora —dije, en tono áspero y dolido—, me llevó media

hora conseguir que mi padre se tranquilizara. Tarde o temprano, si esto sigue así, acabará por darle un infarto. No sé si la mala sangre que hay entre ellos es culpa mía, si se debe a que salía con Rosie y a tu padre no le hacía ninguna gracia. Pero si el problema es ese, al menos me gustaría saberlo para poder hacer algo antes de que le provoque la muerte a mi padre.

—¡Dios mío, Francis, no digas eso! ¡Claro que no es culpa tuya! —Tenía los ojos abiertos de par en par y me había agarrado el brazo: yo había acertado con la combinación exacta entre culpabilizado y culpabilizador—. Te lo juro, no lo es. Esos dos nunca se han llevado bien. Ya cuando era muy pequeña, mucho antes de que empezaras a salir con Rosie, mi padre nunca...

Dejó la frase como si fuera un pedazo de carbón ardiente, y me soltó el brazo.

—Nunca tenía nada bueno que decir de Jimmy Mackey —propuse—. ¿Es eso lo que ibas a decir?

—Lo de la otra noche no fue culpa tuya —dijo Nora—. Eso es todo.

—Entonces, ¿quién tuvo la culpa, maldita sea? Estoy perdido, Nora. Estoy en la oscuridad y me ahogo y nadie es capaz de mover un solo dedo para ayudarme. Rosie murió. Kevin ha muerto. La mitad de Faithful Place está convencida de que soy un asesino. Tengo la sensación de que estoy perdiendo la cabeza. He acudido a ti porque creía que eras la única persona que podía tener una cierta idea de lo mal que lo estoy pasando. Te lo suplico Nora. Dime qué demonios ocurre.

Soy capaz de hacer varias cosas al mismo tiempo. Que tuviera la intención de manipularla no quitaba que todo aquello lo dijera de corazón. Nora me miraba fijamente: en la oscuridad casi cerrada los ojos se le veían enormes y desazonados.

—No vi qué provocó la pelea entre los dos, Francis —dijo—. Si tuviera que hacer una conjetura, diría que empezó porque tu padre estaba hablando con mi madre.

Y ahí estaba. De súbito, igual que engranajes que se entrelazan y empiezan a moverse, decenas de detalles que se remontaban a mi infancia giraron, rechinaron y encajaron limpiamente. Se me habían ocurrido un centenar de explicaciones posibles, cada cual más retorcida e inverosímil que la anterior —que Matt Daly se chivó de alguna de las actividades ilegales de mi padre, una enemistad heredada que se retrotraía a quién le robó al otro la última patata durante la Gran Hambruna— pero nunca se me había pasado por la cabeza precisamente eso que hace estallar casi todas las peleas entre dos hombres, sobre todo si son crueles de verdad: una mujer.

—Estuvieron liados —dije.

La vi parpadear en un gesto fugaz y abochornado. Aunque estaba muy oscuro para apreciarlo, habría apostado a que se había sonrojado.

—Eso creo, sí. Nadie me lo ha dicho abiertamente, pero... Estoy casi segura.

—¿Cuándo?

—Bueno, hace una eternidad, antes de casarse: no fue una aventura, ni nada por el estilo. Cosas de jóvenes.

Yo sabía mejor que la mayoría de la gente que eso no le restaba importancia.

—Y luego ¿qué ocurrió?

Esperé a que Nora me describiera actos de violencia incalificables, probablemente relacionados con el estrangulamiento, pero se limitó a negar con la cabeza.

—No lo sé, Francis. No lo sé. Como te he dicho, nadie me lo contó, lo deduje por mi cuenta a partir de comentarios sueltos.

Me incliné hacia delante, aplasté el cigarrillo contra la grava y lo guardé en el paquete.

—Vaya. Esto sí que no lo había visto venir —dije—. Te parecerá que soy estúpido.

—¿Por qué...? Yo creía que te traería sin cuidado.

—¿Te refieres a por qué me importa nada de lo que ocurra aquí cuando no me he molestado en volver durante veintitantos años?

Seguía mirándome, preocupada y perpleja. Había salido la luna. A la pálida y tenue luz el jardín se veía prístino e irreal, como una suerte de simétrico limbo de zona residencial.

—Nora, dime una cosa. ¿Tú crees que soy un asesino?

Me acojonó lo mucho que deseaba que dijera: «No». Fue entonces cuando entendí que debía levantarme e irme: ya tenía todo lo que Nora me podía ofrecer y cada segundo de más era una mala idea.

—No, nunca he creído que lo fueras —se limitó a decir Nora, sin ambages.

Algo se retorció en mi interior.

—Por lo visto mucha gente sí lo cree —señalé.

Negó con la cabeza.

—Una vez, cuando no era más que una niña de cinco o seis años, saqué a la calle uno de los gatitos de Sallie Hearne para jugar con él, y una pandilla de chicos mayores vinieron y me lo quitaron, solo para hacerme rabiar. Se lo lanzaban unos a otros, y yo no paraba de gritar... Entonces viniste tú y les obligaste a parar: me devolviste el gatito y me dijiste que volviera a llevarlo a casa de los Hearne. Seguro que no te acuerdas.

—Sí —dije. La súplica muda en sus ojos: necesitaba que los dos compartiéramos ese recuerdo, y de todo lo que necesitaba era lo único, por diminuto que fuese, que podía darle—. Claro que me acuerdo.

—No creo que alguien capaz de algo así vaya a hacer daño al prójimo, al menos a posta. A lo mejor es que soy un poco tonta.

Aquel retorcijón otra vez, más doloroso.

—No eres tonta —dije—. Solo un encanto. Eres un auténtico encanto.

Bajo esa luz parecía una jovencita, un espectro, era como si una impresionante Rosie en blanco y negro hubiera escapado durante un ínfimo lapso de tiempo de una vieja película parpadeante o un sueño. Era consciente de que si la tocaba se desvanecería, volvería a convertirse en Nora ante mis ojos y se iría para siempre. La sonrisa en sus labios podría haberme arrancado el corazón de cuajo.

Le toqué el pelo, apenas, con las yemas de los dedos. Noté su aliento acelerado y cálido contra la cara interna de la muñeca.

—¿Dónde has estado? —dije suavemente cerca de su boca—. ¿Dónde has estado todo este tiempo?

Nos aferramos el uno al otro igual que feroces niños perdidos, ardiendo en llamas y desesperados. Mis manos se sabían de memoria las curvas tersas y calientes de sus caderas, sus formas salieron a mi encuentro desde algún lugar en lo más hondo de mi interior que había creído perdido para siempre. No sé a quién buscaba ella. Me besó tan fuerte que noté un sabor a sangre. Olía a vainilla. Rosie olía a caramelos de limón y a sol y al disolvente que utilizaban para limpiar manchas del tejido en la fábrica. Introduje los dedos entre los abundantes rizos de Nora y percibí la oscilación de sus senos contra mi pecho, tan intensa que por un segundo pensé que lloraba.

Fue ella la que se apartó. Estaba intensamente sonrojada e intentaba recuperar el resuello al tiempo que se bajaba el jersey.

—Ahora tengo que volver —dijo.

—Quédate —la insté, y volví a tomarla entre las manos.

Juro que por un instante se lo planteó. Luego negó con la cabeza y me apartó las manos de sus caderas.

—Me alegro de que hayas venido esta noche —dijo.

Rosie se hubiera quedado. Casi lo dije. Lo hubiera dicho de haber pensado que había la más mínima posibilidad de que me sirviera de algo. En cambio, me recosté en el banco, respiré hondo y noté que el corazón empezaba a latirme más despacio. Luego le volví la mano a Nora y le besé la palma.

—Yo también —dije—. Gracias por salir a verme. Ahora entra, antes de que me vuelvas loco. Dulces sueños.

Tenía el pelo revuelto y los labios carnosos y tiernos de resultas del beso.

—Cuídate, Francis —dijo.

Se levantó y cruzó el jardín, ciñéndose la chaqueta al cuerpo.

Entró en casa con sigilo y cerró la puerta a su espalda sin volver la vista ni una sola vez. Me quedé sentado en el banco, observando los movimientos de su silueta a la luz de la lámpara detrás de las cortinas, hasta que dejaron de temblarme las rodillas y me vi capaz de saltar los muros y regresar a casa.

17

En el contestador automático tenía un mensaje de Jackie en el que me pedía que la llamara: «No es nada importante. Solo..., bueno, ya sabes. Adiós». Sonaba consumida y más vieja de lo que nunca me había parecido. Yo estaba tan hecho polvo que a una parte de mí le dio auténtico miedo posponerlo para el día siguiente, teniendo en cuenta lo que había ocurrido cuando hice caso omiso de los mensajes de Kevin, pero era una hora intempestiva de la madrugada. El teléfono les habría provocado infartos a Gavin y a ella al mismo tiempo. Me acosté. Cuando me quité el jersey, alcancé a oler el cabello de Nora en el cuello.

El miércoles por la mañana desperté tarde, en torno a las diez, mucho más cansado que la noche anterior. Hacía años que no experimentaba tal grado de sufrimiento, mental o físico. Había olvidado hasta qué punto te pasa factura. Me despojé de un par de capas de pelusilla mental con agua fría y café solo y telefoneé a Jackie.

—Ah, hola, Francis.

Su voz aún acusaba esa nota alicaída, más intensamente incluso. Aunque hubiera tenido tiempo o energía para abordar el asunto de Holly, no me habría visto capaz.

—Hola, preciosa. Acabo de oír tu mensaje.

—Ah..., sí. Luego pensé que igual no debería haber... No quería asustarte ni nada de eso. Solo quería... No sé. Ver qué tal lo llevabas.

—Ya sé que me fui en seguida el lunes por la noche. Debería haberme quedado más —reconocí.

—Es posible, sí. Pero bueno, lo hecho, hecho está. De todas maneras, no hubo ninguna escenita más: todos siguieron bebiendo, cantaron un poco más y se fueron a casa.

Había un intenso ruido de fondo: conversaciones, el grupo Girls Aloud y un secador de pelo.

—¿Estás trabajando?

—Sí, claro. Por qué no. Gav no podía tomarse más días libres y a mí no me apetecía estar sola en el piso... En fin, si tú y Shay estáis en lo cierto sobre el estado de este país, más vale que tenga contentas a las clientas habituales, ¿no crees?

Lo decía en son de broma, pero no tuvo la energía suficiente para adoptar una entonación graciosa.

—No te exijas más de la cuenta, cielo. Si estás cansada, vete a casa. Seguro que tus clientas habituales no te abandonarían por nada del mundo.

—Nunca se sabe, ¿verdad? Ah, bueno, estoy de maravilla. Todo el mundo está siendo muy amable, me traen té y me dejan salir a fumar cada vez que me apetece. Estoy mejor aquí. ¿Dónde estás tú? ¿No has ido a trabajar?

—Me he tomado unos días de descanso.

—Eso está bien, Francis. Seguro que trabajas demasiado. Date un capricho. Lleva a Holly a alguna parte.

—La verdad es que, ahora que tengo tiempo libre, me gustaría charlar con mamá —dije—. Solo nosotros, sin que esté papá. ¿Hay alguna hora conveniente? ¿Sale él a comprar o se va al pub?

—La mayoría de los días sí. Pero... —Alcancé a oír el esfuerzo que hacía por mantenerse centrada—. Ayer la espalda le dolía mucho. Yo diría que hoy también. Casi no podía ni levantarse de la cama. Cuando la espalda le da la lata, lo que suele hacer es dormir.

—Traducción: algún médico le daba pastillas de las buenas, mi padre las acompañaba de vodka de garrafón y se quedaba inconsciente durante un buen rato—. Seguro que mamá estará en casa todo el día, al menos hasta que vuelva Shay, por si le hace falta algo. Pasa a hacerle una visita. Estará encantada de verte.

—Eso haré —asentí—. Dile a Gav que te cuide, ¿de acuerdo?

—Se ha portado de maravilla. No sé qué haría sin él... Ven por aquí, ¿quieres hacernos una visita esta noche? Igual podemos cenar algo, ¿eh?

Pescado con patatas fritas en salsa de compasión: sonaba delicioso.

—Tengo una cita —me disculpé—. Pero gracias, cariño. Otro día. Más vale que vuelvas a tu trabajo antes de que a alguien se le pongan de color verde los reflejos.

Jackie intentó reír por amabilidad, pero no lo consiguió.

—Sí, será mejor. Ándate con cuidado, Francis. Saluda a mamá de mi parte.

Y se fue de regreso hacia la bruma de ruido de secador, cotilleo y tazas de té dulce.

Jackie estaba en lo cierto: cuando llamé al timbre, mi madre bajó al portal. También parecía agotada, y había perdido peso desde el sábado: le faltaba al menos una lorza. Me miró un momento, mientras decidía qué actitud adoptar. Luego me soltó:

—Tu padre está durmiendo. Pasa a la cocina y no hagas ruido.

Se volvió y echó a andar escaleras arriba renqueando con gesto dolorido. Tenía que arreglarse el pelo.

El piso apestaba a alcohol, ambientador y líquido para limpiar la plata. El santuario de Kevin resultaba más deprimente incluso a la luz del día. Las flores estaban medio marchitas, las tarjetas se habían caído y las velas eléctricas empezaban a vacilar y desvanecerse. Por la puerta del dormitorio se filtraban ronquidos tenues y satisfechos.

Mi madre tenía todos los objetos de plata que poseía dispuestos encima de la mesa de la cocina: cubertería, marcos de fotos, misteriosos chismes pseudoornamentales que a todas luces habían hecho un largo recorrido en el carrusel de los regalos de segunda mano antes de ir a parar allí. Pensé en Holly, con la cara hinchada de llorar mientras frotaba como loca el mobiliario de su casita de muñecas.

—Venga —dije, a la vez que cogía el paño de limpiar—. Voy a echarte una mano.

—Seguro que lo dejas hecho un asco con esas manazas tan torpes que tienes...

—Déjame intentarlo. Si lo hago mal, me lo indicas.

Mi madre me lanzó una mirada recelosa, pero el ofrecimiento era demasiado bueno para pasarlo por alto.

—Ya que has venido, supongo que puedes hacer algo útil. Tómate un té.

No era una pregunta. Acerqué una silla y me puse manos a la obra con la cubertería mientras mi madre hurgaba en los armarios. La conversación que quería mantener con ella habría funcionado mejor como una charla confidencial entre madre e hija, pero puesto que no estoy equipado para eso, compartir un quehacer doméstico podía ser una manera de crear el ambiente adecuado. Si no hubiera estado ocupada con la plata, habría buscado alguna otra cosa que limpiar.

Mi madre dijo, a guisa de salva inaugural:

—Te fuiste de repente el lunes por la noche.

—Tenía que irme. ¿Qué tal habéis estado?

—¿A ti qué te parece? Si quisieras saberlo, habrías estado aquí.

—No quiero ni imaginar lo que ha sido esto para vosotros —dije, y aunque formaba parte del tópico, probablemente también era cierto—. ¿Puedo hacer algo?

Metió las bolsitas de té en la tetera.

—Estamos perfectamente, muchas gracias. Los vecinos se han portado de maravilla: nos han traído comida suficiente para dos semanas, y Marie Dwyer nos deja guardarla en ese congelador de arcón tan grande que tiene. Si hemos vivido sin tu ayuda hasta ahora, podremos sobrevivir un poco más.

—Lo sé, mamá. Pero cualquier cosa que se te ocurra, me lo dices, ¿de acuerdo? Lo que sea.

Mi madre se dio la vuelta y me señaló con la tetera.

—Voy a decirte lo que puedes hacer. Localiza a tu amigo, ese cómo-se-llame de la barbilla, y dile que envíe a tu hermano a casa. No puedo ponerme en contacto con la funeraria para hacer los preparativos, no puedo hablar con el padre Vincent de la ceremonia, no puedo decirle a nadie cuándo voy a enterrar a mi propio hijo porque un chaval que parece Popeye no quiere decirme cuándo nos van a «restituir el cadáver», así mismo lo dijo. Hay que ver qué chulería. Como si nuestro Kevin fuera de su propiedad.

—Ya lo sé —dije—. Y te prometo que haré todo lo posible. Pero él no intenta complicaros más la vida. Se limita a hacer su trabajo tan rápido como puede.

—Su trabajo es problema suyo, no mío. Si nos hace esperar mucho más, habrá que hacer el funeral con el ataúd cerrado. ¿No habías pensado en eso?

Podría haberle dicho que probablemente el ataúd tendría que estar cerrado de todas maneras, pero ya habíamos llevado la conversación mucho más allá de lo que era mi intención.

—Tengo entendido que ves a Holly —dije.

Una mujer con menos arrojo habría dejado traslucir cierto remordimiento, aunque fuera un ápice, pero mi madre no.

—¡Y ya era hora! —replicó, alzando la barbilla y desplegando la papada—. Esa cría habría estado casada y dándome nietos antes de que tú hubieras movido un dedo para traerla. ¿Tenías la esperanza de que si lo demorabas lo suficiente me moriría y ya no tendrías que presentarnos?

Pues sí, se me había pasado por la cabeza esa posibilidad.

—Ella te tiene mucho cariño —dije—. ¿Qué te parece la pequeña?

—Es la viva imagen de su mami. Son unas chicas encantadoras, las dos. Mucho más de lo que te mereces.

—¿Conoces también a Olivia?

Me quité el sombrero mentalmente ante Liv. Se las había arreglado para eludir ese tema a las mil maravillas.

—Solo la he visto dos veces. Trajo en coche a Holly y a Jackie. ¿Es que no tenías suficiente con una chica de Liberties?

—Ya me conoces, mamá. Siempre he sido un engreído.

—Y fíjate lo que has conseguido. ¿Estáis divorciados, o solo separados?

—Divorciados. Hace un par de años.

—Vaya. —Mi madre frunció los labios con fuerza—. Yo nunca me he divorciado de tu padre.

Un comentario que era imposible rebatir por infinidad de razones.

—Es cierto —señalé.

—Ahora no puedes comulgar.

Sabía perfectamente que no debía entrar al trapo, pero nadie me altera tanto como mi familia.

—Mamá. Si quisiera comulgar, que no quiero, el divorcio no sería problema. Puedo divorciarme tantas veces como me dé la gana por lo que a la Iglesia respecta, siempre y cuando no me acueste con nadie que no sea Olivia. El problema estriba en todas las encantadoras mujeres que me he cepillado desde el divorcio.

—No digas guarradas —me espetó mi madre—. No soy una listilla como tú y no estoy al tanto de todos los pormenores, pero lo que sí sé es que el padre Vincent no te daría la comunión en la iglesia donde fuiste bautizado.

Me señaló con un dedo triunfante. Por lo visto se había anotado una victoria.

Procuré recordar que lo que realmente necesitaba era conversar con ella, no decir la última palabra, y comenté, en tono sumiso:

—Probablemente tienes razón.

—Por supuesto que la tengo.

—Al menos no estoy educando a Holly para que también sea atea. Ella va a misa.

Creí que mencionar a Holly aplacaría un poco a mi madre, pero esta vez solo conseguí alterarla más. Con ella nunca se sabe.

—Para lo que a mí me ha servido, como si fuera atea. ¡Me perdí su primera comunión! ¡Mi primera nieta!

—Mamá, es tu tercera nieta. Carmel tiene dos niñas mayores que ella.

—La primera que lleva nuestro apellido. Y la última, por lo visto. No sé qué se trae entre manos Shay. Podría estar tonteando con una docena de chicas y no nos enteraríamos. No ha traído ninguna a casa en la vida, te juro que estoy a punto de darme por vencida con él. Tu padre y yo creíamos que sería Kevin el que...

Se mordió los labios y siguió con los preparativos del té, ahora con ademanes más ruidosos, dejando caer las tazas sobre los platillos y las galletitas en un plato. Un rato después dijo:

—Y ahora supongo que ya no volveremos a ver a Holly.

—Mira —dije, al tiempo que levantaba un tenedor—. ¿Está bastante limpio?

Mi madre le lanzó una mirada de soslayo.

—No, no lo está. Tienes que frotar entre las púas. —Trajo la bandeja a la mesa, me sirvió una taza y me acercó la leche y el azúcar—. He ido a por los regalos de Navidad de Holly. Le he comprado un vestidito de terciopelo precioso.

—Aún faltan dos semanas —señalé—. Ya veremos cómo van las cosas.

Mi madre me dirigió una mirada de reojo que no supe interpretar, pero dejó el tema. Fue a por otro paño, se sentó delante de mí y cogió un chisme de plata que podía ser un tapón de botella.

—Tómate el té —me instó.

El té era lo bastante fuerte para salir de la tetera por sus propios medios y golpearte en la cara. Todo el mundo estaba trabajando y la calle estaba en completo silencio salvo por el repiqueteo suave y uniforme de la lluvia y el rumor lejano del tráfico. Mi madre fue ocupándose de varios artilugios indefinidos de plata. Yo terminé con los cubiertos y pasé a un marco para fotos: estaba recubierto de caprichosas flores que nunca llegaría a limpiar al gusto de mi madre, pero al menos sabía lo que era. Cuando tuve la sensación de que el ambiente estaba bastante sosegado, me lancé:

—Dime una cosa. ¿Es cierto que papá le tiraba los tejos a Theresa Daly antes de conocerte a ti?

Mi madre levantó la cabeza de golpe y me miró fijamente. No le cambió el gesto, pero empezaron a desfilar por sus ojos infinidad de cosas.

—¿Dónde has oído eso? —preguntó con tono de exigencia.

—Así que salía con ella.

—Tu padre es un puñetero idiota. Eso ya lo sabías, o si no, eres tan idiota como él.

—Lo sabía, sí. Pero no sabía específicamente que esa era una de las idioteces que había hecho.

—Esa mujer siempre ha sido una lianta. Siempre andaba llamando la atención, contoneándose por la calle, gritando y armándola con sus amigas.

—Y papá estaba colado por ella.

—¡Todos estaban colados por ella! Los hombres son estúpidos. Eso los vuelve locos. Tu padre, y Matt Daly y la mitad de los chicos de Liberties, todos iban detrás de Tessie O'Byrne. A ella le encantaba: siempre andaba tonteando con tres o cuatro a la vez y rompía con ellos cada quince días si no le prestaban suficiente atención. Y volvían arrastrándose para intentarlo de nuevo.

—No sabemos lo que nos conviene —reconocí—. Sobre todo cuando somos jóvenes. Papá no era más que un chaval por aquel entonces, ¿verdad?

Mi madre lanzó un bufido.

—Lo bastante mayor para tener un poco más de cabeza. Yo era tres años menor y podría haberle dicho que la cosa acabaría mal.

—Ya le habías echado el ojo, ¿eh?

—Sí. Dios bendito, desde luego. Ahora cuesta creerlo... —Había dejado de mover los dedos sobre el chisme que limpiaba—. Ahora cuesta creerlo, pero tu padre era guapísimo entonces. Tenía una mata de pelo rizado impresionante y aquellos ojos azules y su manera de reír. Me encantaba su risa.

Los dos miramos involuntariamente hacia la puerta de la cocina, en dirección al dormitorio. Mi madre dijo, y fue evidente que en otros tiempos ese nombre tenía el sabor de un helado delicioso en su boca:

—Jimmy Mackey podría haber escogido a la chica que se le antojara.

Le ofrecí una sonrisilla.

—¿Y no fue directo a por ti?

—Yo era una niña. Tenía quince años cuando él empezó a ir detrás de Tessie O'Byrne, y no era como esas crías de hoy en día que aparentan veinte años antes de cumplir los doce. No tenía figura, ni iba maquillada, no tenía ni idea... Intentaba llamar su atención cuando lo veía ir de camino al trabajo por la mañana, pero nunca se fijaba en mí. Estaba loco por Tessie. Y él era su preferido.

Nunca había oído hablar de eso, y hubiera apostado a que Jackie tampoco, o me habría puesto al tanto. Mi madre no es de las que comparten sus sentimientos. Si le hubiera preguntado por este asunto una semana antes o después, no habría llegado a ninguna parte. Kevin la había dejado destrozada y en carne viva. Hay que aprovechar las ocasiones.

—Entonces ¿por qué rompieron? —indagué.

Mi madre frunció los labios.

—Si vas a limpiar la plata, hazlo como es debido. Llega hasta las ranuras. No sirve de nada si luego tengo que hacerlo yo de nuevo cuando hayas terminado.

—Lo siento —dije, y me puse a limpiar con esfuerzo redoblado.

—No digo que tu padre fuera un santo inocente —empezó, poco después—. Tessy O'Byrne era una desvergonzada, pero aquello fue cosa de los dos.

Esperé, frotando sin parar. Mi madre me cogió la muñeca y tiró hacia ella para supervisar el lustre del marco. Luego asintió un poquito a regañadientes y me soltó.

—Eso está mejor. Las cosas no eran como ahora por aquel entonces. Teníamos un poco de decencia, no íbamos por ahí montándonoslo con cualquiera solo porque eso era lo que hacían en la tele.

—¿Papá se lo montó con Tessie O'Byrne en la tele? —bromeé. Lo único que conseguí fue un pellizco en el brazo.

—¡No! Te lo estoy contando, ¿es que no me escuchas? Siempre habían sido tremendos los dos. Al juntarse fueron a peor. Un día de verano tu padre le pidió prestado el coche a un amigo y llevó a Tessie a Powerscourt un domingo por la tarde, a ver la catarata, pero el coche se les averió cuando regresaban.

O al menos eso había contado mi padre, según me dio a entender mi madre con una mirada cargada de intención.

—¿Y? —pregunté.

—¡Y se quedaron allí a pasar la noche! Entonces no había teléfonos móviles. No podían llamar a un mecánico, ni siquiera avisar a nadie de lo que ocurría. Probaron a caminar un trecho, pero estaban en una carretera rural en mitad de Wicklow, claro, y ya oscurecía. Se quedaron en el coche, y a la mañana siguiente un granjero que pasaba por allí les ayudó a arrancarlo. Para cuando volvieron a casa, todo el mundo pensaba que se habían escapado. —Levantó a la luz el chisme de plata para comprobar que el acabado fuera perfecto y de paso prolongar la pausa: a mi madre siempre le ha gustado el dramatismo—. Bueno. Tu padre siempre me aseguró que él durmió en el asiento delantero y Tessie en el de atrás. Yo no sé qué ocurrió, claro. Pero no es eso lo que creyeron en Faithful Place.

—Ya me lo imagino —dije.

—Las chicas no se quedaban a pasar la noche con chicos en aquel entonces. Solo las zorras hacían algo así. Nunca había conocido a una chica que se pasara de la raya antes de estar casada.

—¿Y no tendrían que haberse casado después de eso? Para proteger la reputación de ella.

A mi madre se le nubló el gesto. Dijo, con un deje de lamento en la voz:

—Yo creo que tu padre se hubiera casado, hasta ese punto estaba loco por ella el maldito idiota. Pero no era lo bastante bueno para los O'Byrne, que siempre se habían creído mejores que los demás. El padre de Tessie y sus tíos le dieron una paliza de campeonato. Lo vi al día siguiente y casi no lo reconocí. Le dijeron que no volviera a acercarse a ella, que bastante daño le había hecho ya.

—Y les hizo caso —señalé.

Eso me gustó, y mucho. Me produjo una sensación tranquilizadora. Matt Daly y sus colegas podrían haberme apaleado hasta dejarme casi muerto, y en cuanto hubiera salido del hospital habría ido en busca de Rosie tan rápido como la cojera me lo permitiese.

Mi madre dijo, en tono remilgado y satisfecho:

—No le quedó otro remedio. El padre de Tessie siempre le había dejado hacer lo que le viniese en gana, y fíjate lo que había conseguido. Pero después de aquello casi ni le permitía salir por la puerta, solo para ir a trabajar, y la acompañaba él mismo. No me extraña. La gente no hablaba de otra cosa. Los mocosos le gritaban por la calle, los mayores esperaban que se metiera en algún lío de los gordos, la mitad de sus amigas tenían prohibido hablar con ella por si acababan siendo también unas zorras. El padre Hanratty dio un sermón acerca de que las mujeres ligeras de cascos debilitaban el país, y que los hombres no habían sacrificado la vida en 1916 para eso. No mencionó ningún nombre, claro, pero todos sabían a quién se refería. Todo ello obligó a Tessie a echar el freno.

Remontándome casi medio siglo alcancé a sentir el frenético festín: la histeria alborotada, el feroz bombeo de adrenalina cuando Faithful Place husmeó la sangre y pasó al ataque. Probablemente aquellas semanas sembraron la semilla de la locura en la mente de Tessie Daly.

—Es comprensible, desde luego —dije.

—¡Y le estuvo bien empleado! Le enseñó de qué iba la cosa. Le gustaba tontear con los chicos pero no quería apechugar con las consecuencias, ¿no? —Mi madre estaba sentada bien recta y había adoptado su semblante virtuoso—. Empezó a salir con Matt Daly justo después de aquello. Él llevaba años poniéndole ojitos de cordero degollado, pero Tessie no le había hecho ningún caso. No se lo hizo hasta que le convino. Matt era un chico cabal. Al padre de Tessie no le importaba que saliera con él. Era la única manera de que la dejara cruzar la puerta.

—¿Y eso es lo que tiene papá contra Matt Daly? —pregunté—. ¿Que le quitó la chica?

—En buena parte, sí. Para empezar, nunca se habían caído muy bien. —Alineó el utensilio de plata con tres más iguales, eliminó una diminuta mota de algo en el costado y cogió del montón de lo que quedaba por limpiar un adornito cursi del árbol de Navidad—. Matt siempre tuvo celos de tu padre. Era un millón de veces más guapo que él, desde luego, y caía bien, no solo a las chicas, los chicos también pensaban que era un tipo estupendo, muy divertido... Matt no era más que un capullo aburrido. No tenía empuje.

Su voz estaba trufada de recuerdos, de triunfo, amargura y rencor entrelazados.

—Así que cuando Matt consiguió a la chica, se lo restregó por la cara, ¿no? —dije.

—No tuvo suficiente con eso. Tu padre había solicitado un puesto de transportista en la fábrica de Guinness. Le habían dicho que el empleo era prácticamente suyo en cuanto se retirase el siguiente chófer. Pero Matt Daly llevaba varios años trabajando allí, y su padre antes que él. Tenía contactos. Después de todo aquel lío con Tessie, Matt acudió a su capataz y le dijo que Jimmy Mackey no era la clase de empleado que requería la empresa. Había veinte aspirantes al puesto. No les hacía falta nadie que pudiera traerles problemas.

—Y papá acabó dándole al yeso —comenté, sin ánimo de hacerme el gracioso.

—Eso fue porque mi tío Joe le consiguió un puesto de aprendiz. Nos prometimos no mucho después del asunto con Tessie. A tu padre le hacía falta aprender un oficio, si pensábamos tener familia.

—No perdiste el tiempo —señalé.

—Vi mi oportunidad y la aproveché. Para entonces tenía diecisiete años, lo bastante mayor para que los chicos me mirasen. Tu padre... —Mi madre ocultó los labios e introdujo el paño con más fuerza en las hendiduras del adorno—. Yo ya sabía que seguía loco por Tessie —dijo, transcurrido un momento, y aprecié un destello desafiante en su voz que me permitió atisbar brevísimamente a la chica decidida que veía al juerguista de Jimmy Mackey por la ventana de la cocina y pensaba: «Mío»—. Pero a mí no me importaba. Pensé que lo cambiaría una vez le echase mano. Nunca fui muy ambiciosa. No era de esas que creen que llegarán a triunfar en Hollywood. Nunca me di aires. Lo único que quería era una casita propia y unos cuantos niños, y a Jimmy Mackey.

—Bueno —dije—. Tuviste los niños, y conseguiste al hombre.

—Al final lo conseguí, desde luego. Lo que dejaron de él Tessie y Matt. Para entonces ya había empezado a beber.

—Pero lo querías de todas maneras.

Mantuve un tono de voz cordial, sin mostrarme crítico.

—Lo quería a toda costa. Mi madre, Dios la tenga en su gloria, me lo advirtió: no salgas nunca con un bebedor. Pero yo no tenía ni idea. Mi padre, tú no lo recuerdas, Francis, era un hombre encantador, nunca probó una gota. Yo no imaginaba lo que era un bebedor. Sabía que Jimmy se tomaba unas cuantas, pero, claro, todos los chicos bebían. No creí que pasara de ahí. Y no pasaba, al menos al principio. No hasta que Tessie O'Byrne lo dejó para el arrastre.

La creí. Sé lo que puede hacerle a un hombre la mujer adecuada en el momento indicado, aunque tampoco es que Tessie hubiera salido indemne de aquel embrollo. Hay gente a la que más le valdría no conocerse. Las consecuencias llegan demasiado lejos y perduran demasiado tiempo.

—Todos habían dicho siempre que Jimmy Mackey no llegaría a nada en esta vida —continuó mi madre—. Sus padres eran un par de viejos alcohólicos que no habían trabajado un solo día en toda su vida. Desde que era un redrojo había merodeado por el barrio preguntando si podía quedarse a cenar porque en su casa no había nada, se dedicaba a callejear en plena noche... Para cuando lo conocí todo el mundo daba por sentado que acabaría siendo un vago como sus padres. —Mi madre había desviado la mirada del objeto que limpiaba, hacia la ventana y la lluvia incesante—. Pero yo sabía que se equivocaban. Jimmy no era malo, solo alocado. Y no era corto. Podría haber llegado a ser algo. No le hacía falta trabajar en Guinness, podría haber montado su propio negocio. No tenía necesidad de rendir cuentas a jefes todos los días, lo detestaba. Le gustaba conducir, podría haberse dedicado al transporte, haber tenido una furgoneta propia... Si esa mujer no le hubiera llegado antes al alma.

Y ahí estaba el móvil, envuelto para regalo y adornado con un lacito, perfectamente acorde con aquel modus operandi característico. Un día Jimmy Mackey había tenido una chica de bandera del brazo y un trabajo estupendo en el saco, había estado listo para afrontar el futuro imponiendo sus propias condiciones y reírse a la cara de todos los cabrones que habían dicho que nunca llegaría a nada. Luego cometió un desliz, solo uno, y el remilgado de Matt

Daly se entrometió descaradamente y le arrebató a Jimmy la vida que le estaba destinada. Para cuando Jimmy logró aclararse las ideas, estaba casado con una chica a la que nunca había querido, luchando por una jornada de trabajo de tanto en tanto en un empleo que no tenía ningún futuro y bebiendo lo suficiente para tumbar a Peter O'Toole. Pasó veintitantos años viendo desfilar ante sus ojos la vida que se le había escapado al otro lado de la calle, en la casa de otro hombre. Entonces, en un solo fin de semana, Matt Daly lo humilló delante de toda la calle y casi hizo que lo detuvieran —en el cerebro de un alcohólico, la culpa siempre la tiene otro— y de alguna manera se enteró de que Rosie Daly manejaba a su hijo como un títere y pensaba llevárselo a donde le viniera en gana.

Y es posible que hubiera habido más. Más y peor. Mi padre sonriéndome, guiñándome el ojo y desafiándome a que le respondiera: «La hija de los Daly, ¿eh? Es una monada. Hay que ver que domingas tiene, joder...». Rosie, mi chica, era la viva imagen de Tessie O'Byrne.

Mi padre debía de haberme oído cruzar la sala de estar de puntillas después de todo, convencido de que era intocable. Le había visto fingir que dormía un centenar de veces. Igual solo había tenido intención de decirle a Rosie que dejara a su familia en paz. O igual había querido algo más. Pero el caso es que allí estaba Rosie, delante de él, restregándole por la cara lo poco que importaba lo que él quisiera: la hija de Tessie O'Byrne, irresistible e inalcanzable otra vez, la hija de Matt Daly arrebatándole a Jimmy justo aquello que quería, fuera lo que fuese. Lo más probable es que estuviera borracho, al menos hasta que se dio cuenta de lo que había ocurrido. Era un hombre fuerte por aquel entonces.

No habíamos sido los únicos que estaban despiertos aquella noche. En algún momento, Kevin se había levantado, tal vez para salir al retrete, y había visto que no estábamos ninguno de los dos. Posiblemente no le había dado ninguna importancia: mi padre desaparecía habitualmente durante días seguidos, y de vez en cuando Shay y yo teníamos algún asuntillo que hacer durante la noche. Pero este mismo fin de semana, al caer en la cuenta de que alguien había salido a matar a Rosie aquella noche, Kevin lo había recordado.

Tuve la sensación de que había sabido hasta el último detalle de la historia, en alguna sima en lo más profundo de mi cerebro, desde el instante en que oí la voz de Jackie en el contestador automático. Fue como si un agua gélida y negra me llenara los pulmones.

—Debería haber esperado a que yo me hiciera mayor —dijo mi madre—. Tessie era bastante guapa, pero cuando cumplí los dieciséis años había muchos chicos que también pensaban que yo era guapa. Sé que era joven, pero estaba madurando. Si hubiera apartado de ella aquellos ojazos estúpidos el tiempo suficiente para fijarse en mí un momento, no habría ocurrido nada de esto.

El peso macizo de su pena habría podido hundir barcos. Fue entonces cuando caí en la cuenta de que mi madre pensaba que Kevin había ido como una cuba, tal como había aprendido de nuestro padre, y que era eso lo que le había hecho caer por la ventana.

Antes de que me hubiera recuperado lo suficiente para aclarárselo, mi madre se pasó los dedos por la boca, miró el reloj en el alféizar de la ventana y dejó escapar un grito.

—¡Dios bendito, fíjate, es la una y pico! Tengo que comer o va a darme algo. —Apartó el adorno y retiró la silla—. ¿Quieres un sándwich?

—¿Le llevo uno a papá? —indagué.

Durante un segundo más mi madre volvió la cara hacia la puerta del dormitorio. Luego dijo:

—Déjalo. —Y siguió sacando cosas de la nevera.

Los sándwiches eran de margarina y jamón de york en pan blanco de molde, cortados en triángulos. Hicieron que me remontara directamente a cuando aún no me llegaban los pies al suelo sentado a esa misma mesa. Mi madre preparó otro feroz té de los suyos y fue comiendo metódicamente sus triángulos. Por su modo de masticar vi que en algún momento se había puesto dientes postizos. Cuando éramos pequeños siempre nos decía que le faltaban dientes por nuestra culpa: los había perdido al tenernos a nosotros, un diente por cada hijo. Cuando empezaron a caerle las lágrimas, dejó la taza, sacó un pañuelo azul descolorido del bolsillo de la rebeca y esperó a que cesaran. Luego se sonó la nariz y continuó con el sándwich.

18

Parte de mí habría seguido allí sentado con mi madre eternamente, volviendo a poner al fuego la tetera cada hora o así y preparando de vez en cuando unos cuantos sándwiches. Mi madre no era mala compañía, siempre y cuando tuviera la boca cerrada, y por primera vez su cocina me parecía un refugio, al menos en comparación con lo que me estaba esperando fuera. En cuanto saliera por la puerta, lo único que podía hacer era ir tras pruebas sólidas. Eso no era lo más difícil. Supuse que me llevaría unas veinticuatro horas como máximo. Sería entonces cuando comenzaría la auténtica pesadilla. Una vez tuviese las pruebas, tendría que dilucidar qué hacer con ellas.

En torno a las dos empezaron a oírse ruidos en el dormitorio: chirriar de muelles, un grito sin palabras para aclararse la garganta, aquella interminable tos que le sacudía todo el cuerpo como si tuviera arcadas. Supuse que era la señal que esperaba para ponerme en marcha, lo que provocó un alud de complicadas preguntas sobre la comida de Navidad por parte de mi madre («Si venís tú y Holly, y solo digo si, la niña comerá carne blanca o carne roja, o nada de carne, porque me ha dicho que su madre no le da pavo a no ser que sea de esos criados en corral...»). Mantuve la cabeza gacha y seguí adelante. Cuando llegaba a la puerta, me gritó:

—¡Me alegro mucho de verte, no tardes en volver!

A su espalda, mi padre bramó entre flemas:

—¡Josie!

Yo sabía exactamente cómo podía haber averiguado mi padre dónde iba a estar Rosie aquella noche. La única vía de acceso a esa información había sido Imelda, y solo se me ocurría una razón para que mi padre entrase en contacto con ella. Siempre había dado por supuesto que cuando desaparecía durante uno o tres días, era bebida lo que buscaba. Incluso después de todo lo que había hecho, nunca se me pasó por la cabeza que engañara a mi madre: si me lo hubiese planteado, habría dicho que el alcohol lo inhabilitaba para hacer tal cosa. Mi familia es una caja de sorpresas llena a rebosar.

Imelda podía haberle contado a su madre abiertamente lo que Rosie le había revelado —para ganarse su afecto, para llamar la atención, quién sabe— o tal vez dejó caer alguna indirecta cuando mi padre estaba presente, solo un comentario para sentirse más lista que el tipo que se estaba follando a su madre. Como he dicho, mi padre no es idiota. Seguro que ató cabos.

Esta vez, cuando llamé al timbre de Imelda no contestó nadie. Retrocedí y miré hacia la ventana: algo se movió detrás de la cortina de encaje. Pulsé el timbre durante tres minutos seguidos antes de que ella descolgara el telefonillo.

—Qué.

—Hola, Imelda. Soy Francis. Sorpresa.

—Vete a tomar por culo.

—Anda, venga, Melda, no seas así. Tenemos que hablar.

—No tengo nada que decirte.

—Es una pena. No tengo que ir a ninguna parte, así que voy a quedarme delante de tu casa, en el coche, tanto tiempo como sea necesario. Es el Mercedes plateado de 1999. Cuando te aburras de este jueguecito, baja a verme, charlaremos un rato y luego te dejaré en paz por los restos. Si me aburro yo antes, empezaré a hacer preguntas sobre ti a los vecinos. ¿Lo has entendido?

—Vete a tomar por culo.

Colgó. Imelda tenía terquedad suficiente para parar un tren.

Supuse que pasarían al menos dos horas, tal vez tres, antes de que se diera por vencida y bajara a verme. Me fui al coche, puse un CD de Otis Redding y bajé la ventanilla para compartirlo con los vecinos. Era cuestión de suerte que me tomaran por un poli, por un camello o por el matón de un prestamista. En cualquier caso, no iban a verme con buenos ojos.

A esa hora Hallows Lane estaba tranquila. Un viejo con andador y una anciana que estaba sacando brillo al latón de su puerta mantuvieron una larga charla sobre mí en tono de desaprobación, y un par de mamás que estaban para mojar pan me lanzaron miradas de soslayo cuando salían a hacer la compra. Un tipo con chándal brillante y una cantidad considerable de problemas se pasó cuarenta minutos seguidos delante de la casa de Imelda, caminando arriba y abajo y utilizando todas las neuronas que le quedaban para gritar «¡Deco!» en dirección a la ventana del último piso a intervalos de diez segundos, pero Deco tenía algo mejor que hacer y al final el tipo se largó tambaleándose. En torno a las tres, una chica que a todas luces era Shania subió con desgana las escaleras del número 10 y entró en el portal. Isabelle llegó poco después. Era la viva imagen de Imelda en los años ochenta, incluida la barbilla desafiante y su manera zanquilarga de andar con una actitud en plan «que te den». No fui capaz de decidir si me entristeció o me hizo sentir esperanzado. Cada vez que se movían un poquito las cortinas sucias, saludaba con la mano.

Poco después de las cuatro, cuando empezaba a oscurecer, Genevieve había vuelto de la escuela y yo había pasado a James Brown, llamaron con los nudillos a la ventanilla del acompañante. Era Scorcher.

«Se supone que no puedo ni acercarme a este caso», le había dicho a Imelda. «He puesto en peligro mi trabajo al venir aquí». No sabía muy bien si despreciarla por chivata o admirar su iniciativa. Apagué la música y bajé la ventanilla.

—Detective. ¿En qué puedo ayudarle?

—Abre la puerta, Frank.

Arqueé las cejas y fingí que me sorprendía su tono severo, pero me incliné hacia la portezuela y quité el seguro. Scorcher se montó y cerró de golpe.

—Arranca —dijo.

—¿Te has dado a la fuga? Puedes esconderte en el maletero si quieres.

—No estoy de humor para chorradas. Voy a sacarte de aquí para que no sigas intimidando a esas pobres chicas.

—No estoy haciendo nada malo, Scorch, solo estoy en mi coche. Estoy aquí sentado echando una mirada nostálgica a mi antiguo barrio. ¿Qué tiene eso de intimidatorio?

—Arranca.

—Arrancaré si respiras hondo y te tranquilizas. Mi seguro no cubre los infartos a terceros. ¿De acuerdo?

—No me obligues a detenerte.

Me eché a reír a carcajadas.

—Ay, Scorchie, eres de lo que no hay. Siempre se me olvida por qué te tengo tanto cariño. Podemos detenernos mutuamente, ¿vale? —Puse el coche en marcha y me incorporé al tráfico—. Ahora, dime. ¿A quién he estado intimidando?

—A Imelda Tierney y sus hijas. Como sabes muy bien. La señora Tierney dice que ayer intentaste entrar en su piso por la fuerza y que tuvo que amenazarte con un cuchillo para que te fueras.

—¿Imelda? ¿Te refieres a ella cuando dices «chica»? Tiene cuarenta y tantos años, Scorcher. Un poco de respeto. Lo correcto hoy en día es decir «mujer».

—Sus hijas son chicas. La menor solo tiene once años. Dicen que llevas ahí plantado toda la tarde, haciéndoles gestos obscenos.

—No he tenido el placer de conocerlas. ¿Son simpáticas? ¿O se parecen a su madre?

—¿Qué te dije la última vez que nos vimos? ¿Qué fue lo único que te dije que hicieras?

—Que no me entrometiera. Eso lo entendí perfectamente. Lo que no pillé fue lo de que te habías convertido en mi jefe. La última vez que lo comprobé, mi jefe era un tipo bastante más gordo que tú, y ni remotamente tan guapo.

—No tengo que ser tu puñetero jefe para decirte que no metas las narices en mi caso. Es mi investigación, Frank. Soy yo quien da las órdenes. Y tú has pasado de ellas.

—Pues presenta una queja. ¿Te hace falta mi número de identificación?

—Vaya, me parto de risa, Frank. Ya sé que para ti las normas no son más que un chiste. Ya sé que estás convencido de que eres inmune. Joder, igual hasta tienes razón. No sé cómo funcionan las cosas en Operaciones Encubiertas. —A Scorcher no le sentaba bien la indignación, hacía que le creciera el mentón hasta alcanzar el doble de su tamaño habitual y que aflorase en su frente una vena de aspecto peligroso—. Pero tal vez deberías tener presente que he estado esforzándome todo lo posible para hacerte un favor, por el amor de Dios. Me he desvivido por ayudarte. Y llegados a este punto, te aseguro que no recuerdo por qué me molesto en hacerlo. Si sigues jodiéndome cada vez que tengas ocasión, es posible que cambie de parecer.

Me contuve para no pisar el freno de súbito y dejar que se estampara de bruces contra el parabrisas.

—¿Un favor? ¿Te refieres a lo de ir contando por ahí que lo de Kevin fue un accidente?

—No lo voy contando por ahí. Es lo que figurará en el acta de defunción.

—Ah, vaya, qué bien. Estoy rebosante de gratitud, Scorch. De veras.

—Esto no tiene que ver solo contigo, Frank. Igual a ti te trae sin cuidado si lo de tu hermano se cierra como accidente o suicidio, pero seguro que a tu familia le importa.

—Ah, no, no, no. No. No se te ocurra ir por ahí. Cuando se

trata de mi familia, colega, no tienes ni idea de a qué te enfrentas. Para empezar, es posible que te sorprenda, pero tú no dictas las reglas en su universo: creerán exactamente lo que quieran creer, al margen de lo que tú y Cooper pongáis en el acta de defunción. Mi madre, por ejemplo, quiere que te informe de que fue, y no te estoy tomando el pelo, un accidente de tráfico. Por otro lado, aunque la mayor parte de mi familia estuviera ardiendo, no les mearía encima para sofocar las llamas. Y desde luego, me importa una mierda pinchada en un palo lo que crean que le ocurrió a Kevin.

—¿Se puede enterrar a un suicida en tierra consagrada hoy en día? ¿Qué dice el cura en la homilía de un suicida? ¿Qué comenta sobre él el resto del barrio? ¿Qué consecuencias tiene para los que le sobreviven? No te engañes, Frank: no eres inmune a eso.

Poco a poco estaba empezando a perder la calma. Doblé por una estrecha calle sin salida entre dos bloques de pisos —marcha atrás, para poder salir pitando si acababa echando a Scorcher del coche de un empujón— y apagué el motor. Encima de nuestras cabezas algún arquitecto había tenido la maravillosa idea de poner balcones azules, pero el efecto mediterráneo no estaba muy logrado, porque asomaban a un muro de piedra y una hilera de contenedores de basuras.

—Bueno —dije—. Así que Kevin queda archivado como «accidente», sin más complicaciones. Pero déjame que te haga una pregunta. ¿Cómo vas a archivar a Rosie?

—Homicidio. Evidentemente.

—Evidentemente. Pero ¿quién la mato? ¿Una o varias personas sin identificar?

Scorcher guardó silencio.

—¿O Kevin? —apunté yo.

—Bueno, es un poco más complicado que eso.

—¿Qué complicación puede tener?

—Si nuestro sospechoso también ha fallecido, debemos guardar cierta discreción. Es una situación delicada. Por una parte, no va a procederse a detener a nadie, así que a los jefazos no les hace mucha gracia invertir dinero en el caso. Por otra...

—Por otra parte, está el índice de resolución de casos de los cojones.

—Ríete cuanto quieras. Estas cosas son importantes. ¿Crees que habríamos podido dedicar a tu novia tantos agentes si mi índice de resolución hubiera sido una porquería? Es un ciclo: cuanto más pueda sacar de este caso, más podré aportar al siguiente. Lo siento, Frank, pero no voy a poner en peligro las opciones de que se le haga justicia a la siguiente víctima, además de mi propia reputación, solo para no herir tus sentimientos.

—Tradúcemelo, Scorch. ¿Qué tienes planeado hacer con Rosie exactamente?

—Tengo planeado hacerlo como es debido. Seguiremos recogiendo y cribando pruebas y declaraciones de testigos durante dos días. Luego, suponiendo que no surja nada inesperado... —Se encogió de hombros—. Ya he trabajado en un par de casos como este. Por lo general, procuramos llevar la situación de la manera más compasiva posible. El informe va a la Fiscalía del Estado, pero con discreción. No se pone nada a disposición del público, sobre todo si no se trata de un criminal con numerosos antecedentes. Preferimos no destrozar la reputación de nadie si ya no está entre los vivos para defenderse. Si el fiscal está de acuerdo en que tenemos un caso fundado, hablamos con la familia de la víctima, les dejamos claro que no hay nada definitivo, pero al menos podemos permitirles pasar página en cierta medida, y sanseacabó. Ellos pueden seguir con su vida, la familia del asesino puede tener un poco de tranquilidad de espíritu y nosotros podemos decir que hemos resuelto el caso. Ese sería el procedimiento normal.

—¿Por qué tengo la sensación de que intentas amenazarme? —dije.

—Anda, venga, Frank. Es una manera muy dramática de decirlo.

—¿Cómo lo dirías tú?

—Yo diría que intento advertirte. Y no me lo estás poniendo fácil.

—¿Advertirme de qué, exactamente?

Scorcher lanzó un suspiro.

—Si tengo que llevar a cabo una investigación a fondo para determinar la causa de la muerte de Kevin —dijo—, la llevaré. Y apuesto a que los medios armarán un revuelo de mucho cuidado. Al margen de lo que pienses del asunto del suicidio, los dos conocemos a uno o dos periodistas a los que no hay nada que les guste más que un poli sospechoso. Y creo que ya imaginas cómo, en según qué manos, esta historia te dejaría en una situación sumamente sospechosa.

—A mí me parece que eso suena muy parecido a una amenaza —señalé.

—Creo que te he dejado bien claro que no quiero ir por ese camino. Pero si es la única manera de conseguir que dejes de hacer de detective por tu cuenta y riesgo... Solo intento que me hagas caso, Frank. Y hasta ahora no he tenido mucha suerte en eso.

—Haz memoria, Scorcher —repuse—. ¿Qué fue lo que te dije yo a ti la última vez que nos vimos?

—Que tu hermano no era un asesino.

—Eso es. ¿Y qué caso me hiciste?

Scorcher bajó el parasol y se miró en el espejo un corte que se había hecho al afeitarse, echando la cabeza atrás para pasarse el pulgar por el mentón.

—En cierta manera —dijo—, supongo que tengo una deuda de gratitud contigo. He de reconocer que no estoy seguro de que hubiera dado con Imelda Tierney si no hubieras tenido el detalle de localizarla tú. Y está resultando muy útil.

Vaya zorra astuta estaba hecha.

—Seguro que sí. Es muy atenta. Ya sabes a lo que me refiero.

—Ah, no. No solo intenta hacerme feliz. Las pruebas que puede aportar serán decisivas ante un tribunal, llegado el caso.

No dijo más. La leve sonrisa torcida que no fue capaz de disimular me permitió hacerme una idea general, pero le seguí la corriente de todas maneras.

—Bueno, venga. Dímelo. ¿Qué te ha dicho Imelda Tierney?

Scorch frunció los labios, fingiendo que se lo pensaba.

—Es posible que acabe prestando declaración, Frank. Todo depende. No puedo contarte lo que ha dicho si vas a intentar acosarla para que cambie su declaración. Creo que ambos sabemos lo mal que podría acabar eso, ¿verdad?

Me lo tomé con calma. Durante un momento largo y tenso le sostuve la mirada hasta que él la apartó. Luego dejé caer la nuca contra el reposacabezas y me pasé las manos por la cara.

—¿Sabes una cosa, Scorch? Esta ha sido la semana más larga de mi vida.

—Eso ya lo sé, amigo mío. Te comprendo. Pero, por el bien de todos, vas a tener que encontrar algo más productivo en lo que encauzar toda esa energía.

—Tienes razón. No debería haber ido a ver a Imelda, eso estaba totalmente fuera de lugar. El caso es que pensé... Ella y Rosie eran íntimas amigas, ¿sabes? Pensé que si alguien sabía algo...

—Tendrías que haberme facilitado su nombre. Habría hablado con ella en tu lugar. Habríamos llegado al mismo sitio, y sin tantos quebraderos de cabeza.

—Sí. Tienes razón otra vez. Pero es que... Es difícil desentenderse cuando no hay nada definitivo en un sentido u otro, ¿sabes? Me gusta saber cómo están las cosas.

Scorch dijo en tono seco:

—La última vez que hablamos parecías estar muy seguro de saber exactamente lo que ocurría.

—Eso creía. Estaba convencido.

—¿Pero ahora...?

—Estoy cansado, Scorch —confesé—. A lo largo de la semana pasada me las he tenido que ver con ex novias muertas, hermanos muertos y una dosis enorme de padres, y ahora estoy hecho unos zorros. Igual eso es lo que me empuja a hacerlo. Ya no estoy seguro de nada. De nada en absoluto.

Vi por el semblante ufano de Scorcher que estaba a punto de iluminarme con su sabiduría, lo que sin duda iba a ponerlo de mejor humor.

—Tarde o temprano —me dijo—, a todos se nos tambalean los esquemas. Así es la vida. El secreto consiste en transformar la incertidumbre en un trampolín para alcanzar el siguiente nivel de certeza. ¿Entiendes lo que digo?

Esta vez me tragué la ración de ensalada aliñada con metáforas como un buen niño.

—Sí, lo entiendo. Y detesto reconocerlo, maldita sea, precisamente ante ti, pero necesito que me echen una mano para alcanzar ese siguiente nivel. De veras, colega. No me tengas en ascuas: ¿qué dice Imelda?

—¿No vas a causarle problemas?

—Por lo que a mí respecta, puedo morirme tranquilo sin volver a ver a Imelda Tierney.

—Vas a tener que darme tu palabra, nada de trucos.

—Te doy mi palabra de que no me acercaré a Imelda. Ni me meteré en lo de Kevin, ni en lo de Rosie ni en nada nunca más.

—Pase lo que pase.

—Pase lo que pase.

—Te aseguro que no quiero complicarte la vida. Y no tendré que hacerlo, siempre y cuando tú no me la compliques a mí. No me pongas en un aprieto.

—No lo haré.

Scorcher se alisó el pelo y cerró el parasol.

—En cierta manera acertaste al ir detrás de Imelda —dijo—. Es posible que tengas una técnica de mierda, colega, pero el instinto no te falla.

—Sabía algo.

—Sabía mucho. Te espera una sorpresa, amigo mío. Ya sé que Rose Daly y tú creíais que vuestra relación era un gran secreto, pero según mi experiencia, cuando una mujer dice que no se lo contará a nadie, lo que quiere decir es que solo se lo contará a sus dos mejores amigas. Imelda Tierney lo sabía desde el primer momento. La relación, los planes de fuga, todo.

—Dios —me lamenté. Meneé la cabeza, proferí un amago de risa avergonzada y dejé que Scorcher se inflara de satisfacción—. Claro. Ella..., vaya. Eso sí que no lo había visto venir.

—No eras más que un chaval. Todavía no conocías las reglas del juego.

—Aun así. Cuesta creer que fuera tan ingenuo.

—Hay otra cosa que igual pasaste por alto: Imelda dice que Kevin estaba totalmente colado por Rose en aquel entonces. Has de reconocer que eso encaja con lo que me dijiste: era la preciosidad del barrio, todos los chicos estaban locos por ella.

—Bueno, sí, claro. Pero ¿Kevin? Solo tenía quince años.

—Lo bastante mayor para tener las hormonas desatadas. Y lo bastante mayor para colarse en clubes a los que no debería haber entrado. Una noche Imelda estaba en Bruxelles, y Kevin se le acercó y la invitó a una copa. Empezaron a hablar y él le pidió, le suplicó, que intercediera por él ante Rose. A Imelda se le escapó la risa, pero Kevin se quedó hecho polvo de veras, así que cuando por fin dejó de reírse, le dijo que no era nada personal: Rose ya tenía novio. No tenía intención de pasar de ahí, pero Kevin empezó a darle la vara para que le dijese quién era el tipo, y la invitó a más copas... —Scorch se las apañaba para mantener un semblante serio, pero se lo estaba pasando en grande. Justo debajo de la superficie seguía siendo aquel adolescente empapado en desodorante que levantaba el puño y gritaba «¡Golazo!»—. Al final ella se lo contó todo. No vio ningún mal en ello: creía que era un chico encantador, y supuso que Kevin se daría por vencido al enterarse de que estaban hablando de su propio hermano, ¿verdad? Pues se equivocó. A Kevin se le fue la pinza: empezó a gritar, a patear las paredes, a tirar vasos... Los gorilas tuvieron que echarlo del local.

Cosa que hubiera sido totalmente impropia de su carácter —cuando Kev perdía los estribos, lo peor que llegaba a hacer era largarse enfurruñado—, pero aparte de eso, todo encajaba a las mil maravillas. Estaba más impresionado con Imelda a cada minuto que pasaba. Era una negociante de primera: había sabido, antes incluso de llamar a Scorcher, que si quería que ahuyentase de su calle al pesado ese, tendría que darle algo a cambio, algo que él quisiera. Probablemente había telefoneado a algún que otro viejo amigo para hacerse una idea exacta de lo que podía ser. A todas luces los chicos de Homicidios habían dejado bien claro, cuando iban haciendo preguntas puerta por puerta, que estaban interesados en cualquier vínculo entre Kevin y Rosie. Seguro que Faithful Place no había tenido problema para rellenar los espacios en blanco. Supuse que debía considerarme afortunado de que Imelda hubiera sido lo bastante avispada para hacer los deberes, en vez de ponerse a despotricar y situarme directamente en la línea de fuego.

—Joder —dije. Apoyé las manos en el volante y me encorvé hacia delante, mirando por el parabrisas el tráfico que avanzaba lentamente por la embocadura de la calle—. Dios santo. Y ni me lo olí. ¿Cuándo ocurrió eso?

—Un par de semanas antes de morir Rosie —contestó Scorcher—. Imelda se siente muy culpable por todo el asunto, ahora que sabe cómo acabó. Es eso lo que la ha empujado a hablar. Va a hacer una declaración oficial en cuanto hayamos terminado aquí.

Seguro que sí.

—Bueno —dije—, supongo que es una prueba de peso.

—Lo siento, Frank.

—Lo sé. Gracias.

—Ya sé que no es lo que esperabas oír...

—Eso desde luego.

—Pero, como tú mismo has dicho, cualquier clase de certeza

es útil. Por mucho que ahora no lo veas así. Al menos significa que puedes pasar página en cierta medida. Cuando estés preparado, podrás empezar a integrar todo esto en tu manera de ver el mundo.

—Scorcher —dije—. Déjame que te haga una pregunta. ¿Vas al loquero?

Se las arregló para mostrarse avergonzado, engreído y beligerante, todo al mismo tiempo.

—Sí, ¿por qué? ¿Quieres que te recomiende?

—No, gracias. Solo me lo preguntaba.

—Ese tipo es bastante bueno. Me ha ayudado a descubrir cantidad de cosas interesantes. A sincronizar la realidad exterior con mi realidad interior, y cosas por el estilo.

—Parece de lo más motivador.

—Lo es. Creo que te vendría muy bien.

—Estoy chapado a la antigua. Yo sigo pensando que mi realidad interior tendría que sincronizarse con la exterior. Pero lo tendré presente, gracias.

—Sí. No lo olvides. —Scorcher descargó una palmada viril sobre el salpicadero, como si fuera un caballo que hubiera aprendido la lección—. Ha estado bien hablar contigo, Frank. Me parece que tengo que volver al tajo, pero dame un toque si alguna vez te apetece charlar, ¿de acuerdo?

—Así lo haré. Aunque creo que lo que me conviene es pasar un tiempo a solas para encajar todo esto. Me queda mucho por asimilar.

Scorch asintió con gravedad a la vez que fruncía el ceño, imitando un gesto que seguramente había visto hacer a su psicólogo.

—¿Quieres que te lleve a comisaría? —le pregunté.

—No, gracias. Me conviene dar un paseo. Tengo que cuidarme para no echar barriguilla. —Se palmeó el vientre—. Cuídate, Frank. Ya hablaremos.

La calle era tan estrecha que se vio obligado a abrir la portezuela del coche poco más de un palmo y retorcer el cuerpo para apearse, lo que restó aplomo a su salida, aunque lo recuperó en cuanto echó a andar con el porte propio de los de la brigada de Homicidios. Lo vi alejarse entre los grupos de viandantes hastiados que caminaban a paso ligero, un hombre con un maletín y un objetivo, y recordé el día, unos años atrás, que nos topamos y descubrimos que los dos nos habíamos unido al club de los divorciados. La farra había durado catorce horas y había acabado en un garito con decoración temática de ovnis en Bray, donde Scorch y yo intentamos convencer a dos preciosidades descerebradas de que éramos millonarios rusos que habíamos venido a comprar el castillo de Dublín, solo que se nos iba la olla y no hacíamos más que reírnos con el vaso de cerveza en los labios como un par de críos. Se me pasó por la cabeza que Scorcher Kennedy me había caído bastante bien durante veinte años, y que en el fondo iba a echarlo de menos.

La gente me subestima rutinariamente y eso me encanta, pero aun así Imelda me tenía un tanto sorprendido. No me parecía la clase de persona que pasa por alto la faceta menos entrañable de la naturaleza humana. En su lugar yo al menos le hubiera pedido a algún amigo grande y feo con alguna clase de arma que pasara unos días conmigo, pero el jueves por la mañana la familia Tierney parecía haber vuelto a la normalidad más absoluta. Genevieve salió camino de la escuela chupando un KitKat, Imelda se fue a New Street y volvió con dos bolsas de plástico e Isabelle se largó con el cabello recogido en una cola de caballo y una elegante camisa blanca vete tú a saber dónde. No había indicio alguno de gorila por ninguna parte, con arma o sin ella. Esta vez nadie me vio vigilando.

En torno a mediodía, un par de chicas adolescentes con un par de bebés llamaron al timbre, bajó Shania y se fueron todas a mirar escaparates, o a robar en las tiendas o cualquier cosa por el estilo. Cuando tuve la seguridad de que no iba a regresar a por el tabaco, forcé la cerradura del portal y subí al piso de Imelda.

Tenía un programa de telebasura puesto a todo volumen, gente gritándose mientras el público aullaba pidiendo sangre. La puerta estaba forrada de cerraduras, pero cuando acerqué el ojo a la ranura, vi que solo una estaba echada. Me llevó unos diez segundos abrirla con ganzúa. La tele disimuló el chirrido de la puerta al abrirse.

Imelda estaba sentada en el sofá envolviendo regalos navideños, lo que habría sido adorable de no ser por el programa cutre de televisión y que la mayoría eran prendas Burberry de imitación. Había cerrado la puerta y me acercaba a ella por detrás cuando algo —mi sombra, una tabla del suelo— le hizo darse la vuelta de súbito. Tomó aire para gritar, pero antes de que pudiera empezar le tapé la boca con una mano y con el otro antebrazo le inmovilicé las muñecas contra el regazo. Me acomodé en el brazo del sofá y le dije, cerca del oído:

—Imelda, Imelda, Imelda. Aquí mismo me juraste que no eres una chivata. Qué decepción.

Intentó darme un codazo en el estómago. Cuando la agarré más firmemente, probó a morderme la mano. La sujeté con más fuerza, tirando hacia atrás de su cabeza hasta que se le arqueó el cuello y noté que el labio se le aplastaba contra los dientes.

—Cuando aparte la mano, quiero que tengas en cuenta dos cosas. La primera es que estoy mucho más cerca que cualquier otra persona. La segunda es lo que pensaría Deco, tu vecino de arriba, si se entera de que aquí vive una confidente de la policía, porque sería sumamente sencillo que lo averiguase. ¿Crees que la tomaría contigo personalmente, o decidiría que Isabelle es mucho más jugosa? ¿O tal vez Genevieve? Dímelo tú, Imelda. Yo no estoy al tanto de sus gustos.

Tenía los ojos iluminados de pura furia, como un animal atrapado. Si hubiera podido arrancarme la garganta de un mordisco, lo habría hecho.

—Bueno, ¿qué tienes planeado? —le pregunté—. ¿Vas a gritar?

Poco después empezaron a distendérsele los músculos y meneó la cabeza. La solté, tiré un montón de Burberry al suelo para despejar una butaca y me senté.

—Bueno —dije—. Aquí estamos tan ricamente.

—Gilipollas —masculló Imelda, a la vez que se frotaba con suavidad el mentón.

—Esto no lo he elegido yo, guapa, ¿verdad? Te di dos oportunidades distintas de hablar conmigo en plan civilizado, pero no, preferías hacerlo así.

—Mi hombre va a volver a casa en cualquier momento. Es vigilante de seguridad. Más te vale no meterte con él.

—Es curioso, porque anoche no vino a casa y en esta habitación no hay ningún indicio de su existencia. —Aparté los Burberry de una patada para estirar las piernas—. ¿Por qué ibas a mentir sobre algo así, Imelda? No me digas que me tienes miedo.

Estaba enojada en un rincón del sofá, con los brazos y las piernas firmemente cruzados, pero eso la sacó de sus casillas.

—Ya te gustaría, Francis Mackey. He dado de hostias a tipos mucho más duros que tú.

—Ya, seguro que sí. Y si no puedes darles de hostias, acudes a alguien que pueda. Te chivaste de mí a Scorcher Kennedy..., no, cierra esa maldita bocaza y no intentes salir del apuro mintiendo más aún..., y eso no me hace ninguna gracia. Pero tiene fácil arreglo. Lo único que tienes que hacer es decirme a quién le contaste lo que sabías sobre Rosie y yo, y como por arte de magia todo quedará perdonado.

Imelda se encogió de hombros. Al fondo, los simios de la tele seguían golpeándose con las sillas de los estudios. Me ladeé sin quitar ojo a Imelda por si acaso, y arranqué el enchufe de un tirón.

—No te oigo —dije.

Se encogió de hombros otra vez.

—He tenido paciencia más que suficiente. Pero esto que ves ahora mismo es el último ápice de paciencia que me queda, guapa.

Fíjate bien. Es mucho más agradable que lo que va a ocurrir a continuación.

—¿Y?

—Pues que creía que te habían advertido sobre mí.

Vi un fugaz destello de miedo en su rostro.

—Ya sé lo que rumorean por aquí. ¿A quién crees que maté, Imelda? ¿A Rosie o a Kevin? ¿O a los dos?

—Yo nunca he dicho...

—Ves, yo apuesto por Kevin. ¿Tengo razón? Pensé que había matado a Rosie, así que lo tiré por la ventana. ¿Es eso lo que dedujiste?

Imelda no cometió la imprudencia de contestarme. Estaba alzando la voz cada vez más, pero me traía sin cuidado que Deco y sus colegas drogatas lo oyeran. Llevaba toda la semana esperando una oportunidad de perder los estribos así.

—Dime una cosa: ¿cómo se puede ser tan idiota, tan increíblemente estúpida, para jugar con alguien capaz de hacerle algo así a su propio hermano? No estoy de humor para que me jodan, Imelda, y ayer pasaste toda la tarde jodiéndome. ¿Crees que fue buena idea?

—Solo quería...

—Y ya estás haciéndolo otra vez. ¿Intentas deliberadamente provocarme para que salte? ¿Quieres que se me vaya la olla? ¿Es eso?

—No...

Me había levantado del sofá, había agarrado el respaldo a ambos lados de su cabeza y tenía la cara tan cerca de la suya que alcanzaba a oler las patatas fritas con sabor a queso y cebolla que había comido.

—Permíteme que te explique una cosa, Imelda. Voy a utilizar palabras fáciles para que te entre en esa cabezota. De aquí a diez minutos, te lo juro por lo más sagrado, vas a responder a mi pregunta. Ya sé que preferirías ceñirte a la versión que le contaste a

Kennedy, pero no tienes esa opción. Solo puedes elegir entre contestar por las buenas o hacerlo después de una zurra.

Intentó apartar la cabeza, pero le pasé una mano por debajo de la barbilla y le obligué a volverla hacia mí.

—Y antes de que te decidas, piensa en esto: ¿crees que es muy difícil que me deje llevar y te retuerza el cuello como a una gallina? Por aquí todo el mundo cree que soy Hannibal Lecter. ¿Qué coño tengo que perder? —Igual para entonces ya estaba dispuesta a hablar, pero no le di ocasión—. Es posible que tu amigo el detective Kennedy no me tenga mucho aprecio, pero es un poli, igual que yo. Si te llevas una paliza de campeonato, o, Dios no lo quiera, acabas muerta, ¿no te parece que protegerá a los suyos? ¿O de verdad piensas que le importará más una zorra tirada y estúpida que a todo el mundo le traía sin cuidado cuando estaba viva? Se desentenderá de ti en un abrir y cerrar de ojos, Imelda, como la mierda de tía que eres.

Ya conocía esa expresión en su rostro, la mandíbula desencajada, los ojos oscuros y ciegos, demasiado abiertos para parpadear siquiera. Se la había visto a mi madre un centenar de veces, en el instante en que sabía que estaba a punto de ser golpeada. Me traía sin cuidado. La idea de partirle la boca a Imelda de un bofetón casi me ahogaba de tanto como lo deseaba.

—No has tenido reparos en abrir esa bocaza para contestar las preguntas de otros. Pues ahora, como hay Dios, vas a contestar las mías. ¿A quién le contaste lo nuestro? ¿A quién, Imelda? ¿A la guarra de tu madre? ¿A quién cojones...?

Ya podía oírla escupiéndome como si de enormes salivajos venenosos se tratara: «Al alcohólico de tu padre, al sucio borracho putero de tu padre», y estaba preparado para encajarlo cuando Imelda abrió la boca, bien grande y roja, y me bramó a la cara:

—¡Se lo conté a tu hermano!

—Y una mierda, zorra mentirosa. Esa es la chorrada que le soltaste a Scorcher Kennedy, y él se la tragó, pero ¿crees que yo soy tan estúpido como él? ¿Eso crees?

—A Kevin no, so idiota, ¿qué iba a estar haciendo yo con Kevin? A Shay. Se lo conté a Shay.

La habitación enmudeció, se cernió un silencio perfecto igual que una nevada, como si nunca hubiera habido el menor sonido en el mundo entero. Después de lo que tal vez fue un largo rato, caí en la cuenta de que me había sentado en la butaca otra vez y estaba entumecido de la cabeza a los pies, como si la sangre hubiera dejado de circular por mis venas. Poco después reparé en que alguien había puesto la lavadora en el piso de arriba. Imelda estaba encogida entre los cojines del sofá. El terror que reflejaba su rostro me permitió imaginar el aspecto que debía de tener el mío.

—¿Qué le dijiste? —pregunté.

—Francis... Lo siento. No pensé que...

—¿Qué le dijiste, Imelda?

—Solo que... tú y Rosie. Que os marchabais.

—¿Cuándo se lo dijiste?

—El sábado por la noche, en el pub. La víspera de vuestra marcha. Pensé que, a esas alturas, no podía hacer ningún daño, ya era demasiado tarde para que nadie os lo impidiera.

Tres chicas apoyadas en las verjas y sacudiendo la melena, brillantes e inquietas cual potras salvajes, alborotadas al inicio de una noche que podía depararles prácticamente cualquier cosa. Y por lo visto así había sido.

—Como me sueltes otra excusa de mierda —le dije—, voy a cargarme a patadas esa tele robada.

Imelda guardó silencio.

—¿Le dijiste adónde pensábamos irnos?

Asintió con un breve golpe de cabeza.

—¿Y dónde habías dejado la maleta?

—Sí. No en qué cuarto, solo... en el número dieciséis.

La luz invernal de tono blancuzco que atravesaba las cortinas tenía un efecto cruel sobre ella. Hundida en el rincón del sofá, en esa habitación con la calefacción a tope que apestaba a grasa, tabaco y desechos, parecía un saco de huesos a medio llenar envuelto en piel gris. No me vino a la cabeza ni una sola cosa que hubiera podido llegar a desear esa mujer que compensara todo aquello que había desperdiciado.

—¿Por qué, Imelda? ¿Por qué hostias...?

Se encogió de hombros. Al ver las tenues manchas rojas que daban color a sus mejillas fui entendiéndolo como si una ola me cubriera lentamente.

—Me estás tomando el pelo —dije—. ¿Te gustaba Shay?

Volvió a encogerse de hombros, estaba vez con un ademán más brusco y enojado. Aquellas chicas de colores llamativos que chillaban y fingían pelear: «Mandy me ha dicho que te pregunte si a tu hermano le apetece ir al cine...».

—Yo creía que era Mandy la que estaba colada por él —dije.

—Ella también. Nos gustaba a todas. A Rosie no, pero sí a muchas otras. Shay tenía donde escoger.

—Así que traicionaste a Rosie para quedarte con él. ¿Es eso lo que tenías en la cabeza cuando me dijiste que la querías?

—Eso no es justo, joder. Yo nunca tuve intención de...

Lancé el cenicero contra la tele. Era pesado y lo tiré con todas mis fuerzas. Atravesó la pantalla con un estruendo impresionante y provocó una explosión de ceniza, colillas y fragmentos de vidrio. Imelda dejó escapar algo a medio camino entre grito ahogado y gañido y se encogió de miedo con un antebrazo levantado para protegerse la cara. Las motas de ceniza colmaron el aire, formaron remolinos y se posaron en la moqueta, la mesita de centro y la parte inferior de su chándal.

—Bien —le advertí—. ¿Qué te había dicho?

Ella meneó la cabeza con los ojos desorbitados. Se cubría la boca con una mano: alguien la había adiestrado para que no gritase.

Aparté con la mano unas motitas brillantes de cristal y vi el paquete de tabaco de Imelda en la mesa, debajo de un ovillo de cinta verde.

—Vas a decirme lo que le contaste, palabra por palabra, todo lo que recuerdes. No te dejes nada en el tintero. Si no recuerdas algo con exactitud, lo dices, y no te inventes ninguna gilipollez. ¿Queda claro?

Imelda asintió con firmeza, sin apartarse la mano de la boca. Encendí un cigarrillo y me retrepé en la butaca.

—Adelante —dije—. Empieza.

La historia podría haberla relatado yo mismo. El pub estaba en las inmediaciones de Wexford Street, Imelda no recordaba el nombre:

—Pensábamos ir a bailar, Mandy, Julie y yo, pero Rosie tenía que volver a casa temprano, porque su padre estaba en pie de guerra, así que no quería pagar la entrada a la disco. Dijimos entonces que iríamos a tomar unas cervezas primero...

Imelda estaba en la barra, pidiendo la ronda que le tocaba, cuando vio a Shay. Se había puesto a charlar con él: ya me la podía imaginar, apartándose el pelo de la cara con golpes marcados, sacando la cadera, vacilándole con desparpajo. Shay había respondido al flirteo automáticamente, pero le gustaban más guapas y dulces y mucho menos respondonas, y cuando le sirvieron las pintas que había pedido, las cogió y se volvió para regresar con sus colegas al rincón.

Ella solo intentaba captar su atención.

—¿Qué pasa, Shay? ¿Es verdad lo que dice Francis? ¿Que te van más los tíos?

—Mira quién fue a hablar —dijo él—. ¿Cuándo fue la última vez que ese pichafloja tuvo novia?

Y había hecho ademán de irse.

Imelda le respondió:

—Eso es lo que tú crees.

El comentario hizo que se detuviera.

—Ah, ¿sí?

—Tus amigos están esperando esas cervezas. Venga, llévaselas.

—Ahora mismo vuelvo. Espera un momento.

—Igual te espero. O igual no.

Claro que lo había esperado. Rosie se rió de ella cuando les llevó la ronda a toda prisa, y Mandy fingió un sollozo indignado («Me está robando a mi chico»), pero Imelda las mandó a tomar viento y regresó a tiempo para apoyarse como si nada en la barra, con aire distraído y un botón desabrochado mientras tomaba cerveza a sorbos, antes de que volviera Shay. Tenía el corazón desbocado. Hasta entonces Shay no le había hecho ningún caso.

Él le acercó la cara y le lanzó esa intensa mirada de ojos azules que no le fallaba nunca, se acomodó con aire desgarbado en un taburete y deslizó una rodilla entre las de ella, la invitó a la siguiente ronda y le pasó un dedo por los nudillos al darle el vaso. Imelda estiró la historia tanto como pudo, para que siguiera con ella, pero al cabo el plan entero quedó desvelado encima de la barra entre los dos: la maleta, el lugar de encuentro, el ferry, la habitación de alquiler en Londres, los empleos en el mundillo de la música, pedazo a pedazo, todo lo que creíamos a salvo en lo más recóndito de nuestro corazón. Imelda se sintió fatal por hacerlo. Era incapaz de volver la vista hacia Rosie, que se estaba partiendo de risa con Mandy y Julie por alguna tontería. Veintidós años después todavía se ruborizaba al hablar de ello. Pero lo había hecho de todas maneras.

Fue un relato patético, un jirón de nada, una insignificancia de esas por las que las adolescentes se pelean todos los días y que luego olvidan. A nosotros nos había llevado hasta esa semana y esa habitación.

—Dime —le espeté—. ¿Conseguiste que te echara al menos un polvo rápido, después de todo eso?

Imelda no me miraba, pero el color de sus mejillas se hizo más intenso.

—Ya, bien. Prefiero creer que no nos traicionaste sin recibir nada a cambio. De este modo, sí, bueno, dos personas acabaron muertas y un montón de vidas quedaron hechas pedazos, pero qué coño, al menos tú echaste el polvazo que andabas buscando.

Imelda dijo en un hilo de voz:

—¿Quieres decir...? El que yo se lo contara Shay. ¿Fue ese el motivo de que muriera Rosie?

—Eres lista de cojones.

—Francis. ¿Fue...? —Se estremeció de arriba abajo igual que un caballo espantado—. ¿Fue Shay el que...?

—¿He dicho yo eso?

Negó con la cabeza.

—Bien. Presta atención, Imelda: si vas por ahí contando esas chorradas, si se lo dices aunque sea a una sola persona, lo lamentarás durante el resto de tu vida. Has hecho todo lo posible por destrozar el buen nombre de uno de mis hermanos. No pienso tolerar que destroces el del otro.

—No le diré nada a nadie. Te lo juro, Francis.

—Eso incluye a tus hijas. Por si acaso lo de ser chivata es cosa de familia.

Dio un respingo.

—Tú nunca hablaste con Shay. Y yo no he estado aquí. ¿Entiendes?

—Sí. Francis... Lo siento. Dios, lo siento mucho. Ni se me pasó por la cabeza que...

—Fíjate en lo que hiciste. —Eso fue lo único que fui capaz de decir—. Dios santo, Imelda. Fíjate en lo que hiciste.

Y la dejé allí, contemplando la ceniza, el vidrio roto y la nada.

19

Esa noche fue muy larga. Estuve a punto de llamar a mi encantadora amiga del Departamento Técnico, pero supuse que hay pocas cosas que estropean tanto un polvete animado como una pareja que sabe más detalles de la cuenta acerca de cómo murió tu ex. Pensé en ir al pub, pero no tenía sentido a menos que planease cogerme una cogorza de mucho cuidado, cosa que me parecía una idea pésima. Incluso pensé, y seriamente, en llamar a Olivia y preguntarle si podía ir a su casa, pero supuse que probablemente ya había tentado demasiado a la suerte esa semana. Acabé en Ned Kelly's, en O'Connell Street, jugando una partida tras otra al billar con tres rusos que no hablaban mucho inglés pero eran capaces de detectar los síntomas internacionales de un hombre necesitado. Cuando cerró Ned's, fui a casa y me senté en la galería a fumar un cigarrillo detrás de otro hasta que empecé a quedarme helado. Entonces entré y estuve viendo a chavales blancos delirantes que se hacían mutuamente gestos de raperos con las manos en algún programa de telerrealidad, hasta que amaneció lo suficiente para desayunar. Cada pocos minutos intentaba pulsar ese interruptor mental para no seguir viendo la cara de Rosie, la de Kevin ni la de Shay.

No era al Kev adulto a quien veía constantemente, era al niño de ojos legañosos que había compartido colchón conmigo tanto tiempo que aún alcanzaba a notar sus pies metidos entre mis espinillas para calentarse en invierno. Había sido el más guapo de la familia con diferencia, un angelito rubio y rechoncho salido de un anuncio de cereales. Carmel y sus amigas jugaban con él como si fuera un muñeco de trapo, le cambiaban la ropa, le daban golosinas en la boca y se entrenaban para ser madres algún día. Él yacía en sus cochecitos de juguete con una enorme sonrisa de felicidad, disfrutando de tanta atención. Incluso siendo tan pequeño, a Kev ya le encantaban las mujeres. Esperaba que alguien hubiera informado a sus múltiples novias, y lo hubiera hecho con tacto, de la razón por la que no volverían a verlo.

Y no era la Rosie pletórica de primer amor y grandes planes la que se me colaba una y otra vez en los pensamientos. Era una Rosie furiosa. Una noche de otoño cuando teníamos diecisiete años, Carmel, Shay y yo estábamos fumando en las escaleras de la entrada. Por aquel entonces Carmel fumaba y me dejaba gorronearle algún pitillo en época de clases, cuando no trabajaba y no podía costearme el tabaco. El aire olía a humo de turba, niebla y Guinness, y Shay silbaba suavemente *Take Me Up to Monto* entre dientes. Entonces empezó el griterío.

Era el señor Daly, y estaba fuera de sí. Los detalles no quedaron claros, pero el meollo de la cuestión era que nadie iba a llevarle la contraria bajo su propio techo y que alguien se iba a ganar una bofetada si no se andaba con cuidado. Las entrañas se me convirtieron en un bloque sólido de hielo.

—Apuesto una libra a que ha pillado a la parienta haciéndoselo con un tipo más joven —dijo Shay.

—No seas guarro —le reprendió Carmel, y chasqueó la lengua.

—Acepto la apuesta —dije, en tono despreocupado.

Rosie y yo llevábamos saliendo algo más de un año. Nuestros amigos lo sabían, pero procurábamos ser discretos para que no corriera el rumor: solo lo estamos pasando bien, tonteamos, no es nada serio. A mí cada vez me parecía una estupidez más grande, pero Rosie decía que a su padre no le haría la menor gracia, y lo decía de corazón. Parte de mí había pasado todo el año anterior esperando a que esa noche me estallara en los morros.

—Tú no tienes una libra.

—No va a hacerme falta.

Ya empezaba a abrirse alguna que otra ventana: los Daly peleaban mucho menos que cualquier otro vecino de Faithful Place, así que era un escándalo de primera.

—¡No tienes ni idea! —gritó Rosie.

Le di una última calada al pitillo, apurándolo hasta el filtro.

—Me debes una libra —le dije a Shay.

—Te la daré cuando cobre.

Rosie salió hecha una furia del número 3, dio tal portazo que las viejas fisgonas volvieron a sus guaridas para escandalizarse en la intimidad, y vino hacia nosotros. En contraste con el día plomizo de otoño, su cabello daba la impresión de estar a punto de prender fuego al aire y hacer estallar Faithful Place.

—Hola, Rosie —saludó Shay—. Tan preciosa como siempre.

—Y tú pareces un mamarracho, como siempre. Francis, ¿podemos hablar un momento?

Shay lanzó un silbido. Carmel estaba boquiabierta.

—Sí, claro —respondí yo, y me levanté—. Vamos a dar una vuelta, ¿vale?

Lo último que oí a mi espalda cuando doblábamos la esquina hacia Smith's Road fue la risotada lasciva de Shay.

Rosie tenía las manos hundidas en los bolsillos de la cazadora vaquera y caminaba tan rápido que me costaba seguirle el paso.

—Mi padre se ha enterado —dijo, en tono furibundo.

Yo ya sabía que aquello tenía que ocurrir, pero se me cayó el alma a los pies de todas maneras.

—Joder. Ya me lo había parecido. ¿Cómo?

—Cuando fuimos a Neary's. Tendría que haber imaginado que no era seguro: mi prima Shirley y sus amigas van de copas allí, y esa tiene una bocaza del tamaño de la puerta de una iglesia. La muy bruja nos vio. Se lo dijo a su madre, su madre se lo contó a la mía y mi madre va y se lo cuenta a mi padre.

—Y se ha puesto como un energúmeno.

Rosie explotó.

—Ese cabrón, ese maldito cabrón, la próxima vez que vea a Shirley le voy partir la cara: mi padre no ha escuchado ni una sola palabra, era como si estuviera hablando con la pared...

—Rosie, tranquilízate.

—Ha dicho que no vaya a llorarle cuando acabe preñada, despechada y cubierta de moretones, Dios santo, Frank. Lo habría matado, te lo juro...

—Entonces, ¿qué haces aquí? ¿Sabe él que...?

—Sí, lo sabe. Me ha mandado a romper contigo.

Ni siquiera me di cuenta de que me había detenido en mitad de la acera hasta que Rosie se dio la vuelta para ver dónde me había metido.

—¡No voy a hacerlo, so idiota! ¿De verdad crees que iba a dejarte solo porque lo diga mi padre? ¿Estás chalado?

—Joder —dije. Mi corazón volvió lentamente a ocupar el sitio que le correspondía—. ¿Quieres que me dé un infarto? Creía que..., joder.

—Francis. —Regresó a donde estaba yo y entrelazó sus dedos con los míos, tan fuerte que casi me hizo daño—. No voy a romper contigo, ¿vale? Lo que pasa es que no sé qué hacer.

Hubiera sido capaz de vender un riñón a cambio de poder ofrecerle una respuesta mágica. Opté por el gesto más caballeroso que me vino a la cabeza.

—Iré a hablar con tu padre. De hombre a hombre. Le diré que lo último que haría es jugar contigo.

—Eso ya se lo he dicho yo. Un centenar de veces. Cree que estás intentando engatusarme como sea para bajarme las bragas, y que yo me lo estoy tragando todo. ¿Crees que te escuchará a ti, si a mí no me hace ni caso?

—Pues se lo demostraré. Cuando vea que te trato como es debido...

—¡No tenemos tiempo! Dice que tengo que romper contigo esta misma noche o me va a echar de casa, y lo hará, me pondrá de patitas en la calle. Le partiría el corazón a mi madre, pero a él le trae sin cuidado. Le dirá que no puede volver a verme siquiera y, Dios la asista, ella hará lo que él diga.

Tras diecisiete años con una familia como la mía, mi respuesta a todo por defecto era mantener la boca firmemente cerrada.

—Pues dile que hemos roto —propuse—. Que me has dejado. Nadie tiene por qué saber que seguimos juntos.

Rosie se quedó inmóvil y vi que reflexionaba a toda máquina. Transcurrido un momento, preguntó:

—¿Cuánto tiempo?

—Hasta que se nos ocurra algo mejor, hasta que tu padre se calme, no lo sé. Si aguantamos lo suficiente, seguro que cambia algo.

—Es posible. —Seguía absorta en sus pensamientos, con la cabeza inclinada sobre nuestras manos entrelazadas—. ¿Crees que podremos hacerlo? Con lo chismosa que es la gente por aquí...

—No digo que vaya a ser fácil —reconocí—. Tendremos que contarles a todos que hemos roto, y hacerlo de manera convincente. No podremos ir juntos a la fiesta de graduación. Siempre tendrás que estar pendiente de que tu padre no se entere y te eche de casa.

—Me importa un carajo. Pero ¿y tú, qué? A ti no te hace falta estar disimulando. Tu padre no intenta hacer de ti una monja. ¿Merece la pena?

—¿Pero qué estás diciendo? —le reprendí—. Yo te quiero.

Yo mismo me sorprendí. Nunca había dicho esas palabras. Sabía que nunca las repetiría, no de esa manera, que uno solo tiene una oportunidad en la vida de pronunciarlas. A mí se me presentó de súbito una noche brumosa de otoño, bajo una farola que proyectaba brillantes franjas amarillentas sobre la acera húmeda, con los dedos fuertes y flexibles de Rosie enlazados con los míos.

Rosie entreabrió la boca.

—Ah —exclamó, a lomos de algo parecido a una risa maravillosa, indefensa y entrecortada.

—Pues ya está —dije.

—Pues vale —asintió, con otro estallido de risa en ciernes—. Entonces, todo en orden, ¿no?

—¿Lo está?

—Sí. Yo también te quiero. Ya nos las arreglaremos. ¿Verdad que sí?

Me había quedado sin palabras. No se me ocurrió nada que hacer salvo estrecharla contra mí. Un anciano que paseaba al perro pasó por nuestro lado y masculló algo acerca de que nuestro comportamiento era indecente, pero no podría haberme movido aunque hubiera querido. Rosie hundió la cara en el ángulo de mi cuello. Noté el aleteo de sus pestañas contra la piel, y luego humedad donde habían estado.

—Nos las arreglaremos —dije, con los labios sobre su pelo caliente, y tuve la seguridad de que era cierto porque teníamos el triunfo, el comodín que se imponía a cualquier otra carta de la baraja—. Lo lograremos.

Regresamos a casa después de pasear y hablar hasta el agotamiento, para dar comienzo al minucioso y crucial proceso de convencer a Faithful Place de que lo nuestro había pasado a la historia. A altas horas de aquella noche, pese a la espera larga y astuta que habíamos planeado, quedamos en el número 16. Ya no nos importaba lo peligroso que era citarnos así. Nos tumbamos sobre las tablas que no dejaban de crujir, su pecho contra el mío, y nos tapamos con la suave manta azul que Rosie siempre traía consigo, y esa noche no llegó a decir: «Para».

Esa noche era una de las razones por las que nunca se me había pasado por la cabeza que Rosie pudiera estar muerta. Su fulgor cuando estaba tan enfadada: se podría encender una cerilla con solo rozarle la piel, iluminar árboles de Navidad, verla desde el espacio. Que todo aquello se hubiera desvanecido sin dejar rastro, desaparecido definitivamente, era impensable.

Danny *el Cerillas* quemaría el taller de bicis y dispondría artísticamente todos los indicios para que apuntaran directamente a Shay si se lo pedía con amabilidad. Por otra parte, conocía a varios tipos que dejarían a Danny a la altura de una nenaza y harían un trabajo perfecto, acompañado del grado de dolor que yo les indicara, a la hora de desmembrar a Shay y deshacerse de sus restos de manera que nadie volviera a verlos.

El problema estribaba en que no quería recurrir a Danny *el Cerillas*, a la brigada de los matarifes ni a ninguna otra persona. Scorcher iba totalmente desencaminado: si tanto necesitaba a Kevin como culpable, podía quedárselo. Olivia estaba en lo cierto, nada de lo que se dijera podía perjudicar ya a Kevin, y la justicia había quedado relegada a los últimos puestos en mi lista de deseos navideños. Lo único que quería en este mundo era pillar a Shay. Cada vez que miraba hacia el río Liffey, lo veía asomado a la ventana, en alguna parte en esa maraña de luces, fumando y observándome desde la otra orilla, esperando que fuese a por él. Nunca había deseado a ninguna chica, ni siquiera a Rosie, tan intensamente como deseaba echarle el guante a Shay.

El viernes por la tarde le envié un mensaje de texto a Stephen: «En el mismo sitio a la misma hora». Estaba lloviendo, caía una lluvia densa y gélida que te empapaba por completo y te calaba hasta los huesos. Cosmo's estaba lleno a rebosar de gente mojada que contaba bolsas de la compra y confiaba en que si permanecía inmóvil el tiempo suficiente acabaría por entrar en calor. Esta vez solo pedí café. Ya sabía que aquello no iba a llevarme mucho tiempo.

Stephen no parecía muy seguro de lo que estábamos haciendo allí, pero era demasiado amable para preguntar. En cambio, dijo:

—Aún no han llegado los listados de llamadas de Kevin.

—Ya lo suponía. ¿Sabes cuándo van a dar carpetazo a la investigación?

—Nos han dicho que probablemente el martes. El detective Kennedy dice..., bueno. Cree que ya tenemos suficientes pruebas para fundamentar el caso. A partir de ahora, se trata de poner en orden el papeleo.

—Me parece que ya te has enterado de lo de la encantadora Imelda Tierney —indagué.

—Bueno. Sí.

—El detective Kennedy cree que su testimonio es la pieza final del puzle. Encaja a la perfección. Ahora ya puede envolverlo todo en un bonito paquete, ponerle un lacito y entregárselo a la fiscalía. ¿Estoy en lo cierto?

—Más o menos, sí.

—¿Y a ti qué te parece?

Stephen se frotó el pelo y se le quedaron unos mechones de punta.

—Yo creo, por lo que ha comentado el detective Kennedy, y ya me dirás si me equivoco..., creo que Imelda Tierney está cabreada contigo.

—Ahora mismo no soy su persona preferida, desde luego.

—Tú la conoces, aunque sea de hace una eternidad. ¿La crees capaz de inventarse algo así por rencor?

—Yo diría que es capaz de hacerlo sin vacilar. Aunque igual crees que no soy precisamente imparcial.

Stephen negó con la cabeza.

—Lo creería, si no fuera porque sigo pensando lo mismo que antes acerca de las huellas dactilares. A menos que Imelda Tierney sea capaz de explicar por qué está limpia la nota, eso tiene más peso que su versión, por lo que a mí respecta. Las personas mienten, las pruebas, no.

El chaval valía por diez tipos como Scorcher, y probablemente por diez como yo.

—Me gusta su manera de pensar, detective —lo felicité—. Por

desgracia, estoy casi seguro de que Scorcher Kennedy no va a verlo de la misma manera.

—No, a menos que presentemos una teoría alternativa tan sólida que no pueda pasarla por alto. —Pronunció el «presentemos» con un pequeño deje de timidez, igual que un adolescente hablando de su primera novia. Trabajar conmigo era muy importante para él—. Así que he estado concentrándome en el asunto. He dedicado mucho tiempo a revisar este caso mentalmente, a buscar algo que se nos hubiera pasado, y anoche por fin di con ello.

—¿Ah, sí? ¿Y de qué se trata?

—Bien. —Stephen respiró hondo: lo había ensayado, dispuesto a impresionarme—. Hasta el momento ninguno de nosotros ha prestado atención al hecho de que ocultaron el cadáver de Rosie, ¿no es así? Hemos pensado en las implicaciones del lugar donde lo ocultaron, pero no en el mismo hecho de que lo ocultaron. Y creo que eso debería habernos dado que pensar. Todos estuvimos de acuerdo en que parece un crimen impremeditado, ¿no? Que nuestro sospechoso sencillamente perdió la cabeza, ¿verdad?

—Eso parece.

—Es decir, que debió de quedarse hecho polvo cuando vio lo que había hecho. Yo en su lugar habría salido pitando de esa casa. En cambio, nuestro hombre tuvo la presencia de ánimo para quedarse, buscar un escondrijo, meter un cadáver pesado debajo de una pesada losa de hormigón... Para eso le hizo falta tiempo y esfuerzo, en abundancia. Tenía que ocultar el cadáver. Lo necesitaba a toda costa. ¿Por qué? ¿Por qué no podía dejarlo allí para que lo encontrara alguien por la mañana?

Stephen podría llegar a especialista en la elaboración de perfiles.

—Adelante, sigue.

Se inclinó hacia delante sobre el tablero de la mesa, sus ojos fijos en los míos, absorto en el relato.

—Porque sabía que alguien podría relacionarlo con Rose o con la casa. Tiene que ser eso. Si hubieran hallado el cadáver al día siguiente, alguien habría dicho: «Espera un momento, anoche vi a Tal entrar en el número dieciséis», o «Me parece que Tal había quedado con Rose Daly». No podía permitirse que la encontraran.

—Creo que no vas desencaminado.

—Así que solo tenemos que dar con ese vínculo. Descartamos el testimonio de Imelda, pero hay alguien que tiene una historia muy parecida a la suya, solo que cierta. Es probable que lo haya olvidado todo porque no le dio importancia en ningún momento, pero si logramos que haga memoria... Yo empezaría por hablar con las personas más cercanas a Rose, su hermana, sus amigas íntimas, y con los que vivían en los números pares de Faithful Place. En tu declaración figura que oíste cómo alguien cruzaba por los jardines. Es posible que lo vieran por una ventana trasera.

Si seguía unos cuantos días con esa línea de investigación llegaría a alguna parte. Se le veía tan entusiasmado que fue una pena echarle un jarro de agua fría —igual que darle una patada a un cachorro de perro cobrador que me acabara de traer su mejor juguete mordisqueado—, pero no me quedó otro remedio.

—Bien visto, detective. Todo eso encaja de maravilla. Ahora, déjalo correr.

Mirada de profundo asombro.

—¿Cómo...? ¿Qué quieres decir?

—Stephen. ¿Por qué crees que te he citado hoy? Ya sabía que no tendrías los listados de llamadas, ya sabía lo de Imelda Tierney y estaba seguro de que te habrías puesto en contacto conmigo en el caso de que hubiera ocurrido algo importante. ¿Por qué crees que quería verte?

—He supuesto que... para ponernos al día.

—Se podría decir que sí. Vamos a ponernos al día: a partir de ahora, dejaremos que el caso siga su curso. Yo voy a seguir de vacaciones y tú vas a volver a hacer de mecanógrafo. Que lo disfrutes.

Stephen posó la taza de café con un golpe sordo.

—¿Qué? ¿Por qué?

—¿Tu madre nunca te dijo eso de «Porque lo digo yo»?

—Tú no eres mi madre. ¿Qué coño...? —Entonces se interrumpió a mitad de frase al encendérsele la bombilla—. Has descubierto algo, ¿verdad? La última vez, cuando saliste disparado de aquí: caíste en la cuenta de algo. Has estado indagando un par de días y ahora...

Negué con la cabeza.

—Otra bonita teoría, pero no. Me hubiera encantado que este caso se resolviera solo en un fogonazo cegador de inspiración, pero detesto tener que aguarte la fiesta: eso no ocurre tan a menudo como crees.

—Y ahora que ya lo tienes, te lo guardas para ti solito. Adiós, Stephen, gracias por participar, ahora vuelve a tu rincón. Supongo que debería halagarme el que te preocupe que vea por dónde van los tiros, ¿no?

Lancé un suspiro, me recosté en el asiento y me masajeé la nunca.

—Mira, chaval. Si no te importa que te dé un consejo alguien que lleva haciendo este trabajo mucho más tiempo que tú, déjame que te cuente un secreto: casi sin excepción, la explicación más sencilla es la correcta. Nadie intenta encubrir el asunto, no hay ninguna gran conspiración y el gobierno no te ha implantado un chip detrás de la oreja. Lo único que he averiguado estos dos últimos días es que ya es hora de que tú y yo dejemos correr el caso.

Stephen me miraba de hito en hito igual que si acabara de crecerme otra cabeza.

—Alto ahí. ¿Qué ha sido de eso que dijiste acerca de nuestra responsabilidad para con las víctimas? ¿Qué ha sido de lo de «Solo les quedamos tú y yo. No hay más»?

—Ha resultado ser inútil, chaval. Eso es lo que ha ocurrido. Scorcher Kennedy está en lo cierto: tiene un caso redondo. Si yo fuera el fiscal del Estado, le daría luz verde sin pensármelo. No va a renunciar a toda esa teoría que ha montado y empezar otra vez desde cero, por mucho que el mismísimo arcángel san Gabriel baje del cielo y le diga que se equivoca, y menos aún porque aparezca algo raro en el listado de llamadas de Kevin o porque tú y yo creamos que la historia de Imelda huele a chamusquina. Da igual lo que pase de aquí al martes: el caso está cerrado.

—¿Y a ti te parece bien?

—No, guapo, no me parece bien. Ni remotamente. Pero soy un tipo con dos dedos de frente. Si voy a jugarme la vida, tiene que ser por algo que me ofrezca alguna posibilidad de cambiar las cosas. No me van las causas perdidas, por muy románticas que sean, porque son un desperdicio. Igual que sería un desperdicio que te volvieran a poner de uniforme y te destinaran a algún puesto de oficina en un lugar perdido para el resto de tu carrera porque te pillaron filtrándome información inservible.

El chico tenía temperamento de pelirrojo: había apretado un puño encima de la mesa y parecía tener toda la intención de estampármelo en la cara.

—Esa decisión la he tomado yo. Ya soy mayorcito, soy muy capaz de cuidarme.

Me eché a reír.

—No te engañes: no intento protegerte. Estaría encantado de animarte a que siguieras jugándote la carrera hasta finales de 2012, por no hablar de hasta el martes que viene, si creyera, aunque solo fuera durante un segundo, que serviría de algo. Pero no es así.

—Fuiste tú el que quiso que me involucrase, prácticamente me obligaste, y ahora que estoy en ello voy a seguir adelante. No puedes cambiar de parecer cada dos días: ve a por el palo, Stephen, trae el palo, Stephen, busca el palo, Stephen... No soy tu perra, ni tampoco soy la perra del detective Kennedy.

—En realidad, sí lo eres —dije—. No voy a quitarte ojo, Stevie, y si sospecho que sigues hurgando donde no debes, voy a llevarle el informe de la autopsia y el de las huellas dactilares al detective Kennedy y a decirle cómo los he conseguido. Entonces te pondrá en su lista negra, estarás en mi lista negra y lo más probable es que acabes detrás de una mesa en el culo del mundo. Así que voy a decírtelo una vez más: déjalo estar. ¿Me has entendido?

Stephen estaba tan perplejo y era tan joven que le resultaba imposible controlar los gestos. Me miraba fijamente con una mezcla pura y candente de furia, asombro y asco. Eso era exactamente lo que yo quería —cuanto más se cabreara conmigo, más protegido estaría frente a los desagradables acontecimientos que se avecinaban—, pero aun así resultó doloroso.

—Tío —dijo, al tiempo que negaba con la cabeza—, no te entiendo. Te lo aseguro.

—Desde luego que no —convine, e hice ademán de sacar el billetero.

—Y no hace falta que me invites a café. Puedo pagármelo yo.

Si le castigaba el amor propio más de la cuenta, tal vez decidiera seguir investigando el caso solo para demostrarse que aún los tenía bien puestos.

—Tú mismo —dije—. Y oye, ¿Stephen?

Mantuvo la cabeza gacha mientras rebuscaba en los bolsillos.

—Detective. Vas a tener que mirarme. —Aguardé hasta que se dio por vencido y me miró por fin a los ojos, antes de decir—: Has hecho un trabajo excelente. Ya sé que ninguno de los dos queríamos que terminara así, pero lo único que puedo decirte es que no lo olvidaré. Cuando pueda hacer algo por ti, y sé que llegará ese momento, pondré todo mi empeño en hacerlo.

—Como he dicho, puedo pagármelo yo.

—Ya sé que puedes, pero también me gusta saldar mis deudas, y te lo debo. Ha sido un placer trabajar contigo, detective. Espero volver a hacerlo.

No intenté estrecharle la mano. Me lanzó una mirada sombría que no me permitió entrever nada, dejó un billete de diez libras en la mesa de un manotazo —lo que no era ninguna tontería, teniendo en cuenta que cobraba sueldo de novato— y se encogió de hombros para ponerse el abrigo. Me quedé donde estaba y dejé que fuera él quien se marchara.

Y allí estaba, justo en el mismo sitio que una semana antes, aparcando delante de la casa de Liv para recoger a Holly de cara al fin de semana. Tenía la sensación de que hacía años de aquello.

Olivia llevaba un discreto vestido de color caramelo en vez del discreto vestidito negro de la semana anterior, pero el mensaje era el mismo: Dermo el pseudopedófilo venía de camino e iba a tener una oportunidad. Esta vez, sin embargo, en vez de parapetarse en el umbral, abrió la puerta de par en par y me hizo pasar a la cocina. Cuando estábamos casados, temía las señales de Liv del estilo «Tenemos que hablar», pero llegados a este punto lo cierto es que las agradecí. Desde luego eran mucho más agradables que su rutina de «No tengo nada que decirte».

—¿No está preparada Holly? —pregunté.

—Está en el baño. Hoy Sarah podía invitar a una amiga a su clase de hip-hop, y acaba de llegar a casa toda sudada. Tardará unos minutos.

—¿Qué tal lo lleva?

Olivia suspiró y se pasó una mano suavemente por el peinado impoluto.

—Creo que está bien. O al menos todo lo bien que cabría esperar. Anoche tuvo una pesadilla, y ha estado bastante callada, pero no parece... No lo sé. La clase de hip-hop le ha encantado.

—¿Come bien? —pregunté.

Cuando me mudé, Holly pasó una temporada en huelga de hambre.

—Sí. Pero ya no tiene cinco años, ahora no siempre demuestra sus sentimientos de una manera tan evidente. Eso no significa que no los tenga. ¿Intentarás hablar con ella? Igual entiendes mejor cómo lo está afrontando.

—Así que disimula lo que siente —dije, en un tono ni remotamente tan desagradable como podría haber sido—. Me pregunto de dónde lo habrá sacado.

A Olivia se le tensaron las comisuras de la boca.

—Cometí un error. Uno de los graves. Lo he reconocido y me he disculpado, y estoy haciendo todo lo posible por reparar las consecuencias. Te lo aseguro: nada de lo que digas me hará sentir peor aún por haberle hecho daño.

Saqué un taburete y planté el trasero encima con todo mi peso, no para mosquear a Olivia, esta vez, sino porque estaba tan derrengado que incluso sentarme un par de minutos en una habitación que olía a tostadas y mermelada de fresa era todo un lujo.

—Las personas se hacen daño mutuamente. Así son las cosas. Al menos tú intentabas hacer algo bueno. Eso no puede decirlo todo el mundo.

La tensión se había propagado hasta los hombros de Liv.

—Las personas no tienen por qué hacerse daño necesariamente.

—Sí, Liv, se hacen daño. Padres, amantes, hermanos y hermanas, sea quien sea. Cuanto más te acercas, más daño te hacen.

—Bueno, sí, a veces, claro. Pero plantearlo como una ley universal inevitable... Es una manera de quitarse de encima el asunto, Frank, y lo sabes.

—Déjame que te sirva un buen trago refrescante de realidad. La mayoría de la gente está encantada de destrozarse unos a otros. Y por lo que respecta a esa diminuta minoría que se esfuerza patéticamente por no hacerlo, el mundo se asegura de que acaben destrozándose de todas maneras.

—A veces me encantaría que pudieras oír lo que dices —dijo Olivia fríamente—. Pareces un adolescente. ¿Te das cuenta? Un adolescente abandonado a la autocompasión con más discos de Morrissey de lo que le conviene.

Era una frase para hacer mutis, Liv tenía la mano en el pomo de la puerta, y yo no quería que se fuera. Quería que se quedara en esa cocina cálida y discutiera conmigo.

—Hablo por experiencia, nada más —dije—. Puede que haya gente que nunca haga nada más destructivo que prepararse mutuamente tazas de chocolate con dulce de merengue, pero yo, a título personal, no me he encontrado con ellos. Si tú los conoces, haz el favor de aclarármelo. Soy abierto de miras. Dime una relación que hayas visto, solo una, que no causara daño a nadie.

Es posible que no sea capaz de conseguir que Olivia haga lo que yo desee, pero siempre se me ha dado de maravilla hacerla discutir. Soltó el pomo de la puerta, se apoyó en la pared y cruzó los brazos.

—Muy bien —dijo—. A ver. Esa chica, Rose. Dime: ¿de qué manera te hizo daño? No la persona que la mató. Ella misma. Rose.

Y lo que me ocurre con Liv es que, a fin de cuentas, siempre me meto en camisa de once varas.

—Creo que ya he hablado más que suficiente de Rose Daly por esta semana, si no tienes inconveniente.

—Ella no te dejó, Frank. Eso no pasó. Tarde o temprano vas a tener que asumirlo.

—A ver si lo adivino. Eso es cosa de Jackie y su bocaza, ¿no?

—No tuve necesidad de que Jackie me dijera que alguna mujer te hizo daño, o que al menos tú creías que te lo había hecho. Lo he sabido prácticamente desde que nos conocimos.

—Lamento pincharte la burbuja, Liv, pero tu don para la telepatía no está hoy en su mejor momento. Espero que tengas más suerte la próxima vez.

—Y tampoco me hizo falta tener telepatía. Pregunta a cualquier mujer con la que hayas tenido una relación: te garantizo que estaba al tanto de que era una segundona, que estaba guardando el sitio hasta que volviera la mujer a la que de verdad querías.

Empezó a decir algo más, pero se mordió la lengua. Los ojos se le tornaron aprensivos, casi anonadados, como si acabara de darse cuenta de la profundidad de las aguas en las que nos habíamos adentrado.

—Venga, suéltalo —la insté—. Ya que has empezado, más vale que termines.

Un instante después Liv hizo un movimiento diminuto, como encogiéndose de hombros.

—Muy bien. Esa fue una de las razones que me llevaron a pedirte que te fueras.

Reí a voz en cuello.

—Ah, claro. Pues muy bien. Entonces todas las puñeteras peleas que tuvimos por mi trabajo y porque nunca estaba en casa, ¿qué era todo eso, un divertimento? ¿Lo hacías solo para mantenerme a la expectativa?

—Sabes que no me refiero a eso. Y sabes perfectamente bien que tenía razones de sobra para estar harta de no saber nunca si «Nos vemos a las ocho» significaba esa noche o el martes siguiente, o de preguntarte qué habías hecho ese día y que me contestaras «Trabajar», o de...

—Lo único que sé es que debería haber incluido en el acuerdo la cláusula de que nunca tendría esta conversación otra vez. Y no sé qué tiene que ver Rose Daly con...

Olivia adoptó un tono de voz neutro, pero el trasfondo resultó tan intenso que podría haberme tirado del taburete:

—Tuvo mucho que ver. Siempre supe que todo estaba relacionado con el hecho de que yo no era esa otra mujer, fuera quien fuese. Si te hubiera llamado ella a las tres de la madrugada para preguntarte por qué no habías vuelto a casa, habrías contestado al maldito teléfono. O, probablemente, incluso habrías estado en casa.

—Si Rosie me hubiera llamado a las tres de la madrugada, habría ganado millones montando una línea telefónica con el más allá y me habría mudado a Barbados.

—Sabes exactamente a qué me refiero. Nunca la hubieras tratado como me trataste a mí. A veces, Frank, tenía la sensación de

411

que me alejabas a propósito para castigarme por lo que te hizo ella, fuera lo que fuese, o sencillamente por no ser ella. Intentabas obligarme a que te dejara, de manera que cuando regresase ella, no encontrara a otra en su lugar. Esa es la sensación que tenía.

—Voy a intentar una vez más que lo entiendas: tú me dejaste porque quisiste. No digo que me llevara una sorpresa tremenda, ni siquiera que no me lo mereciera. Pero lo que sí digo es que Rose Daly, sobre todo teniendo en cuenta que no tenías idea de que alguna vez existió, no tuvo nada que ver con ello.

—Sí, Frank. Sí tuvo que ver con ello. Tú te casaste conmigo dando por sentado, sin el menor atisbo de duda, que no duraría. Me llevó mucho tiempo darme cuenta. Pero cuando por fin lo descubrí, me pareció que ya no tenía mucho sentido seguir intentándolo.

Estaba preciosa, y muy cansada. La piel se le estaba empezando a poner fina y frágil, y la indiscreta luz de la cocina hacía resaltar las patas de gallo en torno a sus ojos. Pensé en Rosie, torneada, firme y en sazón, como los melocotones maduros, y en que nunca tuvo oportunidad de alcanzar otra clase de belleza que la perfección. Esperaba que Dermot se diera cuenta de lo hermosas que eran las arrugas de Olivia.

Solo había querido tener con ella una cómoda riña sin trascendencia. Allá en el horizonte, cobrando fuerza, asomaba una pelea que dejaría lo peor que nos habíamos hecho Olivia y yo a la altura de un inofensivo soplo de nada. Todas y cada una de las partículas de ira que era capaz de generar se estaban viendo absorbidas por ese inmenso torbellino. La idea de un enfrentamiento intenso y trascendente con Liv me superaba.

—Mira —dije—. Voy a subir a por Holly. Si nos quedamos aquí, voy a seguir portándome como un capullo cabreado hasta que esto se convierta en una trifulca de mucho cuidado, te ponga de un humor de perros y te fastidie la cita. Y eso ya lo hice la semana pasada. No quiero ser tan predecible.

Olivia se rió profiriendo un explosivo bufido de asombro.

—Qué sorpresa —dije—. No soy un gilipollas consumado.

—Eso ya lo sé. Nunca he pensado que lo fueras.

Arqueé la ceja con ademán escéptico e hice amago de levantarme del taburete, pero me detuvo.

—Ya voy yo a por ella. Seguro que prefiere que no llames tú a la puerta estando en la bañera.

—¿Qué? ¿Desde cuándo?

Una sonrisa diminuta, un tanto triste, le cruzó los labios a Olivia.

—Está creciendo, Frank. Ni siquiera me deja entrar al cuarto de baño a mí hasta que no se ha vestido. Hace unas semanas abrí la puerta para coger algo y se puso a gritar como una posesa y me soltó un sermón sobre que la gente necesita intimidad. Si te acercas siquiera a ella, seguro que te lee la cartilla.

—Dios mío —dije. Recordaba a Holly con dos años, saltando directa a mis brazos desde el baño, desnuda como vino al mundo, salpicándolo todo de agua y riéndose como loca cuando le hacía cosquillas en las delicadas costillas—. Venga, sube a por ella antes de que le crezca vello en las axilas o algo parecido.

Liv casi volvió a reír. Antes la hacía reír constantemente. Ahora, dos veces en una noche hubiera sido una especie de récord.

—En seguida vuelvo.

—No hay prisa. No tengo ningún sitio mejor adonde ir.

Cuando salía de la cocina, dijo, casi a regañadientes:

—La cafetera está puesta, por si quieres tomarte un café. Pareces cansado.

Y cerró la puerta a su espalda con un chasquido leve y firme que me dio a entender que debía quedarme donde estaba, por si acaso llegaba Dermo y decidía salir a abrirle la puerta en calzoncillos. Me levanté del taburete y me preparé un expreso doble. Era muy consciente de que Liv tenía razón en muchos aspectos, algunos de ellos importantes y un par profundamente irónicos, pero todo eso podía esperar hasta que hubiera decidido qué demonios hacer con Shay, y lo hubiera hecho.

En el piso de arriba oí el agua de la bañera al vaciarse y el parloteo incesante de Holly, puntuado por algún comentario ocasional de Olivia. Sentí deseos, tan repentinos e intensos que casi me tumbaron de espaldas, de subir corriendo, rodear a las dos con mis brazos y desplomarnos sobre la cama de matrimonio que antes compartíamos Liv y yo, tal como teníamos por costumbre los domingos por la tarde, y de que nos quedáramos allí entre risillas y susurros mientras Dermo llamaba al timbre y se iba enfurruñando hasta que le desaparecía por completo la barbilla y se largaba hacia la puesta de sol en su Audi, y de pedir avalanchas de comida a domicilio y permanecer allí todo el fin de semana y hasta mediados de la siguiente. Por un instante estuve a punto de perder la cabeza e intentarlo.

A Holly le llevó un rato encauzar la conversación hacia los recientes acontecimientos. Durante la cena me habló de la clase de hip-hop, haciéndome demostraciones detalladas y abundantes comentarios sin resuello. Luego se puso a hacer los deberes, quejándose mucho menos de lo habitual, y después se acurrucó contra mí en el sofá para ver a Hannah Montana. Se chupaba un mechón de pelo, cosa que llevaba una buena temporada sin hacer, y noté que estaba dándole vueltas a algo.

No la atosigué. Una vez arropada en la cama, cuando ya se había bebido la leche y oído un cuento, y yo le había pasado un brazo por los hombros, por fin se decidió a preguntar:

—Papi.

—¿En qué estás pensando?

—¿Vas a casarte?

¿Qué demonios...?

—No, cariño. Ni pensarlo. Estar casado con tu madre ya fue suficiente. ¿A qué viene eso?

—¿Tienes novia?

Mi madre, tenía que haber sido ella. Probablemente algo relacionado con que los divorciados no pueden volver a casarse por la Iglesia.

—No. Ya te lo dije la semana pasada, ¿recuerdas?

Holly se lo pensó.

—Esa chica que murió, Rosie —dijo—. La que conociste antes de que yo naciera.

—¿Qué pasa con ella?

—¿Era tu novia?

—Sí, lo era. Aún no había conocido a tu madre.

—¿Ibas a casarte con ella?

—Eso teníamos planeado, sí.

Parpadeó. Tenía las cejas finas cual pinceladas, muy fruncidas, estaba intensamente concentrada.

—¿Por qué no os casasteis?

—Rosie murió antes de que tuviéramos oportunidad de hacerlo.

—Pero dijiste que ni siquiera sabías que había muerto, hasta ahora.

—Así es. Creía que me había dejado.

—¿Cómo es que no lo sabías?

—Un día desapareció sin más —le expliqué—. Dejó una nota en la que decía que se iba a Inglaterra, la encontré y supuse que con eso estaba dándome a entender que me dejaba. Resulta que me equivoqué.

—Papi.

—Sí.

—¿La mataron?

Llevaba el pijama de flores rosas y blancas que le había planchado antes —a Holly le encanta la ropa recién planchada— y tenía a Clara sobre las rodillas dobladas. Bajo el suave halo dorado de la lámpara de noche parecía perfecta e intemporal, como una niña pintada a la acuarela en un libro de cuentos. Estaba aterrado. Hubiera dado una extremidad por tener la certeza de que estaba llevando esa conversación como era debido, o al menos que no lo estaba haciendo terriblemente mal.

—Por lo visto, eso es lo que pudo haber ocurrido —contesté—. Pasó hace mucho, mucho tiempo, así que es difícil saber nada con seguridad.

Holly miró a Clara a los ojos y se lo pensó. El mechón de pelo volvía a estar entre sus labios.

—Si desapareciera yo —dijo—. ¿Pensarías que me he escapado?

Olivia había mencionado una pesadilla.

—Da igual lo que pensara —dije—. Aunque te montaras en una nave espacial y te fueras a otro planeta, iría a buscarte y no pararía hasta encontrarte.

Holly dejó escapar un profundo suspiro y noté que apretaba el hombro contra mí. Por un instante pensé que, accidentalmente, me las había apañado para arreglar algo. Entonces dijo:

—Si te hubieras casado con Rosie, ¿habría llegado a nacer yo?

Le retiré el mechón de la boca y se lo alisé. El pelo le olía a champú para niños.

—No sé cómo van esas cosas, bonita. Es todo de lo más misterioso. Lo único que sé es que tú eres tú, y personalmente, creo que habrías encontrado la manera de ser tú al margen de lo que yo hubiera hecho.

Holly serpenteó un poco para acomodarse en la cama, y dijo, en ese tono de voz que adopta cuando se dispone a discutir:

—El domingo por la tarde quiero ir a casa de la yaya.

Y yo podría charlar tan ricamente con Shay mientras tomábamos el té.

—Bueno —respondí, con cautela—. Nos lo podemos pensar, a ver si encaja con nuestros planes. ¿Lo dices por algo en especial?

—Donna siempre va los domingos, después de que su padre

haya jugado al golf. Dice que la yaya prepara una comida estupenda con tarta de manzana y helado de postre, y a veces la tía Jackie peina a las chicas en plan elegante, o a veces ven una película. Donna, Darren, Ashley y Louise se turnan para elegir, pero la tía Carmel me dijo que si alguna vez iba podría elegirla yo. No podía ir nunca en domingo porque tú no sabías que a veces voy a ver a la yaya, pero ahora que lo sabes, quiero ir.

Me pregunté si mis padres habrían firmado una especie de tratado de paz para las tardes dominicales, o si sencillamente ella le espolvoreaba sedantes en la comida a mi padre y luego lo encerraba en el dormitorio con el crujir de las tablas del suelo como única compañía.

—Ya veremos.

—Una vez el tío Shay los llevó a todos al taller y les dejó montar en las bicis. Y a veces el tío Kevin lleva la Wii y tiene mandos de sobra, y la yaya les grita porque saltan sin parar y dice que van a hundir la casa.

Ladeé la cabeza para mirar a Holly a la cara. Tenía abrazada a Clara muy fuerte pero su rostro no dejaba traslucir nada.

—Cielo —dije—. Sabes que el tío Kevin no irá este domingo, ¿verdad?

Holly agachó la cabeza hacia Clara.

—Sí. Porque murió.

—Así es, cariño.

Me miró de reojo.

—A veces se me olvida. Hoy, por ejemplo, Sarah me ha contado un chiste y pensaba contárselo a él, pero un rato después me he acordado.

—Lo sé. A mí también me pasa. No es más que el cerebro, que tarda en acostumbrarse. Dentro de una temporada dejará de ocurrir.

Asintió a la vez que le peinaba la crin a Clara con los dedos.

—Y sabes que este fin de semana todos estarán tristes en casa de la yaya, ¿verdad? No será divertido, como lo que te contó Donna —le advertí.

—Eso ya lo sé. Quiero ir porque quiero estar allí.

—Vale, preciosa. Ya veremos qué se puede hacer.

Silencio. Holly le hizo una trenza en la crin a Clara y la examinó con atención.

—Papi.

—Sí.

—Cuando pienso en el tío Kevin, a veces no lloro.

—Eso está bien, cariño. No tiene nada de malo. Yo tampoco lloro.

—Si lo quería, ¿no tendría que llorar?

—Me parece que no hay reglas para saber cómo tienes que comportarte cuando muere un ser querido, bonita. Creo que hay que ir averiguándolo sobre la marcha. Unas veces tendrás ganas de llorar, otras no, y otras estarás furiosa con él por haber muerto. Debes recordar que todas esas reacciones están bien, como estará bien cualquier cosa que se te ocurra.

—En el concurso de cantantes *American Idol* siempre se echan a llorar cuando hablan de alguien que murió.

—Claro, pero eso no hay que tomárselo muy en serio, preciosa. Es la tele.

Holly meneó la cabeza con fuerza y el pelo le azotó las mejillas.

—No, papá, no es como en las películas, es gente de verdad. Te cuentan todas sus historias, como que su abuelita era encantadora y creía en ellos y luego se murió, y siempre lloran. A veces Paula también llora.

—Seguro que sí. Pero eso no significa que tengas que llorar tú. Cada cual es distinto. Voy a contarte un secreto: muchas veces esos concursantes fingen para que les voten.

Holly seguía sin estar convencida. Recordé la primera vez que la muerte se cruzó en mi camino: tenía siete años, un primo lejano que vivía en New Street tuvo un infarto y mi madre nos llevó a todos al velatorio. Transcurrió de una manera muy semejante al de Kevin: lágrimas, risas, historias, montones enormes de sándwiches, copas, canciones y baile hasta altas horas de la madrugada. Alguno trajo un acordeón y algún otro se sabía todo el repertorio de Mario Lanza. Como iniciación a la mejor manera de encarar el duelo estaba a años luz que nada que tuviera que ver con una jueza de aspirantes a estrellas de la música como Paula Abdul. Me planteé, incluso teniendo en cuenta la aportación de mi padre a la ceremonia, si no debería haber llevado a Holly al velatorio de Kevin.

La idea de estar en la misma habitación que Shay y no poder golpearlo hasta dejarlo hecho un amasijo sanguinolento me produjo un leve mareo. Pensé en cuando era un mamarracho adolescente y me vi obligado a crecer a pasos vertiginosos porque Rosie necesitaba que lo hiciera, y en mi padre cuando me dijo que un hombre tenía que saber por qué daría la vida. Uno hace lo que su mujer o sus hijos necesitan, aunque resulte mucho más duro incluso que morir.

—A ver qué te parece —le propuse—. El domingo por la tarde iremos a casa de la yaya, aunque solo sea un ratito. Seguro que se habla mucho de tu tío Kevin, pero te aseguro que cada cual lidiará con eso a su manera: no se pasarán todo el rato llorando, y no pensarán que haces nada malo si no derramas una sola lágrima. ¿Crees que así tendrás las cosas más claras?

Holly se animó. Incluso me miró en vez de tener la vista fija en Clara.

—Sí, seguramente.

—Pues muy bien —dije. Noté que algo parecido a agua helada me recorría la espina dorsal, pero no me quedaba más remedio que arrostrarlo como debía—. Ya tenemos plan.

—¿En serio? ¿Seguro?

—Sí. Voy a llamar a tu tía Jackie ahora mismo y le voy a decir que avise a la abuela de que iremos.

—Bien —dijo Holly, y profirió otro hondo suspiro.

Esta vez noté que se le relajaban los hombros.

—Y entre tanto, apuesto a que lo verás todo con otros ojos si esta noche duermes a pierna suelta. Venga, a dormir.

Se acomodó boca arriba y se puso a Clara debajo de la barbilla.

—Arrópame.

La arropé con la colcha, ciñéndosela justo lo necesario.

—Y esta noche nada de pesadillas, ¿vale, preciosa? Solo están permitidos los sueños bonitos. Es una orden.

—Vale. —Ya se le estaban cerrando los ojos, y los dedos, perdidos en la crin de Clara, se le empezaban a aflojar—. Buenas noches, papi.

—Buenas noches, cariño.

Debería haberlo detectado mucho antes. Llevaba casi quince años manteniéndome con vida, y también a mis muchachos, gracias a que nunca pasaba por alto los indicios: el intenso olor a papel quemado en el ambiente cuando entras en una habitación, el crudo deje animal de una voz en una llamada de teléfono fortuita. Bastante grave era ya que los hubiera pasado por alto en el caso de Kevin. Nunca, por nada del mundo, deberían haberme pasado inadvertidos en el de Holly. Debería haberlos visto centellear como una bombilla caliente cerca de un animalito de peluche, llenando aquel acogedor dormitorio igual que un gas venenoso: peligro.

Me situé junto a la cama, apagué la lámpara y aparté la mochila de Holly para que no tapara la lucecita nocturna. Ella levantó la cara hacia mí y murmuró algo. Me incliné para darle un beso en la frente y ella se acurrucó bajo la colcha y dejó escapar un leve suspiro de satisfacción. La miré un buen rato, el cabello pálido arremolinado sobre la almohada y las pestañas que arrojaban sombras puntiagudas sobre sus mejillas, y luego salí con sigilo de la habitación y cerré la puerta a mi espalda.

20

Todo agente que haya estado infiltrado sabe que no hay nada en el mundo parecido a la víspera de comenzar una misión. Imagino que es la misma sensación que sienten los astronautas cuando empieza la cuenta atrás y los regimientos de paracaidistas antes del salto. La luz se torna deslumbrante y diamantina, cada rostro que ves es tan hermoso que te corta la respiración. Notas una claridad mental absoluta, cada segundo se extiende ante ti como un paisaje llano e inmenso, cosas que llevaban meses desconcertándote cobran de súbito perfecto sentido. Podrías beber el día entero y seguir totalmente sobrio. Crucigramas terriblemente complicados parecen tan sencillos como rompecabezas infantiles. Ese último día dura cien años.

Hacía mucho tiempo que no participaba en una operación encubierta, pero identifiqué la sensación en cuanto desperté el sábado por la mañana. Lo vi en la oscilación de las sombras en el techo de mi cuarto y lo saboreé en el fondo de la taza de café. Lentamente pero con seguridad, mientras Holly y yo hacíamos volar su cometa en Phoenix Park, mientras la ayudaba con sus deberes de lengua y mientras nos preparábamos más macarrones de la cuenta con mucho queso, las cosas encajaron en mi cerebro. A primera hora de la tarde del domingo, cuando nos montamos en el coche y cruzamos el río, ya sabía lo que iba a hacer.

Faithful Place tenía un aspecto ordenado e inocente, como salida de un sueño, llena a rebosar de una luz clara de color limón que flotaba sobre los adoquines agrietados. Holly me agarró la mano con fuerza.

—¿Qué pasa, cariño? —le pregunté—. ¿Has cambiado de parecer?

Negó con la cabeza.

—Ya sabes que si quieres podemos volvernos. Basta con que lo digas y nos vamos a por un bonito DVD lleno de princesas de cuento y un cubo de palomitas más grande que tu cabeza.

No se rió. Ni siquiera levantó la mirada. En lugar de eso, se colgó firmemente la mochila de los hombros, me tiró de la manga y bajamos del bordillo para adentrarnos en aquella extraña luz dorada de un tono pálido.

Mi madre puso todo su empeño en que la tarde saliera a la perfección. Había horneado pasteles hasta decir basta —todas las superficies estaban ocupadas por porciones cuadradas de pan de jengibre y tartas de mermelada—, había reunido a la tropa bien temprano y enviado a Shay, Trevor y Gavin a comprar un árbol de Navidad varios palmos más ancho de lo que le convenía al salón. Cuando llegamos Holly y yo sonaba en la radio una canción de Bing Crosby, los hijos de Carmel estaban exquisitamente dispuestos en torno al árbol colgando adornos, todos tenían una taza de chocolate humeante en la mano e incluso mi padre se había instalado en el sofá con una manta encima de las rodillas. Era como entrar en un anuncio de la década de los cincuenta. Aquella grotesca farsa estaba a todas luces condenada al fracaso —todos parecían desdichados y Darren se estaba poniendo bizco, un claro indicio de que estaba a punto de estallar— pero entendí lo que quería hacer mi madre. Me habría llegado al corazón si hubiera sido capaz de resistir la tentación de escorar hacia su manera de ser habitual y decirme que me habían salido un montón de arrugas alrededor de los ojos y que dentro de poco iba a tener la cara como una pasa.

Al que no podía quitarle ojo era a Shay. Parecía que tuviera unas décimas de fiebre: estaba inquieto y sonrojado, con la cara demacrada y un destello peligroso en los ojos. Lo que me llamó la atención, no obstante, fue lo que hacía. Estaba repantigado en el sofá, meneando una rodilla arriba y abajo sin parar al tiempo que mantenía una profunda y animada conversación sobre golf con Trevor. La gente cambia, pero que yo sepa Shay detestaba el golf solo ligeramente menos de lo que detestaba a Trevor. La única razón para que se enredara voluntariamente con ambos al mismo tiempo solo podía ser la desesperación. Shay —y tuve la certeza de que eso contaba como información útil— lo llevaba fatal.

Fuimos ocupándonos denodadamente del alijo de adornos de mi madre: no hay que interponerse nunca entre una madre y sus adornos. Me las arreglé para preguntarle a Holly en privado, a cubierto de la melodía de *Santa Baby*:

—¿Lo estás pasando bien?

—De maravilla —dijo con valentía, y volvió a fundirse con la cuadrilla de primos antes de que pudiera hacerle más preguntas.

La niña aprendía las costumbres nativas muy rápido. Empecé a ensayar mentalmente la sesión de interrogatorio.

Cuando mi madre se dio por satisfecha al ver que el nivel de alerta hortera había alcanzado el nivel naranja, Gavin y Trevor llevaron a los niños a Smithfield a ver la feria navideña.

—Hay que quemar todo el pan de jengibre —explicó Gavin, dándose unas palmaditas en el estómago.

—El pan de jengibre no tenía nada de malo —le espetó mi madre—. Si te estás poniendo gordo, Gavin Keogh, no es por culpa de lo que yo cocino.

Gav murmuró algo y lanzó a Jackie una mirada agónica. Estaba siendo diplomático, a su manera torpe: intentaba brindarnos la ocasión de pasar un rato en familia, en momentos tan difíciles. Carmel arropó a los niños con abrigos, bufandas y gorros de lana —Holly se sumó a la alineación entre Donna y Ashley, como si fuera hija de Carmel— y se marcharon. Desde la ventana de la sala de estar los vi alejarse en grupo calle abajo. Holly, tan firmemente cogida del brazo de Donna que parecían siamesas, no volvió la vista para saludar.

El rato en familia no resultó precisamente como había planeado Gav: nos apalancamos todos delante de la tele, sin hablar, hasta que mi madre se recuperó del desenfreno de los adornos y se llevó a Carmel a la cocina para que la ayudara a envolver en celofán los pasteles sobrantes. Yo le dije a Jackie, antes de que la pillaran por banda:

—Vamos a fumar.

Me lanzó una mirada recelosa, igual que una niña que sabe que se ha ganado un cachete cuando se quede a solas con su madre.

—Encájalo como una mujer, guapa —le dije—. Tienes que afrontar las consecuencias...

Afuera el ambiente era frío, despejado y tranquilo, con el cielo virando del blanco azulado al lila. Jackie se sentó de golpe en su lugar en los escalones inferiores hecha una maraña de largas piernas y botas de cuero moradas, y alargó una mano.

—Dame un pitillo, antes de empezar a darme la vara. Gav se ha llevado mi tabaco.

—A ver, dime —comencé en tono agradable, después de darle fuego y encenderme un cigarrillo—. ¿En qué hostias estabais pensando Olivia y tú?

Jackie había sacado el mentón lista para discutir, y por un inquietante segundo me pareció la viva imagen de Holly.

—Pensé que conocer a todos estos sería estupendo para Holly. Creo que Olivia era del mismo parecer. Y no nos equivocamos, ¿a que no? ¿La has visto con Donna?

—Sí, la he visto. Juntas son una monada. También la he visto hecha polvo por lo de Kevin, llorando tanto que casi no podía respirar. Entonces no estaba tan mona.

Jackie siguió con la vista los jirones de humo que se dispersaban sobre los escalones.

—Bueno, todos estamos destrozados —dijo—. Ashley también, y solo tiene seis años. Así es la vida. Te preocupaba que Holly no tuviera suficiente contacto con la realidad, ¿no? Pues yo creo que más real que eso no hay nada.

Probablemente era cierto, pero no venía al caso, tratándose de Holly.

—Si mi hija necesita una dosis extra de realidad de vez en cuando, guapa, por lo general prefiero decidirlo yo. O al menos que me avisen antes de tomar esa decisión en mi lugar. ¿Te parece razonable?

—Debería habértelo dicho —reconoció Jackie—. Eso no admite disculpa.

—Entonces, ¿por qué no me lo dijiste?

—Tenía intención de hacerlo, de verdad, pero... Al principio me pareció que no tenía sentido disgustarte, cuando igual ni siquiera seguíamos adelante con ello. Supuse que traería a Holly una vez, y luego ya te pondríamos al corriente...

—Y yo me daría cuenta de que era una idea maravillosa, vendría a casa corriendo con un gran ramo de flores para mamá en una mano y otro para ti en la otra y celebraríamos todos una fiesta enorme y viviríamos felices para siempre. ¿Eso tenías planeado?

Se encogió tanto que las orejas casi se le hundieron entre los hombros.

—Porque Dios sabe que eso hubiera sido de lo más baboso, pero desde luego habría sido mucho mejor que esto. ¿Qué te hizo cambiar de parecer? ¿Durante..., y estoy tan sorprendido que me cuesta esfuerzo decirlo, durante todo un año?

Jackie seguía sin mirarme. Cambió de postura en el escalón, como si le hiciera daño.

—No te rías de mí, venga.

—Te lo aseguro, Jackie, no estoy para bromas.

—Tenía miedo, ¿vale? —confesó—. Por eso no dije nada.

Me llevó un momento asegurarme de que no se estaba quedando conmigo.

—Venga ya. ¿Qué cojones creías que iba a hacer? ¿Partirte la cara?

—Yo no he dicho...

—Entonces, ¿qué? No puedes soltarme algo tan fuerte y luego ponerte en plan tímido. ¿Alguna vez en la vida te he dado razones para tenerme miedo?

—¡Fíjate cómo estás ahora, hombre! Tienes la cara crispada y hablas como si no pudieras ni verme. No me gusta la gente que sermonea, grita y se sube por las paredes. Nunca me ha gustado. Eso ya lo sabes.

Antes de poder evitarlo, dije:

—Haces que parezca nuestro padre.

—Eh, no. No, Francis. Sabes que no me refería a eso.

—Más te vale. No vayas por ahí, Jackie.

—No tengo ninguna intención. Es solo que..., no tuve valor para contártelo. Y eso es culpa mía, no tuya. Lo siento. Lo siento muchísimo.

Encima de nuestras cabezas se abrió una ventana de golpe y se asomó mi madre.

—¡Jacinta Mackey! ¿Vas a quedarte ahí sentada como la reina de Saba esperando a que tu hermana y yo te sirvamos la cena en bandeja de plata?

—Es culpa mía, mamá —dije—. La he hecho salir a charlar. Ya fregaremos luego los platos, ¿vale?

—Buf —resopló mi madre—. Vuelve aquí como si fuera el amo, venga a dar órdenes a diestro y siniestro, sacando brillo a la plata y fregando los platos igual que una mosquita muerta...

Pero no quería meterse mucho conmigo, por si cogía a Holly y me largaba. Retiró la cabeza, pero seguí oyendo su monserga hasta que la ventana se cerró de golpe.

Faithful Place estaba empezando a encender las luces de cara a

426

la noche. No éramos los únicos que se habían afanado con los adornos navideños. La casa de los Hearne tenía todo el aspecto de que alguien la había convertido a bazucazos en la cueva de Santa Claus, con oropel, renos y luces brillantes colgados del techo, elfos maníacos y ángeles de mirada empalagosa cubriendo hasta el último palmo visible de pared, y FELIZ NAVIDAD escrito con spray de nieve artificial en la ventana. Hasta los yuppies habían puesto un árbol elegantemente estilizado de madera clara, con sus adornos de aspecto sueco y todo.

Pensé en regresar a ese mismo lugar todos los domingos por la tarde y ver cómo Faithful Place seguía los ritmos familiares del año. Primavera, con los niños que habían hecho la primera comunión corriendo de casa en casa, alardeando de traje y comparando regalos; el viento estival, con las furgonetas de helados tintineando y todas las chicas sacando a pasear el escote; admirar el nuevo reno de los Hearne el año siguiente por estas fechas, y el siguiente también. Con solo imaginarlo me sentí levemente aturdido, como si estuviera medio borracho o incubando una gripe de aúpa. Lo más probable era que mi madre encontrase algún motivo nuevo para darme la lata todas las semanas.

—Francis —dijo Jackie, vacilante—. ¿Ha quedado todo aclarado entre nosotros?

Tenía intención de echar pestes a base de bien, pero la mera idea de volver a tener mi sitio allí había hecho que se esfumara ese impulso sin dejar rastro. Primero Olivia y ahora eso: me estaba ablandando con la edad.

—Sí —dije—. No pasa nada. Pero cuando tengas hijos, pienso comprarle un tambor y un cachorro de san bernardo a cada uno.

Jackie me lanzó una rápida mirada de reojo —no esperaba salir tan bien parada— pero decidió no buscarle tres pies al gato.

—Pues tú mismo. Cuando los eche de casa, les daré tu dirección.

A nuestra espalda se abrió la puerta de la calle: Shay y Carmel.

Había estado apostando mentalmente conmigo cuánto tiempo sería capaz Shay de pasar sin conversación, por no hablar de sin nicotina.

—¿De qué hablabais? —indagó, a la vez que se sentaba en su lugar en lo alto de los escalones.

—De Holly —respondió Jackie.

—Estaba dándole la vara a Jackie por traerla aquí sin consultármelo.

Carmel se dejó caer pesadamente un peldaño por encima de donde estaba yo.

—¡Uf! Ostras, esto está cada vez más duro. Menos mal que estoy bien guarnecida, que si no me rompo algo... Bueno, Francis, no hace falta que regañes a Jackie. Solo iba a traer a Holly una vez, para que nos conociéramos, pero nos volvió locos a todos y obligamos a Jackie a que la trajera de nuevo. Esa niña es un encanto. Deberías estar orgulloso a más no poder.

Apoyé la espalda en la verja para poder verlos a todos al mismo tiempo y estiré las piernas sobre el peldaño.

—Lo estoy.

Shay, al tiempo que se palpaba los bolsillos en busca del tabaco:

—Y estar con nosotros no la ha convertido en un animal. Increíble, ¿verdad?

—Seguro que no habrá sido por no intentarlo —dije, con toda dulzura.

—A Donna le aterra la posibilidad de no volver a ver nunca a Holly —dijo Carmel, con una tímida mirada de soslayo que convirtió el comentario en pregunta.

—No hay razón para que no vuelva a verla.

—¡Francis! ¿Hablas en serio?

—Claro. No soy tan estúpido como para interponerme entre niñas de nueve años.

—Ay, qué maravilla. Las dos se han hecho amigas íntimas. A

Donna se le habría roto el corazón. ¿Quiere decir eso...? —Se frotó ligeramente la nariz en un ademán torpe. Recordé ese gesto, de hace un millón de años—. ¿Tú también volverás? ¿O solo dejarás que Jackie traiga a Holly?

—Estoy aquí, ¿no?

—Ah, sí. Y me alegro mucho de verte. ¿Pero te sientes...? Ya sabes. ¿Te sientes como en casa ahora?

Le ofrecí una sonrisa.

—Yo también me alegro de verte, Melly. Sí, volveré por aquí.

—Jesús, María y José, ya era hora, coño —exclamó Jackie, poniendo los ojos en blanco—. ¿No podías haberlo decidido hace quince años? Me habrías ahorrado un montón de quebraderos de cabeza.

—Estupendo —dijo Carmel—. Eso es estupendo, Francis. Yo creía... —Otra vez aquel gesto envarado al frotarse la nariz—. Igual estaba siendo melodramática, claro. Pero yo creía que en cuanto estuviera todo solucionado, te largarías. Para siempre.

—Eso tenía pensado, sí —confesé—. Pero he de reconocerlo: irme de aquí ha resultado mucho más difícil de lo que pensaba. Supongo que, como tú has dicho, es agradable estar otra vez en casa.

Shay no apartaba de mí su intensa mirada azul e inexpresiva. Se la sostuve con descaro y le ofrecí una amplia sonrisa amistosa. Me convenía que se sintiera molesto. No que estuviera furiosamente crispado, todavía no, solo que notara un leve desasosiego hirviendo a fuego lento en lo que debía de ser ya una velada bastante incómoda. Lo único que quería de momento era plantar, en algún lugar en lo más profundo de su mente, la diminuta semilla de que albergaba sospechas de él: eso no era más que el principio.

A Stephen ya me lo había quitado de encima y Scorcher iba por el mismo camino. Una vez pasaran al siguiente caso de su lista, quedaríamos solo Shay y yo, para siempre jamás. Podría pasarme un año mareándolo como si fuera un yoyó antes de permitirle saber que estaba al tanto de todo, y otro año lanzándole indirectas de las diversas opciones interesantes que barajaba. Disponía de todo el tiempo del mundo.

Shay, por otra parte, no disponía de tanto. No hace falta que te caiga bien tu familia, ni siquiera tienes que pasar tiempo con ellos para conocerlos del derecho y del revés. Shay era muy excitable desde siempre, había pasado la vida entera en un contexto que habría convertido al mismísimo Dalai Lama en un majadero balbuciente y había hecho cosas que imbuyen en el tronco cerebral pesadillas suficientes para varios años. Era imposible que no estuviera prácticamente a punto de sufrir una crisis nerviosa. Mucha gente me ha asegurado —y más de uno lo decía incluso como un elogio— que tengo un don innato para manipular a la gente hasta hacerle perder la cabeza, y lo que se les puede hacer a los desconocidos no es nada en comparación con lo que se le puede hacer a la familia. Estaba casi seguro de que, con tiempo y dedicación, conseguiría que Shay se echara una soga al cuello, atara el otro extremo a una de las vigas del número 16 y luego saltara.

Shay tenía la cabeza echada hacia atrás, los ojos entornados, y miraba a los Hearne deambular en torno al taller de Santa Claus.

—Parece que ya empiezas a sentirte a gusto en tu antiguo barrio.

—Sí, ¿verdad?

—He oído que fuiste a ver a Imelda Tierney el otro día.

—Tengo amigos bien situados. Igual que tú, por lo visto.

—¿Por qué fuiste a ver a Imelda? ¿Por la charla o por el polvo?

—Anda ya, Shay, no estoy tan necesitado. Algunos tenemos mejor gusto que todo eso, si sabes a lo que me refiero.

Le lancé un guiño y vi el súbito destello en su mirada cuando empezó a devanarse los sesos.

—Ya te vale —me reprendió Jackie—. No alardees. No eres precisamente Brad Pitt, por si no te lo había dicho nadie.

—¿Has visto a Imelda últimamente? En otros tiempos no era una preciosidad, pero Dios santo, hay que ver cómo se ha puesto.

—Un colega mío se lo hizo con ella una vez —comentó Shay—. Hace un par de años. Me dijo que le quitó las bragas y, como hay Dios, aquello tenía el mismo aspecto que si a uno de los barbudos de ZZ Top le hubieran pegado un tiro en la cara.

Me eché a reír y Jackie, escandalizada, se puso a gritar como loca, pero Carmel permaneció al margen. Me parece que ni siquiera había oído la última parte de la conversación. Fruncía un pliegue de la falda entre los dedos, mirándolo fijamente como si estuviera en trance.

—¿Estás bien, Melly?

Levantó la vista, sobresaltada.

—Sí, claro. Supongo. Es solo que... Bueno, seguro que ya lo sabéis. Esto es una locura, ¿verdad?

—Sí, desde luego.

—No puedo quitarme de encima la sensación de que voy a levantar la vista y ver a Kevin. Ahí mismo, debajo de Shay. Cada vez que no le veo, casi me da por preguntar dónde está. ¿No os pasa lo mismo a vosotros?

Levanté una mano y le apreté la suya. Shay dijo, con un ramalazo de ferocidad:

—Ese pedazo de idiota.

—¿De qué demonios hablas? —le preguntó Jackie.

Shay negó con la cabeza y le dio una calada al cigarrillo.

—Eso me gustaría saber a mí también.

—No lo ha dicho con mala intención —matizó Carmel—. ¿Verdad que no, Shay?

—Eso tendréis que averiguarlo vosotros mismos.

—¿Por qué no finges que nosotros también somos idiotas y nos lo explicas? —sugerí.

—¿Es necesario que lo finja?

Carmel se echó a llorar. Shay dijo, no con crueldad, sino como si ya hubiera pronunciado esas palabras cientos de veces esa semana:

—Anda, Melly. Venga.

—No lo puedo evitar. ¿No podemos ser amables los unos con los otros, aunque solo sea esta vez? ¿Después de todo lo que ha ocurrido? Nuestro pobrecillo Kevin está muerto. No va a volver. ¿Por qué estamos aquí sentados tocándonos las narices?

—Ay, Carmel, cariño —dijo Jackie—. Solo estamos bromeando. No hablamos en serio.

—Habla por ti —le advirtió Shay.

—Somos una familia —dije—. Esto es lo que hacen las familias.

—El gilipollas tiene razón —saltó Shay—. Por una vez.

Carmel lloraba más fuerte.

—Y pensar que el viernes pasado estábamos sentados aquí mismo, los cinco... Yo estaba en el séptimo cielo, os lo aseguro. ¿Cómo iba a pensar que sería la última vez? Creía que no era más que el principio.

—Ya lo sé —dijo Shay—. Pero ¿quieres hacer el favor de no perder la calma? Hazlo por mí, ¿vale?

Se enjugó una lágrima con un nudillo, pero siguieron resbalándole por la cara.

—Dios me perdone, sabía que probablemente le había ocurrido algo malo a Rosie. ¿Acaso no lo sabíamos todos? Pero intentaba no pensar en ello. ¿Creéis que esto es una especie de castigo?

—Venga ya, Carmel —saltamos todos al unísono.

Ella intentó decir algo más, pero las palabras se le trabaron patéticamente a medio camino entre el nudo en la garganta y el sollozo.

El mentón de Jackie también estaba empezando a temblar levemente. En cualquier instante, aquello iba a convertirse en una llantina por todo lo alto.

—Voy a deciros lo que me hace sentir fatal. No haber estado aquí el domingo pasado. La noche que... —Meneé la cabeza con fuerza, apoyado en la verja, y dejé la frase en suspenso—. Fue nuestra última oportunidad —dije, con la cara alzada hacia el cielo cada vez más oscuro—. Tendría que haber estado aquí.

La mirada cínica que me lanzó Shay me dio a entender que no se lo tragaba, pero las chicas pusieron ojos como platos y se mordieron los labios por la compasión. Carmel sacó un pañuelo y dejó el resto del llanto para más adelante, ahora que necesitaba atención un hombre.

—Ay, Francis —dijo Jackie, que tendió la mano para palmearme la rodilla—. ¿Cómo ibas a saberlo?

—No se trata de eso. Se trata de que primero me perdí veintidós años de su vida y luego me perdí las últimas horas que podría haber pasado con él. Ojalá...

Negué con la cabeza, saqué otro cigarrillo y tuve que hacer varios intentos hasta encenderlo.

—Es igual —dije, después de haberle dado un par de caladas bien fuertes al pitillo para recuperar la voz—. A ver, contadme. Habladme de aquella noche. ¿Qué me perdí?

Shay profirió un bufido y se ganó sendas miradas feroces por parte de las chicas.

—Déjame pensar un momento —dijo Jackie—. No fue más que una noche como otra cualquiera, ¿sabes a qué me refiero? Nada especial. ¿Verdad, Carmel?

Las dos se miraron, profundamente concentradas. Carmel se sonó la nariz, y dijo:

—Me pareció que Kevin estaba de mal talante. ¿A vosotros no?

Shay meneó la cabeza con un gesto de indignación y les dio de lado, distanciándose de la escena.

—A mí me pareció que estaba estupendamente —dijo Jackie—. Gav y él estuvieron jugando al fútbol aquí fuera con los niños.

—Pero fumó. Después de cenar. Kevin no fuma nunca a menos que esté de los nervios.

Y ahí estaba. En casa de mi madre no había muchas ocasiones de mantener conversaciones íntimas («Kevin Mackey, qué estáis

433

susurrando por ahí, si es tan interesante entonces nos gustaría oírlo a todos...»). Si Kevin había querido charlar con Shay —y el pobre imbécil debía de haber ido buscando precisamente eso, después de que yo le hubiera vuelto la espalda; no se le habría pasado por la cabeza ninguna opción más acertada— seguro que había salido con él a las escaleras de la entrada a fumar.

Kev debía de haberse portado como un memo, dándole vueltas al cigarrillo entre los dedos, titubeando y tartamudeando en un esfuerzo por expresar con palabras las afiladas astillas que le estaban haciendo trizas el cerebro. Tanta torpeza debía de haberle dado a Shay tiempo de sobra para recuperarse y reír a carcajadas: «Dios santo, tío, ¿de verdad estás convencido de que maté a Rosie? Lo has entendido todo al revés, joder. Si quieres saber lo que pasó en realidad...». Una rápida mirada de soslayo a la ventana por encima de sus cabezas, a la vez que aplastaba la colilla contra un peldaño. «Ahora no, no hay tiempo. Nos vemos luego, ¿de acuerdo? Vuelve después de marcharte. No pases por mi piso, porque mamá querrá enterarse de qué nos traemos entre manos, y los bares estarán cerrados para entonces. Podemos quedar en el número dieciséis. No nos llevará mucho rato».

Eso hubiera hecho yo, de haber estado en el lugar de Shay, y habría resultado así de sencillo. A Kevin no le habría hecho mucha gracia la perspectiva de volver al número 16, sobre todo de noche, pero Shay era mucho más listo que él y estaba terriblemente más desesperado, y además Kevin siempre se había dejado convencer. Ni se le habría pasado por la cabeza tenerle miedo a su propio hermano. No hasta ese punto. Para haberse criado en el seno de nuestra familia, Kev era tan inocente que con solo pensarlo noté que me dolía la mandíbula.

—Te lo juro, Francis, no ocurrió nada —insistió Jackie—. Fue exactamente igual que hoy. Jugaron al fútbol y luego cenamos y vimos la tele un rato... Kevin estaba estupendamente. No puedes culparte de nada.

—¿Llamó a alguien por teléfono? —indagué—. ¿Le llamaron a él?

Shay volvió los ojos hacia mí un instante, entornados y calculadores, pero mantuvo la boca cerrada.

—Andaba enviándose mensajes de texto con una chica —dijo Carmel—. Aisling, ¿verdad? Yo le dije que no le diera falsas esperanzas, pero él me contestó que yo no tenía ni idea, que las cosas no son así hoy en día... Estuvo de lo más presuntuoso conmigo. A eso me refiero cuando digo que estaba de mal talante. La última vez que lo vi, y...

Su voz tenía un deje alicaído, lastimero. Iba a echarse a llorar otra vez en cualquier momento.

—¿Nadie más?

Las dos negaron la cabeza.

—Hmm —dije.

—¿Por qué, Francis? —preguntó Jackie—. ¿Qué más da?

—Kojak está siguiendo una pista —comentó Shay, en dirección al cielo de color lila, e imitó el acento norteamericano del detective—. ¿Quién te quiere, preciosa?

—Digamos que he oído un montón de explicaciones distintas de lo que le ocurrió a Rosie y a Kevin —respondí—, y no me gusta ninguna.

—A nadie le gustan, claro —comentó Jackie.

Carmel reventó con la uña unas burbujas de pintura en la reja, y dijo:

—Son cosas que pasan. A veces todo se tuerce de una manera horrible, sin más ni más, ¿sabéis?

—No, Melly, no lo sé. A mí eso me parece lo mismo que todas las demás explicaciones que han intentado colarme: una mierda pinchada en un palo que no es ni remotamente lo bastante buena para Rosie ni para Kevin. Y no estoy de humor para tragármela.

Carmel dijo, con un tono de certeza que le lastraba la voz como una piedra:

—Nada de lo que diga nadie nos va a servir de alivio, Francis. Estamos todos desconsolados y no hay explicación sobre la faz de la tierra que cambie eso. ¿Por qué no lo dejas ya?

—Yo lo dejaría, pero hay muchos otros que no están dispuestos a hacerlo, y una de las teorías que más peso tienen es la de que el malo de la película soy yo. ¿Crees que debería pasar de eso? Eres tú la que has dicho que ojalá siga volviendo por aquí. Piensa un poco en lo que eso supone. ¿Quieres que pase todos los domingos en una calle donde todos están convencidos de que soy un asesino?

Jackie cambió de postura en el peldaño.

—Ya te lo dije —me recordó—. No son más que habladurías. Lo olvidarán.

—Entonces, si yo no soy el malo y Kev tampoco lo es, ya me diréis qué ocurrió.

El silencio se prolongó un buen rato. Los oímos llegar antes de verlos: voces infantiles entremezcladas, un murmullo sofocado de pasos a la carrera, en algún lugar a cobijo del resplandor de luz vespertina al final de la calle. Brotaron de aquel resplandor en una maraña de siluetas negras, los hombres altos cual farolas, los niños desdibujados, confundidos unos con otros. La voz de Holly gritó: «¡Papá!», y levanté un brazo para saludar, aunque no alcanzaba a ver cuál de ellos era. Sus sombras fueron precediéndolos calle abajo y proyectaron formas misteriosas a nuestros pies.

—Bueno —dijo Carmel suavemente, para sí misma. Respiró hondo y se pasó los dedos por debajo de los ojos para asegurarse de que no quedaba rastro de sus lágrimas—. Bueno.

—La próxima vez que surja la oportunidad, tendréis que acabar de contarme lo que ocurrió el domingo pasado.

—Y luego se hizo tarde —dijo Shay—, y nuestros padres y yo nos acostamos, y Kev y Jackie se fueron a casa. —Tiró la colilla por encima de la verja y se puso en pie—. Fin —concluyó.

En cuanto volvimos a entrar todos en el piso mi madre se puso las pilas y nos castigó por hacer algo tan aterrador como dejarla que se las arreglara por su cuenta. Estaba tratando atrozmente las verduras y lanzando órdenes a velocidad de vértigo: «Tú, Carmel-Jackie-Carmel-quienquiera que seas, empieza ya con las patatas; Shay, pon eso ahí, no, so bobo, ahí; Ashley, cariño, hazle a la yaya el favor de pasarle un trapo a la mesa; y Francis, vete a hablar un rato con tu padre, se ha echado un rato en la cama y quiere un poco de compañía. ¡Venga!». Me sacudió en la nuca con un trapo de fregar para que me pusiera en marcha.

Holly estaba apoyada contra mi costado, enseñándome un chisme de cerámica pintada que había comprado en la feria navideña para regalárselo a Olivia y explicándome con detalle que había conocido a unos elfos de Santa Claus, pero al oír a su abuela volvió discretamente con sus primos, lo que me pareció una muestra de buen juicio. Yo me planteé hacer lo propio, pero mi madre tiene tal capacidad de dar la lata que casi puede considerarse un superpoder, y el trapo de fregar venía otra vez buscándome la nuca, así que me quité de en medio.

El dormitorio estaba más frío que el resto del piso, y en silencio. Mi padre estaba en la cama, recostado en unos almohadones y por lo visto sin hacer otra cosa que, tal vez, escuchar las voces procedentes de otras habitaciones. La difusa tersura a su alrededor —la decoración de color melocotón, los objetos con ribete de flecos, el brillo aterciopelado de una lámpara de noche— le hacía parecer curiosamente fuera de lugar y, de alguna manera, más fuerte, más feroz. Saltaba a la vista por qué las chicas se habían peleado por él: el sesgo de la barbilla, la arrogante prominencia de los pómulos, el inquieto chispeo azulado de sus ojos. Por un momento, bajo esa luz tan poco de fiar, me pareció todavía aquel Jimmy Mackey juerguista.

Eran sus manos las que lo delataban. Estaban hechas un desastre —los dedos terriblemente hinchados y curvados hacia dentro, las uñas blancas y rugosas como si ya hubieran empezado a descomponerse— y no dejaban de moverse en la cama, tirando con inquietud de los hilos sueltos de la colcha. El cuarto apestaba a enfermedad, medicamentos y pies.

—Mamá ha dicho que te apetecía charlar —dije.

—Dame un cigarro —saltó él.

Parecía aún sobrio, pero mi padre ha dedicado toda una vida a incrementar su tolerancia al alcohol, y hace falta que beba mucho para que se le note aunque solo sea un ápice. Acerqué la silla del tocador de mi madre a la cama, aunque no demasiado.

—Creía que mamá no te dejaba fumar aquí.

—Esa zorra puede irse a tomar por saco.

—Me alegra ver que vuestro idilio sigue viento en popa.

—Y tú también puedes irte a tomar por saco. Dame un cigarro.

—Ni pensarlo. A mamá puedes mosquearla todo lo que te apetezca, pero yo no quiero que me ponga en la lista negra.

Eso hizo sonreír a mi padre, aunque no de una manera agradable.

—Pues buena suerte —dijo, pero de pronto dio la impresión de estar completamente despierto, y me escudriñó la cara con ojos de lince—. ¿Por qué?

—¿Por qué no?

—Nunca te ha importado lo más mínimo tener contenta a tu madre.

Me encogí de hombros.

—Mi hija está loca por su abuelita. Si eso significa que tengo que pasar una tarde a la semana apretando los dientes y dándole coba a mi madre, para que Holly no nos vea hacernos trizas, lo haré. Si eres amable, es posible que incluso te dé coba a ti, al menos cuando esté presente Holly.

Mi padre se echó a reír. Se recostó en las almohadas y rió tan fuerte que las carcajadas se convirtieron en un espasmo de toses profundas y húmedas. Levantó una mano mientras intentaba tomar aire y señaló una caja de pañuelos de papel en la cómoda. Se la pasé. Carraspeó con fuerza, escupió en un pañuelo, lo tiró a la papelera y no acertó. No lo recogí. Cuando recuperó la voz, dijo:

—Chorradas.

—¿Podrías explicar eso con más detalle? —dije.

—No te hará ninguna gracia.

—Lo superaré. ¿Cuándo fue la última vez que me hizo gracia algo salido de tu boca?

Mi padre se ladeó con gesto dolorido hacia la mesita de noche para coger el vaso de agua o lo que fuera y bebió sin prisas.

—Todo eso de tu niña —dijo, a la vez que se limpiaba la boca—. Es una sarta de chorradas. Tu hija está de maravilla. Le importa una mierda si tú y Josie os lleváis bien o no, y lo sabes perfectamente. Tienes tus propias razones para engatusar a tu madre.

—A veces, papá, la gente procura ser amable con el prójimo. Sin que haya ninguna razón. Sé que te resulta difícil creerlo, pero te lo aseguro: eso ocurre.

Negó con la cabeza. Volvía a lucir esa mueca torcida.

—En tu caso, no.

—Tal vez, o tal vez no. Pero te convendría tener presente que no sabes una puta mierda acerca de mí.

—Ni falta que me hace. Sé todo lo que hay que saber acerca de tu hermano, y os parecéis como dos gotas de agua.

No me pareció que se refiriera a Kevin.

—Pues yo no veo el parecido —respondí.

—El vivo retrato. Ninguno de los dos habéis hecho nada en la vida sin tener una razón buena de cojones, y ninguno de los dos le ha dicho a nadie cuál era esa razón a menos que no le quedara otro remedio. Los dos sois sangre de mi sangre, eso no puedo negarlo.

Se lo estaba pasando en grande. Yo era consciente de que debía mantener la boca cerrada, pero me fue imposible:

—No me parezco en nada a esta familia. En nada. Me largué de esta casa para no parecerme. He pasado la vida entera asegurándome de que así sea.

Mi padre arqueó las cejas en un gesto burlón.

—Qué humos. ¿Es que ya no somos lo bastante buenos para ti? Durante veinte años fuimos lo bastante buenos para ofrecerte un techo.

—¿Qué quieres que te diga? El sadismo gratuito no me va.

Eso le hizo proferir otra risotada, un ladrido hondo y áspero.

—¿Ah, no? Al menos yo sé que soy un cabrón. ¿Tú te has creído que no lo eres? Pues venga: mírame a los ojos y dime que no disfrutas viéndome así.

—Esto es la leche. No podría haberle pasado a nadie que se lo tenga más merecido.

—¿Ves? Estoy hecho polvo, y a ti te encanta. La sangre cuenta, hijo mío. La sangre siempre cuenta.

—Yo no le he pegado a mi mujer en la vida —dije—. No le he pegado a un niño en la vida. Y mi hija no me ha visto nunca borracho. Ya sé que solo un hijo de puta retorcido se enorgullecería de algo así, pero no puedo evitarlo. Todas y cada una de esas cosas son prueba de que no tengo una puta mierda en común contigo.

Mi padre me miró fijamente, y dijo:

—Así que estás convencido de que eres mejor padre de lo que fui yo.

—No es precisamente un logro. He visto perros vagabundos que eran mejores padres que tú.

—Entonces dime una cosa, solo una: si eres un santo y nosotros somos una pandilla de gilipollas, ¿por qué utilizas a tu hija como excusa para venir por aquí?

Ya me iba hacia la puerta cuando oí a mi espalda:

—Siéntate.

Mi padre había recuperado su voz, recia, fuerte y joven. Cogió por el cuello al crío de cinco años que llevo dentro y lo obligó a sentarse en la silla antes de que pudiera darme cuenta de lo que ocurría. Una vez sentado, tuve que fingir que lo había hecho por voluntad propia:

—Creo que ya hemos terminado.

Darme la orden lo había dejado sin fuerzas: estaba inclinado hacia delante, le costaba respirar y se aferraba a la colcha. Entre breves boqueadas, consiguió decir:

—Ya te diré yo cuándo hemos terminado.

—Muy bien. Pero que sea pronto.

Mi padre dispuso mejor los almohadones para apoyar la nuca —no me ofrecí a ayudarle: con solo pensar en que nuestras caras se acercasen me entraron escalofríos— y recuperó el resuello, poco a poco. La grieta del techo con forma de coche de carreras seguía en el mismo sitio encima de su cabeza, la que acostumbraba yo a mirar cuando despertaba por la mañana temprano y me quedaba en la cama soñando despierto y oyendo a Kevin y Shay respirar, remolonear y murmurar. La luz dorada había desaparecido. Del otro lado de la ventana, el cielo sobre los jardines traseros se estaba tornando de un frío color azul marino.

—Escúchame —dijo mi padre—. No me queda mucho tiempo.

—Esa frase déjasela a mamá. Le sale mucho mejor.

Mi madre lleva con un pie en la tumba desde que alcanzo a recordar, sobre todo de resultas de misteriosas enfermedades relacionadas con sus partes pudendas.

—Esa nos enterrará a todos, aunque solo sea por rencor. Yo no creo que llegue a las próximas navidades.

Estaba sacándole el máximo partido, tendido boca arriba con una mano sobre el pecho, pero el trasfondo de su voz me dio a entender que lo decía en serio, al menos en parte.

—¿De qué tienes previsto morir? —le pregunté.

—¿Qué más te da? Podría quemarme vivo delante de tus narices antes de que me mearas encima para apagar las llamas.

—Eso es verdad, pero me pica la curiosidad. No creía que ser gilipollas fuera mortal.

—Tengo la espalda cada vez peor —dijo mi padre—. La mitad del tiempo casi no siento las piernas. El otro día me caí dos veces cuando intentaba ponerme los pantalones por la mañana; se me doblaron las rodillas. El médico dice que antes del verano iré en silla de ruedas.

—A ver si lo adivino. ¿Te dijo también el médico que tu «espalda» mejoraría, o al menos dejaría de empeorar, si dejas de beber?

Se le crispó la cara en un gesto asqueado.

—Tendrías que ver a ese maricón. Le vendría bien dejar de chupar la teta de su madre y tomarse una copa como es debido. Unas cuantas pintas nunca le han hecho daño a nadie.

—Unas cuantas pintas de cerveza, papá, no de vodka. Si el alcohol te sienta tan bien, ¿de qué te estás muriendo?

—Estar lisiado no es manera de vivir para un hombre —sentenció—. Encerrado en una casa, dependiendo de otros para que te limpien el culo, te metan y te saquen de la bañera. No pienso pasar por esa mierda. Si acabo así, me quito de en medio.

De nuevo, algo más allá de la autocompasión permitía ver que hablaba en serio. Probablemente tenía que ver con que en el asilo no debían de tener minibar, pero yo coincidía con él en lo esencial del planteamiento: la muerte antes que los pañales.

—¿Cómo?

—Tengo planes.

—Me parece que me he perdido algo. ¿Qué quieres de mí? Porque si es compasión, ya no me queda. Y si quieres que te eche una mano, creo que tienes que ponerte a la cola.

—No te estoy pidiendo nada, so capullo. Intento decirte algo importante, si eres capaz de tener la boca cerrada el tiempo suficiente para escuchar. ¿O es que estás tan enamorado de tu propia voz que te resulta imposible?

Tal vez esto sea lo más patético que he reconocido en mi vida: en lo más hondo, un ápice de mí se aferró a la posibilidad de que quizá mi padre tuviera algo interesante que decir. Era mi padre. Cuando yo era niño, antes de darme cuenta de que era un mamarracho de campeonato, lo tenía por el hombre más listo del mundo, lo sabía todo sobre todo, era capaz de vencer a la Masa con una mano mientras levantaba pianos de cola con la otra, una media sonrisa suya me alegraba el día entero. Y si alguna vez he necesitado unas cuantas preciosas perlas de sabiduría paterna, era esa noche.

—Soy todo oídos —dije.

Mi padre se incorporó en la cama con esfuerzo.

—Un hombre tiene que saber cuándo dejar las cosas como están.

Aguardé, pero me miraba fijamente, como si esperase algún tipo de respuesta. Por lo visto, ese era todo el saber que iba a legarme. Me hubiera dado cabezazos contra la pared por haber sido tan estúpido como para esperar algo más.

—Estupendo —dije—. Un millón de gracias. Lo tendré en cuenta.

Empecé a levantarme otra vez, pero alzó de súbito una de sus manos deformes y me agarró por la muñeca, mucho más rápido y fuerte de lo que esperaba. Con solo sentir su piel se me erizó el vello.

—Siéntate y escucha. Lo que te estoy diciendo es lo siguiente: he aguantado un montón de mierda a lo largo de mi vida y nunca se me ha pasado por la cabeza quitarme de en medio. No soy débil. Pero en cuanto alguien me ponga un pañal, me suicido, porque habrá llegado el momento en que no haya lucha que merezca la pena ganar. Hay que saber cuándo es momento de batallar y cuando hay que dejarlo correr. ¿Entiendes?

—Lo que quiero saber es por qué de repente te importa lo que piense yo de lo que sea.

Esperaba que mi padre se revolviera contra mí, pero no lo hizo. Me soltó la muñeca y se masajeó los nudillos, examinándose la mano como si fuera la de otra persona.

—Lo tomas o lo dejas. Yo no puedo obligarte a nada —dijo—. Pero si algo me gustaría que me hubiesen enseñado hace mucho tiempo, es justo eso. No hubiera hecho tanto daño. A mí mismo ni a todos los que me rodean.

Esta vez fui yo el que me reí a voz en cuello.

—Bueno, ahora sí que estoy pasmado. ¿Acabo de oír que te responsabilizas de algo? Igual resulta que es cierto que te estás muriendo.

—No te burles, joder. Ya sois mayorcitos. Si os habéis jodido la vida, es culpa vuestra, no mía.

—Entonces, ¿a qué coño viene todo esto?

—Solo te lo digo. Hay cosas que se torcieron hace cincuenta años, y siguen yendo mal. Ya es hora de ponerles fin. Si hubiera tenido el buen juicio de dejarlas correr hace mucho tiempo, muchas cosas hubieran sido distintas. Mejores.

—¿Te refieres a lo que ocurrió con Tessie O'Byrne? —indagué.

—Eso no es asunto tuyo, joder, y a ver a quién llamas tú Tessie. Lo único que digo es que no hay razón para que tu madre acabe con el corazón partido por nada, otra vez. ¿Entiendes?

Tenía los ojos de un azul urgente y abrasador, rebosantes de secretos que me era imposible desentrañar. Eran los puntos débiles recién expuestos —nunca en mi vida había visto que le preocupara a mi padre a quién pudiese hacer daño— los que me permitían entrever que había algo enorme y peligroso circulando por el aire del cuarto.

—No estoy seguro —dije, transcurrido un buen rato.

—Entonces, espera a estarlo, antes de hacer ninguna estupidez. Conozco a mis hijos, siempre los he conocido. Sé muy bien que tienes tus razones para venir aquí. Mantenlas bien alejadas de esta casa hasta que tengas la seguridad de que sabes lo que te haces.

Afuera, mi madre rezongó por algún motivo y Jackie murmuró algo con intención de apaciguarla.

—Me encantaría saber qué te ronda por la cabeza —dije.

—Estoy agonizando. Intento enmendar unas cuantas cosas antes de morir. Te estoy diciendo que lo dejes correr. No nos hace ninguna falta que vengas a causarnos problemas. Vuelve a aquello que estuvieras haciendo, fuera lo que fuese, y déjanos en paz.

—Papá —dije, antes de poder evitarlo.

De pronto mi padre pareció hundirse. Se le quedó la cara de color cartón mojado.

—Estoy harto de ti —me espetó—. Vete de aquí y dile a tu madre que me muero de ganas de tomar un té, y que a ver si me lo trae bien cargado esta vez, y no la taza de meados que me ha puesto esta mañana.

No tenía intención de discutir con él. Lo único que quería era coger a Holly y largarme cuanto antes de aquel infierno. Mi madre nos armaría una buena por no quedarnos a cenar, pero ya había puesto nervioso a Shay para el resto de la semana, y había sobrevalorado ampliamente mi umbral de tolerancia a la familia. Ya estaba intentando decidir cuál era el mejor sitio para hacer una parada de regreso a casa de Liv, y así dar de cenar a Holly y contemplar su preciosa carita hasta que mi ritmo cardiaco volviera a la normalidad. Con la mano en el pomo de la puerta, dije:

—Nos vemos la semana que viene.

—Te lo estoy diciendo: vete a casa y no vuelvas.

No giró la cabeza para verme marchar. Lo dejé allí, recostado en las almohadas, mirando fijamente el vidrio oscuro mientras daba algún que otro tirón a hilos sueltos de la colcha con los dedos deformes.

Mi madre estaba en la cocina, acuchillando con saña una enorme pierna de carne a medio hacer mientras, por medio de Carmel, se metía con la manera de vestir de Darren («... no encontrará nunca trabajo como siga yendo vestido igual que un puñetero pervertido, no digas que no te lo advertí, llévatelo por ahí, dale una buena zurra y cómprale unos pantalones de pinzas como Dios manda...»). Jackie, Gavin y los hijos de Carmel estaban en trance delante de la tele, mirando boquiabiertos a un tipo sin camisa que se comía un bicho con un montón de antenas que no dejaba de menearse. Holly no estaba por ninguna parte. Shay tampoco.

21

Sin importarme si mi voz sonaba normal o no, pregunté:

—¿Dónde está Holly?

Ninguno de los que veían la tele volvió la cabeza siquiera. Mi madre gritó desde la cocina:

—Se ha llevado a rastras a su tío Shay al piso de arriba para que la ayude con las mates. Si vas a subir, Francis, diles que la cena estará preparada dentro de media hora y no pienso esperarlos... ¡Carmel O'Reilly, vuelve aquí y escúchame! No podrá presentarse a los exámenes si va por ahí en pleno día con esa pinta de Drácula...

Enfilé las escaleras como si fuera ingrávido. Tardé un millón de años en subirlas. Allá arriba oía la voz de Holly charlando sin parar de algo, dulce, feliz e inconsciente. No respiré hasta que estuve en el rellano, delante del piso de Shay. Estaba tomando impulso para derribar la puerta con el hombro cuando Holly preguntó:

—¿Era guapa Rosie?

Me detuve en seco tan de súbito que casi me estampo de bruces con la puerta igual que un personaje de dibujos animados.

—Sí, lo era —dijo Shay.

—¿Más guapa que mi mamá?

—No conozco a tu madre, ¿recuerdas? Pero a juzgar por ti, yo diría que Rosie era casi igual de guapa. No tanto, pero casi.

Prácticamente alcancé a ver el esbozo de sonrisa en el rostro de Holly al oírlo. Los dos sonaban contentos, a gusto, tal como deberían sonar un tío y su sobrina preferida. Lo cierto es que el cabronazo caradura de Shay parecía estar tan tranquilo.

—Mi papá se iba a casar con ella —dijo Holly.

—Tal vez.

—Se iba a casar.

—Pero no llegó a casarse. Venga, vamos a intentarlo otra vez: si Tara tiene ciento ochenta y cinco pececitos de colores y puede meter siete en cada pecera, ¿cuántas peceras necesita?

—No se casó con ella porque Rosie murió. Les dejó a sus padres una nota en la que decía que se iba a Inglaterra con mi papá, y luego alguien la mató.

—Hace mucho tiempo de eso. No cambies de tema. Esos peces no van a meterse solos en las peceras.

Una risilla sofocada y luego, mientras Holly se concentraba en la división, una larga pausa puntuada por algún murmullo alentador por parte de Shay. Me apoyé en la pared junto a la puerta, recuperé el aliento e hice un esfuerzo por ordenar las ideas.

Todos y cada uno de los músculos de mi cuerpo querían irrumpir allí y recuperar a mi hija, pero el caso era que Shay no estaba completamente loco —al menos de momento— y Holly no corría peligro. Más aún: estaba intentando que Shay le hablara de Rosie. He aprendido por las malas que Holly puede llegar a ser más terca que cualquier otra persona sobre la faz de la tierra. Cualquier cosa que fuera capaz de sacarle a Shay iría a parar a mi arsenal.

Holly dijo, con voz triunfante:

—¡Veintisiete! Y en la última pecera solo van tres pececitos.

—Exacto. Lo has hecho muy bien.

—¿Mató alguien a Rosie para que no se casara con mi papá?

Otro silencio.

—¿Es eso lo que dice él?

Vaya pedazo de cabrón. Tenía la barandilla aferrada con tanta fuerza que me dolía la mano. Holly dijo, con una entonación como si se encogiera de hombros:

448

—No se lo he preguntado.

—Nadie sabe por qué mataron a Rosie Daly. Y ahora es tarde para averiguarlo. Lo hecho, hecho está.

Holly dijo, con esa confianza instantánea, desgarradora y absoluta que todavía tienen los niños de nueve años:

—Mi padre lo va a averiguar.

—¿Ah, sí? —se interesó Shay.

—Sí. Me lo ha dicho.

—Bueno —comentó Shay, y debo reconocer que se las arregló para que el vitriolo casi no se trasluciera en su voz—. Tu padre es policía, claro. Su trabajo consiste en pensar así. Venga, ahora vamos a ver esto: si Desmond tiene trescientos cuarenta y dos dulces y los reparte entre ocho amigos y él, ¿cuántos le tocan a cada uno?

—Cuando en el libro pone «dulces» se supone que tenemos que escribir «piezas de fruta», porque los dulces son malos. Creo que es una tontería. No son más que dulces imaginarios.

—Es una tontería, desde luego, pero el resultado es el mismo de todas maneras. Entonces, ¿cuántas piezas de fruta le tocan?

El roce rítmico de un lapicero. A esas alturas, alcanzaba a oír hasta el sonido más minúsculo en el interior del piso; probablemente incluso podría haberlos oído parpadear.

—¿Y al tío Kevin? —preguntó Holly.

Hubo otra fracción de pausa antes de que Shay dijera:

—¿Qué pasa con él?

—¿Lo mataron?

—A Kevin —dijo Shay, y su voz sonó como una extraordinaria amalgama de cosas que no había oído nunca en ninguna parte—. No. A Kevin no lo mató nadie.

—¿Seguro?

—¿Qué dice tu padre?

Otra vez aquel sonido igual que si se encogiera de hombros.

—Ya te lo he dicho. No se lo he preguntado. No le gusta hablar del tío Kevin. Por eso quería preguntártelo a ti.

—Kevin. Dios. —Shay se echó a reír, un sonido ronco y extraviado—. Igual ya eres bastante mayor para entenderlo, no lo sé. Si no, tendrás que recordarlo hasta que lo seas. Kevin era un crío. No creció nunca. Tenía treinta y siete años y seguía pensando que todo en este mundo iba a ir tal como él quería que fuese. Nunca se le pasó por la cabeza que el mundo podía tener otros planes, tanto si le convenían a él como si no. Así que se le ocurrió meterse en una casa abandonada en plena noche porque dio por sentado que le iría bien, y en cambio acabó cayendo por una ventana. Y no hay más.

Noté que la madera de la barandilla se agrietaba y cedía bajo mi mano. Su entonación categórica me permitió ver que esa iba a ser su versión durante el resto de sus días. Igual incluso se la creía, aunque eso lo dudaba. Tal vez, si nadie interfería, habría llegado a creérsela algún día.

—¿Qué es una casa abandonada?

—En ruinas. Que se cae a pedazos. Peligrosa.

Holly se lo pensó.

—Aun así, no debería haber muerto —dijo.

—No —convino Shay, pero la vehemencia se había esfumado de su voz. De pronto, parecía agotado—. No debería haber muerto. Nadie quería que muriese.

—Pero alguien quería que Rosie muriese, ¿verdad?

—Ella tampoco. A veces las cosas pasan, sin más.

Holly dijo en tono desafiante:

—Si mi papá se hubiera casado con ella, no se habría casado con mi mamá, y yo no hubiese existido. Me alegro de que muriera.

El temporizador de la luz del pasillo chasqueó igual que un disparo —ni siquiera recordaba haber encendido la luz cuando subía— y me dejó en la oscuridad con el corazón desbocado. En ese instante caí en la cuenta de que no le había dicho a Holly a quién iba dirigida la nota de Rosie. Había visto esa nota con sus propios ojos.

En torno a un segundo después, me percaté de por qué, después de tanto manipularme adorablemente con todo aquello de estar con sus primos, se había traído los deberes de matemáticas. Necesitaba un motivo para estar con Shay a solas.

Holly lo había planeado hasta el último detalle. Había entrado en esa casa, había recurrido a su herencia de secretos como cepos de acero y astutos dispositivos letales, había tendido la mano y reclamado los que le correspondían por derecho propio.

«La sangre cuenta», resonó con rotundidad la voz de mi padre en mi oído. Y luego, con un tono risueño afilado como una cuchilla: «Así que te has creído mejor padre que yo». Cargado de superioridad moral, yo había estado ordeñando hasta la última gota del error cometido por Olivia y Jackie, pero por mucho que cualquiera de las dos hubiera obrado de una manera distinta en algún momento, nada nos habría salvado de la situación en la que nos encontrábamos. Todo esto era cosa mía. Hubiera sido capaz de ponerme a aullar a la luna como un hombre lobo y haberme abierto las muñecas a mordiscos para sacármelo de las venas.

—No digas eso —le advirtió Shay—. Murió. Olvídala. Deja que descanse en paz y céntrate en las mates.

El suave susurro del lápiz contra el papel.

—¿Cuarenta y dos?

—No. Vuelve a empezar. No te estás concentrando.

—¿Tío Shay? —dijo Holly.

—¿Sí?

—Aquella vez, cuando estaba aquí y sonó tu teléfono y te fuiste al dormitorio...

Me di cuenta de que se traía algo gordo entre manos. Shay también se percató: su voz hizo patente el recelo que empezaba a albergar.

—¿Sí?

—Se me rompió la mina y no encontraba el sacapuntas porque Chloe me lo había cogido en clase de dibujo. Esperé una eternidad, pero estabas hablando por teléfono.

—Entonces, ¿qué hiciste? —preguntó Shay con suma deli-cadeza.

—Fui a buscar otro lápiz. En esa cómoda.

Un largo silencio, solo se oía a una mujer parloteando en la tele del piso de abajo, su voz amortiguada por las recias paredes, las moquetas gruesas y los techos altos.

—¿Y encontraste algo? —inquirió Shay.

Holly respondió de manera casi inaudible:

—Lo siento.

Estuve a punto de atravesar la puerta sin molestarme en abrir-la. Dos cosas me lo impidieron. La primera era que Holly tenía nueve años. Creía en las hadas y tenía sus dudas acerca de Santa Claus. Unos meses atrás, me había dicho que cuando era pequeña un caballo volador la llevaba a pasear saltando por la ventana de su cuarto. Si el indicio que había encontrado podía ser un arma de peso —si, algún día, quería que alguien más le diera crédito—, tenía que estar en posición de respaldarlo. Tenía que oírlo de la-bios de Shay.

La segunda era que no tenía sentido, ahora no, irrumpir allí encolerizado para salvar a mi pequeña del hombre del saco. Me quedé mirando fijamente la ranura de luz en torno a la puerta y agucé el oído como si estuviera a un millón de kilómetros de allí o llegase con un millón de años de retraso. Sabía exactamente lo que pensaría Olivia, lo que pensaría cualquiera en su sano juicio, así que me quedé donde estaba y dejé que Holly hiciera el trabajo más sucio en mi lugar. He hecho cantidad de chanchullos a lo largo de mi vida y ninguno me ha impedido conciliar el sueño, pero este es distinto. Si realmente hay un infierno, este momento en el pasillo oscuro será la causa de que vaya a parar a él.

Shay dijo, como si le costara mucho esfuerzo respirar:

—¿Se lo contaste a alguien?

—No. Ni siquiera sabía lo que era, hasta que hace un par de días lo entendí.

—Holly. Cariño. Escúchame. ¿Eres capaz de guardar un secreto?

Holly dijo, con algo que sonó aterradoramente parecido al orgullo:

—Lo vi hace una eternidad. Hace meses y meses y meses, y no he dicho nada.

—Claro que no has dicho nada. Buena chica.

—¿Lo ves?

—Sí, ya lo veo. Ahora vas a seguir así, ¿verdad? ¿Vas a guardar el secreto?

Silencio.

—Holly. Si se lo cuentas a alguien, ¿qué crees que pasará?

—Te meterás en un lío.

—Es posible. No he hecho nada malo, ¿entiendes? Pero hay muchos que no lo creerían. Podría ir a la cárcel. ¿Tú quieres que vaya a la cárcel?

La voz de Holly fue viniéndose abajo hasta que solo se oyó un murmullo alicaído dirigido al suelo:

—No.

—Ya me parecía a mí. Pero incluso si no voy a la cárcel, ¿qué ocurriría? ¿Qué crees que diría tu padre?

Un susurro vacilante entre dientes, la pobre niña perdida:

—¿Se enfadaría?

—Se subiría por las paredes. Se pondría furioso contigo y conmigo, por no contárselo antes. No te dejaría volver aquí nunca, no te dejaría que volvieras a ver a ninguno de nosotros. Ni a la yaya, ni a mí ni a Donna. Y tendrá mucho cuidado de que tu madre y la tía Jackie no encuentren la manera de darle esquinazo para traerte. —Unos segundos, para que calaran sus palabras—. ¿Y qué más?

—La yaya. Se llevaría un disgusto.

—La yaya, y tus tías y todos tus primos. Se quedarían destrozados. Nadie sabría qué pensar. Algunos ni siquiera te creerían. Se montaría un barullo de aquí te espero. —Otra pausa para causar impresión—. Holly, bonita, ¿quieres que pase eso?

—No...

—Claro que no. Quieres volver aquí todos los domingos y pasártelo en grande con todos nosotros, ¿verdad que sí? Quieres que la yaya te haga bizcocho para tu cumpleaños, como se lo hizo a Louise, y que Darren te enseñe a tocar la guitarra cuando te hayan crecido las manos lo suficiente. —Las palabras se cernían sobre ella, suaves y seductoras, la envolvían y la atraían—. Quieres que sigamos aquí todos juntos. Que vayamos de paseo. Que preparemos la cena. Que nos riamos. ¿Verdad que sí?

—Sí. Como una familia de verdad.

—Eso es. Y las familias de verdad cuidan unos de otros. Para eso están.

Holly, como la pequeña Mackey de pura cepa que era, hizo lo que le salió de manera innata. Profirió apenas un leve sonido, pero dotado de una nueva certeza que brotaba de lo más hondo:

—No se lo contaré a nadie.

—¿Ni siquiera a tu padre?

—No, ni siquiera a él.

—Buena chica —dijo Shay, en un tono tan tierno y tranquilizador que la oscuridad delante de mis ojos adquirió un feroz color rojo—. Buena chica. Eres mi sobrina preferida, ¿a que sí?

—Sí.

—Será nuestro secreto especial. ¿Me lo prometes?

Se me pasaron por la cabeza varias maneras de matar a alguien sin dejar rastro. Entonces, antes de que Holly se lo prometiera, respiré hondo y abrí la puerta.

Los dos formaban una imagen preciosa. El piso de Shay estaba limpio y despejado, ordenado casi como un barracón militar: suelo de madera gastada, cortinas desvaídas de color verde oliva, algún que otro mueble sin carácter, nada en las paredes blancas. Sabía por Jackie que llevaba viviendo allí dieciséis años, desde que murió la chiflada de la señora Field y dejó el piso desocupado, pero seguía pareciendo un alojamiento temporal. Podría haber hecho el equipaje y haberse largado en un par de horas, sin dejar ni rastro.

Holly y él estaban sentados a una mesita de madera. Con los libros de texto abiertos delante, parecían un cuadro antiguo: un padre y una hija en el desván, en el siglo que se te antojara, absortos en alguna historia misteriosa. El remanso de luz de una lámpara de pie los hacía relucir cual joyas en la habitación de tonos apagados, la cabeza dorada de Holly y su rebeca rojo rubí, el verde oscuro del jersey de Shay y el lustre negro azulado de su pelo. Había puesto un banquillo debajo de la mesa para que a Holly no le quedaran los pies colgando de la silla. Parecía lo más nuevo de toda la pieza.

Aquel cuadro encantador no duró más que una fracción de segundo. Luego se pusieron en pie igual que un par de adolescentes culpables sorprendidos fumándose un porro. Cada cual era el reflejo del otro, un destello aterrado de ojos azules a juego.

—¡Estamos haciendo los deberes de mates! —alegó Holly—. El tío Shay me está ayudando.

Tenía las mejillas de un rojo intenso y su bochorno era evidente, cosa que me tranquilizó: había empezado a pensar que se estaba convirtiendo en una especie de superespía con la sangre fría como el hielo.

—Sí, ya me lo habías comentado. ¿Qué tal va?

—Bien.

Miró de soslayo a Shay, pero él tenía la vista fija en mí, sin asomo de expresión.

—Me alegro. —Me acerqué tranquilamente, me coloqué a su espalda y eché un vistazo por encima de sus hombros—. Parece que habéis hincado los codos. ¿Ya le has dado las gracias a tu tío?

—Sí. Un montón de veces.

Arqueé una ceja interrogante en dirección a Shay, que dijo:

—Sí, me las ha dado.

—Bueno, cómo me alegra oírlo. Soy un firme partidario de los buenos modales.

Holly estaba tan incómoda que casi se cae de la silla.

—Papá...

—Holly, cariño, baja y termina los deberes en casa de la abuela —le dije—. Si pregunta dónde estamos el tío Shay y yo, dile que estamos charlando y bajaremos en seguida. ¿Vale?

—Vale. —Empezó a meter sus cosas en la mochila, lentamente—. No le diré nada más, ¿eh?

Podía estar hablando con cualquiera de los dos.

—Vale —dije—. Ya sé que no, cielo. Ya hablaremos luego, tú y yo. Venga. Lárgate.

Holly terminó de guardar el material y columpió la mirada entre nosotros dos otra vez: la maraña de expresiones desgarradas en su rostro, mientras intentaba comprender más de lo que ningún adulto hubiera sido capaz de asimilar, hizo que me entraran ganas de pegarle un tiro en la rodilla a Shay. Luego se fue. Pegó el hombro a mi costado un instante, cuando pasaba por mi lado; sentí deseos de darle un abrazo de oso, pero solo le pasé la mano por la cabecita y le di un leve apretón en la nuca. La oímos bajar las escaleras, liviana como un hada de cuento sobre la moqueta gruesa, y escuchamos las voces que le daban la bienvenida al piso de mi madre.

Cerré la puerta tras ella, y dije:

—Y yo que me preguntaba cómo es que había mejorado tanto con las divisiones largas... Qué gracia, ¿no?

—No es nada tonta —dijo Shay—. Solo necesitaba que le echaran una mano.

—Ya, ya lo sé. Pero eres tú el que se ha ofrecido a ayudarla. Creo que es importante que te diga cuánto te lo agradezco. —Retiré la silla de Holly del brillante remanso de luz de la lámpara, fuera del alcance de Shay, y me senté—. Qué piso tan bonito.

—Gracias.

—Por lo que yo recuerdo, la señora Field lo tenía empapelado con fotos del padre Pío, y además apestaba a caramelos con sabor a clavo. No nos engañemos, solo podía cambiar a mejor.

Shay volvió a acomodarse en la silla, repantigándose con despreocupación, pero tenía los músculos de los hombros tensos como los de un felino listo para saltar.

—Qué modales los míos. Tómate algo. Un whisky, ¿te apetece?

—Por qué no. Así abriré el apetito para la cena.

Ladeó la silla para alcanzar el aparador y coger una botella y dos vasos.

—¿Hielo?

—Venga. Vamos a hacerlo como es debido.

Al dejarme solo asomó a sus ojos un destello de recelo, pero no tenía elección. Se llevó los vasos a la cocina y se oyó la puerta de la nevera y el tintineo de los cubitos de hielo. El whisky no estaba nada mal: Tyrconnell, de malta.

—Tienes buen gusto —lo felicité.

—Vaya, ¿te sorprende? —Shay regresó agitando los cubitos en los vasos para que empezaran a deshacerse—. Y no me pidas refresco para combinar.

—No me insultes.

—Bien. El que combina el whisky con refresco, no se lo merece. —Escanció tres dedos por barba y me acercó un vaso por encima de la mesa—. *Sláinte* —dijo, a la vez que levantaba el otro.

—Por nosotros —brindé, y entrechocamos los vasos.

El whisky me produjo un ardor dorado al bajar, mezcla de miel y centeno. Toda la ira que albergaba se había esfumado. Estaba sereno, lúcido y más listo de lo que había estado en ninguna misión. No quedaba nadie en el mundo entero aparte de nosotros dos, mirándonos desde lados opuestos de aquella mesa desvencijada, con la cruda luz de la lámpara arrojando sombras cual pintura de guerra sobre el rostro de Shay y haciendo que la penumbra se acumulara en todos los rincones. Aquello me resultaba tremendamente familiar, casi relajante, como si lleváramos toda la vida ensayando ese momento.

—Bueno —dijo Shay—. ¿Qué tal es eso de estar otra vez en casa?

—Ha sido una juerga. No me lo hubiera perdido por nada del mundo.

—Dime: ¿hablabas en serio cuando has dicho que volverás a partir de ahora? ¿O solo estabas siguiéndole la corriente a Carmel?

Le ofrecí una sonrisa torcida.

—¿Sería yo capaz de algo así? No, lo decía en serio. ¿Verdad que no cabes en ti de gozo?

Shay torció hacia arriba una comisura de la boca.

—Carmel y Jackie creen que es porque echabas de menos a la familia. Se van a llevar un buen chasco, tarde o temprano.

—Hieres mis sentimientos. ¿Estás diciendo que mi familia no me importa? Es posible que tú no, pero los demás sí.

Shay disimuló la risa detrás de su vaso.

—Claro. Seguro que no has venido por algún motivo personal.

—Voy a darte una noticia: todo el mundo tiene motivos personales. Pero no te comas la cabeza. Con motivos personales o sin ellos, pienso venir lo bastante a menudo para tener contentas a Carmel y a Jackie.

—Bien. Recuérdame que te enseñe a sentar y levantar del retrete a nuestro padre.

—Porque tú no estarás mucho por aquí el año que viene. Con lo del taller de bicis y tal —dije.

Algo chispeó en lo más profundo de los ojos de Shay.

—Sí. Así es.

Levanté el vaso.

—Me alegro por ti. Creo que te hace mucha ilusión.

458

—Me lo he ganado.

—Claro que te lo has ganado. Aunque el caso es que vendré de cuando en cuando, pero no voy a mudarme aquí. —Paseé una mirada risueña por la habitación—. Algunos ya tenemos la vida hecha, si sabes a lo que me refiero.

Otra vez ese chispeo, pero su tono de voz no se alteró:

—No te he pedido que te mudes a ninguna parte.

Me encogí de hombros.

—Bueno, alguien tiene que estar por aquí. Igual no lo sabes, pero nuestro padre... La verdad es que no está dispuesto a ir a un asilo.

—Y tampoco te he pedido tu opinión al respecto.

—Claro que no. Pero me ha dicho que tiene un plan de emergencia. A buen entendedor, pocas palabras bastan... Yo en tu lugar empezaría a contarle las pastillas.

La chispa prendió y llameó.

—Alto ahí. ¿Intentas decirme cuáles son mis obligaciones con mi padre? ¿Tú?

—Dios santo, no. Solo te paso la información. No querría que arrastraras esa culpa si las cosas se torcieran.

—¿Qué puñetera culpa? Cuenta tú sus pastillas, si quieres tenerlas contadas. Os he estado cuidando a todos, durante toda la vida. Ahora ya no me toca a mí.

—¿Sabes una cosa? —dije—. Tarde o temprano, tendrás que renunciar a esa idea de que te has pasado la vida siendo el príncipe azul de todo el mundo. No me malinterpretes, es divertido verlo, pero la frontera entre la ilusión y el delirio es muy difusa, y tú estás rozando el límite.

Shay negó con la cabeza.

—No sabes lo que dices —me espetó—. No tienes ni puta idea.

—¿Ah, no? Kevin y yo estuvimos charlando el otro día acerca de cómo nos cuidabas. ¿Sabes lo primero que surgió, lo primero que le vino a la cabeza a Kevin, no a mí? Cuando nos encerraste en el sótano del número dieciséis. Kev tenía, qué, ¿dos, tres años? Treinta años después, seguía sin hacerle ninguna gracia bajar allí. Aquella noche tuvo la sensación de que lo cuidaban de maravilla, desde luego.

Shay se recostó en el respaldo inclinando la silla peligrosamente y se echó a reír a carcajadas. La luz de la lámpara convirtió sus ojos y su boca en huecos oscuros e informes.

—Aquella noche —dijo—. Dios bendito. ¿Quieres saber lo que pasó aquella noche?

—Kevin se meó encima. Estaba prácticamente catatónico. Yo me arañé las manos hasta hacerme sangre intentando arrancar los tablones de la ventana para que pudiéramos salir. Eso es lo que pasó.

—Aquel día despidieron a papá —dijo Shay.

A mi padre lo despedían del trabajo con regularidad cuando éramos niños, hasta que la gente más o menos dejó de contratarlo. Aquellos días no eran del gusto de nadie, sobre todo teniendo en cuenta que por lo general le daban el sueldo de una semana como finiquito.

—Se hace tarde, y sigue sin llegar a casa —continuó Shay—. Así que mamá nos manda a todos a la cama..., era cuando aún dormíamos los cuatro en colchones en el cuarto del fondo, antes de que llegara Jackie y las chicas pasaran a la otra habitación..., y se está despachando a gusto: esta vez voy a cerrarle la puerta en las narices, puede dormir en la cuneta, que es donde debería quedarse, espero que le den una paliza y lo atropellen y lo metan en la cárcel, todo a la vez. Kevin no para de lloriquear porque quiere a su papá, a saber por qué hostias, y ella le dice que si no se calla y se duerme, papá no volverá a casa nunca. Le pregunto qué haremos entonces, y ella me suelta: «Tú serás el hombre de la casa, tendrás que cuidar de todos. Seguro que lo haces mejor que ese gilipollas». Si Kev tenía dos años, ¿cuántos debía de tener yo? Ocho, ¿no?

—¿Por qué sabía yo que acabarías siendo el mártir de esta historia?

—Así que nuestra madre se va: dulces sueños, niños. A las tantas de la noche, llega papá y tira la puerta abajo. Carmel y yo salimos corriendo a la sala y nos lo encontramos lanzando el juego de porcelana de su boda contra la pared, una pieza tras otra. Mi madre tiene la cara cubierta de sangre, le está gritando que pare y le está lanzando todos los insultos habidos y por haber. Carmel se precipita hacia él y lo agarra, y él la manda al otro extremo de la sala de una bofetada. Empieza a gritar que los putos críos le hemos jodido la vida, que debería ahogarnos a todos como a gatos, o rebanarnos el pescuezo, y así volvería a ser libre. Y te lo aseguro: lo decía de corazón.

Shay se sirvió otros dos dedos de whisky y me ofreció la botella. Negué con la cabeza.

—Tú mismo. Se dirige al dormitorio para masacrarnos a todos allí mismo. Nuestra madre le salta encima para detenerlo y me grita que saque a los niños de allí. Yo soy el hombre de la casa, ¿no? Así que os levanto de la cama y os digo que nos tenemos que ir cagando leches. Tú no haces más que lamentarte y quejarte: por qué, no quiero ir, tú no eres el jefe... Sé que mamá no podrá contener mucho rato a nuestro padre, así que te meto una colleja, cojo a Kev con un brazo y te saco a ti a rastras por el cuello de la camiseta. ¿Dónde se supone que debía llevaros? ¿A la comisaría más cercana?

—Teníamos vecinos. Un montón, de hecho.

La llamarada de asco en estado puro le iluminó toda la cara.

—Sí. Eso habría sido airear los trapos sucios de la familia delante de toda Faithful Place, darles el suficiente escándalo jugoso para el resto de su vida. ¿Es lo que hubieras hecho tú? —Se metió un buen lingotazo y sacudió la cabeza con una mueca torcida para que le bajara hasta el estómago—. Probablemente lo hubieras hecho, sí. Yo me hubiese muerto de vergüenza. Incluso a los ocho años, tenía demasiado orgullo para eso.

—A los ocho años, yo también. Ahora que soy un hombre hecho y derecho, me cuesta más entender que encerrar a tus hermanos pequeños en una trampa mortal sea algo de lo que enorgullecerse.

—Era lo mejor que podía hacer por vosotros, joder. ¿Crees que tú y Kevin lo pasasteis mal aquella noche? Lo único que teníais que hacer era quedaros allí hasta que papá perdiera el conocimiento y yo fuera a buscaros. Hubiera dado cualquier cosa por quedarme en aquel sótano tan agradable y seguro con vosotros, pero no, tuve que volver aquí.

—Pues envíame la factura de las sesiones de terapia —le espeté—. ¿Es eso lo que quieres?

—No busco tu puta compasión. Solo te lo advierto: no esperes que me abrumen los sentimientos de culpabilidad porque te viste obligado a pasar unos minutos en la oscuridad hace un montón de años.

—Haz el favor de decirme que ese cuento no era tu excusa para matar a dos personas.

Hubo un silencio muy largo. Luego Shay dijo:

—¿Cuánto rato llevabas escuchando detrás de la puerta?

—No me hacía falta oír ni una sola palabra.

Un momento después, indagó:

—Me parece que Holly te ha dicho algo.

No contesté.

—Y la crees.

—Eh, es hija mía. Igual te parezco bobo.

Negó con la cabeza.

—Yo no he dicho eso. Solo digo que es una niña.

—Eso no quiere decir que sea estúpida. Ni embustera.

—No. Pero hace que tenga una imaginación de mucho cuidado.

He recibido insultos contra todo lo que tiene que ver conmigo, desde mi virilidad hasta los genitales de mi madre, y nunca me he inmutado siquiera, pero la mera idea de desoír la palabra de Holly en favor de la de Shay empezaba a hacer que me hirviera la sangre otra vez. Antes de que mi hermano se diera cuenta, dije:

—Vamos a dejar una cosa clara: no ha hecho falta que Holly me dijera nada. Sé exactamente lo que les hiciste tanto a Rosie como a Kevin. Lo sé desde hace mucho más tiempo de lo que crees.

Transcurrido un momento, Shay volvió a ladear la silla, alargó la mano hasta el aparador y cogió un paquete de tabaco y un cenicero: él tampoco dejaba que Holly le viera fumar. Se tomó su tiempo para retirar el celofán del paquete, propinar unos golpecitos al extremo del cigarrillo contra la mesa y encenderlo. Estaba pensando, ordenando las ideas y distanciándose para ver con detenimiento las nuevas pautas que surgían.

Al cabo, dijo:

—Tienes tres cosas distintas. Está lo que sabes. Está lo que crees que sabes. Y luego está lo que puedes utilizar.

—No jodas, Sherlock. ¿Y qué más?

Lo vi decidirse, vi cómo movía los hombros y tensaba los músculos.

—Pues que debes tener algo presente: yo no entré en esa casa para hacerle daño a tu chica. Ni siquiera se me pasó por la cabeza, hasta que ocurrió. Ya sé que quieres que sea el malo despiadado de la película. Sé que eso encajaría a las mil maravillas con lo que siempre has creído. Pero no es así como ocurrió. No fue tan sencillo, ni mucho menos.

—Entonces, aclárame lo. ¿Para qué coño entraste allí?

Shay apoyó los codos en la mesa, tiró la ceniza del cigarrillo y observó cómo se iluminaba y se consumía la brasa anaranjada.

—Desde la primera semana que entré a trabajar en el taller de bicicletas —dijo—, ahorré hasta el último penique que podía del sueldo. Lo guardaba en un sobre detrás de aquel póster de Farrah Fawcett, ¿te acuerdas? Para que no me lo mangarais tú o Kevin, o nuestro padre.

—Yo guardaba el mío en la mochila. Pegado con cinta aislante al forro interior —dije.

—Sí. No era gran cosa, después de lo que iba a parar a mamá y de tomarme unas cuantas pintas, pero era lo único que tenía para no volverme loco en esa casa: cada vez que lo contaba me decía que cuando tuviera suficiente para la fianza de una habitación de alquiler, tú serías lo bastante mayor para cuidar de los pequeños. Carmel te echaría una mano: es una mujer como Dios manda, siempre lo ha sido. Los dos os las habríais apañado estupendamente, hasta que Kevin y Jackie fueran mayores y pudieran cuidar de sí mismos. Lo único que quería era un sitio para mí solo, donde invitar a los colegas. Llevar a la novia. Dormir a pierna suelta sin tener que estar pendiente de nuestro padre. Un poco de paz y tranquilidad.

El anhelo antiguo y hastiado que traslucía su voz casi podría haberme llevado a compadecerlo, si no lo hubiera conocido como lo conocía.

—Ya casi lo había logrado —continuó—. Estaba a punto. A principios de año iba a ponerme a buscar una habitación... Y entonces Carmel se prometió. Yo sabía que quería casarse lo antes posible, en cuanto consiguieran el dinero de la cooperativa de crédito. No se lo echaba en cara: se merecía su oportunidad de salir de allí tanto como yo. Dios sabe que nos la habíamos ganado. Solo quedabas tú.

Me lanzó una mirada torva y cansada por encima del borde del vaso. No había en ella ni rastro de amor fraternal, como si casi no me reconociera. Me miraba igual que si fuera un objeto grande y pesado que aparecía de pronto en mitad del camino y le golpeaba en las espinillas en los peores momentos imaginables.

—Solo que tú no lo veías así, ¿verdad? —dijo—. Antes de que me diera cuenta, descubrí que tú también tenías planeado largarte, y a Londres, nada menos. Yo me hubiera conformado con Ranelagh, sin ir más lejos. A la mierda la familia, ¿eh? A la mierda tu turno de aceptar la responsabilidad, y a la mierda mi oportunidad de irme. Lo único que le importa a Francis es que está pillando cacho.

—Lo que me importaba era que Rosie y yo íbamos a ser felices —respondí—. Con toda probabilidad estábamos a punto de ser las dos personas más felices de la tierra. Pero tú no estabas dispuesto a permitírnoslo.

Al reírse Shay, le salió humo por la nariz.

—Lo creas o no —dijo—. Estuve a punto. Iba a partirte la cara antes de que te fueras, pensaba dejarte zarpar lleno de moretones con la esperanza de que los ingleses no te dieran tregua al otro lado por parecer poco de fiar. Pero tenía intención de dejarte ir. A Kevin le faltaban tres años para cumplir los dieciocho, habría podido cuidar de mamá y Jackie. Supuse que sería capaz de aguantar hasta entonces. Solo que...

Su mirada se escabulló hacia la ventana, los tejados oscuros y los adornos brillantes y horteras de los Hearne.

—Nuestro padre fue la gota que colmó el vaso —confesó—. La misma noche que me enteré de lo tuyo con Rosie: fue la noche que se puso como una fiera en la calle delante de la casa de los Daly, consiguió que llamaran a la policía y todo... Podría haber aguantado tres años más de la misma mierda. Pero papá estaba empeorando. Tú no estabas, no lo viste. Ya había tenido suficiente. Aquella noche me superó.

Yo volviendo a casa después de hacer el turno de Wiggy, alegre a más no poder, las luces encendidas y las voces que murmuraban en toda Faithful Place, Carmel barriendo la porcelana rota, Shay escondiendo los cuchillos afilados. En todo momento había sabido que aquella noche había sido decisiva. Durante veintidós años, había pensado que fue lo que empujó a Rosie a dar el salto. Nunca se me pasó por la cabeza que había otros mucho más cerca del precipicio que ella.

—Así que decidiste intimidar a Rosie para que me dejara —dije.

—Intimidarla no. Decirle que se echara atrás. Eso hice, sí. Estaba en mi derecho.

—En vez de hablar conmigo. ¿Qué clase de hombre intenta resolver sus problemas metiéndose con una chica?

Shay negó con la cabeza.

—Habría ido a por ti si hubiera pensado que conseguiría algo: ¿crees que me apetecía hablar de los asuntos de nuestra familia con una pava, solo porque te tenía pillado por los huevos? Pero ya te conocía. Nunca se te hubiera ocurrido lo de Londres a ti solo. Aún eras un crío, un chavalote estúpido, no tenías sesera, ni agallas, para trazar un plan tan ambicioso por tu cuenta. Sabía que lo de Londres tenía que ser idea de tu Rosie. Sabía que por mucho que te atosigara hasta hartarme para que te quedases, seguirías yendo adonde te dijera ella. Y sabía que sin ella no pasarías de Grafton Street. Así que fui a buscarla.

—Y la encontraste.

—No fue difícil. Estaba al tanto de que os marchabais esa noche, y de que tendría que entrar en el número dieciséis. Me quedé despierto, vi que te ibas y luego salí por detrás y salté los muros.

Le dio una chupada al cigarrillo. A través de las estelas de humo, los ojos se le veían amusgados e intensos, absortos en el recuerdo.

—Hubiera temido llegar demasiado tarde para encontrarla, si no llega a ser porque te vi desde las ventanas del piso de arriba. Esperando a los pies de la farola, con la mochila y todo, huyendo de casa. Qué encanto.

La necesidad de hacerle tragarse los dientes de un puñetazo empezaba a cobrar fuerza de nuevo, en algún lugar recóndito de mi cabeza. Aquella noche había sido nuestra, de Rosie y mía: la reluciente burbuja secreta que habíamos creado juntos a lo largo de meses de trabajo para fugarnos en ella. Y Shay la había manchado con sus dedos mugrientos, hasta el último centímetro de ella. Tuve la sensación de que nos observaba mientras nos besábamos.

—Entró igual que yo, por los jardines. Me oculté en un rincón y la seguí hasta la sala de estar del último piso, con la intención de darle un susto, pero apenas se sobresaltó. Tenía agallas, desde luego, eso hay que reconocérselo.

—Sí. Las tenía —convine.

—No la intimidé. Se lo dije tal cual. Que tú tenías una responsabilidad con tu familia, tanto si lo sabías como si no. Que en un par de años, una vez Kevin fuera lo bastante mayor para ocuparse de los demás, los dos podríais largaros adonde quisierais: Londres, Australia, me traía sin cuidado. Pero, hasta entonces, tenías que quedarte donde estabas. Ve a casa, le dije. Si no te apetece esperar unos años, búscate otro novio. Si quieres ir a Inglaterra, vete. Pero deja en paz a Francis.

—No creo que Rosie se tomara bien que le dieran órdenes —señalé.

Shay se echó a reír, un bufido breve y duro, y aplastó la colilla.

—Pues no. Te gustan las que no se muerden la lengua, ¿eh? Primero se rió de mí, me dijo que me fuera a casa y durmiera las horas necesarias para estar guapo, porque si no dejaría de gustarle a las chicas. Pero cuando vio que se lo decía en serio, perdió los estribos. No se puso a gritar, gracias a Dios, pero estaba como una fiera.

Había mantenido la voz baja al menos en parte porque sabía que yo estaba a unos cuantos metros de allí, a la espera, escuchando, al otro lado del muro. Si me hubiera llamado a gritos, habría podido llegar a tiempo. Pero a Rosie ni se le hubiera pasado por la cabeza pedir ayuda. Seguro que estaba convencida de poder enfrentarse a aquel mamón por su cuenta.

—Todavía la veo allí de pie, diciéndome barbaridades: ocúpate de tus asuntos y no me toques las narices, no es problema nuestro si no sabes buscarte la vida, tu hermano vale por una docena como tú, pedazo de gilipollas, bla, bla, bla... Te hice un favor al ahorrarte toda una vida así.

—Pues ya te enviaré una postal para darte las gracias —me burlé—. Dime una cosa: ¿qué fue lo que te llevó a hacerlo, al final?

Shay no preguntó: «¿A hacer qué?». Ya no estábamos para esa clase de juegos. Dijo, y los jirones de aquella antigua ira impotente seguían atrapados en los pliegues de su voz:

—Estaba intentando hablar con ella. Hasta ese punto estaba desesperado: intentaba explicarle cómo era nuestro padre. Lo que era volver a casa y encontrarse con eso todos los días. Las cosas que hacía. Solo quería que me escuchara un momento. ¿Sabes? Solo que escuchara, joder.

—Y no quiso. Dios santo, qué descaro el suyo.

—Intentó largarse y dejarme allí plantado. Yo estaba en el umbral y me dijo que me apartara de su camino, y entonces la agarré. Solo para obligarla a quedarse. A partir de ahí... —Meneó la cabeza, al tiempo que recorría el techo con la mirada—. Nunca había peleado con una chica, nunca había querido hacerlo. Pero ella no se callaba, coño, no se estaba quieta. Era una tía de armas tomar, eso seguro, y repartía a base de bien. Al final, acabé cubierto de arañazos y moretones. Esa zorra estuvo a punto de soltarme un rodillazo en los cojones y todo.

Los topetazos y los gemidos rítmicos que me habían hecho levantar la vista al cielo con una sonrisa, pensando en Rosie.

—Lo único que quería era que se quedara quieta y escuchara. La inmovilicé y la empujé contra la pared. Un instante me estaba dando patadas en las espinillas e intentaba sacarme los ojos con las uñas, y de pronto...

Un silencio. Shay dijo, en dirección a las sombras que se arracimaban en los rincones:

—No tenía intención de que aquello acabara como acabó.

—Sencillamente ocurrió.

—Sí. Sencillamente ocurrió. Cuando me di cuenta...

Volvió a negar bruscamente con la cabeza y guardó silencio de nuevo. Después dijo:

—Luego, cuando vi lo que había pasado, no podía dejarla allí.

Entonces vino lo del sótano. Shay era fuerte, pero Rosie debía de pesar lo suyo. Me estremecí al imaginar el ruido que debió de hacer al bajarla por las escaleras, la carne y el hueso contra el cemento. La linterna, la palanca y la losa de hormigón. La respiración furiosamente acelerada de Shay y las ratas que correteaban aguijoneadas por la curiosidad en los rincones más apartados. La forma de los dedos de Rosie, mustios y curvados sobre la suciedad húmeda del suelo.

—La nota —dije—. ¿Le registraste los bolsillos?

Sus manos recorriendo el cuerpo lánguido de Rosie: sentí deseos de arrancarle la garganta a mordiscos. Tal vez Shay me leyó el pensamiento. Arrugó el labio en una mueca de asco.

—¿Qué hostias te has creído que soy? Solo la toqué lo justo para trasladarla. La nota estaba en el suelo del salón, donde la dejó: era eso lo que estaba haciendo, cuando la sorprendí. Leí la nota. Pensé que la segunda parte podía quedarse donde estaba, por si alguien se preguntaba adónde habría ido. Me pareció... —Una exhalación sofocada, casi una risa—. Me pareció que era cosa del destino. Dios. Una señal.

—¿Por qué te guardaste la primera parte?

Se encogió de hombros.

—¿Qué iba a hacer? Me la metí en el bolsillo, para deshacerme de ella después. Luego, más tarde, pensé que nunca se sabe. Hay cosas que pueden ser útiles.

—Y lo fue. Joder que si lo fue. ¿Eso también te pareció una señal?

Hizo caso omiso del comentario.

—Tú seguías al final de la calle. Supuse que te quedarías allí esperándola una o dos horas más, antes de darte por vencido. Así que volví a casa.

Aquel prolongado reguero de susurros, a través de los jardines traseros, mientras yo esperaba y empezaba a temer lo peor.

Hubiera dado años de mi vida por plantearle ciertas preguntas. Qué había sido lo último que dijo Rosie; si había sido consciente de lo que ocurría; si había tenido miedo, si había sentido dolor, si había intentado llamarme al final. Pero por mucho que hubiera habido la más mínima oportunidad de que Shay respondiera, no podría habérselo preguntado.

Lo que dije fue:

—Debiste de pillarte un cabreo de la hostia cuando no volví a casa. Fui más allá de Grafton Street, después de todo. No llegué a Londres, pero sí bastante lejos. Sorpresa: me subestimaste.

Shay torció la boca.

—Más bien te sobreestimé. Supuse que cuando por fin dejaras de estar encoñado, te darías cuenta de que tu familia te necesitaba. —Estaba inclinado sobre la mesa, con la barbilla adelantada, y su voz empezaba a sonar más tensa—. Y estabas en deuda con nosotros. Entre mamá, Carmel y yo te habíamos tenido alimentado, vestido y a salvo toda tu vida. Te protegíamos de nuestro padre. Carmel y yo renunciamos a los estudios para que estudiaras tú. Teníamos derecho a ti, joder. Ella, Rosie Daly, no tenía derecho a interponerse.

—Así que eso te dio derecho a asesinarla —señalé.

Shay se mordió el labio y volvió a coger el tabaco. Dijo, en tono terminante:

—Llámalo como mejor te parezca. Yo sé lo que realmente ocurrió.

—Bien hecho. ¿Y lo que le ocurrió a Kevin? ¿Cómo lo llamarías? ¿Fue un asesinato?

A Shay se le cerró el gesto con un estruendo, igual que si fuera una verja de hierro.

—Yo no le hice nada a Kevin. Nunca. No le haría daño a mi propio hermano.

Me eché a reír a carcajadas.

—Claro. Entonces, ¿cómo se precipitó por la ventana?

—Se cayó. Estaba oscuro, iba borracho, es un sitio peligroso.

—Joder, desde luego que es peligroso. Y Kevin lo sabía. ¿Qué hacía allí, entonces?

Se encogió de hombros, me dirigió una mirada azul y vacía y encendió el mechero con un chasquido.

—¿Qué sé yo? Por lo que he oído, hay quien piensa que se sentía culpable por algo. Y muchos están convencidos de que había quedado contigo. Yo creo que tal vez se topó con algo que le preocupaba, y estaba intentando encontrarle sentido.

Era demasiado listo para sacar a colación el hecho de que aquella nota había aparecido en el bolsillo de Kevin, y lo bastante espabilado para llevar la conversación por ese camino igualmente. La necesidad de partirle la boca se estaba haciendo más acuciante, poco a poco.

—Esa es tu versión, y te ciñes a ella —dije.

—Se cayó. Eso es lo que ocurrió —sentenció Shay, definitivo como un portazo.

—Déjame que te dé mi versión —dije. Cogí un cigarrillo del paquete de Shay, me serví otro trago de whisky y me retrepé entre las sombras—. Había una vez, hace mucho tiempo, tres hermanos, igual que en el cuento. Y una noche, a altas horas, el menor despertó y algo había cambiado: tenía todo el cuarto para él solo. Sus dos hermanos se habían ido. No le dio mayor importancia, no en ese momento, pero era lo bastante insólito como para que lo recordara a la mañana siguiente, cuando solo había regresado uno de sus hermanos. El otro se había marchado para siempre, o al menos para los siguientes veintidós años.

Shay no había cambiado de expresión, no había movido ni un solo músculo.

—Cuando por fin regresó a casa el hermano perdido —continué—, venía en busca de una chica muerta, y la encontró. Fue entonces cuando el menor empezó a hacer memoria y recordó la noche que murió ella. Era la noche que se ausentaron sus dos hermanos. Uno de ellos se había ido aquella noche impulsado por el amor que le tenía. El otro se había ido para matarla.

—Ya te lo he dicho —insistió Shay—: no tenía intención de hacerle daño. ¿Y crees que Kevin era lo bastante inteligente para deducir todo eso? Tienes que estar de broma.

El tono enérgico y amargo de su voz me permitió ver que yo no era el único que se estaba tragando la rabia, cosa que era bueno saber.

—No hacía falta ser un genio —dije—. Y al pobre cabrón le dejó hecho polvo desentrañarlo. No quería creérselo. Sencillamente era incapaz de creer que su propio hermano hubiera matado a una chica. Yo diría que pasó el último día de su vida devanándose los sesos en busca de alguna otra explicación. Me telefoneó una decena de veces, con la esperanza de que yo se la facilitara, o al menos le quitara de las manos aquel desastre.

—¿De eso se trata? ¿Te sientes culpable por no haber contestado a las llamadas de tu hermanito, así que buscas la manera de culparme a mí?

—He escuchado tu historia. Ahora déjame terminar la mía. El domingo por la noche, Kev tenía la cabeza hecha un lío. Y, como has dicho, no era el duendecillo más listo del bosque. Lo único que se le ocurrió fue ir de frente, Dios lo ayude, hacer lo más cabal: hablar contigo, de hombre a hombre, y ver qué tenías que decir. Y cuando le dijiste que se reuniera contigo en el número dieciséis, el pobre idiota se metió en la trampa. Dime una cosa, ¿crees que lo adoptaron? ¿O sería alguna clase de mutación?

—Había estado protegido —dijo Shay—. Eso es lo malo. Lo había estado toda su vida.

—El domingo pasado no lo estaba. El domingo pasado era vulnerable a más no poder y creyó que estaba totalmente a salvo. Le soltaste todas esas chorradas presuntuosas acerca de, ¿cómo era?, la responsabilidad familiar y un cuarto alquilado propio, lo mismo que me has dicho a mí. Pero nada de eso tenía sentido para

Kevin. Para él solo contaban los hechos, pura y simplemente: tú mataste a Rosie Daly. Y eso era demasiado para que lo encajara. ¿Qué dijo que te sentó tan mal? ¿Tenía previsto contármelo a mí cuando me localizara? ¿O ni siquiera te molestaste en averiguarlo antes de matarlo a él también?

Shay cambió de postura en la silla, un ademán feroz y atrapado que atajó en seguida.

—No tienes ni idea, ¿verdad? —me espetó—. Nunca habéis tenido ni idea, ninguno de los dos.

—Entonces, aclárame tú las cosas, venga. Ilumíname. Para empezar, ¿cómo conseguiste que asomara la cabeza por la ventana? Fue un truco de lo más ingenioso. Me encantaría oír cómo lo hiciste.

—¿Quién ha dicho que lo hice?

—Cuéntamelo, Shay. Me muero de curiosidad. Una vez oíste cómo se le partía el cráneo, ¿te quedaste arriba, o bajaste directamente a la parte de atrás para meterle la nota en el bolsillo? ¿Aún se movía cuando llegaste? ¿Gemía? ¿Te reconoció? ¿Suplicó que le ayudaras? ¿Te quedaste en el jardín para verlo morir?

Shay estaba encorvado sobre la mesa, con los hombros echados hacia delante y la cabeza gacha, igual que un hombre enfrentado a un fuerte viento. Dijo en voz queda:

—Después de que te largaras, me llevó veintidós años volver a tener mi oportunidad. Veintidós putos años. ¿Te imaginas lo que han sido? Vosotros cuatro por ahí, viviendo vuestra vida, casándoos, teniendo hijos, como gente normal, felices como cerdos rebozándose en la mierda. Y yo aquí, aquí, aquí, hostia puta. —Apretó la mandíbula y clavó el dedo en la mesa, una y otra vez—. Yo también podría haber tenido todo eso. Podría... —Recuperó el control, al menos en parte, tomó aire inspirando con tanta intensidad que produjo un sonido desapacible, y le dio una fuerte chupada al cigarrillo—. Ahora vuelvo a tener esa oportunidad. No es demasiado tarde. Sigo siendo bastante joven. Puedo sacar adelante ese taller, comprar un piso, tener una familia propia: todavía me va bien con las mujeres. Nadie va a arrebatarme esa oportunidad. Nadie. Esta vez no. Otra vez no.

—Y Kevin estaba a punto de hacerlo —señalé.

Volvió a tomar aire profiriendo un siseo animal.

—Cada vez que estoy cerca de largarme, tan cerca que ya lo saboreo, uno de mis hermanos me lo impide. Intenté decírselo. No lo entendió. Ese puñetero idiota, ese niñato acostumbrado a que todo le cayera como llovido del cielo, no tenía ni idea...

Se interrumpió bruscamente, negó con la cabeza y aplastó el cigarrillo con saña.

—Así que sencillamente ocurrió —dije—. Otra vez. Eres un tipo sin suerte, ¿eh?

—A veces ocurren cosas chungas.

—Es posible. Igual hasta me lo podría tragar, si no fuera por un detalle: esa nota. Eso no se te ocurrió de repente después de que Kevin cayera por la ventana: vaya, ya sé qué me vendría ahora de perlas, ese trozo de papel que he tenido por ahí durante veintidós años. No te largaste a casa a por él, arriesgándote a que te vieran salir o volver a entrar en el número dieciséis. Ya lo llevabas encima. Lo tenías todo planeado.

Shay levantó sus ojos azules para clavarlos en los míos, brillantes, iluminados por un odio incandescente que a punto estuvo de derribarme de la silla.

—Vaya morro tienes, cabroncete —dijo—, ¿lo sabías? Hay que tener un morro de la hostia para adoptar ese tono de superioridad conmigo. Tú, precisamente.

Lentamente, en los rincones, las sombras iban formando densas excrecencias oscuras.

—¿Creías que lo iba a olvidar, solo porque a ti te convenía? —preguntó Shay.

—No sé de qué hablas —dije.

—Sí que lo sabes. Llamarme asesino...

—Voy a darte un pequeño consejo. Si no te gusta que te llamen asesino, no mates a nadie.

—Cuando yo lo sé y tú lo sabes: no eres distinto. Vuelves aquí dándote aires, con tu placa, tu jerga de poli y tus amigos maderos. Puedes engañar a quien quieras, puedes engañarte a ti mismo, no te prives, pero a mí no me engañas. Eres igual que yo. Exactamente igual.

—No, no lo soy. La diferencia es que yo no he matado a nadie. ¿Te resulta muy complicado?

—Porque tú eres un buen tipo, ¿eh?, todo un santo. Vaya chorrada, me das asco. Eso no es tener moralidad; eso no es ser un santo. La única razón por la que nunca mataste a nadie es que le hacías más caso a la polla que al cerebro. Si no hubieras estado encoñado hasta los huesos, a estas alturas serías un asesino.

Silencio, solo las sombras que borboteaban y oscilaban en los rincones y la tele que parloteaba mecánicamente abajo. Una mueca terrible asomó a la boca de Shay, como un espasmo. Por una vez en mi vida no se me ocurrió nada que decir.

Yo tenía dieciocho años, él tenía diecinueve. Era viernes por la noche y estaba despilfarrando el dinero del paro en el Blackbird, que no era donde me hubiera gustado estar. Hubiese preferido ir a bailar con Rosie, pero aquello era después de que Matt Daly hubiera prohibido a su hija acercarse siquiera al hijo de Jimmy Mackey. Así que seguía viendo a Rosie en secreto, cada semana que pasaba me resultaba más difícil disimularlo y andaba dándome cabezazos contra la pared igual que un animal enjaulado en busca de la manera de hacer algo distinto, lo que fuera, un cambio. Las noches que ya no podía aguantarlo más, me emborrachaba hasta donde me alcanzara el dinero y luego buscaba pelea con tipos más grandes que yo.

Todo iba según lo planeado, acababa de acercarme a la barra a por la sexta o la séptima y había cogido un taburete para apoyarme mientras esperaba a que me atendieran —el camarero estaba en la otra punta, absorto en una discusión sobre carreras de caballos—cuando apareció una mano y retiró el taburete fuera de mi alcance.

—Venga —dijo Shay, al tiempo que encaramaba una pierna al taburete—. Vete a casa.

—Vete a la mierda. Ya fui anoche.

—Y qué. Vete otra vez. Yo fui dos veces el fin de semana pasado.

—Te toca a ti.

—Volverá a casa en cualquier momento. Venga.

—Oblígame.

Así solo conseguiríamos que nos echaran a los dos del bar. Shay me escudriñó un instante más, calculando si lo decía en serio. Luego me lanzó una mirada asqueada, se levantó del taburete y echó otro trago de su pinta. Entre dientes, con crueldad, sin dirigirse a nadie, dijo:

—Si tú y yo tuviéramos cojones, no aguantaríamos esta mierda...

—Nos libraríamos de él —dije.

Shay, que estaba subiéndose el cuello, se quedó inmóvil y me miró fijamente.

—¿Te refieres a echarlo de casa?

—No. Nuestra madre volvería a acogerlo. Lo sagrado del matrimonio y todas esas gilipolleces.

—Entonces, ¿qué?

—Lo que he dicho. Librarnos de él.

Un momento después:

—¿Hablas en serio?

Ni yo mismo había caído en la cuenta, no hasta que vi la cara que ponía Shay.

—Sí. Hablo en serio.

En torno a nosotros el pub era un hervidero, lleno hasta los topes de ruido, olores cálidos y risas de hombres. El diminuto círculo que formábamos era gélido como el hielo. Me sentía totalmente sobrio.

—Has estado pensando en ello.

—No me digas que tú no lo has pensado.

Shay se acercó el taburete y volvió a sentarse sin quitarme ojo.

—¿Cómo?

No parpadeé: si me inmutaba siquiera pensaría que aquello era una chiquillada, se largaría y se llevaría consigo nuestra oportunidad.

—¿Cuántas noches a la semana vuelve a casa borracho? Las escaleras están medio desvencijadas, la moqueta tiene desgarrones... Tarde o temprano tropezará, caerá rodando cuatro tramos de escaleras y se abrirá la cabeza.

Al decirlo en voz alta noté que se me salía el corazón por la boca.

Shay echó un largo trago de cerveza, pensándoselo bien, y se pasó un nudillo por los labios.

—Posiblemente la caída no sería suficiente. Para acabar el trabajo.

—Tal vez, o tal vez no. En cualquier caso, sería suficiente para explicar por qué se había roto la crisma.

Shay me miraba con una mezcla de recelo y, por primera vez en su vida, respeto.

—¿Por qué me lo cuentas?

—Tiene que ser cosa de dos.

—Quieres decir que no serías capaz de hacerlo solo.

—Es posible que ofrezca resistencia, igual hace falta moverlo, alguien podría despertar, tal vez necesitemos coartadas... Si lo hace uno solo, es probable que algo se tuerza por el camino. Si somos dos...

Enganchó con un tobillo la pata de otro taburete y lo acercó.

—Siéntate. Lo de volver a casa puede esperar diez minutos.

Me sirvieron la cerveza y nos quedamos allí sentados, con los codos en la barra, bebiendo sin mirarnos. Un rato después Shay dijo:

—Llevo años intentando encontrar una salida.

—Lo sé. Igual que yo.

—A veces... —dijo—, a veces me parece que si no la encuentro voy a volverme loco.

Era lo más cercano a una conversación íntima entre hermanos que habíamos tenido. Me asombró lo bien que me sentaba.

—Yo ya me estoy volviendo loco —confesé—. No es que me lo parezca. Lo tengo clarísimo.

Asintió, sin mostrarse sorprendido.

—Sí. Carmel también.

—Y hay días que Jackie está rara. Cada vez que él se coge una cogorza de las buenas ella está como ausente.

—Kevin lo lleva bien.

—Por ahora. Ya veremos hasta cuándo.

—Sería lo mejor que podríamos hacer por ellos también —dijo Shay—. No solo por nosotros.

—A no ser que me haya perdido algo, es lo único que podemos hacer —aseguré—. No solo lo mejor. Lo único.

Por fin nos miramos a los ojos. Había más bullicio en el pub. Una voz alcanzó el remate de un chiste y el rincón estalló en carcajadas alborotadas y lascivas. No parpadeamos siquiera. Shay dijo:

—Ya lo había pensado. Un par de veces.

—Yo llevo años pensándolo. Pensarlo es fácil. Hacerlo...

—Sí. Eso es harina de otro costal. Sería...

Shay negó con la cabeza. Tenía cercos blancos en torno a los ojos, y las ventanas de la nariz se le ensanchaban cada vez que inspiraba.

—¿Seríamos capaces? —pregunté.

—No lo sé. No lo sé.

Otro largo silencio, mientras los dos rememorábamos nuestros momentos paternofiliales preferidos.

—Sí —dijimos, simultáneamente—. Seríamos capaces.

Shay me tendió la mano. Tenía la cara moteada de rojo y blanco.

—Vale —asintió, con una brusca espiración—. Vale. Estoy dispuesto. ¿Y tú?

—Yo también —dije, y le estreché la mano con fuerza—. Lo vamos a hacer.

Los dos nos apretamos la mano como si intentáramos hacernos daño. Noté que el momento se henchía, se propagaba, se desparramaba hasta alcanzar todos los rincones. Era una sensación vertiginosa, embriagadora, como inyectarse una droga que te dejaría tarado de por vida pero te producía tal subidón que solo podías pensar en metértela en las venas, cuanto más adentro mejor.

Aquella primavera fue la única época de nuestra vida en que Shay y yo nos acercamos mutuamente de manera voluntaria. Cada tres o cuatro noches nos reuníamos en un agradable rincón privado del Blackbird y hablábamos: le dábamos vueltas al plan para observarlo desde todas las perspectivas, pulíamos las imperfecciones, descartábamos todo aquello que pudiera salir mal y empezábamos de nuevo. Seguíamos aborreciéndonos mutuamente, pero eso había dejado de tener importancia.

Shay dedicaba una noche tras otra a camelarse a Nuala Mangan de Cooper Lane: Nuala era un cardo y una idiota, pero su madre tenía aspecto de ir siempre medio colocada, y unas semanas después Nuala invitó a Shay a su casa a tomar el té y él se apoderó de un buen puñado de Valium del armario del cuarto de baño. Pasé horas en la biblioteca del Centro Ilac, leyendo libros de medicina a fin de averiguar cuánto Valium hacía falta darle a una mujer de noventa kilos o a un niño de siete años para tener la seguridad de que durmieran toda una noche sometidos a un cierto nivel de barullo y luego despertaran cuando fuera necesario. Shay se fue a pie hasta Ballyfermot, donde nadie le conocía y los polis no irían a hacer preguntas, a comprar lejía para la limpieza. A mí me dio de pronto la venada de ser útil y empecé a ayudar a mi madre todas las noches con el postre. Mi padre hacía comentarios desagradables acerca de que me estaba amariconando, pero cada día estábamos más cerca y me resultaba más fácil hacer caso omiso de ellos. Shay mangó una palanca del taller y la escondió debajo de una tabla suelta del suelo junto con el tabaco. Aquello se nos daba bien a los dos. Teníamos un don. Formábamos un buen equipo.

Igual es que soy muy retorcido, pero disfruté de lo lindo aquel mes que pasamos planeándolo. Me costaba trabajo conciliar el sueño de vez en cuando, pero en buena medida lo estaba pasando en grande. Tenía la sensación de ser un arquitecto, o un director de cine: alguien con visión de futuro, alguien con planes. Por primera vez en mi vida estaba organizando algo inmenso y complejo que, si conseguía que saliera bien, tendría auténtico sentido.

Entonces apareció de pronto un tipo y le ofreció trabajo a mi padre para dos semanas, lo que suponía que la última noche volvería a casa con un nivel de alcohol en sangre que disiparía de inmediato las sospechas de cualquier policía. Ya no nos quedaba ninguna excusa para esperar. Habíamos iniciado la cuenta atrás: faltaban dos semanas.

Habíamos repasado nuestra coartada tantas veces que podríamos haberla recitado en sueños. Cena familiar, rematada con un bizcocho borracho de jerez que estaba de rechupete, por cortesía de mi nueva vena doméstica. El jerez no solo disolvía el Valium mejor que el agua, sino que enmascaraba el sabor, y al ser raciones individuales se podían personalizar las dosis. Luego a la discoteca en Grove, en la zona norte, en busca de un nuevo remanso de chicas encantadoras en el que echar la caña. Nos expulsarían del local antes de medianoche, de la manera más memorable posible, por armar bulla, causar molestias y llevar nuestras propias latas de cerveza. Volveríamos andando a casa, haciendo un alto por el camino para terminarnos las latas a orillas del canal. En casa hacia las tres, cuando el Valium estaría dejando de hacer efecto, para encontrarnos con la sobrecogedora escena de nuestro querido padre tendido a los pies de las escaleras en un charco de su propia sangre. Luego vendría el intento de reanimarlo haciéndole el boca a boca, ya demasiado tarde, los frenéticos golpes en la puerta de las hermanas Harrison, la desesperada llamada de teléfono a la ambulancia. Prácticamente todo, salvo la parada para terminarnos la cerveza, iba a ser verdad.

Probablemente nos hubieran pillado. Con talento natural o sin él, éramos aficionados: habíamos pasado por alto muchas cosas, y había otras tantas que podían haber salido mal. Incluso entonces ya era consciente de ello. Me daba igual. Teníamos una oportunidad.

Estábamos preparados. En mi imaginación ya estaba viviendo todos los días como un tipo que había matado a su propio padre. Y entonces Rosie Daly y yo fuimos a Galligan's una noche y ella habló de Inglaterra.

No le conté a Shay por qué me echaba atrás. Al principio pensó que era una especie de broma retorcida. Poco a poco, conforme empezó a entender que hablaba en serio, se fue poniendo más nervioso. Intentó intimidarme, probó a amenazarme e incluso llegó a suplicar. Al no darle resultado nada de eso, me agarró por el cuello, me sacó a rastras del Blackbird y me molió a hostias. Tardé una semana en poder caminar erguido de nuevo. Apenas ofrecí resistencia. En lo más hondo de mi ser supuse que estaba en su derecho. Cuando por fin se quedó agotado y se derrumbó a mi lado en la callejuela, apenas alcanzaba a verlo entre la sangre que me cubría los ojos, pero me pareció que estaba llorando.

—No estamos aquí para hablar de eso —le recordé ahora.

Shay apenas me oyó.

—Al principio creí que simplemente te habías acojonado: no tenías agallas, hasta que estuve hablando con Imelda Tierney. Entonces lo supe. No tenía nada que ver con las agallas. Lo único que te había interesado desde siempre era lo que tú querías. Cuando encontraste una manera más fácil de lograrlo, el resto dejó de importarte un carajo. Tu familia, yo, todo lo que nos debías, todo lo que habíamos acordado: un carajo.

—A ver si lo he entendido —dije—. ¿Te estás metiendo conmigo porque no llegué a matar a nuestro padre?

Levantó el labio superior en una mueca de puro asco: había visto esa expresión en su rostro un millar de veces, cuando éramos niños y yo me esforzaba por mantenerme a su altura.

—No te pongas en plan listillo. Me estoy metiendo contigo porque crees que eso te hace mejor que yo. Escúchame bien: posiblemente tus colegas policías piensan que eres uno de los buenos, igual eso es lo que tú mismo te dices, pero yo sé que no es así. Yo sé lo que eres.

—Tío, te lo aseguro, no tienes ni la más remota idea de lo que soy.

—¿Ah, no? Sin ir más lejos, sé que esa es la razón de que te metieras a policía. Lo que estuvimos a punto de hacer, aquella primavera. La manera en que te hizo sentir.

—¿De pronto tuve la necesidad de enmendar mi pasado de malhechor? Esa vena estúpida te sienta bien, pero no. Lamento decepcionarte.

Shay se echó a reír en voz alta, una feroz carcajada que dejó a la vista su dentadura y le confirió el aspecto de aquel adolescente temerario que siempre andaba metido en líos.

—¿Enmendarte? Y una mierda. Francis, no, ni por asomo. No: una vez tienes una placa tras la que escudarte, puedes hacer lo que te venga en gana y salir bien parado. Dime, detective. Me muero de ganas de saberlo. ¿De qué has conseguido librarte durante estos años?

—Tienes que meterte esto en la mollera —dije—. Todos tus síes, peros y casis no valen una mierda. Yo no hice nada. Podría entrar en cualquier comisaría de este país, confesar todas y cada una de las cosas que planeamos aquella primavera y solo tendría problemas por malgastar el tiempo de la policía. Esto no es la iglesia: uno no va al infierno solo por tener pensamientos impuros.

—¿Ah, no? Dime que el mes aquel que dedicamos a planearlo

no te cambió. Dime que no te sentiste diferente a partir de entonces. Venga.

Mi padre solía decir, unos segundos antes del primer golpe, que Shay nunca sabía cuándo parar.

Le dije, y mi voz debería haberle hecho dar marcha atrás:

—Por el amor de Dios, no me estarás echando la culpa de lo que tú le hiciste a Rosie, ¿no?

Otra vez esa contracción del labio superior, a medio camino entre tic y gruñido.

—Solo te lo advierto. No voy a quedarme de brazos cruzados en mi propia casa y ver cómo me miras con ese aire de superioridad moral, cuando no eres distinto de mí.

—Sí, colega, lo soy. Es posible que mantuviéramos alguna conversación interesante tú y yo, pero a la hora de la verdad, si nos ceñimos a los hechos, el hecho es que nunca le puse un dedo encima a nuestro padre, y el hecho es que tú has matado a dos personas. Igual te parece que estoy loco, pero el caso es que yo veo cierta diferencia.

Shay tenía otra vez la mandíbula en tensión.

—Yo no le hice nada a Kevin. Nada.

En otras palabras, el momento de las confidencias había tocado a su fin. Transcurrido un instante, dije:

—Igual estoy perdiendo la cabeza, pero tengo la sensación de que quieres que asienta, sonría y me largue sin más. Hazme un favor enorme: dime que me equivoco.

Volvió a asomar a sus ojos aquel destello de odio, puro y maquinal, como los relámpagos en una tormenta de calor.

—Echa un vistazo a tu alrededor, detective. ¿No te has fijado? Estás justo donde empezaste. Tu familia te necesita de nuevo, sigues en deuda con nosotros, y esta vez vas a apoquinar. Solo que estás de suerte. Esta vez, si no te apetece quedarte y arrimar el hombro, lo único que hace falta es que te largues de aquí.

—Si has creído, aunque solo sea por un instante, que voy a

permitir que te salgas con la tuya, es que estás más chiflado de lo que pensaba.

Las sombras oscilantes convirtieron su rostro en la máscara de un animal salvaje.

—¿Ah, sí? Vamos a ver si puedes demostrarlo, madero de mierda. Kevin ya no está para decir que yo salí aquella noche. Tu hija Holly está hecha de mejor pasta que tú y no delatará a su familia. E incluso si le aprietas las tuercas, es posible que tú te creas a pies juntillas todo lo que dice la niña, pero lo más seguro es que los demás no lo tengan en cuenta. Vuélvete de una puta vez a tu comisaría y diles a tus coleguitas que te la chupen hasta que te sientas mejor. No tienes nada.

—No sé de dónde has sacado la idea de que intento demostrar algo —dije.

Le di un empujón a la mesa para clavársela en el estómago a Shay, que lanzó un gruñido y se desplomó de espaldas con la mesa encima mientras los vasos, el cenicero y el whisky caían a su alrededor. Aparté la silla de una patada y me abalancé sobre él. Fue en ese instante cuando me di cuenta de que había entrado en ese piso para matarlo.

Un momento después, cuando cogió la botella e intentó golpearme en la cabeza, comprendí que él también quería matarme. Me agaché hacia un lado y entonces noté que me abría la sien de un golpe, pero pese al estallido de estrellas conseguí agarrarlo por el pelo y le golpeé la cabeza contra el suelo hasta que se sirvió de la mesa para apartarme de un empujón. Caí boca arriba con todo mi peso. Él me saltó encima y empezamos a rodar, intentando golpearnos en los puntos más débiles con todo lo que teníamos. Era tan fuerte como yo y estaba igual de furioso, y ninguno de los dos tenía intención de soltar al otro. Estábamos aferrados como amantes, mejilla con mejilla. La cercanía, los otros en el piso de abajo y diecinueve años de práctica nos hacían mantenernos casi en silencio: los únicos sonidos eran las respiraciones ásperas y agitadas y los golpes sordos y carnosos cuando algo alcanzaba su objetivo. El aire estaba impregnado de jabón Palmolive, salido directamente de nuestra infancia, y del hedor vaporoso de la rabia animal.

Me lanzó un rodillazo a los huevos y se escabulló, intentando ponerse en pie, pero erró el golpe y fui más rápido que él. Lo inmovilicé con una llave, lo volví hacia arriba y le di un gancho en todo el mentón. Para cuando fue capaz de ver otra vez con claridad, le había puesto una rodilla en el pecho, había sacado la pistola y se la había clavado en la frente, justo entre los ojos.

Shay se quedó inmóvil, como si estuviera congelado.

—El sospechoso fue informado de que estaba detenido bajo sospecha de homicidio y se le advirtió en consecuencia. Respondió diciéndome, y cito sus palabras: «Vete a tomar por el culo», fin de la cita. Le expliqué que todo iría mejor si no ofrecía resistencia y le pedí que tendiera las muñecas para que lo esposara. El sospechoso se puso furioso y me atacó, golpeándome en la nariz, como se puede ver en la fotografía adjunta. Intenté emprender la retirada, pero el sospechoso me bloqueó la vía de salida. Saqué el arma y le advertí que se hiciera a un lado. El sospechoso se negó.

—Tu propio hermano —dijo Shay en voz baja. Se había mordido la lengua. La sangre le burbujeaba en los labios al hablar—. Gilipollas de mierda.

—Mira quién habla, joder.

La sacudida de furia prácticamente me levantó en volandas. Solo me di cuenta de que casi había apretado el gatillo cuando vi que asomaba a sus ojos el miedo. Me supo a ambrosía.

—El sospechoso siguió insultándome y me informó repetidamente de que, y cito: «Te voy a matar», fin de la cita, y que, cito: «No pienso ir a la puta cárcel, antes muerto», fin de la cita. Intenté tranquilizarlo asegurándole que la situación se podía resolver sin recurrir a la violencia, y le pedí de nuevo que me acompañara a la comisaría para abordar el asunto en un entorno controlado. Estaba sumamente inquieto y me dio la impresión de que no entendía lo que le decía. A esas alturas había empezado a preocuparme que el sujeto estuviera bajo los efectos de alguna droga, posiblemente cocaína, o sufriera alguna enfermedad mental, porque su comportamiento era irracional y parecía extremadamente voluble...

Shay tenía los dientes apretados.

—Y para más inri, vas a hacerme pasar por un lunático. Así es como quieres que me recuerden.

—Eso me trae sin cuidado, siempre que solucione el asunto. Intenté repetidas veces convencer al sospechoso de que se sentara, sin llegar a conseguirlo. El sospechoso estaba cada vez más nervioso. A estas alturas estaba caminando arriba y abajo, murmuraba para sí y golpeaba las paredes y se propinaba golpes en la cabeza con un puño. Al final, el sospechoso cogió... Vamos a darte algo más serio que una botella; no querrás quedar como una nenaza, ¿verdad? ¿Qué tienes por ahí? —Eché un buen vistazo por la habitación: una caja de herramientas, claro, guardada con esmero bajo una cómoda—. Apuesto a que ahí tienes una llave inglesa, ¿me equivoco? El sospechoso cogió una llave inglesa de gran tamaño de una caja de herramientas abierta, como se puede ver en las fotos adjuntas, y volvió a amenazar con matarme. Le ordené que soltara el arma y procuré ponerme fuera de su alcance. Continuó avanzando hacia mí e intentó asestarme un golpe en la cabeza. Esquivé el golpe, hice un disparo de advertencia por encima del hombro del sospechoso, no te preocupes, no rozaré los muebles buenos, y le advertí que si volvía a agredirme no me quedaría otro remedio que dispararle...

—No serás capaz. ¿Quieres tener que contarle a Holly que mataste a su tío Shay?

—A Holly no voy a contarle una mierda. Lo único que tiene que saber es que no volverá a acercarse a esta apestosa familia. Cuando sea una mujer hecha y derecha y apenas recuerde quién eras, le contaré que fuiste un cabrón asesino y recibiste justo lo que te merecías.

Le estaba cayendo sangre encima desde el corte que me había hecho en la sien, goterones que le empapaban el jersey y le salpicaban la cara. No nos importaba a ninguno de los dos.

—El sospechoso intentó de nuevo golpearme con la llave inglesa, y esta vez lo consiguió, véanse los informes médicos y la fotografía adjunta de la herida en la cabeza, porque no te quepa la menor duda, guapo, va a quedarme una herida magnífica en la cabeza. El impacto me llevó a apretar el gatillo de mi arma en un acto reflejo. Creo que, si el golpe no me hubiera dejado parcialmente aturdido, habría podido efectuar un disparo que lo incapacitara sin llegar a matarlo. Sea como fuere, también creo que, teniendo en cuenta las circunstancias, disparar mi arma era la única opción que tenía, y que si me hubiera demorado en hacerlo aunque solo fuera unos segundos mi vida hubiera corrido grave peligro. Firmado, sargento detective Francis Mackey. Y a falta de alguien que pueda contradecir mi preciosa versión oficial, ¿qué te parece a ti que creerán?

La mirada de Shay estaba un millar de kilómetros más allá de la sensatez o la cautela.

—Me das asco —bufó—. No eres más que un poli chaquetero. —Y me lanzó un escupitajo sanguinolento a la cara.

La luz se hizo astillas ante mis ojos como el sol abriéndose paso a través de un vidrio hecho añicos, y me produjo una deslumbrante sensación de ingravidez. Supe que habría apretado el gatillo. El silencio era inmenso, y se fue extendiendo hasta que cubrió el mundo entero y no quedó sonido alguno salvo mi respiración rítmica y acelerada. Nada que hubiera sentido en mi vida era comparable a aquel momento. Noté una libertad enorme y vertiginosa, como si fuera capaz de volar, de alcanzar alturas limpias y salvajes, hasta el punto que casi me revienta el pecho.

Luego aquella luz empezó a menguar y el silencio sereno vaciló y se desgajó, dejando paso a un murmullo de formas y ruidos. El rostro de Shay fue apareciendo poco a poco entre la blancura como una Polaroid: estaba magullado, cubierto de sangre, mirándome fijamente, pero seguía ahí.

Profirió un sonido terrible que tal vez fuera una risotada:

—Te lo he dicho —me recordó—. Te lo he dicho.

Cuando intentó coger otra vez la botella, volví el arma del revés y le asesté un golpe en la cabeza con la empuñadura.

Dejó escapar un sonido gutural como si fuera a vomitar y se quedó lánguido. Le esposé las manos por delante, bien fuerte, comprobé que siguiera respirando y lo recosté contra un lado del sofá para que no se ahogara con su propia sangre. Luego enfundé la pistola y saqué el móvil. Marcar el número no me resultó fácil: manchaba de sangre el teclado con las manos y me caían gotas de la sien sobre la pantalla, así que tuve que limpiarlo varias veces con la camisa. Estuve atento a ver si oía pasos en las escaleras, pero el único sonido seguía siendo el tenue parloteo demencial de la tele, que había ocultado cualquier golpe o gruñido que pudiera haberse filtrado a través del suelo. Después de un par de intentos, me las arreglé para llamar a Stephen.

—Detective Mackey —dijo, con un recelo considerable, lo que no era de extrañar.

—Sorpresa, Stephen. Tengo al tipo que buscamos. Está reducido y esposado, y te aseguro que no le hace ninguna gracia.

Silencio. Estaba caminando en círculos por la habitación, vigilando a Shay con un ojo mientras con el otro escudriñaba los rincones en busca de cómplices inexistentes. No podía estar quieto.

—Teniendo en cuenta las circunstancias, sería muy beneficioso para todos que no fuera yo el agente que realice la detención. Creo que debes ser tú quien haga los honores, si quieres.

Eso captó su atención.

—Quiero.

—Pero que lo sepas, colega: no se trata del regalo de ensueño que te ha traído Santa Claus. Scorcher Kennedy se va a coger un cabreo de tal magnitud que me cuesta trabajo imaginarlo. Tus principales testigos somos yo, una niña de nueve años y una zorra cabreada que negará tener conocimiento de nada, aunque solo sea por una cuestión de principios. Tus posibilidades de obtener una confesión son prácticamente nulas. Tu opción más inteligente sería darme las gracias con amabilidad, llamar a la brigada de Homicidios y volver a tus actividades dominicales, sean las que sean. Pero si no te va eso de ir a lo seguro, puedes venir, efectuar tu primera detención por homicidio y dedicarte en cuerpo y alma a levantar este caso. Porque es el tipo que buscamos.

Stephen ni siquiera dejó una pausa.

—¿Dónde estás? —preguntó.

—En el número ocho de Faithful Place. Llama al timbre del piso de arriba y te abriré. Es necesario hacerlo con suma discreción: nada de refuerzos ni de ruido, y si vienes en coche aparca lo bastante lejos para que no te vea nadie. Y date prisa.

—Estoy ahí en quince minutos. Gracias, detective. Gracias.

Se encontraba a la vuelta de la esquina, trabajando. Era imposible que Scorcher hubiera autorizado horas extra en este asunto: Stephen había estado dándole al caso una última oportunidad por su cuenta.

—Aquí estaremos —dije—. Y otra cosa, detective Moran. Buen trabajo.

Colgué antes de que lograra destrabarse la lengua y encontrar una respuesta.

Shay tenía los ojos abiertos. Dijo con gran esfuerzo:

—Tu nueva zorra, ¿eh?

—Es uno de los agentes más prometedores del cuerpo. Para ti, lo mejor.

Intentó incorporarse, hizo una mueca de dolor y se dejó caer de espaldas contra el sofá.

—Debería haber imaginado que encontrarías a alguien que te siga como un perrillo faldero, ahora que ya no está Kevin para hacerlo.

—¿Te sentirías mejor si empezamos a lanzarnos recriminaciones como un par de putillas? Porque de ser así, no pienso cortarme ni un pelo, pero me parece que, a estas alturas, eso no supondría ninguna diferencia.

Shay se enjugó la boca con las manos esposadas y observó las manchas de sangre que quedaban en ellas con una suerte de interés extraño, distante, como si fueran las de otra persona.

—O sea, que vas a hacerlo, ¿eh? —dijo.

En el piso de abajo se abrió una puerta, a través de la que brotó un estallido de voces solapadas, y mi madre gritó:

—¡Seamus! ¡Francis! La cena está casi lista. ¡Bajad y lavaos las manos!

Me asomé al rellano, sin quitar ojo a Shay y a una distancia prudencial de las escaleras y de la mirada de mi madre.

—En seguida bajamos, mamá. Estamos charlando un poco.

—¡Podéis charlar aquí! ¿O queréis tener a todo el mundo esperando hasta que os dé la gana de sentaros a la mesa?

Bajé un poco el tono de voz y adopté una entonación dolida:

—Es que estamos... Es necesario que hablemos. De un asunto, ya sabes. ¿Te importa si tardamos unos minutos, mamá? ¿Te parece bien?

Una pausa, y luego, a regañadientes:

—Bueno, vale. Voy a esperar diez minutos más. Si no habéis bajado para entonces...

—Gracias, mamá. De verdad. Eres estupenda.

—Claro, cuando ese quiere algo soy estupenda, pero si no...

—Su voz se perdió en el interior del piso, rezongando todavía.

Cerré la puerta y eché el pestillo por si acaso, saqué el móvil y tomé fotos de nuestras caras desde diversos ángulos a cual más artístico.

—¿Estás orgulloso de tu obra? —preguntó Shay.

—Es una preciosidad. Y he de reconocerlo, la tuya tampoco está nada mal. Pero esto no es para mi álbum de recortes. Es solo por si decides quejarte de brutalidad policial y cargar las tintas contra el agente que va a detenerte, en algún momento del proceso. Venga, sonríe.

Me lanzó una mirada que hubiera desollado a un rinoceronte a diez metros.

Una vez hube dejado constancia del meollo del asunto, fui a la cocina —pequeña, sin adornos, inmaculada y deprimente— y mojé un trapo de cocina para limpiarnos a los dos. Shay apartó la cabeza.

—No me toques. Deja que tus colegas vean lo que has hecho, si tan orgulloso estás.

—Francamente, querido, mis colegas me importan un comino —bromeé—. Me han visto hacer cosas mucho peores. Pero dentro de unos minutos te llevarán escaleras abajo y te pasearán por Faithful Place, y he pensado que no hace falta que todo el barrio se entere de lo que ha pasado. Lo único que quiero es que se monte el menor drama posible. Si a ti no te va eso, me lo dices y yo encantado de darte un par de hostias más de regalo.

Shay no se molestó en responder, pero cerró la boca y se quedó quieto mientras acababa de limpiarle la sangre de la cara. El piso estaba en silencio, salvo por una tenue música de procedencia desconocida que no alcanzaba a identificar y un viento agitado que rondaba los aleros encima de nuestras cabezas. No recordaba haber observado nunca con tanto detenimiento a Shay, tan de cerca como para ver los detalles que solo se molestan en asimilar los padres y los amantes: las curvas limpias y feroces de sus huesos bajo la piel, el primer asomo de barba incipiente, los complejos entramados que dibujaban sus patas de gallo y lo gruesas que tenía las pestañas. La sangre había empezado a formar una costra oscura en la barbilla y en torno a la boca. Durante un extraño instante noté cierta ternura.

No pude hacer gran cosa acerca de los ojos morados o la magulladura en la mandíbula, pero cuando terminé se le veía bastante más presentable. Volví a doblar el trapo y me ocupé de mi cara.

—¿Qué tal?

Apenas me miró.

—De maravilla.

—Si tú lo dices. Ya te he dicho que a mí me trae sin cuidado lo que piensen en Faithful Place.

Mis palabras le llevaron a echarme un vistazo como es debido. Luego acercó un dedo, casi a regañadientes, a la comisura de la boca.

—Aquí.

Me froté un poco más la mejilla y arqueé una ceja en dirección a él, que asintió.

—Bien —dije. El trapo tenía grandes manchas de sangre, que volvían a abrirse cual flores de color carmesí allí donde el agua las había reavivado, empapando los pliegues. Estaba empezando a impregnarme las manos—. Vale. No te muevas.

—Como si tuviera otra opción.

Aclaré el trapo unas cuantas veces bajo el grifo de la cocina, lo tiré a la basura para que lo encontraran luego los de la científica y me lavé las manos frotando con ganas. Después regresé a la sala de estar. El cenicero estaba debajo de una silla rodeado de ceniza gris, mi tabaco estaba en un rincón y Shay seguía donde lo había dejado. Me senté en el suelo delante de él, como si fuéramos un par de adolescentes en una fiesta, y coloqué el cenicero entre los dos. Encendí dos cigarrillos y le puse uno entre los labios.

Shay aspiró con fuerza, al tiempo que cerraba los ojos, y reclinó la nuca contra el sofá. Yo me apoyé en la pared. Un rato después, preguntó:

—¿Por qué no me has pegado un tiro?

—¿Te parece mal?

—No seas imbécil. Solo es una pregunta.

Me aparté de la pared —me costó mucho esfuerzo; se me estaban empezando a agarrotar los músculos— y alargué la mano hacia el cenicero.

—Supongo que, en el fondo, ahora soy un poli.

Asintió, sin abrir los ojos. Nos quedamos los dos sentados en silencio, escuchando cada cual el ritmo de la respiración del otro y aquella música inaprensible que llegaba de alguna parte, moviéndonos únicamente para inclinarnos hacia delante y tirar la ceniza. Era el momento más próximo a la tranquilidad que habíamos compartido. Cuando bramó el timbre, casi lo sentimos como una intrusión.

Fui a abrir en seguida, antes de que alguien tuviera ocasión de ver a Stephen esperando fuera. Subió las escaleras con los mismos pasos ligeros que Holly al bajarlas. El rumor de voces procedente del piso de mi madre continuaba inmutable.

—Shay —dije—, te presento al detective Stephen Moran. Detective, este es mi hermano, Seamus Mackey.

El semblante del muchacho me dio a entender que ya lo había deducido. Shay miró a Stephen sin expresión alguna en los ojos hinchados, sin curiosidad, sin otra cosa que una especie de agotamiento destilado que solo con verlo hizo que me flaqueara la columna vertebral.

—Como puedes ver —le expliqué—, hemos tenido una pequeña discusión. Igual conviene que le echen un vistazo, no vaya a ser que tenga una conmoción cerebral. Lo he documentado para que quede constancia, si necesitas fotografías.

Stephen observaba a Shay con atención, de la cabeza a los pies, sin perder detalle.

—Es posible que las necesite, sí. Gracias. ¿Quieres que te devuelva esas ahora mismo? Puedo ponerle las mías.

Señalaba mis esposas.

—No tengo previsto detener a nadie más esta noche —respondí—. Ya me las darás en otro momento. Es todo suyo, detective. Aún no le he leído sus derechos, eso te lo dejo a ti. Ten cuidado de no meter la pata con ningún tecnicismo, por cierto. Es más listo de lo que parece.

Stephen dijo, procurando expresarse con delicadeza:

—¿Qué vamos a...? Bueno..., ya sabes. El motivo fundado para la detención sin orden.

—Me parece que esta historia probablemente tenga un final más feliz si no desvelo todas nuestras pruebas delante del sospechoso. Pero te lo aseguro, no se trata de un caso de rivalidad entre hermanos que se ha salido de madre. Te llamaré dentro de una hora o así para informarte con todo detalle. Hasta entonces, debería bastarte con esto: hace media hora ha confesado de pleno ser autor de los dos asesinatos, incluyendo motivaciones exhaustivas y detalles sobre la manera en que murieron las víctimas que solo podría saber el asesino. Lo negará hasta que las ranas críen pelo, pero por suerte tengo un montón de bocados sabrosos bien guardados. Eso es solo el aperitivo. ¿Crees que tendrás suficiente de momento?

El rostro de Stephen me indicó que albergaba dudas sobre la confesión, pero que prefería no entrar en eso.

—Es más que suficiente. Gracias, detective.

Abajo mi madre gritó:

—¡Seamus! ¡Francis! Como se me queme la cena os juro que voy a zurraros la badana a los dos.

—Tengo que irme —dije—. Hacedme un favor: quedaos aquí un rato. Mi hija está en el piso de abajo y preferiría que no viera esto. Dadme tiempo para sacarla de aquí antes de que salgáis, ¿de acuerdo?

Me dirigía a los dos. Shay asintió sin mirarnos a ninguno.

—Eso está hecho —dijo Stephen—. Vamos a ponernos cómodos, ¿eh?

Ladeó la cabeza hacia el sofá y tendió una mano para ayudar a Shay a levantarse. Transcurrido un segundo, Shay la aceptó.

—Buena suerte —dije.

Me subí la cremallera de la cazadora para ocultar la sangre en la camisa y me calé una gorra de béisbol negra —Bicicletas M. Conaghy— que cogí de un perchero para disimular el corte en la cabeza. Luego los dejé allí.

Lo último que vi fueron los ojos de Shay, por encima del hombro de Stephen. Nadie me había mirado así nunca, ni siquiera Liv o Rosie: como si pudiera verme hasta lo más hondo, sin esforzarse siquiera, y sin dejarse por el camino ni un solo rincón oculto, ni una sola pregunta sin responder. No llegó a decir nada.

22

Mi madre había ahuyentado a todo el mundo de la tele y había vuelto a instaurar el ambiente de idilio navideño: la cocina estaba llena a rebosar de mujeres, vapor y voces, los chicos eran dirigidos de aquí para allá con manoplas y fuentes de comida, el aire estaba cargado del crepitar de la carne al freírse y el olor a patatas asadas. Tuve la sensación de que llevaba años ausente.

Holly estaba poniendo la mesa con Donna y Ashley. Incluso utilizaban servilletas de papel con dibujos de angelitos pizpiretos, mientras cantaban: «Navidad, Navidad, qué barbaridad...». Me concedí algo así como un cuarto de segundo para observarlas y guardar a buen recaudo esa imagen mental. Luego le puse una mano en el hombro a Holly y le dije al oído:

—Cariño, nos tenemos que ir ahora.

—¿Irnos? Pero...

Estaba boquiabierta de indignación, y tan pasmada que transcurrió un momento antes de que fuera capaz de ponerse a discutir. Le lancé una mirada paterna en plan emergencia extrema y se vino abajo.

—Recoge tus cosas —insistí—. Venga, rápido.

Holly dejó de golpe en la mesa el puñado de cubiertos que llevaba y se fue arrastrando los pies hacia el vestíbulo, todo lo lento que le fue posible. Donna y Ashley se me quedaron mirando como si acabara de arrancarle la cabeza de un mordisco a un conejito. Ashley retrocedió sin volverse.

Mi madre asomó la cabeza por la puerta de la cocina, blandiendo un enorme trinchante como si fuera una aguijada para reses.

—¡Francis! Ya era hora, demonios. ¿Viene Seamus contigo?

—No. Mamá...

—Mamá no, mami. Vete a buscar a tu hermano, y luego vais los dos a ayudar a vuestro padre a sentarse a la mesa, antes de que se me chamusque todo con tanta tontería. ¡Venga!

—Mamá. Holly y yo tenemos que irnos.

A mi madre se le descolgó la mandíbula. Durante un segundo se quedó realmente sin habla. Luego empezó a aullar como una sirena antiaérea.

—¡Francis Joseph Mackey!

—Lo siento, mamá. Me he puesto a hablar con Shay, he perdido la noción del tiempo, ya sabes lo que es eso. Ahora se nos ha hecho tarde. Tenemos que irnos.

Mi madre tenía la papada, la pechera y las lorzas infladas y listas para presentar batalla.

—Me importa un carajo la hora que sea, tenéis la cena preparada y no vais a iros de aquí hasta que hayáis comido. Sentaos a la mesa. Es una orden.

—No podemos. Lamento las molestias. Holly...

Mi hija estaba en el umbral, con un brazo dentro del abrigo colgando y los ojos abiertos de par en par.

—La mochila del cole —le dije—. Ahora mismo.

Mi madre me golpeó en el brazo con el trinchante, lo bastante fuerte para hacerme un moretón.

—¡No hagas como si no me oyeras, maldita sea! ¿Quieres que me dé un infarto? ¿Por eso has venido, porque quieres ver a tu madre caerse muerta delante de tus ojos?

Con cautela, uno tras otro, el resto de la pandilla fue apareciendo en el umbral de la cocina detrás de ella para ver lo que ocurría. Ashley esquivó a mi madre y se refugió en el regazo de Carmel.

—No era lo que tenía pensado —dije—, pero oye, si es así como quieres pasar la velada, tú misma. Holly, he dicho ahora mismo.

—Porque si es lo único que va a hacerte feliz, ya puedes irte, y espero que te quedes contento cuando haya muerto. Venga, largo de aquí. De todas maneras, lo de tu pobre hermano me rompió el corazón, ya no tengo ninguna razón para vivir...

—¡Josie! —Desde el dormitorio, un furioso rugido—. ¿Qué demonios pasa? —Y el inevitable estallido de toses.

Estábamos empantanados hasta el cuello prácticamente en todas y cada una de las razones por las que había mantenido alejada de aquella casa de mierda a Holly, y cada vez nos hundíamos un poco más.

—Y aquí estoy, a pesar de todo, deslomándome para que paséis una Navidad agradable, todo el día y toda la noche en la cocina...

—¡Josie! ¡Ya está bien de gritos, joder!

—¡Papá! ¡Hay niños! —le gritó Carmel.

Le había tapado los oídos con las manos a Ashley, que parecía dispuesta a hacerse un ovillo y dejarse morir.

La voz de mi madre era un chillido cada vez más intenso. Prácticamente alcancé a notar el cáncer que me estaba provocando.

—Y tú, mal bicho desagradecido, ni siquiera puedes tomarte la molestia de sentarte a cenar con nosotros...

—Caramba, mamá, desde luego es tentador, pero casi prefiero pasar. ¡Holly, despierta! La mochila. Venga.

La niña empezaba a tener aspecto de padecer neurosis de guerra. Incluso en nuestros peores momentos, Olivia y yo siempre nos las habíamos arreglado para que no oyera las discusiones más violentas y descarnadas.

—Dios me perdone, escuchad, escuchad las palabrotas que se me escapan delante de los niños. ¿Ves lo que me obligas a hacer?

Otro golpe con el trinchante. Crucé la mirada con Carmel por encima de la cabeza de mi madre, me di unos golpecitos en el reloj y, en voz baja y urgente, dije:

—El acuerdo de custodia.

Estaba casi seguro de que Carmel había visto cantidad de películas en las que ex maridos despiadados torturaban a estoicas divorciadas alterando a su antojo sus acuerdos de custodia. Se le dilataron los ojos. Dejé que fuera ella la que le explicara el concepto a nuestra madre, agarré a Holly por el brazo, cogí su mochila y me la llevé de allí a toda prisa. Cuando bajábamos las escaleras a paso ligero («Venga, fuera de aquí, si no hubieras vuelto para liarlo todo y disgustar a todo el mundo, tu hermano aún seguiría vivo»), alcancé a oír el ritmo pausado de la voz de Stephen, firme y tranquila, manteniendo una conversación agradable y civilizada con Shay.

Luego salimos del número 8 y nos encontramos con la noche, la luz de las farolas y el silencio.

Me llené los pulmones de aire nocturno frío y húmedo, y dije:

—Madre de Dios.

Hubiera sido capaz de cargarme a alguien por un cigarrillo.

Holly apartó el hombro con un espasmo y me arrebató la mochila del cole de la otra mano.

—Lamento todo esto. De verdad. No tendrías que haber estado presente.

Holly no se dignó responder, ni siquiera me miró. Siguió caminando a buen paso por Faithful Place con los labios fruncidos y la barbilla alzada en un gesto de amotinamiento que me permitió hacerme una idea del berrinche que iba a montar en cuanto tuviéramos un poco de intimidad. En Smith's Road, tres coches más allá del mío, vi el de Stephen, un Toyota tuneado que a todas luces había escogido entre los que había disponibles en comisaría por que casaba bien con el entorno. Tenía buen ojo, solo lo detecté por el tipo repantigado en el asiento del acompañante en una pose afectadamente casual, que se negó a mirar en nuestra dirección.

Stephen, como un buen niño explorador, había venido preparado para cualquier incidencia.

Holly se encaramó de un salto a la silla de sujeción y cerró la portezuela con tanta fuerza que a punto estuvo de desgoznarse.

—¿Por qué tenemos que irnos?

La pobre realmente no tenía ni idea. Había dejado el asunto de Shay en las expertas manos de su padre. Por lo que a ella se refería, eso quería decir que estaba solucionado y cerrado. Una de mis mayores ambiciones había sido que siguiera adelante con su vida, al menos durante unos años más, sin descubrir que las cosas no funcionaban así.

—Preciosa —le dije. No arranqué el coche. No estaba seguro de poder conducir—. Escúchame.

—¡La cena está preparada! ¡Hemos puesto platos para ti y para mí!

—Lo sé. Ojalá hubiéramos podido quedarnos.

—Entonces, ¿por qué...?

—¿Sabes la conversación que estabas teniendo con el tío Shay? ¿Justo antes de llegar yo?

Holly dejó de moverse. Aún tenía los brazos furiosamente cruzados sobre el pecho, pero se estaba devanando los sesos, sin que trasluciera en su rostro expresión alguna, para imaginar lo que estaba pasando.

—Supongo —dijo.

—¿Crees que podrías contársela a alguien?

—¿A ti?

—No, a mí no. A un chico que trabaja conmigo, Stephen. Solo es un par de años mayor que Darren, y es muy simpático. —Stephen había mencionado que tenía hermanas; esperaba que hubiera tenido buena relación con ellas—. Es muy importante que le cuentes de qué hablabais tu tío y tú.

Holly parpadeó.

—No lo recuerdo.

—Cariño, ya sé que has dicho que no se lo contarías a nadie. Te he oído.

Un destello azul, receloso y fugaz.

—¿Qué has oído?

—Apuesto a que prácticamente todo.

—Entonces, si lo has oído, cuéntaselo tú a Stephen.

—Eso no vale, bonita. Tiene que oírlo directamente de tus labios.

Estaba empezando a apretar los puños a los lados del jersey.

—Pues mala suerte. No se lo puedo contar.

—Holly —dije—. Haz el favor de mirarme.

Un instante después, a regañadientes, volvió la cabeza un par de centímetros hacia mí.

—¿Recuerdas que hablamos de que a veces hay que contar un secreto porque otra persona tiene derecho a saberlo? —le dije.

Se encogió de hombros.

—¿Y?

—Pues es un secreto de esos. Stephen intenta averiguar qué le pasó a Rosie. —Dejé a Kevin al margen: ya estábamos varios años luz más allá del límite de lo que una niña tendría que afrontar—. Ese es su trabajo. Y para hacerlo, tiene que oír tu historia.

Se encogió de hombros con un gesto más elaborado.

—Me da igual.

Solo por un instante la terca inclinación de su barbilla me recordó a mi madre. Me estaba enfrentando a todos sus instintos, a todo lo que yo había vertido en su corriente sanguínea directamente de mis propias venas.

—No puede darte igual, cariño —le dije—. Guardar secretos es importante, pero hay ocasiones en que descubrir la verdad es mucho más importante. Cuando alguien ha sido asesinado, casi siempre se trata de una de esas ocasiones.

—Bien. Entonces Stephen como-se-llame puede ir a molestar a algún otro y dejarme en paz, porque no creo que el tío Shay hiciera nada malo.

La miré, tensa, enfurruñada, lanzando chispas igual que un gatito atrapado en un rincón. Unos meses atrás hubiera hecho lo que le pedía sin reservas, y aun así hubiese mantenido intacta su fe en el tío Shay. Tenía la impresión de que cada vez que la veía, la cuerda floja se tornaba más fina y la caída más larga, e inevitablemente tarde o temprano me desequilibraría, perdería pie una sola vez y los dos nos vendríamos abajo.

Sin alterar el tono de voz, le dije:

—Vale, guapa. Entonces, déjame que te haga una pregunta. El día de hoy lo tenías cuidadosamente planeado, ¿no es así?

Aquel receloso destello azul de nuevo.

—No.

—Venga, cielo. Más vale que no me tomes el pelo con estas cosas. Yo me dedico a eso, a planear precisamente situaciones así. Me doy cuenta cuando veo que otro lo hace. Aquella vez que tú y yo hablamos de Rosie, empezaste a pensar en la nota que habías visto. Así que me preguntaste acerca de ella, como quien no quería la cosa, y cuando averiguaste que había sido novia mía, caíste en la cuenta de que tenía que haberla escrito ella. Fue entonces cuando empezaste a preguntarte por qué tendría tu tío Shay guardada en un cajón una nota de una chica muerta. Dime si voy desencaminado.

No reaccionó. Acorralarla como a un testigo me provocó tanto cansancio que sentí ganas de dejarme caer del asiento y echarme a dormir en el suelo del coche.

—Así que empezaste a insistir hasta que conseguiste que accediera a traerte hoy a casa de tu abuela —continué—. Dejaste los deberes de mates para el final, todo el fin de semana, para poder traerlos y así quedarte a solas con el tío Shay. Y luego lo has estado mareando hasta hacerle hablar de esa nota.

Holly se estaba mordiendo con fuerza la cara interna del labio.

—No te estoy regañando. Lo cierto es que ha sido un trabajo impresionante. Solo quiero asegurarme de que lo he entendido.

Se encogió de hombros.

—¿Y qué?

—Pues que quiero preguntarte lo siguiente. Si no creías que el tío Shay hubiera hecho nada malo, ¿por qué te tomaste tantas molestias? ¿Por qué no me contaste simplemente lo que habías encontrado y dejaste que hablara yo con él del asunto?

Como si hablara con su propio regazo, en voz casi demasiado baja para que se oyera:

—No era asunto tuyo.

—Sí que lo era, cariño. Y tú sabías que lo era. Sabías que yo le tenía mucho aprecio a Rosie, sabes que soy detective, y sabías que estaba intentando averiguar qué le había ocurrido. De ahí que la nota sea asunto mío. Y tampoco es que nadie te hubiera pedido que lo mantuvieras en secreto. Entonces, ¿por qué no me lo contaste, a no ser que supieras que había algo sospechoso?

Holly arrancó con cuidado una hebra de lana roja de la manga de su jersey, la estiró entre los dedos y la examinó. Por un instante me pareció que iba a contestar, pero en lugar de ello preguntó:

—¿Cómo era Rosie?

—Era valiente, testaruda, divertidísima.

No estaba muy seguro de cuál era mi intención, pero Holly me estaba mirando vuelta de lado, intensamente, como si aquello tuviera importancia. La luz de tono amarillo mate de las farolas daba a sus ojos un aspecto más oscuro y también más complicado, más difícil de desentrañar.

—Le gustaba la música, y las aventuras, y las joyas y estar con sus amigas. Tenía planes más ambiciosos que cualquier otra persona que yo conociera. Cuando se interesaba por algo, no se daba por vencida, pasara lo que pasase. Te hubiera caído bien.

—Seguro que no.

—Lo creas o no, cariño, te hubiera caído bien. Y tú le hubieras caído bien a ella.

—¿La querías más que a mamá?

Ya.

—No —dije, y me salió de una manera tan limpia y sencilla que no estaba ni remotamente seguro de que fuera una mentira—. La quería de una forma distinta. No más. Solo diferente.

Holly se puso a mirar fijamente por la ventanilla, enrollándose la hebra de lana en torno a los dedos, absorta en sus pensamientos. No la interrumpí. En la esquina, una pandilla de chicos no mucho mayores que ella se empujaban unos a otros contra una pared, gruñendo y parloteando igual que monos. Alcancé a ver el centelleo de un cigarrillo y el brillo de unas latas.

Al cabo, Holly dijo, con una vocecita tensa y firme:

—¿Mató el tío Shay a Rosie?

—No lo sé. No soy yo quien tiene que decidirlo, ni tú tampoco. Eso es cosa de un juez y un jurado.

Intentaba que se sintiera mejor, pero apretó los puños y los descargó sobre sus rodillas.

—No, papá, no hablo de eso. ¡Me da igual lo que decidan! Yo hablo de lo que pasó en realidad. ¿La mató?

—Sí. Estoy casi seguro de que sí.

Otro silencio, esta vez más prolongado. Los monos de la pared habían empezado a restregarse patatas fritas por la cara unos a otros mientras se jaleaban entre risotadas. Al final, Holly dijo, aún con esa vocecilla tensa:

—Si le cuento a Stephen lo que he hablado hoy con el tío Shay...

—¿Sí?

—¿Qué pasará entonces?

—No lo sé. Tendremos que esperar a ver.

—¿Irá a la cárcel?

—Tal vez. Depende.

—¿De mí?

—En parte. Pero también de muchas otras personas.

Le vaciló la voz, solo un poquito.

—Pero a mí no me ha hecho nada malo. Me ayuda con los

deberes, y nos enseñó a Donna y a mí a hacer sombras con las manos. Me deja tomar sorbos de café.

—Ya lo sé, cielo. Ha sido un buen tío, y eso es importante. Pero también ha hecho otras cosas.

—No quiero que vaya a la cárcel por mi culpa.

Intenté mirarla a los ojos.

—Cariño, escúchame. Pase lo que pase, no será culpa tuya. Lo que hizo Shay, fuera lo que fuese, lo hizo él. No tú.

—Aun así, se enfadará. Y también la yaya, y Donna y la tía Jackie. Me odiarán todos por contarlo.

El temblor de su voz estaba cada vez más desatado.

—Se llevarán un disgusto, sí —reconocí—. Y cabe la posibilidad de que te lo echen en cara durante un tiempo, solo al principio. Pero incluso si lo hacen, acabará por pasárseles. Todos saben que esto no es culpa tuya, igual que lo sé yo.

—No lo sabes seguro. A lo mejor me odian para siempre jamás. No puedes prometérmelo.

Tenía la mirada huidiza, los ojos bordeados de blanco. Ojalá le hubiera pegado más fuerte a Shay cuando había tenido ocasión.

—No —reconocí—. No puedo.

Holly golpeó con los dos pies el respaldo del asiento del acompañante.

—¡No quiero que pase esto! Quiero que todo el mundo se vaya y me deje en paz. ¡Ojalá no hubiera visto nunca esa nota estúpida!

Otro golpe que hizo oscilar el asiento hacia delante. Por mí, ya podía destrozarme el coche a patadas si así se sentía mejor, pero le estaba dando tan fuerte que iba a hacerse daño. Me volví hacia atrás con rapidez y puse un brazo entre sus pies y el respaldo del asiento. Profirió un ruido feroz e impotente y se retorció con furia, intentando descargar una buena patada sin darme a mí, pero le agarré los tobillos y se los sujeté.

—Ya lo sé, cariño. Lo sé. A mí tampoco me hace ninguna gracia, pero es lo que hay. Y ojalá pudiera decirte que todo se solucionará cuando cuentes la verdad, pero no puedo. Ni siquiera puedo prometerte que te sentirás mejor. Es muy posible que así sea, pero también podrías acabar sintiéndote peor. Lo único que puedo decirte es que tienes que hacerlo, de una manera u otra. Algunas cosas en esta vida no son opcionales.

Holly se había hundido en la sillita de seguridad. Respiró hondo e intentó decir algo, pero en vez de eso se llevó una mano a la boca y se echó a llorar.

Estaba a punto de bajarme, montarme en el asiento trasero y abrazarla bien fuerte, pero lo entendí justo a tiempo: ya no era una niñita que lloraba esperando a que su padre la cogiera en brazos y la consolara. Eso ya había quedado atrás, en algún lugar de Faithful Place.

Lo que hice fue alargar una mano y cogerle la que le quedaba libre, que se agarró a la mía como si estuviera cayendo. Nos quedamos allí sentados, ella con la cabeza apoyada en la ventanilla y temblando de arriba abajo con enormes sollozos mudos durante un buen rato. A nuestra espalda oí voces de hombre que cruzaban unos cuantos comentarios bruscos, y luego portezuelas que se cerraban de golpe, y después el coche de Stephen alejándose calle abajo.

No teníamos hambre ninguno de los dos. Obligué a Holly a comer de todas maneras, un cruasán de queso de aspecto radiactivo que compramos en un establecimiento Centra por el camino, más para quedarme yo tranquilo que otra cosa. Luego la llevé a casa de Olivia.

Aparqué delante de la casa y me volví para mirar a Holly. Se chupaba un mechón de cabello y miraba por la ventanilla con ojos grandes, mansos, distraídos, como si la fatiga y la sobrecarga la hubieran hecho entrar en trance. Por el camino había sacado a Clara de la mochila.

—No has acabado los deberes de mates —le recordé—. ¿Te echará una bronca la señora O'Donnell?

Por un instante tuve la impresión de que Holly había olvidado quién era la señora O'Donnell.

—Bah, me da igual. Es boba.

—Seguro que sí. No hay razón para que tengas que prestar atención a sus bobadas con todo lo que ha ocurrido. ¿Dónde tienes el cuaderno?

Lo sacó, a cámara lenta, y me lo alcanzó. Lo abrí por la primera página en blanco y escribí: «Estimada señora O'Donnell, Holly no ha podido terminar sus deberes de matemáticas porque no se ha encontrado bien este fin de semana. Si hay algún problema, no dude en ponerse en contacto conmigo. Muchas gracias, Frank Mackey». En la página contraria vi la letra de Holly, redonda y esmerada: «Si Desmond tiene 342 piezas de fruta...».

—Toma —le dije, a la vez que le devolvía el cuaderno—. Si te pone algún inconveniente, dale mi número de teléfono y dile que te deje en paz. ¿Vale?

—Sí. Gracias, papá.

—Es necesario que tu madre esté al tanto de esto. Deja que sea yo quien se lo explique.

Holly asintió. Guardó el cuaderno pero se quedó donde estaba, haciendo chasquear el cierre del cinturón de seguridad.

—¿Qué te preocupa, cielo?

—Tú y la yaya os habéis dicho cosas muy feas.

—Sí, es cierto.

—¿Por qué?

—No deberíamos haberlo hecho. Lo que pasa es que de vez en cuando nos ponemos de los nervios el uno con el otro. Nadie en el mundo puede sacarte tanto de quicio como tu familia.

Holly metió a Clara en la mochila y la miró, acariciándole el morro desgastado con un dedo.

—Si yo hiciera algo malo —dijo—. ¿Mentirías a la policía para evitar que me metiera en un lío?

—Sí —respondí—, mentiría. Mentiría a la policía y al Papa y

al presidente del mundo entero hasta hartarme si fuera necesario. Estaría mal, pero lo haría de todos modos.

Holly me dio un susto de muerte al abalanzarse entre los dos asientos, echarme los brazos al cuello y pegar su mejilla a la mía. La abracé tan fuerte que noté los latidos de su corazón en mi pecho, rápidos y livianos como los de un animalillo salvaje. Sentí la necesidad de decirle un millón de cosas, todas ellas cruciales, pero no me salió de la boca ninguna.

Al final Holly lanzó un enorme suspiro trémulo y se soltó. Se apeó del coche y se colgó la mochila a la espalda.

—Si tengo que hablar con ese Stephen —dijo—, ¿puede no ser el miércoles? Porque quiero ir a jugar a casa de Emily.

—No hay el menor inconveniente, preciosa. El día que mejor te vaya. Ahora ve tú delante. Ahora mismo entro yo. Tengo que hacer una llamada.

Holly asintió. Tenía los hombros encorvados por el agotamiento, pero al enfilar el sendero de entrada meneó la cabeza levemente y fortaleció el ánimo para lo que le esperaba. Cuando Liv salió a la puerta con los brazos abiertos, la estrecha espalda de Holly estaba erguida y fuerte como el acero.

Me quedé donde estaba, encendí un cigarrillo y me fumé más o menos la mitad de una chupada. Cuando tuve la seguridad de poder hablar con voz firme llamé a Stephen.

Estaba en algún sitio con mala cobertura, probablemente en el laberinto de las salas de Homicidios en el castillo de Dublín.

—Soy yo —saludé—. ¿Qué tal va?

—Bastante bien. Como habías dicho, lo niega todo, y eso cuando se toma la molestia de responder. Las más de las veces ni siquiera habla, salvo para preguntarme a qué sabe tu culo.

—Es un encanto. Le viene de familia. No dejes que te afecte.

Stephen se echó a reír.

—Qué va, no me molesta. Puede decir lo que le venga en gana. Al final de la jornada seré yo el que se marche a casa cuando acabemos. Pero dime, ¿qué tienes? ¿Hay algo que pueda servirme para soltarle la lengua un poco?

Tenía las pilas puestas y estaba listo para seguir funcionando tanto tiempo como hiciera falta, y su voz rebosaba aplomo renovado. Intentaba mostrarse discretamente comedido, pero en el fondo, el chaval se lo estaba pasando en grande.

Lo puse al tanto de todo lo que tenía y cómo lo había averiguado, hasta el último detalle rancio y apestoso: la información es munición, y a Stephen no le hacía falta ninguna bala de fogueo en su arsenal. Al final le dije:

—Tiene cariño a nuestras hermanas, sobre todo a Carmel, y a mi hija, Holly. Y eso es todo. A mí me odia a muerte, a Kevin lo odiaba pero no quiere reconocerlo, y también detesta la vida que lleva. Tiene una envidia enfermiza a cualquiera que no deteste su propia vida, casi con toda seguridad tú incluido. Y, como probablemente ya habrás deducido entre una cosa y otra, tiene carácter.

—De acuerdo —dijo Stephen casi para sí mismo. Le estaba funcionando el cerebro a toda máquina—. Sí, vale. Creo que me puede servir.

El chico se estaba convirtiendo en un hombre como es debido.

—Sí, te puede servir. Otra cosa, Stephen: hasta esta misma noche creía que estaba a punto de largarse. Pensaba que iba a comprar el taller de bicicletas donde trabaja, meter a nuestro padre en un asilo y tener por fin la oportunidad de llevar una vida que merezca la pena. Hace unas horas ese tipo tenía el mundo a sus pies.

Silencio, y por un instante me pregunté si Stephen lo había interpretado como una invitación a mostrarse compasivo. Pero entonces dijo:

—Si no consigo hacerle cantar con eso, es que no merezco sacarle una confesión.

—Eso creo yo también. A por él, chaval. Mantenme al corriente.

—¿Recuerdas...? —dijo Stephen.

Entonces la cobertura empezó a fallar y solo me llegó un montón de ruido chirriante. Luego oí: «... lo único que tienen...» antes de que se cortara la comunicación y me quedase escuchando unos pitidos inútiles.

Bajé la ventanilla y me fumé otro cigarrillo. Los adornos navideños también estaban saliendo a relucir en esta zona —guirnaldas en las puertas, un cartel de POR FAVOR, SANTA CLAUS, PASA POR AQUÍ ladeado en un jardín—, y el aire nocturno se había vuelto lo bastante frío y espejado como para que por fin pareciera invierno. Tiré la colilla y respiré profundamente. Luego fui a la puerta de la casa de Olivia y llamé al timbre.

Liv salió en zapatillas, con la cara lavada y lista para acostarse.

—Le he dicho a Holly que iba a ir a darle las buenas noches.

—Holly está dormida, Frank. Hace mucho rato que se ha ido a la cama.

—Ah. Vale. —Meneé la cabeza para intentar despejarme—. ¿Cuánto rato llevaba ahí afuera?

—Tanto que me sorprende que la señora Fitzhugh no haya llamado a la policía. De un tiempo a esta parte ve merodeadores por todos lados.

Pero estaba sonriendo, y el mero hecho de que no le molestara mi presencia allí me produjo una ínfima y ridícula sensación de calidez.

—Esa mujer siempre ha estado como una cabra. Recuerdo aquella vez que estábamos... —Vi que los ojos de Liv se batían en retirada y me contuve a tiempo—. Oye, ¿te importa si paso unos minutos de todas maneras? Me tomo un café, me despejo antes de volver a ponerme al volante para volver a casa y charlamos un poco sobre cómo lo lleva Holly, ¿eh? Te prometo no abusar de tu hospitalidad.

A todas luces sonaba tan abatido como parecía, o al menos lo suficiente para inspirarle compasión a Liv. Tras vacilar un momento, asintió y abrió la puerta de par en par.

Me llevó al invernadero —empezaba a formarse escarcha en

los ángulos de las ventanas, pero la calefacción estaba encendida y el ambiente era cálido y acogedor— y se fue a la cocina a preparar café. La iluminación era tenue. Me quité la gorra de béisbol de Shay y la metí en el bolsillo de la cazadora. Olía a sangre.

Liv trajo el café en una bandeja, con las tazas buenas e incluso una jarrita de leche, y dijo, a la vez que se acomodaba en su silla:

—Me parece que has tenido un fin de semana de aquí te espero.

No pude reprimirme:

—La familia —dije—. Y tú, ¿qué tal? ¿Cómo le va a Dermo?

Hubo un silencio mientras Olivia removía el café y decidía qué respuesta darme. Al final, lanzó un suspiro, un sonido minúsculo que no estaba destinado a mis oídos.

—Le dije que no creía que debiéramos vernos más.

—Vaya —comenté. El dulce y apresurado aguijonazo de felicidad, a través de todos los estratos de oscuridad que me nublaban la mente, me pilló por sorpresa—. ¿Por alguna razón en particular?

Se encogió de hombros levemente y con elegancia.

—No creo que estuviéramos hechos el uno para el otro.

—¿Y Dermo estaba de acuerdo?

—No hubiera tardado en estarlo, si hubiéramos quedado unas cuantas veces más. Sencillamente yo llegué un poco antes a esa conclusión.

—Como siempre. —No lo dije con resentimiento, y Liv sonrió un poco, sin desviar la mirada de la taza—. Lamento que no saliera bien.

—Ah, bueno. Unas veces se gana y otras... Y tú, ¿qué te cuentas? ¿Has salido con alguien?

—Últimamente no. Nada que merezca la pena destacar.

Que Olivia hubiera dejado a Dermot era el mejor regalo que me había hecho la vida en una temporada —pequeño pero perfecto en su forma; uno aprovecha lo que le toca en suerte—, y era consciente de que si tentaba a la suerte probablemente lo haría añicos, pero no pude evitarlo.

—Alguna noche, tal vez, si estás libre y conseguimos una canguro, ¿te apetecería salir a cenar? No sé si puedo permitirme el Coterie, pero seguro que encuentro algo un poco mejor que un Burger King.

Liv arqueó las cejas y volvió la cara hacia mí.

—¿Quieres decir...? ¿Qué quieres decir? ¿Quieres que tengamos una cita?

—Bueno —dije—. Sí, supongo. Una cita, claro que sí.

Un largo silencio, mientras algo desfilaba detrás de sus ojos.

—Presté atención a lo que dijiste la otra noche, ¿sabes? Todo aquello acerca de si las personas se destrozan en sus relaciones. Sigo sin saber si estoy de acuerdo contigo, pero procuro comportarme como si tuvieras razón. Lo intento con todas mis fuerzas, Olivia.

Liv recostó la cabeza y observó el avance de la luna por delante de las cristaleras.

—La primera vez que te llevaste a Holly a pasar el fin de semana —dijo—, me quedé aterrada. No pegué ojo mientras estuvo ausente. Sé que creías que me había estado oponiendo a lo de los fines de semana por puro resentimiento, pero no tenía nada que ver con eso. Estaba convencida de que ibas a llevártela, cogeríais un avión y nunca os volvería a ver a ninguno de los dos.

—Esa posibilidad se me pasó por la cabeza —confesé.

Vi que le recorría los hombros un escalofrío, pero su voz siguió sonando serena.

—Lo sé. Pero no lo hiciste. No me engaño pensando que fue por mi bien. En parte fue porque irte hubiera supuesto dejar tu trabajo, pero sobre todo tuvo que ver con que hubiese perjudicado a Holly, y tú serías incapaz de eso. Así que te quedaste.

—Sí —dije—. Bueno. Hago lo que puedo.

No estaba tan convencido como Liv de que quedarme hubiera redundado en interés de Holly. Podría haber estado ayudándome a llevar un chiringuito de playa en Corfú, bronceándose y dejándose mimar por la gente de la zona, en vez de verse obligada a sobrellevar los efectos de las bombas de racimo de toda su familia extendida.

—A eso me refería el otro día. Las personas no tienen por qué hacerse daño mutuamente solo porque se quieran. Tú y yo nos hicimos infelices el uno al otro porque quisimos, no porque fuera nuestro destino ineludible.

—Liv —la interrumpí—. Tengo que decirte una cosa.

Había pasado la mayor parte del trayecto en coche intentando dar con la manera menos dramática de hacer aquello. Resultó que no encontré ninguna. Me dejé en el tintero todo lo que pude y el resto lo moderé, pero para cuando hube terminado Olivia me miraba fijamente con ojos inmensos y las yemas de los dedos trémulos pegadas a los labios.

—Dios santo —dijo—. Ay, Dios santo. Holly.

Con toda la convicción de que fui capaz, dije:

—Seguro que le irá bien.

—A solas con un..., Dios, Frank, tenemos que..., ¿qué podemos...?

Hacía muchísimo tiempo que Liv no me permitía verla de otro talante que serena y compuesta, blindada tras la perfección. Así, dolida, trémula, buscando ferozmente la forma de proteger a su hija, hizo que se me abrieran las carnes. Me refrené para no abrazarla, pero me incliné hacia ella y puse mis dedos sobre los suyos.

—Shh, cariño. Shh. Todo irá bien.

—¿La amenazó? ¿La asustó?

—No, cariño. Hizo que se sintiera preocupada, confusa e incómoda, pero estoy casi seguro de que Holly no creyó que corriera peligro. Tampoco creo que lo corriera. Por muy increíblemente retorcido que sea, Shay le tiene cariño.

Liv ya se estaba adelantando a los acontecimientos.

—¿Hasta qué punto está fundamentado el caso? ¿Tendrá Holly que prestar declaración?

—No lo sé con seguridad.

Los dos estábamos al tanto de la lista de eventualidades: si el fiscal decidía llevarlo a los tribunales, si Shay no se declaraba culpable, si el juez decidía que Holly era capaz de ofrecer un relato fidedigno de los hechos...

—Pero si tuviera que jugarme algo —continué—, yo diría que sí. Apostaría a que tendrá que hacerlo.

—Dios santo —repitió Olivia.

—No será hasta dentro de un tiempo.

—Eso da igual. He visto lo que puede hacer con un testigo un buen abogado. Yo misma lo he hecho. No quiero que Holly pase por eso.

—Sabes que no podemos hacer nada al respecto —dije con delicadeza—. Tendremos que confiar en que saldrá bien parada. Es una niña fuerte. Siempre lo ha sido.

Durante un breve instante, como un pinchazo de aguja, recordé haber estado en ese invernadero en noches de primavera, viendo cómo se movía dentro del vientre de Olivia algo diminuto y feroz, listo para tomar el mundo al asalto.

—Lo es, sí, es fuerte. Pero eso no importa. Ningún niño sobre la faz de la tierra es lo bastante fuerte para eso.

—Holly lo será, porque no tiene alternativa. Y Liv..., seguro que ya lo sabes, pero no puedes hablar del caso con ella.

Olivia apartó su mano de la mía y levantó la cabeza, lista para defender a su pequeña.

—Le hará falta hablar del asunto, Frank. No puedo ni imaginar lo que todo esto ha sido para ella, no pienso dejar que se le enquiste dentro...

—Claro, pero no puedes ser tú la que hable con ella, ni yo tampoco. En lo que concierne al jurado, tú sigues siendo una fiscal: estás predispuesta a su favor. Al menor indicio de que hayas estado preparándola, el caso entero se iría al traste.

—El caso me importa un carajo. ¿Con quién quieres que hable sino? Sabes perfectamente que no hablará con una asesora. Cuando nos separamos no le dijo ni una sola palabra a aquella mujer. No pienso tolerar que esto la marque de por vida. No pienso tolerarlo.

Su optimismo, su fe en que aquello no había ocurrido ya, me llegó hasta el interior de la caja torácica y me estrujó por dentro.

—No —dije—. Ya sé que no. A ver qué te parece esto: intenta que Holly hable tanto como le haga falta, pero asegúrate de que nadie se entere. Ni siquiera yo. ¿De acuerdo?

Olivia frunció los labios, pero no dijo nada.

—Ya sé que no es lo ideal —reconocí.

—Creía que estabas apasionadamente en contra de que Holly guarde secretos.

—Lo estoy. Pero ya es un poco tarde para que eso sea una de mis prioridades, así que, qué diablos...

Liv dijo, y percibí una nota áspera de agotamiento en el trasfondo de su voz:

—Supongo que eso se traduce como: «Ya te lo advertí».

—No —dije de corazón. Aprecié su sorpresa cuando volvió rápidamente la cabeza hacia mí—. Desde luego que no. Significa que la hemos jodido los dos en este asunto, tú y yo, y ahora lo mejor que podemos hacer es centrarnos en minimizar los daños. Y estoy seguro de que tu trabajo será impresionante.

Seguía mostrándose recelosa y cansada, a la espera del giro.

—Esta vez no hay ningún significado oculto —dije—. Te lo prometo. Ahora mismo me alegro muchísimo de que Holly te tenga como madre.

Había pillado a Liv desprevenida. Desvió la mirada con un parpadeo y cambió de postura en la silla.

—Deberías habérmelo dicho en cuanto has llegado. Has dejado que la acueste como si todo fuera normal...

—Ya lo sé. He supuesto que le vendría bien un poco de normalidad esta noche.

Volvió a moverse bruscamente.

—Tengo que ir a ver cómo está.

—Si se despierta, nos llamará. O bajará.

—Es posible que no. Solo será un momento.

Y salió para subir las escaleras a paso ligero con el sigilo de un gato. Esa pequeña rutina tenía algo curiosamente reconfortante. Solíamos pasar por ella en torno a una docena de veces cada noche, cuando Holly era una criatura: el menor ruido en el monitor y Olivia tenía que subir a comprobar que seguía dormida, por mucho que yo le recordara que esa niña tenía unos pulmones estupendos y era muy capaz de avisarnos si quería que acudiéramos. A Liv no le preocupaba la muerte súbita infantil, ni que Holly se cayera de la cama y se golpeara la cabeza, ni ninguno de los hombres del saco a los que temen los padres por regla general. Lo que le aterraba era que Holly se despertara en plena noche y creyese que estaba sola por completo.

A su regreso dijo:

—Duerme a pierna suelta.

—Bien.

—Parece tranquila. Hablaré con ella por la mañana. —Se dejó caer en la silla y se retiró el pelo de la cara—. ¿Estás bien, Frank? Ni siquiera se me ha ocurrido preguntártelo, pero Dios mío, esta noche ha tenido que ser...

—Estoy bien —dije—. Pero más vale que me ponga en camino. Gracias por el café. Lo necesitaba.

Liv no forzó la situación.

—¿Estás lo bastante despierto para conducir hasta casa? —me preguntó.

—No te preocupes. Nos vemos el viernes.

—Llama a Holly mañana. Aunque creas que no debes hablar con ella de... todo esto. Llámala de todos modos.

—Claro. Pensaba hacerlo. —Me terminé el café de un trago y me puse en pie—. Solo por saberlo —dije—. Supongo que lo de la cita queda descartado ahora.

Olivia estuvo un buen rato mirándome fijamente.

—Tendríamos que andarnos con mucho cuidado para que Holly no se haga esperanzas —me advirtió.

—Podemos hacerlo.

—Porque no veo muchas posibilidades de que esto vaya a ninguna parte. No después de..., Dios. De todo.

—Lo sé. Pero me gustaría intentarlo.

Olivia cambió de postura en la silla. La luz de la luna se desplazó sobre su rostro, ensombreciéndole los ojos de tal manera que lo único que alcanzaba a ver eran las curvas delicadas e imponentes de sus labios.

—Para tener la seguridad de que te has esforzado todo lo posible —dijo—. Más vale tarde que nunca, supongo.

—No —respondí—. Porque me gustaría mucho, muchísimo tener una cita contigo.

Noté que seguía mirándome, entre las sombras. Al cabo dijo:

—A mí también. Gracias por pedírmelo.

Hubo una vacilante fracción de segundo en la que casi me acerqué a ella, casi tendí los brazos para hacer no sé qué: agarrarla, aplastarla contra mi cuerpo, hincarme de rodillas en las baldosas de mármol y enterrar la cabeza en su suave regazo. Me contuve apretando los dientes con tanta fuerza que a punto estuve de desencajarme la mandíbula. Cuando por fin fui capaz de moverme, llevé la bandeja a la cocina y me marché.

Olivia no se movió. No me acompañó a la puerta. Es posible que le diera las buenas noches, no lo recuerdo. Mientras iba hacia el coche la notaba a mi lado, sentía su calor, como una luz blanca y clara brillando en el invernadero en penumbra. Fue lo único que me dio fuerzas para llegar hasta casa.

23

Dejé a mi familia tranquila mientras Stephen ultimaba el caso, presentaba dos cargos de homicidio contra Shay y el Tribunal Superior le denegaba la libertad bajo fianza. George, Dios bendiga su buen corazón, me dejó reincorporarme al trabajo sin decir ni una sola palabra. Incluso me ofreció una nueva operación demencialmente complicada que tenía que ver con Lituania, rifles AK-47 y varios tipos interesantes llamados Vytautas, a la que podía dedicar tranquilamente cien horas a la semana si tenía ganas, y las tenía. Según se rumoreaba en la brigada, Scorcher había elevado una queja indignada por mi manera de saltarme el protocolo en general, y George había salido de su habitual estado de semicoma el tiempo suficiente para exigirle un montón de documentos quisquillosamente cumplimentados solicitando información adicional por triplicado, cosa que lo tendría ocupado durante varios años.

Cuando supuse que el punto álgido de malestar emocional en mi familia debía de haber empezado a quedar atrás, escogí una noche y salí del trabajo para volver a casa temprano, en torno a las diez. Metí entre pan y pan lo que tenía en la nevera y me lo comí. Luego me llevé un cigarrillo y un vaso del mejor whisky Jameson a la galería y telefoneé a Jackie.

—Virgen santa —dijo. Estaba en casa, con la tele puesta al fondo. Su voz sonó profundamente sorprendida. No alcancé a apreciar qué más traslucía. Luego le dijo a Gavin—: Es Francis.

Un murmullo ininteligible por parte de Gav, y después el ruido de la tele menguando al alejarse Jackie.

—Virgen santa, no creía que... —dijo—. Bueno, ¿qué tal te va?

—Voy tirando. ¿Y tú?

—Bueno, ya sabes lo que es.

—¿Qué tal está mamá? —pregunté.

Un suspiro.

—El caso es que no está muy bien, Francis.

—¿En qué sentido?

—Anda un poco paliducha, y está tremendamente callada. Ya sabes que no es propio de ella. Preferiría que estuviera renegando a diestro y siniestro.

—Pensé que iba a sufrir un infarto. —Procuré decirlo en son de broma—. Tendría que haber supuesto que no nos daría esa satisfacción.

Jackie no rió, sino que dijo:

—Carmel me ha contado que estuvo en su casa anoche, con Darren, y Darren tiró el chisme ese de porcelana, ya sabes, el del muchacho con las flores, en el estante de la sala de estar. Lo hizo pedazos. Pensó que su abuela iba a cortarle el cuello, pero ella no dijo ni mu, se limitó a barrerlo y echarlo a la basura.

—Se repondrá a la larga —le aseguré—. Mamá es dura de pelar. Haría falta algo más gordo para que se venga abajo del todo.

—Sí, lo es. Pero aun así.

—Ya sé. Aun así.

Oí que se cerraba una puerta, y el viento que soplaba contra el auricular: Jackie había salido para tener más intimidad.

—El caso es que papá tampoco está en su mejor momento. No se ha levantado de la cama desde...

—Que le den. Por mí, que se pudra.

—Sí, ya lo sé, pero no voy a eso. Mamá no se las puede apañar sola, no con él en ese estado. No sé qué van a hacer. Yo voy por allí tan a menudo como puedo, y Carmel también, pero ella tiene a los niños y a Trevor, y yo tengo que trabajar. E incluso cuando estamos allí no tenemos la fuerza suficiente para levantarlo sin hacerle daño. Y de todos modos no quiere que seamos las chicas las que lo llevemos al baño y tal. Shay...

Dejó la frase en suspenso.

—Shay se ocupaba de todo eso —dije yo.

—Sí.

—¿Debería ir yo a echar una mano?

Hubo un instante de silencio asombrado.

—¿Que si deberías...? Ah, no, no, Francis. No te preocupes.

—Moveré el culo y me pasaré por allí mañana, si te parece que es una buena idea. Si no he ido es porque pensaba que sería peor, pero si estaba equivocado...

—Ah, no. Yo diría que estás en lo cierto. No lo digo con segundas, es solo que...

—No, ya te entiendo. Es lo que pensaba.

—Les diré que has preguntado por ellos —comentó Jackie.

—Sí, díselo. Y si en algún momento cambian las cosas, házmelo saber, ¿de acuerdo?

—Eso haré, sí. Gracias por ofrecerte a ir.

—¿Y qué me dices de Holly? —pregunté.

—¿A qué te refieres?

—¿Será bienvenida en casa de mamá a partir de ahora?

—¿Quieres que lo sea? Yo estaba convencida de que...

—No lo sé, Jackie. Aún no lo he pensado. Probablemente no, no. Pero quiero saber exactamente cómo están las cosas.

Jackie profirió un suspiro, leve y triste como un aleteo.

—Bueno, eso no lo sabe nadie. No se sabrá hasta que..., ya sabes. Hasta que la situación esté un poco más clara.

Hasta que Shay hubiera sido juzgado y absuelto, o declarado culpable y condenado a dos sentencias de cadena perpetua, ambas posibilidades debidas al menos en parte al papel que hiciese Holly cuando prestase declaración contra él.

—No puedo permitirme esperar tanto, Jackie. Y no puedo permitirme que te pongas en plan esquivo conmigo. Estamos hablando de mi hija.

Otro suspiro.

—Con toda sinceridad, Francis, yo en tu lugar no la llevaría por allí en una temporada. Por su propio bien. Todo el mundo está hecho polvo, todos están con los nervios de punta, tarde o temprano alguien diría algo que le haría daño, sin querer, pero... Déjalo correr de momento. Eso será lo más adecuado, ¿no crees? No le resultará demasiado duro, ¿verdad?

—De eso ya me ocuparé yo —dije—. Pero el caso, Jackie, es que Holly está totalmente convencida de que lo que le pasó a Shay es culpa suya, y que aunque no lo fuera, la familia entera cree que lo es. Mantenerla alejada de casa de mamá, aunque a mí no me supone el menor problema, eso te lo aseguro, no hará sino convencerla más aún de ello. A decir verdad, me importa una mierda si es cierto al cien por cien y todos los demás miembros de esta familia han decidido que es una paria, pero necesito que sepa que tú eres la excepción. La cría está destrozada, y ya ha sufrido pérdidas suficientes para toda una vida. Necesito saber que tú sigues formando parte de su vida, que no tienes intención de abandonarla y que ni por un instante la culpas por el mazazo que hemos recibido todos. ¿Te supone eso algún problema?

Jackie ya estaba profiriendo sonidos compasivos y horrorizados.

—Ay, Dios la asista, pobrecilla, cómo iba a echarle yo la culpa, ¡pero si ni siquiera había nacido cuando empezó todo esto! Dale un abrazo bien fuerte de mi parte y dile que iré a verla en cuanto tenga ocasión.

—Bien. Eso es lo que creía yo. Pero da igual lo que le diga: tiene que oírlo de tus labios. ¿Puedes llamarla y quedar con ella para pasar un rato? Tranquiliza un poco a la pobre niña, ¿de acuerdo?

—Sí, claro que sí. Venga, voy a hacerlo ahora mismo, no soporto pensar que está ahí sentada, comiéndose la cabeza, disgustada...

—Jackie —dije—. Espera un momento.

—¿Sí?

Sentí deseos de darme una colleja por preguntarlo, pero se me escapó de todas maneras.

—Dime una cosa, ya que hablamos del asunto. ¿Yo también volveré a tener noticias tuyas? ¿O solo Holly?

La pausa solo duró una fracción de segundo, pero se me hizo muy larga.

—Si no es probable que así sea, cariño, no pasa nada —le aseguré—. Entiendo que te suponga un problema. Solo quiero saber a qué atenerme. Nos ahorrará tiempo y molestias a todos. ¿No crees que es lo mejor?

—Sí. Claro. Ay, Dios, Francis... —Oí que se le cortaba brevemente la respiración, casi con un espasmo, como si acabara de recibir un puñetazo en el estómago—. Claro que me pondré en contacto contigo. Claro que sí. Solo que... Es posible que necesite una temporada. Unas semanas, tal vez, o... No te voy a mentir: tengo la cabeza hecha un lío. No sé qué hacer con mi vida. Es posible que pase un tiempo antes de que...

—Es lógico —reconocí—. Te lo aseguro, sé a qué te refieres.

—Lo siento, Francis. De verdad, lo siento mucho.

Su voz sonaba tenue y desesperada, raída hasta la última fibra. Solo alguien más hijo de puta que yo hubiera sido capaz de hacerla sentir peor.

—A veces las cosas se tuercen, cielo. Esto no ha sido culpa tuya, como tampoco lo ha sido de Holly.

—Sí que fue culpa mía. Si no la hubiera llevado a casa de nuestra madre...

—O si yo no la hubiera llevado ese día en concreto. O, mejor aún, si Shay no hubiera... Bueno, ya estamos otra vez. —El resto de la frase se perdió en el aire vacío entre nosotros—. Hiciste todo lo que estuvo en tu mano, no se puede pedir más. Procura solucionar el lío que tienes en la cabeza, cariño. No tengas prisa. Llámame cuando estés lista.

—Te llamaré. Palabra que lo haré. Y, Francis..., cuídate mucho mientras tanto. Lo digo en serio.

—Eso haré. Tú también, cielo. Ya nos veremos.

Justo antes de que colgara Jackie, oí que se le volvía a cortar la respiración brusca, dolorosamente. Ojalá volviera junto a Gavin y se abrazaran, en vez de quedarse fuera en la oscuridad, llorando.

Unos días después fui al Jervis Centre y compré una de esas teles de tamaño King Kong que te compras si nunca se te ha pasado ni remotamente por la cabeza ahorrar para algo más importante. Tenía la sensación de que iba a hacer falta algo más que un aparato electrónico, por impresionante que fuera, para impedir que Imelda me pegara una patada en los huevos, así que aparqué el coche al final de Hallows Lane y esperé a que Isabelle regresara a casa de dondequiera que pasaba el día entero.

Era un día frío y gris, con el cielo cargado de aguanieve o nieve a punto de caer y finos pellejos de hielo en los baches de la calzada. Isabelle vino por Smith's Road a paso ligero, con la cabeza gacha y el fino abrigo de diseño de imitación bien ceñido para protegerse del viento cortante. No me vio hasta que me apeé del coche y me crucé en su camino.

—Isabelle, ¿verdad?

Me miró con recelo.

—¿Quién lo pregunta?

—Soy el gilipollas que se cargó tu tele. Encantado de conocerte.

—Vete a tomar por culo o me pongo a gritar.

De tal palo tal astilla, también en lo referente al carácter. La chica me cayó simpática.

—Echa el freno, guapa. Esta vez no he venido a molestar.

—Entonces, ¿qué quieres?

—Os he comprado una tele nueva. Feliz Navidad.

Su desconfianza se hizo más patente.

—¿Por qué?

—Has oído hablar del remordimiento, ¿verdad?

Isabelle se cruzó de brazos y me miró con cara de asco. De cerca, el parecido con Imelda seguía presente, pero no era tan acusado. Tenía la barbilla protuberante y torneada de los Hearne.

—No queremos tu tele —me informó—. Gracias de todos modos.

—Igual tú no la quieres, pero es posible que tu madre o tus hermanas sí. ¿Por qué no vas a preguntárselo?

—Sí, ya. ¿Cómo sabemos que ese trasto no lo robaron hace un par de noches y si nos lo quedamos vendrás a detenernos esta misma tarde?

—Sobreestimas mi sesera.

Isabelle arqueó una ceja.

—O tú subestimas la mía. Porque no soy tan idiota como para aceptar nada de un madero que está cabreado con mi madre.

—No estoy cabreado con ella. Tuvimos una pequeña diferencia de opiniones, ha quedado resuelta y ya no tiene que preocuparse por mí.

—Más vale. A mi madre no le das miedo.

—Me alegro. Lo creas o no, le tengo cariño. Crecimos juntos.

Isabelle lo sopesó.

—Entonces, ¿por qué te cargaste la tele? —me preguntó.

—¿Qué dice tu madre?

—No dice nada.

—Entonces, yo tampoco. Un caballero nunca revela lo que una dama le ha dicho en confianza.

Me fulminó con la mirada para demostrar que no le impresionaba mi tono engolado, pero el caso es que estaba en esa edad en que nada de lo que hiciera la impresionaría. Intenté imaginar lo que sería ver a tu hija con pechos, los ojos pintados y el derecho legal a montarse en un avión e ir adonde quisiera.

—¿Ese trasto es para asegurarte de que mi madre diga lo más conveniente ante los tribunales? Porque ya prestó declaración contra ese chico, como se llame, el Zanahoria.

Una declaración que podía cambiar y probablemente cambiaría una docena de veces para cuando se celebrara el juicio, pero si hubiera tenido necesidad de sobornar a Imelda Tierney no me hubiese hecho falta fundirme el presupuesto, habría tenido suficiente con un par de cartones de John Player Blue. Supuse que era mejor no decírselo así a Isabelle.

—Eso no tiene nada que ver conmigo. Vamos a dejar las cosas claras: yo no tengo nada que ver con el caso, ni con ese chico, y no quiero nada de tu madre. ¿De acuerdo?

—Serías el primero. De todas maneras, ya que no quieres nada, puedo irme, ¿no?

No había el menor movimiento en Hallows Lane —ni ancianas sacando brillo al latón, ni madres despampanantes guerreando con sus cochecitos, y todas las puertas estaban firmemente cerradas para mantener a raya el frío—, pero percibí ojos entre las sombras detrás de las cortinas de encaje.

—¿Puedo preguntarte una cosa?

—Tú mismo.

—¿Dónde trabajas?

—¿A ti qué te importa?

—Soy curioso. ¿Por qué, es información clasificada?

Isabelle puso los ojos en blanco.

—Estoy haciendo un curso para ser asistente legal. ¿Te parece bien?

—Es estupendo. Enhorabuena.

—Gracias. ¿Tengo aspecto de que me importe lo que pienses de mí?

—Como te he dicho, le tenía mucho aprecio a tu madre en otros tiempos. Me alegra saber que tiene una hija que la cuida y de la que puede estar orgullosa. Ahora puedes seguir portándote como es debido y llevarle esta puñetera tele.

Abrí el maletero. Isabelle rodeó el coche hasta la parte de atrás —manteniendo las distancias, por si planeaba meterla allí dentro y venderla como esclava— y echó un vistazo.

—No está mal —dijo.

—Es el no va más de la tecnología moderna. ¿Quieres que la lleve a tu casa, o prefieres llamar a un colega para que te eche una mano?

—No la queremos —insistió Isabelle—. ¿Qué parte de eso no entiendes?

—Mira —dije—. Este trasto me ha costado un dineral. No es robado, no contiene ántrax y el gobierno no puede vigilarte a través de la pantalla. ¿Cuál es el inconveniente? ¿Te da repelús que sea un poli quien os la regala?

Isabelle me miró igual que si se estuviera preguntando cómo me las arreglo para ponerme los calzoncillos del derecho.

—Delataste a tu hermano —dijo.

Y ahí estaba el quid del asunto. Yo había vuelto a portarme como un primo de campeonato al creer que tal vez aquello no trascendiera: si Shay no se había ido de la lengua, siempre estaba la red local de chismorreo, y si por cualquier razón había estado un día fuera de servicio, nada impedía a Scorcher, en alguna de las entrevistas de seguimiento, dejar caer una pequeña indirecta. Las Tierney habrían estado encantadas de aceptar una tele que se hubiera caído del remolque de un camión —probablemente la habrían aceptado de manos de Deco, su simpático vecino camello, si por alguna razón decidiera que estaba en deuda con ellas—, pero no querían tener nada que ver con alguien como yo. Aunque hubiera estado de ánimo para defenderme delante de Isabelle Tierney, de los fascinados observadores o de todos y cada uno de los vecinos de Liberties, no hubiera supuesto ninguna diferencia. Podría haber enviado a Shay a cuidados intensivos, tal vez incluso al cementerio de Glasnevin, y hubiera pasado semanas recibiendo gestos de aprobación y palmaditas en la espalda, pero nada de lo que había hecho él era excusa suficiente para delatar a tu propio hermano.

Isabelle miró alrededor, asegurándose de que había cerca gente lista para acudir en su ayuda, antes de decir, a voz en cuello, para que esas mismas personas alcanzaran a oírla:

—Coge la tele y métetela por el culo.

Retrocedió de un salto, rápida y ágil como una gata, por si me abalanzaba hacia ella. Luego me hizo un corte de mangas para tener la seguridad de que nadie pasara por alto el mensaje, giró sobre sus tacones de aguja y se fue con paso airado por Hallows Lane. La seguí con la mirada mientras sacaba las llaves, entraba en la colmena de ladrillo antiguo, cortinas de encaje y ojos vigilantes y cerraba la puerta de golpe a su espalda.

Empezó a nevar esa noche. Había dejado la tele al final de Hallows Lane para que la robara el próximo cliente de Deco, había aparcado el coche en casa y me había ido a pasear. Estaba cerca de Kilmainham Gaol cuando la primera ráfaga de nieve salió a mi encuentro con sus grandes copos silenciosos y perfectos. Una vez empezó, ya no dejó de caer. Se deshacía casi en el instante en que tocaba el suelo, pero en Dublín no suele nevar mucho, así que delante del Hospital de Saint James había un montón de estudiantes rebosantes de alegría: estaban librando una batalla de bolas de nieve, recogiéndola a puñados de los coches que se detenían en el semáforo y escondiéndose detrás de inocentes transeúntes, risueños y con la nariz colorada, pasando totalmente de los tipos de traje con aire indignado que resoplaban y aceleraban el paso de vuelta a casa después del trabajo. Luego, a las parejas les dio la vena romántica y empezaron a meter las manos en los bolsillos del otro, a abrazarse y a levantar la cabeza para ver cómo caían los copos dando vueltas. Más tarde, los borrachos emprendieron la retirada de los pubs con el triple de precaución.

Fue en algún momento en lo más profundo de la noche cuando fui a parar al final de Faithful Place. Todas las luces estaban apagadas, salvo una estrella de Belén solitaria que centelleaba en la ventana del salón de Sallie Hearne. Me quedé entre las sombras en el mismo lugar donde años atrás estuviera esperando a Rosie, con las manos hundidas en los bolsillos mientras veía cómo el viento impulsaba elegantes ráfagas arqueadas de copos a través del círculo amarillo de la luz de la farola. Faithful Place tenía el aspecto acogedor y tranquilo de una postal navideña, arropada para el invierno, soñando con cascabeles y chocolate caliente. No se oía nada en toda la calle, apenas el susurro de la nieve al topar con las paredes y el tañer lejano de las campanas señalando un cuarto de hora cualquiera.

Una luz espejeó en la sala de estar del número 3 y se descorrieron las cortinas: Matt Daly, en pijama, su silueta oscura delineada por la luz difusa de una lámpara de mesa. Apoyó las manos en el alféizar y contempló durante un buen rato los copos de nieve que caían sobre los adoquines. Luego sus hombros oscilaron arriba y abajo al respirar hondo, y corrió las cortinas. Poco después la luz se apagó.

Aunque él ya no estaba mirando, no podía decidirme a dar ese paso hacia Faithful Place. Salté el muro del final de la calle y caí en el jardín trasero del número 16.

Bajo mis pies crujieron guijarros y malas hierbas heladas que todavía resistían en la tierra donde había muerto Kevin. Allá en el número 8, las ventanas del piso de Shay estaban oscuras y vacías. Nadie se había molestado en correr las cortinas.

La puerta trasera del número 16 se abría de tanto en tanto hacia la negrura, emitiendo chirridos inquietos cuando el viento la empujaba. Me quedé en el umbral, viendo cómo la tenue luz de color azul níveo se filtraba por la caja de las escaleras y mi aliento ascendía en el aire helado. Si hubiera creído en fantasmas, esa casa habría sido la mayor decepción de mi vida: tendría que haber estado atestada de espectros, deberían haber empapado las paredes, colmado el aire, tendrían que haber estado lamentándose y revoloteando por todos los rincones del techo, pero nunca había visto un lugar así de vacío, tanto que te cortaba la respiración. Aquello que había ido a buscar, fuera lo que fuese —Scorcher, Dios bendiga su predecible corazoncito, probablemente hubiera sugerido que buscaba poner punto final, o alguna chorrada sensiblera por el estilo— no estaba allí. Entró por encima de mi hombro una rociada de copos, se posó unos instantes en las tablas del suelo y desapareció.

Me planteé llevarme algo o dejar algo mío allí, solo porque sí, pero no tenía nada que mereciera la pena dejar y no había nada que quisiera llevarme. Cogí una bolsa vacía de patatas fritas, la doblé y la utilicé para encajarla en el marco de la puerta de modo que quedase cerrada. Luego volví a saltar el muro y eché a andar de nuevo.

Tenía dieciséis años la primera vez que toqué a Rosie Daly en aquella sala del piso de arriba. Era un viernes por la noche, en verano: una pandilla, un par de botellas grandes de sidra barata, veinte cigarrillos SuperKing Light y un paquete de bombones de fresa. Sí que éramos jóvenes. Habíamos estado trabajando algún que otro día en la construcción durante las vacaciones, Zippy Hearne, Des Nolan, Ger Brophy y yo, así que estábamos bronceados, musculosos y forrados de pasta, reíamos a carcajadas, rezumábamos hombría recién alcanzada y relatábamos anécdotas exageradas sobre el trabajo para impresionar a las chicas. Las chicas eran Mandy Cullen e Imelda Tierney, Julie, que era hermana de Des, y Rosie.

Durante meses ella había ido convirtiéndose poco a poco y secretamente en mi norte magnético. Por las noches estaba acostado y tenía la certeza de que la sentía, a través de las paredes de ladrillo y los adoquines, atrayéndome hacia ella por las largas corrientes de sus sueños. Al estar tan cerca de ella notaba tal atracción que apenas podía respirar. Estábamos todos sentados contra las paredes, y yo tenía las piernas estiradas tan cerca de las de Rosie que con solo moverme unos centímetros habría apoyado mi pantorrilla contra la suya. No necesitaba mirarla, notaba todos y cada uno de sus movimientos debajo de mi piel, sabía cuando se retiraba el pelo detrás de la oreja o cambiaba levemente de postura contra la pared para que le diera el sol en la cara. Cuando me atrevía a mirarla, la cabeza dejaba de funcionarme.

Ger estaba despatarrado en el suelo, contándoles a las chicas una dramática historia basada en hechos reales acerca de cómo había conseguido, sin ayuda de nadie, atrapar una viga de hierro que estaba a punto de caerle a alguien en la cabeza desde una altura de tres pisos. Andábamos todos medio achispados por la sidra, la nicotina y la compañía. Nos conocíamos desde que íbamos en pañales, pero ese verano las cosas estaban cambiando, tan rápido que no podíamos seguirles el ritmo. Julie se había puesto un manchón de colorete en cada rolliza mejilla, Rosie llevaba un colgante nuevo de plata que relucía al sol, a Zippy por fin le había cambiado la voz y todos nos habíamos puesto desodorante.

—Y entonces el tío me dice: «Hijo, si no llega a ser por ti, hoy no hubiera salido andando por mi pie».

—¿Sabéis a qué me huele? —dijo Imelda, sin dirigirse a nadie en concreto—. A mí me huele a que por aquí hay algún tío chorras.

—Como si supieras tú lo que es una chorra... —le dijo Zippy, con una sonrisa.

—Ya puedes seguir soñando. Si alguna vez llegara a ver la tuya, me pegaría un tiro.

—No son chorradas —le dije—. Yo estaba allí mismo y lo vi todo. Os lo aseguro, chicas, este tío es un auténtico héroe.

—Héroe y un cuerno —replicó Julie, a la vez que le daba un

codazo a Mandy—. Basta con mirarlo. No tendría fuerza ni para coger un balón, y mucho menos una viga.

Ger marcó bíceps.

—Ven aquí y repítelo.

—No está mal —comentó Imelda, que arqueó una ceja y echó la ceniza del cigarrillo en una lata vacía—. Ahora, enseña los pectorales.

Mandy lanzó un chillido.

—¡Estás hecha una guarra!

—Tú sí que eres una guarra —terció Rosie—. Los pectorales no son más que el pecho. ¿Qué te habías pensado?

—¿Dónde has aprendido palabras así? —se interesó Des—. Yo nunca había oído hablar de pectorales.

—Las monjas —le dijo Rosie—. Nos enseñaron fotos y todo. En clase de biología, ¿sabes?

Por un instante Des se quedó alucinado. Luego lo asimiló y le tiró un bombón a Rosie. Ella lo cogió limpiamente, se lo echó a la boca y se rió de él. Se me pasó por la cabeza propinarle un puñetazo a Des, pero no se me ocurrió ninguna excusa buena.

Imelda le lanzó a Ger una sonrisilla felina.

—Bueno, ¿vamos a verlos o no?

—¿Me estás retando?

—Sí, te reto. Venga.

Ger nos guiñó el ojo. Luego se puso en pie, meneó las cejas en dirección a las chicas y se fue subiendo la camiseta con coquetería dejando al aire el vientre. Todos lanzamos alaridos. Las chicas empezaron a alentarlo batiendo palmas lentamente. Se quitó la camiseta, le dio unas vueltas por encima de la cabeza, se la lanzó e hizo una pose de musculitos.

Las chicas se reían tanto que ya no podían seguir dando palmadas. Estaban amontonadas en la esquina, con la cabeza apoyada en el hombro de la de al lado, sujetándose el estómago. Imelda se estaba enjugando las lágrimas.

—Pero qué animal tan sexy...

—Ay, Dios, creo que me he herniado —bromeó Rosie.

—¡Eso no son pectorales! —dijo Mandy con grito ahogado—. Eso son un par de domingas.

—Qué dices, son alucinantes —replicó Ger, dolido, al tiempo que renunciaba a la pose y se miraba el pecho—. Qué, chicos, ¿son domingas?

—Son preciosas —le dije—. Ven aquí y deja que te tome medidas para un bonito sujetador nuevo.

—Vete a tomar por culo.

—Si tuviera unas así, yo no volvería a salir de casa.

—Vete a la mierda. ¿Qué tienen de malo?

—¿Se supone que tienen que estar tan blandurrias? —se interesó Julie.

—Dame eso —dijo Ger, a la vez que alargaba la mano hacia Mandy para que le devolviera la camiseta—. Si no sabéis apreciarlos, me los voy a guardar.

Mandy hizo oscilar la camiseta colgando de un dedo y le lanzó una mirada desafiante por debajo de las pestañas.

—Igual me quedo con ella como recuerdo.

—Virgen santa, cómo apesta —exclamó Imelda, que se la apartó de la cara de un manotazo—. Ten cuidado: seguro que puedes quedarte embarazada con solo tocarla.

Mandy dejó escapar un chillido y le lanzó la camiseta a Julie, que la atrapó y gritó más fuerte. Ger intentó arrebatársela, pero Julie esquivó su brazo por debajo y se puso en pie de un brinco.

—¡Cógela, Melda!

Imelda agarró la camiseta con una mano a la vez que se levantaba, se zafó de Zippy cuando este intentó rodearla con un brazo y salió por la puerta en un destello de piernas interminables y pelo largo, agitando la camiseta tras de sí como si de una bandera se tratase. Ger salió corriendo tras ella y Des alargó una mano al pasar para ayudarme a que me pusiera en pie, pero Rosie seguía apoyada en la pared partiéndose de risa, y yo no pensaba moverme hasta que lo hiciera ella. Julie estaba bajándose la falda tubo camino de la puerta, Mandy lanzó a Rosie una mirada traviesa por encima del hombro y gritó:

—¡Eh, vosotras, esperadme!

Y entonces, de súbito, la habitación entera estaba en silencio y solo quedábamos Rosie y yo, sonriéndonos por encima de los bombones desparramados, las botellas de sidra casi vacías y los jirones de humo que aún flotaban en el aire.

El corazón me latía como si hubiera estado corriendo. No recordaba la última vez que habíamos estado juntos a solas.

Se me pasó por la cabeza la confusa idea de darle a entender que no tenía intención de abalanzarme sobre ella, así que dije:

—¿Vamos tras ellos?

—Aquí se está de maravilla —dijo Rosie—. A no ser que tú quieras...

—No, no. Puedo vivir sin echar mano a la camiseta de Ger Brophy.

—Tendrá suerte si la recupera. De una sola pieza, por lo menos.

—Lo superará. Puede ir enseñando los pectorales de vuelta a casa. —Ladeé una botella de sidra y vi que aún quedaban unos tragos—. ¿Quieres?

Alargó una mano. Le pasé una botella —casi se tocaron nuestros dedos— y cogí la otra.

—Salud.

—*Sláinte*.

Era esa época del verano en que las tardes se alargan comiéndole terreno a la noche: eran más de las siete, pero el cielo seguía de un terso azul claro y la luz que entraba a raudales por las ventanas abiertas tenía un tono dorado pálido. Todo en torno a nosotros en Faithful Place zumbaba como una colmena, hirviendo a resultas del centenar de historias distintas que estaban aconteciendo. En la casa de al lado Johnny Malone *el Loco* cantaba para sí mismo con una voz de barítono alegre y quebrada: «Cuando los fresales maduren a orillas del Liffey, borrarás de mi frente las cuitas con un beso...». En el piso de abajo, Mandy profirió un chillido jubiloso, se oyó una ráfaga de golpetazos y luego una explosión de risas. Más abajo, en el sótano, alguien lanzó un grito de dolor y Shay y sus colegas prorrumpieron en una ovación feroz. En la calle, dos de los hijos de Sallie Hearne aprendían a montar en una bici robada y se lanzaban improperios —«No, so memo, tienes que ir más rápido o te vas a caer, ¿qué más da si chocas contra algo?»— y alguien silbaba de regreso a casa del trabajo, aderezando la melodía con pequeños trémolos alegres y caprichosos. Entraba por la ventana el olor a pescado con patatas fritas, a la par con los comentarios sabihondos de un mirlo en un tejado y las voces de mujeres que ponían en común los cotilleos del día mientras recogían la colada de los jardines traseros. Yo conocía todas las voces y todos los portazos, incluso reconocía el ritmo decidido de Mary Halley al fregar las escaleras de entrada de su casa. Si hubiese aguzado el oído, habría distinguido a todas y cada una de las personas entreveradas en el aire de aquella tarde de verano, y habría podido contar todas sus historias.

—Bueno, dime: ¿qué pasó en realidad con Ger y la viga? —me preguntó Rosie.

Me eché a reír.

—No pienso decir nada.

—No era a mí a la que quería impresionar, sino a Julie y a Mandy. Y no pienso irme de la lengua.

—¿Lo juras?

Sonrió y se trazó una cruz encima del corazón con un dedo, sobre la piel tersa y blanca justo donde se le abría la blusa.

—Lo juro.

—Cogió una viga que estaba cayendo. Y de no haberlo hecho, habría alcanzado a Paddy Fearon, y Paddy no habría salido andando por su propio pie.

—¿Pero...?

—Pero la viga estaba cayendo de una pila en el patio, y Ger la cogió justo antes de que le cayera a Paddy en el dedo gordo del pie.

Rosie se echó a reír a carcajadas.

—Qué fantasma. Es típico de él, ¿sabes? Cuando éramos pequeños, Ger nos convenció a todos de que tenía diabetes y que si no le dábamos las galletas del almuerzo del cole se moriría. No ha cambiado nada, ¿verdad?

Abajo, Julie lanzó un grito: «¡Déjame en el suelo!», aunque no pareció que lo dijera muy convencida.

—Solo que ahora anda detrás de algo más que galletas.

—Me alegro por él —dijo Rosie, y levantó la botella.

—¿Por qué no quería impresionarte a ti, igual que a las otras? —le pregunté.

Rosie se encogió de hombros. Asomó a sus mejillas un levísimo rubor.

—Tal vez porque sabe que me traería sin cuidado.

—¿Ah, sí? Yo creía que todas las chicas estabais coladas por Ger.

Volvió a encogerse de hombros.

—No es mi tipo. No me van los chicos grandes y rubios.

El corazón se me aceleró más aún. Intenté comunicarme urgentemente por telepatía con Ger, que a decir verdad me debía una, para decirle que no volviera a posar en el suelo a Julie y dejara que todos volvieran arriba, al menos durante un par de horas más, o incluso nunca. Transcurrido un instante, dije:

—Ese collar te queda muy bien.

—Lo acabo de comprar. Es un pájaro, mira.

Dejó la botella, recogió los pies debajo de su cuerpo y se puso de rodillas, tendiendo el colgante hacia mí. Me moví sobre las tablas surcadas por franjas de sol y me arrodillé de cara a ella, más cerca de lo que habíamos estado nunca.

El colgante era un ave de plata, con las alas abiertas de par en par y diminutas plumas irisadas de concha de oreja de mar. Cuando incliné la cabeza para verlo estaba temblando. Ya había intentado ligarme a alguna chica, todo labia y presunción, sin que me supusiera mayor problema, pero en ese momento hubiera vendido el alma por un comentario ingenioso. Todo lo que se me ocurrió, como un idiota, fue:

—Es bonito.

Alargué la mano hacia el colgante y mi dedo tocó el de Rosie.

Los dos nos quedamos de piedra. Estaba tan cerca que vi cómo la piel suave y blanca en la base de su garganta palpitaba al ritmo de su corazón y sentí deseos de hundir la cara en ella, de morderla. No tenía ni idea de lo que quería hacer pero sabía que iban a estallarme todos los vasos sanguíneos del cuerpo si no lo hacía. Olí su pelo, etéreo y con aroma a limón, embriagador.

Fue la velocidad del latir de su corazón lo que me infundió valor para levantar la vista y mirar a Rosie a los ojos. Eran enormes, apenas una cenefa verde en torno a la pupila negra, y tenía los labios entreabiertos como si la hubiera sorprendido. Dejó caer el colgante. Ninguno de los dos podía moverse y ninguno de los dos respiraba.

En alguna parte sonaban timbres de bicicleta y unas chicas se reían y Johnny *el Loco* seguía cantando: «Hoy te quiero bien, y mañana te querré más...». Todos los sonidos se disolvieron y se desdibujaron en el dorado aire estival como un largo y dulce repique de campanas.

—Rosie —dije—. Rosie.

Tendí las manos y ella apoyó sus palmas cálidas contra las mías, y cuando se entrelazaron nuestros dedos y la atraje hacia mí no podía creérmelo, no podía creer la suerte que tenía.

A lo largo de toda esa noche, después de cerrar la puerta y dejar vacío el número 16, fui en busca de los lugares de mi ciudad que se han conservado. Caminé por calles que recibieron su nombre en la

Edad Media, Cooper Alley, Fishamble Street, Blackpitts, donde enterraban a los muertos de la peste. Busqué adoquines desgastados y verjas de hierro mermadas por el óxido. Pasé la mano por la piedra fría de los muros del Trinity College y crucé por el sitio donde novecientos años atrás la ciudad sacaba el agua del pozo de Saint Patrick. El letrero de la calle así lo explica, disimulado en el irlandés que ya nadie lee. No presté atención a los chapuceros bloques de apartamentos nuevos y los anuncios de neón, las ilusiones de mal gusto a punto de venirse abajo y convertirse en pulpa pardusca igual que la fruta podrida. No son nada, no son reales. Dentro de un centenar de años habrán desaparecido, habrán sido sustituidos y olvidados. Esta es la verdad de las ruinas bombardeadas: si se castiga a una ciudad con la fuerza suficiente, el barniz barato y arrogante se desprende en un abrir y cerrar de ojos. Es la materia antigua, la materia que ha perdurado, la que tal vez pueda seguir perdurando. Levanté la cara para ver las delicadas columnas ornamentadas que coronan las franquicias y los establecimientos de comida rápida de Grafton Street. Apoyé los brazos en el puente de Ha'penny, donde la gente pagaba medio penique por cruzar el Liffey, contemplé el edificio de la Aduana, los raudales de luz cambiantes y el flujo constante y oscuro del río bajo la nieve que caía, y deseé con todas mis fuerzas que de alguna manera, antes de que fuera demasiado tarde, todos encontráramos el camino de regreso a casa.

AGRADECIMIENTOS

Tengo una inmensa deuda de gratitud con los sospechosos habituales, y con alguno que otro también: la asombrosa Darley Anderson y su equipo, sobre todo Zoë, Maddie, Kasia, Rosanna y Caroline, por estar miles de kilómetros más allá de lo que un autor podría esperar de una agencia; Ciara Considine, de Hachette Books Ireland, Sue Fletcher, de Hodder & Stoughton y Kendra Harpster, de Viking, tres editoras que me dejan habitualmente sin respiración gracias a su entrega, su pericia y su enorme solvencia; Breda Purdue, Ruth Shern, Ciara Doorley, Peter McNulty y todos los demás de Hachette Books Ireland; Swati Gamble, Katie Davison y todos los demás de Hodder & Stoughton; Clare Ferraro, Ben Petrone, Kate Lloyd y todos los demás de Viking; Racheld Burd, por otra afiladísima corrección editorial; Pete St. John, por sus hermosas canciones de amor a Dublín y por su generosidad al permitirme citarlas; Adrienne Murphy, por recordar McGonagle's a pesar de la bruma; el doctor Fearghas Ó Cochaláin, por las aclaraciones médicas; David Walsh, por responder preguntas acerca de procedimientos policiales y compartir sus apreciaciones sobre el mundo de los detectives; Louise Lowe, por sugerir tan magnífico título (y reparto) para aquella obra de teatro, hace tantos años; Ann-Marie Hardiman, Oonagh Montague, Catherine Farrell, Dee Roycroft, Vincenzo Latronico, Mary Kelly, Helena Burling, Stewart Roche, Cheryl Steckel y Fidelma Keogh, por sus diversas e impagables muestras de cariño, amor y apoyo; David Ryan, *braccae tuae ape-*

rientur; mi hermano y mi cuñada, Alex French y Susan Collins, y mis padres Elena Hvostoff-Lombardi y David French, por más razones de las que podría enumerar aquí; y, como siempre, en último lugar pero muy lejos de ocupar ese lugar en importancia, a mi marido, Anthony Breatnach.

Faithful Place llegó a existir, pero estaba al otro lado del río Liffey —en la ribera norte, en el laberinto de calles que constituían el barrio chino de Monto, y no en la ribera sur, donde está Liberties— y desapareció mucho antes del momento en que están situados los sucesos que se narran en este libro. Todos y cada uno de los rincones de Liberties están saturados de siglos de historia propia, y no quería restar importancia a ese legado haciendo caso omiso de las peripecias y los vecinos de una calle real para hacer sitio a mi historia y mis personajes de ficción. Así que, en lugar de ello, me permití ciertas libertades con la geografía de Dublín: resucité Faithful Place, la trasladé al otro lado del río y ubiqué la acción de este libro en las décadas en que la calle no tenía ya una historia propia que dejar de lado.

Como siempre, cualquier imprecisión, deliberada o no, recae sobre mí.

TANA
FRENCH

1. El silencio del bosque, RBA

Cuando tenía doce años, Adam Ryan fue a jugar al bosque con sus dos mejores amigos. Fue la última vez que los vio. Es incapaz de recordar lo que sucedió, a pesar de que, cuando lo encontraron, su calzado estaba manchado de sangre. Veinte años más tarde, Ryan se ha convertido en inspector de policía, ha cambiado de nombre y nadie conoce su historia personal. Pero el pasado sale a su encuentro cuando encuentran el cuerpo de una niña en el mismo sitio en el que él vivió su tragedia.

2. En piel ajena, RBA

La policía Cassie Maddox hace tiempo que ha dejado la brigada de Homicidios por un destino más tranquilo. Así que para ella es una sorpresa que la llamen para que se presente a la escena de un asesinato. Cuando Cassie llega allí, comprueba que ella y la víctima se parecen como dos gotas de agua. A causa de ese parecido, a la policía se le presenta una oportunidad única: Cassie deberá suplantar a la chica apuñalada y vivir una vida prestada para desenmascarar al asesino.

3. Faithful Place, RBA

Frank y Rosie son dos jóvenes que planean huir de sus hogares irlandeses para casarse y buscar un futuro mejor en Londres. La noche acordada para la fuga Rosie no aparece. Aun así, Frank está decidido a iniciar una nueva vida y emprende un viaje sin vuelta atrás. Dos décadas más tarde, la maleta de Rosie aparece en una casa abandonada y Frank, convertido en un policía de Dublín, se verá impelido a recuperar su pasado para averiguar qué le pasó exactamente a su antigua pareja.

4. No hay lugar seguro, RBA

En una finca medio abandonada a las afueras de Dublín aparecen los cadáveres de un hombre y sus dos hijos. La madre de la familia ha sido trasladada al hospital en estado grave. El inspector Kennedy, la estrella de Homicidios, es el encargado de llevar el caso. Al principio todo parece indicar que el padre, asfixiado por la recesión económica, ha querido recurrir a una solución desesperada y acabar con su familia. Sin embargo, empiezan a aparecer demasiados detalles inexplicables que apuntan en otras direcciones.

5. El lugar de los secretos, RBA

Una foto encontrada en un tablón de anuncios de una escuela femenina muestra a un chico que fue asesinado hace un año en un bosquecillo cercano. A la foto le acompaña un texto: «Sé quién lo mató». Para el ambicioso detective Stephen Moran ese caso puede suponer la oportunidad que estaba buscando de hacerse un nombre y convertirse en miembro del grupo de Homicidios.